Grandeur et servitude

Grandeur et servitude

Fred Mustard Steward

Traduit de l'américain par
Marc-Antoine

Édition
Mortagne Poche
250, boul. Industriel, bureau 100
Boucherville (Québec)
J4B 2X4

Diffusion
Tél.: (514) 641-2387
Téléc.: (514) 655-6092

Dépôt légal
Bibliothèque nationale du Canada
Bibliothèque nationale du Québec
2e trimestre 1994

ISBN: 2-89074-548-1

1 2 3 4 5 - 94 - 98 97 96 95 94

Imprimé au Canada

Comme toujours, à ma très chère femme, Joan.

———————

ADAM
ET
LIZZIE

Je t'aime, Lizzie, disait Adam Thorne. Je veux t'aimer jusqu'à mon dernier jour.

- Oh, Adam, tu sais que c'est toi que j'aime! Nous ne faisons qu'une seule âme et rien ne nous séparera jamais.

Ces serments d'amour étaient prononcés sans l'ombre d'un doute alors que les deux enfants se tenaient la main dans la main parmi les ruines de Newfield Abbey. Un vent violent soufflait sur la lande pourpre et brune du Yorkshire, apportant avec lui les premiers frimas de l'automne dans leurs cheveux ébouriffés. Ceux d'Adam, drus, noirs et broussailleux, ceux de Lizzie, blonds, décolorés par le soleil d'été, semblables à un champ de blé. Newfield Abbey, autrefois monastère, avait été brûlé par les soldats d'Henri VIII quand il avait aboli les cloîtres pour fonder l'Église d'Angleterre.

Tout ce qui restait des murs de pierres et des voûtes gothiques, le sol couvert de fleurs et d'herbes sauvages, tout cela conférait à l'endroit un irrésistible romantisme propice aux rencontres d'Adam et de Lizzie.

Maintenant, le jeune garçon au visage mâchuré, vêtu de sa chemise blanche et de ses pantalons usés, s'agenouillait devant la belle jeune fille vêtue d'une robe sans artifices et lui prenait les mains.

- Moi, Adam Thorne, je fais solennellement le serment d'être ton chevalier, disait-il, ses yeux sombres levés vers le visage adoré. Je jure de te protéger contre ce monde vil et cruel et de t'aimer du plus pur amour.

- Et moi, Elizabeth Desmond, accepte ton gage d'amour, Sire chevalier, et fais le vœu de t'aimer de mon amour le plus sincère.

Le vent poursuivait sa plainte au-dessus de la lande pendant que de lourds nuages chargés de pluie traversaient le ciel à toute allure.

Huit années plus tard, en 1856, Adam Thorne, dévêtu, était étendu au-dessus de Lizzie Desmond, dévêtue elle aussi, couchée sur le dos parmi les fleurs sauvages de Newfield Abbey.

- Ma douce Lizzie, murmurait Adam. Ma belle Lizzie.

Il la tenait dans ses bras, baisant sa poitrine. Lizzie ferma les yeux et serra les poings.

- Mon Dieu, murmura-t-elle, pardonne mes péchés.

- Chut! Il n'y a pas de péché; aux yeux de Dieu nous sommes mari et femme. Nous l'avons toujours été.

- Mais pas aux yeux de mon père.

- Ton père est assez pieux pour nous gagner notre paradis à tous, cependant je ne suis guère sûr de vouloir m'y trouver en même temps que lui.

- Quelle méchante chose à dire, quand bien même ce serait la vérité.

Je ne puis me défaire de cette pensée, se dit-elle; elle desserra les poings et posa ses mains sur le dos tiède et soyeux d'Adam. Le pur et innocent amour de deux enfants qui avaient grandi ensemble sur la lande, s'était transformé, en ce début d'été, en quelque chose qui ne ressemblait plus à de l'innocence. Lizzie était obnubilée par Adam Thorne qui était devenu un adulte aux allures sombres et au physique imposant, un homme dont les baisers l'avaient menée de caresses en plaisirs, un homme dont les mouvements d'humeur la fascinaient autant qu'ils l'intriguaient. Lizzie était la fille du vicaire de Wykeham Rise, et elle savait les dangers qu'elle encourait. Le révérend Hugh Desmond, depuis douze ans veuf de la mère de Lizzie, était un fervent croyant du châtiment divin. Lizzie savait qu'en entrant en état de péché, elle vivrait obligatoirement l'enfer sur cette terre pour expier ses fautes.

Mais elle avait déjà péché : six fois jusqu'à ce jour. Car elle comptait. Newfield Abbey, le théâtre de tant de scènes d'amour juvéniles, commençait à paraître à ses yeux le lieu de leur éternelle dépravation. En dépit du fait qu'elle était d'ores et déjà «déchue», Lizzie n'avait nullement l'intention de devenir une telle femme, un thème parmi tant d'autres, abordé par son père dans ses sermons à n'en plus finir. La solution était bien sûr dans le mariage, mais, à ce jour Adam n'avait pas abordé le sujet. Lizzie était déterminée à le faire en lieu et place.

- Oh, Dieu, cria-t-elle, ses mains crispées sur la taille fine d'Adam alors qu'il la portait vers l'orgasme. Oh mon amour...

Il roula sur le côté, pantelant, le corps luisant de sueur. Malgré le vent, le soleil du mois d'août était chaud et Adam était un amant passionné. Il attrapa sa chemise dans l'herbe et s'en essuya le visage.

- Ma tante arrive demain, dit-il. J'ai dans l'idée qu'elle vient persécuter mon père pour le persuader de m'envoyer à Oxford. Père a reçu la lettre ce matin et il en a été si troublé qu'à midi il était déjà ivre.

- Qu'est-ce qui le perturbait tant?

- Cette vieille femme le terrifie. Je ne l'ai vue qu'une seule fois à l'âge de dix ans, et elle m'avait alors inspiré la plus grande terreur. C'est réellement un dragon, c'est Lady Rockfern, la sœur aînée de ma mère.

Lizzie s'assit, chassant un insecte d'un geste vague.

- Souhaites-tu aller à l'université? demanda-t-elle.

- Je ne sais trop si je puis y aller; tu sais que je ne suis pas du tout lettré; d'autre part, qui en défrayera les coûts? Père a bu à peu près toute sa fortune, et mon grand-père n'a pas envoyé le moindre sou en vingt ans. Mais il est dans la tradition familiale de fréquenter Oxford et je suppose qu'ils ont l'intention d'en débattre avec moi. Peut-être pourrais-je faire quelques menus travaux pour assumer une partie des frais... je ne sais pas. Quoi qu'il en soit, je ne vois pas pour quelle autre raison ma tante viendrait ici bousculer mon existence.

- Penses-tu vraiment qu'elle vienne ici pour se mêler de ton éducation?

- Si je le pense? Il posa sur elle ses yeux noirs et elle y vit bouillonner la colère. Je sais ce que les de Vere pensent de moi, ou tout au moins je puis le deviner. Je suis le parent pauvre, l'enfant sans éducation aux viles manières qui ne sait dire un mot correctement et que l'on ne souhaite pas avoir à sa table. Quoi qu'il en soit, je ne resterai pas plus qu'un trimestre à Oxford, ce ramassis de snobs.

- Mais tu es le petit-fils d'un comte!

- Oh bien sûr, un comte que je n'ai jamais vu, qui a dépossédé ma mère sans raison valable... un homme que je hais! La rage contenue dans ses yeux se répandit sur son visage; il se leva alors et alla à la porte de l'abbaye poser son regard par delà les landes. Le vent soufflait dans ses cheveux et il posa une main sur le chambranle vide tandis qu'il brandissait l'autre, le poing fermé en signe de défi au monde entier.

- Sois maudit à jamais, Lord Pontefract! cria-t-il. Puisse l'enfer t'engloutir et te vomir; et s'il ne le fait pas, je le ferai moi-même; car que je brûle dans les flammes si je ne te fais payer le prix de ton infamie.

- Adam! cria Lizzie, qu'une telle véhémence choquait profondément. C'est ton grand-père après tout.

Adam se retourna et lui lança un regard plein de colère. Lizzie pensa alors que le moment était bien mal choisi pour parler mariage.

_____

L'HÉRITAGE
DES
PONTEFRACT

CHAPITRE PREMIER

Voici donc le manoir des Thorne! songeait Lady Sidonia Rockfern comme le cabriolet arrivait en face de la vieille demeure aux pierres érodées par le temps, qui appartenait à son beau-frère. Si un jour ce fut un manoir, c'est aujourd'hui une ruine. Il est choquant que ma très chère sœur ait pu gaspiller sa beauté et ses brillantes perspectives pour venir s'enterrer dans ce coin du monde oublié de Dieu avec un mari ivrogne et sans grâces! Quoi qu'il en soit, il a tout intérêt à être sobre aujourd'hui car j'ai de quoi le dégriser!

Lady Rockfern était une grande et imposante femme dans la cinquantaine avec un visage aux traits chevalins. Elle était assise, raide comme un piquet dans son cabriolet, une ombrelle noire la protégeait du soleil et un bonnet noir retenait ses cheveux gris contre les rafales de vent. La calèche arrêtée, l'un de ses deux cochers sauta à terre pour ouvrir le portillon et déplier le marche-pied. Elle descendit sur un carré envahi par les mauvaises herbes qui aurait dû être une pelouse. Le manoir Thorne semblait désert; à certains endroits les volets pendaient sur leurs gonds, les fenêtres étaient crasseuses et certains panneaux vitrés étaient absents.

Les lèvres de Lady Rockfern se crispèrent de contrariété.

- Annoncez-moi, dit-elle.

Son cocher courut alors sur l'allée de gravillons et frappa l'huis du marteau de bronze. Elle promena un regard impatient sur la maison à deux niveaux, guettant un signe de vie.

- Sidonia! Chère sœur! roucoula une voix, et un homme à la chevelure grise apparut sur le seuil de la porte d'entrée. Les bras grands ouverts, il parcourut l'allée à la rencontre de sa belle-sœur, une bouteille de vin à la main. Bienvenue, soyez la bienvenue au manoir Thorne! Eh bien, chère Lady, vous n'avez rien perdu de vos charmes, n'est-ce-pas? Toujours en beauté, vous les filles de Vere, êtes toutes exceptionnelles.

- Vous êtes ivre, interrompit Lady Rockfern, et n'essayez pas de m'amadouer avec vos propos mielleux; je n'ai jamais eu grand beauté à perdre; c'était Lavinia qui était une beauté, jusqu'à ce qu'elle pose les yeux sur vous. À présent, déposez cette bouteille, Monsieur, nous avons différentes choses à débattre. Où est donc votre fils?

Sir Percival Thorne s'arrêta à quelques pas de sa belle-sœur, tentant de la toiser alors qu'il titubait dangereusement d'avant en arrière.

- Comment donc, chère Lady, votre propos est si sévère; ivre, dites-vous? Voilà un mensonge, Madame, dont je pourrais tirer offense; en ce jour brûlant, je n'ai fait que me rafraîchir de quelques gorgées de vin clairet.

- C'est assez, Monsieur! Elle appuya son ombrelle sur son épaule, sa voix tonnait comme le canon. J'ai parcouru un long chemin depuis Pontefract Hall et ne dispose pas de temps pour vos bouffonneries d'ivrogne. Qu'on aille chercher ce garçon, je souhaite le voir.

Écartant du bras Sir Percival, elle descendit l'allée et entra dans la maison. Celui-ci prit une longue rasade à sa bouteille et en cracha une longue giclée en direction de sa belle-sœur.

Dans la demeure, Lady Rockfern traversa le hall de pierre pour pénétrer dans la salle de réception.

Dégoûtant, songea-t-elle, faisant courir son doigt ganté sur un coffre jacobin; des nuages de poussière volèrent; les tentures de velours rouges étaient tout aussi poussiéreuses, mitées par endroits, leurs franges déchirées pendant lamentablement. Les lambris des murs étaient cependant restés très beaux, même s'ils dataient du dix-septième siècle, époque à laquelle avait été bâti le manoir Thorne par un ancêtre de Sir Percival, et le plafond de plâtre était un chef d'œuvre de sculpture.

- Quel crime d'abandonner un tel endroit dans un semblable état de ruine, murmura-t-elle en tapant sur le coussin d'un fauteuil à haut dossier provoquant ainsi de nouveaux nuages de poussière. Elle prit donc place sur le coussin, les deux mains posées sur le manche de son ombrelle, faisant face au hall d'entrée, guettant l'arrivée de Sir Percival.

Lady Rockfern était terriblement contrariée. Meurtre, songeait-elle. Meurtre. Ce mot était si violent, si vulgaire; un meurtre ne pouvait jamais survenir dans une famille comme les de Vere, mais cependant il était survenu; le meurtre, violent et vulgaire. Oh bien sûr, son père lui avait recommandé de n'en point parler à Adam; cela devait être tenu secret et passer pour un accident. Mais cet acte horrible avait complètement bouleversé le monde des de Vere. Quelle serait la réaction d'Adam en apprenant la nouvelle?

Elle brûlait de curiosité de voir son neveu; elle savait qu'il avait eu ses dix-huit ans le mois précédent; elle savait également qu'il avait obtenu un vague diplôme d'une obscure école voisine de Wykeham Rise mais que sa vie était complètement désordonnée, ceci par la faute de son ivrogne de père qui ne lui avait enseigné aucune morale, aucun principe chrétien. Adam avait grandi en marge de toute société civilisée, tel un jeune animal sauvage. Tout ceci était en grande partie la faute de son père à elle, elle se devait de reconnaître cet état de fait, et elle savait aussi l'acrimonie d'Adam à l'égard de sa famille. Mais maintenant les choses étaient si différentes. Elle se demandait si ce jeune homme sauvage dont elle avait entendu parler, galopait à travers la lande des heures durant… mais pourrait-il jamais être éduqué? La chose pourrait s'avérer difficile mais cela devait être fait et Sidonia s'était d'ores et déjà fait une alliée en la personne de Lady Sybil Hardwick.

Elle consulta son oignon en or.

- Où est donc passé cet idiot? dit-elle d'un ton irrité. S'imagine-t-il que je vais l'attendre toute la journée? Percival! cria-t-elle.

Une horloge lointaine tiquetaquait alors que le soleil tentait vainement de percer les vitraux poussiéreux de la grande fenêtre; Lady Rockfern s'apprêtait à exprimer sa mauvaise humeur quand un jeune homme apparut à la porte. Il était grand, au-delà de six pieds et solidement bâti, avec de larges épaules et de fines attaches. Il portait un habit sombre passablement élimé et une chemise blanche propre; il n'avait cependant pas de cravate et ses cheveux noirs et bouclés semblaient bien trop longs.

- Adam? dit alors Sidonia.

- Tante Sidonia?

Il traversa la grande pièce et se présenta devant elle.

- Vous avez la permission de baiser ma joue, dit Lady Rockfern.

- Oui, ma Tante.

Il s'inclina et baisa la joue droite qu'elle lui tendait. Elle sentait l'odeur forte de ces savons fabriqués à la maison.

- Bien, laisse-moi te regarder, dit-elle comme il se redressait.

Elle tira ses lorgnons de sa bourse pour l'examiner.

- Tu as hérité du port de ta mère, et de ton père aussi. Et je lui en suis reconnaissante : il a l'air d'une fripouille mais d'une belle fripouille; il a suffi que ma pauvre sœur pose le regard sur lui pour que c'en soit fini d'elle. Mais où diable est-il? Ne peut-il rester sobre une seule journée?

- Je pense que Père éprouve quelque crainte de vous voir; il vient juste d'enfourcher son cheval pour se rendre à la taverne.

- La taverne! Quel outrage! Mais il a bien raison d'être effrayé par ma présence, à la manière dont il a ruiné la vie de ma sœur.

- Et que dire à propos de vous, ma Tante? demanda doucement Adam en refoulant sa rage. Et de mon grand-père? N'a-t-il pas ruiné la vie de ma mère en la chassant comme une vulgaire catin? Oui, mon père boit, encore heureux que je ne boive pas moi-même.

Lady Rockfern fronça les sourcils.

- Votre amertume est bien compréhensible, Adam; mais il existe une raison pour laquelle tout cela advint, une raison dont je laisserai votre grand-père vous entretenir. Cependant, je présume que vous n'avez pas eu vent des tragiques nouvelles?

- Quelles nouvelles?

- Telle que vous me voyez, je suis en deuil, Adam; il est survenu un décès dans la famille; en fait il y en a eu quatre. Tous ont radicalement affecté l'héritage des Pontefract ainsi que votre avenir. Elle se leva.

- Venez mon garçon, préparez votre bagage, vous devez venir avec moi à Pontefract Hall dès aujourd'hui; dépêchez-vous!

Nous avons trois heures de route à parcourir et je souhaite être rendue avant le coucher du soleil.

Adam regardait fixement sa tante se demandant ce qui pouvait bien être arrivé tout à coup en ce bas monde.

- Regarde, Lizzie, ce sont mes faire-part de mariage! Ne sont-ils pas magnifiques?

Lettice, l'aînée des trois filles Desmond, tendit brusquement à sa sœur une boîte contenant des enveloppes de couleur crème avec un sourire plein d'arrogance.

- La gravure est de la plus belle facture, Papa a été étonnamment généreux mais nous voulons tous que le mariage soit des plus spectaculaires, n'est-ce pas? Quoi qu'il en soit, M. Belladon est un très beau parti et c'est moi qui l'ai eu.

«Disons plutôt que tu t'es jetée dans ses bras», songea Lizzie. Elle s'empara donc d'une des invitations et lut le texte imprimé en caractères gothiques:

Le Révérend Hugh Fitzalan Desmond, M.A., D.D.
prie ------------ de l'honorer de sa présence
À l'occasion du mariage de sa fille,
Lettice Winifeld,
avec
M. Horace Belladon
en l'Église St-Giles
Wykeham Rise
La cérémonie sera célébrée à onze heures
Le 28ème jour d'octobre de l'an 1856.

- Voudras-tu bien m'aider à les remplir, chère Lizzie? Tu as une si belle écriture!

Lettice virevolta à travers la petite chambre à coucher qu'elle partageait avec ses sœurs à l'étage du presbytère.

- Je ferai une si belle mariée! Pense donc, Lizzie, Minna et toi pourrez me rendre visite au Priory et y rester aussi longtemps que vous voudrez; vous aurez des domestiques à votre service et pourrez manger à satiété tout le chocolat que vous voudrez. Ce cher M. Belladon l'a promis, sais-tu; il est si généreux. Et si fortuné!

- Et si vieux, répondit Lizzie en remettant l'invitation dans sa boîte; elle se leva du lit sur lequel elle était allongée.

- Tu es tout simplement jalouse, rétorqua Lettice. Tu l'es parce que tu n'as pas de fiancé ni même de soupirant si l'on fait exception de ce chat de gouttière d'Adam qui n'est guère présentable en société.

Lizzie se saisit vivement d'une longue mèche blonde de sa sœur et lui répliqua promptement:

- En fait Adam t'inspire bien des choses que tu n'oses dire.

- C'est trop fort, tu es vraiment jalouse de moi! Tout le monde sait qu'Adam Thorne ne représentera jamais rien pour personne avec un père ivrogne comme le sien.

- Imagines-tu peut-être que je t'envie Horace Belladon, ce tisserand replet qui se donne des airs ridicules et mange sa soupe à grand bruit ?

- Ce n'est pas un tisserand! Il est propriétaire de la Belladon Textiles Limited, il possède trois usines et gagne vingt mille livres par an.

- Il est gras, il a deux fois ton âge et il met les doigts dans son nez.

Lettice se mordit la lèvre. En dépit du fait que de nombreuses personnes avaient fait maints commentaires sur leur ressemblance - car Lizzie n'était sa cadette que d'un an et bien des gens pensaient qu'elles étaient jumelles - Lettice était parfaitement consciente que ces mêmes personnes s'entendaient pour dire que Lizzie était la plus belle des trois sœurs, et cela, elle ne le lui pardonnait pas.

- Au moins, il se lave, c'est bien la seule chose chez Adam qui mérite quelque considération, dit-elle, les poings sur les hanches en toisant sa sœur.

- J'aime l'odeur d'Adam!

- Comment donc, l'aurais-tu suffisamment approché pour pouvoir sentir son odeur? Gageons, Lizzie, l'aurais-tu approché d'assez près qu'il puisse t'embrasser?

Lizzie s'empara d'un livre sur son chevet et le lança à la tête de sa sœur. Lettice l'évita en se baissant, et il atteignit un pichet de porcelaine bleue sur la coiffeuse, lequel se brisa en mille morceaux sur le sol.

- Tu n'y échapperas pas, cria Lettice en se ruant vers la porte. Je vais tout raconter à Papa qui te rossera pour avoir eu un tel comportement.

- J'aurais aimé que ce livre te décapite, hurla Lizzie.

- Tu peux prendre tes grands airs, ma chère, mais j'ai idée de ce qui se passe à Newfield Abbey, et j'ai aussi l'intention de lui rapporter cela.

Elle ouvrit la porte et dans sa précipitation faillit renverser son autre sœur, Minna.

- Oh Minna, es-tu donc empotée, tu te trouves toujours dans le chemin!

Elle écarta brutalement sa sœur et s'en alla sur le palier. Minna, dont la vue était si basse qu'elle devait porter des lunettes, pénétra dans la chambre.

- Que lui arrive-t-il encore? demanda-t-elle en refermant la porte.

Des trois sœurs, Minna était la plus secrète.

- Oh, elle se vantait à propos d'Horace l'Horrible, répondit Lizzie en s'asseyant brusquement près de la lucarne.

Minna dit alors:

- Écoute, Lizzie, Lettice est bien la seule d'entre nous à avoir des prétendants.

Lizzie sourit à sa sœur.

- Assurément, je ne me ferai aucun souci pour toi, Minna. Un de ces jours un prétendant valable te fera sa demande; et puisqu'Adam ne s'est pas, à ce jour, mis sur les rangs...

- À propos d'Adam, le vieux Jethro du manoir Thorne vient juste d'apporter ceci.

Minna tira une enveloppe de la poche de sa jupe et la tendit à sa sœur.

- Petite oie, pourquoi ne pas l'avoir dit plus tôt?

Sautant de sa chaise, elle décacheta l'enveloppe et en sortit le billet.

«Ma très chaire Lizzie», commençait-il.

Elle eut un sursaut en voyant l'écriture crue d'Adam, dénuée de toute orthographe. Il faut dire que Lizzie était une élève modèle à l'École des Filles du Clergé près de Castleton.

«Ma tente, Lady Rockfern, m'emmène voir mon granpère à Pontefract Hall. Je n'est que peu de tant, et Tente est très pressé. Je t'écrirai plus longuement plus tard. Je t'aime.

Ton chevalier servent.

Adam».

- Que dit-il? demanda Minna, brûlant de curiosité.

- Il s'en va voir son grand-père à Pontefract Hall, répondit Lizzie, voilà qui est étrange, je me demande ce que cela peut bien vouloir dire.

- Je crains que l'état de vos finances ne vous permette guère de fréquenter une école convenable comme Eton ou Harrow, disait Lady Rockfern à Adam, assis en face d'elle dans la calèche, en train d'admirer les couleurs mordorées de cette fin d'après-midi. Mais j'ai ouï dire que vous aviez obtenu quelque diplôme d'une institution locale.

- Oui, j'ai passé quatre années au cours de M. Cadbury.

- Savez-vous le Latin?

- Eh bien, un peu; je n'ai jamais très bien compris les déclinaisons, en particulier la forme vocative. Pourquoi apprendrais-je à dire «ô la table!» en latin? Je ne parle jamais aux tables.

-Vous marquez un point; Je reste fermement convaincue que la chute de l'empire romain fut causée par cette ridicule grammaire; pourquoi s'adresserait-on à des objets inanimés? Savez-vous le français?

- Non.

- Sauriez-vous faire l'analyse grammaticale d'une phrase?

- Oui, mais mon orthographe est déplorable.

- Hum, il semble que vous ayez suffisamment d'éducation pour faire un gentilhomme anglais tout à fait convenable. Personnellement, je ne crois pas à tous ces discours sur l'éducation des masses; trop d'instruction peut nuire à la personnalité d'un homme.

- Vous n'êtes donc pas en train d'essayer de m'envoyer à Oxford?

- Oxford? Bien sûr que non. Écoutez-moi donc, Adam. Je présume que vous savez quelque chose à propos de l'histoire de votre famille?

- Non. Mère ne m'en a jamais touché le moindre mot.

- Je me dois donc de vous expliquer la chose; même si cela vous paraîtra d'une longueur assommante, il est important que vous sachiez. Mon père, Lord Pontefract, qui est aussi votre grand-père maternel, engendra trois enfants. Le premier né fut mon frère, Lord Augustus de Vere, qui était l'héritier du titre de comte qui revient au descendant mâle de la lignée. Je fus la deuxième. J'ai épousé feu Lord Rockfern de qui j'ai eu une fille morte en bas âge. Et enfin, comme vous le savez, votre mère, rejetée par son propre père.

La succession semblait assurée par mon frère, surtout après que lui-même eut engendré deux beaux fils. Mais un drame est arrivé à notre famille. Lord Augustus, son épouse et leurs deux enfants s'étaient embarqués sur le yacht à vapeur de Lord Willoughby Fane en route pour les Indes. Ils avaient quitté la Tamise depuis moins d'un demi-mille, quand une explosion survint à bord, tuant tous les occupants - car il est évident que c'est la chaudière qui a explosé. En un souffle, si je puis m'exprimer ainsi, la descendance des Pontefract a été changée à jamais.

Sidonia mentait comme on l'avait engagée à le faire, elle savait qu'il s'agissait d'un meurtre.

Adam la regardait fixement.

- Voulez-vous dire... Il hésita un instant... que je serais le futur comte de Pontefract?

- Que vous seriez? Je vous affirme que vous le serez. Absolument.

Que de nuits il avait passées, blotti dans son lit, écoutant le vent sur la lande qui hurlait autour de l'antique manoir glacé, maudissant le sort qui l'avait abandonné à sa triste condition et avait fait de ses cousins les héritiers de ce qu'il savait être une immense fortune. Les caprices de la naissance lui paraissaient injustes, mais l'étrange conduite de son grand-père à l'égard de sa mère le faisait paraître à ses yeux cruel et tyrannique. Pourtant, dans ses pensées fantasques il n'avait jamais envisagé le fait qu'il pourrait un jour hériter du titre. Tout ce qu'il sut dire fut:

- Mais... mais mon grand-père n'est-il donc pas préoccupé?

- Bien sûr qu'il est très préoccupé du fait que son fils et ses petits-enfants aient été tués. Ce fut un choc terrible pour lui; mais il est très désireux de vous voir, Adam. Il a bon nombre de choses à vous raconter, et moi aussi. D'abord laissez-moi vous éclairer sur certains détails concernant les biens familiaux. Lord Pontefract, deuxième du nom, possède quarante mille acres en Angleterre, pour la plupart ici, dans le Yorkshire. Au siècle dernier, de riches filons de charbon furent découverts, et ces mines rapportent un revenu annuel d'environ cinquante mille livres.

De plus, il y a quelque vingt mille acres en Écosse, dans le Ayrshire, pour être précise, et Pontefract Square dans le West End de Londres dont la rente annuelle rapporte encore vingt mille livres l'an. Il y a aussi un autre demi-million investi dans des emprunts. Naturellement, en tant que troisième du nom, vous hériterez également de Pontefract Hall, de Pontefract House à Londres et d'une villa toute blanche sur la côte écossaise.

- Ma Tante, dit-il, complètement stupéfait, ceci... ceci n'est pas une plaisanterie?

Elle se raidit.

- Une plaisanterie, Monsieur? Il ne m'est pas coutume de plaisanter avec les héritages.

- Ainsi c'est vrai, je vais devenir riche?

- Votre vivacité d'esprit est à porter à votre crédit, mon neveu; aussi êtes-vous capable maintenant d'apprécier l'ampleur de la tâche qui nous attend. Vous n'étiez rien, vous serez tout. Nous devons vous donner ce vernis qui vous est indispensable pour prendre la place qui vous revient dans notre société. Nous nous devons également de vous trouver l'épouse qu'il vous convient d'avoir; bien heureusement, votre allure plutôt remarquable et vos revenus à venir nous simplifieront la tâche; je suis en train d'établir une liste de comtesses potentielles.

- Un instant, je vous prie ma Tante, tout cela est bien aimable à vous mais je suis déjà amoureux.

- Vous l'êtes donc, et de qui, je vous prie?

- De la plus belle fille d'Angleterre et de la plus douce aussi: Lizzie Desmond.

- Lizzie? Je ne suis pas certaine que ce soit un nom que l'on puisse rencontrer dans la bonne société. Qui est, je vous prie, cette Lizzie?

- Oh, elle est d'une famille tout à fait respectable; son père est le vicaire de Wykeham Rise. Ils sont pauvres comme des rats d'église, mais Lizzie a la tête sur les épaules, elle est, par ailleurs, bien plus instruite que moi; oubliez donc votre liste. Quand je serai le troisième du nom, j'épouserai Lizzie et ferai d'elle ma comtesse... Le comte de Pontefract, troisième du nom, il répéta le nom comme pour en savourer la teneur. Cela ne me semble pas possible; et toutes ces années passées à vous haïr, Grand-père et vous, mais maintenant... il hésitait; l'incroyable nouvelle l'excitait mais le laissait aussi pantois.

- Comme je le disais, poursuivit sa tante, votre amertume est compréhensible. Mais vous devez vous évertuer à oublier le passé, Adam. Le destin vous apporte un magnifique héritage, et un jour, probablement bientôt, hélas, vous serez à la tête de notre famille. A grands privilèges, grandes responsabilités. Jusqu'à votre mariage et votre paternité, vous restez le dernier des de Vere, et vous devez faire en sorte que nous soyons tous fiers de vous. Quoi que nous ayons pu vous faire de par le passé vous devez vous efforcer de voir plus loin, cher Adam; et heureusement pour nous tous, vous êtes maintenant à votre fait pour faire montre de générosité.

- Oui, dit-il confusément, vous avez peut-être raison. Je dois essayer de pardonner... A quoi ressemble Grand-père, ma Tante?

- Il n'est pas l'ogre que vous avez pu imaginer; il est comme nous tous: il a ses défauts et ses qualités. Il est également très vieux, Adam. Vous devrez vous montrer aimable avec lui. Vous pourriez même vous surprendre à l'aimer, après tout.

CHAPITRE DEUX

Si Adam n'en croyait pas ses oreilles alors que Lady Rockfern lui annonçait qu'il allait devenir comte, il en crut encore plus difficilement ses yeux lorsqu'il vit Pontefract Hall. Il avait quelques vagues souvenirs de sa mère lui parlant du vaste domaine où elle avait grandi, mais elle était morte de consomption alors qu'Adam n'avait que sept ans.

- La construction de cette demeure fut commencée en 1760, annonçait sa tante alors que la voiture tressautait sur l'immense allée conduisant au manoir qui se dressait au loin. Elle fut érigée par votre arrière-grand-père, le premier de la lignée qui fut un nabab à Calcutta.

- Un quoi, ma Tante?

- Un nabab à Calcutta. Votre arrière-grand-père, Algernon de Vere, partit pour les Indes comme employé aux écritures ou comme clerc pour la East India Company; vous avez sûrement entendu parler de la East India Company?

Adam déglutit nerveusement, l'histoire n'était pas son fort.

- Oui.

- Algernon avait l'esprit vif et il était travailleur; il gravit rapidement les échelons dans la compagnie. Au cours de son ascension il devint l'ami de Robert Clive. Vous avez, bien sûr, entendu parler de Clive des Indes?

Nouvelle déglutition.

- Oui.

- Vous avez entendu parler de Calcutta?

- C'est dans l'est de l'Inde, n'est-ce-pas? Sur le bord d'un fleuve?

- Bravo, ça se trouve au Bengale, pour être précis, sur la Hooghly River et le climat y est abominable. Quoi qu'il en soit, votre arrière-grand-père avait un magnifique sens des affaires, assorti, faut-il le dire, d'une grande faculté d'adaptation aux coutumes locales; c'était aussi un homme d'un grand courage. Avez-vous entendu parler de la bataille de Plassey?

Adam fronça les sourcils. Sa tante lui en demandait beaucoup, mais il ne voulait pas avoir l'air d'un parfait ignorant.

- N'est-ce pas quand nous avons battu les Français aux Indes?

- Précisément. En 1757, il y a presque cent ans. Calcutta était alors sous le contrôle du Nawab du Bengale, un ignoble petit homme dont le nom était Siraj-ud-Daula - appellation bien particulière à laquelle il était tout aussi bien de s'accoutumer. L'année précédente, ce Nawab avait été responsable du fameux trou noir de Calcutta. Vous avez également entendu parler de cet événement?

- Ne fut-ce pas quand des otages anglais furent entassés dans une seule cellule et que la plupart d'entre eux périrent?

- Précisément. Probablement cent cinquante personnes - le nombre exact reste à préciser - furent entassés dans une pièce de dix-huit pieds par quatorze avec deux trous d'aération, durant la nuit la plus chaude de la saison. Le matin suivant, quand ils ouvrirent la porte, tous, excepté vingt-trois étaient morts étouffés ou de congestion. Ce fut un incident choquant et très brutal. Votre arrière-grand-père et Clive organisèrent alors une expédition punitive à Madras contre le Nawab et marchèrent sur Calcutta qu'ils reconquirent, ils acculèrent alors Siraj-ud-Daula en un endroit appelé Plassey où ils défirent la troupe de brigands en même temps que les armées françaises. Siraj-ud-Daula fut assassiné quelque temps après, ce qu'il avait grandement mérité. Clive nomma un général mongol ami de la Couronne Nawab du Bengale, et ils fondèrent ainsi l'empire des Indes. Clive, Algernon et les autres dirigeants de la East India Company reçurent d'énormes sommes de récompense du nouveau Nawab, Mir Jafar. Votre arrière-grand-père reçut 285 000 livres, somme astronomique à cette époque-là.

- C'est une somme astronomique même maintenant, répondit Adam.

- Votre arrière-grand-père et les autres, dépeints comme des arrivistes par leurs contemporains jaloux, étaient connus sous le nom de Nababs de Calcutta. Algernon revint en Angleterre, acquit ce domaine, bâtit Pontefract Hall et acheta un siège à la Chambre des Communes. Plus tard, durant cette malheureuse révolution américaine, il soutint les loyalistes de Georges III, qui le récompensa en le nommant Pair du Royaume. Algernon de Vere devint le premier comte de Pontefract. Je suis convaincue que vous avez bien porté attention à mon propos, mon neveu, je vous parle de l'histoire de votre famille.

- Oui, ma Tante, mais tout ceci est si... énorme!

- Énorme! Que voilà une bien étrange façon de décrire l'histoire de votre famille!

- Non! Je parlais de Pontefract Hall!

Adam, dont l'état d'excitation allait croissant, regardait fixement l'imposant édifice seigneurial dont le carrosse s'approchait.

- D'aucuns prétendent qu'il comporte plus de cent chambres; personnellement, je ne les ai jamais comptées. Compter ses propres chambres suscite en moi un indicible sentiment de vulgarité. Je puis toutefois vous dire que le personnel s'élève à environ cinquante personnes, quoique, avec ces nouvelles idées libérales qui courent en ce moment, il devient de plus en plus difficile de trouver des gens de maison.

Adam dévorait des yeux les splendeurs de la demeure dont les détails se dessinaient peu à peu devant lui, bien que «demeure» ne fût guère le mot qui convenait. Selon Adam, la façade de pierre s'élevait à plus de six cents pieds. D'un caractère classique, le manoir se composait d'un bâtiment central avec un immense portique proéminent, dont les côtés comportaient, à chaque extrémité, une tour carrée surmontée d'une coupole. Le portique central, avec ses six colonnes supportant un auvent triangulaire orné d'une statue de déesse, était flanqué d'un double escalier en quinconce. Une alternance de classiques frontons triangulaires et en demi-lune surplombait les immenses portes-fenêtres à la française du rez-de-chaussée, et la toiture, hérissée de gargouilles et de déesses, était cernée par une longue balustrade de pierre. Le manoir se dressait dans un immense parc planté d'arbres magnifiques et une fontaine circulaire lui faisait face en projetant vers le ciel un majestueux jet d'eau qui retombait en une douce bruine dans la fraîcheur du soir.

Au premier regard, Adam tomba en extase devant ce chef-d'oeuvre d'architecture.

- Tante Sidonia! s'exclama-t-il en se retournant vers elle, c'est encore plus beau que je ne me l'étais imaginé; Lizzie se plaira certainement ici et elle y sera si heureuse!

Lady Rockfern eut un bref reniflement; «une fille de vicaire prénommée Lizzie, nous verrons cela, songea-t-elle. Non, décidément la femme idéale pour Adam est Sybil Hardwick, et que je puisse les rapprocher au plus vite n'en sera que mieux». Comme la plupart des gens issus de l'aristocratie, à l'heure du mariage, Sidonia pensait plus en termes d'alliances familiales qu'à l'amour proprement dit. Si le fiancé et sa promise tombaient amoureux l'un de l'autre, cela ne faisait que rendre la chose plus agréable, mais à l'instar des chevaux de race, seule la naissance comptait et Sybil faisait partie d'une des plus nobles familles d'Angleterre.

Adam, la tête tournée vers Pontefract Hall, était loin de telles considérations. Il pensait à l'immense fierté qu'il éprouverait quand il montrerait tout ceci à la femme qu'il aimait.

- Vous aimerez Lizzie, ma Tante; c'est la plus merveilleuse femme d'Angleterre! Et, se retournant vers elle, il ajouta, le sourire aux lèvres : exclusion faite des dames présentes, bien sûr.

Sa tante ne répondit rien. «Il a quelque charme naturel, se disait-elle, et il ne semble guère vouloir renoncer à ses espérances».

Le presbytère de Wykeham Rise était une très humble construction bien que non dénuée d'un charme empreint d'une certaine mélancolie. Le village de Wykeham Rise se composait de quatre cents âmes dont la plus grande partie fréquentait l'église de St-Giles située aux limites du bourg. Le presbytère se dressait près de la lande, séparé de l'église par le cimetière communal. Le village se perchait sur une petite colline et la rue Haute était pavée de dalles de pierres posées bout à bout afin de mieux retenir les sabots des chevaux; la rue Haute conduisait à l'église et au presbytère, tous deux bâtis de la même pierre grise qui, par ailleurs, caractérisait l'ensemble des maisons. Le toit du presbytère était aussi fait de cette pierre, car aucun autre matériau n'aurait pu résister à la force du vent qui soufflait sur le pays. La bâtisse était flanquée de deux cheminées et cernée d'un muret de pierre le long duquel les sœurs Desmond avaient le loisir de faire pousser quelques plantes vivaces parmi les sureaux et les lilas, en un jardin qui tentait d'égayer les lieux. Car, dans le climat froid et humide de la lande, le presbytère avait toujours un air sombre et sinistre; à l'occasion, un rayon de soleil apportait un peu de chaleur éphémère et pour Lizzie, le fait d'avoir grandi entre cimetière et presbytère, n'avait en rien entamé sa nature souriante et cordiale.

Elle se devait de vivre avec le révérend Desmond, son père, un homme imposant à la barbe blanche et broussailleuse, l'esprit obsédé des pires fautes de ses contemporains en ce milieu d'époque victorienne. Il était pontifiant, sentencieux, parfaitement départi de toute forme d'humour, bigot et d'une franchise sans pitié. La seule chose qui le rendait supportable était son amour des animaux, en fait, certains se demandaient s'il ne préférait pas les bêtes aux humains; aussi le presbytère était-il peuplé de chats, de chiens et d'oiseaux.

Quand, sur la requête de son père, Lizzie entra dans son bureau, il caressait le dos d'Ezechiel, son persan favori.

- Ah, Elizabeth, dit-il d'une voix douce qui contrastait singulièrement avec son timbre tonitruant lorsqu'il était en haut de sa chaire. Assieds-toi, ma chérie.

- Oui, Papa.

Lizzie s'assit devant le bureau. La petite pièce était encombrée d'objets hétéroclites et les étagères ployaient sous des masses de livres. Une profonde angoisse étreignait son cœur alors que deux autres chats s'étiraient paresseusement à ses pieds.

- Lettice me dit que tu lui as lancé un de ses livres au visage et que tu as, du fait, brisé une cruche de porcelaine. Est-ce vrai?

- Oui, Papa.

- Le Seigneur n'approuve pas de tels accès de colère.

- Le Seigneur n'a pas à endurer Lettice comme je le fais.

Les sourcils de son père, qu'il avait très fournis et bouclés, se froncèrent.

- Tu as la langue bien pendue, mais de t'entendre user du nom du Seigneur avec autant de légèreté est bien trop insupportable à mes oreilles. Tu dois t'excuser.

- Je te présente mes excuses, Papa.

- J'ai cru comprendre que Jethro, le valet de Sir Percival Thorne, t'a apporté une missive cet après-midi, de qui était-elle donc?

- Adam. Il me faisait savoir qu'il devait se rendre avec sa tante à Pontefract Hall. Apparemment il semblerait que sa famille soit décidée à l'envoyer à l'université.

- Ce serait une bénédiction pour une pauvre chose ignorante comme Adam; Lord Pontefract le traite d'abord petitement, puis l'on voit apparaître les de Vere et leur satané fierté. Gentil chaton, gentil chaton...

Durant un moment il parut oublier Lizzie et il triturait nonchalamment l'oreille d'Ezechiel; mais elle connaissait suffisamment son père pour savoir qu'elle devait se tenir sur ses gardes car c'était le calme qui précède la tempête. Après un moment il la regarda par-dessus son épaule.

- Selon Lettice, ta conduite serait sujette à caution. Elle me dit que tu es allée à Newfield Abbey.

- Nous y allons depuis l'âge de cinq ans.

- Mais Lettice me dit aussi que vous vous êtes embrassés.

Son regard devint noir, il continuait de flatter son chat.

- Je ne nie pas le fait, Papa; je l'ai en effet autorisé à prendre quelques libertés avec moi. Je dois procéder délicatement, se disait-elle, submergée d'un sentiment de culpabilité.

- Ta mère était aussi d'une nature quelque peu frivole dont tu sembles avoir hérité. Tu sais que je suis un serviteur de Dieu, inflexible en matière de moralité; aussi laisse-moi t'avertir que si tu étais entachée par le péché, non seulement je te chasserais de cette maison et prierais pour la damnation de ton âme éternelle - il se pencha en avant et sa voix se fit doucereuse - mais aussi je te tuerais à force de coups. Je te cite le livre des Proverbes, chapitre cinq: «Car des lèvres de la courtisane ruisselle un rayon de miel et sa bouche est plus suave que l'huile mais sa fin aura la bassesse du ver de terre et sera brutale comme le glaive. Ses pieds la portent vers la mort et ses pas la conduisent vers l'enfer». Il marqua une pause et se renversant en arrière, conclut : Pense bien à tout cela, ma chérie. Tu peux disposer maintenant.

Lizzie se leva, le visage livide. Elle fit une révérence et sortit. Jeune homme, son père avait été, avec Williams Wilberforce, un des principaux dirigeants du mouvement abolitionniste durant la période colonialiste. Lizzie savait bien peu de chose à propos de l'esclavage, mais elle admirait le courage de son père dans la défense de ses convictions. Toutefois elle en connaissait aussi le caractère emporté; et alors qu'elle quittait son bureau, elle n'était pas seulement tenaillée par un terrible sentiment de culpabilité, mais aussi par une grande frayeur; elle savait que les menaces proférées n'avaient rien de futile.

- Ainsi donc, voici le fils de Lavinia! siffla le vieil homme assis dans un fauteuil à roulettes en face de la cheminée. Augustus Gascoigne Grimthorpe de Vere, comte de Pontefract, deuxième du nom, tournait vers Adam un œil chassieux afin d'essayer de l'entrevoir. Lord Pontefract était âgé de quatre-vingt-sept ans, une momie desséchée dans une chemise de nuit et un bonnet à pompon, dont les mains, crispées sur son giron recouvert d'un plaid, montraient une peau d'une finesse extrême où serpentaient des veines bleues, telles de longs vers douloureux sur des articulations percluses d'arthrite. Adam fixa longuement son grand-père, se disant qu'il avait certainement dû avoir fière allure malgré sa peau étonnamment basanée.

Pour la ruine humaine qu'il était devenu, la chambre à coucher de Lord Pontefract était agencée comme un véritable palace. La pièce avait vingt pieds de haut et les murs, tendus de soie de Spitalfields bleu pâle, étaient ornés de magnifiques tableaux sertis dans des cadres merveilleusement ouvragés. Un gigantesque lit à baldaquin dont les quatre coins s'ornaient de poteaux finement sculptés, et dont le ciel était fait de plumes d'autruche, se dressait contre un mur où une infirmière préparait une potion.

- Venez-ici, dit Lord Pontefract, venez plus près.

Adam se dirigea vers la chaise; en fait, il pensait qu'il était bien difficile de haïr un si pitoyable vieillard. Oublions le passé, songeait-il, pardonnons; et cependant il n'était pas facile de faire fi de plusieurs années de rancœur et de frustrations. En repensant au triste destin de sa mère, une vieille flamme rejaillit en lui.

- Mes yeux ne sont plus aussi bons, disait le vieil homme en louchant vers Adam. Oui... oui, bien sûr, vous ressemblez à Lavinia; les mêmes yeux, la même finesse du nez. Lavinia était une vraie beauté, mais elle était si impétueuse; cependant je l'aimais; quel dommage qu'elle nous ait quittés.

- Quittés? s'exclama Adam. Vous l'avez chassée de sa propre maison. Si vous l'aimiez tant, pourquoi l'avoir dépossédée?

- J'avais alors mes raisons.

- Quelles raisons? Comment justifieriez-vous une conduite si cruelle?

- J'expliquerai tout... Chaque chose en son temps.

Le vieil homme fut soudain pris d'une quinte de toux. Un verre à la main, la nurse se précipita vers lui.

- Vous ne devez pas troubler sa Seigneurie, gronda-t-elle à Adam, puis, tendant au comte sa potion: Buvez ceci, Milord.

- Allez-vous-en, lui grinça-t-il férocement. Damnée harpie, toujours en train d'essayer de me faire avaler Dieu sait quelle décoction, comme s'il existait encore quelque chose qui puisse me tenir en vie plus longtemps.

- Vous devenez d'un caractère difficile, Milord.

- Ne me traitez pas comme si j'étais un enfant!

Le vieillard regarda Adam qui se sentait plutôt confus d'avoir ainsi apostrophé son grand-père, il le sentait si près de la fin.

- Vous êtes l'héritier, maintenant, le savez-vous? Maudit soit le sort qui vous... Mon fils avait une brillante destinée toute tracée devant lui. Il faisait route vers les Indes pour veiller aux intérêts de la compagnie quand, BOUM! Une nouvelle quinte de toux le secoua. L'infirmière le contraignit à prendre le verre.

- Maintenant, buvez ceci, vieil entêté, s'exclama-t-elle.

D'une main, Lord Pontefract tenta de griffer son visage, pendant que l'autre se saisissait du verre et le portait à sa bouche; un peu de médicament dégoulina sur son menton; la nurse, dont l'ombre projetée par le foyer sur les murs de la chambre avait des allures de monstre ténébreux, veillait. Dès qu'il eut fini, elle s'empara du verre et essuya son menton.

- Voilà qui est mieux, roucoula-t-elle.

- La vie, bafouillait Lord Pontefract, à quoi cela rime-t-il? On la finit pire qu'on ne la commence, sans aide... Sidonia?

- Oui, Père, répondit Lady Rockfern qui se tenait debout aux côtés d'Adam.

- Convoquez donc un tailleur afin de lui confectionner quelque habit décent. Puis, donnez donc un bal pour le présenter au comté; ne lésinez sur aucune dépense.

- Mais, Grand-père, dois-je m'installer ici?

- Naturellement. N'êtes-vous pas le comte? Nurse!

- Milord?

- Conduisez-moi à mon bureau et sortez. Sortez tous hormis Adam.

Pendant que l'infirmière conduisait le vieillard vers le magnifique bureau à cylindre fait de dorures et de marqueterie, Adam regarda sa tante qui lui fit un bref signe qui voulait dire : «Faites ce qu'il dira» et elle quitta la pièce.

- Venez ici, mon garçon, dit le vieil homme dont la main tremblante tentait d'introduire une clé dans le rideau du bureau. Adam obéit, croisant au passage l'infirmière qui se dirigeait vers la porte.

- Il est probable que tout ce qui vous arrive est quelque peu surprenant pour vous, non? Mais j'ai ici une autre surprise qui ne sera pas aussi agréable que celle qui fait de vous mon héritier. Car vous n'héritez pas seulement de mon titre et de ma fortune. Vous héritez de quelque chose de plus : le secret de la famille. Adam regardait attentivement, alors que le vieil homme prenait dans ses mains un coffret de bois joliment peint sur chaque côté, montrant des Hindous couverts de bijoux, les hommes vêtus de tuniques, portant des turbans blancs ornés de blancs achkans, les femmes dans des saris arachnéens. La scène, délicatement peinte dans un style hindou quasi surréaliste, semblait se dérouler dans un jardin d'Éden. Avant d'ouvrir le coffret, Lord Pontefract leva les yeux vers son petit-fils et lui murmura dans un souffle:

- Ce que je vais vous révéler à cette heure, vous devez me jurer d'en taire le secret. Seul mon défunt fils en avait eu connaissance et la seule raison qui me le vous fait dire, est que vous êtes l'héritier. Jurez-vous de garder le secret?

Le regard du vieillard était si intense, qu'Adam se demanda quel démon allait surgir hors de la boîte.

- Je le jure, répondit-il doucement.

- Puisse le ciel vous foudroyer si vous me trahissez.

Lentement, les mains parcheminées ouvrirent le coffret. Adam regardait de toutes ses forces alors que son grand-père en tirait une petite aquarelle simplement ornée d'un cadre doré. Il la regarda un moment puis la tendit à Adam qui l'examina aussitôt. C'était le portrait d'une femme hindoue aux traits nobles et réguliers, assise dans un fauteuil d'osier. Elle portait un sari bleu pâle avec un voile posé sur sa chevelure noire; cependant le visage était découvert et elle fixait l'artiste d'un œil noir plein de défi.

- Elle est belle, dit Adam, qui est-elle?

- Son nom est Kamala Shah, et elle est la fille d'un fortuné brahmane de Calcutta. C'était ma mère.

Adam fixa son grand-père; celui-ci hocha lentement la tête.

- Oui, Adam. Moi, vous, votre mère, votre tante Sidonia, tous les de Vere, avons tous du sang nègre dans nos veines, mais seuls vous et moi le savons.

De toutes les surprises de la journée, celle-là était , en l'occurrence, celle qui le choqua le moins. Tout comme Lizzie n'avait qu'une vague notion de ce qu'était l'esclavage, Adam n'avait qu'une très vague idée des Indes, n'ayant jamais vu d'Hindous de sa vie. En fait, sa première réaction fut une sorte de fascination, mais comme il regardait son grand-père, il commençait à saisir le goût d'abjection d'un mot qui lui manquait à découvrir: racisme.

- J'ai haï les Indes toute ma vie, poursuivait son grand-père, haï cette mère que j'ai si peu connue - elle mourut du choléra alors que j'avais cinq ans - oh, mon père garda le secret du mieux qu'il put. Il m'envoya en Angleterre et me fit donner l'éducation d'un Blanc. Ses amis des Indes qui savaient gardèrent le secret aussi bien qu'ils le purent, nombre d'entre eux avaient aussi épousé une Hindoue ou lui avaient donné un enfant. Ils dirent ce que mon père dit : Que ma mère était une «firindhi» de «Belait», mot hindi pour «étrangère à l'Angleterre». Les gens en vinrent à y croire, et alors que les années passaient, il ne vint à l'esprit de personne d'affirmer que je n'étais pas un Anglais de souche. Je fréquentai Eton puis Oxford en tant que fils de comte dont la peau était simplement brunie sous l'effet du soleil. Mais j'ai toujours su la vérité et j'en éprouvai toujours de la honte. (Le vieil homme soupira.) Maintenant que ma mort approche, je me demande si je ne fus pas dans l'erreur toute ma vie. Si ma mère avait vécu, peut-être les choses eussent-elles été différentes, qui sait? Mais maintenant j'expie mes fautes, Adam, et l'une d'elles est le tort que j'ai fait à votre pauvre mère. J'ai tenté d'être plus anglais qu'un Anglais, et quand votre mère fut éprise d'un homme que je réprouvai et qu'elle eut fui avec lui, je la punis en la bannissant de notre famille. Je puis maintenant me rendre compte que je fus dans l'erreur, mais en ce temps-là, alors qu'il m'importait d'être des plus convenables, j'étais convaincu de la justesse de ma décision. Pourrez-vous jamais me pardonner?

Maintenant Adam appréhendait toute la vulnérabilité de son grand-père et eut un intense élan de pitié vers lui. Il prit sa main tremblante et la porta à sa joue.

- Je vous pardonne, Grand-père, dit-il doucement. Comme l'a dit Tante Sidonia le passé est révolu et je pense que d'une certaine façon, vous avez souffert autant que Mère.

- Je me demande si elle me pardonnerait, murmura le comte; si cela était, ce serait dans un autre monde. Mais selon moi la religion n'est que balivernes et il n'y a d'autre vie que celle-ci, bien que je puisse être dans l'erreur. Je paie pour mes fautes de toutes façons. Sidonia vous a rapporté que le yacht de Lord Fane a explosé par accident, mais c'était un mensonge. Ce fut un meurtre. Adam relâcha sa main. Conduisez-moi donc de l'autre côté de la chambre, j'ai autre chose à vous montrer.

Se demandant quelle autre révélation il allait encore entendre, Adam prit les poignées arrières de la chaise et poussa son grand-père vers le point qu'il lui indiquait.

- Il y a un coffre de sûreté derrière le tableau, dit le vieil homme.

Adam obéit. Un coffre d'acier était en effet encastré dans le mur. En voici les clés, dit Lord Pontefract en tirant une paire de clés de sa chemise de nuit. Celle de laiton va dans la serrure supérieure, celle d'acier, dans la serrure inférieure; tournez-les vers la gauche et non vers la droite. Adam s'exécuta. À l'intérieur il y a une boîte de velours noir. Prenez-la et ouvrez-la.

Adam sortit la cassette du coffre et l'ouvrit.

- Mon Dieu, murmura-t-il, qu'est donc ceci?

Il fixait un énorme diamant rose de la taille d'un œuf.

- On l'appelle l'Œil de l'Idole.

- Le grand joyau, s'exclama Adam dans un ton mêlé de crainte et de respect. Je me rappelle que Mère en a parlé quelquefois...

- Mon père le déroba au temple de Lucknow peu après la bataille de Plassey. Ce n'était pas un œil, il reposait dans une des quatre mains de la statue de la déesse Kali. Je suppose que vous avez quelques connaissances de la religion hindoue. Ses trois principaux dieux consistent en Brahma le Créateur, Vishnou le Protecteur, et Shiva le Destructeur; l'épouse de Shiva est Kali porteuse de mort et de destruction. Peut-être avez-vous entendu parler des Thugs?

- Les étrangleurs, dit Adam, les yeux encore éblouis par le joyau.

- Oui, des Hindous qui étranglent vingt ou trente mille personnes par an, toutes au nom de Kali. Ils glissent une pièce de monnaie dans la bande d'étoffe qui leur sert de garrot et vous suppriment un homme en quelques secondes. Lord Bentinck mena une campagne pour les anéantir, il y a vingt ans de cela, mais bien après qu'ils eurent assassiné Dieu sait combien d'Anglais et d'Hindous. Le fait est que Kali est une déesse puissante. Elle est habituellement représentée par une statue à la silhouette noire et contorsionnée avec une bouche grimaçante tirant une langue protubérante, ornée de serpents et dansant au-dessus d'un cadavre. Ses boucles d'oreilles sont des squelettes, ses bracelets, un chapelet de crânes. Elle fut conçue pour semer la terreur et, de fait, elle terrorise les Hindous. Ce fut une véritable folie que commit mon père en dérobant cette pierre - arrogance devrait-on même dire - mais il se moquait des dieux hindous. En différentes occasions, voici plusieurs mois, je commençai de recevoir des lettres anonymes, menaçant de mort ma famille si je ne ramenais pas l'Œil de l'Idole à Lucknow. Je considérai ces mots comme l'œuvre de mauvais plaisants. Jusqu'à ce jour.

Adam posa son regard sur son grand-père.

- Ainsi, vous pensez que votre fils et sa famille furent assassinés?

- Effectivement. Cela ne peut être une coïncidence; d'autre part, j'ai reçu ce mot hier par le courrier.

Il sortit un morceau de papier de sous sa couverture et la tendit à Adam qui la déplia. C'était un papier ordinaire et taché d'encre mais la crudité du propos ne laissait planer aucun doute; il lut : «D'abord votre famille. Ensuite vous. Au nom de Kali».

Pour la première fois depuis son arrivée à Pontefract Hall, Adam se sentit étreint d'une froide appréhension.

- Mais, Grand-père, vous êtes en danger.

Le vieillard eut un mouvement de mépris.

- Peut-être. J'ai acquis les services de deux gardiens de nuit supplémentaires mais quel danger peut-il encore exister pour un homme de mon âge? Je n'en ai plus pour très longtemps et si quelque vagabond survenait pour en finir, je le mériterais sans doute, pour avoir bafoué le peuple de ma mère durant toutes ces années. Mais, Adam, il y a une raison pour laquelle je vous raconte tout cela; il ne s'agit pas seulement du danger que je cours, il s'agit de vous et de Sidonia; si ces gens sont assoiffés de sang au point de faire exploser un yacht, nous sommes tous en danger, ne croyez-vous pas?

- Effectivement.

- Donc, Adam, vous avez le devoir de ramener l'Œil de l'Idole au temple de Lucknow; Kali est sans doute une déesse païenne, mais c'est la leur et la pierre aussi. Me jurez-vous de rapporter le joyau au temple?

Adam avait toujours été un authentique marginal, il devenait maintenant un parfait conformiste, héritier d'une des plus grandes fortunes d'Angleterre tout en restant secrètement encore un marginal, un Anglais avec du sang hindou dans les veines. Mais la grande ironie de la chose était que les de Vere payaient de ce même sang le prix de leur félonie accomplie un siècle plus tôt. Cependant Adam ne comprenait pas pourquoi, quelque cent années plus tard, une mystérieuse personne exigeait soudainement la restitution du diamant. Telle était la question qui s'imposait à son esprit mais il ne faisait aucun doute qu'il se devait de satisfaire à la requête de son grand-père. Il était maintenant le dernier des de Vere et le chef de la famille et il lui incombait de réparer les crimes commis par le passé; tout cela résonnait dans sa tête comme le départ pour une grande aventure. Son jeune sang bouillonnait d'impatience.

- Assurément, Grand-père, répondit-il.

Le vieil homme s'enfonça dans son fauteuil, une expression de soulagement sur le visage.

- Il y a un voilier à Londres en partance pour Bombay dans six semaines - Le EASTERN STAR - Mon administrateur y a réservé un passage pour vous et vous pourrez partir après le bal que Sidonia aura donné en votre honneur. L'Inde est un étrange pays mais elle a fait notre fortune et une part d'elle est en nous. Ce ne sera pas une mauvaise chose pour vous que de faire sa connaissance.

Les Indes! Adam reposa son regard sur l'énorme diamant rose qui reposait dans sa main. Pour un garçon qui n'avait même pas été à Londres, ce mot semblait véhiculer toutes les magies du fabuleux Orient. Ses yeux fixaient encore le merveilleux diamant quand son grand-père ajouta :

- Bien évidemment, vous porterez une arme.

- Eh bien ma chère, ça ne fait aucun doute : tu attends un enfant.

La vieille toute ratatinée qui prononçait ces mots était la mère Crawford, la sage-femme de Wikeham Rise. Lizzie ferma les yeux.

- Pauvre enfant, je sais à quoi tu penses : comment en parler à ton père, le vicaire? C'est un problème, je l'admets.

La vieille femme caquetait, elle tirait quelque amusement du fait que la fille du vicaire allait enfanter sans toutefois avoir de mari; mais Lizzie ne riait pas du tout. Elle était assise devant la cheminée, dans un minuscule bureau, dans la maison de la mère Crawford, située dans la rue Haute. La nuit était tombée alors que le vent soufflait en tempête, mais Lizzie avait bien pris soin de ne pas s'aventurer en plein jour de crainte d'être vue.

- Qui est le papa, ma chérie, s'enquit la sage-femme qui ressemblait plutôt à une sorcière.

Lizzie ouvrit les yeux.

- Je ne le vous dirai pas.

- Tu n'as donc point confiance en moi? ronronna la vieille.

- Pas particulièrement; mais qu'importe qui est le père?

- Je pourrais le faire passer, ma chérie, et, pour ton bien-être, te faire un excellent prix.

Lizzie se leva.

- Il n'est point nécessaire de le tuer, répondit-elle, car il sera légitimé; combien vous dois-je?

- Oh, pour la fille du vicaire, une guinée conviendra, mignonne, mais tu ferais bien mieux de t'en débarrasser, qu'est-ce qu'une vie de plus ou de moins sur cette misérable terre?

Lizzie ouvrit sa petite bourse; elle avait emporté avec elle toutes ses économies du presbytère car elle savait déjà au fond de son cœur qu'elle était enceinte et que son seul désir était de retrouver Adam; aussitôt qu'elle l'aurait retrouvé, tout irait très bien. N'était-il pas son chevalier servant, voué à la protection de sa gente dame?

Elle tendit une pièce à la femme.

- Merci, dit-elle, mais s'il vous plaît, tâchez de garder tout cela pour vous. Cet enfant aura un père.

- Ah, ma chérie, je n'en dirai un traître mot à quiconque. Tu le sais, mon affaire péricliterait bien vite si je racontais toutes les choses que je sais; bonne chance, petite, bonne chance.

Lizzie se dirigea vers la lourde porte de chêne de la petite pièce dont le plafond laissait paraître de massives poutres de châtaignier. «Quand Adam l'apprendra, il saura faire ce qu'il convient», songea-t-elle.

Elle sortit dans la nuit; il pleuvait et il ventait. Une bien triste nuit pour être dehors, mais elle n'avait pas assez d'argent pour prendre une voiture qui la mènerait à Pontefract Hall et le chemin de fer ne desservait pas encore ce coin reculé du Yorkshire.

Elle devrait donc marcher.

Courbée sous le vent, elle partit pour la croisée des chemins à la limite du bourg en direction du pic vers Pontefract; mais elle ne marchait pas seule : la terreur l'accompagnait; elle imaginait ce que son père ferait d'elle si Adam *ne faisait pas* son devoir... mais il le ferait, il le ferait.

Il était l'homme qui l'aimait, son unique et véritable chevalier.

CHAPITRE TROIS

Ainsi donc, voilà le nouveau comte, musait Lady Sybil Hardwick en regardant par une des fenêtres de Pontefract Hall. Il semble merveilleusement romantique. J'adore sa chevelure noire; j'ai toujours trouvé les hommes bruns si attirants.

- Oui, il est avenant, répondit Lady Rockfern, debout près de la beauté sculpturale qu'était Sybil Hardwick.

Elles se tenaient dans le grand salon de Pontefract Hall, une salle d'une splendeur digne des plus grands palaces, observant par une des fenêtres de dix pieds de haut, Adam descendant de son cheval, Grayling, aidé par un palefrenier.

- Avenant et d'humeur changeante, j'ai découvert cela en moins de deux jours; il a du caractère et ne craint pas de le manifester; mais je l'ai vu aussi le regard fixé sur le feu de la cheminée, ruminant quelque sombre pensée, tel un Hamlet tourmenté par l'amour. Qui peut donc savoir ce qui se passe dans sa tête?

- En fait, qui sait ce qui se passe dans la tête des jeunes gens?

- J'ai la conviction que vous pourriez le savoir, chère Sybil, car enfin, on raconte bien des choses à propos de votre profond attachement à Edgar Musgrave.

Sidonia, de fait, prêchait le faux pour savoir le vrai. Elle souhaitait le meilleur parti pour son neveu, et elle était convaincue que c'était en l'occurrence Sybil, fille du comte de Nettlefield, la parfaite beauté aux grands yeux verts, aux magnifiques cheveux châtains, et à l'impeccable - bien qu'impécunieux - arbre généalogique.

- Edgar et moi sommes amis d'enfance, disait Sybil, alors que son regard ne pouvait se détacher d'Adam qui parlait au laquais. Bien sûr, nous avons chevauché ensemble et il fut mon cavalier à de nombreux bals, vous ne l'ignorez pas. Cependant, je n'attends pas une demande de la part d'Edgar, si c'est cela qui vous tourmente. Chacun sait qu'Edgar est un coureur de dot, et je suis bien trop pauvre pour qu'il veuille de moi pour épouse.

- J'admire votre perspicacité, aussi bien que votre franchise; je vous connais depuis toujours, comme je connais également votre famille. Je ne connaîtrais plus grande félicité que de voir nos deux familles, voisines de bien des façons, unies par les liens du mariage. Je ne connais Adam que depuis peu, mais je reste persuadée qu'il a de grandes qualités potentielles, en dépit de son aspect taciturne. Hélas, la position qu'il devra assumer dans notre société sera une tâche difficile sans une épouse habituée au grand monde, si vous voyez ce que je veux dire. Adam fut élevé sans les bienfaits de l'amour familial et sans l'éducation digne de son rang, chère Sybil. Vous voilà donc instruite, si la chose vous intéresse…

Sybil regardait encore Adam par la fenêtre; «Mon Dieu, pensait-elle, comment pourrais-je ne pas être intéressée? C'est le plus beau garçon que j'ai jamais vu.»

- Je tiens à préciser, poursuivait Sidonia, qu'Adam va hériter d'une fortune considérable.

Sybil eut un imperceptible sourire.

- Il n'était nullement besoin d'en faire mention; je suis parfaitement au fait de cela et il serait fort hypocrite de ma part d'affirmer que l'argent n'offre pas un attrait supplémentaire. La comtesse de Pontefract, quelle qu'elle soit, sera une des plus grandes dames de la région car votre neveu est un parti unique. Cependant, je ne l'épouserai pas uniquement pour sa condition; je suis peut-être sans fortune, mais je ne me marierai pas par intérêt comme Edgar. Non, je ferai un mariage d'amour ou je ne me marierai pas du tout. Si un tendre sentiment naît entre votre neveu et moi-même, alors seulement je serai heureuse d'accepter la proposition dont il me fera l'honneur. Dans le cas contraire, nous resterons bons voisins et, pourquoi pas, amis.

«Elle est fière, se dit Sidonia, et Adam, entêté.»

- Encore une fois, j'admire votre franchise, répondit-elle. Bien, nous verrons l'évolution des choses. Ah, Monsieur Hawkins nous sert le thé.

Sidonia prit Sybil par la main et la conduisit dans un coin de la salle où Monsieur Hawkins, le maître d'hôtel donnait des instructions à deux valets de pied pour le service du thé. Dans la complexe hiérarchie du monde des domestiques, le majordome était toujours appelé «Monsieur», ce qui lui conférait son autorité.

Algernon de Vere, comte premier du nom, avait ordonné à son architecte de ne reculer devant aucune dépense pour la construction de Pontefract Hall. Ce fils de tailleur de York avait été ébloui par son immense fortune amassée aux Indes, et il comptait bien à son tour éblouir l'Angleterre. Fort heureusement, son architecte, qui avait collaboré avec Robert Adam à qui l'on devait des merveilles comme Syon House, Kedleston, Harewood et Osterley, avait des goûts raffinés et un coup d'œil parfait pour créer le faste sans exubérance excessive. Le grand salon était une des plus belles salles du manoir où tout n'était que beauté; les murs étaient tendus de brocards de soie de Spitalfields; des frontons curvilignes surmontaient les portes, soutenus par des pilastres aux chapiteaux dorés; de riches tentures de soie encadraient les hautes fenêtres donnant sur la terrasse, la fontaine et l'immense pelouse; les sièges et les divans, revêtus de rose pâle, étaient tous du plus pur style Louis XVI, dorés à la feuille; et le gigantesque tapis de laine de Moorfields, remarquable par la richesse des tons, s'harmonisait parfaitement aux proportions de la salle. Mais l'incontestable chef-d'œuvre était le plafond à caissons, un firmament d'or, de bleu, de carmin, avec en médaillon des scènes allégoriques peintes par la célèbre artiste Angelina Kauffmann.

- Je dois vous aviser qu'il est amoureux, disait Sidonia, assise dans une bergère, en prenant la théière d'argent. Une certaine Lizzie-quelque-chose, la fille du vicaire de Wikeham Rise. Il est évident qu'une telle alliance est inconcevable, mais nous devons procéder avec prudence; comme je vous le disais, Adam est d'humeur changeante, et nous savons bien, chère Sybil, que le cœur de l'homme est sujet à bien des caprices. Fort heureusement, je suis parvenue à le convaincre de ne pas convier cette Lizzie au bal de samedi soir; je lui ai affirmé qu'il ne serait pas séant de le faire, alors qu'elle ne dispose sûrement pas de la tenue de circonstance, et que cette pauvre fille ne serait pas dans son élément. Il n'a certes pas apprécié mes arguments, mais a fini par céder, ce qui vous laisse le champ totalement libre, ma chère. Mais silence, j'entends qu'il approche... Ah, vous voici, bonjour, cher Adam, vous arrivez à temps pour le thé. Je voudrais vous présenter une de nos voisines, Lady Sybil Hardwick.

Adam examinait Sybil. Malgré des moyens limités, elle avait indéniablement un goût très sûr, et la robe de soie bleu pâle qu'elle portait, assortie d'un boléro, était du dernier chic parisien. Bien qu'elle fût assise, Adam fut convaincu qu'elle avait une silhouette magnifique.

- Lady Sybil vit à Nettlefield Park, poursuivait Sidonia. Son père est Lord Nettlefield, un ami très cher. Toute sa famille est conviée au bal de samedi.

Adam s'avança pour baiser la main de Sybil.

- J'y compte bien. Aurai-je le privilège d'une danse, Lady Sybil?

«Bravo, songea Sidonia, voilà un galant tour.»

- Quoi qu'il en soit, ajouta Adam, je dois vous prévenir : je suis un piètre danseur, je dirais même pis que piètre; je ne connais aucune danse, sauf un peu le quadrille.

Sybil lui fit son sourire le plus enjôleur.

- Ainsi, il me faut vous enseigner la danse? Voilà qui est parfait. Et il ne vous en coûtera rien.

«Habile,» songea Sidonia.

«Ce n'est pas un lourdaud, loin de là; c'est un homme des plus exaltants!» pensait la jeune femme.

Mais Adam se disait qu'il avait cédé à sa tante, sachant très bien qu'elle le poussait dans les bras de cette femme. Cependant, il ne voulait pas la contrarier sans raison. Car la future comtesse de Pontefract SERAIT Lizzie. Sa tante ignorait que, dès le lendemain, il retournerait à Wykeham Rise et ferait sa demande.

La tempête qui avait commencé au crépuscule s'était changée en une véritable tornade et Lizzie, trempée jusqu'aux os se sentait très malheureuse. Elle portait un châle noir par-dessus sa robe bleue et serrait contre elle un petit sac contenant quelques pauvres effets qu'elle avait emportés en quittant le presbytère. Elle réalisait que c'était une nuit affreuse pour entreprendre un tel voyage, mais elle était si terrifiée à la pensée que son père ait pu la suivre lors de sa visite à la mère Crawford, qu'elle avait décidé qu'elle n'avait d'autre choix que de tenter de rejoindre Adam dans les plus brefs délais. Alors qu'elle avançait péniblement en trébuchant, fouettée par la pluie glacée, son jupon éclaboussé de boue, l'idée qu'il lui fallait trouver un abri s'imposait de plus en plus à son esprit. Dans la lande parsemée çà et là de fermes et de cottages, elle en connaissait un, juste en bas de la route, appelé La Grange; elle croyait se souvenir qu'il était occupé par un certain MacGee ou MacDuff et malgré la perspective peu engageante d'avoir à passer la nuit en un lieu étranger, sa décision fut prise.

Cinq minutes plus tard, elle repérait le cottage et se dirigeait rapidement vers lui. Elle tentait de se protéger sous le toit de chaume détrempé par la pluie, pataugeant dans une flaque d'eau, attendant de longues minutes que l'on vînt lui ouvrir quand un homme à l'air sévère apparut dans le cadre de porte, la barbe ébouriffée, dans une chemise de nuit de flanelle rouge.

- Que diable fais-tu donc dehors par une nuit pareille?

- Je vais à Pontefract Hall, Monsieur, et je...

- Entre donc, avant que je ne sois trempé comme toi. Seigneur, quelle nuit! Tu cherches un abri, je suppose?

Il claqua la porte derrière elle et la verrouilla. Grelottant de froid, Lizzie traversa la pièce au plafond bas et se dirigea vers le feu qui brûlait doucement pendant que l'homme ajoutait à la hâte quelques bûches dans le foyer.

- Je m'appelle Stringer MacDuff et toi?

- Lizzie Desmond.

- Desmond? Es-tu parente avec le vicaire de St-Giles?

- C'est mon père.

- Ah, et pourquoi la fille du vicaire se promène-t-elle à travers la lande par une nuit pareille?

Pendant qu'il allumait quelques lampes, Lizzie put se rendre compte que la pièce était chaleureuse, bien que pauvrement meublée. Elle se demandait ce qu'elle pourrait bien répondre car il était exclu qu'elle avouât la vérité à cet étranger.

- Je rends visite à un parent de Lord Pontefract, répondit-elle, dans un demi-mensonge.

- Le nabab? Tu as de bien hautes relations pour voyager dans de telles conditions.

Lizzie sentait peu à peu le regard plein de concupiscence que l'homme portait sur elle.

49

- Y a-t-il une madame MacDuff? questionna-t-elle.

- Hélas, non, Mademoiselle, grimaça-t-il, je vis seul, et il m'est toujours agréable d'avoir de la compagnie surtout quand il s'agit d'une belle fille comme toi. Mais, tu es trempée jusqu'aux os! Je vais aller chercher une couverture pour te réchauffer pendant que tu ôteras tes vêtements pour les faire sécher... Et puis non, j'ai une bien meilleure idée : va dans la chambre, tu disposeras d'un peu plus d'intimité, tu y trouveras une couverture dans laquelle tu pourras t'enrouler, puis reviens ici, je te donnerai une lampée de whisky pour te réchauffer.

Elle le regarda. Elle savait parfaitement les intentions de Stringer MacDuff, mais elle n'ignorait pas non plus les risques qu'elle encourrait pour elle et son bébé si elle gardait sur elle ses vêtements détrempés. Ses yeux tombèrent sur le long tisonnier de fer accroché à la cheminée et elle se dit qu'elle pourrait éventuellement en faire usage pour le tenir en respect.

- Merci, j'accepte volontiers, répondit-elle; et elle se dirigea vers la chambre.

- Prends donc cette lampe.

- Il lui tendit une lampe à huile et elle referma la porte sur lui. Ayant posé sa lampe sur un coffre, elle s'assit sur un coin du lit froissé et commença à délacer ses chaussures.

- Me voilà dans de beaux draps, murmura-t-elle en tirant sur sa chaussure gauche et la tenant en l'air pour en vider l'eau. Stringer MacDuff semblait avoir trente ans et paraissait très fort; mais s'il avait dans l'idée de la rejoindre dans la chambre...

Elle était perdue dans ses pensées, quand elle entendit frapper à la porte du cottage, un cognement brutal insistant, un cognement plein de colère. Frissonnant de terreur et de froid, elle tendit l'oreille; MacDuff ouvrit la porte et elle perçut des voix puis un pas se rapprochant de la chambre, la porte s'ouvrit.

- Espèce de traînée!

C'était son père, il se tenait dans l'embrasure de la porte, son manteau noir dégoulinant de pluie, sa main droite tenait un fouet.

- CATIN!

Il marcha sur elle; levant son fouet, il commença à la frapper sur la tête et sur les épaules. Elle se laissa glisser du lit et tenta de franchir le seuil de la chambre, mais il l'empoigna par un bras et la fit voler à travers la pièce; elle retomba lourdement sur le coffre en hurlant.

- Père, je vous en prie... pour l'enfant...

- Tu veux dire le bâtard, rugit-il en la fouettant de nouveau. Elle tenta de se protéger le visage de la main. Le fouet claqua encore.

- Il y a trois heures, la mère Crawford est venue me voir au presbytère en essayant de me faire du chantage - le fouet claquait toujours - elle affirmait qu'elle annoncerait dans tout le comté que la fille du révérend Desmond était une PUTAIN!!

Je vais te tuer, catin... PUTAIN!!

- Non! Vous ne le ferez pas!

Et elle saisit la lampe à huile qu'elle jeta au visage de son père; elle se brisa sur sa poitrine et Lizzie vit avec horreur les flammes embraser sa barbe jusqu'à son front. Hurlant de douleur, il chancela, lâchant son fouet.

- Oh, mon Dieu... Père! Vite, M. MacDuff, apportez de l'eau... Oh, mon Dieu!

Son père tomba sur le lit, la moitié du corps en feu; elle saisit un oreiller et tenta d'étouffer les flammes, MacDuff arrivait, une cruche d'eau à la main. Il aspergea le révérend mais maintenant, le lit entier était devenu un brasier.

- Sors vite, cria-t-il.

Une véritable panique s'était emparée d'elle et elle se rua vers la porte. «J'ai tué mon père». Cette pensée la traversa en un éclair. MacDuff arracha une courtepointe qui pendait au mur et la jeta sur le lit afin d'en étouffer les flammes. Une horrible odeur s'était répandue dans la petite pièce et lorsqu'il retira la couverture Lizzie réalisa que c'était la puanteur de la chair brûlée; le visage de son père était calciné, des volutes de fumée s'élevaient lentement.

- Est-il... demanda-t-elle.

- Ouais, il nous a quittés, et je pense que cela n'a pas dû être facile pour lui de quitter ce bas-monde de cette manière, dit-il, puis il jeta la courtepointe sur le plancher et alla ouvrir la fenêtre. La pluie et le vent s'engouffrèrent dans la maison.

- Cette pièce pue, laissons-la s'aérer un moment, lança-t-il encore en faisant un pas vers Lizzie.

Elle était transie; elle alla dans la pièce où se trouvait la cheminée. Immobile, regardant fixement les flammes, elle se demandait pourquoi elle était incapable d'émettre le moindre pleur.

- Je commence à comprendre ton histoire, maintenant, dit-il. Il se tenait à ses côtés, posant sur elle un regard étrange. Ton père a frappé à ma porte en me demandant si tu n'avais pas cherché refuge ici. Ainsi donc, tu portes un enfant dans ton ventre; que diras-tu aux gendarmes?

- Les gendarmes?

- Aurais-tu déjà oublié qu'il y a un mort ici? Nous devons rapporter ces événements aux autorités. Cela pourra faire un procès intéressant; je vois déjà les titres dans les journaux : Une fille-mère assassine son père, le vicaire de Wikeham Rise.

Ses yeux s'agrandirent.

- Assassine? Vous savez bien ce qui s'est passé; je n'ai fait que me défendre!

Stringer MacDuff grinça.

- Oh oui, bien sûr, et tu penses que le jury va te croire! Toi, une fille sans mari qui s'est laissée séduire? Quand le procureur en aura fini avec toi et qu'on te mènera à la potence, sois certaine qu'il rira bien!

Lizzie devint livide.

- La potence? Voilà qui est injuste...

- Qu'y a-t-il donc de juste sur cette triste terre? C'est toi ou moi, ma chère. La police dira que l'un d'entre nous a tué ton père et je m'en vais leur raconter mon histoire le premier et je t'assure que le diable lui-même ne pourra m'en empêcher.

Il décrocha son pantalon d'un support fixé au mur.

- S'il vous plaît, attendez!

Elle essaya de le convaincre, en pure perte; il enfila ses pantalons par-dessus sa chemise de nuit, mit ses bottes, son mackintosh, enfonça un chapeau sur sa tête avant de sortir en claquant la porte. Un courant d'air rouvrit à nouveau la porte de la chambre et elle aperçut le corps calciné de son père reposant sur le lit noirci; atterrée, le visage entre les mains, elle murmura :

- Mon Dieu, qu'ai-je fait? Puis fronçant les sourcils : plus important encore, que vais-je faire?

Les deux Hindous tapis sur la terrasse de Pontefract Hall épiaient à travers la dernière porte-fenêtre de la salle de bal les danseurs élégamment vêtus qui s'y trouvaient. Ils avaient tous deux le teint sombre - l'un deux était même presque noir - et, bien que leurs habits fussent de style occidental, ils portaient néanmoins tous deux des turbans et étaient également barbus.

Les accords mélodieux de «l'Invitation à la danse» de Weber s'échappaient de la salle, autre décor grandiose situé dans l'aile opposée au grand salon. Les murs tendus d'or et de blanc semblaient soutenir un magnifique plafond d'où pendaient deux étincelants lustres de cristal de Waterford. L'orchestre de huit musiciens, pressenti par Sidonia, se tenait à une extrémité de la salle et jouait pour les cinquante invités curieux et impatients de rencontrer le nouveau comte de Pontefract Hall.

- C'est un gamin, murmura un des Sikhs en poussant son complice dans l'ombre juste au moment où un garde apparaissait sur la terrasse.

- Félicitations, disait Lady Sybil Hardwick qui dansait dans les bras d'Adam; vous valsez extrêmement bien; vous êtes indubitablement mon meilleur élève.

- Et aussi le seul, ajouta Adam d'une voix triste.

Il portait un habit à queue de pie noir et une cravate blanche cérémonieusement nouée par Sidney, le valet de son grand-père.

- Ah, vous êtes bien trop modeste, Monsieur.

Sybil souriait. C'était un ravissement que de la voir dans sa robe de satin ivoire, son immense jupe soutenue par une crinoline constituée d'au moins quatre jupons sur lesquels les genoux d'Adam rebondissaient maladroitement. Déployant toute sa séduction, Lady Sybil avait emprunté à sa mère le collier des Nettlefield, une double rangée de perles roses et de diamants, reliquat de l'héritage familial. Le décolleté profond de la robe, qui dégageait également largement les épaules avait capté bien des regards masculins au cours de la soirée, pour sa plus grande satisfaction. Ses brillants cheveux châtains étaient tirés en arrière avec une raie au milieu, en un chignon qui éclatait, tel une fleur, en une multitude de bouclettes dans un nuage de *English Violet of Floris of London*, l'unique parfum des gens huppés. Elle avait décidé d'éblouir Adam, et malgré ses efforts, le nouveau comte de

Pontefract lui paraissait songeur et distrait; manifestement son esprit était ailleurs, ce qui ne faisait que renforcer sa détermination dans son entreprise de séduction. Lady Rockfern avait évoqué son humeur changeante, et elle ne s'était certes pas trompée, mais ce trait de caractère ne le rendait que plus séduisant à ses yeux.

- Quel merveilleux couple, ronronnait Lady Rockfern, assise entre le comte et la comtesse de Nettlefield. Sybil est d'une si grande beauté.

- Ah, chère Sidonia, répliqua Lady Nettlefield, votre neveu est si fringant, et il a si grande allure.

- Voyez-vous, c'est un pur Normand. Lady Rockfern souriait, ignorant en fait, qu'elle-même était un quart hindoue. Les Normands font les gens les plus beaux du monde, ajouta-t-elle.

- Quel malheur que Lord Augustus ait disparu en mer, interrompit Lord Nettlefield, un homme au visage rougeaud qui accusait lourdement la cinquantaine et trahissait un goût immodéré pour la clairette. Mais quelle fut notre surprise quand nous avons appris que le futur comte était Adam, quelles merveilleuses perspectives pour lui!..

«Et quelle bénédiction pour notre fille si elle l'épousait songeait-il. Évidemment, leur titre est un peu récent... mais cent mille livres par an! Je me demande si une petite dot ne suffirait pas...»

- Je crains que malheureusement son père ne s'adonne à la boisson, s'enquit Lady Caroline.

La mère de Sybil était une beauté aux traits émaciés dans une robe de velours améthyste avec deux grandes plumes blanches plantées dans sa chevelure grise couronnée du diadème des Nettlefield, encore une de ces dernières reliques familiales qu'elle avait réussi à préserver du mont de piété. Réminiscence d'une lointaine jeunesse, sa joue gauche s'ornait d'une mouche en forme de cœur.

- Je ne puis le nier, répliqua Sidonia, le visage empreint d'une profonde contrariété. Sir Percival n'a, hélas, aucune de ces qualités qui nous tiennent tant à cœur; il est indolent, sans ressources et buveur.

- C'est cependant un gentilhomme, s'empressa d'ajouter Lord Nettlefield, mal à l'aise devant ce constat qui le décrivait si bien lui-même. En tant que chrétiens, il est de notre devoir de nous montrer charitables.

- Lady Rockfern me disait que vous étiez amoureux, demandait Sybil, alors que, délaissant l'atmosphère bruyante et surchauffée de la salle de bal, ils étaient sur la terrasse, respirant les odeurs parfumées de la nuit. Qui est donc cette heureuse femme?

- Elle s'appelle Lizzie Desmond, répondit Adam en s'avançant vers la balustrade de pierre qui surplombait la grande fontaine, et si je vous semble si distrait ce soir, c'est que l'on m'a fait part hier, de terribles nouvelles la concernant.

- Rien de trop grave, tout de même?

- C'est, bien au contraire, extrêmement sérieux; elle est accusée d'avoir tué son père.

Sybil, ordinairement peu émotive, accusa visiblement le choc.

- Tué, comment cela est-il possible?

- Cela ne se peut pas! Je connais Lizzie comme moi-même; elle n'est pas d'un caractère violent, elle est incapable de tuer qui que ce soit et encore moins son propre père; je me suis rendu hier à Wykeham Rise pour lui faire ma demande et un grand tumulte régnait en ville. Tout le monde était en état de choc.

- J'imagine la chose. A-t-elle été arrêtée par la maréchaussée?

Sybil n'était pas méchante et elle ressentit un pincement au cœur de savoir que sa rivale avait de sérieux ennuis.

- Non, elle a disparu et la police la cherche à travers tout le comté; elle doit être terrifiée. Je...

Il ferma les yeux et serra ses poings posés sur la balustrade. Sybil commençait à percevoir la profondeur du sentiment qui le liait à Lizzie; à sa grande surprise, elle sentit alors le poison de la jalousie ramper dans ses veines jusque dans son cœur.

Elle le regarda et vit les larmes qui perlaient aux coins de ses yeux.

- Je dois la protéger, souffla-t-il. Voyez-vous, quand j'étais enfant, je lui ai fait serment d'allégeance. Je sais que tout ceci semble fou, mais cela fut, et cela reste.

- Je ne pense pas que cela soit fou, répondit Sybil. Je trouve à la chose un charme médiéval et tout à fait romantique. Mais elle songeait aussi : «je voudrais tant qu'il devienne *mon* chevalier maintenant.»

- Je suis désolé, je ne voulais pas vous importuner avec mes problèmes.

- *Au contraire*, Monsieur Thorne, vous me voyez ravie que vous ayez jugé bon de vous confier à moi. J'espère que notre amitié - si je puis avoir l'audace d'user de ce mot - s'approfondira avec le temps car rien ne renforce l'amitié comme les échanges de confidences.

- Vous êtes très aimable, Lady Sybil, et très compréhensive aussi.

- Appelez-moi Sybil, simplement.

Il la regarda dans le clair de lune qui tremblait et il revit encore cette femme qui l'avait tant ébloui, dont la beauté rayonnante faisait pâlir d'envie n'importe quelle autre femme. Il fut forcé d'admettre que Sybil était très belle.

- Et moi Adam. Par tous les moyens, j'ai essayé de convaincre le prévôt qu'il s'agissait d'une méprise, mais apparemment, il y a un témoin oculaire. Je ne sais que faire et je crois que la meilleure des choses est de rester ici et d'attendre qu'elle se manifeste d'une quelconque façon et...

Un coup de feu claqua. Ensemble Sybil et Adam se retournèrent vers le parc. Le temps était partiellement couvert mais le vent avait chassé les nuages et la lune éclaira deux silhouettes qui couraient sur la pelouse.

- Veuillez m'excuser, dit Adam en se ruant vers les escaliers. Il y eut un deuxième coup de feu et un des deux hommes tituba puis s'effondra. Deux gardiens apparurent à l'extrémité du manoir, ils étaient armés de fusils et faisaient feu en direction du fuyard.

- Que se passe-t-il? demandait le père de Sybil qui s'était précipité vers la terrasse avec d'autres invités.

- Peut-être des vagabonds.

- Maudits mendiants!

Adam atteignit le bas des marches et courut vers la silhouette qui était étendue sur le sol. Il avait cru distinguer une coiffure blanche sur la tête de l'homme mais la lune fut à nouveau cachée par les nuages. Les deux gardes tirèrent encore deux coups de feu mais le deuxième homme s'était évanoui dans le bosquet qui cernait le parc.

Adam arriva sur les lieux en même temps que les deux cerbères.

- C'est un de ces sales Hindous, s'exclama l'un d'eux en montrant le turban du doigt.

Adam vit la blessure dans le dos de l'homme et s'agenouilla pour le retourner.

- Attention, patron, ces nègres-là sont vicieux, ajouta le deuxième garde.

Adam le regarda dans les yeux. C'était la seconde fois que l'on usait de ce mot depuis qu'il savait qu'il avait du sang hindou et il commençait à le détester.

- C'est un Hindou, dit-il d'un ton plein de sous-entendus, courez donc après l'autre.

Les deux hommes partis, il le retourna sur le dos. L'homme était mort. Quelque chose tomba de sa main droite et roula près de lui. Adam reconnut l'Œil de l'Idole.

- Grand-père, murmura-t-il.

Il se redressa, mit le diamant dans sa poche et fila vers la maison, alors que tous les invités se tenaient sur la terrasse pour percevoir quelque détail du drame qui se jouait. Pendant qu'il courait, il luttait pour ne pas céder au sentiment de panique qui l'envahissait; en quelques jours, il avait eu pour tâche de protéger un homme qu'il avait haï toute sa vie. Adam savait que son grand-père en était arrivé à éprouver de réels remords pour la manière dont il avait traité sa propre fille et qu'il avait expié ses crimes, comme il le disait, par la mort de son fils et de la famille de celui-ci. Et maintenant qu'il avait découvert que l'un des Hindous avait réussi à subtiliser le diamant, il craignait le pire. Il leva les yeux vers les fenêtres du troisième étage où se trouvait la chambre de son grand-père : tout était noir. Lord Pontefract s'était senti trop las pour descendre assister au bal et à l'heure qu'il était, il devait être endormi; Miss Higgins, la nurse, dormait dans la chambre voisine, elle aurait dû être réveillée au moindre bruit, mais jusqu'à présent...

Il repartit en direction des escaliers où l'attendaient sa tante et Lord Nettlefield.

- Qu'est-il arrivé? demanda Lady Rockfern.

- Ce sont deux Hindous, haleta-t-il sans s'arrêter.

- Des Hindous? grogna Lord Nettlefield. Les brigands! Que viennent-ils faire ici?

Adam se précipita dans la grande entrée, traversa le grand hall de marbre et grimpa les escaliers quatre à quatre. Passant en trombe devant la grande toile de Poussin, il fila directement vers le troisième étage où se trouvait la galerie de tableaux donnant accès aux chambres principales. Il pensait que si les intrus avaient été capables d'accéder à la toiture - et n'importe quel homme tant soit peu agile était capable de grimper le long des gouttières - entrer dans la maison ne consistait alors qu'à briser la serrure de la porte donnant accès au toit-terrasse, et de là, passer par l'escalier des communs sans être inquiété outre mesure, puisque tout le personnel était occupé par la réception qui se donnait. Et de là...

Il poussa la porte de la chambre de Lord Pontefract.

- Grand-père?

Adam alluma un candélabre et poussa alors un grognement de stupeur. La chambre n'était qu'un épouvantable fouillis, tout était sens dessus dessous : tiroirs renversés sur le sol, bureau fracturé, peintures lacérées... Il vit aussi le grand paysage de Constable arraché de ses gonds et le coffre de sûreté ouvert.

Il s'approcha lentement du grand lit, le candélabre levé afin de mieux percer la pénombre; le vieil homme semblait dormir.

- Grand-père?

Pas de réponse. Le visage penché sur celui de son aïeul, il tressaillit.

Un cordon de soie serrait le cou du vieil homme et Adam pouvait voir la pièce de monnaie qui s'incrustait dans les chairs.

Les Hindous l'avait étranglé à la manière des Thugs.

Sur la poitrine de Lord Pontefract était épinglée une note. Adam s'en saisit et lut : «Kali est vengée».

CHAPITRE QUATRE

Le jeune garçon de ferme, complètement dévêtu, sauta du haut du rocher et, le nez pincé entre deux doigts, atterrit, tel un boulet de canon, dans la mare au milieu de la forêt de pins. Il nagea jusqu'à l'autre rive puis barbota paresseusement jusqu'au milieu, où il se laissa flotter sur le dos. C'était une chaude après-midi d'arrière saison, trois jours après la terrible tempête qui s'était abattue sur le nord de l'Angleterre. Une douce brise soufflait dans les grands pins et l'air était rempli des parfums sucrés de résine.

Lizzie, sale et exténuée, observait la scène, cachée derrière un tronc de pin. Elle s'était réfugiée deux nuits durant dans la soupente d'une grange, à la fois horrifiée par ce qu'elle avait fait à son père, et terrorisée à la perspective d'être capturée par le prévôt. Car elle avait finalement conclu qu'elle n'avait d'autre choix que de poursuivre sa route vers Pontefract Hall. «Adam, cher Adam, pensait-elle, mon chevalier servant...» S'il était un moment où elle avait besoin de lui, c'était bien à présent.

Elle attendit la nuit, puis se glissa à l'extérieur de la grange et prit la direction du pic. Elle était affamée et, traversant un verger, elle déroba une pomme encore verte qu'elle dévora avec plaisir, malgré le goût âpre qui envahissait sa bouche. Une idée occupait ses pensées : Adam saurait quoi faire.

Mais le voudrait-il? Elle ralentit son pas. Que pourrait-il faire? S'il ne la dénonçait pas aux autorités, il serait complice de son crime. Cette pensée faisait barrage dans son esprit; la simple notion qu'elle puisse impliquer l'homme qu'elle aimait dans un crime - même si celui-ci n'était qu'une légitime défense - lui paraissait presque aussi affreuse que le crime lui-même.

Elle se tenait là, assise sur son rocher, perdue dans ses dramatiques supputations. Si elle ne rejoignait pas Adam, qu'allait-elle faire?

Londres, Londres et ses millions de gens, sa foule anonyme. Londres était l'endroit le plus sûr pour se cacher. Elle pourrait par la suite écrire à Adam pour qu'il puisse la rejoindre; c'est dans la grande cité qu'ils se retrouveraient en toute quiétude. Et puis quoi?

«Chaque chose en son temps,» se dit-elle, et elle prit la route vers le sud, sachant bien qu'atteindre Londres ne serait pas chose facile.

À la nuit tombée, elle estima qu'elle avait parcouru cinq milles. Elle était lasse, sale et affamée et ses pieds la faisaient terriblement souffrir. Ce fut là qu'elle vit la forêt de pins, un parfait abri pour se dissimuler durant le jour. Elle avait hâte que la nuit tombe. «Je deviens un véritable oiseau de nuit», pensa-t-elle.

Dans la fraîcheur des pins, elle commença à se sentir un peu mieux. L'air bruissait de toute la vie de la forêt : oiseaux, tamias et écureuils. Elle aperçut même un daim qui l'observait et qui disparut ensuite dans les frondaisons. Dès qu'elle eut parcouru un mille dans la forêt, elle se laissa tomber sur un matelas d'aiguilles de pins et sombra immédiatement dans un profond sommeil.

Quand elle se réveilla, elle était reposée mais toujours affamée; elle leva les yeux vers les grands pins et se rendit compte que le soleil était déjà haut dans le ciel. Elle se dressa sur ses pieds et commença de poursuivre sa route, persuadée que sous le couvert de la forêt, elle pourrait voyager en toute sécurité. C'est là qu'elle entrevit le jeune garçon qui se déshabillait pour la baignade. Dissimulée derrière le tronc d'arbre, elle repéra la pile de vêtements.

Elle venait de trouver le déguisement idéal.

- *Arrêtez-vous! Arrêtez la diligence! STOP!*
Le jeune Français frappait de sa canne à pommeau d'argent le toit du carrosse tout en criant par la fenêtre. L'énorme cocher roula des yeux pleins de réprobation et arrêta ses quatre chevaux. La

voiture tressauta sur la route avant de s'immobiliser; Lucien Delorme, l'unique passager, ouvrit le portillon et sauta à terre.

- Eh toi, garçon! lança-t-il au garçon de ferme qui cheminait sur le bord de la route, où vas-tu donc?

- À Londres répondit Lizzie, le regard méfiant.

Le Français de trente ans était élégamment vêtu d'un pantalon fauve et d'un veston gris de la meilleure facture. Sa cravate savamment nouée était piquée d'une perle fine et son chapeau de castor luisait doucement dans le soleil.

- Je vais aussi à Londres, te plairait-il de faire le voyage en ma compagnie?

Lizzie avait trouvé un couteau de poche dans le pantalon du garçon, aussi s'en était-elle servi pour couper ses cheveux blonds et de parfaire ainsi son déguisement. Elle n'avait aucune idée de la raison qui poussait cet étranger à se montrer si prévenant, mais il était la réponse à ses prières.

- C'est très aimable à vous, Monsieur, et j'en serais ravi.

- Très bien, monte donc, tu me tiendras, hum, compagnie.

Le sourire aux lèvres, Lucien grimpa à son tour dans la lourde voiture et cria au cocher : «En route!»

Clac! Le fouet claqua et la diligence s'ébranla lentement.

- Quel est ton nom, jeune homme? demanda Lucien assis en face de Lizzie.

- Charlie, répondit-elle sans réfléchir.

- Charlie, un bien joli nom; quel âge as-tu?

- Dix-huit ans, Monsieur.

- As-tu faim, Charlie?

- Oh oui, Monsieur, répondit spontanément Lizzie.

- Eh bien, ne te gène donc pas. Il ouvrit un panier d'osier près de lui sur le siège en cuir. *Jambon?* Saucisse? Un œuf... comment dis-tu? A la diable? Sers-toi, Charlie, et je te servirai un verre de vin. Aimes-tu le vin, Charlie?

Lizzie avait littéralement plongé dans le panier et fourré si gloutonnement deux œufs dans sa bouche qu'elle avait failli s'étouffer; elle hocha la tête et grommela quelque chose qui pouvait signifier «s'il vous plaît». Lucien ne la quittait pas des yeux pendant qu'il débouchait une bouteille de Côtes du Rhône et lui en servait un verre.

- *Tiens*, tu es effectivement affamé, gloussa-t-il en lui tendant le verre. Le carrosse cahota et un peu de vin se renversa sur le genou de Lizzie. *Merde!* vos routes sont si cahotantes... Je veux dire cahoteuses. Laisse-moi faire, je vais te nettoyer...

Pendant que Lizzie tenait son verre, il tira du panier une serviette et commença de frotter le pantalon déjà très sale. Lizzie avala d'un trait ce qui restait de vin, se demandant les raisons de cette excessive amabilité.

La main commença à glisser vers la cuisse.

- Heu, Monsieur, de toutes façons, mon pantalon est plutôt sale.

- J'aime tes jambes, murmura-t-il avec passion.

Lizzie fut désarçonnée.

- Mais, Monsieur, je suis un... garçon!

- Oui, et je veux te couvrir de baisers. Oh, Charlie, tu me rends fou de désir... *MERDE!* grinça-t-il aussitôt, car il avait glissé la main dans l'ouverture du pantalon, tu es un eunuque!

- Non pas, hurla-t-elle, - elle s'était emparée d'un énorme saucisson et lui en assenait des coups sur l'épaule - je suis une femme!

- Cessez, pleurnicha-t-il, en retombant en arrière, tentant d'éviter le saucisson, Cessez de me battre! Vous souillez ma jaquette! Si vous êtes une femme, pourquoi êtes-vous vêtue comme un homme? Vous m'avez induit en erreur.

L'esprit en ébullition, Lizzie reposa le saucisson dans le panier et tenta de se composer une attitude.

- Eh bien, je... me suis enfuie de chez moi, mentit-elle.

Lucien la fixait. Un instant après, il poussa un petit hennissement qui se changea en rire. Retrouvant un semblant de sérieux, il se pencha vers Lizzie en détaillant ses traits.

- Vous êtes un très beau garçon, souffla-t-il, mais vous devez être une femme délicieuse. Oui, oui... j'aimerais concevoir quelques merveilleuses robes pour vous... Il se redressa et croisa ses bras sur sa poitrine. Charlie, dit-il, aimeriez-vous venir avec moi à Paris?

- Paris? répéta-t-elle, sidérée. Lizzie ne comprenait décidément rien à cet étrange jeune homme.

- Paris, où je crée des modèles pour les femmes les plus en vue de France, y compris l'Impératrice en personne; malheureusement, elles ont pour la plupart des silhouettes désastreuses. Vous verrez, je vous paierai bien.

Lizzie se raidit en l'entendant parler d'argent.

Il souriait.

- Je ne vous parle pas du plus vieux métier du monde, mais du plus récent.

- Sa Seigneurie avait manifesté cette dernière volonté, la semaine dernière seulement, disait Mr Bartlett en ajustant son lorgnon cerclé d'or sur son nez en bec d'aigle. Ce qui est bien heureux en l'occurrence.

Lady Rockfern tapota ses yeux avec son mouchoir. Adam et elle étaient assis dans la bibliothèque lambrissée de Pontefract Hall. Le notaire brisa le cachet de cire et déroula le document. Après s'être éclairci la voix, il entreprit la lecture du codicille : moi, Augustus Gascoigne Grimthrope de Vere, comte de Pontefract, deuxième du nom, sain d'esprit, déclare ceci comme dernières volontés et testament. Je lègue à ma fille bien-aimée Sidonia, Lady Rockfern, la somme de deux cent cinquante mille livres; la totalité de mes autres biens revient à mon petit-fils Adam de Vere Thorne.

Adam n'en croyait pas ses oreilles; il était riche, il était le comte de Pontefract, troisième du nom.

Vingt minutes plus tard, après que Maître Bartlett fut parti, M. Hawkins, le majordome, ferma les grandes portes et se retourna vers Adam.

- Milord, dit-il d'un ton emprunté, puis-je vous présenter mes compliments pour votre nouveau titre?

Milord. Cela sonnait si étrangement.

- Merci, Monsieur Hawkins.

- Milord, il vous semblera présomptueux de ma part de vous présenter ma requête de si bonne heure, mais le personnel est quelque peu anxieux...

Adam prit un air confus.

- À quel propos?

- Votre Seigneurie aurait-elle quelque intention de remercier certains d'entre nous?

- Ah, je vois. Quel est le nombre de personnes en service au château?

- Il y a actuellement quarante-quatre employés, y compris les gardiens du parc.

«C'est toute une armée», songea-t-il, émerveillé par le nombre de personnes assujetties au manoir.

- Vous pouvez annoncer que je n'ai nulle intention de changer de personnel pour le moment et que j'octroie à chacun une prime de dix livres à l'occasion de mon héritage.

Le pompeux majordome en cravate blanche, dans sa livrée bleue et or, parut surpris.

- Dix livres, Milord? Chacun? Voici qui est extrêmement généreux de votre part. Au nom de tous, permettez-moi de vous présenter mes profonds remerciements.

Il s'inclina.

Sidonia, qui se tenait aux côtés d'Adam, prit celui-ci par le bras et le tira vers le grand salon.

- Réalisez-vous, mon neveu, que cette somme représente plus que ne gagne une fille de cuisine en un an? expliquait-elle à voix basse. Vous gâtez le personnel, Monsieur. Ce fut généreux de votre part, mais ce fut aussi une erreur.

- Tante Sidonia, le destin, ou peu importe le nom que vous voudrez lui donner, a fait de moi un homme extrêmement riche et je ne puis croire que c'est une faute, quand on possède tant, de partager avec ceux qui ont si peu.

Elle lui lança un regard soupçonneux.

- J'espère que vous n'adhérez pas à ces idées socialisantes?

Il lui adressa un sourire indulgent.

- J'ignore absolument tout de ces idées radicales. Maintenant, ma Tante, je tiens à vous entretenir de quelque chose. Vous savez que je pars bientôt pour les Indes et j'ignore combien de temps je serai parti mais cela pourrait être pour plus d'une année. Je m'inquiète pour votre sécurité. Manifestement, les gardiens supplémentaires n'ont pas été suffisants.

- Cher Adam, j'ai d'ores et déjà pris mes dispositions, l'interrompit Lady Rockfern. Je n'ai nul désir de rester à Pontefract Hall après la fin tragique de Père. J'ai pris mes dispositions pour emménager chez ma meilleure amie, Lady Hillsdale, qui possède une charmante demeure à Londres. Je pense ainsi assurer ma propre sécurité contre ces méprisables Thugs à Knightsbridge. D'autre part, vous êtes maintenant le maître de Pontefract Hall et je suis sûre qu'un jeune homme comme vous ne saurait s'encombrer d'une vieille tante.

- Cela est faux, s'exclama Adam. Vous savez que vous êtes libre de rester près de moi aussi longtemps que vous le désirez.

Elle lui tapota le bras et sourit.

- C'est bien aimable à vous, mais il est temps pour moi de partir; de plus, j'adore Londres et nous devons penser à votre avenir. Maintenant que miss Desmond a si mystérieusement disparu, quels sont vos projets?

- Je n'en ai aucun, si ce n'est de me rendre aux Indes.

- Cher Adam, vous partez pour un voyage que vous savez dangereux; les Indes elles-mêmes sont dangereuses avec cette chaleur effrayante et toutes les embûches que vous pourriez rencontrer. La nièce de cette chère Lady Hillsdale, qui était mariée à un responsable de la Compagnie à Calcutta, fut emportée par le choléra il y a deux ans, et la pauvre créature n'avait que trente ans. Que Dieu nous épargne une nouvelle tragédie , après le terrible désastre qui s'est abattu sur notre famille récemment, car si un malheur vous arrivait, la lignée serait éteinte à jamais. Vous êtes le dernier héritier mâle des de Vere.

Adam était adossé au manteau de cheminée de marbre aux lignes superbement incurvées. Il en était venu à aimer Pontefract Hall. L'idée qu'il puisse si vite perdre ce qu'il venait d'acquérir depuis peu, lui déplaisait, mais il avait fait le serment à son grand-père de rapporter le diamant aux Indes.

- Que me suggérez-vous, ma Tante?

- Je ne ferai pas de manières car le temps nous manque. Lady Sybil est une femme très douce et d'un extrême raffinement; elle fait également partie d'une des plus nobles familles du pays et je ne vous parlerai pas de sa beauté. Vous pourriez connaître pire, cher neveu, bien pire.

- Mais, ma tante, en plus du fait que je ne l'aime pas, vous savez que mon navire quitte le port dans cinq semaines.

- Bien sûr, cela est peu commode; d'autant moins que nous sommes en deuil; mais en ces circonstances exceptionnelles, nous pouvons trouver certains arrangements, particulièrement si vous n'exigez pas de dot de Lord Nettlefield qui est plus démuni que jamais.

Adam, l'air grave, secoua la tête.

- Non, c'est hors de question, j'aime Lizzie Desmond.

La voix de sa tante devint insidieuse.

- Et où se trouve Lizzie Desmond?

- Je prie Dieu pour le savoir.

- Adam, votre mère a été injustement traitée par mon père, poursuivit-elle, mais vous êtes maintenant le comte de Pontefract, le chef de la famille, il m'appartient, ainsi qu'à vous-même d'assurer la pérennité de notre nom avant votre départ pour les Indes. Vous pouvez aimer miss Desmond, mais chez les gens de notre rang, l'amour n'a que très peu d'importance dans le cadre des alliances familiales; d'autre part, c'est une fugitive aux yeux de la loi et un mariage avec elle serait impossible quand bien même vous la retrouveriez. Je me vois donc dans l'obligation de vous presser de reconsidérer une union avec Sybil.

- Mais même si j'épousais Sybil, rien ne dit qu'en quelques semaines je pourrais concevoir un enfant.

- Vous aurez tout au moins essayé. Comme vous ne l'ignorez pas, Sybil a de nombreux prétendants; il y a le plus jeune fils de Sir Walter Musgrave, Edgar, qui est follement épris d'elle. Et Lord Dudley aussi, qui est immensément riche et qui a déjà fait sa demande par deux fois. Sybil m'a rapporté qu'elle avait refusé parce qu'elle ne l'aimait pas et qu'elle ne ferait qu'un mariage d'amour. Mais sachez bien qu'elle ne restera pas célibataire éternellement.

- Peut-être ne m'aime-t-elle pas, moi, dit-il.

- Il serait plutôt surprenant qu'elle vous aime avec cette femme Desmond qui vous tient tant à cœur; de plus, vous n'avez même pas eu la courtoisie de lui rendre visite.

- Très bien, j'y penserai. Cependant, je ne partirai pas pour les Indes à bord du EASTERN STAR, mais je conserve mon passage jusqu'à la dernière minute.

- Je ne comprends pas.

- J'ai dans l'idée qu'il va survenir un nouvel accident à bord. Je vais écrire à la direction de la compagnie de navigation en leur suggérant de renforcer la garde sur les quais de transit vers les Indes quand le navire sera arrivé.

- Voilà qui est très intelligent. Mais alors, où allez-vous donc, Adam?

- Rendre visite à Sybil.

Il était toujours épris de Lizzie. Mais il avait des responsabilités à l'égard de sa famille.

Cinquante minutes plus tard, il sautait de selle en face de Nettlefield Hall. La maison, qui ne ressemblait en rien à Pontefract Hall, était cependant un authentique joyau de style géorgien, mais l'endroit était plutôt délaissé, ce qui ne manqua pas de rappeler à Adam le manoir Thorne. Quelques moutons paissaient sur la grande pelouse où les mauvaises herbes poussaient librement. Pour autant qu'il ait pu s'habituer aux pelouses merveilleusement entretenues de son château, Adam n'en éprouva pas moins un sentiment de honte en songeant à sa fortune si ostentatoire et il fut pris de pitié pour Sybil et sa famille.

Il l'aperçut alors qu'elle marchait sur le côté de la maison, s'abritant du soleil sous une ombrelle bleue de la même couleur que sa robe. Adam se dirigea vers elle en pensant combien elle était différente de Lizzie. Lizzie était d'une beauté rustique, alors que Sybil était élégante et raffinée. C'était comme comparer un Gainsborough à un Rubens.

- Monsieur Thorne, dit-elle pendant qu'il la rejoignait. Ou plutôt devrais-je dire Lord Pontefract. Elle lui tendit sa main gantée et il la baisa. Je n'ai pas eu l'occasion de vous présenter mes condoléances après la mort de votre grand-père. J'ai lu dans la presse locale que la police n'avait pas encore retrouvé le second agresseur.

- Non, et je doute qu'elle le fasse. J'ai le sentiment qu'il est probablement en route pour son pays, maintenant. Puis-je vous accompagner, Sybil?

- J'en serais enchantée, c'est une si belle journée; quoique les insectes aient été une véritable nuisance cet été. Peut-être pourrions-nous marcher jusqu'au lac, la vue y est si belle. Auriez-vous eu des nouvelles de miss Desmond?

- Hélas, non.

Ils marchèrent un moment sans rien dire; alors qu'ils arrivaient au lac, Sybil se disait qu'Adam paraissait préoccupé. Et en effet, il l'était. Il ne parvenait pas à prendre une décision malgré les pressions que sa tante avait exercées sur lui; soit il trahissait Lizzie et restait loyal envers sa famille, soit le contraire;

Sybil avait certes nombre d'arguments qui plaidaient en sa faveur; de plus, il était très attiré par elle. Finalement il dit :

- Sybil, je n'ai guère de conversation, je n'ai aucune éducation et la plupart des gens ne me considéreraient même pas comme un gentilhomme.

- Les bonnes manières ne suffisent pas à faire un gentilhomme; comme le dit Lord Tennyson, les grands cœurs sont plus importants que les grandes couronnes.

Adam la regarda, se disant que la pureté de son profil était presque parfaite.

- Peut-être avez-vous raison, du moins, je souhaite que vous ayez raison, répliqua-t-il.

Elle lui souriait.

- Vous avez une couronne, Milord, auriez-vous aussi du cœur?

Il se renfrogna.

- C'est de cela que je voudrais vous entretenir. Voyez-vous, je pars bientôt pour les Indes et ma tante me presse de prendre épouse avant mon départ; j'ai la responsabilité de la famille... Il marqua une pause. Je m'y prends très mal, n'est-ce-pas?

- Cher Lord Pontefract...

- Adam.

- Très bien. Adam. Je n'entends rien à ce que vous dites. Voyez nos deux cygnes, ne sont-ils pas gracieux? Il est difficile de croire qu'ils cachent un tempérament cruel, mais les apparences sont souvent trompeuses, n'est-ce-pas?

Ils s'étaient arrêtés au bord du lac; Adam chassa une mouche posée sur son nez.

- Ce que j'essaie de vous dire est : voulez-vous devenir ma femme?

- Mais vous êtes épris de miss Desmond, rétorqua-t-elle, et je n'envisagerai jamais d'épouser un homme amoureux d'une autre que moi. Faisons demi-tour, ce nuage là-bas me semble pour le moins menaçant.

Elle reprit le chemin de Nettlefield Hall, laissant derrière elle Adam, dont le visage était empreint d'une expression de colère. Soudain, il fit de rapides enjambées et l'attrapant par la main, il la força à se tourner vers lui avec tant de force qu'elle en lâcha son ombrelle. Il la prit dans ses bras et l'embrassa. Elle réagit aussitôt en se dégageant et le gifla violemment.

- J'ignore la façon dont vous traitiez votre miss Desmond, mais vous devez me traiter avec respect, Monsieur. Elle ramassa son ombrelle tombée à terre. En tout état de cause, je vous souhaite le bonjour.

Elle s'éloigna de lui. La colère avait fait place à la consternation.

- Damnation, murmura-t-il.

- Je lui ai fait ma demande, mais elle a un caractère impossible! criait-il. Je suis navré de vous décevoir, ma tante, mais vous devez admettre que j'aurai essayé. La famille doit courir ce risque, mais rassurez-vous, je ne mourrai pas aux Indes. Cette femme a une pierre à la place du cœur.

Sidonia était assise devant la cheminée de la bibliothèque, brodant son canevas.

- Je ne pense pas que tout ceci soit vrai; que lui avez-vous dit?

- Exactement ce que vous m'avez dit. Que je devais impérativement me marier et que je la voulais pour femme.

- Tout cela sonne vraiment de façon romantique; je m'étonne qu'elle ne se soit pas pâmée de ravissement.

Adam la regarda de biais.

- Très bien, je veux bien admettre que je ne fus pas très romantique; mais je ne l'aime pas! Oh, toutes ces choses sont vraiment irréalisables. Mais où se trouve donc Lizzie, damnation? Les choses auraient été si simples si elle... Il acheva sa phrase d'un geste plein de lassitude. Il se leva et se dirigea vers la porte. Je vais me coucher, bonne nuit, ma tante.

Après qu'il eut quitté la pièce, Sidonia déposa son ouvrage dans la boîte à couture, se leva et alla sonner son majordome qui apparut quelques instants plus tard.

- Milady?

- Je sais qu'il est tard, Monsieur Hawkins, mais voulez-vous dire à Chester de préparer la voiture; je désire me rendre à Nettlefield Hall.

- Je ne l'épouserai pas, disait Sybil avec véhémence, une heure plus tard. Pourquoi épouserais-je un homme, aussi attirant qu'il puisse être - car je le trouve attirant, bien sûr - qui est pour mon malheur amoureux d'une autre femme?

Elle était debout dans le petit bureau de Nettlefield Park, le dos tourné au foyer; ses parents, l'air anxieux, se tenaient dans un sofa Hepplewhite élimé; Sidonia leur faisait face, assise sur une chaise au chintz délavé.

- Vous devez lui donner du temps, disait-elle. Il est entêté et impétueux; de plus, il est amoureux de cette Lizzie depuis sa plus tendre enfance.

- C'est comme vous et Edgar, ajouta Lady Nettlefield.

Sybil prit un ton plus agressif pour dire :

- Voulez-vous, je vous prie, laisser Edgar Musgrave en dehors de cette conversation; je ne l'épouserai pas, lui non plus.

- Il serait sacrément temps que vous épousiez quelqu'un, marmonna son père, un verre de porto à la main; et si vous voulez mon avis, vous devriez saisir cette opportunité d'épouser Adam; il me semble avoir tout ce qu'une femme peut raisonnablement - et déraisonnablement - demander.

- Mais il ne m'aime pas, insistait Sybil.

- Qu'est-ce-que l'amour? Quand vous aurez mon âge, l'amour ne sera plus alors qu'un vague souvenir d'un caprice d'adolescence.

- Je vous demande pardon? s'insurgea sa femme.

Lord Nettlefield se leva, sa bedaine proéminente débordant largement de sa jaquette.

- Sybil, vous avez éconduit Lord Dudley deux fois, alors que je vous avais prié chaque fois de répondre à ses attentes. Grands dieux, cet homme possède vingt mille acres...

- Lord Dudley m'ennuie, l'interrompit Sybil.

- Oh? Bien. Jeune fille, apprenez que votre intransigeance commence à m'ennuyer, moi. J'ai trois filles à marier et c'est une situation diablement onéreuse. Sidonia me dit qu'une dot ne sera pas nécessaire si vous épousez Adam, et j'ajouterai que ce serait folie que de refuser pareille proposition. C'est un homme intelligent, fortuné, et il a un titre. Vous avez vingt ans et je vous trouve les dents bien longues; combien de poires comme Adam comptez-vous laisser tomber dans votre giron?

Sybil blêmit à l'allusion sur son âge.

- Peut-être préféré-je rester vieille fille, répondit-elle vertement.

- Et passer votre vie aux crochets de votre famille? Voilà un avenir des moins reluisants, ma chère. Non, Sybil, vous êtes décidément beaucoup trop orgueilleuse, et si votre satané orgueil vous empêche d'épouser un homme dont n'importe quelle femme serait éprise, j'en serai extrêmement fâché. Extrêmement. Je n'ai plus rien à ajouter.

Sidonia leva les yeux vers Sybil, au bord des larmes, et demanda doucement :

- Avez-vous quelque sentiment pour Adam?

- Si vous voulez savoir la vérité, sanglota-t-elle, je l'adore. Tous les regards se figèrent. Mais imaginez-vous comme cela est difficile de l'entendre toujours parler de miss Desmond?

Il y eut un silence.

- Dans ce cas, il me semble parfaitement clair qu'il ne vous reste plus qu'à faire en sorte qu'il tombe amoureux de vous; cela s'est déjà vu, dit alors Sidonia.

- Bien sûr, s'enthousiasma Lord Nettlefield, Sidonia a raison; faites qu'Adam s'éprenne de vous, séduisez-le, grands dieux!

- Voilà qui est choquant, murmura sa femme.

- Un défi des plus intéressants, ajouta Sidonia.

Sybil se raidit.

- Très bien, je relève le défi. J'épouserai donc Adam et je jure que bientôt, il m'aimera plus qu'il n'aime Lizzie Desmond.

- Vous avez un port magnifiquement naturel, ma chère, disait Lucien Delorme à Lizzie, mais rappelez-vous : vous servirez de modèle pour l'Impératrice elle-même, aussi devez-vous avoir une allure parfaite, comprenez-vous?

- Je fais de mon mieux, répondit Lizzie, qui marchait en rond, un livre posé sur la perruque blonde que Lucien avait fait faire pour elle. Cela se passait dans son atelier, au second étage de sa maison, rue Cassette à Paris. Deux de ses assistants, une femme entre deux âges et un adolescent, rangeaient avec le plus grand soin des tenues finement ouvragées dans une énorme malle de cuir pendant qu'il dirigeait Lizzie dans sa leçon de maintien.

- L'impératrice est la femme la plus élégante d'Europe, et si je parviens à devenir son couturier, ma fortune est faite. Tout dépend de vous, ma chère. Quand vous porterez mes créations, pensez donc que vous êtes l'impératrice.

«Une impératrice en fuite,» songea-t-elle.

- *Henri! imbécile! Prends garde!*

Le jeune garçon avait failli laisser choir une robe sur le plancher.

- Pardon, Lucien.

- Tout le monde est si nerveux, gémit Lucien, en gesticulant. C'est un complot pour me rendre fou! Plus droite, Adelaine, plus droite! Vous êtes une impératrice et vous devez marcher comme telle! Dans deux jours nous devons être à Biarritz pour une présentation de mode destinée à l'Impératrice Eugénie; mon Dieu, deux jours! Marchez comme une impératrice, dites : «je suis une impératrice».

- Je suis une impératrice, répéta Lizzie qui se tenait si droite que son dos en était douloureux.

- Votre Majesté, Monsieur Delorme est ici avec sa collection, annonça Mademoiselle Bouvert, lectrice de l'Impératrice.

Maria Eugénia Ignacia Augustina, anciennement comtesse de Montijo et maintenant impératrice des Français était dans son boudoir de sa villa de Biarritz.

- Très bien, introduisez monsieur Delorme sourit-elle.

La magnifique épouse de trente ans de l'Empereur Napoléon III se leva. C'était une femme étourdissante de beauté, au maintien parfait; elle était grande et mince avec un long cou en col de cygne. La fille d'un Grand d'Espagne, et belle-sœur du duc d'Alba, avait un port inné, une vive intelligence et des cheveux flamboyants. Son mariage en 1853 avec le nouvel empereur des Français, neveu de Napoléon Ier, avait surpris toutes les cours d'Europe. Mais la chance était du côté des «aventuriers» comme on se plaisait à dire dans leur dos. Le Second Empire était à son apogée et, le printemps passé, Eugénie avait assuré la dynastie en donnant naissance à un fils, le prince impérial, héritier du trône de son père.

- Votre Majesté, dit Lucien Delorme en faisant sa révérence dans la pièce dont la vue donnait sur l'océan Atlantique.

Eugénie tendit une main que le couturier s'empressa de baiser.

- Monsieur Delorme, je m'attends à être éblouie par vos créations, dit l'impératrice.

- Ah, Votre Majesté, rien n'est aussi éblouissant que votre beauté, minauda Lucien en flatteur éhonté. Mes pauvres créations sont éclipsées par le sourire qui est le vôtre.

- Je devrais donc ainsi poursuivre avec Madame Palmyre, répliqua machiavéliquement Eugénie, faisant ainsi allusion à l'une des modélistes officielles de la cour dont Lucien espérait bien abolir le monopole.

- Mais Votre Majesté souhaite promouvoir l'industrie de la mode et non la voir péricliter, rétorqua malicieusement Lucien.

Eugénie éclata de rire.

- Mon cher Monsieur Delorme, je constate que vous êtes une véritable vipère. Mais ne perdons pas davantage de temps : je suis impatiente de voir vos ébauches; où sont vos croquis?

Lucien tapa des mains.

- J'ai une surprise pour Votre Majesté que j'appellerai «croquis vivants».

Une très belle fille entra dans la pièce par les portes-fenêtres qui s'ouvraient sur le balcon donnant vue sur l'océan; elle portait une robe noire sous une jaquette jaune.

- Voici Diane, annonça Lucien; elle porte une robe de jour que je suggérerais pour Compiègne. Il faisait allusion au château au nord de Paris.

Eugénie en fut émerveillée.

- Que voilà une bonne idée, Monsieur, s'exclama-t-elle. Je suis au comble de la joie. Combien pour ceci?

- Deux mille francs.

- N'est-ce pas un prix exorbitant?

- Que non pas pour une impératrice.

Eugénie rit encore. Le modèle virevolta devant elle et l'ample jupe noire s'éleva en tourbillonnant.

- Mon prochain modèle, Votre Majesté, est une personne que j'ai rencontrée la semaine dernière en Angleterre. Je l'ai connue lors de mon voyage de retour des filatures dans le Nord. Elle s'appelle Adelaine.

Lizzie avait dit à Lucien que son nom était Adelaine Markham après qu'il l'eut embauchée comme modèle. Du déguisement de Charlie elle était passée à ce nouveau pseudonyme; car Lizzie était terrorisée par la police, même en France. Après une interminable minute, ne voyant pas arriver son modèle, il alla vers la porte, et ce qu'il vit ne fit qu'accroître sa nervosité. Louis Napoléon, empereur des Français, dont les exploits galants avaient fait le tour des cours d'Europe, se tenait près de Lizzie et devisait avec elle à voix basse, pendant que sa main droite caressait lentement le bout de sa moustache.

- Adelaine, souffla-t-il.

Lizzie, dans une robe de bal blanche à couper le souffle, le regardait. Puis elle fit une brève révérence et s'en alla rejoindre Lucien.

Louis Napoléon, tritura entre ses doigts sa barbiche que l'on avait rebaptisée «impériale» en son honneur. Sitôt Lizzie disparue dans le boudoir d'Eugénie, son impériale personne commença à réfléchir au moyen d'attirer cette beauté anglaise dans son impériale couche.

James Randolph Cavanagh III regardait dans son miroir et il aimait ce qu'il voyait; ce propriétaire de vingt-neuf ans d'une plantation en Virginie avait grande allure, il le savait et s'en réjouissait. Il avait des cheveux bruns et drus, naturellement bouclés, des yeux bleu acier, des traits réguliers et une large moustache dont il aimait à penser qu'elle lui donnait l'air fringant d'un chef de brigands. Et ce soir, il tenait plus que jamais à cet air fringant-là, car ce soir il était convié à un bal aux Tuileries, invitation qu'il avait obtenue par l'entremise d'un de ses amis, le docteur Harry Evans, le dentiste personnel de l'Empereur. Comme ce dernier avait une dentition atroce, le docteur avait une influence considérable à la cour.

Jack, comme on l'appelait, ajusta sa cravate blanche, donna un dernier coup de brosse sur les larges épaules de son habit à queue de pie et prit son haut-de-forme et sa cape doublée de soie blanche. Après s'en être revêtu, il quitta sa suite du Grand Hôtel du Louvre, le nouvel hôtel le plus couru de Paris. Jack Cavanagh possédait cinq mille acres de bonne terre en Virginie, il possédait également trois cents esclaves. Sa principale ressource était le tabac, mais son habileté de spéculateur l'avait encore plus enrichi. Il détenait une fortune en actions de chemins de fer, ce qui lui assurait une rente annuelle de cent mille dollars - une véritable fortune en 1856 - période durant laquelle la valeur du dollar était de vingt fois supérieure à celle qu'elle atteindrait quelques années plus tard. Jack était un des hommes les plus riches du Sud et il aimait mener grand train. C'était son premier voyage à Paris, capitale à la plus scandaleuse réputation du monde, et Jack espérait secrètement rencontrer une de ces *grandes horizontales*, ces belles courtisanes dont toute la ville faisait des gorges chaudes. Le docteur Evans l'avait instruit du fait que la *haute bicherie* n'était pas admise à la cour, mais que la nouvelle favorite de l'Empereur, la superbe Anglaise nommée Adelaine Markham, serait aux Tuileries ce soir-là, et il mourait d'envie d'être présenté.

Il héla un fiacre devant son hôtel et se fit conduire au palais. Paris était en pleines transformations sous la direction pour le moins énergique - d'aucuns disaient autoritaire - du préfet de la Seine, le baron Georges Haussmann. De grands quartiers du Paris médiéval avaient été démolis, plus de cinq mille logements avaient fait place aux grands boulevards. Les Parisiens, fous de rage, assistaient, impuissants, à la profanation de leur cité, même si les plus scandalisés devaient admettre que le nouveau réseau de voirie et la destruction des rues étroites et puantes, porteuses du choléra, étaient une bonne chose. Pour Jack Cavanagh, le nouveau Paris qui s'érigeait était d'une beauté à couper le souffle au-delà de ce qu'il avait imaginé. Alors que le fiacre approchait de l'Arc du Carrousel, l'entrée d'honneur du palais des Tuileries - le Buckingham Palace français, construit sous Catherine de Médicis - le jeune planteur virginien était ivre de Paris.

Lizzie Desmond ramassa un exemplaire du *Times* de Londres qui se trouvait sur une console du hall d'entrée de la résidence de Lucien Delorme. Après sa burlesque entreprise envers «Charlie» dans le carrosse, l'attirance physique de Lucien à son égard s'était volatilisée et quand il l'avait invitée à s'installer dans une chambre d'amis dans son pavillon à la Left Bank, elle avait accepté pour des raisons pratiques. Lucien, dont le père était un riche courtier en bourse, appartenait à une famille nantie et la demeure à deux étages, située dans le quartier huppé des résidences particulières, avait un caractère charmant avec son petit jardin sur le devant. C'était là qu'il dessinait ses robes qu'il faisait monter par ses couturières et dont Lizzie faisait les essayages. Elle trouvait le travail intéressant mais surtout sécurisant; elle avait quitté l'Angleterre depuis presque trois semaines, et son anxiété commençait à se dissiper. Elle aimait le monde féerique de la haute couture et Lucien lui avait insufflé la passion des belles parures; elle appréciait également les Parisiens - sans parler de l'Empereur - car ils avaient été les premiers à lui avoir fait prendre conscience de sa propre beauté.

Mais elle se sentait malgré tout bourrelée de remords à cause de la mort de son père; très souvent, elle pensait aux circonstances de sa fuite. Bien qu'elle ne fût pas coupable de meurtre, elle n'ignorait pas qu'aux yeux de la loi, son départ équivalait à un aveu. Le fait que Lucien lui ait payé un faux passeport au nom d'«Adelaine Markham» afin de quitter le pays, ne faisait qu'empirer sa position (le couturier se doutait que Lizzie avait maille à partir avec les autorités, mais trop enthousiasmé à l'idée de l'employer comme modèle, il ne lui avait pas posé trop de questions). Et toujours lui revenait à l'esprit l'image du corps calciné de son père dans le cottage; le corps de l'homme qui avait consacré sa vie à la morale, anéanti par sa pécheresse de fille.

Et voilà que maintenant, elle apprenait qu'elle avait perdu l'autre homme de sa vie. Alors qu'elle tournait les pages du *Times* (Lucien, comme de nombreux Parisiens chics, était très anglophile et s'était abonné au journal anglais pour être à la mode), un titre lui sauta aux yeux : «Lord Pontefract épouse Lady Sybil Hardwick». Tremblante, elle commença la lecture de l'article :

Le comte de Pontefract, troisième du nom, qui accéda au titre voilà deux semaines après le décès tragique de son grand-père, deuxième du nom, a surpris tout le comté du Yorkshire en épousant hier, Lady Sybil Hardwick à Nettlefield Hall. Ce mariage précipité est dû au départ imminent du comte pour les Indes à bord du EASTERN STAR. Le nouveau comte, anciennement Adam Thorne, a exprimé le vœu de retrouver le deuxième hindou responsable de la mort de son grand-père afin de le traduire en justice. On pense que les deux hommes, dont l'un fut tué sur les terres de Pontefract Hall, appartiennent à la secte de fanatiques, adorateurs de la déesse hindoue Kali. La nouvelle comtesse de Pontefract est la fille du comte et de la comtesse de Nettlefield...

- Adelaine, êtes-vous prête?

Elle se retourna pour voir son employeur dévalant les escaliers. Lucien était un petit homme, de deux pouces plus petit que Lizzie, mais il s'habillait avec une parfaite élégance et à Paris, l'élégance faisait pardonner bien des défauts. Il resta figé au bas des escaliers.

- Que se passe-t-il? Vous pleurez!

- Ce n'est... rien.

Elle reposa le journal sur la console et se laissa tomber dans une bergère en sanglotant. «Adam, songeait-elle, mon amour, mon chevalier, mon univers... il épouse quelqu'un d'autre, et je porte un enfant de lui, que faire?»

- Cessez de pleurer! Cessez immédiatement, vous allez ruiner cette robe! Lucien était debout devant elle et tapait rageusement du talon.

- Je me moque de votre robe, pleura-t-elle, je n'irai pas au bal, je veux seulement mourir.

Elle cacha son visage dans ses bras.

- Vos larmes vont tacher la soie de votre robe! Lucien trépignait. Allez-vous cesser, enfin!

Elle leva la tête, les yeux pleins de colère.

- Oh, laissez-moi tranquille, affreux petit homme, s'exclama-t-elle. Mon cœur est brisé et je n'ai que faire de votre stupide robe.

- Stupide? glapit-il, Vous osez appeler cette éblouissante création «stupide»? Vous êtes... quel est donc le mot? congédiée! Voilà, je vous congédie! Et maintenant, ôtez ma robe et quittez cette maison sur-le-champ!

Lizzie réalisa qu'elle était allée trop loin. Il lui avait créé un alter ego en la personne d'Adelaine Markham, qui la protégeait de la police; et peu importe sa détresse, elle devait apaiser Lucien afin de conserver son emploi. Elle se leva, essuyant ses yeux avec un mouchoir en dentelle. La «stupide robe» était en fait sublime;

élaborée dans de la soie bleu pâle, l'ample jupe était festonnée de rose chiffon. Elle savait qu'elle était elle-même éblouissante. Elle lui adressa un regard froid, se forçant à écarter tout sentiment de culpabilité ou de douleur de son cœur.

- Je doute que vous me congédiez, Lucien; l'Empereur serait terriblement fâché si je n'apparaissais pas aux Tuileries ce soir. Je suis navrée pour ma petite démonstration de tantôt, mais j'ai appris de fâcheuses nouvelles dans le *Times*...

- Quelles nouvelles?, l'interrompit Lucien pour qui la passion des ragots passait au-dessus tout.

- Quelqu'un de ma connaissance, murmura-t-elle tristement. Quelqu'un que j'aimais, semble, je le crains, perdu pour moi à jamais. Mais, se ressaisissant elle pensait : «Non! Un jour je retrouverai Adam.» Et regardant Lucien droit dans les yeux, elle lui dit : Partons-nous?
Elle enveloppa ses épaules dans une étole de cashmere et se dirigea vers la porte. Lucien se disait qu'il n'avait jamais vu plus belle femme.

- Voulez-vous, Lettice Winnifield Desmond, prendre cet homme pour époux; jurez-vous de l'aimer et de ...
Alors que le révérend Bartholomew Cringall récitait la formule rituelle, Lettice regardait Horace Belladon à travers son voile blanc, l'homme qu'elle avait failli perdre à cause de sa sœur. Celui-ci avait été si affecté par le meurtre du révérend Desmond qu'il avait différé ses engagements envers elle. La disparition du prélat avait généré toutes sortes de rumeurs, et les titres dans les journaux avaient été aussi spectaculaires que l'avait prédit Stringer MacDuff : meurtre dans les Moors! La fille du vicaire tue son propre père! La suspecte soupçonnée d'avoir quitté l'Angleterre! La nation toute entière se repaissait de ce morceau de choix pendant que les deux sœurs de Lizzie étaient tapies derrière les murs couverts de lierre du presbytère de Wykeham Rise, jusqu'à ce que, deux semaines après que l'on eut enterré leur père, elles fussent expulsées par l'Église d'Angleterre, pour faire place au successeur du révérend Desmond. Même Horace Belladon qui avait pourtant le cœur dur, avait été ému par la détresse de Lettice et de Minna. Elles étaient pratiquement sans le sou, et il leur avait fait une avance de deux cents livres, les pressant de venir s'instal-

ler au Priory, la maison qu'il avait dans les faubourgs de Manchester, une spacieuse villa de brique dont s'occupait sa mère, veuve depuis déjà longtemps. Après quelque temps, la passion d'Horace s'était quelque peu ravivée et il avait refait sa demande que Lettice s'était empressée d'accepter. Mais celle-ci n'était pas prête à pardonner à sa sœur l'acte qui avait failli lui coûter son mariage avec le riche M. Belladon.

- Je vous déclare maintenant mari et femme.

Des larmes de joie et de soulagement montèrent aux yeux de Lettice; elle leva son voile pour embrasser la face hilare et joufflue de son époux. L'église gothique de St-Stephen était à moitié pleine d'hommes d'affaires de Manchester et de leurs très respectables épouses qui avaient tenté de boycotter la cérémonie mais qui furent contraintes d'y assister car, après tout, leurs maris faisaient des affaires avec Horace. Et ainsi le scandale commença de s'estomper.

Mari et femme empruntèrent l'allée centrale et l'orgue se mit à jouer «La Marche Nuptiale» de Mendelsohn. Derrière son sourire de circonstance, la nouvelle Mme Horace Belladon ruminait de terribles projets de vengeance.

C'était «La Valse des Patineurs» que l'on jouait quand le carrosse de Lucien arriva place de la Concorde. En voyant les jardins des Tuileries, Lizzie en resta bouche bée. Des milliers de lumières scintillaient dans des globes de verre, les fontaines étaient illuminées par des centaines de lumières multicolores et des feux de Bengale crépitaient dans les arbres.

- C'est féerique, s'exclama Lizzie.

- L'Empereur a bien fait les choses, approuva Lucien.

Ils se mirent en ligne derrière une longue file de voitures qui déversaient une foule d'invités élégamment vêtus devant le Pavillon d'Horloge, la partie centrale de l'immense palais. Leur portillon fut enfin ouvert par un laquais noir en veste de soie et turban blanc. Lizzie descendit, suivie de Lucien qui tendit son invitation frappée d'une couronne à un chambellan en livrée écarlate. Suivant la foule qui se dirigeait vers le grand escalier, ils entrèrent finalement dans les Tuileries. Au pied de chaque marche, se tenait un homme de La fameuse Garde d'élite de l'Empereur, rutilant dans sa tenue bleu ciel, ses culottes de cheval et ses bottes noires, le casque empanaché d'une crinière et la cuirasse d'acier poli qui jetait mille feux.

- Ne sont-ils pas superbes? s'écria Lucien qui louchait vers les gardes. Ils ont seulement été sélectionnés pour leur allure, peu importe leurs talents de combattant. Ils ont tous au moins six pieds de haut.

Lucien ne pouvait quitter ces fameux Cent Gardes des yeux alors que Lizzie s'enivrait de ce spectacle étourdissant. Au sommet des escaliers, ils pénétrèrent dans la salle du Trône puis dans le salon d'Apollon, le salon du Premier Consul - une immense salle au décor baroque avec de vertigineux lustres de cristal descendant du plafond, les murs tapissés d'or exposant les portraits de la famille tel un panthéon des Napoléon. L'empereur, son cousin, le prince «Plon-Plon», la princesse Mathilde . Et, le plus visible, l'immense portrait d'Eugénie par Winterhalter.

En dépit de l'attrait et de l'excitation du moment, le cerveau de Lizzie résonnait comme un tambour d'une pensée lancinante : Adam et l'enfant qu'elle portait de lui.

Dans la salle des Maréchaux, Jack Cavanagh était abasourdi par les cariatides d'or qui soutenaient le plafond et par les portraits de Napoléon alors qu'il n'était que Maréchal de France. Il comparait mentalement cette profusion de merveilles avec le décor bien plus modeste de la Maison Blanche où il avait dîné deux fois et en conclut que le palais français était bien plus beau. En tant que propriétaire sudiste et grand partisan du parti démocratique, son acrimonie vis-à-vis de Washington allait grandissant. Ces damnés abolitionnistes gagnaient du terrain de jour en jour.

Mais il oublia bien vite les politiciens américains quand il vit apparaître au bras d'un petit homme aux cheveux bouclés, une blonde radieuse dans sa robe de soie bleu pâle festonnée de vieux rose.

- Seigneur, dit-il, voilà la plus belle femme que j'ai jamais vue!

- C'est miss Markham, précisa le docteur Evans qui venait de le rejoindre. Le dentiste américain était un homme mal fagoté et il portait la barbe. «Le modèle anglais», c'est comme ça qu'ils l'appellent, l'Empereur en est fou.

- Est-elle sa maîtresse? questionna Jack, les yeux rivés sur Lizzie.

- Oh non. Tout au moins pas encore. Son employeur, Delorme, le couturier de la cour, que vous voyez avec elle, craint par trop la fureur d'Eugénie, si une telle chose devait arriver. Et, croyez-moi, l'Impératrice a beaucoup de tempérament. Aimeriez-vous faire sa connaissance?

- Comment avez-vous deviné?

Le docteur Evans conduisit Jack à travers la foule jusqu'à Lizzie et Lucien qui venaient juste de prendre deux flûtes de champagne que leur tendait un valet de pied. Après les présentations, Jack s'empressa d'inviter Lizzie à danser, alors que l'orchestre au fond de la salle entamait une valse. Lizzie accepta sans ambages.

- Ainsi donc, vous êtes américain, dit-elle, alors qu'il la faisait tournoyer sur le plancher ciré. Je n'avais jamais rencontré d'Américain auparavant; je pensais qu'ils portaient tous des peaux de daim comme Daniel Boone.

- Eh bien, je crois que nous ne sommes pas aussi distingués que vous, les Européens, mais nous ne sommes tout de même pas des sauvages.

- Et de quelle région d'Amérique êtes-vous donc, M. Cavanagh?

- De Virginie. Je suis un planteur de tabac, Madame. Puis-je le dire? Miss Markham vous êtes la plus belle chose du palais, et il y a de bien belles choses dans ce palais.

Lizzie sourit. Ce bel Américain avec son rude accent de Virginie ne lui était pas indifférent; et si l'homme de sa vie s'était trouvé une épouse, il était grand temps pour elle de se trouver un nouveau soupirant.

Et un père pour son enfant.

Adam fut réveillé au milieu de la nuit par un bruit de sanglots. Il s'assit sur son lit qui se trouvait dans la chambre voisine de celle où son grand-père avait été assassiné. Une lumière diaphane filtrait à travers les grandes fenêtres. Il vit sa femme en chemise de nuit blanche qui pleurait les yeux fixés au dehors.

-Sybil?

Pas de réponse, hormis ses sanglots.

- Que se passe-t-il donc?

Il quitta le grand lit et traversa la grande pièce pour la prendre dans ses bras mais elle le repoussa.

- Regagnez votre lit, dit-elle.

- Pas avant que vous m'ayez dit ce qui vous cause tant de peine. Pleurez-vous parce que je pars pour les Indes demain?

Elle rit doucement

- Ne soyez donc pas prétentieux.

Elle tapota ses yeux avec un mouchoir.

- Il est absolument impossible que vous veniez avec moi, dit-il en allumant une lampe de chevet. Le bateau sur lequel je m'embarque est très sale et très dangereux.

- Je ne pleure pas à cause de votre départ; cependant, me quitter une semaine après notre mariage revient à me déconsidérer aux yeux du monde; je suis certaine que l'on dira que vous êtes si enchanté de votre épouse que vous avez décidé de partir en voyage de noces à l'autre bout du monde, mais *seul*.

- Si l'on est assez stupide pour prétendre de pareilles choses, alors tant pis. Je ne puis faire autrement. Il faut que j'aille aux Indes.

- Je viens de vous dire qu'il ne s'agit pas des Indes!

- Mais de quoi s'agit-il donc?

- Cette nuit, et la nuit dernière, et la nuit précédente aussi, vous avez tant remué que vous m'avez éveillée. Vous avez peut-être fait de mauvais rêves, mais peut-être aussi de bons. Quoi qu'il en soit vous parliez durant votre sommeil; et saviez-vous ce que vous disiez? Lizzie. Vous répétiez son nom encore et encore et encore. Lizzie, Lizzie, Lizzie. Non seulement vous ne cessez de penser à elle durant le jour, mais en plus vous me faites l'insulte de rêver d'elle.

Adam devint écarlate.

- Je suis désolé Sybil.

- Nieriez-vous la chose?

- Non. Il est vrai que je rêve d'elle. Je m'emploie, croyez-le, à la chasser de mes pensées, mais je ne puis contrôler mes songes.

- Pour moi, il n'est rien de plus odieux qu'une femme jalouse, mais je ne vois pas la raison pour laquelle j'entendrais prononcer ce nom encore et encore toute la nuit. J'irai donc passer le reste de la nuit dans une autre chambre.

- Sybil, je suis vraiment navré, je...

- Peut-être à votre retour aurez-vous réussi à vous défaire de votre obsession. En attendant, je vous souhaite la bonne nuit.

Elle prit la lampe et quitta la pièce. Resté seul, Adam alla à la fenêtre; il appuya ses bras sur le rebord; la tête posée sur ses poings serrés, il se mit à pleurer. Il entendit Sybil entrer dans la chambre attenante et il perçut encore ses sanglots.

- Ainsi, vous voulez m'épouser? disait Lizzie une semaine plus tard à Jack Cavanagh qui était devant elle, un genou à terre. Il avait commandé un dîner au Café Anglais, chambre numéro seize, indubitablement le meilleur restaurant au monde et Lizzie venait juste de finir quelques *écrevisses à la bordelaise*, préparées par Adolphe Dugléré, indubitablement le meilleur chef cuisinier au monde.

- Adelaine, vous avez ravi mon cœur, s'exclamait Jack, les mains jointes en un geste de prière. Ses yeux étaient injectés de sang à cause du Château Lafite (Le Café Anglais avait une cave de deux cent mille bouteilles que l'on pouvait acheminer par le truchement d'un rail). Il en est ainsi depuis le premier instant où je vous ai vue et depuis une semaine je ne pense qu'à vous. Vous m'avez envoûté. Je vous en supplie : soyez à moi.

Que la chose lui parût folle, peu lui importait. Il n'en demeurait pas moins vrai que Jack était éperdu d'amour et que sa proposition était pour le moins tentante. Il était beau et riche, bien qu'un peu fruste sur les bords. Elle se leva de la table somptueusement décorée et traversa la pièce recouverte d'un tapis de haute laine pour aller se regarder dans le grand miroir. Elle savait que cette suite était l'une des plus prestigieuses d'Europe. *Le Grand Seize* du Café Anglais, comme on l'appelait à Paris, était le théâtre de nombreuses scènes de séduction jouées par le *gratin* parisien. Jack avait déjà maintes fois tenté de la séduire durant la semaine, mais elle s'était chaque fois montrée réticente. À présent, il lui fallait prendre une décision car il lui avait annoncé son retour imminent pour les Amériques. Ce pays offrait de nombreux attraits aux personnes qui voulaient échapper aux autorités de leur pays; toutefois, l'idée d'épouser un esclavagiste la mettait mal à l'aise bien qu'il lui eût assuré qu'il traiterait ses gens humainement. Elle n'aimait pas Jack mais le problème devenait urgent car son état de grossesse commençait à prendre un tour pour le moins visible. Elle avait désespérément besoin de trouver un père pour son enfant, et Jack était là, à ses pieds, lui offrant légitimité, sécurité et bien-être. Elle décida, par correction à son égard, de lui avouer *une part* de vérité.

Elle se retourna vers lui.

- Je suis très flattée de votre demande, Monsieur; mais avant de vous donner ma réponse, je pense devoir vous avouer certaines choses à mon sujet. Je ne m'appelle pas Adelaine Markham, c'est un nom que j'ai emprunté lorsque je me suis enfuie de chez moi, en Angleterre.

Il se mit lentement sur ses pieds.

- Pourquoi vous êtes-vous enfuie de chez vous?
- Je suis partie parce que j'attends un enfant.

Il battit des paupières.

- Qui est le père? demanda-t-il d'une voix rauque.
- Un Anglais que je ne reverrai probablement jamais. Son nom est sans importance.

Elle le vit serrer les poings et la sueur perler sur son front. Il resta sans mot dire durant une longue minute, puis il murmura entre ses dents :

- Me laisserez-vous reconnaître cet enfant comme le mien?

Elle hésita :

- Oui, pourquoi pas?
- En garderez-vous le secret?
- Oui.
- Êtes-vous prête à me jurer qu'il n'y aura d'autre homme dans votre vie aussi longtemps que je serai votre mari?

Elle se raidit.

- Monsieur, je ne suis certes plus pure, mais je ne manque jamais à ma parole et il est évident que j'honorerai mes vœux de mariage.

Il n'eut qu'une très courte hésitation puis il courut vers elle, la prit dans ses bras et posant les lèvres sur les siennes, l'embrassa passionnément.

- YahOO! Ya-HOO! cria-t-il en jetant sa tête en arrière, j'ai trouvé la plus belle épouse du monde! Oh, chérie, quand mes amis de Virginie vous verront, ils en seront verts de jalousie. Ya-HOO! Il faut arroser ça avec du champagne!

Il courut tirer sur la sonnette.

- Nom de Dieu! grimaça-t-il, C'est pas romantique? Elle remarquait que son langage devenait un peu plus rustique au fur et à mesure que l'alcool agissait sur son cerveau. Vous allez être la plus... la plus belle chose que l'on puisse voir dans le comté de Gloucester! Mais je ne connais même pas ton nom. C'est quoi?

- Elizabeth Desmond.

- Elizabeth. J'aime ça.

- Mes amis m'appellent Lizzie.

- Lizzie, souffla-t-il lentement, je crois que c'est le plus beau nom que j'ai jamais entendu. C'est le plus beau nom du monde. Ya-HOO!

«J'ai pris la bonne décision, se disait-elle. Oui, je suis sûre que c'est la bonne. Mais pourquoi suis-je déjà en train de changer d'avis?»

CHAPITRE CINQ

Adam était appuyé sur le garde-fou du caboteur JUPITER et observait les rives de la Tamise qui défilaient lentement devant lui, se demandant ce qui l'attendait aux Indes. Bien qu'il eût affirmé à Sybil que le deuxième Sikh, assassin de son grand-père, était retourné dans son pays, il n'en avait nullement la certitude et à fortiori, qu'il n'y avait pas à Londres d'autres Sikhs cherchant à mettre la main sur lui et sur l'Œil de l'Idole qui était dissimulé sous sa chemise dans une ceinture spécialement conçue à cet effet. Plus de six semaines s'étaient écoulées depuis la mort de son aïeul, et Scotland Yard, en la personne de l'inspecteur Sebastian Quaid qui menait l'enquête, n'avait encore aucun indice qui lui permît d'avoir quelque présomption. Afin de brouiller les pistes, il avait non seulement gardé son nom d'Adam Thorne, mais aussi décidé de voyager sur ce caboteur qui ne transportait que quelques passagers, plutôt que sur le luxueux EASTERN STAR. Malheureusement, le voyage serait beaucoup plus long. Alors que le liner ne faisait qu'une escale à Alexandrie en Egypte, le JUPITER devait suivre toute la côte d'Afrique, avant de rejoindre l'océan Indien en mettant le cap sur Calcutta via Ceylan, pour une durée de six mois au moins selon que les vents seraient favorables ou non. Adam avait emporté avec lui des livres sur l'histoire des Indes et des lexiques linguistiques, déterminé à mettre son temps à profit pour assimiler le plus de connaissances possibles sur son hérédité hindoue.

- Regardez bien une dernière fois cette terre verte et plaisante, vous ne verrez pas autant de verdure aux Indes, disait un grand gaillard à la barbe noire et drue qui se tenait près d'Adam accoudé à la rambarde. Je m'appelle Bentley Brent, mon gars; et puisque que nous allons nous voir souvent durant les mois à venir, il vaut mieux que nous fassions connaissance.

- Je me nomme Adam Thorne.

Ils se serrèrent la main, puis, accoté sur le garde-fou, Bentley demanda :

- Pourquoi allez-vous aux Indes?

- J'écris un livre, répliqua évasivement Adam, car il était hors de question qu'il dévoilât à quiconque le but de son voyage.

- Ah, très bien. Ce sera certainement un gros livre car c'est un grand pays. J'y ai vécu dix ans et je peux dire que je suis devenu un expert de ce satané endroit. Je suis capitaine au cinquante-troisième Native Infantry en poste à Cawnpore; j'étais en permission à Shropshire depuis six mois et je dois reconnaître que les Indes m'ont manqué, toutes sales et torrides qu'elles soient. J'ai le sentiment que la nourriture sur ce rafiot est loin d'être gastronomique et le capitaine a une tête de pirate. Espérons que ce n'en est pas un.

Adam était enchanté d'avoir fait la connaissance de ce colossal officier en civil, car il représentait pour lui une mine inépuisable d'informations sur le continent indien.

Après quelques jours, - les prédictions de Bentley concernant la nourriture s'étant avérées exactes - il instruisit Adam sur la vie dans cet étrange pays, faisant aussi un bref historique sur la compagnie des Indes dont la charte avait été signée par Elizabeth Ière au dernier jour de l'an 1599. Durant les siècles qui suivirent, les marchands anglais concurrencèrent les Portugais et les Français dans la course au commerce pendant que le pouvoir des empereurs mongols sur l'Orient s'effritait lentement. Quand le dernier de ceux-ci, Aurangzeb, disparut, la guerre qui éclata entre ses dix-sept héritiers, acheva de le désintégrer. Le pouvoir central de Delhi disparut et d'autres pouvoirs centraux apparurent ailleurs. Les envahisseurs étrangers s'emparèrent de toutes les terres qu'ils briguaient, pendant que certains états princiers comme Hyderabab tentèrent d'étendre leur influence sur Dehli. Le résultat fut le chaos. L'English East India Company fut elle-même contrainte de protéger ses comptoirs manu militari et à la fin du dix-huitième siècle, elle était devenue si importante que le gouvernement britannique décida de l'étatiser. Toutes les portions de territoires sous son contrôle devenaient maintenant une colonie britannique sous l'autorité d'un gouverneur général nommé par Londres. Des régiments anglais furent dépêchés mais on créa aussi des régiments de troupes indigènes sous le commandement d'officiers anglais comme Bentley; les fantassins indigènes s'appelaient *sepoys* et les cavaliers, *sowars*. Le pouvoir britannique s'accrut et le gouvernement général à Calcutta commença à se substituer aux états princiers insoumis.

- L'Inde est un baril de poudre, racontait Bentley quatre jours après leur départ. À cause de leur sacrée stupide morale, et du fait de leur ridicule xénophobie, les Anglais traitent les Hindous comme des nègres. Les uns et les autres sont prêts à se sauter à la gorge. Si vous voulez mon avis, l'Inde est au bord de l'explosion.

Le détonateur allait être une nouvelle balle très bizarre et un biscuit tout à fait quelconque appelé «chupatty».

Jack Cavanagh émit un rot.

- Lizzie, je suis l'homme le plus heureux de la terre. Non, je retire ce que j'ai dit : je serai le plus heureux de la terre quand tu auras retiré ta robe de mariage, je meurs de ... enfin, tu comprends ce que je veux dire.

Il se servit une nouvelle coupe de champagne. Ils étaient à l'Hôtel du Louvre dans le salon de sa suite qu'ils avaient directement rejoint après leur passage à l'ambassade d'Amérique à Paris où l'on avait célébré leur mariage dans une atmosphère de fête. Durant ces dix derniers jours, Jack avait été d'une extrême prodigalité pour sa future épouse. Il lui avait offert une garde-robe complète, dessinée par Lucien Delorme, un magnifique collier de diamants et rubis assorti de boucles d'oreilles de chez Lemonnier, le plus célèbre joaillier de Paris. Mais aussi une bague de fiançailles avec deux diamants de l'eau la plus pure qui la laissa sans voix. Pour la pauvre fille du Yorkshire qu'était Lizzie, il fut d'une générosité incommensurable. Et bien qu'elle décelât en lui une excessive attirance pour la dive bouteille, sa gentillesse et ses largesses la convainquirent que son mariage serait une bonne chose au bout du compte. Son cœur appartiendrait toujours à Adam, mais en tant que madame James Randolf Cavanagh III, elle et son bébé à naître étaient citoyens américains, hors d'atteinte des lois anglaises, du moins le présumait-elle. Elle se dirigea vers lui et, l'entourant de ses bras, l'embrassa tendrement.

- Je suis très heureuse , murmura-t-elle avec un sourire.

Jack déposa son verre de champagne et la souleva de terre.

- Bon Dieu, je ne peux plus attendre, dit-il je vais te porter dans mes bras jusqu'au lit comme un mari qui se respecte.

- Non, Jack, il me faut ôter cette robe, accorde-moi quinze minutes.

Il la reposa à terre.

- Vous, les femmes, vous vous bardez de telles carapaces que c'est un miracle que les enfants puissent venir au monde! Très bien, j'attendrai ici, tu as quinze minutes.

Elle l'embrassa à nouveau, puis se précipita vers la chambre à coucher, fermant les deux portes coulissantes derrière elle. Elle ferma les yeux et se mit à penser à Adam durant quelques instants. Elle entreprit enfin de se défaire de la robe de mariée que Lucien avait créée pour elle. Elle retira d'abord sa couronne avec sa traîne de fine dentelle, puis enjamba la robe blanche à ses pieds, ôta ses jupons et sa crinoline et pour finir ses affriolants pantalons; elle enfila sa chemise de nuit, également conçue par Lucien et monta sur le grand lit pour y attendre son mari.

Très exactement à la fin des quinze minutes, les deux panneaux de porte coulissèrent et Jack entra dans la chambre. Il s'était débarrassé de son veston et de sa cravate et son visage était congestionné par la grande quantité de champagne qu'il avait ingurgitée. Après avoir refermé la porte, il se planta au pied de son lit en la regardant fixement.

- Tu es si belle, murmura-t-il en déboutonnant sa chemise. Si belle. Je suis l'homme le plus heureux du monde.

Quand il fut nu, il se glissa entre les draps de soie et la prit dans ses bras.

- Je veux t'avertir, chérie, que je suis un homme de tempérament et j'espère que la chose te plaira autant qu'elle me plaît; j'en suis d'ailleurs convaincu puisque tu es déjà déflorée, ce qui me rend encore plus fou de toi. Tu as de l'expérience, non pas comme ces vierges au pays avec leur visage de carême.

Pour une nuit de noce, la remarque n'apparut pas à Lizzie comme du meilleur goût, mais elle tint ses lèvres closes, et Jack ne s'aperçut de rien. Après l'avoir embrassée il entreprit d'écarter la chemise de nuit, il commença à lécher ses seins; ses mains impatientes exploraient sa chair. Adroitement, il fit glisser le vêtement et se coucha sur elle tout en continuant de l'embrasser et de promener ses lèvres sur son corps.

– Tes seins, bredouillait-il, Seigneur, quels seins tu as! je les adore!

Quand tout fut consommé, il la prit dans ses bras et s'enquit dans un murmure :

– As-tu aimé, chérie? As-tu bien joui? Ai-je été à la hauteur?

– Tu as été merveilleux, répondit-elle en souriant; elle lui donna un baiser rassurant, sachant pertinemment qu'il voulait être rassuré. Et, de fait, il avait été merveilleux.

– Je ne t'ai pas encore entendue me dire que tu m'aimais. M'aimes-tu, Lizzie?

– Oui, chéri, je t'aime.

– N'as-tu pas pensé à cet... cet autre homme?

– Bien sûr que non.

Mais elle mentait, bien sûr.

Sybil chevauchait dans la brume. Elle entra dans la cour des écuries situées derrière le manoir de Pontefract Hall et son palefrenier s'empressa aussitôt de l'aider à mettre pied à terre.

– Milady, dit-il, Monsieur Musgrave vous attend depuis bientôt vingt minutes.

Le visage de la jeune femme eut une expression de surprise. Sans mot dire, elle alla vers la maison. M. Hawkins avait prié Edgar de s'installer au salon. Elle éprouvait des sentiments contradictoires en traversant la demeure. Elle avait eu une tocade d'écolière pour Edgar Musgrave, qui avait été le seul, avant Adam, pour qui elle avait eu quelque attirance. Mais elle était pleinement consciente qu'Edgar était égoïste, sans cœur et tricheur; il traversait la vie, ne comptant que sur son charme et son indéniablement belle allure.

Quand elle entra dans la pièce, il se tenait debout près de la grande cheminée et feuilletait un livre. Il le posa sur la table et leva les yeux vers elle en souriant.

– Sybil. Ou devrais-je dire Lady Pontefract?

– Ne soyez-donc pas absurde. Depuis quand êtes-vous rentré de Toscane?

91

Depuis trois jours; et c'est en dépouillant mon courrier que j'ai vu votre invitation de mariage. J'ai été effondré de n'avoir pas pu y assister; et maintenant j'apprends que l'heureux époux est parti aux fins fonds des Indes. Comment a-t-il donc pu s'arracher de vous si promptement?

Il était impeccablement habillé. Elle savait que ses notes de tailleur étaient faramineuses et que ce dernier devait s'estimer heureux s'il était payé un an après. Edgar avait l'art de vivre au-dessus de ses moyens, mais il était décidément bien agréable à regarder : grand, svelte, avec un long visage étroit, le regard bleu et perçant et une épaisse chevelure blonde et bouclée.   Depuis toujours, Sybil avait eu un faible pour sa chevelure.

- Si vous aviez tant soit peu lu autre chose que votre chéquier, Edgar, vous auriez appris que, comme il est écrit dans le *Times*, mon mari est parti pour les Indes afin de retrouver l'assassin de son grand-père.

- Oh, laissez-moi vous rassurer, je ne lis jamais mon chéquier. Mon solde bancaire est si déprimant. Oui, bien sûr j'ai ouï dire à propos du meurtre - mais peut-être devrais-je dire des meurtres? Quelque sinistre Hindou aurait l'intention d'attenter à la vie de votre mari et de toute sa famille. Fort heureusement, je suis maintenant de retour pour vous protéger.

- C'est très galant de votre part, mais je me sens parfaitement en sécurité, merci.

- Saine et seule, en quelque sorte. Bien, puisque vous ne voulez pas de ma protection, vous apprécierez sûrement ma compagnie, aussi j'accepterai volontiers votre invitation à déjeuner.

Elle s'esclaffa.

- Je constate que vous n'avez rien perdu de votre prétention.

- Bien au contraire; six mois passés en Italie m'ont rendu plus téméraire que jamais et totalement irrésistible.

Il prit sa main gantée et la porta à ses lèvres en posant sur elle un regard plein de sous-entendus.

- Laissez-moi vous éclairer, Edgar, je suis extrêmement éprise de mon mari.

- Oh oui, mais vous fûtes d'abord très éprise de moi.

- C'était avant que je n'acquière une plus grande connaissance des hommes.

Il relâcha sa main.

- Mais le premier amour est toujours le plus fort. On m'a laissé entendre que votre mari avait eu un premier grand amour : la fameuse miss Desmond. Ne vous en aurait-il jamais parlé?

Sybil lui tourna le dos et commença de s'éloigner.

- Mon cher, je sens que je vais avoir une crise de nerfs.

Edgar la rattrapa et, posant ses deux mains sur ses bras, lui dit :

- Je ne ferai jamais plus allusion à sa personne.

Elle lui fit face à nouveau. Ses yeux étaient noyés de larmes.

- Oh Edgar, si seulement je pouvais la lui faire oublier!

- Si seulement, souffla-t-il, je pouvais vous le faire oublier!

La pluie tombait, Les éclairs zébraient le ciel et le tonnerre grondait. Adam se demandait si le JUPITER survivrait à cette tempête.

- Pleut-il souvent si fort? criait Adam à Bentley Brent qui s'agrippait comme lui à la rambarde du pont principal, alors que le trois-mâts était durement ballotté par la mer déchaînée du golfe du Bengale.

- Ceci n'est qu'une gentille averse comparée à la mousson, hurla Bentley; durant la mousson, c'est comme si Dieu voulait faire basculer l'Océan Indien. Les éléments naturels prennent quelquefois une tournure dramatique ici. Quand il fait chaud, on cuit et quand il pleut, on se noie.

Et cependant, il y avait aussi quelque chose d'exaltant dans ce déferlement naturel et ni Adam, ni Bentley, ne songeaient à regagner leurs cabines, fût-ce seulement à cause de l'air qui, rafraîchi par la pluie, apportait une douceur que nul n'attendait plus, après dix jours de chaleur torride.

- Terre! cria la vigie. Adam fit une visière de ses mains pour se protéger de la pluie et de tenter d'entrevoir la côte. Sept mois durant, car le voyage avait été mortellement long - avec un mât brisé en passant les côtes sud-africaines et deux semaines de calme plat en traversant le tropique du Capricorne. Au cours de ses maintes conversations avec Bentley, Adam avait réalisé qu'il y avait d'autres raisons à sa discrétion sur sa véritable identité que son titre de comte de Pontefract. Il n'avait jamais dit à quiconque qu'il avait du sang hindou dans les veines. Eût-il été mourant, il ne l'aurait pas avoué. Il se disait pourtant qu'il était ridicule d'en faire un secret. Il n'avait qu'un huitième de sang hindou et il avait l'air parfaitement anglais, malgré ses cheveux d'un noir de jais. Mais fallait-il qu'il en eût honte pour autant? Son arrière-grand-mère était une brahmine, la seconde plus haute caste; et il avait suffisamment appris de la culture hindoue pour savoir qu'à l'époque lointaine où ses ancêtres peignaient leur corps de bleu et de rouge, ses ancêtres hindous, eux, jouissaient des raffinements d'une exquise civilisation.

Mais il ne parvenait à se dire : «Je suis en partie hindou». Lors de son dernier entretien avec Bentley, celui-ci, malgré un attachement évident pour ses *sepoys*, avait laissé entendre qu'il les considérait comme inférieurs, ne fût-ce qu'à cause de la couleur de leur peau. Il fit quelques plaisanteries vaseuses à propos de leur paresse, leur duplicité et leurs attitudes puériles. Quelquefois, comme les femmes d'officiers anglais qu'il avait pourtant si souvent critiquées, ils les avait traités de «nègres». Mais quoi que Bentley pût dire et même s'il l'agaçait ou le mettait mal à l'aise, Adam restait aussi stoïque qu'un pur Britannique.

Mais alors que ses yeux tentaient vainement de percer l'écran de pluie, il se rendit compte que son départ pour les Indes était aussi pour lui une façon d'être en paix avec lui-même; il devait régler ses comptes avec ses origines et définir ses appartenances.

Soudain la tempête s'apaisa et il distingua le fin cordon côtier qui se dessinait à l'horizon.

- Les Indes, dit-il plus pour lui-même que pour Bentley. Il y avait une respectueuse exaltation dans le son de sa voix. Mais il y avait aussi de la peur.

Le matin suivant, le JUPITER remontait paresseusement le cours de la Hooghly river en direction de Calcutta.

- Des cadavres, dit Bentley penché sur le bastingage en montrant du doigt des formes noires qui flottaient au fil du courant. Les Hindous pauvres ne peuvent même pas acheter du bois pour brûler les corps de leurs morts, aussi se contentent-ils de les jeter dans le fleuve. Les vautours font le reste. Ou les poissons. Ce n'est pas drôle d'être pauvre au point de ne pouvoir brûler ses morts.

Il prononçait ces mots en termes crus, et Adam sentit monter une vague nausée. La matinée était suffocante sous un ciel gris ardoise et des puanteurs innommables flottaient dans l'air. Au début, Adam se demanda si c'était l'odeur des corps en putréfaction, mais il apprit très vite que c'était l'odeur de l'Inde, un exotique mélange de sueur, de crasse et d'épices.

- Je n'ignore pas que vous allez à Lucknow, poursuivait Bentley, mais vous avez fait un très long voyage et vous devriez passer quelques jours à Calcutta. Je pourrais vous faire admirer les différents sites. Mais, j'y pense, il n'existe pas d'hôtel pour les blancs dans cette ville; alors pourquoi ne pas venir loger avec moi dans la demeure de Sir Carlton McNair? Il a fait fortune dans le négoce du thé. Il sera sûrement enchanté de vous accueillir.

Adam trouva l'idée de Bentley excellente; maintenant qu'il était tout près de sa destination, il n'était plus si urgent de rapporter le diamant. Et comme le trois-mâts accostait au Chadnpal Ghat, le quai principal de la ville, il lui répondit qu'il serait ravi d'accepter son invitation.

Des indigènes presque nus grimpèrent sur le voilier afin de proposer leurs services pour le transport des bagages à terre, moyennant quelques pièces de monnaie. L'un d'eux se mit furtivement à l'écart et nota le nom d'Adam Thorne sur la liste des passagers.

- L'Anglais est arrivé à Calcutta à bord du JUPITER, disait l'Hindou à l'allure plutôt louche qu'on appelait Azimullah. Sa vie avait commencé comme un orphelin affamé à Cawnpore, une ville sur le Gange au centre de l'Inde. On l'avait mis dans une école et il était devenu d'abord *Khansaman* ou cuisinier, puis instituteur et enfin agent secret du Maharadjah de Bithur, Dhondu Pant, plus connu sous le nom de Nana Sahib.

- Cet Adam Thorne est malin, répondit Nana Sahib qui était en train d'ajuster un coup au billard. Les deux hommes se trouvaient dans le palais de Bithur, une ville située à quelques milles en amont de Cawnpore. Il a semé mon homme de Londres qui guettait son départ à bord du EASTERN STAR. Bien, il est aux Indes maintenant, et il lui faudra bien plus que de l'astuce s'il veut m'échapper. Reste-t-il à Calcutta?

Nana Sahib qui avait trente-deux ans, frappa la boule. Il avait un physique trapu et son allure était très soignée, il portait une fine moustache sur un visage au teint pâle, qui se retournait vers le haut, au-dessus d'une petite bouche lippue. Il était richement vêtu d'un *achkan* de soie rose et son cou s'ornait d'une triple rangée d'énormes perles; pour finir le portrait, un gros diamant scintillait à son majeur droit.

- Un de mes hommes me dit qu'il est accompagné d'un certain capitaine Brent et qu'il s'est installé chez Sir Carlton McNair, jusqu'au dîner en l'honneur du gouverneur général, Lord Canning.

Nana Sahib ajustait un nouveau coup.

- Canning est un lèche-bottes. Tous ces bâtards d'Anglais ne sont que des snobs serviles en quête d'un titre. Il y a un an, Adam Thorne n'était rien. Maintenant, grâce à moi, c'est Lord Pontefract, un des hommes les plus riches d'Angleterre; et bien sûr Lord Canning lui lèche les bottes.

- Excusez-moi , Votre Grandeur, intervint Azimullah, mais mon homme me dit qu'il voyage sous le nom d'Adam Thorne; nul ne sait qu'il est Lord Pontefract.

Nana Sahib ricana.

- Canning est quand même un lèche-bottes. J'aimerais tuer toutes ces *boorao* à la peau blanche, et peut-être le ferai-je. Il fit un clin d'œil à son espion. Alors, mon ami, quel est ton plan pour récupérer le diamant?

Après une année passée à Londres sur l'ordre de son employeur, Azimullah possédait parfaitement la langue anglaise et il avait réussi à charmer la société londonienne avec ses manières affables et sa parfaite maîtrise de la langue, mais il s'adressait en hindi à son maharadjah, car celui-ci parlait médiocrement l'anglais. Le terme employé par Nana Sahib en parlant des Britanniques était la pire insulte que l'on pouvait formuler dans son pays.

- Très bien, Votre Grandeur, répondit Azimullah, nous attirerons l'Anglais au palais à Raniganj et nous récupérerons le diamant. Ensuite nous disposerons de lui.

Nana Sahib se raidit.

- Bien, mais ne le tuez pas trop vite comme son grand-père, je veux qu'il meure lentement.

L'homme s'inclina profondément.

- Il sera fait selon votre volonté.

Une ombre sinistre passa sur le visage de Nana Sahib; Tenant la queue de billard des deux mains, il banda ses muscles jusqu'à ce qu'elle se brise. Il jeta les débris de l'autre côté de la pièce, ce qui eut pour effet d'effrayer le *punkah-wallah*, l'esclave préposé à l'éventail, le *punkah*. (Une corde, attachée à son gros orteil, passait dans un anneau sur le mur et était reliée à un cadre de bois tendu d'étoffe qui pendait du plafond). Les Anglais ont détrôné mon père, dit amèrement Nana Sahib. Ils l'ont écarté du pouvoir et lui ont donné, pour toute compensation, une maigre pitance et, quand il mourut, ils me retirèrent même cette pension. Le gouverneur général m'a affirmé que je n'avais rien à réclamer de la Couronne d'Angleterre. La Reine est une catin! Sa voix atteignait des octaves proches de l'hystérie. Je tuerai les Anglais! Je les tuerai tous! Et je commencerai par Adam Thorne, car je veux que le diamant soit à moi!

_____

LES CONFLITS

CHAPITRE SIX

Maintenant je sais, ma chérie, que ton père a pris une part active au mouvement abolitionniste dans les colonies anglaises.

Jack et Lizzie voyageaient dans une voiture du domaine, entre la gare de Richmond, Virginie, et sa plantation. C'était en Novembre 1856, un mois après qu'Adam eut quitté l'Angleterre pour les Indes.

- Seulement, ajoutait Jack, je dois te prévenir que cette notion est très mal perçue dans la région, aussi, je me garderai d'en parler. Puisque nous sommes enfin chez nous, tu devras apprendre quelques petites choses à propos des nègres pour t'éviter d'avoir des difficultés d'adaptation à notre «bizarre institution», comme disent les Nordistes. Par exemple, la première chose que tu dois savoir sur les nègres c'est qu'ils sont sournois et paresseux.

- Jack! s'insurgea Lizzie en montrant du doigt le cocher en livrée vert olive et chapeau noir qui était assis à moins de quatre pieds d'eux.

Malgré la fraîcheur de cette journée de novembre la capote du carrosse était baissée; Lizzie, qui jusqu'à présent n'avait jamais vu d'esclave noir, ressentait déjà une instinctive compassion à leur égard.

- Ne t'inquiète donc pas de Moïse, dit Jack d'un ton qu'il voulait rassurant, il sait très bien que je dis la vérité, n'est-ce-pas, Moïse?

- Oui, Massa , opina le cocher sans tourner la tête.

- Vois-tu, chérie, il est si facile de présenter l'esclavage comme une cruelle institution. Dieu sait que les Nordistes voient cette chose d'un très mauvais œil, et cette je-ne-sais-trop-quoi

Mme Stowe a écrit un livre stupide qui nous dépeint, nous les propriétaires d'esclaves, comme des monstres, ce qui est complètement faux. L'esclavage est devenu maintenant une institution très humaine, n'est-ce-pas, Moïse?

- Oui, Massa.

- Vois-tu, il faut que tu te souviennes que les Africains n'ont jamais eu les avantages que nous, les Blancs avons toujours eus; ils ne sont jamais descendus de leur arbre. L'esclavage leur apporte un toit décent, la sécurité, du travail et leur assure trois repas complets par jour. N'est-ce-pas, Moïse?

Silence. Jack se pencha en avant. N'est-ce-pas, Moïse?

- Oui, Massa.

Jack sourit et se laissa retomber vers l'arrière; il prit la main de sa femme et la pressa doucement.

- Tu verras comme tout va bien, et tout continuera de bien aller et nous ferons une grande et heureuse famille.

Lizzie portait la magnifique veste de couleur sable qu'il lui avait offerte à New York, où ils avaient passé dix jours après leur traversée de l'Atlantique. Pendant qu'elle dépensait, le cœur léger, les énormes revenus de son mari, elle n'avait aucune idée de ce qu'était l'esclavage. Mais maintenant elle commençait à se rendre compte de ce que cela pouvait représenter.

- Jack, demanda-t-elle en baissant le ton, penses-tu qu'un Chrétien puisse posséder un être humain?

- Ah, chérie, ce ne sont pas des êtres humains. Pas comme toi et moi en tout cas. Ils ressemblent davantage à des animaux familiers ou à des enfants; oh, bien sûr il faut les fouetter de temps en temps pour qu'ils soient dociles.

Elle se raidit sur son siège en le regardant fixement.

- Tu m'avais affirmé à Paris que tu traitais bien tes esclaves. Ne m'avais-tu pas dit qu'ils n'étaient pas fouettés?

- Je les traite effectivement très bien, n'est-ce-pas, Moïse?

- Oui, Massa.

- Évidemment, chaque fois que c'est nécessaire, mon intendant, M. Duncan, doit faire respecter la discipline, mais c'est surtout pour les travailleurs des champs; nous ne fouettons jamais les domestiques, ce ne serait pas correct, et puis, ils font pratiquement partie de la famille. Charles, par exemple : tu ne trouverais pas majordome plus digne que lui dans n'importe quel duché d'Angleterre, et il est aussi noir que l'as de pique; et Tante Lide, sa femme : c'est la cuisinière et quand j'étais enfant, elle a été ma nourrice. C'est comme une mère pour moi, et attends de goûter son ragoût d'opossum! Bien sûr, ce n'est pas exactement ce que sert M. Dugléré au Café Anglais, mais je t'assure que tu vas aimer ça! Tu vas aussi aimer Dulcey, qui est la petite-fille de Charles et Tante Lide, elle sera ta femme de chambre personnelle. Tu verras, chérie, nous aimons nos nègres et nous les traitons bien car ils nous aiment aussi. Je pense que si ton père était venu lui-même constater de visu comme tout marche bien, il aurait certainement changé d'avis à propos de l'esclavage. Bien sûr, le système a ses failles - tous les systèmes en ont - mais il fonctionne. Nous sommes en plein essor économique et le prix des esclaves ne fait qu'augmenter chaque année. Donc, n'inquiète pas ta jolie petite tête avec ces histoires de fouet; quand tu auras passé une semaine à la plantation Elvira, tu verras qu'on n'est diablement pas loin de se sentir au paradis.

La voiture descendait maintenant un chemin de campagne et un cahot faillit faire tomber le chapeau de Jack. Celui-ci se pencha en avant et planta sa canne dans de dos du cocher.

- Eh toi, Moïse, ralentis quand tu vois un trou, tu m'entends?

- Pardon, Massa.

L'expression du jeune visage de Moïse n'était pas précisément ce que Lizzie aurait appelé une expression amicale.

Jack souriait à sa femme.

- Vois-tu, il y a d'autre façons que le fouet pour les tenir bien en main; Moïse, par exemple : Moïse est actuellement le meilleur quand il s'agit de chevaux, de plus c'est un bon conducteur d'attelage et je tiens à le garder car j'ai une réputation à défendre en Virginie; mais malheureusement, Moïse sait qu'il est compétent ce qui le rend un peu arrogant; de plus, il y a quelques années, il m'a volé quelques livres dans ma bibliothèque car il voulait apprendre à lire, ce qui est inacceptable. J'ai donc dû le remettre à sa place.

- Qu'as-tu fait? demanda Lizzie.

- J'ai vendu sa femme et son fils de six ans à un planteur du Kentucky; j'ai promis que s'il se comportait bien, je les rachèterais dans quelques années. Ça a bien marché, n'est-ce-pas, Moïse? Tu as été un bon nègre.

- Oui, Massa.

- Et tu continueras à être un bon nègre, d'accord? Puis se tournant vers Lizzie : ce n'est pas nécessaire de les fouetter, il existe des tas de manières de les tenir.

Lizzie commençait à avoir la profonde conviction qu'elle avait épousé un monstre.

Quand ils arrivèrent à la plantation Elvira, le soir tombait, car ils avaient fait une halte à l'auberge près de la York River pour un long déjeuner, copieusement arrosé en ce qui concernait Jack. Mais Lizzie se sentait bien; pour la seule raison que le ciel s'était dégagé durant l'après-midi, la première vision qu'elle eut de sa nouvelle demeure en ce crépuscule d'automne l'enchanta.

- Elle a été construite par mon arrière-grand-papa en 1743.

La voiture avait emprunté la grande allée bordée d'arbres qui menait à l'énorme maison de brique.

- Il était si amoureux de mon arrière-grand-maman, qu'il a donné son nom au domaine. Elle s'appelait Elvira Randolph Cavanagh. Je ne veux pas me vanter, mais il n'existe pas beaucoup de demeures qui soient plus belles que celle-là en Virginie.

- Elle est belle, reconnut Lizzie.

La maison de style géorgien comportait deux étages avec un toit pentu flanqué de deux cheminées. Deux ailes, légèrement en retrait, encadraient la structure centrale qui intégrait au milieu un immense portique soutenu par quatre colonnes et abritant la volée d'escaliers qui conduisait aux porches supérieur et inférieur. La rampe était faite de bois à croisillons qui apportaient une touche d'élégante légèreté. À droite de la maison, le chemin conduisait, à travers une plantation d'ifs, aux dépendances et à un jardin clôturé. La brique était rose et les ouvertures noires. Des pelouses entouraient la demeure et de grands arbres berçaient leur palme au-dessus des toits.

- Voici la façade ouest, disait Jack, pendant que le cocher avançait son attelage jusqu'à l'entrée et s'empressait d'aller ouvrir la grande porte. Attends de voir la façade est!

Lizzie sauta en bas de la voiture. Comme elle se tenait debout dans l'allée de gravillons, ses yeux se posèrent sur Moïse qui la regardait avec une telle intensité qu'elle en fut effrayée.

- Bienvenue à la plantation Elvira, Maîtresse, dit-il d'une voix à la fois douce et rauque. Les serviteurs de la maison feront de leur mieux pour vous servir.

- Merci, Moïse, répondit-elle.

La révélation de son mari à propos de ce qu'il était advenu de la famille du cocher la remplissait de sentiments de culpabilité. Elle aurait voulu lui dire : mon Dieu, comme je regrette. Mais c'était hors de question.

Détachant enfin son regard, elle monta les marches qui conduisaient à la grande porte flanquée de deux ouvertures verticales et surmontée d'une gracieuse imposte; deux lanternes de laiton éclairaient l'ensemble. La porte s'ouvrit; apparut alors un vieux maître d'hôtel de haute taille en habit noir. Son visage très foncé, à l'expression triste, contrastait avec la blancheur de ses cheveux crépus.

- Bienvenue, bienvenue, Miss, grommela-t-il en s'inclinant.

- Voici Charles dont je t'ai parlé, dit Jack qui l'avait rejointe et avait passé son bras autour de sa taille. Bien, Charles, qu'en penses-tu? N'est-ce pas la plus belle chose que tu as jamais vue?

- Oui, la maîtresse est jolie, c'est sûr, répondit le vieil homme avec un sourire forcé. La plus jolie maîtresse de Virginie, y a pas de doute.

Lizzie lui adressa un sourire.

- Merci, Charles, dit-elle.

- Moïse, monte les bagages là-haut et dis à Dulcey de les défaire, dis-lui aussi de faire couler un bain pour Madame.

- Oui, Massa.

- Viens donc, chérie, je veux te montrer le plus beau panorama d'Amérique.

Il la conduisit à travers le hall central qui séparait la maison en deux, la tirant sur le plancher ciré vers une porte identique à celle qu'ils venaient de franchir.

- Et voilà! s'exclama-t-il, en poussant le battant.

Lizzie fut alors submergée de plaisir. Au-delà du portique, la pelouse glissait lentement vers l'océan.

- Qu'en penses-tu? demanda-t-il avidement, est-ce que tu aimes?

- Oh oui, c'est magnifique!

Il la prit dans ses bras vigoureux.

- Est-ce que tu m'aimes? murmura-t-il en commençant de l'embrasser.

Elle hésitait.

- Jack, je voudrais que tu m'accordes une faveur, comme... cadeau de mariage.

- Bien sûr, mon amour, je t'ai déjà donné la lune, mais bon Dieu, je suis si fou de toi que je suis prêt à ajouter une ou deux planètes; qu'est-ce que tu veux, jolie sorcière?

Elle lui fit son plus beau sourire.

- Je veux que tu rachètes la famille de Moïse, sa femme et son fils.

Le regard de Jack se fit de glace.

- Non.

Le ton était cinglant.

- S'il te plaît?

Elle sentit les doigts de son mari s'enfoncer dans ses bras.

- Non. Je ne veux pas que tu interviennes dans des affaires de nègres, tu comprends? Ce sont mes affaires, et je sais comment les traiter. Autre chose : s'ils se rendent compte que tu les plains ils en tireront avantage aussi souvent qu'ils le pourront. La seule manière de garder le contrôle sur eux, c'est par la crainte. Je corrige : pas la crainte, la terreur. Il la relâcha. Regarde.

Il retraversa le hall vers la grande porte où Moïse et deux autres domestiques déchargeaient les bagages. Avec horreur, elle le vit lever sa canne et l'abattre sur l'épaule du grand noir. Le cocher laissa tomber les valises dans un rugissement de rage. Il se retourna vers Jack qui s'apprêtait à recommencer et pendant un moment, Lizzie crut qu'ils allaient se battre. Puis Moïse céda.

- Massa, dit-il sur un ton apaisant, pourquoi me battez-vous? Qu'ai-je fait?

Un sourire plein d'arrogance s'étala sur le visage de Jack. Il colla le pommeau d'or de sa canne sous le menton et poussa vers le haut.

- Tu es né noir, souffla-t-il. Et il quitta le hall en criant : Charles, un whisky!

Une demi-heure plus tard, Dulcey versait une nouveau cruchon d'eau chaude dans la vaste baignoire de marbre gris, qui avait une évacuation bien que la demeure n'eût pas l'eau courante.

- Maîtresse a la peau si blanche et si douce.

Lizzie s'assit dans le bain; l'eau lui recouvrait les épaules, l'agréable parfum des sels qu'elle avait rapportés de New York emplissait la salle de bains. Elle regardait Dulcey avec curiosité. L'adolescente était jolie, mais elle remarqua que ses gestes étaient distraits comme si son esprit était ailleurs. La servante alla poser la cruche sur une table et revint vers la baignoire.

- Maîtresse veut que je lui lave le dos?

- Oui, merci, Dulcey. Lizzie lui tendit la grosse éponge et la femme de chambre en robe noire et tablier blanc s'agenouilla et commença de laver délicatement ses épaules.

- C'est la seule salle de bains de Virginie, Massa l'a faite installer il y a trois ans quand il a gagné beaucoup d'argent avec le chemin de fer; il a fait venir un homme de New York qui s'appelle architecte. Et le marbre, il est venu d'Italie. Et cette drôle de chaise là-bas où on met un pot de chambre? Elle gloussa. Ils appellent ça une cheilse peurci.

- *Une chaise percée*, rectifia Lizzie. Cela signifie une chaise avec un trou.

- Heu.., je le savais, je nettoie le pot tous les matins. Dulcey va garder tout propre et bien rangé pour Maîtresse, tu vas voir, et pour Massa aussi. Massa a une belle peau blanche aussi; je l'ai vue quand il va se baigner en été. Je l'ai vu en entier. Elle gloussa à nouveau. Massa est très beau aussi, très très beau.

À nouveau, Lizzie la regarda, s'interrogeant sur les propos quelque peu étranges qu'elle venait d'entendre.

- Maîtresse veut voir ma peau? ajoutait Dudley en lui tendant le bras, ma peau est belle aussi parce que je suis à moitié blanche, mon papa était blanc.

La servante lui tendit l'éponge et se leva. Lizzie observait cette étrange jeune fille pendant qu'elle se dirigeait vers la porte. Elle fit une révérence et quitta la pièce en tirant doucement la porte derrière elle.

Tout en pressant l'éponge contre son cou, Lizzie se demandait si elle n'était pas dans un asile d'aliénés mentaux.

- Je viens juste de recevoir une invitation de ma cousine pour le déjeuner demain midi, annonçait Jack en prenant un morceau de jambon du plateau d'argent que lui tendait Charles. Elle te plaira; elle s'appelle Clemmie DeVries; son mari est mon avocat.

Lizzie, qui portait une robe de taffetas jaune, était assise à l'autre extrémité de la table d'acajou de la salle à manger. Les deux chandeliers d'argent à huit branches faisaient étinceler sur une desserte un des plus beaux plateaux, d'argent lui aussi, qu'elle eût jamais vus. Le papier peint panoramique, au-dessus du lambris d'appui, représentait une vue de l'Hudson River Valley, aux environs de 1810, et les fenêtres qui donnaient sur l'océan, étaient habillées de brocarts écarlates et surmontées de grandes cantonnières à volants. La pièce, comme toute la maison d'ailleurs, avait gardé son authentique cachet, car Jack avait voulu que la décoration restât telle que sa mère l'avait désirée, vingt-cinq ans plus tôt.

- Où habitent les DeVries? demanda Lizzie pendant qu'un jeune noir lui versait du vin couleur rubis dans un verre de cristal.

- À Yorktown, à environ huit milles d'ici. C'est l'endroit où vous, les Anglais, vous avez capitulé.

- Je suis américaine maintenant, rectifia-t-elle.

- Oui, bien sûr, excuse-moi, chérie. Quoi qu'il en soit, Billy et Clemmie viennent de se faire construire une nouvelle maison que je trouve affreuse, mais je garde mon opinion pour moi. Clemmie vient juste d'avoir son quatrième enfant - je pense que Billie est en train de l'épuiser. Elle te présentera toutes les dames de la région qui sont très ennuyeuses, du moins je le pense. Comment trouves-tu le vin?

- Il est merveilleux; qu'est-ce que c'est?

- C'est un Château Bechevelle 1839; un millésime exceptionnel pour un événement exceptionnel : le premier dîner de mon épouse à la plantation Elvira.

Il leva son verre et lui sourit. «Bien, pensa-t-elle, il est abominable avec ses esclaves, mais il est adorable avec moi; Il faut que j'œuvre dans ce sens...»

- Tu me n'as pas répondu quand je t'ai demandé si tu m'aimais, cet après-midi? lui fit-il observer.

- Je t'aime lui répondit-elle, se forçant à lui faire son plus beau sourire; mais en pensant à la sauvage agression contre le cocher, elle savait pertinemment qu'elle mentait.

Ce soir-là, il fut ivre, chose à laquelle elle commençait à s'habituer, mais il la désira aussi. Quand ce fut fini, il roula sur le côté du grand lit à baldaquin, les deux mains pressées contre sa poitrine.

- Parle-moi donc de Dudley, demanda-t-elle, elle me paraît bizarre.

- Elle l'est. Elle est un peu simple d'esprit, tout à fait inoffensive.

- Elle m'a rapporté qu'elle avait un père blanc.

Il y eut un long silence.

- Jack?

- Bon Dieu, il faut que tu le saches, ça vaut mieux. Je devrais la tuer pour ça, mais ce qui est fait est fait, et je préférerais que tu n'en parles à personne, Voilà, son père était mon père.

Lizzie se redressa sur son lit.

- Veux-tu dire que Dulcey est ta sœur?

- Ma demi-sœur. Et ce «demi» fait toute la différence du monde. Oui, mon père avait le feu où je pense - excuse mon langage - et il avait un goût très marqué pour les femmes de couleur. Ma mère était très croyante et très pratiquante et il lui a brisé le cœur; c'est la raison pour laquelle elle est morte jeune. Et je pense qu'il a dû se sentir terriblement coupable car le soir des funérailles de ma mère, il s'est enfermé dans la bibliothèque et s'est fait sauter la cervelle.

- Quelle affreuse chose cela a dû être pour toi!

- Ça n'a rien eu d'affreux pour moi. J'en ai été, au contraire, très heureux. Je le haïssais pour ce qu'il faisait subir à ma mère, qui était la plus douce des femmes; je le haïssais pour ce qu'il faisait avec les négresses.

La plantation Elvira pouvait bien être une belle demeure, mais elle était aussi peuplée d'affreux fantômes, se dit Lizzie.

- Quand cela s'est-il passé? demanda-t-elle encore.

- L'an dernier. C'est là que j'ai décidé de partir pour l'Europe et de m'éloigner de tout ça, au moins pour un temps; et c'est en te voyant que ma vie a changé parce que tu y apportais ta beauté. Voilà pourquoi tu es si importante pour moi.

Les yeux fixés sur le ciel de lit, elle ne trouva rien à répondre.

Le jour suivant était froid et pluvieux; aussi prirent-ils le carrosse fermé pour se rendre à Yorktown - Jack possédait en tout quatre voitures - Lizzie, confortablement assise sur la banquette de cuir en face de son mari, regardait sans les voir les grands champs rectilignes de Virginie et pensait au pauvre Moïse, assis dehors, avec, pour seul abri, un simple parapluie.

- Clemmie, c'est le cerveau de la famille, disait Jack. Sa mère, ma tante Paula, la sœur aînée de ma mère, l'a envoyée à Paris pour faire son éducation et elle est bien plus cultivée que la plupart des femmes de la région. Elle a des «opinions» sur l'esclavage, ce qui signifie qu'elle est contre. Elle a demandé à Billie d'émanciper tous les serviteurs de la maison, ce qui a jeté un froid entre eux pendant quelque temps. Mais Clemmie s'en est très bien tirée car elle est de sang bleu et elle est connue dans toute la Virginie.

- Mais toi, Jack, approuves-tu l'esclavage?

- Il n'est pas question d'approuver ou de désapprouver; le problème est économique. Je cultive le tabac; L'Américain moyen fume ou mâche pour environ cent dollars par an. Il n'y a pas un bureau, une taverne, un club ou une maison qui n'aient pas de crachoir. Cultiver du tabac demande tant de travail, qu'il n'y a pas un seul Blanc qui veuille le faire. Je possède une centaine d'esclaves, plus leurs familles, et leur prix moyen est de mille dollars et plus. J'ai un énorme capital d'investi.

- Mais tu ne parles que d'argent, alors que ces gens sont faits de chair et de sang, insistait-elle.

Il attrapa son poignet et le serra durement.

- Écoute-moi bien : tu portes en ce moment même un bâtard dans ton ventre. Alors Lizzie, ma chérie, ne commence pas à me servir ta tartine abolitionniste, car tu n'es pas en position de faire de la morale. Est-ce que nous nous sommes bien compris?

- Tu me fais mal!

Il relâcha légèrement son étreinte.

- Tu ne m'as pas répondu : Est-ce que nous nous sommes bien compris?

- Oui.

- C'est mieux.

Jack croisa ses mains sur sa poitrine et s'enfonça dans son siège. Lizzie ne dit plus mot. Elle comprenait que Jack avait raison car elle n'était pas en position de prêcher quoi que ce fût. Mais un esprit de croisade prenait forme au tréfonds d'elle-même, et si elle était incapable de ramener son père à la vie, au moins, en trouvant un moyen d'aider les esclaves, aurait-elle la possibilité de poursuivre l'œuvre abolitionniste du révérend Desmond, et peut-être se laver de ses péchés aux yeux de Dieu.

Les DeVries habitaient une maison de trois étages en brique rouge située sur un spacieux terrain en plein centre-ville de Yorktown. La toiture mansardée était hérissée de fer forgé assorti à l'exubérante clôture qui entourait la propriété. La voiture suivit l'allée principale pavée de briques et s'arrêta sous une porte cochère où un majordome, un palefrenier et un sympathique couple de blancs dans la trentaine les attendaient. Comme Lizzie descendait du carrosse, la jeune femme à la luxuriante chevelure brune tirée en arrière en une double tresse, s'avança vers elle les deux mains tendues, un large sourire éclairant son beau visage.

- J'avais entendu dire que Jack avait épousé une beauté; je suis Clémentine. Soyez la bienvenue, chère Elizabeth.

Les deux femmes s'embrassèrent; puis Lizzie fut présentée à Billy, un homme de six pieds bien charpenté, aux cheveux bruns et ondulés, qui commençait à manifester quelques signes d'embonpoint. Billy lui baisa la main, puis les quatre se dirigèrent vers la maison de style victorien pendant que Moïse, sur le côté de la voiture, attendait, sa coiffure de cocher dégoulinante de pluie. Une fois les deux couples entrés dans la maison, il alla dans les cuisines pour prendre son repas avec les domestiques.

Après le déjeuner, laissant Jack et Billy à leurs cigares, Clemmie attira Lizzie dans la petite salle de musique; elle s'installa dans une causeuse et prit son tricot.

- Je tricote un gilet pour Randolph, dit-elle pendant que Lizzie prenait place près d'elle. C'est mon fils aîné. Ils sont tous à l'école pour le moment, mais je souhaite que vous et Jack restiez jusqu'à ce qu'ils soient rentrés.

- Clemmie, m'autoriserez-vous à vous demander quelque chose de personnel?

- Bien sûr, ma chère.

- Voyez-vous, j'essaie de m'habituer au mode de vie américain, mais entendre parler d'esclavage et y contribuer sont deux choses différentes.

Elle hésitait. Clemmie leva les yeux de son ouvrage et fixa son regard intense sur Lizzie.

- Et vous n'aimez guère cela, conclut-elle.

- C'est bien pire que cela. Je pense que c'est... Jack me disait hier que la seule façon de les tenir était de les terroriser; est-ce possible?

- Oh bien sûr, tout cela est vrai; il existe bien des racontars à propos d'esclaves qui aiment leurs maîtres, cela doit s'appliquer spécialement aux nourrices noires. Mais la vérité est que la seule chose qui retient les noirs de venir nous égorger en plein milieu de la nuit, c'est la peur. Un concept très élaboré a été mis en place afin de parer à ce genre de chose. Il existe des patrouilles qui donnent la chasse aux noirs qui cherchent à s'enfuir; mais plus que cela encore, la législation prévoit que les noirs sont des biens, des possessions, des *choses,* et les propriétaires d'esclaves peuvent en faire ce qu'ils veulent, y compris les tuer. C'est vrai, je pense qu'en d'exceptionnelles circonstances un propriétaire pourrait passer en justice pour avoir tué un de ses esclaves, mais jamais aucun jury ne le condamnerait, ce que tout le monde sait. Mais ils n'ont pas besoin d'avoir recours au meurtre, il existe la flagellation, qui est une chose normale, et d'autres méthodes inavouables pour punir et terroriser; j'en sais d'ailleurs quelques-unes qui vous feraient défaillir. L'esclavage suscite les plus bas instincts, et c'est une des raisons qui me le font haïr. L'esclavage est un système brutal et inhumain qui causera la ruine du Sud. Telle est la raison pour laquelle j'ai émancipé mes esclaves, bien que j'en eusse très peu. Je ne voulais pas les effrayer, et je ne voulais pas non plus être effrayée par eux.

- Mais...

- Quoi donc, ma chère?

- Chez nous, nos esclaves sont considérés comme des amis en quelque sorte, mais chez vous...?

- On ne peut être l'ami de quelqu'un qu'on possède. Jack ne le permettrait pas, de toutes façons; il hait les Africains, en partie à cause des rapports qu'entretenait son père avec leurs femmes.

- Ainsi, vous savez?

- Bien sûr, je connais toute cette sordide histoire. L'ironie de la chose, c'est qu'elle a transformé Jack, qui était auparavant un adorable garçon, en une espèce de monstre que l'on pourrait définir comme une autre victime de notre institution.

- Mais je trouve ignoble que l'on puisse vivre de pareille façon!

- Je suis totalement en accord avec vous et ça me met du baume au cœur de voir que nos idées convergent, mais ne vous méprenez pas, Elizabeth, nous ne représentons qu'une infime minorité; aussi prenez bien garde à ce que vous faites et à ce que vous dites.

- Vous voulez dire que si les autres apprennent que je hais l'esclavage, cela se retournera contre moi?

- Oui.

- Ainsi donc, je suis une esclave au même titre que Charles, tante Lide ou Dulcey?

- En quelque sorte, nous sommes TOUS esclaves de nos institutions, cependant, faut-il le dire, il s'avère être plus confortable d'être un esclave blanc qu'un esclave noir. Mais selon moi - et je n'engage que moi - le Nord nous forcera bientôt à libérer nos esclaves et, pour ma part, ce sera un soulagement; mais cela ne réglera pas le problème pour autant.

- Qu'entendez-vous par là?

- Voyez-vous, ma chère, quand les premiers esclaves furent amenés sur cette terre, au début du dix-septième siècle, une semence fut plantée qui pourrait bien, au bout du compte, détruire l'Amérique. Car il n'est pas naturel qu'une nation soit à moitié noire et à moitié blanche. Oh, peut-être dans quelques centaines d'années le problème se réglera-t-il, mais certainement pas de notre vivant et, j'en doute également, de celui de mes enfants et de mes petits-enfants.

- Vous me paraissez plutôt pessimiste.

- Oui, car j'ai vécu de l'esclavage; et l'esclavage est une malédiction dans ce pays; c'est une machine infernale qui explosera et pourra tous nous détruire, blancs et noirs ensemble.

- Si j'avais su... Lizzie laissa sa phrase en suspens.

- Qu'auriez-vous fait? Vous n'auriez jamais quitté l'Angleterre? Je regrette moi-même bien souvent de n'être pas restée en France.

Lizzie fronça les sourcils mais n'ajouta rien bien que Clemmie devinât précisément ses pensées. Il était évident qu'elle ne pouvait retourner en Angleterre maintenant.

La conversation avec Clemmie l'avait tellement déprimée que Lizzie prétexta un mal de tête pour écourter la visite; ce qui fut judicieux car Jack et Billy commençaient à être passablement ivres, et cela, manifestement, déplaisait à Clemmie.

- Courage, murmura-t-elle en embrassant Lizzie sous la porte cochère. Il est fort possible que je me sois trompée ; espérons qu'il en sera ainsi.

Jack, qui avait fêté bien à l'avance le bal qu'il avait l'intention de donner pour Noël à l'intention de son épouse, grimpa dans le carrosse et s'endormit aussitôt, ses ronflements apportant à Lizzie une contrainte de plus, pendant que la voiture s'ébranlait doucement sur le gravier du chemin. Clemmie l'avait subjuguée par son intelligence et elle l'avait tout de suite aimée. Il ne faisait aucun doute dans son esprit que sa façon de percevoir la situation raciale était des plus justes; mais elle ne parvenait pas à croire que le tableau était aussi noir que Clemmie l'avait dépeint. Si cela était pourtant, cela signifiait pour elle qu'elle pourrait entreprendre d'établir des relations non basées la terreur, que cela plaise à Jack, ou pas.

Quand ils arrivèrent à la plantation Elvira, sa décision était prise : elle commencerait par Moïse.

Jack se réveilla, se plaignant bien naturellement qu'il se sentait mal et Lizzie l'aida à monter les escaliers jusqu'à la chambre et à son lit où il se rendormit aussitôt. Elle sortit ensuite sur la pointe des pieds en fermant silencieusement la porte derrière elle et redescendit dans le hall. Elle commençait à peine à connaître la maison; elle descendit le somptueux escalier, passant devant le portrait grandeur nature d'une femme au visage avenant dans une robe grise et elle en conclut que c'était la mère de Jack.

La triste histoire qu'il lui avait rapportée la nuit précédente expliquait l'expression morose du visage et la grotesque vision du père de Jack pourchassant la femme noire dans les quartiers des esclaves lui chavira le cœur. Cette image la transporta, l'espace d'un instant, dans l'obscurantisme barbare des temps moyenâgeux.

Elle alla dans l'élégant bureau entièrement meublé de style anglais et sonna un domestique. Après un court moment, le vieux majordome apparut.

- Oui, Maîtresse, dit-il.
- Charles, je souhaiterais visiter le quartier des esclaves.
- Oui, Maîtresse.

Le vieil homme cachait mal sa surprise.

- Demande à Moïse de m'y conduire.

Le vieil homme avait décidément bien du mal à cacher son profond désaccord.

- Oui, Maîtresse.

Quelques minutes plus tard, Moïse arriva et se tint sur le seuil de la grande entrée; il avait revêtu sa tenue d'esclave. Lizzie avait remarqué que les nombreux serviteurs de la maison avaient de belles mises : Charles, très digne dans son costume à queue de pie noir, Dulcey, en robe noire avec tablier et bonnet blancs, les deux valets de pieds adolescents dans leur livrée bleue et jaune qui leur donnait un air de laquais du dix-huitième siècle et Moïse dans toute sa prestance avec sa redingote vert olive, son chapeau haut-de-forme, ses culottes brunes et ses bottes bien cirées. Il était indéniable que Jack avait le souci des apparences; il voulait présenter *una bella figura* au monde et il s'en donnait les moyens.

Mais pour la première fois le fringant cocher lui apparaissait dans le même pauvre accoutrement que les travailleurs des champs qu'elle avait entrevus par sa fenêtre. Il portait un simple pantalon retenu par un cordon, une méchante chemise déchirée à maints endroits et ses pieds étaient chaussés de rudimentaires sandales; malgré le froid qui était subitement apparu, il n'avait pas de veste et ses deux mains étaient crispées sur un chapeau en lambeaux.

- Maîtresse veut voir le quartier des esclaves? demanda-t-il en posant sur elle un regard dont elle ne put saisir le sens.
- Oui, s'il te plaît.
- Pourquoi?

115

Elle resta un instant surprise par la question.

- Parce que c'est un endroit que je souhaite visiter.

- Massa le sait-il?

Elle se raidit.

- Cela ne te concerne pas.

- Excusez-moi, Maîtresse, mais Massa m'a dit ce matin de lui rapporter tout ce que vous me demanderez; vous avez vu comme il m'a traité hier, j'espère que vous n'avez pas l'intention de me créer des ennuis avec Massa.

L'exaspération jeta des éclairs dans les yeux de Lizzie.

- Mon mari est en ce moment endormi pour avoir un peu trop bu; mais tu peux toujours monter lui dire que moi, qui suis après tout la nouvelle maîtresse de la plantation, je désire visiter le quartier des esclaves. Je t'attends ici.

Quelque peu décontenancé, il demanda alors.

- Maîtresse veut-elle me voir battu à nouveau?

- Bien sûr que non, répliqua-t-elle. Et c'est une des choses dont j'aimerais t'entretenir; je voudrais te faire des excuses pour ce qui t'est arrivé hier car tout cela fut en quelque sorte ma faute.

- Comment cela, Maîtresse?

- Je... lui ai demandé de racheter ta femme et ton fils.

Les yeux de Moïse s'agrandirent.

- Vous avez fait cela? murmura-t-il.

- Oui. Vois-tu, tout ceci est nouveau pour moi, et... je suis terriblement choquée du fait qu'il ait ainsi pu briser ta famille; je considère la chose comme une ignominie et ferai tout ce qui est en mon pouvoir pour le persuader de vous réunir à nouveau.

Moïse la regarda sans rien dire durant une longue minute. Il s'approcha d'elle et prenant sa main, il la posa sur sa joue inondée de larmes.

- C'est la première chose aimable qu'un Blanc m'ait jamais dite, souffla-t-il.

Relâchant la main de Lizzie, il lui tourna le dos et quitta la pièce, non sans auparavant lui avoir lancé un dernier regard. Elle était tellement abasourdie par son geste, que durant ces quelques instants, la visite du quartier des esclaves fut complètement oubliée.

Étrangement, elle pensait à Adam et aux nombreuses allusions de sa sœur à propos de son odeur. En fait, Adam avait deux odeurs : celle de sa sueur après qu'ils avaient fait l'amour, et celle de lessive quand il mettait des vêtements propres.

Et Moïse avait cette même odeur de lessive.

Lizzie en était à ces réflexions quand un homme grand à l'air passablement sinistre apparut sur le seuil du grand hall. Il avait un long visage avec des yeux de fouine et portait une barbe de plusieurs jours. Il était vêtu d'un manteau noir et tenait un chapeau également noir dans sa main gauche; ses cheveux étaient longs et sales.

«Il doit avoir quarante ans,» se dit-elle.

- Bonsoir, Madame, murmura-t-il d'une voix traînante. Charles me dit que vous avez demandé à voir le quartier des esclaves. Je suis l'intendant Duncan, Madame, et je serais heureux de vous y conduire. Sauf votre respect, il ne serait pas prudent pour une femme blanche d'y aller sans escorte, si vous voyez ce que je veux dire.

- Non, je ne vois pas.

Il eut un sourire plein de sous-entendus.

- Nous tenons à éviter de donner aux nègres l'occasion d'avoir des ennuis, si vous voyez ce que je veux dire.

Les sourcils de Lizzie se froncèrent de contrariété. Il y avait chez cet homme quelque chose de mielleux qui lui déplût de prime abord, mais elle se dit aussi qu'un intendant n'était pas fait pour plaire. Tout à coup, toute l'horreur du système lui sauta au visage et elle ne voulut plus rien voir des esclaves ni même penser à eux.

- Dans ce cas, je demanderai à mon mari de m'y conduire un de ces jours.

- Comme il vous plaira, Madame, et bienvenue à la plantation Elvira.

- Merci.

Mais comme elle tentait de chasser les esclaves de son esprit, la vision des larmes de Moïse coulant sur sa main la troubla encore.

Durant la semaine suivante, Lizzie apprit qu'il existait une hiérarchie au sein des esclaves; les gens de maison en représentant le sommet et les travailleurs des champs, la base. Les domestiques vivaient dans un agréable petit cottage de brique près du mur qui cernait le jardin, hors de vue de la demeure mais très proche quand même. Les métayers, quant à eux, vivaient dans leur propre village de paillotes, à environ un demi-mille de là. La subsistance en était assurée par M. Duncan, ce qui était pour lui un moyen parmi tant d'autres d'en assurer le contrôle, alors que les gens de maison étaient nourris par Tante Lide, la femme de Charles et cuisinière de la plantation Elvira. Au plus haut degré de la pyramide, Charles, Tante Lide et Dulcey habitaient le plus joli cottage près du mur du jardin; en tant que cocher, Moïse disposait de celui qui était le plus proche de la maison et que Jack lui avait si aimablement permis de continuer d'occuper après qu'il eut vendu sa femme et son fils à un planteur du Kentucky.

Lizzie apprit aussi que les affirmations de Jack à propos de l'esclavage étaient vraies : l'esclavage était une réelle ressource économique, ce qui expliquait pourquoi la grande majorité des Sudistes y étaient si attachés. Le fait que si peu de gens, comme Clemmie, fussent conscients de l'abjection du système la faisait désespérer de jamais pouvoir améliorer le sort des esclaves de Jack. Bien plus encore, excepté Moïse qui bouillonnait de colère et de rancœur, le reste des esclaves semblait accepter son sort avec résignation, ce qui la dérouta d'abord jusqu'à ce qu'elle prît conscience de l'omniprésente menace de châtiment en la personne de l'intendant Duncan. Elle réalisait également que le seul moyen de préserver le système déjà en place depuis de nombreuses générations était la manière forte et aussi longtemps que les propriétaires garderaient leurs esclaves dans l'ignorance, ils s'assureraient que le mouvement abolitionniste qui grandissait dans le Nord ne leur parviendrait que de bouche à oreille, ce qui était un moindre mal.

Mais plus insidieux encore, Lizzie dut admettre que le fait d'être entourée d'une foule de domestiques comportait un charme indéniable. Et quand Jack n'était pas ivre ou qu'il n'argumentait pas à propos de la «bizarre institution», il se montrait invariablement d'une gentillesse pleine de déférence : il était évident qu'il était éperdu d'amour pour elle et elle commençait de s'interroger sur l'opportunité de ce qu'elle appelait sa «croisade». Après tout, il lui serait si facile de se laisser glisser dans un monde de confort, un monde où les esclaves eux-mêmes n'avaient pas l'air si malheureux, du moins ainsi lui étaient-ils apparus.

Il en fut ainsi jusqu'à son huitième jour à la plantation Elvira. A l'heure du déjeuner, Charles apporta le courrier de Jack dans son bureau et le monde si confortable de Lizzie bascula.

- Samantha est morte, dit Jack après la lecture d'une lettre.
- Qui est Samantha? questionna Lizzie qui, assise dans un sofa, s'affairait à quelque travail de broderie.
- C'est la femme de Moïse; cette lettre de Carl Durkens, son propriétaire, dit qu'elle est morte en mettant un enfant au monde. Ainsi, vois-tu, son retour au domaine n'aurait pas rendu Moïse meilleur pour autant.

Lizzie déposa son ouvrage sur ses genoux et leva la tête, étonnée par tant d'indifférence à l'égard d'un être humain.

- Mais c'est terrible, perdre ainsi sa femme et son enfant...
- Ce n'était pas l'enfant de Moïse, l'interrompit Jack en jetant la lettre dans une corbeille, elle était enceinte de Durkens.
- Que veux-tu dire?
- Ma chère, tu sembles oublier que les esclaves sont avant tout une marchandise; de nombreux planteurs fécondent leurs esclaves afin de faire commerce de leur progéniture.
- Quelle barbarie! s'exclama Lizzie.

Jack lui jeta un regard glacial.

- Je persiste à passer outre ta délicate sensiblerie, chère amie. Quoi qu'il en soit, pas un mot de tout ceci à quiconque, particulièrement à Moïse.
- Ne vas-tu donc pas le lui annoncer?
- Pourquoi le ferais-je? Moïse est un fomenteur de troubles en puissance et, aussi longtemps qu'il attendra sa famille, j'aurai barre sur lui; le jour où il apprendra la mort de sa femme, il ne me restera plus que son fils pour le tenir.
- Mais Jack, tout ceci est si cruel!

Jack se leva, s'approcha d'elle et se pencha pour baiser son front. Son visage près du sien, il susurra:

- Nous n'allons pas encore avoir une de ces stupides disputes à propos des nègres, n'est-ce pas, ma chérie? Je pense que nous allons vite chasser toutes ces absurdités abolitionnistes de ta jolie petite tête.

- Il n'y a rien à rejeter dans l'abolitionnisme, cela fait partie du bon sens.

Le visage toujours près du sien, il secoua lentement la tête.

- Chérie, tu n'as toujours pas compris : ce ne sont pas des êtres humains. Maintenant, allons déjeuner; je suis affamé et je pars cet après-midi à la chasse avec les Benson.

Il la prit par la main et la conduisit dans la salle à manger. Le repas se composait de gibier que Tante Lide accommodait à la perfection, mais Lizzie n'avait pas faim. Elle prenait conscience qu'elle était à la croisée des chemins. Si elle persistait dans son intention d'améliorer le sort des Noirs, elle devrait à coup sûr annoncer la triste nouvelle à Moïse. D'autre part, elle ne se faisait aucune illusion quant à la réaction de Jack si elle s'exécutait. Peut-être, se disait-elle en piquant distraitement sa nourriture, cela ne me concerne-t-il pas. Après tout, Jack me traite avec le plus grand respect, pourquoi le défierais-je?

Mais le souvenir de son père persistait quelque part au fond de sa mémoire et elle se disait que si elle avait un semblant d'amour-propre, elle se devait de défier son mari. Si Moïse n'était pas un être humain, par le Seigneur, qu'était-il donc? Ses larmes n'étaient-elles pas les larmes d'un homme?

Après le déjeuner, Jack enfourcha son cheval et partit à la chasse avec les frères Benson, propriétaires de Sweetwood, la plantation voisine. Dès qu'il fut hors de vue, Lizzie alla revêtir une cape avec capuche et se dirigea vers une des portes-fenêtres à la française de la grande salle de bal. C'était un de ces après-midi vivifiants avec des odeurs de neige sous un ciel de plomb. Elle longea le côté de la maison et passa la porte de bois percée dans le mur de brique qui cernait le jardin où Tante Lide cultivait ses légumes durant la belle saison. Elle traversa le jardin jusqu'à la porte opposée qu'elle ouvrit apercevant alors les cottages des domestiques. Chacune de ces petites constructions avait un porche et devant l'un d'eux était assis Moïse occupé à tailler un morceau de bois.

Elle lui fit signe de venir le rejoindre dans le jardin. Désorienté, il posa son couteau et accourut. Une fois la porte franchie, elle la referma derrière lui.

- Quelque chose ne va pas, Maîtresse? demanda-t-il.

- Eh bien oui, Moïse. Peux-tu garder un secret?

- Oui, Madame.

- Tu dois me jurer de ne jamais le dire à quiconque, surtout pas à mon mari. Tu pourrais me causer de sérieux ennuis si Monsieur Cavanagh venait à l'apprendre.

Il prit un air confus.

- Je ne veux pas que vous ayez des ennuis par ma faute, Maîtresse; je jure de garder le secret.

Lizzie hésitait.

- C'est à propos de ta femme, Moïse, souffla-t-elle. Un courrier nous a appris aujourd'hui que Samantha est morte.

Les yeux de Moïse étaient exorbités.

- Morte? gémit-il. Comment? Elle était si jeune...

- Elle est morte en couches. Je suis désolée.

Son souffle se fit haletant.

- Ils l'ont fécondée de force, ce ne peut être que ça; elle m'avait juré fidélité. Ils l'ont violentée.

Voyant les larmes qui coulaient de ses yeux, elle alla vers lui et posa sa main sur son épaule.

- Je suis si désolée, répétait-elle.

Effondré, il hochait lentement la tête; elle lui tourna le dos et s'en alla à pas lents vers la maison.

- Merci beaucoup, Maîtresse, dit-il d'une voix atone, c'est la deuxième fois que vous êtes gentille avec moi, je ne l'oublierai pas.

Elle se retourna pour le regarder, hocha la tête puis se hâta. Persuadée qu'elle venait de faire une chose juste.

CHAPITRE SEPT

L'Hindou en *dhoti* ou pagne, surgit de la jungle et se rua vers le bungalow de Mark Thornhill, magistrat à Mutta, une petite ville du centre de l'Inde, assez proche de Taj Mahal à Agra. Un *chowkidar* ou planton, somnolait devant l'entrée principale. C'était le crépuscule, l'Hindou courut vers le gardien et le tira par la manche.

- Que veux-tu? demanda ce dernier, brusquement sorti se sa somnolence.

- Mets ceci sur le bureau de l'*Angrezi*, murmura l'homme. *Angrezi* signifiant «Anglais».

Le *chowkidar* opina silencieusement du chef et l'Hindou courut vers les arbres d'où il avait surgi et disparut dans la forêt.

- L'événement le plus mystérieux qui soit est arrivé ces derniers jours aux Indes, disait l'Honorable Charles John Canning, vicomte Canning de Kilbrahan, premier du nom et gouverneur général des Indes. Nul ne semble connaître le sens de ceci, qui en est la cause et l'origine. Nous ne savons pas s'il s'agit d'une cérémonie religieuse ou d'une société secrète. J'ai nommé le Mouvement Chupatty.

Lord Canning était assis près de Lady Agatha McNair, son hôtesse de la soirée et épouse du richissime planteur de thé, Sir Carlton McNair. Le dîner était magnifique; la salle à manger des McNair s'étirait en une longue suite de colonnes de marbre entre lesquelles de grandes portes-fenêtres s'ouvraient sur une véranda et des jardins. Une brise légère flottait à travers les ouvertures pour le grand plaisir des douze invités répartis autour de la longue table.

123

Ils étaient tous en tenue de soirée et les robes des femmes présentes, pressées entre les accoudoirs de leurs sièges, se gonflaient désagréablement telles des baudruches de satin. Ces tenues si formelles et si inconfortables par une telle chaleur , ne paraissaient en rien absurdes à cette société anglaise : une grande part du pouvoir britannique tenait en cette manifestation de splendeur entretenue afin de toujours étonner les Hindous, bien que ceux-ci fussent déjà accoutumés aux splendeurs des empereurs mongols et des maharajahs. Mais malgré les quelque trente-huit degrés centigrades, les hommes portaient l'uniforme ou l'habit de soirée et la cravate blanche; et les femmes, engoncées dans de lourdes robes, ruisselaient de sueur et de diamants étincelants.

Quoi qu'il en fût, chacun bénissait en silence les deux énormes *punkahs* qui éventaient les convives au-dessus de leurs têtes où deux immenses lustres de cristal illuminaient la salle.

- Faites-vous allusion aux petits biscuits, Milord? questionna Lady McNair, assise à la droite du gouverneur général.

- Oui, dit Lord Canning, un homme imposant dans la quarantaine, fils d'un ancien premier ministre. Quatre chupatties - quelquefois cinq - sont apparus aux endroits les plus étranges. Par exemple, j'ai reçu un rapport de Thornhill à Muttra m'informant que quatre de ces biscuits avaient été placés sur son bureau; il n'a aucune idée de leur origine ou leur signification... et cela est arrivé partout dans le pays. C'est comme si les Hindous voulaient nous faire passer une sorte de message.

Adam, assis à l'autre extrémité de la table, était tout aussi fasciné que les autres invités.

- Je vais vous en dire le sens, tonna Sir Carlton, un homme énorme au visage sanguin et à l'accent écossais. J'ai eu quelques commentaires de mes intendants dans les plantations; les indigènes sont effrayés par ces satanés missionnaires qui se répandent dans tout le pays, brandissant leur bible en tentant de les convertir au Méthodisme ou je ne sais trop quelle religion. Je vous le dis : renvoyez tous ces missionnaires en Angleterre et la paix régnera aux Indes.

- Mais cependant, Sir Carlton, répliqua la très belle Lady Canning, née Honorable Charlotte Elizabeth Stuart, fille de comte et arrière-petite-fille de premier ministre, le comte de Bute, troisième du nom. Les indigènes ne peuvent que tirer profit d'une religion comme le christianisme. C'est, après tout, une religion tellement plus agréable; l'hindouisme peut avoir des aspects terriblement dramatiques.

Un murmure courut autour de la table, alors que les douze impassibles serviteurs indigènes se tenaient les bras croisés derrière chaque invité (l'un d'eux écrasa un énorme cafard qui trottait gaiement aux pieds de Lady Canning).

- Oui, mais c'est *leur* religion, grommela Sir Carlton, et nous avons été fous de nous mêler de cela. Les indigènes sont terrifiés à l'idée d'être convertis et de perdre leur foi. Vous savez qu'ils croient en la réincarnation et s'ils perdent la foi durant cette vie, ils renaissent alors en parias. Pardonnez la crudité de mon propos, Milord, mais je prétends que vous nous épargneriez bien des ennuis si vous faisiez savoir aux indigènes que nous ne partageons pas les vues des missionnaires.

Adam tourna les yeux vers Lord Canning.

- Je crains fort qu'il ne s'avère difficile au gouvernement de sa Majesté de ne pas soutenir la mission chrétienne, affirma le gouverneur général. Il ne faut pas oublier que Sa Majesté la Reine est le chef de l'Église Anglicane.

- Mais c'est aussi bien plus que cela, ajouta sa femme dont les cheveux bruns luisaient comme un miroir. Il est de toute évidence de notre devoir, en tant que Chrétiens représentant une civilisation supérieure, il est de notre devoir, dis-je, de tenter de convertir ces pauvres païens à une véritable croyance.

- Je vous demande pardon, Madame, répliqua Sir Carlton, mais nous devons tenir compte du fait qu'ils sont, *eux*, persuadés de détenir la vérité. Si vous preniez en compte les millions de vies sacrifiées au cours des siècles aux guerres de religion, vous réfléchiriez à deux fois avant d'attaquer la religion d'autrui. J'ai ouï dire qu'un slogan était peint sur les murs *«Sub lal hogea hai»* ce qui veut dire «Tout sera rouge». Sans vouloir offenser les dames, j'oserai dire que cela augure de bien mauvais présages.

- Et il y a aussi les balles, ajouta Bentley Brent qui avait mis son plus bel uniforme. J'ai ouï dire que les indigènes éprouvaient le plus grand dégoût à mordre* les nouvelles balles de nos

---

* *À cette époque, on devait mordre la balle de plomb afin qu'elle soit mieux sertie dans le canon du fusil et qu'elle ne retombe pas lors de la manipulation.*

fusils Enfield; les Musulmans prétendent qu'elles sont graissées à la graisse de porc, animal absolument proscrit par leur religion; et les Hindous disent que c'est de la graisse de bœuf, ce qu'ils ne peuvent tolérer. Mais ils sont tous d'accord pour dire que ces balles font partie d'un complot destiné à les convertir au christianisme.

- Oui, certains rapports me sont parvenus de nombreux régiments à propos de ces balles, dit Lord Canning en extirpant une grosse fourmi de son verre de vin; les officiers ont reçu l'ordre d'instruire les *sepoys* et les *sowars* qu'il s'agit en fait de graisse d'agneau, animal admis par chacune des religions. Aussi devons-nous rester calmes et éviter d'être trop alarmistes; je reste convaincu que nos troupes indigènes sont fidèles à la Couronne et malgré les inévitables grognements d'une partie de la population, je puis affirmer avec certitude que chaque Hindou est reconnaissant à l'Angleterre des bienfaits apportés au sous-continent.

Adam était aux Indes depuis seulement quatre jours et jusqu'à présent il se demandait ce que pouvaient bien être ces mystérieux bienfaits. Mais il se tut. Après que l'on eut servi le «jaggery board», une sélection de six variétés de douceurs faites de dattes, présentée à la façon des plateaux de fromages en Europe et accompagnée de pain frit appelé *loochi*, les dames se retirèrent, laissant les hommes allumer leur cigare ou leur pipe à eau, pratique à laquelle les *Angrezi-log* s'adonnaient avec beaucoup de zèle.

Adam, totalement réfractaire à la fumée de cigare, s'excusa et se dirigea vers la véranda. À présent la température s'était un peu rafraîchie et la nuit noire s'étendait au-dessus de lui, faiblement éclairée par un pâle croissant de lune. Il s'attarda un court instant à contempler les splendeurs du jardin composé d'une foule de palmiers exotiques et orné de superbes fontaines de pierre dont le centre s'ornait d'un socle surmonté d'une grenouille, la gueule ouverte vers les cieux et les yeux projetant deux filets d'eau. Tout, dans le jardin de Sir Carlton, respirait la douceur, mais Adam en avait assez vu pour se rendre compte des tumultueuses divergences entre les riches et les pauvres; les millionnaires comme Sir Carlton vivaient dans de petits palais, grandes constructions blanches à l'architecture classique comme celle-ci.

En visitant Calcutta, ces derniers jours, il avait été profondément choqué par ce qu'il avait vu; à quelques centaines de pieds à peine du manoir dans lequel il se trouvait, le monde était totalement différent. C'était un monde de ruelles sombres, de sordides huttes faites de boue, grouillantes de vermine, de rats et d'enfants; un monde dominé par la puanteur des égouts à ciel ouvert et des cadavres incinérés sur les bûchers. Et Adam se demandait si les Memsahibs couvertes de bijoux en train de se repaître des derniers ragots venus d'Europe, avaient quelque affinité avec ce monde auquel elles et leurs époux apportaient les bienfaits de la civilisation britannique et chrétienne.

- Monsieur Thorne!

Il se retourna et vit la fille de Sir Carlton, Emily, qui le rejoignait sur la véranda. C'était une belle jeune fille de dix-huit ans à la magnifique chevelure rousse et au visage parsemé de taches de rousseur. Elle portait une robe blanche et l'inévitable crinoline. Elle alla vers lui, le regard plein de reproches.

- Je crains que vous ne nous ayez tous déçus, Monsieur.

- Comment cela?

- Lady Canning jure que vous ne pouvez être que *le* Monsieur Thorne, comte de Pontefract; et après en avoir débattu entre femmes et nous être souvenu des articles parus dans les journaux à propos de l'assassinat de votre grand-père, nous en sommes arrivées à la conclusion que ses affirmations étaient exactes. N'est-ce pas?

- Et quand bien même elles le seraient?

- Eh bien, Monsieur, vous êtes responsable d'une bien cruelle déception. Qu'un homme aussi attirant que vous se fasse passer pour un étudiant et embrase ainsi le cœur des femmes célibataires de Calcutta telles que moi est une chose bien méchante, car si vous êtes le comte de Pontefract, vous êtes déjà marié, n'est-ce pas?

Adam lui sourit. Il y avait chez Emily McNair une impulsivité qui n'était pas sans lui rappeler Lizzie.

- Je dois avouer que vous m'avez percé à jour, dit-il en faisant une courbette comique. Oui, je suis marié, mais avouez que je n'ai jamais prétendu le contraire.

- Mais vous nous avez également déçus, Monsieur, en affirmant au capitaine Brent et à mon père que votre voyage aux

Indes était motivé par la rédaction d'un livre; en vérité, vous êtes aux Indes pour venger votre grand-père, ce qui est un motif bien plus excitant. Nous avons lu tout cela dans les journaux. Comment comptez-vous vous y prendre?

- C'est une très bonne question, Miss McNair.

- Je vous en prie, Milord, appelez-moi donc Emily. Toutes ces mondanités dans notre société moderne me paraissent bien trop formelles.

- Très bien. Je vous appellerai Emily si, en retour, vous m'appelez Adam au lieu de Milord.

- Adam! Comme j'aime ce prénom! Il a des résonnances si romantiques! Comme Adam et Ève dans le jardin d'Éden.

Il sourit encore.

- Vous me semblez vous-même terriblement romantique, jeune Lady, n'est-ce pas?

- Sauvagement romantique. Je dévore ce genre de romans; plus ils sont enflammés et plus je les aime. Voyez-vous c'est là notre seule distraction aux Indes.

- Si votre père a raison, les Indes seront bientôt autre chose qu'ennuyeuses.

- Vous voulez sans doute parler des chupatties et des balles. Tout cela est bien singulier, qu'en pensez-vous?

- Je suis aux Indes depuis bien trop peu de temps pour m'ériger en expert. Savez-vous, Emily, que vous êtes une très jolie fille? Qui plus est au clair de lune vous êtes...

- Oh, je vous en prie continuez! s'exclama-t-elle.

Il s'esclaffa.

- J'allais oublier que je suis un vieil homme marié.

Elle soupira.

- Je suppose que vous êtes follement épris de votre femme.

Son visage se ferma.

- Eh bien non, dit-il, je ne pense pas que «follement épris» soit le terme exact.

À cet instant Emily fut persuadée que ce beau jeune homme triste était précisément celui qui peuplait ses rêves d'adolescence.

- Emily!

Lady McNair arrivait sur la terrasse. Sa fille prit un air dépité.

- Emily, ma chérie, ne dérangez-vous pas Monsieur Thorne? demanda-t-elle en s'avançant vers le couple.

- Bien sûr que non, Mère; je le fascinais. N'est-ce pas Adam?

- Adam? La mère parut choquée. Je suis persuadée que Monsieur Thorne ne vous a jamais donné la permission de l'appeler par son prénom.

- Bien sûr que si; et plus encore, il m'a avoué son grand secret : c'est le comte de Pontefract.

Lady McNair, superbe femme de quarante ans, posa sur son hôte un regard nouveau.

- Ainsi, Lady Canning avait vu juste, roucoula-t-elle. Cher Lord Pontefract, pourquoi avoir été si mystérieux, méchant homme? Si j'avais su... Bien. Nous vous devons les honneurs qui siéent à votre rang. Je vais donner un bal... oui, la semaine prochaine... J'enverrai les invitations dès demain matin... Je suis certaine que le gouverneur général voudra vous recevoir au palais...

- Je vous en prie, Lady McNair, interrompit Adam, c'est très aimable à vous mais je préfère que les gens ignorent qui je suis, bien que je me doute qu'il soit un peu tard pour garder le secret. Quoi qu'il en soit, vous n'ignorez pas que je pars demain pour Lucknow et que je ne puis en aucune façon changer mes plans.

L'expression d'excitation de Lady McNair se mua en une froide déception.

- Très bien, Milord, bien évidemment toute la bonne société de Calcutta va être terriblement désappointée. Quoi qu'il en soit, nous n'en mourrons pas. Venez, Emily, il est grand temps d'aller vous coucher.

- Oh, Mère, vous me traitez comme une enfant!

- C'est effectivement ce que vous semblez être, rétorqua sèchement Lady McNair. Maintenant, venez; nous ne devons pas plus longtemps abuser des instants de Lord Pontefract.

Alors que sa mère la tirait doucement par la main, Emily se retourna vers Adam.

- Je voudrais vous voir demain matin avant votre départ, le pourrai-je? implora-t-elle.

Adam lui sourit aimablement.

- Assurément. Bonne nuit, Emily.

- Bonne nuit... Adam, murmura-t-elle pendant que sa mère la tirait plus fermement vers l'intérieur.

- Votre attitude est absolument révoltante!

Adam entendait Lady McNair semoncer sa fille alors qu'elles disparaissaient dans la maison, le laissant seul sur la terrasse. Tournant le dos à la fête, il s'accouda à la balustrade et se perdit dans la contemplation de la lune et des étoiles. Il avait évoqué son mariage en termes peu flatteurs car Emily lui rappelait Lizzie. Dans l'état actuel des choses, il éprouvait une profonde affection à l'égard de Sibyl et, même loin d'elle, son sentiment de culpabilité persistait. Prononcer le nom de Lizzie durant son sommeil avait été une satanée malchance; mais tout n'avait été que satanée malchance depuis que Lizzie avait disparu...

Il en était là de ses réflexions quand il sentit la piqûre dans son cou. Il porta vivement la main à sa nuque pensant à un frelon ou à une abeille, mais ses doigts touchèrent alors une minuscule fléchette. Tandis qu'il l'arrachait, son esprit commença de flotter. Il tenta de se maintenir en s'appuyant sur la balustrade, mais ses genoux fléchirent et il s'étala de tout son long sur la terrasse en sombrant dans l'inconscience.

Trois Hindous surgirent des fourrés et se ruèrent vers le corps inerte.

Contrairement à son habitude, il ne se réveilla pas brutalement, mais plutôt, émergea lentement de son sommeil. Durant un laps de temps qu'il fut incapable de définir, il retrouva peu à peu ses esprits et réalisa qu'il se trouvait dans une chambre toute blanche, couché dans un lit orné de coussins brodés; une fenêtre ouverte au-dessus de lui apportait une brise tiède. Il s'assit péniblement et se souvint de la piqûre au cou. Il porta la main à sa blessure et ne sentit qu'un léger renflement. À la longueur de sa barbe et à son estomac affamé, il comprit qu'il avait été inconscient pendant au moins un jour entier.

C'est alors que la porte s'ouvrit et une des plus belles filles qu'il ait jamais vues entra dans la pièce. Elle portait une coupe d'argent remplie de fruits qu'elle déposa près du lit sur une table octogonale. Elle avait une peau soyeuse de couleur sépia clair, une grande bouche sensuelle et ses yeux cernés de kohl évoquaient un velours brun. Une marque distinctive ornait son front recouvert d'un voile de gaze et un sari vert pâle moulait son corps.

- Vous êtes enfin réveillé, dit-elle en souriant. Vous devez avoir faim; je vous ai apporté quelque chose à manger.

- Où suis-je? demanda-t-il en mordant avidement dans une pêche.

- Dans le palais de Sa Grandeur, le Maharajah de Raniganj, qui est le cousin de Nana Sahib. Vous êtes au nord-ouest de Calcutta. Vous avez été amené ici par les serviteurs de Sa Grandeur Nana Sahib.

- Amené? Vous voulez sans doute dire «enlevé». Et qui est donc Nana Sahib?

Elle passa lentement sa main fraîche et douce sur la joue d'Adam.

- Toutes les explications vous seront données en temps utile. Vous êtes las et malpropre; laissez-moi vous conduire à l'un des *gussalkhanas* de Sa Grandeur et je ferai votre toilette.

Elle lui adressa un sourire enjôleur. Elle prit sa main et l'aida à se lever. Il s'aperçut alors qu'il portait encore son habit de soirée bien qu'on lui eût ôté sa jaquette et sa cravate et, malgré sa brûlante curiosité et son état de faiblesse, il se rendit compte qu'un autre feu dévorait ses entrailles, car cela faisait six longs mois qu'il n'avait pas connu de femme.

Elle le conduisit à travers la pièce vers un long corridor de marbre. Le palais semblait lugubrement vide et Adam se dit que s'il avait été effectivement enlevé, c'était là une bien étrange prison. Au bout du corridor, elle ouvrit une porte à deux vantaux incrustées de marbre qui faisaient penser à de délicats paravents. De l'autre côté, une volée de marche menait à un bassin carré. La pièce s'éclairait de trois grandes fenêtres sur le bord desquelles piaillaient de nombreuses perruches multicolores.

- Sa Grandeur a prévu des vêtements propres pour vous, dit la femme dans un Anglais excellent quoique teinté d'inflexions hindies. À moins que vous ne voyiez quelque objection à porter le costume indigène.

Elle désignait un banc de marbre sur lequel étaient déposés des vêtements hindous. Adam regarda l'*achkan* couleur ivoire avec une désagréable sensation. Il avait à l'esprit le coffret contenant la miniature de la belle femme brahmine, sa grand-mère...

131

- Venez donc, Monsieur Thorne.

Il se retourna et vit que la femme avait ôté son sari et se tenait debout sur les marches qui menaient au bassin. Elle était complètement nue.

- Si ceci est une démonstration de l'hospitalité locale, j'apprécie beaucoup, dit Adam en faisant glisser ses bretelles.

Il enleva ses chaussures et ses chaussettes ainsi que sa chemise malodorante. Dès qu'il fut nu, lui aussi, il descendit les marches vers le bassin. Des lilas flottaient sur l'eau merveilleusement fraîche.

- Nana Sahib achète les meilleurs savons anglais à Calcutta, dit la femme en montrant une coupe sur le bord du bassin. Nana Sahib aime bien des choses venant d'Angleterre. Malheureusement, il n'aime pas les Anglais.

- Est-ce la raison pour laquelle il m'a fait enlever?

Elle eut à nouveau son sourire énigmatique.

- Thorne Sahib ne doit pas poser trop de questions.

Adam nagea vers la coupe de savons. À demi hors de l'eau, il entreprit de se savonner les bras et le torse.

- Me permettrez-vous de vous demander votre nom?

- Lakshmi, je suis une *nautch*.

Adam n'ignorait pas que les *nautchs* étaient des danseuses professionnelles et occasionnellement des courtisanes. Il se laissa glisser doucement dans l'eau pour se débarrasser de la mousse et s'approcha de Lakshmi en barbotant paresseusement, quand bien même il aurait pu marcher dans cette piscine assez peu profonde. Pour le jeune et fruste Adam Thorne venu des Moors du Yorkshire, la situation était incroyablement exaltante et il se sentit physiquement excité comme jamais il ne l'avait été auparavant. Debout devant Lakshmi, il posa ses mains sur ses douces épaules.

- Votre odeur est plus agréable, dit-elle sans ambages.

- Ce n'était guère difficile. À quoi jouez-vous, Lakshmi? Êtes-vous au service de Nana Sahib, ou de son cousin, le Maharajah de Raniganj? Ou peut-être des deux?

- Peut-être des deux.

- Le Maharajah a l'air riche, à en juger par cet endroit. Est-ce que le mystérieux Nana Sahib l'est autant?

- Son père, le Peshwa de Bithur, le fut; mais il mourut et le gouvernement britannique refusa de continuer à verser la pension à Nana Sahib.

- C'est donc la raison pour laquelle il déteste les Anglais.

Il tendit les mains vers ses seins voluptueux.

- Et maintenant, quelle est la suite? murmura-t-il.

- Cela dépend de vous, Thorne Sahib. Avez-vous une maladie, telle que la syphilis?

Adam fut un instant pris de court.

- Non.

- Moi non plus. Très bien. Nous devons être très prudents; tant d'*Angrezi* en sont infectés.

Et sur cette note romantique...

Il l'attira doucement vers lui et l'embrassa sur les lèvres en la prenant dans ses bras. Ses seins pressés contre sa poitrine, il la sentit se saisir de lui et tout émerveillé, se retrouva en elle.

- Vous êtes habile, murmura-t-il.

- L'amour est ma subsistance.

Il n'avait jamais auparavant fait l'amour debout dans un bassin, de l'eau jusqu'à la taille, et il trouva le glissement de leur peau follement érotique. Elle passa ses bras autour de son cou et enserrant les hanches d'Adam entre ses cuisses, elle se trouva ainsi à la fois flottant sur l'eau et portée par Adam. Il l'embrassait passionnément.

Il haleta pendant un long moment, et alors qu'il croyait mourir en elle, ses jambes se dérobèrent sous lui. Lakshmi poussa un cri de plaisir, puis se laissa glisser sur le dos à la dérive, loin d'Adam.

- Vous faites l'amour comme un Hindou, dit-elle en se redressant. Plein de fougue et de passion, et non pas comme les soldats *Angrezi* qui doivent se soûler d'abord. Je suis convaincue que les *Angrezi* préfèrent la bière à la *boor*.

- Qu'est-ce que la *boor*?

Elle désigna son sexe d'un geste qui ne laissait place à aucune équivoque.

- À présent, Thorne Sahib, puisque vous m'avez donné tant de plaisir, il me faut vous donner un conseil. Comme je vous l'ai dit, Nana Sahib hait les *Angrezi-log*. J'ai entendu parler de certaines rumeurs affirmant qu'il caressait l'idée de vous assassiner, quand bien même il n'aurait pas le courage de passer lui-même aux actes.

- Pourquoi moi? Qu'a-t-il donc contre moi? s'écria Adam furieux.

- En dehors du fait que vous êtes un *Angrezi*, je l'ignore. Mais de bien des façons, Nana Sahib est comme un enfant, et il est fortement impressionné par ce qu'il voit. J'ai acheté pour vous un costume hindou, et si vous me permettez de noircir un peu votre peau, vous pourrez ressembler à un indigène au lieu d'un *Angrezi* et peut-être qu'alors Nana Sahib renoncera à vous tuer.

Adam la regardait fixement.

«Quelle ironie, pensait-il. Je *suis* hindou, ou tout au moins en partie et j'ai honte de l'avouer. Et voilà que maintenant on prétend me sauver la vie en me faisant passer pour ce que je suis en fait.»

Quoi qu'il est soit, l'idée le séduisait. S'il devait voyager aux Indes, quoi de mieux qu'un déguisement qui lui éviterait les aléas de sa véritable identité? Somme toute, les préjugés anti-hindous n'étaient-ils pas basés aussi sur la couleur de la peau? Soudain, la confusion qui régnait jusqu'alors dans son esprit sur ses origines troublantes se transforma en un véritable sentiment d'exaltation.

- Oui, murmura-t-il, un désir ardent au fond des yeux, faites de moi un Hindou.

- Bien, suivez-moi, Thorne Sahib.

Elle sortit du bain, s'empara d'un peignoir et l'enfila. Puis elle en tendit un autre à Adam qui marchait derrière elle.

- Épongez-vous, lui ordonna Lakshmi, puis je vous passerai la teinture sur le corps.

Adam s'exécuta et la suivit dans le petit vestibule attenant la salle de bain. Elle ouvrit un meuble et en sortit un pot de porcelaine.

- Asseyez-vous, dit-elle en désignant un banc. Il s'exécuta à nouveau. Elle ouvrit le pot, y plongea les doigts pour en tirer une pâte brun foncé qu'elle commença d'appliquer sur son front.

- Il faudra au moins un mois pour vous en défaire, expliquait-elle en œuvrant de ses doigts habiles. Cela ne s'en ira pas avec un simple lavage, aussi je vous suggère de laisser pousser votre barbe, car des rasages consécutifs effaceraient votre coloration.

- Je vois ce que vous voulez dire.

Après qu'elle eut badigeonné le visage et les oreilles, elle lui commanda d'ôter son peignoir.

- Pourquoi? questionna-t-il.

- Je dois colorer votre corps tout entier, répondit-elle comme si la chose tombait sous le sens. Nana Sahib n'est pas un personnage rationnel. Il consomme assez de *ganja* et de *bangh* pour dix hommes et nul ne sait quand il possède tous ses esprits; de plus, c'est un homme cruel et il peut lui prendre l'envie de vous torturer; s'il voyait votre corps blanc, il se rendrait compte que nous avons essayé de le berner et il en serait si fou de rage que nul ne pourrait alors le contrôler; et ma vie serait également en danger.

Son propos paraissait complètement insensé; néanmoins, Adam décida qu'il vaudrait tout aussi bien être complètement hindou. Il se leva et retira son peignoir de bain. Lorsqu'elle eut enduit tout le torse d'Adam, elle s'agenouilla derrière lui et commença à lui appliquer la teinture sur ses fesses et l'arrière des cuisses, ce qu'il considéra comme une expérience tout à fait sensuelle. Une fois les jambes teintes, elle lui fit face et s'attaqua à l'aine.

- Ici, aussi?

- Chez les Hindous, c'est la partie la plus sombre. Je parle en connaissance de cause.

Lorsque tout fut fini, plus d'une heure s'était écoulée; elle le ramena vers le bassin où il enfila ses nouveaux vêtements.

- C'est étonnant, s'exclama-t-elle, on pourrait vous prendre pour un indigène.

- Où puis-je avoir un miroir?

Elle le conduisit dans une autre antichambre, où l'un des murs était constitué d'un miroir. Adam eut un sursaut en voyant son reflet.

- Mon Dieu, souffla-t-il, je ressemble vraiment à un Hindou!

Curieusement, il se sentit à son aise. Il se demanda si l'esprit de son arrière-grand-mère brahmine le regardait et ce qu'il pouvait bien en penser.

- Venez, Thorne Sahib, je vais vous conduire à Nana Sahib.

Elle le conduisit à travers un dédale de couloirs jusqu'à une porte gardée par deux hommes à l'air rébarbatif en livrée blanche. Adam fut surpris de constater que les deux gardes étaient équipés du fusil Enfield dernier modèle auquel avait fait allusion Sir Carlton McNair à Calcutta. Ils ouvrirent les deux battants de la porte et Lakshmi le conduisit à travers une immense salle surplombée par un énorme lustre équipé de lampes-tempête. Les fenêtres étaient des claustras derrière lesquels pendaient des *tatties*, sorte d'écrans de plantes aux senteurs rafraîchissantes que l'on gardait toujours humides. Le mobilier de la pièce, qu'Adam identifia comme une sorte de salle du trône, consistait en de chaises dorées de style français dont le rembourrage en lambeaux avait depuis longtemps été la proie des mites. Un *punkah* festonné de toiles d'araignées pendait paresseusement du plafond.

Nana Sahib était assis sur un sofa doré et Azimullah se tenait debout près de lui. Il jeta un coup d'œil à Adam et s'esclaffa et battant des mains puis il s'écria en Hindi:

- C'est merveilleux! Tu as fait du bon travail Lakshmi, il ressemble vraiment à un Hindou.

- Merci, Votre Grandeur, je ne lui ai pas dit *pourquoi* vous souhaitiez qu'il ressemblât à un Hindou.

- Non, bien sûr que non. Je t'aurais punie si tu l'avais fait. Parle au *Angrezi*, Azimullah; dis-lui quels sont mes plans à son sujet.

- Oui, Votre Grandeur.

L'obséquieux serviteur se tourna vers Adam et commença à parler en Anglais.

- Sa Grandeur exige de connaître les raisons pour lesquelles vous avez l'outrecuidance de proférer des menaces contre sa vie.

Adam était dérouté.

- Êtes-vous fou? je n'avais jamais entendu parler de Nana Sahib avant cette heure.

- Vous avez annoncé dans la presse anglaise que vous vous rendiez aux Indes pour retrouver le meurtrier de votre grand-père, feu le comte de Pontefract. Vous disiez que vous aviez l'intention de le livrer à la justice de votre pays. Eh bien, Monsieur Thorne, vous avez devant vous le meurtrier de votre grand-père, ou devrais-je dire : les meurtriers?

Voici un an, Nana Sahib m'a envoyé en Angleterre pour tenter de trouver réparation auprès du gouvernement britannique pour les injustices commises à son endroit mais aussi pour venger la profanation de l'un de nos lieux saints par votre ancêtre, Lord Pontefract, premier du nom. C'est moi qui organisai l'explosion du yacht de Lord Fane, et c'est moi aussi qui envoyai les deux thugs à Pontefract Hall. Aussi, Monsieur, nous admettons volontiers que vous puissiez considérer comme un crime ce que nous considérons, nous comme la juste vengeance de tous les crimes que votre famille a perpétré contre la Très Sainte Inde.

- Ma famille peut en effet avoir commis des crimes, je ne puis le nier, dit Adam, mais cela ne justifie pas l'assassinat d'innocentes victimes.

- Aucun homme blanc n'est innocent! interrompit Azimullah avec véhémence. L'homme blanc est en train de régenter l'ensemble de la planète en asservissant les peuples à peau brune que vous considérez comme inférieurs. Mais viendra bientôt le jour où la roue tournera. Ce que vous semblez ignorer, c'est que le grand mouvement contre l'infidèle anglais prédit il y a un siècle est déjà commencé. Et il se répandra dans l'Inde toute entière jusqu'à ce que le sang de l'homme blanc ait abreuvé nos champs.

- Vous semblez bien sûr de vous, dit Adam, tentant de rester calme malgré l'indicible effroi qu'il éprouvait à l'écoute de telles menaces.

Il pensait à la douce Emily McNair. Quelles qu'aient pu être les injustices des Anglais envers les Hindous, elle ne pouvait en aucune façon en être tenue responsable. Était-elle en danger?

- Je sais que notre cause est juste, ajouta Azimullah en retrouvant le ton doucereux qui lui était coutumier.

- A-t-il laissé le diamant en Angleterre? demanda Nana Sahib en hindi. Si c'est le cas, dis-lui que nous le retiendrons en otage jusqu'à ce que nous ayons récupéré la pierre. Il ne l'avait pas sur lui, Lakshmi l'a fouillé pendant qu'il était drogué. Où est-il donc?

- J'y arrive, Votre Grandeur, répliqua Azimullah. Puis se tournant vers Adam : Sa Grandeur m'a conféré le pouvoir le prononcer votre sentence de mort...

- Un instant. Sentence de mort pour quel motif? N'ai-je pas droit à un procès?

- Vous avez déjà eu un procès.

- Je ne vois pas de jury.

- Un jury? Azimullah eut un rire méprisant. Voilà encore une de ces ridicules inventions que les *Angrezi* ont tenté de nous imposer. Quelle peut être la sagesse d'une douzaine d'hommes stupides comparée à la divine sagesse d'un homme comme Nana Sahib? Vous avez été jugé par lui et condamné. Ceci est donc votre punition : vous avez sottement permis à la *nautch* de vous teindre la peau en brun; vous ressemblez maintenant à un Hindou, même si vous ne parlez pas notre langage. Vous serez donc conduit à Dehli, où les mutins de Meerut sont en train d'attaquer la garnison anglaise. Là, nous vous rendrons votre liberté. Alors, ou bien les Anglais vous tueront pensant que vous êtes un Hindou, ou bien les Hindous le feront, pensant que vous êtes un Anglais déguisé qui tente de s'enfuir; le cas s'est déjà produit à Meerut. De toutes façons, vous courez à une mort certaine.

Une révolte à Meerut? pensait Adam. Et aussi Dehli? Était-ce possible ou lui mentait-il? S'il ne mentait pas, il devait reconnaître que c'était une habile façon de l'éliminer.

- Pourquoi ne semble-t-il pas effrayé? demanda Nana Sahib en hindi. Le *boorao* ne montre aucune frayeur, mais il peut très bien jouer la comédie. Je veux qu'il soit effrayé! Si nous voulons récupérer le diamant, nous devons mettre la crainte de Kali en lui. Menace-le de torture.

- Oui, Sire.

Azimullah se retourna à nouveau vers Adam.

- Grâce à la nature magnanime de Sa Grandeur, il vous reste un espoir. Mais si vous refusez cette offre, soyez sûr qu'il vous livrera à ses tortionnaires qui sont orfèvres dans l'art de la souffrance. Il y a aussi la fosse aux serpents qui peut rendre un homme fou.

Il mentait peut-être, mais Adam fut secoué d'un frisson d'horreur à l'idée de la fosse aux serpents.

- Ça marche, gloussa Nana Sahib. Il est terrorisé! Bien! Le diamant maintenant.

- Où se trouve le grand diamant? demanda Azimullah. Si vous restituez le diamant à Nana Sahib, il est prêt à faire preuve de clémence et à lever votre condamnation à mort.

«Ainsi, ils me mentaient vraiment! songeait Adam. Toute cette mise en scène n'était vouée qu'à m'effrayer pour que je leur remette le diamant. Les brigands.»

- Le grand diamant se trouve dans un coffre à la banque de Calcutta, je l'y ai déposé aussitôt après mon arrivée et moi seul peux l'en retirer. Je vous rappelle que vos thugs ont déjà tenté de le dérober.

- Pas le dérober, cria Azimullah. Nous avons voulu le récupérer pour l'Inde; c'est votre arrière-grand-père qui fut un voleur!

- Je l'avoue. Et je suis venu aux Indes avec l'intention de le ramener au temple de Lucknow, ce que je devais faire le jour qui suivait mon enlèvement. Si Nana Sahib veut le diamant, tout ce qu'il aura à faire sera d'aller au temple et de le prendre - après que je l'y aurai rapporté. Mais s'il me tue, il ne possèdera jamais ce joyau car j'ai précisé qu'en cas de... comment dirais-je... «accident» qui pourrait m'arriver, il serait vendu. Telle est ma volonté testamentaire. Dites donc ceci au grand Pooh-Bah, et voyez s'il souhaite encore me supprimer.

Azimullah, plutôt mal à l'aise, traduisit les paroles d'Adam à Nana Sahib qui manifesta à son tour un grand désarroi.

- *Bhainchute!* murmura-t-il, une des pires insultes locales signifiant : «violeur inceste». Mais l'aigreur fit très vite place à un sourire adipeux.

- Dis-lui que tout cela n'était que plaisanterie; qu'il nous honore de sa présence et que nous le ramènerons à Calcutta dès demain. Assure-le également que je me porte personnellement garant de sa sécurité pendant son voyage à Lucknow.

Son sourire s'agrandit.

- Mais ne lui dis pas qu'aussitôt que le diamant sera dans la main de Kali, il sera un *Angrezi* mort.

- Oui, Votre Grandeur.

Azimullah s'inclina et se tourna vers Adam. Pendant qu'il traduisait les propos de son maître, le jeune homme se jura de tuer cet ignoble gros homme, assassin de son grand-père.

139

CHAPITRE HUIT

Les trois jeunes gens qui chevauchaient sur les rives enneigées de la Rappahannock River au cœur de la Virginie connaissaient tout de leurs vies respectives. Les deux frères, Clayton et Zachary Carr, vivaient à la ferme Carr, voisine de la plantation Fairview, résidence de Charlotte Whitney, la jeune fille qui les accompagnait.

- Êtes-vous invités au bal de Noël que donne M. Cavanagh en l'honneur de sa femme? demandait Charlotte.

Âgée de ses dix-huit ans, elle avait une jolie silhouette, chevauchant dans une élégante tenue de cheval, un chapeau noir posé sur ses cheveux bruns.

- Oui, mais Père ne veut pas y aller, il prétend que c'est trop loin, répondit Clayton, l'aîné, qui avait le même âge qu'elle.

- Et n'irez-vous pas quand même? C'est seulement à trois heures de route.

- Eh bien, tu connais Père. Quand il a une idée en tête...

- Clayton Carr, j'affirme que tu n'as guère de volonté. Tu n'es qu'un vieil arriéré. Comment donc, c'est le bal de la saison et tout le monde brûle de rencontrer Mme Cavanagh, dont on dit qu'elle est *si* belle et qu'elle a un étrange passé... Et qu'allez-vous faire Zack et toi pendant ce temps? Rester assis à jouer avec vos chiens de chasse pelés?

- Pense ce que tu veux, soupira Zack tristement.

Il était âgé de quatorze ans. En bien des façons les deux frères se ressemblaient bien que Clayton eût les cheveux couleur de sable, alors que ceux de son frère étaient brun foncé. C'étaient tous deux de beaux garçons bien charpentés qui avaient grandi en chevauchant et en chassant. Zack fréquentait une institution de

Richmond, alors que son frère entamait sa première année à Princeton, où il avait amené son esclave personnel, comme c'était la coutume chez les étudiants du Sud.

Leur père, Brandon Carr, qui était veuf, avait des biens; mais jamais autant que celui de Charlotte, le sénateur Phineas Thurlow Whitney, le plus vieux sénateur de Virginie. Les Carr avaient cinquante esclaves. Le sénateur en possédait plus de trois cent.

- Je ne vous comprends pas, ni l'un ni l'autre, disait Charlotte en secouant la tête, vous êtes si mollassons! Je ne veux pas me mêler de vos droits, mais il me semble que vous pourriez prendre quelque distraction durant les vacances de Noël. Très bien, il me faudra trouver un cavalier. Songez que ce ne sera pas un grand sacrifice de ma part, à la façon dont vous placez vos pieds.

Cette dernière remarque s'adressait à Clayton qui avait l'air tout penaud. Elle talonna sa monture et s'éloigna au galop.

- C'est elle qui me marche sur les pieds, grommela Clayton.

- Oui, mais elle a raison, répliqua Zachary. Il est bien entendu que Père ne nous laissera pas y aller.

- Oui, je sais.

Clayton regardait Charlotte qui s'éloignait en direction de la plantation Fairview que l'on voyait au loin, dominant la Rappahannock River.

- Tu dis toujours que tu es amoureux de Charlotte, ajouta Zack. Mais il faudra te battre pour l'avoir. J'aimerais bien prendre aussi un peu de bon temps et rencontrer quelques filles; cette institution est un vrai monastère.

- Allons-y, dit Clayton en tournant bride. Allons montrer à Père qu'il ne fait pas la loi à la maison. Nous irons à ce bal.

- J'aime mieux ça! cria Zack.

Les deux garçons piquèrent des deux et dévalèrent la rive en poussant des «Yippees!».

- N'est-elle pas magnifique? disait Ellie May Whitney, la mère de Charlotte, alors que Jack et Lizzie Cavanagh valsaient dans la salle de bal de la plantation Elvira. Je remercie le Ciel de n'être pas d'un tempérament envieux, sinon je serai verte de jalousie.

Clemmie DeVries la regarda. Même si elle faisait preuve d'un esprit très charitable, la femme du sénateur Whitney, avec ses épaules pointues et ses dents en avant, n'était pas précisément une beauté. Les deux femmes étaient debout près du grand sapin dans un coin de la grande salle.

- Ne soyez donc pas sotte, Ellie May, dit-elle, Vous êtes jalouse de Lizzie Cavanagh comme moi-même et toutes les femmes ici présentes. Et les hommes égorgeraient Jack pour pouvoir courtiser sa veuve. Ne croyez pas que je n'ai pas observé mon mari.

- Oh, Clemmie, Billie DeVries ne penserait jamais à rêver d'une autre femme, il est si follement amoureux de vous!

- Admettons. Avez-vous jamais vu de pareils joyaux? Jack a dépensé une fortune pour elle. Il est éperdu d'amour; je trouve cela si romantique.

- Eh bien, je pense que cela fait m'as-tu-vu et vulgaire; et si je ne savais pas que Jack est un Randolph et qu'il appartient à une des plus vieilles familles de Virginie, je penserais que ce n'est qu'un de ces joueurs professionnels qui sévissent sur nos rivières. Mais figurez-vous que ma tante Minnie de New York qui était à Paris il y a quelques mois, a entendu dire que la nouvelle Mme Cavanagh avait été - le ton de sa voix baissa pour n'être plus qu'un murmure - la maîtresse de l'Empereur.

La belle Clemmie dans son élégante robe verte à franges noires, roula des yeux ronds.

- Ellie, je souhaite ardemment que vous cessiez de répandre cette affreuse rumeur, qui n'est qu'un ragot de plus, et vous le savez. Je pense que Lizzie est une honnête femme ; d'ailleurs son père était un homme du culte.

- Heu.. Idabelle Clarkson aussi avait un père vicaire, et vous savez comme moi ce qui lui est advenu. Et dans l'église de son père!

- Ellie May, cela ne fut jamais prouvé.

- Alors, j'aimerais bien savoir pourquoi ils l'ont éloignée du Tennessee depuis six mois. Clemmie vous jouez trop les saintes nitouches. Sa femme de chambre a dit à la mienne que la belle Mme Cavanagh en est à son quatrième mois de grossesse, ce qui est vraiment très juste si l'on compte les jours, vous pouvez m'en croire. Aussi ne serais-je pas autrement surprise qu'au soir de ses noces la belle dame ait porté sur elle autre chose que son joli accent anglais.

- Ellie May, vous ne vous comportez pas comme une chrétienne : vous devenez terriblement mesquine. Laissez sa chance à cette femme.

- Eh bien, mais c'est ce que tout le monde raconte.

- Mais cela ne fait pas la vérité pour autant. Ciel! voilà Billie qui arrive et je crois qu'il est encore éméché.

La salle de bal vert pâle était comble alors que le Cotillion Orchestra de M. Mc-Ilhenney - annoncé comme le meilleur octuor de musique du Sud - était installé à une extrémité de la grande salle, interprétant les plus récentes compositions européennes, les lutrins de cuivre éclairés par des chandeliers.

C'était LE grand événement social de la période des fêtes dans le comté de Gloucester, et toutes les personnes frustrées de n'avoir pas reçu d'invitation pour le bal de Noël des Cavanagh masquaient leur amertume en annonçant qu'elles ne mettraient jamais les pieds dans la même pièce que «la femme», faisant évidemment allusion à Lizzie.

La belle Mme Cavanagh, dont manifestement Jack était entiché, avait suscité une tempête de ragots, bien plus pernicieux que ceux auxquels les gens étaient habitués. La société virginienne était une des plus aristocratiques d'Amérique, et cependant étroite d'esprit et provinciale jusqu'à l'oppression. Les robes et les bijoux de Lizzie, ses antécédents supposés douteux, avaient divisé les gens du pays en deux clans : les pour et les contre.

Mais Clemmie aimait Lizzie. Elle l'aimait bien plus qu'Ellie May Whitney qu'elle soupçonnait d'avoir de vénéneuses pensées et dont le mari gouverneur avait la réputation de traiter très durement ses esclaves.

Billie DeVries, le coup de l'étrier à la main, titubait le long de la salle, où les femmes les plus âgées, assises sur des chaises dorées, donnaient libre cours aux pires ragots. Il s'approcha de son épouse qui était toujours en compagnie d'Ellie May.

- Billie DeVries, je t'ai déjà demandé de modérer tes élans avec la boisson, murmura Clemmie. Tu es à moitié ivre et dans une heure tu ne tiendras plus debout, si tu persistes ainsi.

Billie, un vague sourire sur le visage, posa un index sur ses lèvres :

- Chut! Clemmie, pas de sermons.

- Bien. Alors pose ce verre et danse avec moi. Un peu d'exercice te fera le plus grand bien.

- Mais volontiers, mon amour. Bonsoir, May, vous êtes en beauté ce soir.

Ellie May sourit, exhibant sa dentition chevaline.

- Merci, Billie, répondit-elle avec son accent du Mississipi qui sonnait bien plus «sudiste» que celui de Virginie.

- Et vous pouvez finir mon verre.

Billie mit sa coupe dans la main d'Ellie et s'en alla valser avec sa femme d'un pas mal assuré.

- Ton haleine est tout simplement épouvantable, dit Clemmie en pinçant ses narines.

- Lizzie n'est-elle pas magnifique?

Billie s'efforçait de changer de sujet conversation.

Ils regardèrent ensemble vers le milieu de la salle où valsaient leur hôte et leur hôtesse. Lizzie portait une robe de velours bleu de prusse, qui faisait d'elle la première femme de Virginie à exposer de façon aussi indécente ses épaules et ses seins, même si, selon les canons parisiens, la robe n'offrait rien qui puisse outrager quiconque. Ses diamants brillaient de mille feux, alors qu'elle tourbillonnait sous les grands lustres.

- Je reconnais que je suis impressionnée, avouait Charlotte Whitney en dansant dans les bras de Clayton Carr. Tu as réussi à faire changer ton père d'avis. Mais où est donc Zack?

- J'ai passé un accord avec Père : j'ai pu venir à la condition que Zack reste pour lui tenir compagnie. Tu n'ignores pas comme il se sent seul depuis la mort de Mère.

- Je trouve cette entente plutôt cruelle pour ce pauvre Zack. Je sais qu'il avait envie de venir.

- Il a seulement quatorze ans. Il peut bien se sacrifier pour moi.

- Tu es un personnage sans cœur.

- De toutes façons, Zack avait un rhume. Et je suis si heureux d'être venu. Tu es si belle, Charlotte!

Charlotte ressemblait à sa mère. Sans les dents en avant, cependant. Sa jeunesse conférait à son visage anguleux, non pas de la beauté, mais une certaine douceur. Ses yeux noisette, sa peau douce et ses cheveux bruns et soyeux, faisaient bien des envieuses.

Elle lui sourit.

- Eh bien, merci, Clayton, dit-elle. Je ne savais pas que les filles t'intéressaient. J'étais persuadée que rien n'avait d'importance pour toi, excepté la chasse aux écureuils.

- Tu sais que c'est faux, Charlotte, répliqua-t-il avec emportement. J'adore les filles et il en est une dont je suis particulièrement fou.

- Puis-je savoir son nom, je te prie?

- Tu sais très bien de qui je parle. Il s'agit de toi.

- Voilà qui est très gentil, Clayton Carr. Et je crois que tu es sincère. Une jeune fille doit se montrer prudente : tant de garçons sont si décevants.

- Oh, bien sûr que je le suis, Charlotte, et honnête aussi. Et je le suis tellement que... eh bien... Son visage prit une expression tourmentée et il avala péniblement sa salive. Je pense que le jour où je sortirai de Princeton...

Sa déclaration fut interrompue par le tintement d'une cloche lointaine. La musique s'arrêta et les danseurs piétinèrent un instant avant de s'immobiliser. Tout le monde dans la salle savait qu'il s'agissait de la cloche d'alarme.

- Excuse-moi, chérie, dit Jack d'un air sombre.

Il se dirigea vers une des grandes portes-fenêtres, l'ouvrit et se précipita à l'extérieur. Il faisait froid et la neige tombait. Une rafale de vent fit tourbillonner des flocons de neige qui s'engouffrèrent dans la pièce, créant ainsi un effet magique, jusqu'à ce qu'un valet referme la croisée. Après un instant de torpeur, un bourdonnement s'éleva dans la salle.

Puis Jack apparut à nouveau. Les bras levés, il réclama le silence.

- Messieurs, claironna-t-il, je demande à tous ceux qui sont membres de la patrouille de se joindre à moi et de prendre leurs armes avec eux : Moïse, mon cocher, vient de s'échapper.

L'annonce de l'événement eut un effet électrisant sur l'assemblée. Les jeunes hommes commencèrent à crier : «Ya-HOO! Ya-HOO!» et se précipitèrent vers le hall central afin d'y récupérer leurs manteaux et leurs armes.

- Ils sont aussi joyeux que s'ils allaient à un pique-nique, dit Lizzie en s'approchant de Clemmie.

- Plus que pour la chasse au renard. Rien ne les excite d'avantage que de prendre un fuyard en chasse, ajouta amèrement Clemmie.

- Clayton, dit Charlotte, pourquoi restes-tu planté là? Pourquoi ne vas-tu pas avec la patrouille?

Il baissa les yeux vers elle.

- Je n'appartiens pas à la patrouille.

- Mais un esclave vient de s'échapper. Tu dois te joindre à eux et les aider à le retrouver.

- Je préfère rester avec toi.

- Je te le demande, Clayton Carr. Es-tu un homme ou un pleutre? Chaque Sudiste qui a du sang dans les veines doit se faire un devoir d'aider les siens à rattraper un fugitif. Que dirais-tu si un de tes esclaves prenait la fuite? Ne voudrais-tu pas avoir toute l'aide possible? Nous devons tous nous soutenir!

Clayton hésitait. Il ne voulait pas lui révéler qu'un semestre passé à l'université de Princeton dans le Nord avait sérieusement entamé ses convictions quant à la moralité de la «bizarre institution». Deux de ses camarades de chambre étaient des Nordistes et l'un d'eux était un abolitionniste convaincu. De nombreuses nuits dans le New Jersey s'étaient passées en discussions passionnées sur l'issue de ce qui était en train d'inévitablement diviser la nation, et Clayton éprouvait de plus en plus de difficultés à trouver des arguments pour en faveur de l'esclavage. Mais il n'ignorait pas que si Charlotte soupçonnait le moindrement qu'il reniait l'esclavage - et il en serait de même pour tous les Whitney - tout espoir de l'épouser serait perdu à jamais. Aussi répondit-il avec un enthousiasme mitigé:

- Je pense que tu as raison. Si tu veux bien m'excuser...

Il se dirigea vers le hall central. Les bavardages et les rires avaient repris; les femmes étaient retournées à leurs commérages et les hommes qui restaient, à leur verre.

Lizzie alla vers une des ouvertures sur le côté de la salle et frotta de ses doigts le givre sur le carreau. À l'extérieur, les hommes, pour la plupart éméchés, enfourchaient leur monture pendant que des esclaves les éclairaient avec des torches. Jack était déjà en selle sur son cheval Avenger et donnait en criant des ordres à M. Duncan, tentant de couvrir les aboiements rauques des

St-Hubert que son intendant tenait en laisse. La patrouille se composait de plus de vingt-cinq hommes, incluant Clayton.

Alors que Clemmie s'approchait de la fenêtre, Lizzie lui demanda:

- Qu'adviendra-t-il de Moïse s'ils le rattrapent?

- Peut-être ne le rattraperont-ils pas. La neige empêche les chiens de flairer la piste. Mais d'autre part, s'ils relèvent des traces...

- A-t-il une chance?

- Je crains que non.

- Que lui feront-ils? demanda-t-elle à nouveau. Dis-le moi, je ne suis pas de celles qui tombent en pâmoison.

- Quand ils attrapent un fuyard, ils lui mettent leurs fusils sur la tempe et lui brûlent la cervelle au moindre geste. Puis ils font attaquer leurs chiens pendant cinq minutes... Lizzie! est-ce que tout va bien?

Le visage exsangue, elle s'était appuyée sur le mur. Mais, très vite elle se raidit et déclara:

- Il est incroyable que des personnes prétendues civilisées puissent...

Elle fut interrompue par M. Mc-Ilhenney, le chef d'orchestre qui tapait son lutrin de sa baguette pour attirer l'attention.

- Mesdames et Messieurs, en place pour le quadrille.

À l'étonnement de Lizzie, les messieurs les plus âgés se mirent en ligne sur le parquet ciré pendant que, leur faisant face, les dames en faisaient autant. L'orchestre attaqua un joyeux quadrille et les danseurs se mirent à sautiller en rond pendant que l'assistance marquait la cadence en tapant des mains.

- Ils poursuivent quand même la fête, s'exclama Lizzie.

- Mais bien sûr, répondit Clemmie, cette fuite n'est qu'un incident.

- Mais c'est extrêmement choquant! Je ne le permettrai pas!

Une froide colère au fond de ses prunelles, elle quitta la fenêtre. Clemmie la retint par le bras.

- Lizzie, ne faites rien à la légère, lui souffla-t-elle. Souvenez-vous de ce que je vous ai dit : vous pouvez détester le système - tout comme moi-même - mais ces gens ont bâti leur vie sur lui. S'ils se rendent compte que vous êtes contre eux, c'en est fini de vous et ils vous traiteront en paria.

Lizzie la fixa un moment. Elle retira brusquement son bras et se précipita sur la piste de danse.

- Arrêtez! cria-t-elle à l'endroit de M. Mc-Ilhenney, arrêtez cette musique!

Le chef d'orchestre, désorienté, tapa de sa baguette le bord du lutrin. La musique et les danseurs s'interrompirent. Tous les regards convergeaient vers Lizzie.

- Comment pouvez-vous avoir le cœur à danser?, s'exclama-t-elle, alors qu'il y a dehors, en ce moment, un homme que l'on pourchasse comme un animal!

- Mais ce n'est qu'un esclave! intervint Ellie May Whitney.

- Mais c'est aussi un être humain comme vous et moi!

Un murmure courut dans la salle et quelques ricanements aussi. Le sénateur Phineas Thurlow Whitney, de vingt ans plus âgé que sa femme, s'avança.

C'était un homme grand, d'une parfaite élégance dans son habit à queue de pie blanc. Ses longs cheveux de neige pendaient sur ses épaules et il portait une moustache très fournie. Il avait des allures de dandy anglais et son plastron s'ornait d'une cravate blanche, car il avait appris, pour avoir été ambassadeur au Court de St-James pendant l'administration du président Franklin Pierce, que celle-ci était *de rigueur* à Londres après la tombée de la nuit (la plupart des hommes dans la salle portaient des cravates de couleur car les Américains n'avaient pas encore appris à faire la différence entre la tenue de jour et la tenue de soirée).

Dès que les invités aperçurent le sénateur, un silence respectueux s'installa. Le sénateur de Virginie était un des démocrates les plus puissants à Washington, une ville encore sous l'emprise des Sudistes et des défenseurs de l'esclavage.

- Madame, nous savons tous ici que vous êtes étrangère, dit-il d'un ton paternel avec un accent musical. Et, bien sûr, nous sommes tous heureux que notre ami et voisin, Jack Cavanagh, nous ai ramené d'Europe un si radieux joyau de féminité et de beauté. Mais chère Madame, en Virginie, en aucune façon un nègre ne peut être appelé «un être humain comme vous et moi». Avec tout le respect qui vous est dû, Madame, et conscient de ce que vous n'êtes pas au fait de nos coutumes dans le Sud, je vous demanderai de retirer votre malheureuse remarque. Je pense parler ici au nom de ces dames et messieurs ici présents. Me trompé-je?

Son regard parcourut l'assemblée et il n'y eut que hochements de tête et murmures d'approbation. Ellie May le rejoignit et s'accrochant à son bras, adressa son plus beau sourire à Lizzie.

- À la vérité, nous désirons tous vivre en bon voisinage, ici dans le comté de Gloucester, lança-t-elle. Et vous n'ignorez pas, Lizzie, que nous avons tous refusé de prêter l'oreille à toutes ces rumeurs que l'on colporte à propos de votre vie passée en France. Je crois savoir que vous étiez modèle pour... la femme de l'Empereur Napoléon. Voyez-vous, nous devons *tous* nous soutenir ici dans le Sud, et nous avons déjà suffisamment d'ennemis dans le Nord pour nous permettre d'en avoir d'autres, ici, au cœur de notre société. Aussi, suis-je persuadée que vous allez accéder à la demande de mon mari et retirer ces ... stupides paroles à propos des nègres.

Le visage de marbre, Lizzie parcourut l'assistance du regard. Clemmie, impressionnée par son courage, l'observait, priant le ciel qu'elle se rétracte. Elle connaissait ces gens et elle trouva Lizzie magnifique, regardant avec envie ce beau visage à l'expression entêtée, cette silhouette élancée dans sa robe de velours bleu et ses diamants et rubis qui scintillaient autour de son cou. «Dieu du Ciel, pensait-elle. C'est peut-être la fille d'un vicaire, mais on dirait une reine.»

Lucien Delorme avait bien œuvré.

- Je ne retirerai pas une syllabe de ce que j'ai dit, s'exclama finalement Lizzie d'une voix claire. Monsieur Mc-Ilhenney, renvoyez vos musiciens. La fête est finie.

Levant légèrement sa jupe, elle fendit la foule qui s'écartait sur son passage comme si elle était devenue lépreuse.

Elle l'était effectivement devenue.

- Oh, Maîtresse, ils ont découvert la fuite de Moïse il y a une heure. disait Dulcey trente minutes plus tard en ôtant les épingles à cheveux de la coûteuse perruque que Lizzie avait acquise à New York et qu'elle était contrainte de porter, ses cheveux n'étant encore qu'à mi-longueur.

J'étais dans la cuisine en train de dîner, quand Broward est arrivé tout excité et nous a dit que Moïse avait disparu.

Dulcey retira doucement le postiche et le rangea dans une boîte de cuir noir. Lizzie lui avait raconté qu'elle avait fait couper ses cheveux parce que c'était la mode en France.

- Maîtresse veut que je lui brosse les cheveux? Ils sont si beaux, presque couleur de miel. Bientôt ils auront poussé et ils seront magnifiques.

À l'aide d'une brosse d'argent, elle entreprit de démêler les cheveux de Lizzie qui avait enfilé un peignoir de soie ivoire après avoir rejoint sa chambre à coucher. Les invités étaient maintenant partis et l'on entendait le vent souffler autour de la maison, faisant frissonner les rideaux de brocart que Dulcey avait tirés. Un feu crépitait dans la cheminée de brique, seule source de chaleur dans la chambre glaciale.

Lizzie se demandait s'il y avait une relation entre la fuite de Moïse et la mort de sa femme. Peut-être avait-elle eu tort de lui faire part de cette nouvelle, elle l'ignorait. Mais la vision des énormes chiens attaquant l'esclave lui donna la chair de poule.

- Tante Lide va commencer demain à préparer les tartes de Noël. J'aime beaucoup Noël. Pas vous, Maîtresse? radotait la jeune fille.

- Oui. C'est assez, Dulcey. On gèle ici et je veux aller me coucher.

- Oui, Maîtresse.

La servante fit la révérence et quitta la pièce pendant que Lizzie soufflait les huit chandelles dans les bougeoirs de cristal. Elle s'approcha ensuite du grand lit à baldaquin que Dulcey avait préparé. Une brusque rafale de vent fit refouler la cheminée et un nuage de fumée envahit la chambre. Les tentures dorées frissonnèrent doucement. Lizzie toussota; elle ôta les mules qu'elle avait rapportées de Paris et grimpa sur son lit, préalablement chauffé par une bassinoire contenant des braises. Sur la table de chevet, une lampe à huile surmonté d'un abat-jour de soie, projetait une faible lumière qui laissait la pièce dans la pénombre.

Lizzie prit un livre sur sa table de nuit et l'ouvrit à la place du signet. C'était le roman de Charles Reade : *Il n'est jamais trop tard pour le rachat*, le formidable succès anglais qui racontait l'histoire d'un jeune voleur anglais exilé en Australie. Elle reprit sa lecture à l'endroit où elle l'avait interrompue, la narration sans complaisance de l'inique traitement des prisonniers dans les geôles de Birmingham, - Reade était un des premiers nouvellistes documentalistes à dénoncer les exactions de ses contemporains - mais elle abandonna très vite. Elle avait eu sa part de brutalités pour la journée. Il lui semblait qu'une moitié du monde n'avait pour seul but de maltraiter l'autre moitié.

Elle se pencha pour éteindre la lampe et aperçut alors les pieds chaussés de sandales qui dépassaient du rideau. Elle frissonna.

Il n'y avait que le silence hormis la plainte du vent. Sans quitter les pieds des yeux, elle tendit la main vers la table de chevet où Jack gardait son revolver. Elle le sortit lentement du tiroir et le tenant de ses deux mains tremblantes, le pointa vers le rideau.

- Qui que vous soyez, dit-elle d'une voix rauque, montrez-vous. Je vois vos pieds. Je suis armée et je n'hésiterai pas à tirer.

Deux mains écartèrent le rideau et Moïse apparut.

- Maîtresse, posez cette arme, je vous en prie. Je ne vous veux aucun mal.

Interloquée, elle baissa son arme.

- Moïse! Que fais-tu donc ici?

- Je me suis dit qu'ils ne viendraient jamais me chercher ici, Maîtresse. Pendant qu'ils courent avec leur chien après Moïse, il est ici, à la plantation Elvira.

- Voilà qui est plutôt futé; mais cela le sera beaucoup moins si mon mari te surprend ici. Tu cours un très grand danger.

- Je sais, Maîtresse, dit-il en s'approchant du lit.

Il portait ses habits d'esclave : un pantalon et une chemise de laine. Elle se demandait pourquoi elle n'éprouvait aucune frayeur mais elle savait, au fond, qu'elle ne risquait rien.

- Savez-vous, quand vous m'avez dit que Samantha était morte, j'ai décidé de m'échapper pour m'occuper de mon fils. C'est un gentil garçon, Maîtresse, vraiment gentil; mais il n'a plus ni mama, ni papa, ni personne et il a seulement sept ans. Alors je me suis dit comme ça que si je pouvais l'emmener vers le Nord nous pourrions être libres et commencer une vie plus agréable. Et puis j'ai pensé à vous. Deux fois, vous avez été gentille avec moi et je sens que vous êtes différente des autres Blancs; aussi je me suis dit peut-être que la maîtresse voudra m'aider une troisième fois.

Elle le regarda droit dans les yeux.

- Mais aider un esclave en fuite est un crime.

Il la regardait, les yeux vides de toute expression comme si au fond de lui il ne se faisait aucune illusion. Il ne dit rien. Elle hésita un instant puis rangea le revolver dans le tiroir et se mit à réfléchir à haute voix.

- Bien sûr, je pourrai te prêter de l'argent; mais il y a peut-être un moyen... Je veux dire que si mon mari ne découvre pas...

Elle referma le tiroir et poursuivit, les yeux rivés sur Moïse.

- Noël! dit-elle. Je pensais me rendre demain à Yorktown pour faire mes achats de Noël. Au lieu de ça, je pourrais te conduire jusqu'à Stingray Point. Oui, c'est cela! Rends-toi aux écuries et cache-toi dans un des carrosses.

- Le coupé! Je me cacherai dans le coffre à bagages. Oh, Maîtresse, si vous faites ça pour moi, le Seigneur vous gardera une place au Paradis!

- Et si mon mari découvre le pot-aux-roses, le Seigneur sait aussi ce qu'il nous fera. Nous devons êtes extrêmement prudents, Moïse, mais je pense le projet réalisable. Maintenant, va-t-en; je n'ai aucune idée de l'heure du retour de Monsieur Cavanagh.

Moïse s'approcha un peu plus du lit et prit la main de Lizzie en la serrant doucement.

- Si seulement, murmura-t-il. Nous aurions pu être amis.

Elle eut l'air étonnée de cette réflexion.

- Mais peut-être sommes-nous déjà amis, dit-elle.

Le visage de Moïse se renfrogna; il relâcha sa main.

- Non, répondit-il, nous ne serons jamais amis. Aussi longtemps que vous serez mariée à Massa Jack. Il se conduit bien depuis votre arrivée à la plantation, mais avant il m'avait fait fouetter par M. Duncan et ses deux stupides fils.

Il lui tourna dos et leva sa chemise; ce qu'elle vit la fit sursauter; son dos était zébré de douzaines de lacérations qui faisaient chacune un renflement comme si de minuscules taupes avaient creusé des galeries sous sa peau.

- Vous voulez savoir ce qu'est la douleur, Maîtresse? Si je savais écrire, je pourrais faire un gros livre sur la douleur.

Elle regardait les marques sur son dos et se disait qu'elle avait là en quelque sorte un condensé de toute l'horreur de deux siècles et demi d'esclavage aux Amériques. Elle ne savait que dire. Moïse baissa sa chemise et se retourna vers elle.

- Un jour, il faudra régler les comptes, Maîtresse; un jour l'homme blanc devra payer pour ce qu'il nous a fait, murmura-t-il. Mais vous venez de prouver que tous les Blancs ne sont pas mauvais, Maîtresse, et que Dieu vous bénisse pour ça.

- Dépêche-toi, Moïse, dit-elle.

Il se dirigea vers la porte de la chambre et sortit. Mais avant de quitter la pièce il se tourna vers elle et murmura:

- Vous êtes la plus belle dame que j'ai jamais vue; belle du dedans et du dehors.

Puis il quitta la pièce, tirant doucement la porte derrière lui.

Lizzie s'étonnait de prendre de tels risques pour un esclave.

Mais elle se sentait heureuse.

Tante Lide était une grande femme efflanquée au visage taillé à la serpe. Le matin suivant, elle se tenait devant le poêle à charbon de la cuisine de la plantation Elvira. Elle portait un fichu blanc sur ses cheveux gris et un tablier immaculé par-dessus sa robe de vichy; elle était en train de casser des œufs dans un poêlon.

La cuisine était grande et accueillante et surplombait le potager maintenant couvert de neige. L'énorme poêle noir était tout récent. Jack mettait un point d'honneur à posséder les éléments de confort ménager du dernier cri. Tante Lide avait fini par s'y habituer mais elle avait eu bien du mal à délaisser la cheminée de brique où elle avait cuisiné toute sa vie.

- Massa descend, annonça Charles qui arrivait de l'office. Il a l'air fatigué et furieux car la patrouille est rentrée bredouille au petit matin.

- Le café est prêt; apporte-le lui, il se sentira mieux. Je pense que Moïse n'est rien qu'un fomanteur de troubles. Il ne peut pas rester tranquille, oh non. Il a fallu qu'il cherche à apprendre à lire et voilà où ça l'a mené : avec une meute de chiens qui lui courent après. Va, Charles, va servir le café.

- J'y vais, j'y vais.

Le vieil homme s'empara du plateau d'argent et se dirigea vers l'office puis la salle à manger. Jack prenait place à une extrémité de la table.

- Du bon café pour vous, Massa, et Tante Lide est en train de vous préparer des œufs. Je sais que vous êtes très fatigué.

- Merci, Charles. Jusqu'à ce que je trouve un nouveau cocher, que penses-tu de Broward?

- Oh, Broward est un bon garçon, c'est sûr. Il fera un excellent cocher.

- Et il est de la même taille que Moïse. Dis-lui de mettre sa livrée et de préparer le coupé, ma femme se rend à Yorktown pour y faire quelques emplettes de Noël. Elle descendra dans une vingtaine de minutes.

- Oui, Massa, Broward fera un bon cocher, c'est sûr.

Charles servit le café et se retira pendant que Jack ouvrait le quotidien de Yorktown qu'il se faisait livrer à prix exorbitant. Cinq minutes plus tard, il tranchait dans les œufs et le bacon, quand Dulcey entra dans la pièce. Elle avait avec elle une poupée de chiffon qu'elle tenait dans ses bras. Elle vint à la table.

- Massa veut faire la connaissance de Marcy?, dit-elle.

- Ne m'ennuie pas, Dulcey. Je suis fatigué.

- Oh Massa, s'il vous plaît, juste un petit coup d'œil. Marcy est ma poupée favorite.

Jack soupira.

- Mm, elle est jolie, mais tu es un peu trop vieille pour jouer à la poupée.

- Shrimpboat me l'a donnée, poursuivit-elle, faisant allusion à l'un des deux fils de M. Duncan. Il m'a amenée à Yorktown l'autre jour et il y avait de si belles choses dans les vitrines! Des chapeaux et des robes et des tas de choses pour les dames. Si Massa veut bien me donner un peu d'argent, je pourrai acheter des jolies choses. Peut-être une robe pour Marcy et peut-être aussi pour... moi.

L'impatience de Jack se changea en curiosité. Il savait que Dulcey avait une exaspérante façon de tourner autour du pot.

- Pourquoi te donnerais-je de l'argent? demanda-t-il.

- Oh, pour que je dise à Massa les choses que j'ai vues et entendues.

155

Jack mâchonnait son bacon en l'observant. Puis il plongea la main dans sa poche et en sortit une pièce d'or qu'il posa sur la table près de lui.

- Et qu'as-tu vu et entendu, Dulcey?

- Eh bien, la nuit dernière, après que Maîtresse ait renvoyé les invités...

- Renvoyé?

- Oui, Massa. Maîtresse a renvoyé tous les invités après que vous soyez parti avec la patrouille.

- Pourquoi?

- Je ne sais pas.

- *Avant* le dîner?

- Oui, Massa. Et Tante Lide a dit à tous les serviteurs de la maison qu'elle n'allait pas jeter toute cette bonne nourriture, et elle a mis tous les jambons et tous les poulets dans la glacière. Et puis j'ai trouvé dans les escaliers un mouchoir en dentelle de Maîtresse, brodé de ses initiales, que vous lui avez acheté à Paris, en France. Je suis montée pour le lui rapporter et quand je me suis approchée de la porte, j'ai entendu des voix. Oui, Massa, elle parlait avec quelqu'un dans la chambre. - Elle marqua une pause, un sourire ambigu sur les lèvres - Elle parlait avec un homme.

Un silence pesant s'installa. Les yeux de Dulcey allaient de la pièce d'or au visage fermé de Jack qui finalement poussa lentement la pièce vers elle.

Dulcey s'en empara vivement et l'enfouit dans la poche de son tablier.

- C'était Moïse, conclut-elle.

Jack fut tout à coup saisi d'une violente quinte de toux. Après l'avoir maîtrisée, il empoigna brusquement le poignet de Dulcey.

- En es-tu sûre, gronda-t-il.

- Oh oui, Massa, je l'ai vu. Vous me faites mal. Je n'aime pas qu'on me fasse du mal.

Lentement, Jack relâcha son étreinte pendant qu'elle le regardait, une expression de froideur au fond des yeux. Pour la première fois, il comprenait que cette fille qu'il considérait depuis toujours comme une simple d'esprit - peut-être par réflexe de défense du fait de leur consanguinité - se montrait en fait pleine de finesse et de ruse.

- Je suis désolé, Dulcey, dit-il doucement. Ainsi, tu as vu Moïse?

- Oui, Massa.

- Eh bien, continue.

Elle serrait sa poupée contre elle en le regardant fixement.

- Voyez-vous, Massa, avec ce que je viens de vous raconter, il me semble que je devrais être mieux traitée que les autres esclaves.

Jack réfréna son impatience.

- Et de quelle façon?

- Eh bien, il me semble qu'une jolie fille comme moi devrait avoir de jolis habits et devrait être mieux traitée, je veux dire avec des baisers et toutes ces choses-là, sourit-elle malicieusement. Massa est si bel homme.

Il n'était pas stupide et il comprit l'allusion. «Mais c'est ma demi-sœur!» pensait-il. «Et damnation, je ne vais pas devenir un porc comme mon père. Elle est pourtant jolie...»

- Peut-être as-tu raison, Dulcey, peut-être ne t'ai-je pas traitée aussi... gentiment que j'aurais dû. Mais dès maintenant cela va changer.

- C'est promis?

- Oui, je te le promets. Et maintenant : tu disais que tu avais vu Moïse?

- Ah-ah. Je l'ai d'abord entendu parce que j'écoutais à la porte. Puis elle lui a dit de partir vite et quand il a ouvert la porte, je me suis cachée dans l'ombre et il a dit : «Vous êtes la plus belle femme que j'ai vue. Dedans et dehors». C'est ce qu'il a dit.

Le visage de Jack devint écarlate. Ses poings s'ouvraient et se fermaient.

- Est-ce que Maîtresse a crié pour appeler au secours? murmura-t-il.

Dulcey semblait se délecter de la situation. Aussi répondit-elle en souriant aimablement;

- Oh non, Massa, elle n'a rien dit du tout.

- Je vois. Et puis, qu'est-il arrivé?

- Moïse a descendu très vite les escaliers vers la salle de bal qui était vide puisque tout le monde était parti. Je suis descendue derrière lui et je l'ai vu sortir par une porte-fenêtre.

Vous savez, tous les domestiques étaient à la cuisine en train de ranger. Je suis allée à la fenêtre moi aussi et devinez où il allait?

- Où?

Elle marqua une pause. Elle serrait toujours sa poupée Marcy contre sa poitrine.

- Vous me jurez d'être vraiment gentil avec moi?

- Où diable est-il allé?

Le visage de Dulcey devint de glace.

- Vous ne traitez pas Dulcey gentiment, murmura-t-elle.

Jack se mordit les lèvres.

- Je suis désolé.

- Donnez-moi un baiser. Vous ne m'avez jamais jamais embrassée.

Lentement, il lui prit une main et la baisa.

Elle sourit à nouveau.

- C'est vraiment bon.

- Et maintenant : où est-il allé?

Elle étreignait à nouveau sa poupée.

- Il est allé aux écuries et n'en est pas sorti. Je crois qu'il est encore là; Maîtresse lui a dit d'aller se cacher dans le coffre à bagage du grand carrosse.

Les yeux de Jack s'agrandirent démesurément; puis il les baissa et murmura:

- Merci, Dulcey, je ne t'oublierai pas. Si tu veux, tu peux aller t'installer dans le cottage de Moïse et y vivre seule.

Son visage s'éclaira.

- Oh, merci, merci, Massa. Peut-être vous viendrez rendre visite à Dulcey un de ces soirs?

- C'est très possible, en effet. Maintenant, cours là-haut et dis à Maîtresse de descendre. Et pas un mot de tout ceci.

- Oh non, Massa, je garderai ma bouche fermée.

Elle quitta promptement la pièce pendant que Jack traversait l'office pour se rendre aux cuisines. Broward, l'adolescent qu'il avait choisi comme nouveau cocher, buvait un café en compagnie de Charles.

- Broward, va immédiatement chercher M. Duncan. Dis-lui de venir avec ses fils et ses chiens, ordonna-t-il.

- Oui, Massa.

Alors que le cocher quittait fébrilement son siège, son maître retourna dans la salle à manger. Il prit le temps de finir son café, avant de se diriger vers le grand hall. À cet instant, Lizzie descendait les escaliers suivie de Dulcey. Elle portait un chapeau blanc Eugénie orné d'une grande plume qui ondulait sur le côté de son visage. Par-dessus sa robe de voyage, elle avait mis la veste de velours gris doublée d'hermine que Lucien Delorme avait conçue pour elle. Alors qu'il la regardait descendre les marches, il constatait au fond de lui que cette ravissante créature lui apparaissait sous un jour tout à fait exaspérant.

- Tu m'as demandé de l'argent pour faire tes courses, dit-il. Combien exactement?

- Oh, je pense que deux cents dollars-or suffiront.

- Deux cents dollars? je crains que ma femme chérie ne développe un goût immodéré pour les emplettes; c'est quand même une jolie somme.

- Eh bien, j'ai l'intention d'offrir quelque chose de particulier à Clemmie et Billie; et il y a aussi les enfants. Et je pensais à toi aussi, dit-elle en arrivant en bas des marches.

- Eh bien, il est certain que c'est bien agréable d'avoir une femme pleine d'attention. Et fidèle.

Elle eut un regard intrigué.

- Broward te conduira. Il sera de retour dans quelques minutes; je l'ai envoyé faire une course. Veux-tu bien attendre ici, je vais chercher l'argent.

- Merci, cher.

Dulcey partit vaquer à ses occupations et Jack alla dans son bureau à l'arrière de la maison, ouvrit un coffre de sûreté encastré dans le mur et en sortit une boîte d'acier. Il la posa sur son bureau et l'ouvrit. Elle contenait une épaisse liasse de billets de banque et plusieurs milliers de dollars en pièce d'or. Il en retira deux cents et les mit dans sa poche. En rangeant la boîte il prit un revolver qu'il glissa dans sa ceinture de cuir. Après avoir refermé le coffre, il regagna le grand hall où l'attendait Lizzie.

- Ouvre ta bourse, dit-il. Lizzie s'exécuta et il y laissa tomber les pièces d'or.

- Je me sens riche, sourit-elle en refermant son sac.

- Broward devrait être revenu maintenant. Veux-tu que nous allions aux écuries?

- Il n'est pas nécessaire que tu m'accompagnes, je sais que tu es très las.

- Mais je suis un gentilhomme, chérie; et un gentilhomme accompagne toujours une dame. N'es-tu donc pas une dame?

Il lui prit le bras et il se dirigèrent vers la porte d'entrée. C'était encore une journée froide et venteuse. Lizzie se doutait bien de quelque chose mais elle se dit que la meilleure tactique était de garder une attitude impassible. En vérité, elle se sentait extrêmement nerveuse car elle comprenait l'importance des risques qu'elle courait en commettant le crime d'aider un esclave en fuite. Une fois de plus, elle était en rupture de banc, bien que, cette fois-ci, ce fût tout à fait intentionnel. Mais elle ne pouvait se résigner à ne pas aider à Moïse, persuadée que sans elle, il serait inévitablement repris. La Virginie n'était pas le «Deep South» comme l'Alabama ou le Mississipi, mais elle était suffisamment loin des états libres pour que les chances de Moïse soient minimes.

Les écuries et les chambres froides étaient situées dans un long et bas édifice de brique près du mur du jardin et des quartiers des domestiques. Alors que le couple approchait du bâtiment, Broward galopa à leur rencontre suivi de M. Duncan et de ses deux fils, Shrimpboat et Pee-Wee. Les quatre hommes mirent pied à terre et les rejoignirent.

- Broward, sort la voiture de Madame, ordonna Jack.

- Oui, Massa.

Il se hâta vers les écuries où il avait déjà préparé son attelage. Jack fit signe aux trois hommes de se tenir prêts. L'intendant ne semblait pas comprendre, mais tous trois armèrent leur fusil. Broward secoua les rênes et le lourd carrosse cahota sur le chemin enneigé. Jack alla ouvrir la portière et fit une révérence moqueuse à Lizzie.

- Votre équipage est avancé, Milady, ironisa-t-il. Ah-ah, mais qu'entends-je? Quelque chose a bougé!

Il tira son arme et la pointa vers la voiture.

- Se pourrait-il qu'une vilaine bête se soit cachée dans le coffre à bagages? Serait-ce un nègre? Hélas, il faut que je protège ma douce femme sans défense de cette menace. Je vais compter jusqu'à trois et si le vilain nègre qui est caché ne sort pas, je ferai feu. Tu entends ça, le nègre? Un.

Il arma son revolver.

- Deux.

- Jack! cria Lizzie. Tu ne peux faire une pareille chose!

- Ah? Et pourquoi pas?

- Baisse cette arme. Moïse, sort avant d'être tué.

Le siège de cuir bougea et un Moïse terrorisé apparut.

- Eh bien! Jack souriait. Notre fuyard est de retour. Soit le bienvenu à la maison, Moïse. Et maintenant, grimpe dans la voiture, mon garçon; nous avons un comité qui va te faire une chaude réception. Vraiment très chaude. Shrimpboat, enchaîne ce nègre.

- Oui, Monsieur Cavanagh.

- Commence par ses chevilles; ce garçon ne s'enfuira plus *jamais*.

- Oui, Monsieur!

Shrimpboat paraissait heureux en décrochant une paire de chaînes de sa selle. Jack s'approcha de Lizzie.

- Ce nègre était dans ta chambre la nuit dernière, murmura-t-il afin que les autres ne l'entendent pas. Le nieras-tu?

- Qui t'a dit cela?

- Peu importe, le nies-tu?

Elle hésita un court instant.

- Non.

- A-t-il tenté de te violer?

- Bien sûr que non.

- Heu... C'est ce que tu dis. Écoute Lizzie : je ne veux pas te faire de mal; après tout, tu es ma femme et je *ne pense pas* que tu irais te commettre avec un nègre. Je préfère croire que Moïse, d'une manière ou d'une autre, s'est introduit dans ta chambre pour s'y cacher. Je suis complètement stupide de penser cela, mais je veux t'accorder le bénéfice du doute. Mais tu vas affirmer qu'il a tenté de te violer et tu n'en démordras pas parce que sinon, chérie, tu auras une foule d'ennuis avec la justice pour avoir aidé un nègre. Vas-tu faire ce que je viens de te dire?

Lizzie regarda Moïse par-dessus l'épaule de son mari en train de les fixer, près de la voiture, comme si son sort se jouait dans ce débat dont il ne percevait pas les termes. Shrimpboat, un grand gaillard au visage couvert d'acné était accroupi devant lui et lui passait les fers aux pieds.

- Que vas-tu faire de Moïse? souffla-t-elle alors que le vent faisait doucement onduler la plume de son chapeau.

- Je vais lui faire ce que l'on fait à tous les noirs qui tentent de violer une Blanche : je vais le castrer.

- Non!!! Le cri jaillit de sa poitrine. Jack, c'est inhumain!

- Damnée...

- Je ne te laisserai pas faire. Je te le dis!

- TAIS-TOI!!!

Il la gifla si brutalement qu'elle tomba dans la neige.

- SALAUD! rugit Moïse en s'emparant du fusil que Shrimpboat avait stupidement appuyé contre la voiture pendant qu'il immobilisait ses chevilles. SALAUD DE BLANC!!! Ne touche pas à cette femme!

Il pointa l'arme vers le dos de Jack et fit feu. Celui bascula puis tomba la tête la première sur le sol pendant que Lizzie hurlait de terreur. Durant un court instant il fut agité de soubresauts puis resta inerte.

- Shrimpboat, baisse-toi! hurla M. Duncan en visant Moïse.

Il tira. Touché au ventre, Moïse fut projeté contre le carrosse et s'effondra. Une auréole rouge s'élargissait sur sa chemise et son souffle était haletant. Ses yeux étaient mi-clos. Lizzie posa sa main sur sa joue.

- Moïse.

Ses yeux s'entr'ouvrirent.

- Maîtresse, murmura-t-il, si gentille...

- Mon pauvre Moïse, comme je suis désolée...

- Maîtresse ira chercher mon fils et l'aidera comme elle m'a aidé?

- Je t'en fais le serment.

- Il s'appelle Gabriel... comme l'ange de la Bible. C'est un bon garçon... Il aura peut-être plus de chance...

Il tenta de lever une main; elle la prit et la serra très fort. Elle avait les larmes aux yeux.

- Maîtresse si... belle. La plus belle que j'ai jamais v...

Il hoquetait et roulait des yeux blancs.

- Nous aurions pu... amis.

Il eut un dernier sursaut puis il rendit son dernier souffle. Sa main retomba mollement.

Lentement, Lizzie se redressa. M. Duncan et ses deux fils la regardaient, une expression de grande suspicion sur le visage.

CHAPITRE NEUF

Tout en galopant en direction de Calcutta sur un pur-sang arabe blanc, escorté par Azimullah et une douzaine d'individus à la mine patibulaire, Adam était sidéré par la naïveté avec laquelle Nana Sahib avait avalé son mensonge à propos de la cachette du grand diamant. Car en fait, dès son arrivée à Calcutta, il avait dissimulé le joyau dans l'endroit qui lui avait semblé le plus avisé. Au fil de événements, il réalisait que sa prévoyance lui avait sauvé la vie, mais il ne se faisait aucune illusion sur son «escorte». Les *badmashes* qui l'encadraient - des hommes sales enturbannés armés jusqu'aux dents - ne lui avaient laissé aucun doute sur leurs intentions. Malgré la sollicitude d'Azimullah et son accord pour qu'il passe la nuit dans la demeure de Sir Carlton McNair, il savait qu'aussitôt le diamant récupéré, il serait un homme mort. Mais ce que les autres ignoraient, c'était que l'Œil de l'Idole ne se trouvait pas à la banque.

Les chevaux qu'ils montaient avaient été fournis par le Maharajah de Baniganj qui possédait une écurie réputée pour ses pur-sang arabes. C'étaient de superbes bêtes, bien qu'un peu lentes au goût d'Adam. La région était sèche et poussiéreuse; quelques rochers apportaient un peu de relief au paysage uni aux tons brun-rouge, ponctué çà et là par quelques broussailles, des *kikars* et des *peepuls*, figuiers géants sacrés chez les Hindous. Alors qu'ils faisaient une halte dans un village aux maisons faites de bouse de vache pour se restaurer à l'heure du midi - l'heure du *tiffin* - Adam remplit sa gourde au puits. Azimullah vint le rejoindre.

- J'arrive juste de la station de télégraphe, dit-il. Vous savez que la rébellion a commencé à Meerut quand les *sepoys* ont refusé d'utiliser les nouvelles balles. Ils sont maintenant en route pour se rallier à Bahadur Shah qui conduira la grande révolte contre les Anglais. Il ne fait pas bon être un Anglais aux Indes en ce moment.

Adam avala une gorgée d'eau.

- Les chupatties envoyés aux Britanniques étaient donc un avertissement.

- Exactement. Un avertissement de quitter les Indes avant que le vent tourne; et à présent le vent a tourné. Mais les rebelles ont tort de se rallier à Bahadur Shah; il est peut-être le descendant des empereurs mongols, mais il a quatre-vingt-deux ans et c'est un vieux fou qui pense qu'à sa mort il se transformera en puce. De plus, c'est le fantoche des Anglais. Le vrai chef de la rébellion c'est Nana Sahib.

- Vous semblez très sûr de vous.

Azimullah lui adressa un sourire plein de fiel.

- De nombreuses Anglaises cherchent en ce moment à fuir en se déguisant en Hindoues; mais elles sont vite reconnues et exterminées. Vous aussi, vous avez un déguisement, Thorne Sahib, et sans nous, vous serez tué comme les autres.

Adam parcourut du regard sa bande de «gardes du corps».

- Vous ne pouvez imaginer comme je me sens en sécurité auprès de vous, répondit-il avec un sourire moqueur qu'Azimullah ne sembla guère apprécier.

Emily McNair souffrait de la chaleur et s'ennuyait terriblement. Traditionnellement, sa famille prenait ses quartiers d'hiver sur les hauteurs jusqu'à la fin avril. Leur plantation de thé se trouvait à trois cents milles au nord de Calcutta dans les montagnes qui avoisinaient la frontière du pays sikh où le climat était merveilleusement frais, idéal pour la culture du thé. Lady McNair y cultivait ses roses et se croyait presque en Angleterre. Emily aimait se rendre à Darjeeling car sa vie à Calcutta lui offrait peu de libertés du fait que la ville était le siège du gouverneur-général et que tout y était régi par l'inévitable protocole. Mais là-bas, elle se sentait plus libre. Telle un garçon manqué, elle adorait galoper et grimper aux arbres ce qui avait le don d'horrifier sa mère, enferrée dans la stricte obéissance à ses vieux principes.

Mais cette année, à cause des inquiétudes causées par les rumeurs de révoltes grandissantes, son père avait décidé que la famille resterait à Calcutta, tout au moins jusqu'à ce que les pires accès de rébellion eussent été matés. Cependant, la panique avait gagné la colonie anglaise quand la nouvelle des massacres de Meerut et de la marche des rebelles sur Dehli était arrivée à Calcutta. Les régiments de la Reine, constitués uniquement d'éléments européens, se composaient seulement de vingt-trois mille hommes; et quatorze mille officiers commandaient les quelque quarante mille indigènes de l'armée coloniale. Autrement dit, il n'y avait dans toute l'Inde que quarante mille soldats pour assurer la protection des résidents contre une population de cent cinquante millions d'âmes. Il semblait tout à coup que seule Calcutta restait sûre pendant que le reste du pays se transformait peu à peu en un piège mortel.

Mais à Calcutta il faisait atrocement chaud. Au milieu de mai, la température frôlait les soixante degrés centigrades à l'ombre et l'humidité transformait la ville en un véritable bain de vapeur. Il y avait dehors les *kœls* ou coucous, avec leur étrange chant et des oiseaux dont l'incessant bruit, pareil à un martèlement, rendait fou. Les grandes chaleurs apportaient aussi avec elles les moustiques et une multitude d'insectes parmi lesquels une mouche puante que l'on retrouvait régulièrement dans sa soupe. C'est également à ce moment que sortaient les serpents venimeux, cobras et autre hamadryades qui rampaient dans les conduites d'évacuation et se dissimulaient dans les salles de bains avec les conséquences que l'on imagine.

Emily haïssait la saison chaude et elle avait envie de hurler alors qu'elle déambulait dans la salle de séjour dont la plupart des fenêtres étaient fermées afin de préserver le peu de fraîcheur qu'apportait le *punkah*.

- Cette chaleur commence à m'exaspérer, dit-elle à sa mère assise sous l'éventail.

- Emily, voulez-vous bien cesser de marcher ainsi de long en large. Nous ne pouvons rien contre cette calamité; nous devons nous résigner.

La porte s'ouvrit et Ranjit, le *khidmatgar*, ou maître d'hôtel de Lady McNair entra et s'inclina.

- Memsahib, dit-il, il y a là un monsieur hindou qui demande à être reçu.

- Un monsieur hindou? répéta-t-elle comme si l'association des deux mots était incongrue. Qui est-il?

- Il s'est présenté comme le comte de Pontefract.

- Adam, s'exclama Emily à qui l'absence des jeunes officiers cantonnés à Darjeeling pesait, ainsi que l'absence de toute activité sociale à cause de la chaleur.

- Un peu de tenue, Emily, ordonna la mère. Il y a sûrement une méprise : Lord Pontefract n'est pas hindou.

- C'est pourtant sous ce nom qu'il s'est présenté, Madame. De plus, il est accompagné par un bon nombre de cavaliers qui me semblent être des *dacoits*.

- Des brigands? haleta Emily. Adam fréquenterait des voleurs? Comme c'est merveilleusement romantique!

- Emily, allez-vous enfin tenir votre langue ou je ferai état de votre conduite à votre père. Ranjit, cet homme vous a-t-il... malmené?

- Oh non, Memsahib, il a l'air très pacifique. Ce sont juste les autres qui... Il acheva sa phrase par un haussement d'épaules.

- Eh bien, introduisez ce monsieur. Mais si les autres essayent d'entrer, barrez-leur la porte.

- Oui, Memsahib.

Ranjit s'inclina et sortit alors qu'Emily se précipitait vers une des fenêtres.

- Que faites-vous?

- Oh, Mère, si c'est Adam je devrais aller me coiffer.

- Vous êtes une enfant impossible. S'il s'agit de Lord Pontefract, ce dont je doute, je ne vais pas vous laisser pour autant vous jeter à sa tête. N'oubliez pas qu'il est déjà marié.

Emily arrangeait sa chevelure rousse devant un miroir.

- Il n'aime pas sa femme.

- Comment diable savez-vous cela?

- Il me l'a dit. Oh, Mère, il a l'air si taciturne qu'il en est absolument irrésistible.

- Je vous rappelle qu'une jeune lady se doit d'être modeste et réservée, deux mots qui, hélas, ne semblent pas faire partie de votre vocabulaire.

- Bon après-midi, Lady McNair.

La voix était familière, mais Emily ne reconnut pas l'homme à qui elle appartenait. Le gentilhomme hindou à la courte barbe brune, dans son *achkan* ivoire, ses pantalons et son turban blancs, avait l'air d'un prince tout droit surgi des *Mille et une nuits*. Emily qui, étant enfant, avait dévoré ces histoires, avait rencontré de nombreux princes orientaux depuis ses quinze années de résidence dans le sous-continent; mais la plupart étaient soit des obèses séniles et dodelinants comme Bahadur Shah, soit des ivrognes ou des intoxiqués de *ganja*, alors que maintenant elle avait devant elle un romantique prince charmant comme elle n'avait jamais rêvé. Elle alla vers lui.

- Adam? souffla-t-elle en le reconnaissant. C'est bien vous? Il sourit.

- C'est bien moi. Ou plutôt une version plus brune de ma personne. Quelques incidents particuliers me sont arrivés.

- Nous avons pensé que vous étiez parti ou peut-être aviez été enlevé ou même assassiné! Nous ne savions que penser!

- Je suis actuellement aux mains d'une escorte assez peu recommandable.

- Recommandable? s'insurgea Lady Agatha. Mon maître d'hôtel me dit que c'est un ramassis de canailles de la pire espèce!

- C'est ce qu'ils sont effectivement, répondit-il dans un sourire. Mais pour l'heure, ils sont doux comme des agneaux. Je dois les revoir demain à la banque de Calcutta; ils doivent m'aider à y effectuer un retrait. En attendant, je me demandais si je pouvais abuser de votre hospitalité en vous demandant de bien vouloir m'héberger pour la nuit.

- Oh bien sûr, Adam.

- Un instant, Emily, interrompit sa mère en se dressant. Je constate que c'est bien vous, Lord Pontefract. Cependant, pour l'amour de Dieu dites-moi pourquoi vous vous êtes ainsi costumé et peint au point de ressembler à un de ces nègres.

Adam commençait d'être accoutumé à cette appellation pour les indigènes, même s'il détestait intensément ce mot. Il avait toutefois besoin de séjourner pour la nuit dans la maison, et il garda son sang-froid.

- C'est une sorte d'astuce, Madame, répondit-il avec douceur. Ou peut-être aussi une plaisanterie en l'occurrence.

- Eh bien, Monsieur, voilà une bien triste plaisanterie. Qu'un véritable Anglais puisse ainsi peindre sa peau en noir est pour moi une injure à Notre Seigneur; particulièrement en ces temps troublés. Mais il va de soi, Monsieur, que vous êtes le bienvenu dans cette maison. Ranjit, - le serviteur était resté sur le pas de la porte - conduit Lord Pontefract à la chambre d'amis est.

- Oui, Memsahib, obéit-il en s'inclinant, une grande confusion sur le visage.

Le maître d'hôtel n'était pas le seul déconcerté : Emily était absolument fascinée par la mystérieuse réapparition d'Adam dans l'accoutrement d'un Hindou. Durant le dîner elle mitrailla Adam de questions sur les raisons de son inexplicable déguisement, mais infatigablement il lui répondait de façon évasive. Ses parents étaient aussi abasourdis qu'elle. Cependant la règle aux colonies était le fameux «The stiff upper lip» : en quelque sorte, «la rigueur au-dessus du propos», et ni Lord Carlton, ni son épouse ne posèrent d'autre question. Adam faisait partie de la noblesse d'Angleterre immensément riche, celle-là même qui était réputée pour ses excentricités.

La rébellion préoccupait davantage Sir Carlton. Alors qu'ils se dirigeaient vers l'immense salle à manger dont l'atmosphère semblait être celle d'une étuve, il pestait contre la pusillanimité et les hésitations de Lord Canning qui avaient permis la naissance de la pire crise depuis un siècle dans les colonies britanniques.

Adam était surpris par la manière dont son hôte - qui au cours du précédent dîner avec Lord Canning avait semblé dire que la responsabilité incombait aux seuls Anglais pour leur mépris de la religion hindou - rejetait maintenant le blâme des massacres de Meerut sur la brutale et sanglante ingratitude des *sepoys*.

- Canning devrait faire pendre ces brutes, disait Sir Carlton, pendant qu'un domestique remplissait son verre de vin, la bouteille enveloppée dans un linge humide afin d'en conserver la fraîcheur. Et croyez-moi, cela ne fait que commencer; cela va empirer de beaucoup avant que la situation ne s'améliore. J'ai entendu dire que nul n'est plus en sécurité nulle part; ces brutes assassinent les Anglais partout.

Il attaqua son *mangsho jhol,* sorte de chevreau mariné accommodé avec de la moutarde, des oignons et des pommes de terre.

Adam se disait que si Sir Carlton se laissait aller au vent de panique qui soufflait sur toute la communauté européenne, ses alarmes n'étaient pas sans fondement : la situation allait dégénérer car elle semblait évoluer en une opposition irrémédiable entre Blancs et indigènes, laissant peu de place aux compromis pour les modérés des deux camps.

Et où se situait-il dans tout cela?

Cette nuit-là, Emily se tournait et se retournait dans son lit, se demandant pourquoi son corps palpitait autant à la seule pensée d'Adam; et, étrangement, bien plus encore maintenant qu'il avait le corps teint en noir. Elle s'était dit et redit qu'elle ne devait pas s'éprendre d'Adam. Mais cette brûlante passion, qui faisait vibrer tout son jeune corps, l'éloignait de la pâle image qu'elle s'était faite de l'amour à la vue des tableaux de Raphaël dans les musées londoniens. Si ce qu'elle ressentait était de l'amour, cela avait alors quelque mystérieux pouvoir, bien plus fort que tout ce qu'elle avait imaginé.

Elle ne parvenait pas à s'endormir. Elle était trempée de sueur dans cette chambre à coucher où, bien qu'il fût minuit passé, il faisait encore trente-huit mortels degrés. Finalement, vers deux heures du matin, alors que les prémisses de l'aube apportaient un peu de fraîcheur, elle commençait à s'assoupir quand elle entendit, par la fenêtre, du bruit dans le jardin.

Elle s'assit. Le silence l'entourait. Le jardin qui cernait le manoir de ses parents était clôturé par un mur qui les séparait de leur sordide voisinage. Mais en ces temps troublés, quelqu'un avait bien pu escalader le mur haut de six pieds; de plus, elle n'ignorait pas qu'en général les deux gardes s'assoupissaient durant la nuit. Levant sa moustiquaire, elle prit les pantoufles qu'elle avait déposées sur sa table de chevet (personne aux Indes ne laissait de chaussure à terre par crainte des scorpions), les enfila et se précipita vers la fenêtre ouverte. Du premier étage, elle repéra facilement l'homme en turban près de la fontaine à la grenouille - en fait c'était le bruit de ses pas dans l'eau qui l'avait réveillée. Sur la pointe des pieds, l'homme cherchait à atteindre la gueule ouverte de la grenouille au milieu de la fontaine.

Cet homme, c'était Adam.

Elle courut à sa penderie et prit un peignoir, puis dans le noir descendit rapidement et silencieusement les escaliers. Elle traversa le grand salon et sortit par une des portes qui s'ouvraient sur la terrasse qu'Adam venait juste d'atteindre, les mollets dégoulinant d'eau.

Dès qu'il aperçut Emily, il eut l'air embarrassé.

- Que faites-vous donc, murmura-t-elle en marchant près de lui. Que cherchiez-vous dans la bouche de la grenouille?

Il eut un instant d'hésitation, puis il ouvrit le poing droit et elle put voir l'énorme diamant qui, malgré l'obscurité de la nuit, jetait de pâles éclairs.

- C'est l'Œil de l'idole, chuchota-t-il. J'ai pris la liberté d'user de votre fontaine comme d'un coffre.

Elle semblait abasourdie par la taille du joyau.

- Mais qu'est-ce que c'est?

- Il a été volé au temple de Lucknow. Je suis probablement le seul homme au monde qui cherche à rendre un diamant au lieu de le voler. Je n'ai pas beaucoup de temps pour le faire, cependant.

- Vous voulez dire que vous allez le rapporter au temple de Lucknow?

- Oui, je l'ai promis à mon grand-père juste avant qu'il ne fût assassiné. Mais un certain filou nommé Nana Sahib voudrait bien me tuer avant que je ne le ramène. C'est pourquoi je dois partir maintenant. Remerciez vos parents pour moi de leur hospitalité. Avec un peu de chance, je serai de retour dans quelques semaines.

- Mais vous ne pouvez voyager seul, murmura-t-elle. Vous ne parlez pas la langue... Vous serez inévitablement tué surtout en pleine révolte. Vous avez entendu Père au dîner : la rébellion prend de l'ampleur et partout on agresse les Anglais. Vous n'avez pas la moindre chance.

- C'est la raison pour laquelle Nana Sahib m'a fait teindre la peau. C'est sa façon de me jeter en pâture aux loups mais j'ai une arme et si...

- S'il vous plaît, attendez! Laissez-moi venir avec vous!

- Ne soyez donc pas ridicule, Emily.

- Mais moi, je parle la langue! J'ai vécu ici toute ma vie et je parle même le bengali. Accordez-moi une demi-heure. Je me mâchurerai le visage et j'emprunterai quelques vêtements à un serviteur. Je me travestirai en *syce*, en valet - tous les gentilshommes hindous ont des valets - et si nous sommes arrêtés, je répondrai à votre place en prétendant que vous avez une laryngite et que vous êtes aphone.

Il se retint de rire.

- C'est une excellente idée. Tous mes compliments pour votre imagination mais...

Prestement, elle lui arracha le diamant des mains et courut vers la maison.

- Emily!

- Vous ne pouvez partir sans le diamant, dit-elle en arrivant à la porte. Ainsi serez-vous obligé de m'attendre. Je ne voudrais manquer ce voyage pour rien au monde.

- Emily, il y a derrière ces murs une douzaine d'hommes, dit Adam en courant vers elle. Ma seule chance est d'escalader ce mur et de me glisser dehors; deux personnes seraient plus facilement repérables et ne doutez surtout pas de ce qui nous attendrait s'ils nous capturaient.

Emily hésita puis dit:

- Eh bien alors, nous ne nous dissimulerons pas. Vous m'avez dit que vous montiez un pur-sang arabe : ce sont des montures plutôt lentes; mais mon père possède les chevaux les plus rapides des Indes. Nous en prendrons deux et nous filerons sans qu'ils nous rattrapent jamais. Attendez-moi.

Sans plus tarder, elle entra dans la maison.

Adam pestait mais se disait en lui-même que malgré le danger que représentait le voyage, alors qu'il devrait assurer la sécurité de la jeune fille, la connaissance d'Emily pour les langues autochtones lui serait d'un grand secours. Lui-même avait acquis durant la traversée quelques notions d'hindi, mais insuffisamment pour l'aventure qu'il allait entreprendre.

Pendant ce temps, Emily, folle d'excitation grimpait quatre à quatre le grand escalier, se disant que de fuir ainsi avec Adam équivalait à bafouer toutes les règles de la bienséance féminine. Ses parents seraient terriblement outragés et elle-même allait courir de grands dangers; mais elle n'en avait cure. Elle s'embarquait pour la plus grande aventure qu'une jeune personne puisse rêver et qui plus est, elle était follement amoureuse.

Adam se précipita vers le mur qu'il escalada. Se profilant sur le faîte, il distingua nettement Azimullah qui se tenait près des chevaux et les autres *badmashes* dispersés çà et là, pour la plupart sommeillant dans un coin.

- Au moins aurons-nous l'avantage de la surprise, murmura Adam une demi-heure plus tard, lorsqu'Emily réapparut à la porte.

Elle avait noirci son visage et portait un turban sale ainsi qu'une chemise et un pantalon tout aussi crasseux.

- Ils sont presque tous endormis. Où avez-vous trouvé ces vêtements?

- Je les ai obtenus de mon propre valet. J'ai caché le diamant dans mon turban. Ai-je l'air convaincante?

- Vous pourriez me tromper. Mais je vous préviens à nouveau que ce voyage peut être très dangereux.

- Oh, Adam, ne soyez donc pas si vieux jeu. Je n'ai pas peur et je peux prendre soin de moi toute seule.

- Je sortirai le premier et je les sèmerai. Dès qu'ils seront partis vous sortirez aussi. Où nous retrouvons-nous?

Elle réfléchit un moment.

- Barrackpore, répondit-elle. C'est à quatorze milles au nord de Calcutta. C'est là que le gouverneur-général a sa résidence secondaire et elle est très bien gardée par les troupes anglaises. Ils y penseront à deux fois avant d'aller là-bas. Nous nous retrouverons à l'aube, en face de la propriété de Lord Canning.

- Très bien.

Il tira un pistolet de sa ceinture:

- J'espère que votre père ne m'en voudra pas de lui avoir emprunté ceci.

- Il sera furieux!

- Oui, et je pense qu'il le sera encore plus quand il découvrira que vous êtes partie avec moi. Où sont les chevaux?

- Derrière la maison.

Elle le conduisit aux écuries où se trouvaient huit chevaux dans des stalles individuelles. Une bête hennit quand Emily ouvrit la porte .

- Nous prendrons Cinnamon et Zanzibar, chuchota-t-elle à Adam. Cinnamon est mon cheval et Zanzibar, celui de Père. Ce sont deux champions; Père veut les faire courir pour le Trophée du Gouverneur.

Ils sellèrent promptement les deux magnifiques pur-sang et les menèrent silencieusement par la bride jusqu'à la porte de bois qui donnait sur la rue. Adam enfourcha Zanzibar, le pistolet dans la main droite.

- Très bien, souffla-t-il, ouvrez la porte; nous nous retrouverons à Barrackpore à l'aube.

- Tournez à droite et dirigez-vous vers le fleuve. Vous n'aurez qu'à suivre les indications. Bonne chance.

- Nous en aurons besoin tous les deux. Et je persiste à dire que c'est une folie que de faire tout ceci.

- Je n'ai jamais eu autant de plaisir de ma vie.

Elle alla à la porte et repoussa la lourde barre de bois qui en fermait l'entrée puis elle se retira vers l'intérieur. Adam talonna Zanzibar qui démarra tel un boulet de canon. Il savait pertinemment qu'il n'y avait qu'un coup dans son pistolet, et il espérait atteindre Azimullah. Comme il déboulait devant l'Hindou sidéré, il fit feu, ratant la poitrine mais touchant l'épaule.

Azimullah hurlait en hindi alors qu'Adam descendait la rue, couché sur sa monture, sous le feu des *badmashes* qui déjà sautaient en selle et entamaient la poursuite. Les coups de feu crépitaient. Adam tourna un coin de rue et galopa comme il ne l'avait jamais fait de sa vie. Zanzibar était vraiment une bête exceptionnelle et il se promit d'acquérir cette monture s'il en réchappait.

Durant les heures qui précédaient l'aurore, Calcutta était à peine éveillée. Adam traversa au grand galop une place où des marchands installaient leur étalage. Espérant ainsi ralentir la troupe qui était à ses trousses, il bouscula des tables et renversa des paniers, pendant que les indigènes hurlant de rage dressaient un poing menaçant. Il descendit des ruelles étroites pour finalement rejoindre la Hooghly River et la route principale menant vers le nord. Ayant aperçu un panneau indiquant la direction de Barrackpore, il piqua les deux et fila comme le vent.

À l'est, l'aube naissante embrasait le ciel.

CHAPITRE DIX

Je souhaite que vous prépariez tous les documents nécessaires à l'affranchissement de tous mes esclaves. Je rends la liberté à tous mes gens. S'ils souhaitent encore travailler ici pour moi, ils recevront des gages décents. Mais il n'y aura plus jamais d'esclaves à la plantation Elvira.

Lizzie était debout devant la cheminée de marbre du salon. Billie et Clemmie DeVries la regardaient tous deux avec admiration. Cela se passait deux jours après les funérailles de Jack Cavanagh, et elle était rayonnante de beauté dans sa robe de deuil.

Clemmie, en deuil elle aussi, se leva et l'étreignit chaleureusement.

- Quel noble geste, lui dit-elle en souriant.

- J'espère que c'est plus que cela. J'y ai longtemps pensé et j'en suis arrivée à la conclusion que si je parvenais à faire fructifier cette plantation en libérant mes esclaves, peut-être qu'alors d'autres propriétaires se rendraient compte qu'il existe une alternative à cette affreuse institution.

- Je dois vous rappeler, chère Lizzie, dit Billie - qui après avoir été l'avocat de Jack, était maintenant celui de sa veuve - que vous parlez d'abandonner d'énormes avoirs - peut-être un demi-million de dollars - ce qui représente une somme colossale.

- L'argent n'a pas d'importance, répondit-elle d'autant plus à l'aise que la lecture du testament lui avait appris qu'elle héritait de plus de trois millions de dollars, une fortune considérable pour l'époque. Et je refuse de parler d'êtres humains en termes de capital.

- Oh, Lizzie vous ne pouvez savoir la joie que vous me faites en vous exprimant ainsi, s'exclama Clemmie. Quelle belle chose vous faites là!

- Le mérite vous en revient puisque vous-même avez affranchi vos propres esclaves.

- Bien sûr. Mais ils n'étaient qu'une poignée, alors que vous en libérez plus de trois cents.

- Et c'est tout le problème, surenchérit Billie qui se leva pour aller regarder dehors la bruine qui tombait.

- Quel est le problème? demanda Lizzie.

- Le problème tient dans le fait que vous en affranchissez trop et que cela va effrayer les possesseurs d'esclaves. Écoutez, Lizzie, vous tenez à vos opinions politiques comme nous y tenons nous-mêmes. Mais Jack était un des plus importants propriétaires d'esclaves du Sud, ce que vous êtes devenue par héritage. Si vous libérez tous ces gens vous allez donner des cauchemars à tous les esclavagistes.

- Et pourquoi donc?

- Parce que vous allez créer un libre marché de la main d'œuvre, ce qui veut dire que le bateau commencera à sombrer. Votre décision risque de donner des idées non seulement aux propriétaires mais aussi aux esclaves. Si de nombreuses personnes leur versent un salaire, leur valeur monétaire diminuera. Vous pouvez bien vous moquer de ce que représentent vos esclaves, mais les autres, eux, s'en inquiètent et soyez sûre qu'ils vont vous haïr.

- Ils me haïssent déjà depuis l'incident du bal. Laissez donc tous ces idiots à l'esprit étroit me haïr; je me sentirais honteuse s'ils venaient à m'aimer.

- Mais votre réputation de grande dame...

- Ah! l'ai-je eu un jour? Pensez-vous que j'ignore ce que l'on dit de moi - que je fus la maîtresse de Napoléon et Dieu sait quoi encore - Les imbéciles!

- Ils disent bien plus que cela.

La réponse jeta soudainement un froid.

- Que voulez-vous dire?

Billie regarda sa femme d'un air malheureux.

- Dis-lui, toi, Clemmie.

Clemmie fronça les sourcils exprimant ainsi son désaccord.

Lizzie comprit le signal.

- Que dit-on? Dites-le moi, Clemmie.

- Je ne rapporterai pas de telles insanités.

- Chérie, elle doit savoir la vérité, intervint Billie. C'est pour son bien. Lizzie, ils disent que vous et Moïse étiez...

- Billie DeVries, veux-tu bien te taire!

- Laissez-le donc parler, Clemmie. Que disent-ils? Que Moïse était mon amant?

- Lizzie, seuls des esprits lâches peuvent croire une pareille chose, dit Clemmie en lui prenant la main. Voyez-vous M. Duncan et ses stupides fils racontent à la cantonade que lorsque Moïse fut tué, vous avez couru vers lui et lui avez pris la main.

- Oui, je l'ai fait, répondit Lizzie. Et je n'en éprouve aucune honte; mais il ne fut pas mon amant. J'essayai toutefois d'être son amie; mais je pense que c'est folie que d'espérer même pareille chose.

- Ce que j'essaie de vous dire Lizzie, dit Billie, c'est que vous vous êtes fait des ennemis très puissants. Le sénateur Whitney est un homme très influent à Washington et vous avez osé le défier à votre bal de Noël. Ellie May répand des abjections à votre sujet dans tout le comté de Gloucester. Et maintenant, ma chère, si vous affranchissez tous vos esclaves, Dieu seul sait ce qui pourra vous arriver.

- Mais *pourquoi*? hurla-t-elle presque.

- Ne comprenez-vous pas? Cette société est un club très fermé. C'est tout ou rien. Et vous trahissez la noble cause.

- La noble cause de l'esclavage?

- Oui!

- Mais que peuvent-ils contre moi? Ce n'est pas contraire à la loi que d'affranchir un esclave.

- Non, mais c'est un crime pour une femme blanche que de coucher avec un Noir.

Elle le fixa.

- Mais je ne l'ai pas fait, souffla-t-elle.

- Je sais cela, chère amie, mais un jury composé de Blancs affirmera le contraire, surtout si une coalition se forme pour faire pression sur lui, ce qui sera probablement le cas. Les choses pourraient vraiment très mal tourner. En tant qu'avocat et ami, je vous conseille de laisser les esprits se calmer. Peut-être pourriez-vous affranchir quelques esclaves cette année à l'occasion des fêtes de Noël et en libérer quelques-uns de plus l'an prochain. Mais si vous en libérez trois cents d'un seul coup, vous allez au devant d'ennuis. De très gros ennuis.

Lizzie écoutait attentivement les conseils que Billie lui prodiguait. Elle pouvait toujours refuser de l'admettre, mais son avocat avait raison.

- Je présume, dit-elle enfin, qu'il n'existe aucune loi interdisant d'améliorer le sort des esclaves? De les traiter décemment?

- Certainement pas. En fait, c'est ce que font nombre de propriétaires.

- Très bien. Je me range à vos conseils car je sais que vous avez malheureusement raison. Mais dites à cet ignoble M. Duncan qu'il est congédié dès aujourd'hui. Que lui et ses deux fils quittent la plantation avant le coucher du soleil, sinon je les ferai expulser. Préparez ensuite les documents pour Charles, Tante Lide et Dulcey. Eux, au moins, seront affranchis pour Noël. Oserai-je espérer que vous passerez les fêtes avec moi?

- Avec grand plaisir, chère Lizzie, et en dépit de la tragédie qui nous a frappés, nous tâcherons de fêter joyeusement Noël, répondit Clemmie.

Lizzie fit une grimace à l'allusion de la mort de son mari. Car en vérité, malgré ses efforts, son deuil ne lui causait pas le moindre chagrin.

- Aimez-vous cette robe?

Lettice Belladon se regardait dans un miroir dans sa suite à l'Hôtel Willard à Washington, D.C. Elle portait une robe du soir de soie pervenche bordée de dentelle, dévoilant généreusement sa gorge voluptueuse. Horace, son mari, leva les yeux de sa montre en or pour la regarder.

- Elle est adorable, ma chère, mais il nous faut partir. Je ne voudrais pas arriver en retard à la réception que donne le sénateur Whitney. Toute la bonne société sera présente, peut-être même le président Buchanan en personne.

Lettice prit son châle et en recouvrit ses épaules.

- Oh, je suis sûre que cette robe conviendra, dit-elle. Si l'on peut toutefois concevoir qu'une robe de Paris puisse être inconvenant dans cette abominable ville.

- Vous devez vous montrer indulgente, Chère, Washington n'est en rien comparable à Londres ou Paris.

Lettice eut un rire sarcastique en se dirigeant vers la porte.

- Effectivement, en rien. Si vous voulez mon avis, ce n'est rien d'autre qu'un village de prétentieux et je n'ai jamais vu pareil ramassis de personnes aussi tristement mal fagotées que les femmes de Washington.

- Vous devez cependant garder à l'esprit que l'Amérique est un marché en pleine expansion pour la Belladon Textiles, et ne devons nous garder d'offenser notre hôtesse, Mme Whitney. Son frère cultive un des meilleurs cotons du Mississipi et me le cède à très bon prix.

- Son frère m'a aussi fait une proposition malhonnête, ajouta Lettice, faisant allusion à sa vertu outragée bien que l'invitation du planteur éméché d'aller batifoler dans le belvédère l'eût plutôt amusée.

- Eh bien, ce soir, nous ne ferons aucune allusion à tout cela, dit son mari en ouvrant la porte.

Horace et Lettice Belladon étaient aux Amériques pour faire la tournée des principaux magasins de vêtements de la côte est, mais également pour visiter les plus grandes plantations de coton. Ils franchirent le hall de l'hôtel et montèrent dans un fiacre.

- À la résidence du sénateur Whitney, rue H, dit Horace au cocher.

Alors que la voiture s'ébranlait, Lettice remarqua l'attroupement de gens de couleur devant l'hôtel.

- Pensez-vous que ce soient des esclaves? demanda-t-elle.

- Je l'espère bien, répliqua son mari en lissant ses favoris grisonnants de ses doigts gantés. J'ai cru comprendre que les intérêts du Sud ont le contrôle de la Cour Suprême et du Sénat; le Président lui-même est un démocrate, donc favorable à l'esclavage. En dépit de sa situation géographique, Washington est une ville à mentalité sudiste.

Depuis deux jours dans la capitale de la jeune république américaine, Lettice en avait assez vu pour s'être fait une piètre opinion de l'endroit. Elle avait visité le Capitole dont on remplaçait le dôme par une version agrandie. Le Sénat et la chambre des Représentants rouge et or étaient achevés et l'extension du bâtiment en marbre, en chantier depuis sept ans, était en cours de finition. Lettice s'était dit que tout cela était bien impressionnant mais que l'effet grandiose en était amoindri par l'encombrement des parterres avec des blocs de marbre, des colonnes et des chapiteaux, des lambris, des plaques de métal et des clés de voûte, mais aussi par les cabanes et les toilettes de chantier. Elle était passée devant le bureau de postes et le Patent Office, diagonalement opposés dans la Septième et la rue F. Elle avait aperçu l'énorme bâtiment du département du Trésor dans la Cinquième rue qui était encore en construction. Elle avait souri à la vue de la minuscule construction où siégeait le département d'État qui était aussi insignifiante que celle des ministères des Armées et de la Marine, installés dans une vieille demeure à l'ouest de l'*Executive Mansion*. Finalement, elle avait trouvé la Maison Blanche dénuée de toute splendeur ou même d'intérêt, comparée par exemple à Buckingham Palace. Elle avait entendu dire que les soirées y étaient si strictes, que l'on redoutait d'y être invité, les budgets étriqués ne permettant pas même les fleurs sur les tables. Le président Buchanan, originaire de Pennsylvanie, était célibataire, et sa nièce, la jeune Miss Harriet Lane, présidait aux destinées de l'*Executive Mansion*. Cependant le public l'aimait (la nouvelle chanson, «Écoute l'oiseau moqueur», lui avait été dédiée car la société de Washington pensait qu'elle était prude et bornée). «Quelle capitale! songeait Lettice. Et quel pays!»

Leur fiacre entra dans l'allée qui conduisait au prétentieux manoir aux trop nombreuses colonnes qui avait été construit trois années plus tôt et s'arrêta devant celui-ci. Horace et Lettice descendirent de leur véhicule. La demeure était brillamment éclairée et de nombreux invités s'y pressaient déjà. Comme ils montaient les marches, ils perçurent le Scala's Marine Band interprétant une version de «Dixie» ne laissant aucun doute sur les sympathies de leurs hôtes.

Les Belladon, malgré leur récente arrivée dans le pays, n'ignoraient rien des tensions qui croissaient entre les politiciens du Nord et ceux du Sud. Ces tensions interféraient même dans leurs relations sociales et un nombre grandissant d'hôtesses invitaient seulement des Nordistes, ou seulement des Sudistes.

Cependant, malgré leurs convictions esclavagistes affirmées, le sénateur Whitney et sa bien-aimée femme originaire du Mississipi conviaient indifféremment des personnes des deux tendances.

Ils furent introduits dans le grand hall par un majordome noir très digne, et ils rejoignirent les autres invités qui progressaient lentement vers le lieu d'accueil. Lettice se disait qu'Ellie May Whitney devait avoir l'air tout à fait quelconque avec son nez proéminent et ses dents en avant, mais une bonne maîtresse de maison se devait d'être la plus présentable possible et la volumineuse robe de satin vert ornée de bandes roses était d'assez bon goût, quoiqu'elle dévoilât un peu trop la sécheresse des épaules et l'aridité de la poitrine.

Son mari, par contre, était la parfaite image de la dignité sénatoriale avec ses longs cheveux argentés et son impeccable habit de soirée. Lettice se dit qu'elle n'avait jamais vu encore en Amérique d'homme si bien tourné. Alors qu'elle l'observait en train d'accueillir ses invités, elle pensait qu'il avait ce don qu'ont les hommes politiques de faire croire à la personne à laquelle ils s'adressent qu'elle est la seule digne d'intérêt - tout au moins pour une quinzaine de secondes. Le charme émanait du sénateur alors qu'il serrait des mains, souriait, s'adressant aux notables qui défilaient devant son épouse et lui avec un accent virginien aux inflexions musicales.

- Monsieur Justice Campbell, de la Cour *Sou*-prême et son épouse, madame Campbell! annonçait à pleins poumons et en prenant son temps un jeune valet de pied qui tendait un plateau d'argent où les invités déposaient leur carte (que, de toutes façons, il ne savait pas lire et chaque invité lui soufflant son nom au creux de l'oreille). «Le sénateur et madame Slidell de *Lou*-siane!» «Monsieur et madame Belladon de Manchester, Angleterre!»

À la vue de Lettice, Ellie May qui, jusque là, avait eu le sourire aux lèvres, eut un mouvement de recul.

- Madame Belladon! s'exclama-t-elle avec son accent «Deep South». Mon frère m'a écrit combien vous étiez ravissante et il a bien raison. Mais pardonnez-moi, chère amie : en vous voyant j'ai cru reconnaître quelqu'un d'autre. Vous ressemblez tellement à … Avez-vous de la famille en Virginie?

Lettice eut l'air embarrassée:

- Non…

Ellie May se tourna vers son mari.

- Phineas, regardez : Madame Belladon n'est-elle pas la copie conforme de Lizzie Cavanagh?

Les yeux de Lettice s'agrandirent.

- Lizzie, dites-vous? Connaîtriez-vous une Lizzie qui me ressemble?

- Certainement. La célèbre Madame Cavanagh de la plantation Elvira dans le comté de Gloucester. C'est une ressemblance étonnante... Vous sentez-vous mal?

Lettice, pâle comme une morte s'appuyait sur le bras de son mari.

- J'avais une sœur prénommée Lizzie. Elle a disparu l'an dernier... Nul ne sait où elle se trouve. Elle a tué mon père.

Ellie May en était sidérée.

- Tué? murmura-t-elle.

Horace murmura quelque chose à l'oreille de sa femme qui se raidit aussitôt en secouant la tête.

- Mon mari me dit que je n'aurais pas dû faire mention de cela, mais je crois que ce n'est un secret pour personne.

- Nous avons à parler, dit rapidement Ellie May. Voulez-vous bien attendre jusqu'à ce que nous ayons accueilli tous les invités. Nous nous verrons ensuite dans le petit salon. Les invités peuvent bien s'amuser tout seuls, ceci ne saurait attendre. Un meurtre? Qui eût pu l'imaginer?

Vingt minutes plus tard, Ellie May, le sénateur, Horace et Lettice se retiraient dans le petit salon. Après qu'elle eut soigneusement refermé la porte à deux vantaux, elle se retourna dans un froufroutement de robe et dit aux Belladon, une avide impatience aux fond des yeux:

- Racontez-moi tout.

- Lettice, je ne suis pas certain que cela soit bien avisé, intervint nerveusement Horace. Vous allez mettre votre famille dans l'embarras...

- Ma famille? l'interrompit sa femme. C'est aussi la vôtre; et si Lizzie se cache en Amérique, elle devra être traînée en justice. Il ne fait aucun doute qu'elle a tué Père.

- Comment cela? demanda le sénateur.

- Elle allait rejoindre l'homme qui devait être le père de son enfant.

184

- Choquant, murmura Ellie May, suspendue aux lèvres de Lettice.

- Oh, Lizzie a toujours eu un comportement de chat sauvage.

- Ainsi les histoires que l'on raconte sur sa relation avec l'Empereur sont peut-être vraies!

Lettice parut déroutée.

- L'empereur français?

- Revenons au fait, je vous prie, intervint le sénateur. Comment a-t-elle tué votre père?

- Eh bien, c'était une nuit de tempête et elle fit halte dans une ferme d'un dénommé Stringer MacDuff. Il lui offrit refuge pour la nuit mais peu de temps après mon père arriva. Il avait été prévenu par l'accoucheuse du village que Lizzie attendait un enfant et il comprit immédiatement qui en était le père.

- Qui? demanda promptement l'hôtesse.

- Personne ne peut le certifier, mais je suis quant à moi certaine qu'il s'agit de cet espèce de chat de gouttière d'Adam Thorne, à présent comte de Pontefract.

- *Un comte?* Ellie May se sentit défaillir. Comme tous les Américains de classe supérieure, elle vouait une véritable passion aux titres de noblesse.

- Père comprit qu'elle était en route pour Pontefract Hall et il se lança à sa poursuite. Quand il vit les lumières de la ferme, il s'arrêta pour demander à MacDuff si Lizzie s'était arrêtée là, ce qu'il avoua. Elle lança alors une lampe à huile sur lui et il mourut brûlé vif. Elle disparut ensuite et nul n'entendit plus parler d'elle... jusqu'à ce soir. Vous dites qu'elle est maintenant Mme Jack Cavanagh? Qui est-il?

- Jack *fut* un des plus riches planteurs du Sud et il fit la connaissance de votre sœur à Paris. Il fut assassiné par un esclave qui...

Ellie May pinça les lèvres et adressa un regard interrogateur à son mari.

Phineas baissa le ton.

- D'aucuns prétendent - bien que cela ne fût jamais prouvé - que cet esclave fut l'amant de votre sœur.

Lettice hoqueta:

- Lizzie et un ... esclave?

- Oui. Et cela fit scandale dans toute la Virginie, affirmait le sénateur. Par chance, l'esclave fut abattu. Mais votre sœur racheta son jeune fils d'un planteur du Kentucky, l'affranchit et le mit dans une école privée de Boston. Actuellement, elle fait construire de nouvelles maisons pour les esclaves ainsi qu'une infirmerie. Elle est en train de les pourrir et les autres propriétaires - ainsi que moi-même, dois-je préciser - en avons vraiment assez. Bien sûr, jusqu'à ce soir, nous n'y pouvions pas grand-chose, si ce n'est la poursuivre pour son comportement avec un esclave - ce qui n'est pas souhaitable à cause des répercutions possibles sur nos femmes et nos enfants. Mais si elle est recherchée pour meurtre en Angleterre...

- Elle l'est, rétorqua fermement Lettice. Je n'ai jamais beaucoup aimé Lizzie, mais après ce qu'elle a fait, je ne serais pas fâchée de la voir jetée en prison et je me moque bien que mon comportement ne semble pas très fraternel. Mais pourrait-elle être extradée en vue d'un procès? Elle doit être citoyenne américaine maintenant, n'est-ce pas?

- Oui, mais j'ai l'impression qu'il existe un traité d'extradition avec la Grande-Bretagne concernant les meurtriers, avança le sénateur. Sinon, on peut toujours faire quelque aménagement à cet effet à Washington. Lord Lyons, le ministre anglais est notre hôte ce soir. Je pense pouvoir lui en toucher deux mots. Voulez-vous m'excuser?

S'inclinant rapidement, il quitta la pièce.

Une des raisons, et pas des moindres, pour lesquelles il voulait se débarrasser de Lizzie, était qu'il avait découvert qu'elle finançait le mouvement abolitionniste dans le Nord.

Quand Lizzie réalisa qu'elle était devenue l'une des veuves les plus fortunées d'Amérique, cela ne lui déplut pas. Elle n'était ni cupide ni avare et avait une passion pour les emplettes, comme la plupart des femmes. Mais elle en était venue aussi à apprécier le fabuleux pouvoir de l'argent pour le bien ou le mal. Elle avait décidé de révolutionner la vie de ses quelque trois cent esclaves dont le nom, l'âge, le poids et la valeur marchande étaient notés dans un grand registre comme dans un bestiaire. La première chose qu'elle fit, au grand ravissement du bottier de Richmond, fut de commander six cents paires de chaussures de toutes pointures pour hommes et femmes et de les distribuer à ses gens. Ceux-ci accueillirent la chose avec un certain désarroi, la plupart ne sachant pas comment lacer une chaussure. Elle dépêcha ensuite Billie DeVries dans le Kentucky pour le rachat du fils de Moïse, comme elle l'avait promis. Le petit Gabriel était en bonne santé et intelligent. Billie paya huit cents dollars et le conduisit près de Boston, à Gloucester, dans une institution abolitionniste qui s'était spécialisée dans l'intégration des fils d'esclaves qui avaient fui le Sud. Ces choses faites, elle lança son programme de construction.

Et maintenant, alors que Broward la conduisait dans le nouveau quartier des esclaves dans sa calèche, elle se disait qu'elle avait toutes les raisons de se montrer satisfaite de ce qu'elle avait accompli, même s'il restait encore beaucoup à faire. Dix cottages de brique étaient achevés et six autres étaient en construction. Ces nouvelles constructions étaient à l'image de celles des serviteurs de la maison et bien, que toutes simples, elles n'en étaient pas moins propres, chaudes et confortables. Plus encore, des sanitaires particuliers avaient été aménagés, et Lizzie avait insisté pour que cela soit tenu dans le plus grand état de propreté. Cette notion était complètement étrangère à ces gens habitués à vivre dans la crasse, mais elle avait été très ferme et elle allait gagner la bataille contre la saleté. Les nouveaux quartiers, situés à un demi-mille des anciens faisaient presque bonne figure.

Cependant, Lizzie ne se faisait aucune illusion quant à l'énormité de la tâche qu'elle venait d'entreprendre. Tenter d'élever la mentalité des esclaves pour les sortir de leur existence quasi-animale et de les préparer à une éventuelle liberté n'était pas chose aisée. Après le renvoi de M. Duncan, elle avait supprimé les horreurs de l'esclavage en abolissant l'usage du fouet et de la terreur. Elle avait nommé comme intendant un des esclaves, un garçon intelligent nommé Roscoe qui semblait être un chef inné et à qui les autres obéissaient sans problèmes. Mais si la terreur avait été éliminée, les habitudes acquises par plus de deux siècles de servitude subsistaient. Elle constatait que la majorité des esclaves n'avaient aucun esprit d'initiative. On devait toujours leur dire quoi faire, encore et encore. Cela l'irritait d'autant plus que cette réalité était conforme aux stéréotypes condescendants qu'avaient créés les Sudistes en les comparant à des enfants, et elle dut s'avouer que la plupart d'entre eux ne souhaitaient pas être libres et ne seraient pas prêts à diriger leur propre vie de façon rationnelle avant longtemps.

Une des choses qui la rendait heureuse cependant, c'était de pouvoir circuler en toute sécurité parmi les esclaves sans pour autant mettre sa vie en danger, se disait-elle sur le chemin du retour. Et ceux-ci - quelques-uns à contrecœur - commençaient à lui faire confiance. La grande frayeur qu'elle avait suscitée l'automne précédent alors qu'elle se présentait comme l'épouse de Jack, s'était dissipée.

C'était une de ces douces journées d'avril et l'air embaumait. Elle faisait route vers la maison qu'elle avait appris à aimer. Maintenant que Jack et M. Duncan n'étaient plus là, la beauté naturelle des lieux l'enchantait malgré la solitude qui lui pesait chaque jour un peu plus lourdement. Les seules personnes blanches avec qui elle pouvait communiquer étaient le docteur Lockwood, son médecin personnel et les DeVries, bien qu'elle observât que leurs visites se faisaient de plus en plus rares.

Même Clemmie trouvait toujours une excuse pour refuser une invitation à dîner, et Lizzie se disait que les pressions des Blancs se faisaient telles que même Clemmie ne pouvait y résister. Bien qu'elle n'eût aucunement l'intention de changer de voie, elle constatait qu'elle était définitivement reléguée au rang des parias. La nuit, alors qu'elle gisait sur son lit, le corps sevré de caresses, elle pensait et repensait à Adam. Combien elle se languissait de lui et comme il était loin d'elle. C'était comme de penser à un fantôme. Mais elle posait ses mains sur son ventre et elle savait qu'au moins l'enfant d'Adam naîtrait bientôt. Le docteur Lockwood de Yorktown lui avait dit qu'elle allait accoucher d'un jour à l'autre. Adam pouvait bien en avoir épousé une autre - elle le lui avait pardonné depuis longtemps, étant donné les circonstances, mais ils restaient unis par le sang et cela était pour elle un bien précieux.

- Broward, qui est-ce donc? demanda-t-elle alors que la calèche remontait l'allée. Une grosse berline noire était stationnée devant le portique ouest. Deux hommes en habit et chapeau noirs semblaient l'attendre.

- Je ne sais vraiment pas, Maîtresse.

- Madame Cavanagh? demanda le plus âgé qui portait une épaisse barbe noire.

- Oui?

- Je me nomme Mark Channon, U.S.marshal, Madame. Voici mon insigne. Ce gentilhomme est Monsieur Edgar Downing, attaché à l'ambassade de Grande-Bretagne à Washington. J'ai pris la liberté de demander à vos gens de couleur de vous préparer un bagage, Madame. Vous devez nous suivre à Washington.

Lizzie se raidit.

- Et pourquoi donc?

- Vous allez être extradée en Angleterre, Madame Cavanagh. Vous y répondrez du meurtre de votre père, le révérend Hugh Desmond.

CHAPITRE ONZE

Nana Sahib, qui s'était lui-même octroyé le titre de Maharajah de Bithur, était allongé sur un divan en train de plonger sa cuillère dans un pot de marmelade James Keiller & Sons Dundee, tout en contemplant Lakshmi la *nautch* qui effectuait une langoureuse danse du ventre. Malgré sa haine des Anglais, il éprouvait une irrésistible attirance pour les produits de Grande Bretagne et pour la marmelade en particulier. Son palais délabré se trouvait dans la petite ville de Bithur qui était située à quelques milles de la cité de Cawnpore, en amont sur le Gange.

Son *khidmatgar* entra dans la pièce, les mains jointes il effectua la révérence d'usage et annonça;

- Votre Grandeur, Lord Azimullah vient d'arriver et sollicite une audience.

Nana Sahib se mit sur son séant tout en essuyant la confiture qui dégoulinait de ses lèvres pendant que Lakshmi couvrait sa nudité d'un voile pudique. Bien que Nana Sahib se donnât le titre de Maharajah de Bithur, les Anglais ne l'avaient jamais reconnu comme tel - ils avaient même envisagé de le faire enfermer - mais il avait malgré tout anobli son conseiller en le nommant «Lord», histoire de redorer son blason passablement terni.

- Qu'il entre.

- Oui, Votre Grandeur.

Ce disant, il se dressa pesamment en reboutonnant son *achkan* sur sa panse proéminente. Un instant plus tard apparaissait Azimullah qui fit une profonde révérence. Son bras gauche était en écharpe et Nana Sahib sentit immédiatement que son factotum ordinairement suave, était particulièrement nerveux.

- Eh bien? Où est le diamant? demanda-t-il sans ambages.

- Maître, je ne suis qu'un misérable chien qui ne mérite pas votre céleste indulgence. Je ne suis qu'un misérable ver de terre qui..

- Qu'est-il arrivé? hurla Nana Sahib.

Azimullah courut vers son maître, tomba à genoux et posa son front sur le sol. Même s'il savait comment apaiser la Maharajah, il n'ignorait pas la précarité de sa situation.

- Oh, Divinité, ce chien d'Anglais nous a bernés. Le diamant ne se trouvait pas à la banque de Calcutta...

Le gros homme empoigna une canne en bambou.

- Où était-il?

- Il avait dû le cacher dans la maison de Sir Carlton McNair, où il a passé la nuit.

- Vous l'avez laissé sans surveillance? rugit Nana Sahib en assénant des coups de canne sur le dos de son «lord».

- Non, Votre Grandeur, nous avons surveillé la maison toute la nuit, mais deux heures avant le lever du soleil, la porte s'est ouverte et Thorne Sahib est sorti au galop.

- Et vous n'avez pas été capables de l'arrêter? criait Nana Sahib en frappant toujours plus férocement son serviteur.

- Nous lui avons donné la chasse, votre Grandeur, mais le cheval de Thorne Sahib était aussi rapide qu'une étoile filante. Il nous a distancés puis il a disparu.

- Sale chien! Êtes-vous allés à Lucknow? Tu savais que c'est là qu'il doit rapporter le joyau.

La canne s'abattait de plus belle sur le dos d'Azimullah.

- La rébellion est telle dans le pays qu'on nous refuserait l'entrée à Lucknow. Seuls les Anglais peuvent y pénétrer. Aussi ai-je pensé plus avisé de revenir ici. Si je puis faire une suggestion, Radieuse Lumière, je dirai que maintenant la récupération du joyau est bien moins importante que l'Inde toute entière.

Nana Sahib était pantelant de fatigue. La sueur coulait sur son visage. Aussi interrompit-il la bastonnade.

- Que veux-tu dire?

- J'ai des nouvelles, Sire. Bahadur Shah a donné son accord pour conduire la révolte; mais comme vous ne l'ignorez pas, il est vieux et sénile et ne pourra diriger les *sepoys* comme vous.

Le maître s'essuya le visage d'un revers de manche.

- Alors? Quelle est ton idée?

Azimullah qui pendant tout ce temps était resté le front cloué au sol, leva lentement les yeux vers son mentor. Le sang coulait de sa fine chemise blanche. Il commença son exposé:

- Il y a actuellement quatre régiments indigènes cantonnés à Cawnpore : le Premier, le Cinquante-troisième et le Cinquante-sixième régiment d'infanterie; il y a aussi le Deuxième de cavalerie. En tout, environ trois mille hommes de troupe et les indigènes sont dix pour un européen...

- Oui, oui, je sais tout cela, interrompit Nana Sahib. Ils sont sous le commandement du général Wheeler.

- C'est vrai, Radieuse Lumière, cependant j'ai entendu dire que le général est inquiet; tous les *Angrezi* sont inquiets car ils sont moins nombreux. Mais le général Wheeler a confiance en vous. Si vous allez à Cawnpore lui offrir votre aide en feignant d'être son allié, vous pourriez alors pénétrer au cœur de la ville et diriger la rébellion. Une fois Cawnpore conquise, vous pourriez vous emparer de Lucknow et de Dehli. Et ainsi, toute l'Inde sera à vous.

Un sourire rampa sur le visage de Nana Sahib. Azimullah avait peut-être failli, mais il venait de montrer à son maître comment prendre la direction de la grande révolte.

- Oui, dit-il. C'est une façon de voir les choses. Nous serons le ver dans la pomme anglaise. Et alors, l'Inde sera à MOI!

Il brandit son poing levé.

- Debout, Azimullah. Nous partirons à l'aube. Qu'est-il arrivé à ton épaule?

- Thorne Sahib a tiré sur moi.

- Nous réglerons son compte plus tard. Tu as raison : l'Inde est plus importante que le grand diamant. Mais bientôt, nous posséderons les deux.

Adam ralentit l'allure de Zanzibar. Devant Emily et lui, s'élevait un nuage de poussière rouge.

- Quelqu'un arrive, dit-il en mettant sa main en visière. Cela semble être une douzaine d'indigènes.

Le soleil brûlant était haut dans le ciel et la température avoisinait les cinquante degrés.

- Ce sera notre premier vrai test, dit Emily en scrutant les alentours.

Ils étaient au milieu d'une plaine rouge et aride.

- Il n'y a aucun endroit pour se cacher ici. N'oubliez surtout pas : vous êtes aphone.

Ils continuèrent de chevaucher dans la Grand Trunk Road, long de mille cinq cents milles, qui, telle une cartouchière, traversait l'Inde en diagonale de Calcutta, au sud-est, à Peshawar près de la frontière nord-ouest de l'Afghanistan. Jusqu'à présent, leur plan avait bien fonctionné. Emily avait retrouvé Adam à Barrackpore, comme prévu. Mais ils avaient découvert que la garnison était partie et la résidence du gouverneur-général dévastée. Quand Emily avait demandé à un enfant ce qu'il s'était passé, on lui avait répondu que Lord Canning avait décidé de rejoindre Calcutta pour y organiser la résistance et avait emmené ses troupes avec lui.

Au départ, inquiet pour la sécurité d'Emily, Adam avait décidé de confier le diamant à Lord Canning. Mais il s'était rendu compte qu'il n'avait d'autre choix que de poursuivre sa route vers Lucknow. Il se doutait qu'Azimullah et ses *badmashes* pouvaient surgir d'un moment à l'autre; aussi, durant toute la journée, ils se hâtèrent, ne s'accordant du repos qu'à la fin de la journée, dans une ravine où de nombreux *peepuls* leurs fournirent une cachette. Durant cette nuit-là, ils entendirent des bruits de sabots.

- C'est Azimullah, souffla Adam.

Et c'était effectivement lui et ses hommes, en route pour Bithur.

Ayant semé les thugs de Nana Sahib, les inquiétudes d'Adam concernant la sécurité d'Emily commencèrent de se dissiper. Malgré sa quasi-ignorance des règles de bienséance, il se sentait mal à l'aise de voyager à travers l'Inde en compagnie d'une jeune fugueuse. Les parents d'Emily devaient être fous d'inquiétude pour la réputation de leur fille; mais Adam n'avait nullement l'intention d'abuser de la situation. Ironiquement, pendant qu'il était avec Lakshmi, il avait spontanément pensé à Emily comme parfaite intouchable.

Adam s'arracha de ses pensées alors que la bande d'Hindous approchait.

- Cédons-leur le passage, dit-il.

Ils se rangèrent sur le côté droit de la route, mais quand les cavaliers arrivèrent à leur hauteur, un homme barbu, visiblement le chef, leva le bras en arrêtant sa monture. La troupe en fit autant dans un nuage de poussière. Adam vit qu'ils étaient fortement armés de fusils et de sabres. Quelques-uns portaient encore l'uniforme de leur régiment dont ils avaient arraché les insignes.

Le chef s'adressa à lui en hindi, mais Adam montra sa poitrine puis désigna Emily. Elle répondit dans la même langue. Il y eut un moment de silence qui sembla une éternité pendant que l'homme regardait Adam avec suspicion. Dégainant son sabre, il fit avancer son cheval et pointa sa lame sur le torse d'Adam en vociférant. Emily se remit à parler d'une voix chargée de colère. L'homme se pencha en avant et passa son doigt sur la joue de l'Anglais, essayant manifestement de vérifier si son visage était teint; il l'empoigna ensuite au collet et ouvrit brutalement la chemise d'Adam, exposant sa poitrine. Mentalement, Adam remercia Lakshmi de sa prévoyance.

Le chef de bande eut un sourire. Il se tourna vers ses hommes et leur cria quelque chose pendant qu'il éperonnait brutalement son cheval. La bande partit au galop, laissant Adam et Emily dans la poussière du chemin.

- Votre mutisme lui a fait penser que vous étiez un *Angrezi*. Si votre couleur n'avait pas tenu, nous étions morts tous les deux.

- Je vous dois la vie, répondit Adam en essuyant son front trempé de sueur.

- Je ferai en sorte que vous ne l'oubliiez pas.

- Parlez-moi de votre femme, demandait Emily la nuit suivante alors qu'elle finissait de dévorer un délicieux *dahi bara* qu'ils avaient acheté à un *khomchawallah*, sorte de marchand ambulant, dans la petite ville de Sultanpore au centre de l'Inde, dans l'état de Uttar Pradesh.

Ils étaient assis dans un bosquet de *chenars*, prenant leur repas au clair de lune. Il était environ dix heures et leurs chevaux étaient attachés à un arbre.

- Ma femme, répéta Adam en mangeant son repas composé de pois, de yogourt et de mangues, enveloppé dans une grande feuille séchée. Pourquoi vous intéressez-vous à ma femme?

- Parce que je m'intéresse à vous. Est-elle jolie?

- Sybil? Oui, elle est d'une grande beauté.

- Êtes-vous épris d'elle?

- Eh bien, Emily, je pense que ce sont des questions plutôt personnelles.

- Dans les circonstances présentes, je ne peux concevoir qu'une question puisse être personnelle.

- Vous marquez un point. Mais laissez-moi vous dire simplement ceci : Je pense que ma femme est une grande dame, une femme honnête et raffinée.

- Vous ne répondez pas à ma question. L'aimez-vous?

Adam soupira.

- Je l'admire, je la respecte. Je suis même attiré par elle.

- Mais l'aimez-vous? répéta-t-elle avec insistance.

- Je... Non, finit-il par admettre. Je crois que je ne l'aime pas.

- Alors pourquoi l'avoir épousée?

- La femme que j'aime a disparu. Je crois que je l'ai perdue pour toujours.

- Qui est-elle?

- Quelqu'un que je connais depuis ma plus tendre enfance. Quelqu'un qui m'est très cher. Vous pouvez m'en croire, Emily, je ne suis pas fier de ce que j'ai fait. Mon mariage n'est qu'un arrangement de famille et Sybil ne l'ignore pas. Je crois qu'elle en souffre terriblement et le blâme m'en incombe. La seule chose que je puise faire dès mon retour en Angleterre, c'est de lui trouver quelque compensation.

Emily éprouva un sentiment de satisfaction. Adam n'aimait pas sa femme et il l'avait clairement avoué.

Et il n'y avait rien au monde qu'Emily souhaitât davantage que de gagner le cœur d'Adam.

Ils reprirent la route de Lucknow à l'aube, tentant de parcourir le plus de chemin possible pendant les heures relativement fraîches de la matinée. Ils chevauchaient depuis moins de quarante minutes, quand ils eurent la vision de la triste fin à laquelle ils avaient échappé la veille. Ils étaient dans la morne plaine poussiéreuse de Uttar Pradesh quand ils virent des vautours tournoyant dans le ciel. Comme ils s'approchaient d'un chariot renversé, Adam avertit Emily:

- Cela risque de ne pas être très agréable à regarder.

Le visage noirci d'Emily se durcit. Ils s'approchèrent davantage et purent voir les cadavres étendus sur le sol. Les chevaux avaient disparu.

- Ne regardez pas, dit Adam.

- Non, je veux voir.

Deux vautours qui avaient déjà commencé à dévorer un des corps battirent furieusement des ailes et s'envolèrent dans une atroce puanteur. Adam et Emily étaient assez près pour se rendre compte que les quatre cadavres étaient couverts de mouches. Une Anglaise d'environ trente ans, gisait sur le dos, ses yeux sans vie fixant le soleil, la gorge tranchée. Un flot de sang séché faisait une tache noire sur son corps. À côté d'elle, une autre femme plus jeune témoignait de la barbarie des assassins : elle avait eu le nez, les oreilles et les seins sectionnés. Plus loin, deux enfants de sept ou huit ans, vêtus de mignons costumes victoriens. Tous deux avaient été décapités.

- Mon Dieu! murmura Emily.

- Je ne serais pas autrement surpris que ce soit l'œuvre de nos amis d'hier, dit Adam, se rappelant l'expression de cruauté de l'homme qui l'avait menacé.

- Oui, ajouta-t-elle. C'est ce qui aurait pu nous arriver aussi.

Haut dans le ciel, les vautours tournoyaient en silence.

- Les maudits brigands, ils ont mis le feu aux maisons des Européens, grommelait le capitaine Bentley Brent du Cinquante-troisième régiment d'infanterie.

Le rude officier de carrière, qui avait voyagé en compagnie d'Adam, se dressait sur le toit d'un baraquement militaire, observant à la jumelle les flammes qui s'élevaient de Cawnpore à un mille de là.

- Ouais, et Dieu seul sait ce qu'ils sont en train de leur faire, mon Capitaine, répondit le lieutenant Angus Ogilvie, un jeune blond originaire de Glasgow qui regardait aussi à la jumelle.

- Damné Wheeler, dit Brent. Il a commis une folie en faisant confiance à Nana Sahib et en le laissant, lui et ses brigands, entrer dans la ville pour protéger la banque, sous prétexte qu'il ne disposait pas d'assez d'hommes... Je lui avais bien dit qu'il laissait le mal pénétrer au cœur de Cawnpore, mais maintenant il est trop tard.

Une heure plus tôt, la nouvelle avait circulé, annonçant que Nana Sahib s'était joint à la révolte, trahissant Wheeler et les Anglais à qui il avait prétendu prêter main forte. Le cantonnement militaire consistait en deux bâtiments de brique peints à la chaux pouvant contenir chacun une centaine d'hommes. L'un des deux avait un toit de chaume, celui sur lequel se tenaient les deux hommes, un *pukka*, était fait de tuiles rouges traditionnelles. Avoisinant quelques dépendances, on pouvait voir de nombreux baraquements à moitié finis, entourés d'échafaudages de bambous. L'ensemble était cerné par une tranchée et un muret de terre de quatre pieds de haut, tous deux également inachevés. Le retranchement se situait sur un tertre sablonneux très exposé, à l'est de Cawnpore, à environ un mille du Gange.

Aux premiers jours de juin, peu d'Européens étaient au courant de la révolte qui grondait dans les murs de la ville; aussi la base militaire inachevée fut leur seul refuge. Pendant plusieurs jours, les *firinghis* affluèrent, fuyant Cawnpore et les rebelles. Des hommes, des femmes et des enfants, emportant à la hâte quelques provisions, s'entassaient dans les baraquements croyant trouver une protection auprès des militaires ou du moins ce qu'il en restait. Avec ses jumelles, Bentley Brent pouvait voir la marée humaine terrorisée fuyant dans les dunes sous un soleil de plomb, et cette vision lui fit craindre le pire. Étourdiment, le général avait de plus abandonné aux mains du traître suffisamment de provisions pour pas moins de trente-cinq jours. Il était convaincu, avait-il affirmé, que la «mauvaise plaisanterie» ne durerait pas plus longtemps.

Bentley Brent se disait aussi que le général était fou de se croire à l'abri de représailles sous prétexte que son épouse était une indigène.

À Cawnpore, dans la grand-rue, la Chandni Chowk, Nana Sahib était acclamé par des centaines d'autochtones comme un héros.

- Nana Sahib! Nana Sahib! scandaient-ils en pressant leurs chevaux les uns contre les autres, brandissant leurs poings, leurs fusils ou leurs sabres. L'atmosphère empestait la poudre et le meurtre dans la rue grouillante de gens. Les marchands qui tenaient leur échoppe dans la rue principale, se tenaient sur le pas de la porte et scandaient avec les autres. Nana Sahib, le visage congestionné par l'excitation, leva les bras pour réclamer le silence.

- Le temps est venu où la Très Sainte Inde doit redevenir nôtre! cria-t-il.

Grondement approbateur.

- Le temps est venu, poursuivit-il, où le chacal doit repartir pour l'Angleterre ou rejoindre ses ancêtres.

- Ses ancêtres! hurla la foule dont une partie portait encore l'uniforme de la cavalerie anglaise.

Un ancien sergent dont le visage s'ornait d'une féroce moustache courut vers une échoppe et se saisit d'un marchand portugais qui tentait vainement de se libérer de la poigne du *sepoy*.

- Nana Sahib, cria le marchand qui avait la même silhouette que le Maharajah de Bithur. Vous me connaissez! Je vous ai vendu votre marmelade anglaise préférée!

Du haut de son cheval, Nana Sahib lorgna le bonhomme.

- Oui, je te connais. Et, je l'avoue, j'aime la confiture anglaise. Mais dès maintenant, je jure sur la grande déesse Kali que je ne toucherai plus quelque produit anglais que ce soit jusqu'à ce que le dernier Anglais soit mort - y compris les femmes et les enfants. Qu'ils crèvent tous! Et toi aussi, chien de Portugais : bon voyage dans l'au-delà!

Il passa son doigt en travers de sa gorge. La foule surexcitée trépignait. Alors le *sepoy* tira son *tulwar*, ou sabre, et trancha lentement la gorge du marchand. Le sang gicla sur l'uniforme du meurtrier.

- Mort! vociférait Nana Sahib en levant le poing. Mort à tous les *firinghis*!

- Mort à tous les *firinghis*! reprit la foule en écho.

- Et maintenant, en route vers les retranchements et tuons tous ces chacals anglais!

- Nana Sahib! Nana Sahib! Nana Sahib!

Une foule déchaînée se mit en marche, noir flot humain saccageant tout sur son passage, irrésistible marée porteuse de larmes et de sang.

Contrairement à Cawnpore qui s'était développée à la fin du siècle précédent en même temps que la garnison de l'East India

Company et n'avait ni histoire ni architecture distinctive, la grande cité de Lucknow, à quelque quatre-vingt milles à l'est, était riche de ces deux choses. De leurs chevaux, Adam et Emily pouvaient voir la ville de six cents mille âmes qui s'étendait sur douze milles carrés le long de la River Gumti. Ils étaient tous les deux éblouis par la beauté de l'endroit, sur les collines duquel se dressaient, tels des joyaux, quantité de magnifiques palaces, de temples, de mosquées, une profusion de coupoles d'or et d'azur, de dômes, de colonnades et de minarets.

- Père prétend que Lucknow est le berceau des *sepoys*, car un bon nombre vient de Oudh, disait Emily.

- Qu'est-ce que le Oudh? demanda Adam en chassant une mouche de son nez.

- Ce fut un royaume, le royaume de Oudh, et Lucknow en était la capitale. Mais il fut annexé l'an dernier et le roi ou Nawab, ainsi que toute la famille royale, chassés. Ce qu'il n'a pas du tout apprécié.

- Je l'imagine aisément.

- C'est maintenant la capitale de Uttar Pradesh. Regardez ce magnifique portique.

Elle pointait du doigt la grande arche construite dans un style à la fois imposant et délicat, flanquée de minarets de soixante pieds de haut, le tout serti dans une muraille crénelée qui entourait la ville. C'était la *Rumi Darvaza*, la Porte Romane, qui était une copie de celle d'Istanbul.

- Vous disiez que le commissaire en chef était Sir Henri Lawrence. Peut-on lui faire confiance? demanda Adam.

- Oh, je suis sûre que oui. Père dit que c'est un chrétien très strict.

- Il existe de nombreux chrétiens très stricts à qui je ne fais pas confiance.

Emily le regarda avec un air étonné.

- Pensez-vous vraiment ce que vous affirmez?

- Certainement. Qui est la cause de tous ces troubles? Votre père prétend que c'est la faute des missionnaires et je crois qu'il a raison. Nous autres, Anglais, avons tort de vouloir imposer notre religion aux Hindous. Ils ont de nombreuses religions et pour la plupart elles sont plus anciennes que la nôtre.

- Êtes-vous sûr d'être vous-même chrétien?

Il eut une hésitation.

- Je ne sais pas ce que je suis, répondit-il sourdement. Allons plutôt voir si nous pouvons rencontrer Sir Henry. Je pense que nous aurons besoin de son aide quand nous rendrons le diamant.

Ils dévalèrent la colline en direction de la porte de la ville. La Grand Trunk Road était habituellement sillonnée par des caravanes, des marchands, des soldats ou des voyageurs, mais aujourd'hui, la route était étrangement déserte. Adam chevauchait en silence, frappé par la troublante beauté de Lucknow. La brève vision qu'il avait eue de Londres avant de s'embarquer pour l'Orient l'avait impressionné. Mais rien de ce qu'il avait vu ne pouvait être comparé à la ville qui s'étendait devant lui.

La porte était gardée par une douzaine de soldats britanniques, dont la moitié étaient à cheval. Comme Adam et Emily s'approchaient, l'un deux leva son fusil et cria:

- Halte! Aucun indigène n'est autorisé à entrer ou sortir de la ville sans l'autorisation écrite du commissaire.

- Nous ne sommes pas des indigènes. Je suis le comte de Pontefract et je demande à être reçu par Sir Henry Lawrence.

Les soldats s'esclaffèrent.

- Ce nègre pense qu'il est comte, pouffa un des hommes.

- Allons-donc, cria un deuxième. Tu pourrais être aussi un duc, non? Votre Grâce ne serait pas le duc de Wog?

- C'est vraiment un comte, cria furieusement Emily, en ôtant son turban, libérant ainsi sa chevelure rousse. Et je suis la fille de Sir Carlton McNair de Calcutta. Et maintenant, changez de ton, je vous prie.

Les soldats virent les cheveux roux et leur sourire disparut de leur visage.

- Pourquoi êtes-vous déguisés en indigènes? demanda le sergent qui commandait le groupe.

- C'est ce que nous allons expliquer à Sir Henry. Je suis réellement le comte de Pontefract, ajouta Adam.

Le changement d'attitude des soldats l'amusa. Comme un vent qui change tout à coup de direction, leur étroitesse d'esprit les rendit soudain obséquieux. Le sergent ordonna que l'on présente les armes et il exécuta un salut militaire parfait.

- Désolé, Milord, mais les choses deviennent difficiles ici. Nous devons prendre certaines précautions. Mais j'ai effectivement entendu dire que le comte de Pontefract se trouvait aux Indes. Soyez donc le bienvenu à Lucknow. Sudbury! Escortez Sa Seigneurie jusqu'à la résidence.

Un des cavaliers talonna sa monture.

- Si Votre Seigneurie veut bien me suivre, dit Sudbury en franchissant la porte.

Emily remit son turban et tous deux suivirent le soldat.

À l'intérieur des murs, la vie indigène se déroulait selon ses habitudes, mais Emily remarqua très vite les regards noirs que s'attirait le soldat. Un boutiquier quitta son étal et cria quelque chose en hindi.

- Qu'a-t-il dit? questionna Adam.

- Il lui a dit qu'il serait mort avant une semaine, répondit-elle.

- Ça va mal ici, ça ne fait aucun doute, dit Sudbury. On dit que si Nana Sahib prend la garnison de Cawnpore, il viendra ensuite ici.

- Nana Sahib? À Cawnpore?

- C'est ce que j'ai entendu dire, Milord. Ce satané brigand - Excusez-moi, Miss - ce brigand a trahi le général Wheeler et a rejoint les rebelles. Actuellement, lui et ses *badmashes* assiègent le fortin où les civils Anglais se sont retranchés. Il paraît que les conditions sont terribles : ils ont très peu d'eau et ils vont bientôt manquer de nourriture. Nos gens tombent comme des mouches, et ils entassent les corps dans les puits car ils ne savent plus où les mettre. Avec la chaleur, vous imaginez les conditions d'hygiène - encore une fois pardon, Miss.

Adam se disait que Nana Sahib avait trouvé son destin en tant qu'un des premiers monstres sanguinaires de l'histoire anglaise. Mais il comprenait aussi qu'aux yeux des Hindous il puisse faire figure de héros.

Ils passèrent devant le magnifique *Bara Imambara*, le grand mausolée bâti au dix-huitième siècle par le roi de Oudh, Nawab Asaf-ud-Daula. Puis devant le somptueux palais royal appelé Délice du Cœur, Dil Kusha où se pavanaient des paons. Mais alors qu'ils approchaient de la résidence du commissaire, Adam réalisa qu'il n'avait vu que des visages indigènes.

- Où sont les Blancs? demanda-t-il à Sudbury.

- Cachés, répondit-il laconiquement.

La résidence qui avait été construite en 1780, était un imposant édifice surplombant la Gumti River, autour duquel étaient disséminés une salle de banquet pour les officiels britanniques et la troupe, une église, des bureaux, des magasins, des écuries et des habitations privées. En fait, une enclave, une cité dans la cité où l'on pénétrait par une arche jouxtant un poste de garde, connue sous le nom de Baillie Guard Gate. Comme ils approchaient l'arche, Adam put voir une douzaine de prisonniers, les fers aux pieds en train de creuser une tranchée autour de la résidence hérissée de canons. Adam ne jugea pas nécessaire de s'informer sur la raison de cette tranchée.

Une fois dans les murs de la résidence, les visages changèrent. Exceptés quelques domestiques, on ne voyait que des Blancs. En fait, hormis la chaleur accablante, Adam se serait cru en Angleterre car tout ici était européen, des pots de fleurs rigoureusement alignés sur les vérandas, aux rideaux de dentelle qui ornaient les fenêtres. Sudbury les conduisit au bâtiment central, où il les adressa à un lieutenant. Ils cheminèrent dans un dédale de pièces aux hauts plafonds remplies de clercs qui les regardèrent avec une curiosité mêlée de mépris, jusqu'au bureau de réception du commissaire, où ils furent accueillis par un certain colonel Perkins. Celui-ci disparut un moment dans le bureau de son supérieur avant de réapparaître pour faire signe d'entrer à Adam et Emily.

- Sir Henry, annonça-t-il, le comte de Pontefract et Miss Emily McNair.

Sir Henry se leva de son imposant bureau derrière lequel était accroché le portrait en pied de la reine Victoria et le contourna pour venir serrer la main d'Adam. Bien que le brigadier général récemment promu n'eût que cinquante et un ans, il paraissait bien plus âgé, avec son visage buriné, brûlé depuis des années par le violent soleil des Indes, et sa longue, quasi patriarcale barbe noire.

- Soyez le bienvenu, My lord, dit-il.

Puis, se tournant vers Emily, il se mit à la regarder avec une curiosité non feinte.

- Et voici la fille de mon ami Sir Carlton? Sait-il que vous parcourez l'Inde déguisée en indigène?

- Oh non. S'il le savait je crois qu'il en aurait une attaque. Mais voyez-vous, Lord Pontefract ignore la langue hindi. Et quand vous aurez entendu les raisons de sa venue à Lucknow, je pense que vous approuverez le fait que je lui sois venue en aide.

Quelques instants plus tard, Sir Henry admirait le gros diamant qu'Adam avait sorti de sa ceinture.

- L'Œil de l'Idole, murmura-t-il fasciné par les mille feux du joyau. Bien sûr, je connais l'histoire de votre arrière-grand-père. Qui ne la connaît pas? Et vous souhaitez ramener cette pierre au temple?

- Précisément. La révolte m'a quelque peu retardé et je crains que ma démarche ne serve plus à grand-chose.

- Bien au contraire, cela nous sera d'un grand secours. Naturellement, en tant que chrétien je ne peux que déplorer ces religions païennes. Mais il ne fait aucun doute que la nouvelle d'un Anglais rapportant aux Indes une précieuse relique aura pour effet de neutraliser les manifestations anti-anglaises que l'on peut constater en ce moment. Si vous le permettez, Milord, je vais envoyer un câble à Lord Canning lui demandant de répandre la nouvelle dans tout le pays. Simultanément, je ferai poster une garde spéciale au temple pour protéger le joyau bien que peu d'Hindous oseraient encourir la vengeance de Kali en profanant son temple. Tout ceci est vraiment extraordinaire. Est-ce que vous et Miss McNair voudrez bien être mes hôtes?

- Je vous en remercie. Cependant, j'aimerai rapporter personnellement le diamant au temple. De cette manière, ma famille aura bouclé la boucle, si je puis m'exprimer ainsi.

- C'est parfaitement compréhensible. Nous nous rendrons au temple à minuit; c'est l'heure où les indigènes sont endormis. il n'est pas question d'aller au-devant d'ennuis.

Quelques années plus tard, Adam allait se rappeler cet événement comme l'un des points culminants de sa vie mouvementée, combinant tout à la fois la beauté, le mystère et le sinistre magnétisme de l'Inde.

Il y avait eu tout d'abord la rapide procession à travers les rues étroites de Lucknow : Adam, Emily et Lord Henry dans la voiture du commissaire général, encadrés par une douzaine d'officiers à cheval du Thirty-second Foot, le seul régiment européen cantonné à Lucknow (Adam avait appris que ce régiment «sûr» était, pour quelque obscure raison bureaucratique, stationné à un mille et demi à l'extérieur des murs de la cité, alors que les régiments d'indigènes se trouvaient très près de la Résidence). Ce fut ensuite l'arrivée au temple de Kali, éclairée seulement par quatre torches portées par des officiers en uniforme rouge et les lanternes du carrosse de Sir Henry. En sortant de la voiture, Adam put voir les murs sombres et les tours du temple. À la lumière vacillante des flambeaux, les silhouettes sculptées sur la façade semblaient se mouvoir, créant un effet irréel.

Sir Henry conduisit le groupe à l'intérieur du temple où s'élevait une profusion de colonnes de pierres, toutes lourdement sculptées illustrant des scènes de la vie de Vishnou et des autres déités hindoues.

Adam avait appris que l'hindouisme était la plus éclectique des religions. Par ce fait, les Hindous pouvaient croire en n'importe lequel, ou tous, ou aucun, de la myriade de dieux du panthéon hindou. C'était également la seule religion à ne pas avoir un unique fondateur, comme Jésus ou Bouddha ou un livre saint comme la Bible, car un Hindou pouvait se référer au *Rita Veda* ou au *Upanishads* ou encore au *Baghavad Gita* en tant que «bibles». La grande diversité de cette religion devait probablement contribuer à son énorme popularité en Inde : chacun pouvait la pratiquer comme il l'entendait. Et, effectivement, le fanatisme religieux se manifestait par l'exubérance des sculptures dont quelques-unes, observa Adam, étaient d'un caractère extrêmement érotique, sinon pornographique. Il jeta un coup d'œil vers Emily qui ne semblait pas particulièrement choquée car elle ne semblait pas non plus comprendre précisément le sens des scènes illustrées.

Mais lorsqu'ils approchèrent la grande statue de la déesse Kali, Emily prit conscience avec exactitude de toutes les émotions que celle-ci véhiculait. Tous deux avaient tressailli à la vue de l'hideuse femme de pierre qui se dessinait de manière indistincte devant eux, sa langue rouge jaillissant de la bouche en une affreuse grimace. Son corps était noir et ses seins nus. Deux de ses quatre mains tenaient un sabre et des têtes coupées, les deux autres étant étendues au-dessus en un geste de bénédiction et de protection, car Kali n'était pas seulement la déesse de la mort, mais aussi une déesse maternelle et protectrice.

- Selon la légende, elle tenait le diamant dans la main gauche inférieure, précisa Sir Henry.

Le socle de la statue comportait quatre marches de pierre. Adam les monta, les yeux levés vers ceux de la déesse. Emily, Sir Henry et les officiers observaient en silence cette étrange cérémonie. Quand il atteignit la dernière marche, il leva le joyau qui scintillait de mille couleurs à la lueur des flambeaux.

La voix d'Adam s'éleva, produisant un écho sourd dans le temple de pierre.

- Voilà un siècle, mon arrière-grand père a volé ce diamant dans ces lieux sacrés. Je le remets maintenant à la place qui lui est due et je demande pardon à la grande déesse Kali pour le sacrilège commis par mon ancêtre.

Il déposa la pierre dans la main de la déesse qu'il tint un instant. Puis il la relâcha lentement et redescendit les marches.

- Bien joué, Milord, dit Sir Henry. Maintenant, retournons à la Résidence pour souper. Ma parole, vous avez dit votre affaire à la «grande déesse Kali» avec beaucoup de conviction. Vous m'avez presque convaincu que vous y croyiez.

- Peut-être était-ce le cas, répondit doucement Adam.

Sir Henry eut l'air surpris, puis il éclata d'un rire nerveux.

- Regardez! cria Emily en montrant du doigt le socle de la statue.

Un énorme serpent glissa lentement au pied de Kali puis disparut dans les profondeurs du temple.

- Un câble de Cawnpore, Sir Henry.

Le planton tendit un télégramme au commissaire-général, salua réglementairement, puis fit un demi-tour avant de quitter la salle de banquet des officiers de la Résidence. Cela se passait une demi-heure plus tard et Emily et Adam étaient si excités d'avoir rendu le diamant qu'ils n'avaient pas sommeil. La chaleur s'était atténuée et ils entamaient avec appétit le *sev ka raita* froid, un mélange de yogourt, d'épices et de pommes tranchées. La salle pouvait recevoir deux cents personnes avec ses longues tables de bois, mais pour le moment elle était vide ; seuls les participants à la visite du temple étaient là. Les douze jeunes officiers anglais avaient tous très faim et ils buvaient force bière dans des coupes d'argent. Sur les dessertes jacobines les trophées du régiment étaient fièrement exposés : des chevaux d'argent, des coupes de polo, des chandeliers finement ouvragés, des soupières en vermeil, et des coupes d'argent, tous parfaitement polis, scintillant à la lueur des chandelles comme une éternelle symbolique du grand Empire Britannique.

- Un massacre, annonçait Sir Henry, les yeux rivés sur le télégramme. Il y a eu un massacre à Cawnpore! Ce câble nous parvient du seul officier survivant, le capitaine Brent.

- Bentley! s'exclama Adam.

- Précisément. Nana Sahib a assiégé leurs retranchements alors que tous les réfugiés mouraient de faim. Il y a eu de terribles pertes, incluant des femmes et des enfants. Le général Wheeler, dont j'ai la tristesse de vous annoncer que son fils a été décapité par un boulet de canon, avait négocié une trêve avec Nana Sahib afin de laisser partir les civils non armés. Celui-ci accepta. Alors que les femmes, les enfants et les blessés atteignaient le Gange pour s'embarquer pour Allahabad, le monstre donna l'ordre d'attaquer. Ils tirèrent sur les Anglais et les taillèrent en pièces en les jetant dans le fleuve...

Le ton habituellement flegmatique de Sir Henry avait pris les inflexions dramatiques.

- Le général Wheeler fut sauvagement assassiné ainsi que Chaplain Moncrieff pendant qu'il lisait des prières. Le Gange est rouge du sang des Anglais. Messieurs, je demanderai un instant de prière pour nos martyrs.

Sir Henry ferma ses yeux mouillés de larmes ainsi qu'Emily et les officiers. Adam, lui, gardait les siens grands ouverts, fixant le vide, prenant peu à peu conscience de ces nouvelles horreurs. Le regard de Sir Henry parcourut l'assemblée, une expression d'indicible fureur se lisait sur son visage.

- Messieurs, dit-il, je jure que pour chaque goutte de sang anglais versé, un galon de sang hindou coulera.

- Vengeance! cria un des officiers en sautant sur ses pieds. Vengeons le massacre de Cawnpore!

- Vengeance! Vengeance! scandaient maintenant tous les officiers en frappant la table de leurs gobelets.

- Tuons les nègres!

- Vengeance!

- Tuons tous les nègres!

- Vengeons Cawnpore!

L'atmosphère était chargée de haine. La douleur et la peine pouvaient se lire sur les traits d'Adam car il pensait aux Anglais qui avaient été tués mais aussi aux Hindous qui allaient l'être. Et soudain il comprit ce qu'il fallait faire. Il se leva, la main tendue pour demander la parole.

- Sir Henry, dit-il. Je connais le moyen d'arrêter Nana Sahib. Disposez-vous de *sepoys* dignes de confiance?

- Oui, quelques-uns.

- Si je puis avoir dix hommes, je peux vous ramener Nana Sahib - mort ou vif - et peut-être la rébellion sera-t-elle mâtée avant que d'autres ne soient tués.

- Eh bien, Milord, je pense pouvoir en trouver dix. Mais comment comptez-vous vous y prendre?

- Je vous le dirai quand j'aurai réussi.

Il sentit qu'Emily le tirait par la manche, il se tourna pour la regarder.

- Cher Adam, puis-je vous accompagner?

Il y eut quelques hennissements moqueurs chez les officiers en voyant la *syce* à la figure noire appeler Adam «cher». Mais Emily n'était pas du genre à laisser une moquerie sans réponse : se tournant vers eux, elle les apostropha avec véhémence.

- J'aimerais bien savoir ce qui vous amuse tant, Messieurs! Adam m'est en effet très cher! Je l'aime et je...

Elle s'interrompit en rougissant, confuse de s'être ainsi dévoilée. Adam posa ses mains sur ses épaules.

- Emily, j'ai suffisamment mis votre vie en péril. Non, vous ne pouvez m'accompagner. Vous devez vous mettre en sécurité auprès de vos parents.

- Une caravane de femmes mariées et d'enfants part demain sous bonne escorte pour Calcutta, intervint Sir Henry. Miss McNair pourrait se joindre à elle.

- Non! cria-t-elle. Je veux rester avec Adam!

Elle arracha son turban et secoua sa flamboyante crinière. Les officiers qui n'avaient pas eu conscience de sa beauté en restèrent cois. Elle leva des yeux empreints de détresse.

- Je suppose que ce fut une folie que d'avouer mon amour pour vous, dit-elle dans un souffle. Et Mère défaillirait si elle apprenait la chose. Mais c'est la vérité, et je n'en éprouve aucune honte. Je vous en supplie, Adam, ne me renvoyez pas; je préfére-rais mourir plutôt que d'être séparée de vous.

Adam la prit soudain dans ses bras et embrassa ses lèvres. Ce qui ne devait être qu'un tendre baiser se transforma en une étreinte longue et passionnée. Les officiers recommençaient à taper doucement sur la table en murmurant:

- Bravo! Bien joué!

L'air choqué, Sir Henry s'éclaircit la voix.

- Lord Pontefract! s'exclama-t-il, ce n'est ni l'heure ni le lieu...

Adam relâcha Emily, lui sourit tendrement et murmura:

- Maintenant, rentrez chez vous avant que votre père ne mette ma tête à prix ou qu'il ne vous arrive malheur.

Sidérée, Emily le fixait intensément.

- C'était mon premier baiser, souffla-t-elle.

Les officiers, le sourire aux lèvres, tapèrent gentiment des mains.

- Bien joué, murmuraient-ils. Bravo.

- Dites, les amis, claironna un jeune lieutenant en levant son verre. N'est-ce pas la raison pour laquelle nous combattons? Le premier baiser d'une adorable jeune Anglaise? Trinquons ensemble!

Et ils trinquèrent. Adam se disait que ce côté de la médaille était préférable à son revers quand ils criaient : «À mort les nègres!»

CHAPITRE DOUZE

Les pleurs claironnants de l'enfant emplissaient la chambre au troisième étage de l'hôtel Willard.

- C'est une fille! s'exclama Clemmie DeVries avec un grand sourire.

- Une fille, souffla Lizzie à peine délivrée d'un bébé de sept livres qui hurlait à tue-tête.

- Et elle est en parfaite santé, semble-t-il.

- La fille d'Adam.

- Adam? demanda Clemmie intriguée.

- Je l'appellerai Amanda.

- Amanda Cavanagh. Oui, c'est un joli nom.

Clemmie se demanda qui pouvait bien être Adam, puis se dit que Lizzie, encore sous le choc, avait déliré.

- Donnez-la moi, demanda-t-elle.

Le docteur lui apporta le bébé et Lizzie le prit tendrement dans ses bras.

- Oh, elle est si belle.

Elle posa un baiser sur la tête de l'enfant couverte d'un léger duvet . «Un jour, Adam sera fier d'elle», pensa-t-elle.

L'hôtel Willard dans Pennsylvania avenue à la hauteur de la Quatorzième rue, était devenu le plus populaire de Washington, après que son concurrent direct, le National Hôtel dans la Sixième rue, avait failli causer la mort de nombreux clients, y compris le propre neveu du président Buchanan, à la suite d'une maladie que des esprits frondeurs avaient surnommée «la maladie du National Hôtel». Des clients venus de tout le pays côtoyaient des politiciens et des diplomates dans les salons de l'hôtel; et les affaires comme la politique étaient le sport le plus pratiqué dans le bar enfumé où les jeunes dandys de la capitale passaient des heures joyeuses à ingurgiter un nouveau et pernicieux breuvage que l'on appelait «cocktail».

Ironie du sort, Lizzie y avait loué une suite seulement trois jours après que les Belladon eurent quitté l'hôtel pour repartir vers l'Europe et son arrivée coïncida exactement avec ses premières douleurs.

Les DeVries l'avaient accompagnée, car Billie qui était son avocat, contestait radicalement son extradition vers l'Angleterre, même si un traité entre les deux pays existait depuis 1843. Mais le jour qui suivit la naissance d'Amanda, le 15 Avril 1857, c'est un Billie à la grise mine qui entra dans la chambre de Lizzie en compagnie de Clemmie qui berçait doucement le bébé.

- Lizzie, je suis confus de vous apprendre une si mauvaise nouvelle si peu de temps après la naissance d'Amanda, mais le procureur général me dit qu'il ne s'opposera pas à votre extradition.

Lizzie, assise dans son lit, tenta de faire bonne contenance.

- Ainsi donc, cela signifie que je devrai faire face à un procès?

- Je le crains. J'espérais que les abolitionnistes du Congrès m'apporteraient leur soutien, mais ce damné sénateur Whitney est très puissant et il vous en veut à mort. Il sait que vous financez le mouvement abolitionniste dans le Nord.

- Quelles chances ai-je d'être acquittée?

Billie tira un siège près du lit et s'assit.

- Eh bien, nous ignorons encore exactement quelles sont les charges que la Couronne retient contre vous. J'ai suivi le procès de Madeleine Smith en Écosse...

- Qui est Madeleine Smith?

- C'est une jeune fille de bonne éducation de Glasgow qui fut accusée d'avoir empoisonné son amant.

- Apparemment, elle n'était pas si bien élevée.

- Heu, non, je suppose. Quoi qu'il en soit, la législation anglaise a ceci d'étrange que l'accusé n'est pas autorisé à témoigner. Ce qui tourna en faveur de Madeleine Smith. N'étant pas tenue de témoigner sous la foi du serment, le jury en vint à l'acquitter pour manque de preuves. C'est ce qui pourrait vous arriver aussi.

- Tout dépendra du témoignage de Stringer MacDuff, c'est le seul témoin oculaire.

- Dans quel sens pensez-vous qu'il témoignera?

Elle se souvint de l'horrible nuit dans la ferme et de la façon dont MacDuff avait réagi en courant avertir la police pour sauver sa peau. Elle tourna la tête et vit le bébé dans le berceau.

- Je pense, dit-elle en ayant l'air de peser ses mots, que je ferais mieux de quitter le pays. Pensez-vous pouvoir m'organiser un départ pour le Mexique?

Billie se leva d'un bond.

- Je crains que ce ne soit impossible.

- Pourquoi?

Il alla ouvrir la porte et elle put y voir deux policiers en faction.

- Le sénateur Whitney, précisa Billie en refermant la porte, a persuadé le procureur général de vous faire garder.

Pour la première fois, un sentiment de panique s'emparait de Lizzie.

- Lizzie Cavanagh doit hurler de peur! Lisez ce titre du *Evening Star* : «Madame Cavanagh extradée vers l'Angleterre sous bonne garde!» croassait Ellie May Whitney en sortant sous le porche de sa demeure à la plantation Fairview.

Elle tendit le quotidien à son mari assis dans une chaise à bascule.

- Oui, le journaliste m'a affirmé qu'il allait l'éreinter. J'espère qu'avant longtemps elle se balancera au bout d'une corde, c'est tout ce qu'elle mérite.

Il tira de sa poche des lunettes à monture dorée et entreprit de lire l'article.

- Clemmie DeVries persiste à dire qu'il ne s'est rien passé entre Lizzie et l'esclave, mais si tu veux mon avis, il s'est sûrement passé quelque chose. Sa propre sœur affirme qu'elle est amorale. Je me demande si Jack Cavanagh se doutait qu'elle portait l'enfant d'un autre. Pauvre Jack! Si seulement il avait épousé une brave et honnête Virginienne au lieu d'une traînée venue d'Europe, il serait à présent vivant et heureux.

Ellie May regardait en contrebas la pelouse qui descendait doucement jusqu'à la Rappahannock River dont le cours traversait la plantation Fairview à quelque dix milles au sud-est de Fredericksburg. Fairview était généralement considérée comme une des plus belles plantations de Virginie hormis les plantations Elvira, Berkeley, Shirley, Stratford Hall - lieu de naissance de celui qui allait devenir le célèbre général Robert E. Lee - et Montpelier, propriété de James Madison. Tout comme la plantation Elvira, la culture du tabac prédominait à la plantation Fairview. Mais contrairement à Jack, Whitney avait fait construire des manufactures sur ses terres, où des esclaves, sous la direction de contremaîtres blancs, transformaient les feuilles de tabac en cigares, tabac à priser ou à chiquer et aussi de plus en plus, en cigarettes. Plus de deux cents esclaves travaillaient aux champs, plantant, chaussant, coupant, moissonnant et empilant le tabac séché dans des barriques.

Mais Phineas, en plus de sa femme, avait aussi épousé la lucrative cause du roi Coton. Les deux cultures exigeaient une main d'œuvre considérable, aussi les Whitney étaient-ils d'ardents promoteurs de l'esclavage. Et quand Lizzie devint le porte-drapeau des abolitionnistes de l'état, elle devint par voie de conséquences leur pire ennemie.

- Cet article la lamine complètement dit Phineas en posant le journal à terre.

- Crois-tu vraiment qu'elle sera pendue? demanda Ellie May.

- Je vais m'assurer qu'elle le soit. Madame Cavanagh vient de donner aux propriétaires d'esclaves une magnifique occasion de discréditer les abolitionnistes. Je vais prendre des dispositions pour qu'elle soit convaincue de meurtre. J'irai à la ferme des Carr demain pour m'entretenir de tout cela avec Brandon. Nous ne devons rien négliger.

- Non, je suppose que non, répondit Ellie May qui ne comprenait pas très bien ce qu'il voulait dire. Cependant Charlotte me dit qu'elle a reçu des poèmes de Clayton Carr qui étudie à l'université de Princeton. Il semblerait qu'il veuille faire sa demande. Que dirais-tu si notre fille épousait ce garçon?

- J'en serais très heureux. Tu sais que j'aime les enfants Carr, je les ai toujours aimés. Clayton et Zack sont des garçons convenables. Ils ont une bonne éducation et ce sont de solides gaillards du Sud. Je serais vraiment heureux si Charlotte s'éprenait de Clayton. Tu n'as pas de raison particulière de m'en parler, n'est-ce pas?

- Oh, non. Ils ont l'intention d'attendre qu'il soit d'abord diplômé. J'aime bien Les Carr... malgré le fait qu'ils ne soient pas très fortunés.

- L'argent n'est pas tout, Ellie May. L'éducation est une chose très importante. L'éducation et la fidélité envers notre cause.

L'intendant McNally, un homme gras et barbu, s'approcha du porche et mit pied à terre. Il monta les marches et porta deux doigts à de son chapeau.

- Bonjour, Madame Whitney, quelle belle journée nous avons.

- Bonjour, Monsieur McNally. Oui, jusqu'à présent nous avons eu un beau printemps.

- Excusez-moi, Sénateur, mais nous avons un petit ennui dans les quartiers.

- Quel ennui?

- Le jeune Tucker a été attrapé en train de voler à nouveau. Encore un poulet.

- Tucker a commis toute une série de larcins, je suppose?

- Tout juste, Monsieur. Ce garçon a les doigts agiles. Le mois dernier il a dérobé des navets. Je lui ai donné le fouet, mais il ne semble pas avoir compris.

- Eh bien, vous lui avez donné le fouet jusqu'à ce qu'il comprenne, dites-vous? Donnez-lui donc cent coups, puis salez-le et pendez-le par les poignets pendant une journée, ça lui apprendra.

- N'est-ce pas le fils de Sarah?

- Oui, Madame.

- C'est une de mes meilleures lavandières, Phineas. Je ne voudrais pas lui causer de chagrin.

- Si elle est chagrinée, c'est bien dommage pour elle, répondit sèchement le sénateur. Elle n'a qu'à lui enseigner les principes chrétiens. Dieu sait comme il est difficile de leur enseigner quoi que se soit. Allez-y, McNally, donnez-lui sa punition.

- Oui, Monsieur.

Après avoir salué, l'énorme intendant remonta en selle et partit. Ellie May retourna à l'intérieur, laissant son mari tout seul sous le porche de la demeure.

C'était un bel après-midi d'avril et les magnifiques pelouses de Fairview étaient d'un vert luxuriant grâce aux fréquentes ondées printanières. À l'ombre des chênes majestueux, des massifs d'azalées étaient couverts de bourgeons pourpres et violets. La maison de briques rouges était typique de la région, avec son portique à colonnes blanches, mais elle n'en était pas moins impressionnante et la vue sur la Rappahannock River était imprenable.

Avec son éminente position à Washington et ses plantations de tabac qui lui rapportaient une fortune, Phineas Whitney avait toutes les raisons d'être satisfait de son sort. De plus, imaginer Lizzie en route vers la potence relevait de la sublime délectation. Il commençait à somnoler quand, à quelque distance, un cri le fit sursauter. Il se redressa pour voir une femme de couleur courir en gesticulant vers la maison. Elle portait un foulard dans les cheveux, une robe noire et un tablier blanc.

— Massa! Massa! criait-elle.

— Que diable se passe-t-il? grommela le sénateur pendant que sa femme apparaissait sur le pas de la porte.

— C'est Sarah, dit-elle.

— Massa, je vous en prie, ils sont en train de tuer mon fils! S'il vous plaît, Massa, arrêtez le fouet, ils tuent Tucker! Oh, mon Dieu! Tucker est un bon garçon, je vous en prie, Massa!

Elle se tenait devant la véranda, se tordant les mains de douleur, au bord de l'hystérie.

— Je vous avais bien dit qu'elle en serait malade, soupira Ellie May.

— Cesse ces cris! ordonna Phineas en quittant son siège pour se rendre à la balustrade.

— Oh, je vous en supplie, il a le dos en sang! Tucker a seulement dix-sept ans... Monsieur McNally va le tuer!

— Silence, rugit le sénateur. Maudite femme, cesse cet infernal tapage. Ton fils est un voleur et il mérite une punition.

— Mais il a seulement volé un poulet... Il avait tellement faim...

Ellie May alla rejoindre son mari.

- Sarah, dit-elle d'un air sévère, tu deviens hystérique pour un rien.

- Pour rien? Mon fils est fouetté à mort! Oh, s'il vous plaît, Maîtresse, vous êtes une mère aussi... s'il vous plaît...

Ellie May fit la grimace.

- Il ne faut pas estropier ce garçon pour la vie, dit-elle à son mari.

L'argument sembla profondément ennuyer le sénateur.

- Vous autres, les femmes, vous avez le cœur trop sensible. Vous gâtez les nègres. Très bien, femme, je vais aller interrompre la punition. Mais veille bien à ce qu'il ait une bonne conduite dorénavant.

- Oh oui, Massa. Merci beaucoup. Vous êtes un homme bon, Massa, un homme gentil.

- Je suis surtout stupide. Maintenant retourne à ton travail.

- Oui, Massa.

Tout en essuyant ses yeux avec son tablier, Sarah se hâta de regagner son ouvrage. Tout en grommelant des injures, le sénateur quitta la véranda pour se diriger vers les écuries puis partit au galop sur son cheval Calhoun.

Le quartier des esclaves se trouvait à un demi-mille de la grande maison. Situé dans un champ au bord d'une ravine, il se composait de trois rangées de cabanes qui n'avaient qu'une seule pièce. Elles étaient faites de rondins et de boue renforcée de crin de cheval et leurs cheminées branlantes se dressaient sur des toits de bardeau ou de tôle. Les poulets, les chiens et les chats erraient en toute liberté sur le sol aride où s'entassaient déchets et ordures. Du fait de l'absence de sanitaires, une puanteur atroce s'exhalait de l'endroit.

La foule des esclaves terrorisés regardait M. McNally en train de flageller le dos ensanglanté du jeune homme avec un nerf de bœuf. Deux gardes armés veillaient.

Le sénateur mit pied à terre.

- Très bien, McNally, c'est assez, dit-il en se dirigeant vers le pilori.

McNally, couvert de sueur baissa le bras.

- Eh bien, Monsieur, vous m'aviez dit de lui administrer cent coups de fouet et j'en suis seulement au soixante-quatorzième.

- Je sais. Mais je pense que notre ami Tucker a compris la leçon. N'est-ce pas que tu as compris, mon garçon? Tu vas être un bon nègre et cesser de voler?

Tucker, dont le faciès d'un noir d'encre ruisselait de sueur, leva doucement les yeux et regarda le beau visage souriant de son maître, son bel habit, sa moustache bien taillée et ses cheveux bien coiffés sous son magnifique chapeau de feutre noir, le beau sourire avunculaire.

Il cracha.

Le sénateur Whitney sursauta. Puis il sortit doucement son mouchoir de sa pochette et essuya la salive qui coulait sur sa joue.

- Ce nègre se trouve bien en deçà de toute rédemption, dit-il doucement. Mettez-le dans le baril d'eau de pluie.

Il s'éloigna du pilori sous les grondements de la foule. McNally défit rapidement les nœuds qui enserraient les poignets du jeune homme qui s'effondra sur le sol, à demi-inconscient.

- Amenez-le au baril, ordonna l'intendant.

L'un des deux gardes empoigna le jeune noir par le bras et le força à se tenir sur ses jambes pendant que Sarah arrivait en criant.

- Qu'est-ce que vous faites à mon fils?

- Ton fils m'a craché au visage, répondit le sénateur qui était remonté en selle. En soixante ans, on ne m'a jamais autant manqué de respect, et par Dieu, je ne le supporterai pas, particulièrement d'un de mes propres nègres. Ton fils va dans le baril.

Sarah se mit à hurler.

- Non, Massa! Je vous en supplie, non! Oh, mon Dieu!

Elle avait couru vers le cheval et s'accrochait à la botte de son maître en sanglotant et en poussant des cris.

- Lâche ma botte, femme!

- Vous ne pouvez pas faire ça! Mon fils est un bon garçon! Oh mon Dieu!

Le sémillant sénateur de Virginie cingla le visage la femme avec les rênes de sa monture. Elle tomba sur le sol en hurlant, manquant de peu d'être piétinée par Calhoun qui piaffait nerveusement.

Les esclaves regardaient avec une terreur muette les deux gardes qui soulevaient le jeune homme ensanglanté pour le traîner vers une barrique de six pieds de haut posée sur une dalle de pierre qui surplombait la ravine au bas de laquelle coulait un ruisseau. L'un des deux laissa le garçon tomber sur le sol pendant que l'autre commençait à lui ôter son pantalon. Quand il fut nu, il fut hissé à l'intérieur du tonneau dont l'intérieur était hérissé de clous de quatre pouces.

Les gardes fermèrent le couvercle. Au signal du sénateur, McNally fit basculer sur le côté la barrique qui tomba avec un bruit sourd. Des cris affreux s'échappaient de l'intérieur. D'un coup de pied, les cerbères la firent négligemment rouler en bas de la pente.

Sous les yeux horrifiés de Sarah et des autre esclaves, la barrique dévala doucement la ravine avant de s'arrêter au bord du cours d'eau quarante pieds plus bas.

- Je te conseille de ne pas aller voir, dit Phineas à Sarah en piquant des deux. Et n'espère surtout pas qu'il soit vivant.

Il partit au galop.

À genoux dans la poussière du chemin, le visage zébré par les rênes, Sarah levait les poings vers le ciel où se trouvait le paradis.

Brandon Carr, un homme dans la quarantaine, plus intellectuel qu'homme d'affaires, avait passé ces dix dernières années à rédiger la biographie de James Madison. Il était chauve et affichait des manières affables. Cependant, ses deux fils Clayton et Zachary n'ignoraient pas qu'il était du genre opiniâtre et qu'il pouvait, à l'occasion, se montrer méchant et mesquin.

La ferme Carr était une exploitation mineure comparée à Fairview ou Elvira. Brandon cultivait aussi le tabac mais sa principale activité consistait surtout à récolter le maïs et la tomate.. C'était en quelque sorte une ferme somnolente, et Brandon, bien que ferme croyant de la «bizarre institution», savait se montrer humain envers ses esclaves : s'il pouvait exister un bon esclavagiste, alors c'en était un. Diplômé de l'université de Princeton en 1834, c'était un vrai Virginien fier de ses traditions. Mais sa maison ne pouvait en aucun point soutenir la comparaison avec ses voisins, étant aussi négligée que celles de ces derniers étaient entretenues. Et c'était moins par paresse que par impécuniosité si elle n'avait pas été repeinte depuis des années.

Le matin suivant la mort de l'esclave Tucker, le sénateur Phineas Thurlow Whitney se rendit à la ferme Carr. Elton, son cocher, descendit du carrosse pour aller lui ouvrir la portière. Le sénateur descendit et emprunta le petit sentier qui menait à la ferme dont le porche s'affaissait sur un côté. C'était encore une belle journée et Brandon semblait en jouir pleinement, assis sous sa véranda, en habit et chapeau blancs, fumant avec délectation un long cigare. Aussitôt que son voisin l'eut rejoint, il se leva avec empressement, ôta son chapeau et lui tendit la main.

- Bonjour Brandon, quelle merveilleuse journée, n'est-ce pas?

- Sûrement, Phineas. Préférez-vous entrer ou rester à l'extérieur?

- Ici, ce sera parfait.

Les deux hommes s'assirent côte à côte.

- Ellie May me rapporte que Clayton a écrit à Charlotte quelques lettres passionnées, lança le sénateur en tirant un étui à cigares en cuir. Je crois que votre fils s'est réellement épris de ma fille et je vais être très franc avec vous : rien ne me ferait plus grand plaisir que de voir nos deux familles voisines depuis si longtemps, unies par un mariage.

Brandon se pencha pour allumer le cigare de son éminent visiteur.

- Cela me ferait grand plaisir aussi. Mais je tiens à vous dire que je désapprouve totalement votre geste à propos de votre esclave, hier. Vous savez combien je m'élève contre ces excès de violence envers nos gens. Ce n'est pas un comportement chrétien, Phineas.

Le sénateur s'adossa à son siège, inhalant doucement la fumée de son cigare, fixant Brandon d'un regard pénétrant.

- Je prends mes risques avec Dieu, répondit-il finalement. Ce garçon m'a craché à la figure : je n'avais pas le choix.

- Mais c'était un meurtre!

- Brandon, vous menez vos affaires comme vous l'entendez et j'en fais autant des miennes. De plus, je ne suis pas venu ici pour me faire dicter ma conduite envers un nègre insolent.

- Phineas, vous et moi croyons en l'esclavage pour la bonne raison que c'est la base de notre économie. Les esclaves ont été amenés ici parce que les hommes blancs étaient incapables de travailler dans la chaleur. Sans les esclaves, pas de plantation de tabac, pas de cueillette du coton ni de récolte de riz. Nous sommes bien d'accord sur ce point. Mais par Dieu, Monsieur, nous avons une responsabilité envers ces gens.

Le sénateur se pencha en avant.

- Écoutez bien ceci, Brandon : pendant que vous restez assis ici en train d'écrire vos livres d'histoire, perdu dans votre monde de rêves, je suis, moi, au cœur de la bataille. À Washington, je me bats pour que le Sud garde la majorité au Sénat car je puis vous dire que le jour où nous ne l'aurons plus, nous aurons de sérieux ennuis. Aussi vous dispenserai-je de vos conseils au sujet des esclaves. J'essaie de sauver notre institution et ce n'est pas tâche facile. Mes efforts à moi rendent possible le fait que vous puissiez rester confortablement assis sur votre derrière en toute sécurité. Aussi, en tant que voisin et vieil ami, permettez-moi de vous dire que je n'apprécie pas du tout vos critiques. Vraiment pas du tout.

- Phineas, soupira Brandon, je ne vous ferai pas d'excuses et je n'ai rien à ajouter. Cependant vous disiez dans votre mot que vous souhaitiez que je vous accompagne en Angleterre. Pour quelle raison?

- C'est au sujet du procès de la femme Cavanagh. De nombreuses personnes se sont cotisées pour défrayer le coût de votre voyage.

- Mais que voulez-vous de moi?

Aussitôt que le sénateur eut fini de lui expliquer ses intentions, Brandon se renfrogna.

- Je suis désolé, Phineas, mais en mon âme et conscience, je ne puis contribuer à envoyer cette femme au gibet.

Le visiteur se dit que, décidément il n'y avait aucun arrangement possible avec son voisin. L'homme était un entêté qui ne comprenait pas toutes les implications que cela entraînait pour le Sud.

- Elizabeth Desmond Cavanagh, vous êtes accusée du meurtre de votre père. Plaidez-vous coupable ou non coupable?

Le juge Justice Molyneux avait l'air magnifique dans sa robe de magistrat pourpre bordée d'hermine. Cela se passait au Central Criminal Court, connu sous le nom de Old Bailey, dans la

Newgate Street à Londres. La salle était comble, car les procès d'assises étaient perçus comme des pièces de théâtre à Londres et celui de la belle veuve américaine originaire du Yorkshire avait suscité un très vif intérêt chez les Londoniens.

On était en Septembre 1857 presque cinq mois après que Lizzie et son enfant eurent quitté New York. Maintenant elle se trouvait à la barre des accusés, simplement vêtue d'une robe bleu foncé et d'un bonnet. Elle regarda le juge droit dans les yeux et répondit d'une voix qu'elle voulait assurée:

- Je plaide non coupable, Milord.

En fait, elle se sentait terriblement anxieuse. Aucun être humain ne pouvait rester indifférent devant une cour qui allait la juger pour meurtre et ses craintes n'avaient pas été atténuées quand son avocat, Sir Edmund Carter, lui avait effectivement confirmé que la loi anglaise ne l'autorisait pas à témoigner pour sa propre défense.

Sa nervosité croissante faillit se muer en panique quand le procureur général appela à la barre son premier témoin, le couturier parisien Lucien Delorme. Sir Edmund l'avait prévenue que la Couronne tenterait de présenter sa fuite d'Angleterre comme la preuve évidente de sa culpabilité.

Et cet argument, ajouté au témoignage de Stringer McDuff pouvait l'envoyer à la potence.

CHAPITRE TREIZE

Cawnpore est à nous! hurlait Nana Sahib à l'immense foule tandis que le ciel s'illuminait de feux d'artifices multicolores. Vêtu de soieries ivoire les plus délicates, son large cou orné d'une triple rangée de perles fines et le diamant de Peshwa épinglé sur son turban, il trônait sur le dos de l'un de ses éléphants, assis dans son howdah d'or, siège surmonté d'un dais réservé aux Maharajah.

- Par la grâce de Dieu, tous les chrétiens d'ici, de Dehli et de Meerut ont été exterminés et expédiés en enfer pour nos troupes pieuses et avisées, pénétrées de ferveur pour notre religion sacrée. Les *firinghis* aux cheveux jaunes ont été chassés de la terre des Indes, notre mère à tous. C'est maintenant le devoir de tout citoyen de jurer obéissance à mon nouveau gouvernement : je suis aujourd'hui le Maharajah de Bithur et demain je serai proclamé Empereur des Indes!

- Nana Sahib! Nana Sahib! scandait l'énorme cohue de milliers d'indigènes.

- Notre cause est en marche vers la victoire! Et maintenant, mes amis, venez tous à mon palais de Bithur afin de fêter comme il se doit notre grande victoire! Chacun d'entre vous aura à boire et à manger! Vous êtes tous les invités de Nana Sahib!

- Nana Sahib! Nana Sahib! répétait la foule immense qui s'était découvert un nouveau héros.

Dans la salle du trône du palais de Bithur, six *nautch*, conduites par Lakshmi, exécutaient langoureusement de voluptueuses figures de baladi. Cela se passait la nuit suivant la grande fête populaire et Nana Sahib avait décidé de donner une soirée réservée à ses seuls amis intimes. Le maharajah replet, paresseusement assis sur son trône doré, regardait le spectacle d'un œil distrait tout en fumant du *ganja*. Lakshmi frôlait en dansant le visage de son maître de ses voiles arachnéens qu'elle avait attachés aux épaules et aux poignets, pendant que celui-ci souriait béatement. Dans un coin de la salle, cinq musiciens, assis sur des coussins jouaient de la cithare, avec, derrière eux, quatre gardes armés de fusils Enfield. Les invités, tous mâles, se vautraient sur de grands coussins en buvant du vin ou de l'arrack dans des gobelets d'argent et en mangeant les fruits et les douceurs que leur passaient les serviteurs.

L'atmosphère de langueur et la pesanteur de l'air saturé de fumée de haschich, faisaient flotter Nana Sahib dans une sorte de rêve. Ses yeux mi-clos se déplaçaient du nombril ondulant aux seins frémissants de Lakshmi, puis vers le plafond de vitrail qui était la réplique d'une verrière que son père avait vue, puis fait reproduire après un voyage à Paris.

Le centre était percé d'un grand trou rond d'où pendait une lourde chaîne qui retenait un énorme lustre de cristal vert, composé de plus de cinquante lampes-tempête rouges, provenant de la célèbre ville de Baccarat en France. Car le dernier Peshwa avait une passion pour tout ce qui était français, tout comme son fils adorait le savon et la marmelade anglaise.

Lord Azimullah entra précipitamment dans la salle au moment où trois jongleurs commençaient leur numéro. Se frayant un passage parmi les invités, il s'approcha du trône et annonça:

— Votre Grandeur, il est arrivé un miracle. L'Anglais est ici et il se présente à vous avec le grand diamant.

— L'Anglais? Adam Thorne est ici?

— Oui, Sire. Il demande audience afin de vous remettre le diamant.

— Je ne comprends pas. Il a tout fait pour que je ne m'en empare pas.

— Il prétend avoir compris que vous êtes à présent le seul représentant du peuple hindou et que, par conséquent, c'est à vous qu'il doit remettre le diamant.

— C'est inespéré…

Nana Sahib se ressaisit:

— Est-il seul?

- Oui, Sire.

- Cet homme est stupide! s'esclaffa-t-il en se tapant sur les cuisses. Idiot! Idiot d'*Angrezi*!... Es-tu sûr qu'il ne s'agit pas d'un piège?

- Étant tout seul, Sire, je ne vois pas ce qu'il pourrait bien tenter; quoi qu'il en soit, je dirai aux gardes de l'avoir à l'œil.

- Oui, bien sûr. Mais il faut bien s'amuser un peu, n'est-ce pas? Amenez-le moi. Nous le laisserons faire son petit discours et nous remettre le diamant. Ensuite, nous lui ferons connaître la mort la plus lente et la plus atroce possible; ce sera une distraction sublime pour nos invités. Qu'y a-t-il de plus agréable que de faire mourir un Anglais?

- Je constate que Votre Grandeur est, comme toujours, bien inspirée.

Azimullah s'inclina, puis il se dirigea vers la grande porte et disparut. Nana Sahib se dressa en titubant. À demi appuyé sur l'accoudoir de son trône pour ne pas perdre l'équilibre, il leva le bras pour imposer le silence. Aussitôt, les musiciens posèrent leurs instruments et les danseuses s'immobilisèrent.

- Mes amis, j'ai une surprise pour vous, une surprise qui va égayer notre soirée : les missionnaires chrétiens, aux propos blasphématoires, nous ont cassé les oreilles avec le courage de leurs soi-disant martyrs. Accueillons ce soir un nouveau martyr chrétien et qu'il nous montre donc sa bravoure d'*Angrezi*... Serviteurs, du vin! De l'arrack!

Tout en tapant dans ses mains, Nana Sahib se laissa mollement glisser de son trône, pendant que les domestiques se hâtaient de remplir les gobelets. Trois acrobates s'étaient joints aux jongleurs et faisaient des pirouettes tout autour de la salle à la grande joie des convives.

Azimullah réapparut enfin accompagné d'Adam. Celui-ci, toujours déguisé en Hindou, fendit la foule, portant à bout de bras un coffret d'ivoire.

Le spectacle s'interrompit à nouveau et le silence s'installa dans la salle. Adam s'arrêta face au trône et s'inclina.

- Souhaite-lui la bienvenue, ordonna le maharajah.

- Le puissant potentat Nana Sahib, Maharajah de Bithur, te souhaite la bienvenue, Anglais, annonça Azimullah.

- Dites à Nana Sahib que je lui rapporte le diamant non seulement parce qu'il représente le peuple hindou, mais aussi parce que je crains que les Anglais ne le vole pour en faire don à la reine Victoria qui s'empresserait de l'ajouter à sa couronne, répondit Adam.

Azimullah s'empressa de traduire.

- Bien sûr, bien sûr, rétorqua impatiemment Nana Sahib. Qu'il me remette le coffret.

- Le Maharajah dit que vous lui faites perdre son temps; remettez-lui le coffret.

- Bien sûr.

Adam gravit les quelques marches qui conduisaient au trône et déposa la boîte dans les mains de Nana Sahib qui souleva aussitôt le couvercle. Consterné, il leva des yeux ronds où l'on pouvait lire l'incrédulité mêlée d'incompréhension:

- Elle est vide! hurla-t-il.

Un feu nourri en provenance de la verrière éclata aussitôt, tuant d'un coup les quatre gardes. Alors que le maharajah poursuivait ses vociférations, Adam tira prestement une longue dague de son manteau et l'enfonça jusqu'à la garde dans le cœur du tyran.

- Mon grand-père est vengé! dit Adam, les yeux plongés dans ceux de Nana Sahib qui s'affaissait lentement sur son trône, le regard empreint d'un éternel étonnement.

Tandis que les coups de feu éclataient, une corde fut lancée par le trou dans le plafond. Adam courut vers elle et entreprit de grimper rapidement vers le plafond.

- Dépêchez-vous! criait Bentley au-dessus de lui.

Eh oui! Un Bentley au visage noirci et déguisé en indigène se tenait debout sur une poutre maîtresse à laquelle était suspendu l'énorme lustre. Il aperçut Azimullah pointant son pistolet vers Adam qui avait presque atteint le plafond et fit feu aussitôt. Tué sur le coup, Azimullah s'écroula sur le corps de son maître.

La panique avait gagné les invités qui se bousculaient vers les portes pour échapper au feu roulant, empêchant du même coup les soldats de Nana Sahib de pénétrer dans la salle du trône.

Un soldat anglais déguisé et un des quatre *sepoys* qu'Adam avait sélectionnés, aidèrent celui-ci à grimper sur la poutre en le tirant par les bras. Les hommes, dix en tout, quittèrent rapidement l'entre-plafond dans lequel ils s'étaient cachés, pour gagner la soupente, et de là, la porte qui donnait accès aux toits.

Bentley avait connu un architecte qui avait dirigé les travaux de réfection du palais cinq ans auparavant, et lorsqu'Adam lui avait fait part de son projet d'assassiner Nana Sahib en prétextant la restitution du diamant, il avait aussitôt contacté l'architecte qui disposait encore de tous les plans du palais.

Bentley émergea sur le toit obscur, suivi d'Adam et des autres. Ils coururent vers le bord et observèrent les alentours.

Le palais se trouvait au centre de Bithur, cerné par un petit parc clôturé qui était en l'occurrence encombré de chevaux, d'attelages, de *dholis* - chaises à porteurs - et de *gharries* - chariots, appartenant aux invités dont les domestiques étaient, pour la plupart, endormis. Bentley entreprit de descendre du toit par le même *peepul* qu'ils avaient emprunté pour y accéder. En quelques minutes, la petite troupe avait sauté à cheval et se dirigeait ventre à terre vers la sortie, alors que les gardes du maharajah surgissaient dans le parc, à la recherche des meurtriers de leur maître. Mais il était trop tard.

Tout en galopant dans la nuit brûlante, Adam ressentait une exaltation qu'il n'avait jamais connue auparavant. Loin d'éprouver le moindre remords pour son geste, il avait vécu et vivait encore un moment de plaisir intense que lui procurait son goût du danger.

Mais il ignorait encore qu'en supprimant l'ennemi juré de la Grande-Bretagne, il allait devenir le plus grand héros contemporain de son pays.

Extrait de la lettre de la reine Victoria adressée à son Premier Ministre, Lord Palmerston, en date du 26 août 1857.

> Balmoral
> C'est avec le plus grand plaisir que la Reine a appris la nouvelle de la mort du félon, Nana Sahib, Maharajah de Bithur. Soyez assuré, Lord Palmerston, de l'indicible sentiment d'horreur et de honte que nous avons toutes ressenti en apprenant les atrocités commises par Nana Sahib à Cawnpore. Chaque Anglaise ressent profondément au fond d'elle-même les outrages commis par ce monstre sur nos compatriotes des colonies, et il est peut-être préférable qu'aucune d'elles n'ait survécu. Par la

grâce de Dieu et du brave et éclairé Lord Pontefract, le félon a été supprimé et la Reine ne peut que difficilement exprimer l'immense sentiment de fierté envers son pays et son héros.

Cependant, la Reine tient également à exprimer ses regrets de voir le nom de Lord Pontefract cité au procès de cette malheureuse Madame Cavanagh qui fut sa *folie d'amour*; bien qu'elle n'ignore rien du côté sombre de l'âme masculine, elle considère avec tristesse mais aussi avec humanité le fait que le jeune héros ait ainsi laissé libre cours à ses instincts. Sans ce regrettable incident, la Reine eût été ravie de l'élever à l'Ordre de la Jarretière.

Mais dans ces circonstances, la Couronne considère que ce serait faire une entorse à ses principes, bien que la Reine ne partage pas ce point de vue. Toutefois, c'est avec une grande joie qu'elle élève le comte Pontefract au rang de marquis.

Qu'il est donc doux d'être Reine d'une nation qui engendre de nobles, fiers et courageux héros comme le comte de Pontefract!

V.R. (Victoria Regina)

- Milady, Monsieur Musgrave est dans le salon, annonça Monsieur Hawkins à Sybil qui se trouvait dans la bibliothèque en train de lire la lettre que la reine lui avait adressée.

Elle posa la missive et leva des yeux étonnés. «Edgar, songea-t-elle, que diable vient-il faire ici?»

- Dites-lui que je le verrai dans un instant, informa-t-elle le maître d'hôtel qui s'inclina et sortit aussitôt.

Elle quitta son bureau pour aller se regarder dans un miroir. Il ne fallait pas que son état d'extrême nervosité fût visible, se disait-elle; aussi se pinça-t-elle les joues pour en raviver les couleurs car sa lecture avait empreint son visage d'une pâleur mortelle. Elle secoua sa luxuriante chevelure.

Edgar! Quelle folle elle avait été! Mais Adam ne l'avait-il pas fait terriblement souffrir? Sa nouvelle vie auprès d'Adam avait duré moins d'un mois; et Edgar, de retour d'Italie, Edgar qui avait été son premier amour, était réapparu. Elle s'était juré que c'était la dernière fois qu'elle le voyait, et voilà que maintenant il lui rendait à nouveau visite.

«Restons calme, restons calme, se disait-elle... Mais pour l'amour de Dieu, que veut-il donc?»

Après s'être donné un semblant de contenance, elle se dirigea vers le salon. Edgar était là, plus séduisant que jamais, le visage légèrement hâlé par le soleil d'Italie.

- Edgar, dit-elle en se dirigeant vers lui, un sourire forcé sur les lèvres. Quelle surprise! Depuis quand êtes-vous revenu?

- La semaine dernière. J'ai décidé de mettre quelque distance entre mes créanciers italiens et moi-même. Ils deviennent d'une insistance pareille à celle de mes créanciers anglais. Vous êtes plus ravissante que jamais, Sybil. Vous ai-je manqué?

Un sourire ironique sur lèvres, il la regardait droit dans les yeux, tout en baisant la main qu'elle lui tendait.

- Pas particulièrement. Étant donné que vous ne m'avez jamais écrit, je suppose que je ne vous ai guère manqué non plus.

- Et pourtant si. Vous n'avez jamais quitté mes pensées. Ni d'ailleurs cette agréable idylle que nous eûmes après le départ d'Adam pour les Indes. Et maintenant, voici que notre héros est de retour; la vie n'est-elle pas pleine de surprises?

- Oui. Je viens juste de recevoir une lettre de la Reine. Elle vient de le nommer marquis.

- Voilà qui est grandiose. Vous devenez marquise; et un jour, son comte de fils, Lord Henry, sera marquis de Pontefract deuxième du nom. Au fait, pourrais-je voir Lord Henry?

- Il dort dans la nursery et je préfère ne pas le réveiller.

- J'ai entendu dire que c'était un beau bébé aux cheveux blonds. Des cheveux blonds comme les miens, m'a-t-on dit.

- La plupart des bébés ont les cheveux blonds, répliqua-t-elle d'une voix tendue.

- Peut-être. Mais étant donné que vos cheveux sont châtains et que ceux d'Adam sont noirs, si cet enfant grandissait avec des cheveux blonds, voilà qui ne manquerait pas de paraître bizarre, n'est-ce pas?... En vérité, Sybil, au fond de votre cœur, vous ignorez qui est le père de cet enfant; et si c'était moi, cela vous mettrait dans une situation plutôt... comment dirais-je?... embarrassante. Imaginez-donc : pendant que le plus grand héros d'Angleterre risque sa vie pour sauver l'Empire des Indes, son épouse se vautre avec une incroyable impudence, comme dirait Hamlet, dans des draps adultères avec son ami d'enfance. En l'occurrence qui? Moi... Oh, non, Sybil, cela ne sera pas du meilleur effet. En fait, ce sera un véritable désastre. Pensez aussi à l'embarras de la Reine! Ce scandale pourrait faire basculer l'Empire!

Sybil, affreusement angoissée, se tordait nerveusement les mains.

- Depuis le temps que je vous connais, je pensais que vous étiez au moins un gentilhomme. Comme j'ai été folle, murmura-t-elle d'une voix éteinte.

Edgar éclata de rire et enfonça ses mains dans ses poches.

- Bien sûr, ma chère, vous le fûtes. Être un gentilhomme est un luxe que je ne puis m'offrir. En tant que dernier né d'une noble famille terrienne qui s'appauvrit de jour en jour, j'ai dû vivre de mes charmes durant toutes ces années, et soudainement, je sens que ma vie prend une tournure pleine de perspectives nouvelles.

Les yeux de Sybil se rétrécirent.

- Que voulez-vous dire?

- J'ai jeté un coup d'œil sur mes factures ce matin. Comme c'est désagréable! Et tous ces commerçants qui n'ont pour seule idée que de se faire payer!... Mais vous allez le faire pour moi, n'est-ce pas, ma chérie? Comme ce sera aimable et attentionné de votre part! J'ai toujours pensé que vous étiez une femme généreuse et, qui plus est, vous pouvez maintenant vous le permettre. Ce que je veux dire, c'est que vous êtes une des femmes les plus riches du royaume et qu'un don de vingt mille livres, accompagné d'un portefeuille d'actions de cinquante mille livres, me mettraient à l'aise.

- Vous n'êtes qu'un maître-chanteur!

- Quel vilain mot! Mais réfléchissez plutôt à l'alternative qui s'offre à vous.

- Je ne paierai pas. Adam découvrira...

Edgar saisit violemment le poignet de la jeune femme et le serra très fort.

- Vous paierez, murmura-t-il les dents serrées. Ou, par Dieu, j'annoncerai à tous les journaux d'Angleterre que la belle Lady Pontefract n'est qu'une traînée!

- Je vous ai laissé m'approcher parce qu'Adam m'avait humiliée...

- Sur le moment, vous m'avez semblé apprécier la chose.

- Mais j'aime Adam...

- Vous avez une bien étrange façon de le montrer.

- Lâchez mon poignet!

- Je veux cet argent. Soixante-dix mille livres. Cela ne représente rien pour votre cher Adam qui est plusieurs fois millionnaire, mais pour moi, cette somme changera toute ma vie. Allez-vous me l'obtenir?

- Oui, répondit-elle en sanglotant. Maintenant, laissez-moi, s'il vous plaît.

Edgar relâcha son étreinte.

- Je savais que vous vous montreriez raisonnable, dit-il. Je pars pour Londres demain et je séjournerai à mon club. Je souhaite recevoir vingt mille livres dans le courant de la semaine prochaine et le reste avant la fin de l'année. Au revoir, Sybil, ce fut un réel plaisir de vous rencontrer à nouveau.

Sur ces paroles, il fit une révérence et sortit.

Atterrée, Sybil, se cacha le visage dans ses mains. Un maître-chanteur!

Et le pire, c'était que tout était de sa faute.

La traditionnelle perruque blanche de Monsieur Justice Molyneux était surmontée de la non moins traditionnelle coiffure noire des juges. Le silence pesait tel une chape de plomb sur la salle du tribunal de Old Bailey que la foule avait envahie depuis une semaine pour assister au retentissant procès de Lizzie. On avait maintenant atteint le point culminant de l'angoisse qui serrait le cœur de chacun.

- Elizabeth Desmond Cavanagh, prononça le juge, vous avez été reconnue coupable de meurtre sur la personne de votre père, le révérend Hugh Desmond. Le tribunal vous condamne donc à être pendue haut et court jusqu'à ce que mort s'en suive. Puisse le Seigneur avoir pitié de votre âme.

- Lizzie! cria Minna Desmond en éclatant en sanglots. La jeune sœur de Lizzie, qui s'était rendue à Londres pour prendre soin du bébé Amanda, perdit connaissance. Lizzie fut conduite comme une somnambule vers un étroit escalier conduisant à une cellule par deux matrones à la mine sévère.

La mort. La fin de tout. Elle s'y attendait mais la réalité de la sentence l'assommait. «Oh, Adam, pensa-t-elle, je ne te reverrai jamais.»

Adam regardait les trois soldats anglais en train de ligoter un indigène, le creux des reins appuyé contre la gueule d'un canon.

- C'est la pire façon de mourir pour un Hindou, expliquait Bentley Brent en fumant flegmatiquement une cigarette.

Ils se trouvaient dans un champ aux environs de la ville d'Arrah qui avait été assiégée par les rebelles puis reconquise par le major Vincent Eyre. Celui-ci punissait une vingtaine de *sepoys* rebelles en les déchiquetant d'un coup de canon.

- Voyez-vous, poursuivait Bentley, selon eux, ces hommes sont faits de deux éléments sacrés : le sang - celui de leurs ennemis, les Anglais en la circonstance, et la graisse - celle du bœuf, puisqu'ils aborrent le porc. Leur corps étant ainsi dispersé, ils ne peuvent rejoindre le paradis hindou; leur religion est faite ainsi.

- C'est dégoûtant, s'objecta Adam. Ne peut-on pas simplement les pendre?

- Trop facile, mon garçon. Après ce qu'ils ont vu à Cawnpore, nos hommes crient vengeance. J'en ai entendu, de parfaitement normaux, croyants et tout, dire qu'ils aimeraient pendre tous les nègres de l'Inde.

- Mais vous-même n'approuvez pas une telle attitude, n'est-ce pas?

Bentley Brent prit le temps de tirer une bouffée de sa cigarette avant de répondre. Il faisait terriblement chaud et les deux hommes portaient des casques coloniaux qui les protégeaient du soleil ardent.

- Non, dit-il enfin. Je n'approuve pas. Je pense que les rebelles doivent être punis, mais si nous voulons avoir quelque avenir aux Indes, ils nous faut trouver une sorte d'arrangement avec les indigènes...

Ah, ils vont tirer. Vous feriez mieux de mettre un mouchoir devant votre nez car dans quelques instants, ça va sentir atrocement mauvais.

Ensemble, ils tirèrent leur mouchoir de leur poche. Ils étaient une quinzaine d'officiers et d'hommes de troupes rassemblés sur ce terrain qui avait auparavant servi de terrain de polo. Une petite troupe d'indigènes se tenaient en bordure du champ, fixant, en silence, la scène qui se déroulait sous leurs yeux.

Les vingt canons, pointés vers le sud, étaient parfaitement alignés; les vingt *sepoys* étaient ligotés devant. Leurs torses dénudés ruisselant de sueur, luisaient sous le soleil éclatant.

- Dieu seul sait à quoi ils pensent, murmura Adam.

Le major Eyre, officier d'artillerie de son état, leva son sabre. Il l'abattit brusquement et les vingt canons crachèrent les vingt boulets. Adam tressaillit de dégoût en voyant les vingt corps soufflés aux quatre vents, têtes et membres volant de toutes parts, quelques lambeaux de chair sanguinolents éclaboussant même des spectateurs.

Puis ce fut le silence. Et la fumée s'éleva, apportant aux vautours qui tournoyaient dans le ciel pur, les effluves fétides de leur festin.

Adam, le mouchoir sur le nez, se dirigea vers son cheval. Il avait pu constater les atrocités commises par les rebelles sur la personne des Britanniques et avait été informé avec force détails du massacre de Cawnpore et des horreurs que vivaient encore les habitants de Lucknow, assiégée depuis huit semaines. Les Anglais prétendaient que le châtiment devait équivaloir au crime; mais Adam en venait à se demander si le crime ne résidait pas aussi dans le châtiment.

Il enfourcha son cheval afin de poursuivre sa route vers Calcutta. Il estimait qu'il en avait assez vu et qu'il était temps de rentrer chez lui. Il avait accompli sa tâche : le diamant avait été restitué et son grand-père vengé. Une chose, cependant, restait encore obscure dans son esprit : l'attitude à adopter en regard du sang hindou qui coulait dans ses veines. Sur ce chapitre, ses idées restaient terriblement confuses. Mais après l'hystérie vindicative engendrée par les massacres de Cawnpore et de Delhi, il se dit qu'avouer son métissage, le confronterait inévitablement à l'ostracisme général.

Quatre jours plus tard, il se trouvait dans le manoir de Sir Carlton McNair, à Calcutta en compagnie de Lady Agatha et d'Emily.

- Ainsi, je suis père? demandait-il, confortablement assis dans le salon.

- Oui, répondit Lady Agatha. Votre fils est né le 21 juillet sous le signe du Lion - signe on ne peut plus prometteur, dit-on. La nouvelle était dans le *Times* de Londres, qui nous est parvenu il y a quelques jours à peine. Votre chère épouse, Lady Pontefract, l'a prénommé Henry Algernon Marmaduke.

- Henry? Adam s'empara du journal et lut l'article que Lady Agatha avait pris soin d'encercler. «Henry», ce n'est pas laid, mais je déteste «Algernon». Quoi qu'il en soit, il semble évident que ma femme n'a pas jugé bon de me consulter.

- Mais vous êtes aux Indes et elle ne disposait d'aucune adresse où vous joindre.

- Sans doute... Un fils!

Un sourire éclaira le visage d'Adam dont la teinture brune commençait à disparaître. Il avait rasé sa barbe et il retrouvait peu à peu sa physionomie d'Anglais. Il avait aussi changé ses vêtements hindous pour une tenue occidentale qu'il avait achetée à Benares.

- Un fils et un comte... Voilà qui doit se fêter dignement.

Adam suspendit brusquement son propos. Emily, qui venait d'éclater en sanglots, quittait précipitamment la pièce sous le regard navré de sa mère.

- Est-ce à cause de ce que je viens de dire? demanda-t-il.

Lady Agatha sourit en tapotant affectueusement le bras du jeune homme.

- Cher Lord Pontefract, je dois vous présenter des excuses pour Emily; elle se conduit comme une écolière en mal d'amour, ce qu'elle est effectivement. En fait, elle est follement éprise de vous. Lorsque nous nous sommes aperçus qu'elle s'était échappée en votre compagnie, nous avons craint le pire. Mais son retour, saine et sauve, et l'assurance que vous vous êtes conduit en parfait gentleman... Bref, maintenant, tout est pardonné; et puis nous vous devons tant, cher Adam. Je tiens à vous exprimer notre joie pour le grand honneur que vous nous faites de séjourner sous notre toit, même si ce n'est que pour quelques jours. Mais Emily... - elle soupira - je crains, hélas, que ses émotions n'aient pris le pas sur son éducation. Vos allusions successives à votre femme ont provoqué chez elle une crise de larmes. Je lui ai parlé maintes fois, en pure perte.

Elle soupira encore puis son visage s'éclaira.

- Lord Canning donne un bal demain soir en votre honneur au Government House et je crains que cette fois vous ne puissiez décliner l'invitation. Je vous demande à l'avance pardon pour mon indélicatesse, mais si vous vouliez bien inviter Emily à danser, je crois que cela représenterait beaucoup pour elle.

Adam sourit gentiment.

- Emily est la plus adorable jeune fille au monde. Non seulement je l'inviterai à danser, mais je serais très honoré si elle acceptait d'être ma cavalière.

- Oh! Mais vous êtes marié, Mylord!

- Comme vous le mentionniez plus tôt, je suis aux Indes et ma femme est en Angleterre; il n'y a donc aucun mal à ce que j'invite votre fille.

Lady Agatha hésitait.

- Oui, je suppose que vous avez raison. Je cours l'avertir. Elle va être tellement, tellement heureuse!

Sur ses mots, elle se hâta de rejoindre sa fille, laissant Adam seul avec ses pensées.

«Un fils», songeait Adam en se rappelant sa nuit de noces.

Sybil l'avait surpris : le froid et élégant Gainsborough s'était soudain mué en un voluptueux Rubens débordant de sensualité. Les arrangements qui constituaient la clé de voûte de son mariage avaient été très rapidement compromis lorsqu'Adam s'était malencontreusement laissé aller à prononcer le nom de Lizzie durant son sommeil. Il ne pouvant en aucun cas blâmer Sybil de s'être sentie offensée; au contraire, le fait qu'elle lui eût donné un héritier la faisait apparaître à ses yeux sous un jour nouveau; un sentiment plus chaleureux à l'égard de son épouse naissait en lui.

Mais malgré tout, il ne pouvait s'empêcher de se demander ce qu'il était advenu de Lizzie.

- C'est la plus belle soirée de ma vie, disait Emily. Mais aussi la plus triste, ajouta-t-elle furtivement.

Adam et elle étaient seuls dans le salon de la Government House, une énorme bâtisse blanche - l'exacte copie de Kedleston Hall qu'avait conçu le fameux architecte Robert Adams. La construction, avec son portique central et son immense dôme, se situait au cœur de Calcutta, dans un parc de six acres, et représentait le symbole de la puissance britannique aux Indes.

Emily, adorable dans sa légère robe turquoise qui découvrait les épaules, avec ses cheveux roux coiffés en boucles épaisses et abondantes, promena un doigt distrait sur une des tables du salon pendant que de grands *punkahs* de soie gaufrée balayaient nonchalamment l'air du soir.

- Comment quelqu'un d'aussi jeune et ravissant que vous peut-il se sentir triste?

- Vous avez certainement deviné : vous repartez demain pour l'Angleterre... Pourquoi m'avez-vous donc embrassée l'autre soir?

- Parce que j'en avais envie. J'espère ne pas vous avoir offensée.

- Loin de là. Elle hésita. Mère me reproche de me jeter à votre tête et je suppose qu'elle a raison. Mais puisque je suis déjà allée trop loin, autant aller jusqu'au bout. M'aimez-vous, Adam?

Il eut un mouvement de surprise.

- Je vous aime beaucoup, Emily.

- Ce n'est pas la même chose. Je veux vivre une grande passion! Je veux un amour qui fasse pâlir tout ce qu'on peut lire dans les romans. Et j'éprouve cet amour-là pour vous, Adam et je dispose de trop peu de temps pour me taire davantage. Je vous aime de tout mon cœur et de toute mon âme.

- Chère Emily, je pense que vous feriez mieux de trouver quelqu'un qui mérite vraiment cet amour. Dès qu'il s'agit de romance, je ne suis guère chanceux.

Elle se raidit.

- Je vous ai sauvé la vie à Uttar Pradesh, souffla-t-elle. Et je vous ai dit que je ferai en sorte que vous ne l'oubliiez jamais. Vous m'appartenez, Adam, et un jour, je ferai en sorte que vous m'aimiez comme je vous aime.

- Vous prononcez ces paroles comme si c'était une menace.

- Peut-être en est-ce une.

Ils se regardèrent fixement pendant un moment les yeux dans les yeux, presque comme deux adversaires. Puis leur hôte, Lord Canning, entra dans la pièce.

- Ah, vous voilà, Adam; je viens juste de recevoir un message de Sa Majesté, la Reine : dès votre arrivée en Angleterre, elle aura le grand plaisir de vous élever au rang de marquis. Puis-je vous présenter tous mes compliments?

Lord Canning tendit la main et Adam la serra, abasourdi.

Il commençait à peine à s'habituer au titre de comte.

CHAPITRE QUATORZE

Lady Rockfern promenait un regard circulaire plein d'admiration sur la nouvelle décoration du salon de Pontefract House, à Londres.

- Ma chère Sybil, vous avez fait là un merveilleux travail, disait-elle d'un ton qu'elle voulait le plus chaleureux possible. Mon défunt frère n'avait pas mis les pieds ici depuis des années et la dernière fois que je vins ici, mon cœur fut brisé de constater l'état d'abandon dans lequel se trouvait cette maison. Mais vous l'avez restaurée de si merveilleuse façon! Et avec un goût si sûr! Je suis persuadée qu'Adam va adorer.

- Il ne sera pas aussi heureux quand il en apprendra le coût, répondit Sybil. Mais je pensais que cela devait être fait. De plus, avec la grande popularité dont il jouit ici, à Londres, il se doit de posséder une maison dont il puisse être fier.

Sidonia lui tapota le bras en lui adressant un sourire rempli de bienveillance.

- Les choses ont finalement bien tourné et je voudrais que vous sachiez combien je suis heureuse qu'Adam et vous soyez mariés. Vous formez un couple si parfait et comme je suis rassurée qu'il n'ait pas épousé... (Elle baissa le ton et ajouta d'un air grave) l'autre.

- Je dois avouer, tante Sidonia, qu'il m'a été extrêmement pénible, ces dernières semaines, de voir notre nom étalé ainsi dans les journaux à propos du procès de Madame Cavanagh. Je crains que tout Londres ne soit en train de se gausser de moi. L'idée qu'Adam ait pu avoir un enfant avec cette méchante femme m'embarrasse affreusement.

- Allons, allons, chère Sybil, je comprends vos sentiments; mais nous les femmes, nous devons toujours faire face aux réalités qui nous touchent. Il est injuste qu'un homme puisse sans préjudice avoir des écarts de conduite qui, dans le cas d'une femme, la mettraient immédiatement au ban de la société; mais les choses sont ainsi.

À ces mots, Sybil, songeant à Edgar et à ses menaces, fut saisie d'un poignant sentiment d'angoisse et de culpabilité.

- Mais heureusement pour nous, poursuivait Sidonia, demain à l'aube, Madame Cavanagh aura cessé d'être un problème pour nous tous.

- Oui, en tant que chrétienne, j'ai pitié d'elle et je ferai une prière pour le repos de son âme. Ce serait cependant hypocrisie de ma part, si je n'admettais pas que c'est un bien grand soulagement pour moi que la loi, comment dire?, élimine un sérieux problème dans mon foyer.

- Bien sûr.

Sidonia consulta son oignon.

- Il faut nous mettre en route; le bateau d'Adam arrive à quai dans deux heures et nous ne devons à aucun prix être en retard. Le prince consort nous fait le grand honneur d'être là en personne! C'est un merveilleux jour pour notre famille... Merveilleux!

À nouveau, elle baissa le ton.

- Un conseil, ma chère : je présume qu'Adam ignore tout des événements concernant Madame Cavanagh; peut-être serait-il plus avisé de n'en point parler jusqu'à demain. Vous connaissez l'impétuosité d'Adam : bien que cette femme mérite mille fois son sort, la nouvelle de sa pendaison risquerait de compromettre ces instants de bonheur.

Sybil eut l'air contrarié.

- Non, Tante Sidonia. J'y avais pensé mais je crois que ce serait une erreur. J'ai pris conscience du profond attachement d'Adam pour cette femme et, croyez-moi, c'est un fardeau que je porte depuis plus d'un an, maintenant. Mais si je ne lui en parlais pas, je suis persuadée qu'il me le reprocherait toute sa vie. Laissons-le, s'il le désire, faire ses adieux à Madame Cavanagh; après tout, j'ai gagné et il serait équitable que je me montre bonne joueuse.

- Vous avez raison. Ah, chère Sybil, quel noble caractère vous avez! Venez, ne bavardons pas plus longtemps. Arriver en retard, serait aujourd'hui d'une extrême vulgarité.

En cet automne de 1857, la Londres où Adam revenait se trouvait être la *caput mundi*, le sommet du monde, comme l'avait été Rome quelque deux mille ans plus tôt. En dépit du puritanisme victorien envers le sexe (pour lequel la reine employait le doux euphémisme de «côté obscur du mariage», bien qu'elle portât un intérêt fortement marqué au sexe mâle et qu'elle eût pris bien soin de faire neuf enfants), la population londonienne avait triplé au cours du siècle, et la capitale était peuplée de presque cinq millions d'âmes, ce qui faisait d'elle la plus grande métropole du monde. Londres était le plus grand port et malgré ses bas-quartiers, comme Wapping, faits de sordides maisons où croupissait une population d'étrangers faméliques et presque nus, les caves de la Banque d'Angleterre n'en recelaient pas moins la fabuleuse somme de onze millions de livres en lingots d'or. L'Empire britannique, déjà le plus étendu au monde, ne cessait de grandir. Ses colonies se multipliaient si rapidement que même Lord Palmerston, le Premier Ministre, «avait du mal à garder un œil sur ces maudites cartes de géographie». Malgré le fait que l'Anglais moyen ne tirait que très peu d'avantages concrets de cet empire - et même subissait énormément d'aléas s'il faisait partie de l'armée ou de la marine, où la discipline était sévère, la paie mauvaise, les soins sommaires, sans parler des risques encourus dans la bataille - l'Anglais moyen donc, était pétri d'un orgueil chauvin pour l'Empire et était fier d'envoyer ses enfants se faire tuer pour lui.

Le nombre des massacres engendrés par la révolte hindoue parvenu à Londres - en particulier celui de Cawnpore - ajouté à celui des viols perpétrés par les indigènes sur les Anglaises, n'avait cessé de grossir de manière exagérée. Après la réaction extrêmement choquée de la Reine, l'imagination populaire s'était enflammée. Jamais auparavant la population n'avait été aussi assoiffée de sang; aussi voyait-elle en Adam, Adam, le pur Anglais de haute lignée qui avait tué le félon Nana Sahib, son héros national.

Quand le navire à vapeur accosta au quai des Indes, Adam eut la surprise d'y voir un millier de personnes attroupées, l'acclamant et brandissant des centaines de drapeaux de l'Union

241

Jack pendant qu'une fanfare militaire entonnait «Rule Britannia!».
Une immense bannière, où l'on pouvait lire : «Soyez le bienvenu
au pays et que Dieu vous bénisse, Lord Pontefract!», avait été
suspendue sur les murs des hangars.

De nombreuses voitures étaient alignées sur le quai. Devant
un carrosse, dont les portes étaient frappées du sigle royal, se
tenait un homme de haute taille. Il était vêtu d'un manteau doublé
de fourrure et portait un haut-de-forme en soie. Adam reconnut en
lui le Prince Albert, l'époux germanique, âgé de trente-huit ans,
de la Reine Victoria. Le Prince Consort était entouré de dignitai-
res, notamment de généraux dans leurs rutilants uniformes rouges.
Adam aperçut ensuite Tante Sidonia, et, entre elle et le prince,
Sybil, vêtue d'un magnifique manteau de lynx assorti d'une
toque.

- Avez-vous vu qui est là? Ce sacré Prince Consort! dit
Bentley qui était venu s'accouder à la rambarde près d'Adam.

Bentley Brent avait obtenu une permission spéciale pour se
rendre en Angleterre afin de recevoir la Victoria Cross des mains-
mêmes de la Reine. Honneur strictement réservé aux militaires.

- Oui, je le reconnais. Comment dois-je l'appeler quand je
vais lui être présenté?

- Sire. Et la Reine, Madame. Qui est cette beauté qui se
trouve près du Prince?

- Mon épouse.

- Eh bien, permettez-moi de vous féliciter.

La fanfare jouait «Soldiers of the Queen» pendant que l'on
mettait en place la passerelle. Le capitaine Norcross, commandant
du navire, accompagna Adam et Bentley jusqu'au débarcadère et
les présenta au Prince Albert.

- Nous sommes si fier de vous, dit le Prince Consort avec
un accent germanique fortement prononcé. Vous avez fait de
l'excellent travail! Excellent!

Les deux hommes s'inclinèrent en serrant la main du
prince. Puis Adam se tourna vers Sybil, la prit dans ses bras et
l'embrassa.

- Mon Adam chéri, dit-elle, comme je suis fière de vous!

Elle le pensait sincèrement. «Si ce n'était d'Edgar, ce serait
le plus beau moment de ma vie», songea-t-elle.

- N'oublions pas Cawnpore! N'oublions pas Cawnpore! scandait la foule.

Une heure plus tard, le carrosse pénétrait dans Pontefract Square, le ravissant square de style géorgien que le grand-père d'Adam avait fait construire trente ans plus tôt dans le West End, quartier huppé de Londres que les familles Grosvenor et Cadogan, ainsi que le bâtisseur Thomas Cubitt, avaient développé.

Le soir tombait et les allumeurs de réverbères s'affairaient autour de leurs lampes à gaz qui jetaient une lueur diaphane sur les premiers flocons de neige. Le jardin, situé au centre, était petit mais il avait un attrait tel que les nourrices venaient régulièrement y promener leurs bébés. «C'est ici que l'on promène mon enfant» se dit Adam tandis que la voiture s'arrêtait devant la grande demeure.

C'était une maison de couleur crème, située dans un angle du square. Haute de quatre étages, avec une frise au niveau du premier et une corniche faisant fronton, Pontefract House avait du style et du caractère. Adam y avait passé une nuit seulement avant son départ pour les Indes l'année précédente et il admirait pour la seconde fois cette maison avec un enchantement tout neuf. Ayant quitté le carrosse, il accompagna Sybil vers le portail de fer forgé, puis sous le portique de la demeure qui se trouvait à quelques pas de là.

- La maison était dans un état déplorable et j'y ai fait faire des travaux qui ont duré presque un an et je crains d'avoir fait quelques dépenses excessives, annonça Sybil.

- Je me souviens qu'elle était en effet, en triste état. Je suis très heureux que vous ayez pris cette initiative; surtout pour Henry que j'ai si hâte de voir.

- Je doute que vous soyez déçu, répondit-elle. Mais elle pensait : «Mon Dieu! Quand il va voir ses cheveux blonds! Edgar...»

Monsieur Ridley, le majordome tout chauve que Sybil avait engagé, vient ouvrir la porte.

- Voici Monsieur Ridley, présenta-t-elle.

- Soyez le bienvenu dans votre demeure, Milord.

- Merci, Monsieur Ridley.

Un valet de pied les débarrassa de leurs manteaux; puis Sybil conduisit Adam au deuxième étage, tout au fond du corridor, où se trouvait la nursery.

- Madame Leeds, voici mon mari, Lord Pontefract, annonça Sybil. Madame Leeds est la nourrice. Et voici votre enfant.

Adam s'approcha du berceau enveloppé de bruant bleu qui était suspendu entre deux supports de métal et se pencha vers le bébé joufflu qui était endormi.

- Puis-je? demanda-t-il en le montrant du doigt.
- Bien sûr.

Adam souleva précautionneusement le bébé et l'appuya sur son épaule.

Le bébé se mit aussitôt à pleurer.

- Je l'ai réveillé, constata Adam dans un sourire. Toutes mes excuses, Henry. Bonjour. Jeune homme, je suis votre papa; n'êtes-vous pas heureux de me voir?

L'enfant continuait de pleurer de plus belle.

Adam posa un baiser sur son front et le reposa dans son berceau.

- Il est magnifique, dit-il en rejoignant Sybil. Il est votre exact portrait.

- Il est bien trop tôt pour le dire, répondit diplomatiquement Sybil, priant le Ciel en son for intérieur pour que Henry Algernon Marmaduke de Vere ne ressemblât pas à Edgar Musgrave en grandissant.

Quand ils eurent regagné le hall, Sybil posa sa main sur le bras d'Adam.

- J'ai de très mauvaises nouvelles à vous annoncer, Adam. Des nouvelles que je préférerais ne pas vous dire, mais étant donné les circonstances et le peu de temps dont nous disposons…Cela concerne votre amie, Lizzie Desmond.

Elle entreprit aussitôt de tout raconter, sous le regard éberlué d'Adam.

Note envoyée par courrier spécial de Buckingham Palace au numéro 10 Downing Street:

À : Lord Palmerston

De : S.M. la Reine

Le 20 novembre 1857

Un événement extraordinaire est survenu cet après-midi.
Alors qu'elle dînait en famille, la Reine fut avisée que
Lord Pontefract sollicitait une entrevue, prétextant qu'il
était question de vie ou de mort. Compte tenu des
circonstances, il était difficile de ne point accéder à sa
requête. La Reine se retira donc dans le Bow Room, où
le jeune Lord Pontefract fut aussitôt introduit. Il se
trouvait dans un état d'extrême nervosité et, après les
formules d'usage, il supplia la Reine de surseoir à
l'exécution de Madame Cavanagh. Il lui demanda de lui
accorder suffisamment de temps pour qu'il puisse
prouver l'innocence de cette femme, arguant qu'il y
avait sûrement eu un vice de procédure, qu'il connaissait
parfaitement cette femme et qu'il jurait sur son âme
qu'elle était incapable de commettre pareille vilenie.
Oh, la Reine n'avait encore jamais vu pareille véhémence! Les arguments de Lord Pontefract, à l'allure si fière,
faillirent lui arracher des larmes. Il nous paraît évident
que nous devons permettre à cet homme brave, à qui
l'Angleterre doit tant, de pouvoir innocenter Madame
Cavanagh.
S'il existe le moindre doute sur la culpabilité de cette
femme, il y va de l'honneur de la justice britannique de
le dissiper avant l'exécution du châtiment suprême.
En tout état de cause, la Reine a demandé au secrétaire
à la Justice de différer l'exécution de la sentence au 5
décembre prochain, ce qui laissera à Lord Pontefract
deux semaines pour tenter de sauver la femme.
Oh, si Lord Palmerston avait pu entendre l'émouvante
plaidoirie du jeune homme, il aurait senti au fond de son
cœur, tout comme la Reine l'a ressenti au fond du sien,
que peut-être ce procès illustrait un des rares cas démon-
trant les errances de la Loi, et qu'après tout, Madame
Cavanagh était peut-être innocente!

V.R. (Victoria Regina)

- Lizzie, il y a là un homme qui veut te voir. Il s'appelle Adam Thorne, annonça la gardienne toute de noir vêtue.

Lizzie, qui était assise sur le grabat de sa cellule du quartier des femmes de la prison de Pentonville, sursauta.

- Adam! murmura-t-elle.

- Habillé comme un aristo, il est. Allez viens! Tu n'as que vingt minutes.

Lizzie se leva. La cellule aux murs de briques de sept pieds par treize, était blanchie à la chaux. L'unique fenêtre, constituée de quatorze carreaux vitrés, laissait passer une lumière diffuse. Les sanitaires se limitaient à un pot de métal.

Lizzie, qui portait une blouse grise unie, passa la porte métallique et suivit la gardienne dans le sinistre corridor.

Adam.

Quand le gouverneur de la prison, située au nord de Londres, dans le district de Islington, lui avait annoncé la décision de la reine de surseoir à son exécution, une petite lueur d'espoir avait commencé de renaître en elle depuis son désastreux procès à Old Bailey.

Et maintenant, Adam était là! Elle aurait voulu crier de joie.

Dès qu'elle fut introduite dans le parloir, Adam la reconnut aussitôt. Elle semblait si faible et si fragile. Elle alla à la grille qui les séparait et l'agrippa de ses deux mains. Ses yeux étaient remplis de larmes.

- Lizzie, murmura-t-il en posant ses mains vis à vis des siennes. Lizzie, mon amour, ton chevalier est venu te sauver.

Pendant qu'il parlait, elle revit les Moors balayés par le vent, les ruines de Newfield Abbey et Adam, allongé près d'elle parmi les fleurs sauvages. Comme tout cela lui paraissait loin, à présent!

- Oh, Adam, je pensais ne plus jamais te revoir...

- Ne pleure pas, mon amour. Tout ira bien. J'ai vu Minna et Amanda et elles vont toutes deux très bien. Maintenant, écoute-moi attentivement car nous ne disposons que de peu de temps : je me suis entretenu avec la Reine, la nuit dernière et elle a bien voulu retarder l'exécution...

- Ainsi, c'est toi qui as tout arrangé?

- Oui. Je dispose de deux semaines pour découvrir un vice de forme dans ton procès. Ce matin, j'ai rencontré le sollicitateur général, Sir Edmund Carter, et j'ai eu connaissance des minutes concernant les différents témoignages. Sir Edmund m'a dit que c'est le témoignage de Stringer MacDuff qui a influencé la décision du jury, que ton avocat fut incapable de lui faire changer son témoignage lors du contre-interrogatoire et qu'il était anticonstitutionnel que tu viennes déposer à la barre. Que penses-tu de la déposition de MacDuff?

- Il a menti, répondit Lizzie en essuyant ses yeux. Mon père m'a agressé, il m'a jetée à terre et fouettée avec une telle violence que j'ai craint pour la vie de notre bébé; c'est dans un réflexe de défense que j'ai lancé la lampe sur lui. Mais ce n'est pas du tout ce qu'a affirmé MacDuff.

- Il a prétendu que ton père est simplement entré dans la chambre et que tu as lancé la lampe sur lui.

- Je le sais! En vérité, il n'est même pas intervenu quand mon père m'a agressé. Et personne n'a pu contredire ses allégations, aussi le jury m'a-t-il condamnée.

- As-tu une idée sur les motifs de ce faux témoignage?

- Oui. Sir Edmund pense que MacDuff a subi des pressions pour qu'il donne cette version des faits; ou peut-être même a-t-il été payé. Il faut dire qu'il était très élégamment vêtu lors du procès - je veux dire pour un fermier.

- Qui, selon toi, aurait pu acheter son témoignage?

- J'y ai pensé pendant des semaines, et je ne vois qu'une seule personne. Un Américain, sénateur de Virginie. Vois-tu, durant mon séjour en Amérique, j'ai largement subventionné le mouvement abolitionniste du Nord. Le sénateur Whitney, qui est le dirigeant des esclavagistes au Sénat, l'a découvert. En me discréditant et en me faisant condamner, il discrédite, du même coup, le mouvement abolitionniste tout entier.

«Esclaves, pensa Adam. Esclaves en Amérique, nègres aux Indes...»

Et ce sang hindou qui coulait secrètement dans ses veines...

...Il s'était senti bien dans la peau d'un héros anglais, mais d'avoir vu les indigènes déchiquetés par les boulets de canons, d'avoir entendu les hurlements vindicatifs des Anglais assoiffés de sang, avait provoqué, au tréfonds de lui, un sentiment d'aversion envers l'Empire britannique.

Quelle coïncidence que Lizzie ait été engagée dans le même combat, alors qu'ils étaient chacun à l'autre bout du monde! Mais l'esclavage aux Amériques lui paraissait bien plus inhumain que le comportement des Anglais dans le sous-continent.

- J'irai voir MacDuff demain, dit-il d'un air résolu et je lui arracherai la vérité. De toutes façons, je te tirerai de ce mauvais pas. Je sais que tu as vécu un enfer, mais ce sera bientôt fini et nous serons à nouveau réunis.

- Mais ta femme...

- Ne t'inquiète donc pas pour Sybil.

- L'aimes-tu?

Il y avait quelque chose de pathétique dans le ton de sa voix.

Adam ignorait quels étaient ses véritables sentiments envers sa femme; cependant, il lui était infiniment reconnaissant, compte tenu des circonstances, de lui avoir fait part de la dramatique situation dans laquelle se trouvait Lizzie. Et puis, il y avait Henry. Mais pour l'instant, Lizzie avait besoin de toute l'aide qu'il était en mesure de lui apporter.

- C'est toi que j'aime, répondit-il. Je n'ai jamais aimé que toi, et il en sera toujours ainsi.

Pour la première fois depuis des semaines, elle sourit.

- Mon cher et preux chevalier, murmura-t-elle.

- C'est terminé, aboya la matrone.

- Vous allez dans le Yorkshire? Mais pourquoi donc? s'exclamait Sybil une heure plus tard à Pontefract House.

- Il y a toutes les raisons de croire que le témoin principal s'est parjuré, et je vais de ce pas lui arracher la vérité.

Elle le regarda monter les escaliers quatre à quatre pendant que sa colère allait grandissante. Après tout, s'il pouvait sauver Lizzie, ce serait grâce à elle!

Il était rentré des Indes la veille et il avait été presque tout le temps absent. Une douloureuse évidence s'imposait à son esprit, celle qu'il s'intéressait davantage à Lizzie qu'à elle.

Elle avait mis ses plus beaux atours, une robe très décolletée de velours noir; mais, se ruant vers la chambre pour y rassembler quelques effets, il ne lui avait pas accordé l'ombre d'un regard.

Sybil attendit que Monsieur Ridley eût gagné le quartier des domestiques pour se diriger vers la cage d'escaliers où se trouvaient alignés les portraits des de Vere ainsi que les chefs-d'œuvre que ses ancêtres avaient acquis au cours du siècle précédent.

Sybil n'était pas une femme intéressée, mais elle appréciait la fortune dont elle disposait et elle s'était donné beaucoup de mal pour faire de Pontefract House la splendide demeure qu'Adam avait à peine remarquée. La seule chose à laquelle il avait fait allusion avait été l'installation sanitaire. Des sanitaires! Elle espérait un témoignage d'amour, et tout ce qu'elle obtenait, c'étaient des compliments sur les nouvelles toilettes brevetées de Thomas Thirkill!... Et sur les douches, une invention du dix-huitième siècle qui devenait à la mode.

Arrivée en haut des marches, elle traversa le hall.

Comme le voulait la coutume chez les gens aisés, les époux faisaient chambre à part. La veille, elle s'était attendue à ce qu'il vienne la rejoindre dans sa chambre après son retour de Buckingham Palace; mais il s'était immédiatement retiré dans la sienne en prétextant un mal de tête. Ceci, après une année de séparation!

Elle ne prit pas la peine de frapper et entra sans ambages dans la chambre où Adam s'apprêtait à prendre une douche.

- Comment pouvez-vous me faire pareil affront? demanda-t-elle calmement en refermant la porte derrière elle. Comment pouvez-vous m'humilier de la sorte en vous compromettant à nouveau avec cette femme?

- Je ne me compromets pas. J'essaie de sauver la vie d'une innocente.

- Comment savez-vous qu'elle est innocente? Elle a été équitablement jugée et condamnée par un jury anglais. De plus, vous pourriez avoir, il me semble, quelque considération à mon égard : vous avez été absent pendant toute une année, et depuis votre retour, je ne vous ai que très peu vu. La nuit dernière, alors que j'espérais votre visite, vous vous êtes précipité à Buckingham Palace pour en revenir avec un mal de tête! Je pense mériter mieux que cela, Adam.

- Je suis sincèrement désolé, Sybil; mais ce que j'ai appris m'a causé un tel choc...

- Encore cette femme! Sybil serra les poings. Je pensais en avoir fini avec elle, et voilà qu'elle réapparaît dans ma vie pour détruire mon mariage!

- Rien ne sera détruit.

- Adam, cessez donc de feindre pendant quelques instants. Croyez-vous que je ne sache pas ce que vous espérez? Vous voulez la sauver pour la mettre dans votre lit. Tout cela est si exaspérant pour moi, votre femme et la mère de votre enfant. Et si peu élégant de votre part! Je vous aime vraiment, mais vous me rendez la vie bien difficile...

- Croyez bien, Sybil, que je suis désolé de mon manque de tact. Je n'ignore pas également que la chose est d'autant plus difficile pour vous que ma relation avec Lizzie est devenue chose publique. Mais vous devez bien comprendre que je ferai tout ce qui est en mon pouvoir pour la sauver.

- Oh, je déteste son nom! cria-t-elle au comble de l'irritation. Cette catin, cette traînée... Savez-vous ce que sa sœur a affirmé à la presse?

- Tout ce que je sais, c'est que Madame Belladon l'a dénoncée au ministre britannique qui était en visite à Washington; ce qui est, à mon sens, la pire des trahisons envers quelqu'un de son propre sang.

- Elle avait une bonne raison. Après tout, sa sœur n'a-t-elle pas assassiné son propre père?

- C'est un mensonge! cria Adam. Et je le prouverai!

- Mais savez-vous ce qu'elle a dit? Qu'elle a eu pour amant un de ses esclaves nègres! Et c'est d'une telle femme que vous vous faites le champion?

Un éclair de fureur passa dans les yeux d'Adam.

- Ne prononcez plus jamais ce mot en ma présence, gronda-t-il.

- Quel mot?

- Nègre. C'est un mot que je hais.

- Je ne vous comprends pas, cracha-t-elle. Mais laissez-moi vous dire ceci, Adam Thorne : vous allez détruire ce mariage et vous êtes en train de changer une femme qui vous aime en une femme qui commence à vous détester.

Elle se dirigea vers la porte et, la main sur la poignée, elle se retourna pour conclure d'un ton hautain:

- Ce soir, c'est moi qui vous refuse ma porte.

Sur ces mots, elle sortit en faisant violemment claquer l'huis derrière elle.

La tête entre les mains, Adam se laissa tomber sur son lit. Il était tout à fait conscient du fait qu'il se conduisait comme un goujat; mais son inquiétude pour Lizzie mettait ses nerfs à vif.

Que se passerait-il s'il ne parvenait pas à confondre Stringer MacDuff? Il n'osait y penser.

Car à chaque minute, le spectre de la potence se rapprochait de sa bien-aimée.

CHAPITRE QUINZE

Mon fils, un héros! Magistral! Absolument magistral! Adam, mon garçon, je suis fier de vous. Buvons à votre retour au manoir Thorne.

Sir Percival Thorne, qui avait ignoré l'usage du rasoir depuis plusieurs jours, tituba à travers la cuisine sale et faillit s'étaler sur la table couverte de reliefs de repas. Adam n'avait pas vu son père depuis plus d'un an et il ressentit un choc en constatant son état de détérioration physique et morale. Aussi loin que remontaient ses souvenirs, Sir Percival avait toujours été un solide buveur. Mais maintenant, le jeune homme pouvait constater que son père était purement et simplement un ivrogne. Il regardait ses mains qui tremblaient déboucher une bouteille de whisky et en remplir trois verres. Ses yeux se portèrent ensuite sur Jethro, le domestique à la barbe grise, depuis toujours au service de son père.

- J'ai lu dans le journal que vous vous étiez déguisé en Hindou, dit Jethro avec son lourd accent du Yorkshire. Voilà qui fut brillant, Adam. Nous sommes tous fiers de vous.

- Mon fils a tué ce satané Nana Sa... (Sir Percival émit un rot) Sahib. Venez ici, Adam, prenez-donc un verre. Toi aussi, Jethro.

Le vieux serviteur alla ajouter une bûche dans l'âtre de pierre, puis il se saisit de son verre.

- Lord Pontefract, hoqueta Sir Percival en s'adressant à son fils assis à l'autre bout de la table. Le seigneur du manoir... Et quel manoir, n'est-ce pas?

Il rit.

- Comme la vie est une étrange chose. Les de Vere... si hautains...ils m'ont toujours traité comme un moins que rien... et maintenant, quelle ironie...

Ses lourdes paupières retombèrent sur ses yeux imbibés d'alcool et il s'affaissa, le nez dans son verre, sans avoir pu achever sa phrase.

- Il est à peine dix heures demanda Adam avec une certaine inquiétude. À quelle heure a-t-il commencé à boire?

- Commencé? s'étonna Jethro. Il n'a jamais cessé. Le maître nous quitte, ami. Vous devez regarder la vérité en face : Sir Percival ne passera pas l'hiver.

- Et dire qu'il n'a même pas cinquante ans, ajouta Adam en hochant tristement la tête. Quelle pitié et quel gâchis. Bien! Portons-le dans son lit, Jethro.

- Il n'en sort pratiquement jamais, ami. C'est pour vous qu'il s'est levé, aujourd'hui.

Adam souleva son père et le porta sur ses épaules jusqu'à la chambre qui, avec le plancher encombré de bouteilles vides, n'était pas seulement sale, comme on pouvait s'y attendre, mais aussi glaciale. Il neigeait et tout le manoir était comme une glacière. Il se souvint alors des innombrables nuits qu'il avait passées à grelotter quand il était enfant. Il se pencha et embrassa son père sur le front. Car, malgré ses faiblesses et ses erreurs, il l'aimait. Il se rendait compte que Jethro avait vu juste : son père allait bientôt quitter ce bas monde où il avait si froid.

- Jethro, auriez-vous vu des Américains dans les parages ces derniers mois? demandait Adam quelques minutes plus tard.

- Des Américains? répéta le vieil homme, l'air aussi surpris que s'il s'était agi de nomades de Namibie. Non, ami. Qu'est-ce qu'un Américain tant soit peu sensé viendrait faire dans le Yorkshire... Attendez. Il y a eu un Américain...

- Ah, oui? Et quand?

Le vieux serviteur se gratta le sommet du crâne.

- Eh bien... C'était l'été dernier, je crois. Il s'est rendu à Wikeham Rise et a séjourné au Swan Inn. Ça a même causé pas mal d'agitation.

- A-t-il rencontré Stringer MacDuff?

- Ça, ami, je n'en sais fichtre rien. Demandez à l'aubergiste du Swan. Tout ça, c'est pour Lizzie Desmond?

- Oui, c'est pour elle.

- Je n'ai jamais pensé qu'elle avait tué son père, et les gens d'ici, non plus. Tout le monde dit que c'est sa sœur qui l'a trahie.

- Et ils ont raison. Jethro, quand mon père vous a-t-il payé pour la dernière fois?

Le vieil homme soupira.

- Ah, ami. Je n'accepte pas d'argent de Sir Percival. Il a été bon avec moi pendant de nombreuses années. Je me contente de passer tous les jours pour voir si tout va bien et je ne veux pas être payé pour ça.

Adam tira sa bourse de sa poche.

- Voici vingt guinées. Je voudrais que vous trouviez quelqu'un qui mettrait cette demeure en ordre et une infirmière qui s'occuperait de mon père.

- Il y a Jane Carlton à Wikeham Rise. C'est une bonne infirmière et une fille gentille et honnête.

- Engagez-la. Je ne pensais pas que mon père était si mal. Il a besoin de soins.

- Vous êtes un bon fils, Adam.

«Mais pas un aussi bon mari», pensa aussitôt le jeune homme en pensant à sa querelle avec Sybil. Il se dirigea vers le vaisselier qui se trouvait dans un coin de la cuisine, ouvrit un tiroir et s'empara d'un pistolet qu'il mit dans la poche de son manteau.

Cet après-midi-là, deux hommes galopaient à bride abattue à travers la lande couverte de neige et ils piquèrent vers un cottage au toit de chaume. L'un était Adam. L'autre, petit et trapu portait une houppelande pied-de-poule.

- Stringer MacDuff! appela Adam en arrêtant son cheval devant la porte de la ferme.

Il l'aperçut qui sortait de sa grange.

- Je veux vous parler, ajouta-t-il.

Les deux cavaliers mirent pied à terre et attachèrent leurs bêtes.

- Adam Thorne, dit MacDuff en se dirigeant vers lui tout en ne quittant pas l'inconnu des yeux.

- Je veux dire Lord Pontefract, ajouta-t-il hypocritement. Et que me veut Votre Seigneurie?

- MacDuff, en juin dernier, le quatorze pour être précis, un Américain du nom de Roger Ward et venu à Wykeham Rise et a pris une chambre au Swan Inn.

- Et alors?

- Le quinze, vous avez déposé mille livres à la Yorkshire Bank and Trust Company dans la Grand-rue.

MacDuff fronça les sourcils.

- Comment savez-vous ça? souffla-t-il.

- Laissez-moi me présenter, intervint l'inconnu. Inspecteur Sebastian Quaid, de Scotland Yard. Le directeur de la banque m'a montré le bulletin de dépôt.

MacDuff commençait à manifester des signes de nervosité.

- L'Américain vous a-t-il remis cet argent? poursuivit Adam.

- Ça ne vous regarde fichtrement pas.

- Mais cela regarde le gouvernement de sa Majesté, s'objecta l'inspecteur. Roger Ward est propriétaire d'une plantation en Virginie. Tout nous porte à croire qu'il participe à un complot ourdi par les propriétaires d'esclaves, et qu'il fut envoyé en Angleterre pour acheter votre témoignage afin de faire condamner Madame Cavanagh, et, à travers elle, de discréditer tout le mouvement abolitionniste. Grâce au travail d'investigation de Lord Pontefract...

MacDuff, qui portait une lourde veste en peau de mouton, tira tout à coup de sa poche un pistolet et en menaça les deux hommes.

- Quittez mes terres, gronda-t-il.

- Ce ne sont plus les vôtres, dit Adam en brandissant un acte de vente devant les yeux étonnés du fermier. J'ai fait, aujourd'hui même, l'acquisition de cette ferme auprès de Monsieur Gilpatrick. Maintenant, MacDuff, vous avez une alternative : soit vous coopérez avec nous et dites toute la vérité aux autorités - auquel cas vous serez jugé pour parjure et emprisonné pour quelques années au bout desquelles vous pourrez retrouver cette ferme que je vous louerai à vie, à un prix inférieur à celui que vous payez actuellement - soit vous refusez de collaborer et vous irez quand même en prison et ne pourrez jamais revenir sur ces terres. Pensez-y. Nous vous accordons deux minutes.

L'arme resta presque une minute pointée vers le cœur d'Adam. La main tremblante, MacDuff finit par baisser le bras.

- Je coopère, dit-il.

Lettre de la Reine Victoria à son Premier Ministre:

Buckingham Palace

25 novembre 1857

C'est avec le plus grand plaisir que la Reine a accordé son royal pardon à Madame Cavanagh qui fut libérée aujourd'hui. Une fois encore, Lord Pontefract a démontré sa bravoure et son intelligence exceptionnelle et la Reine ne saurait taire sa grande admiration pour les qualités de ce pur Britannique.

Cependant, un nuage subsiste, qui obscurcit le céleste bonheur de la Reine. Elle n'ignore pas, en effet, que ce jeune homme aux mille prouesses, pèche par l'absence de la qualité essentielle aux principes du héros chrétien, à savoir la fidélité envers son épouse.

Cet après-midi, la Reine a eu la grande joie d'élever Lord Pontefract au rang de marquis et pair du Royaume, et de nommer son héritier comte de Castleford. Après la cérémonie, elle eut un bref entretien privé avec le marquis au sujet de Madame Cavanagh et de l'intérêt qu'il lui portait. Elle l'a *éloquemment* entretenu des bienfaits du mariage et de la très grande importance de la famille dans notre société. Bien que parfaitement consciente du fait que toutes les familles du royaume ne vivent pas dans la félicité et la stricte observance des règles morales - le souvenir de la vilenie de l'un de ses oncles est encore vivace dans son cœur - elle tenta de convaincre le jeune Lord Pontefract que son vrai bonheur se trouvait auprès de son épouse *uniquement*.

Le fait que Lady Pontefract ait décliné l'invitation d'assister à la cérémonie pour cause de malaise, laissa imaginer à la Reine les douloureux sentiments de la jeune épouse en voyant son mari se faire le champion de Madame Cavanagh. Aussi, n'a-t-elle pas manqué de souligner ce fait en termes appropriés.

Lord Pontefract fit alors la promesse de prodiguer tous ses efforts afin de se montrer un époux modèle et la Reine prie le Ciel pour qu'il en soit ainsi.

De plus, la Reine ne manqua pas de souligner que l'attitude morale du marquis était d'une très grande importance pour la Couronne, car elle servirait d'exemple à tous les sujets du Royaume dont les yeux sont fixés sur leur nouveau héros.

La modestie naturelle du jeune lord provoqua chez lui quelques protestations, mais il renouvela sa promesse de répondre aux attentes de la Reine.

Oh, comme la Reine espère son succès! Car Lord Pontefract est si fringant et elle est si fière d'être sa souveraine, qu'elle voudrait qu'il devienne le parfait époux, pareil à celui qui est le sien, le Prince Albert.

V.R. (Victoria Régina)

— Bonjour, Monsieur Ridley, mon neveu est-il dans la maison? demandait Lady Rockfern.

— Oui, Milady, il se trouve dans son bureau.

— Priez-le de venir me rejoindre dans le salon, commanda-t-elle, pendant qu'un valet de pied prenait son étole et son bonnet de fourrure.

Elle portait une élégante robe couleur sable et ses cheveux gris étaient retenus par des rubans de soie blanche en de lourdes boucles à l'anglaise qui retombaient de chaque côté de son visage.

Sidonia était à nouveau subjugée par les miracles de décoration qu'avait prodigués Sybil lors des travaux de rénovation de la demeure. Elle y était d'autant plus sensible, qu'il s'agissait de la maison où elle avait grandi. Non seulement la jeune épouse avait fait installer les éléments de confort les plus récents, comme salles de bains, éclairage au gaz et cuisine du dernier cri, elle s'était aussi évertuée à faire restaurer les plâtres, les moulures et les sculptures.

Le plafond lilas du salon dans lequel elle se trouvait était un chef-d'œuvre de staff néo-classique. Une cimaise ouvragée bordait les murs de la pièce que l'on avait peints en blanc. Au-dessus de la cheminée de marbre, était accroché un immense portrait de la grand-mère d'Adam, réalisé par le peintre Romney; et près du tableau, un charmant paysage du dix-huitième siècle. Le superbe sofa de style Chippendale, sur lequel était assise Lady Rockfern, était tendu de soie à rayures jaune pâle.

- Tant Sidonia! s'exclama Adam en entrant dans la pièce. Comme je suis heureux de vous voir! Vous semblez en meilleure santé que jamais.

- Comme vous le savez, j'ai souffert d'une méchante grippe; c'est la raison pour laquelle je n'ai pu vous recevoir la semaine dernière. Grâce à Dieu, tout semble aller pour le mieux maintenant.

- Et comment va Lady Hillsdale?

- Assez bien si ce n'étaient ses rhumatismes. Cher neveu, je suis très fière des merveilleuses choses que vous avez accomplies aux Indes. L'assassinat de mon cher père a été enfin vengé. Mais j'ai reçu hier une lettre de Sybil qui m'a consternée : tout ne semble pas aller pour le mieux dans votre mariage et je crains que ce ne soit votre faute.

- J'espère que vous n'allez pas me sermonner comme le fit la Reine?

- Si elle l'a fait, et je connais sa sagesse, c'est qu'il le fallait, Adam. Il le fallait absolument.

Il poussa un soupir d'impatience et se laissa tomber sur un siège.

- Tante Sidonia, je ne cherche pas à fuir mes responsabilités et je sais que tout est ma faute. Mais vous devez comprendre que je n'ai jamais aimé Sybil...

- Aimé? interrompit la tante estomaquée. Et que faites-vous de votre honneur? De votre famille? De votre fils? De plus, vous êtes maintenant un homme important. Toute l'Angleterre a les yeux braqués sur vous et quelle image lui donnez-vous? Celle d'amours illicites à St John's Wood.

- Vous avez connaissance de cela?

Une surprise pleine de naïveté se lisait sur le visage du jeune homme.

- Bien évidemment. Et Sybil aussi. C'est elle qui m'a écrit la nouvelle.

- Mais comment l'a-t-elle apprise?

- Elle a loué les services d'un détective pour découvrir où vous passiez vos longs et coupables après-midi. Honte à vous, mon neveu. Après la gloire, vous apportez à votre famille l'opprobre et l'ignominie.

Durant un instant, Adam se cacha le visage dans les mains. Puis il posa sur sa tante un regard plein d'un mortel chagrin.

- Il n'y a rien de honteux à cela, murmura-t-il. J'aime Lizzie et j'aime aussi la petite Amanda. Il leur est impossible de retourner dans les Amériques et je dois les aider.

- Aidez-les, puisque vous le souhaitez. Mais vous ne devez en aucun cas vivre auprès d'eux. Oh, Adam! Ne pensez surtout pas que je me comporte durement envers vous. Je connais la vie et vous n'êtes certes pas le seul noble à avoir une maîtresse à St John Wood. Lord Hartington et sa créature, la Skittles, sont la fable de Londres. Mais les choses sont différentes pour vous. Vous êtes le héros national et votre attitude doit être exemplaire.

- Mais qu'y puis-je? Ils ont besoin de moi! Le sénateur Whitney a presque réussi à faire pendre Lizzie, ici, à Londres. Si elle retournait en Virginie, Dieu sait ce qu'il tenterait sur sa personne! De plus, j'ai besoin d'eux.

- S'il en est ainsi et qu'il n'y a rien à faire, faites-lui au moins quitter Londres. Vous ne pouvez avoir deux familles dans la même ville.

Le visage d'Adam s'illumina d'un sourire. Il se leva et se précipita vers sa tante pour la serrer dans ses bras.

- Bien sûr, C'est bien là la solution. Vous venez de me donner une merveilleuse idée. Merci, ma tante!

L'expression déjà sévère de la Lady se durcit.

- Je ne vois là guère de promesse de changements dans votre attitude, mon neveu!

- Je les installerai loin d'ici, poursuivait-il sans l'écouter. Et tout le monde sera heureux.

- Je doute que cela suffise à rendre Sybil heureuse, ajouta-t-elle.

Elle se leva sans se départir de son expression sévère.

- Vous ne semblez pas très bien comprendre, Adam : Sybil vous aime; c'est une bonne épouse et la mère de votre enfant.

Adam eut un nouveau soupir.

- Je l'admets, ma tante. J'ai manqué à tous mes devoirs envers Sybil.

- À l'avenir, je vous serai reconnaissante de surveiller votre conduite. Sybil est une femme de très haute moralité, et elle mérite l'amour et le respect de son mari.

Il me faut partir, maintenant. Lady Hillsdale et moi devons nous rendre à la «mission pour l'amélioration des préceptes moraux dans les terres païennes». La réunion semble être prometteuse; quoique, à la lumière de votre conduite, il se pourrait que quelque missionnaire se découvre, dans notre propre ville, certaine cause à gagner.

Après un dernier regard réprobateur, Lady Rockfern se dirigea résolument vers la porte, toutes voiles dehors.

- Oh Lizzie, Lizzie, ils font tout ce qui est en leur pouvoir pour nous séparer. Mais ils n'y parviendront pas, disait Adam en la couvrant de baisers.

C'était la nuit. Ils étaient allongés dans le grand lit au deuxième étage de la maison de brique de St John's Wood dans la banlieue londonienne, qu'Adam avait louée pour Lizzie, sa sœur et la nourrice d'Amanda. La jeune femme s'assit sur le lit, couvrant du drap de soie sa poitrine dénudée.

- Je sais cela, murmura-t-elle. Je me sens à la fois si faible et si coupable et cependant...

Elle leva sur Adam des yeux pleins de larmes.

...et cependant je n'y puis rien car je t'aime plus que moi-même. Ils m'auraient pendue si tu n'étais intervenu. Au demeurant, ta tante a raison.

Il s'assit à son tour et posa un baiser sur son épaule.

- Elle peut bien avoir raison. Mais pas à mes yeux. Tu es pour moi mon unique femme et peu m'importe ce que les gens peuvent bien dire.

- Mais tu dois malgré tout l'écouter.

- À ton tour de ne pas me faire de sermon. J'ai longuement réfléchi à la chose et je pense avoir trouvé la solution. La meilleure des choses à faire, c'est qu'Amanda et toi quittiez Londres. Je possède une villa en Écosse - sur la côte de la mer d'Irlande, au sud de Ayr - qui est inoccupée et entièrement meublée. Mon courtier me dit que la vue y est imprenable. Pourquoi, n'irais-tu pas t'y installer avec Amanda et Mademoiselle Parker? Je pourrais passer... eh bien, disons, la moitié du temps... peut-être plus. Nous pourrions donner de faux noms et nous faire passer pour mari et femme.

Je crains, cependant, devoir consacrer une partie de mon temps à Sybil afin de sauver les apparences. De plus, j'ai des devoirs envers mon fils. Ce serait cependant un moyen pour rester plus longtemps ensemble. Qu'en dis-tu?

- Une double vie...ironisa-t-elle.

- Comme dit l'adage, la moitié de...

- Oh, je t'en prie, Adam, épargne-moi les clichés; c'est une décision bien importante à prendre et qui demande réflexion.

Elle se leva et se revêtit d'un peignoir.

- Je possède encore la plantation Elvira en Virginie.

- Nous en avons déjà discuté : tu ne peux y retourner; c'est beaucoup trop dangereux.

Elle resta un instant songeuse; puis son visage s'éclaira.

- Tu as raison. Mais, cette fois-ci, ils ne peuvent m'empêcher d'affranchir mes esclaves. Oh, Adam, peut-être est-ce le meilleur moyen d'en finir avec cette histoire. J'écrirai à Billie De Vries de préparer et de m'envoyer les documents nécessaires; cela portera un coup fatal au Sénateur Whitney et sa bande d'esclavagistes assoiffés de sang.

Elle revint s'asseoir au pied du lit, le sourire aux lèvres.

- Faisons cela, le pressa-t-elle. Je consens à être ta demi-femme, et peut-être le temps arrangera-t-il les choses.

- Mon cœur t'appartient, répliqua-t-il en l'embrassant tendrement. Et c'est la plus importante chose au monde. De plus, Sybil pourrait disparaître...

- Oh, Adam, ne dis pas une pareille chose!

- Pourquoi pas? s'insurgea-t-il, une lueur glaciale aux fond des yeux; j'ai à m'entretenir d'un certain nombre de choses avec elle. J'ignore les raisons pour lesquelles elle est repartie pour Pontefract Hall, mais j'ai le sentiment qu'elle trame quelque chose. Quoi qu'il en soit, je retourne là-bas dès demain matin.

Albert, le cocher personnel d'Adam, attendait son maître à la gare pour le conduire au domaine qui se trouvait à deux heures de route.

C'était encore une froide journée et le vent soufflait en rafales glacées sur la campagne environnante. Le jeune homme sentit, malgré tout, une bouffée de chaleur lui monter au visage en approchant la demeure ancestrale.

«Que de choses se sont passées depuis l'année précédente où tante Sidonia est réapparue!» songeait-il. L'immense manoir le subjuguait encore et il ne parvenait pas à se faire à l'idée que tout cela lui appartenait.

Monsieur Hawkins et six valets attendaient en ligne sur le perron de la grande entrée.

- Soyez le bienvenu dans votre demeure, Milord, annonça cérémonieusement le majordome.

- Merci, Monsieur Hawkins. Voulez-vous dire à Lady Pontefract que je souhaite la voir immédiatement dans la bibliothèque.

Un valet débarrassa promptement le maître des lieux de son manteau et de son chapeau, pendant qu'il traversait le hall d'entrée d'un pas résolu en faisant bruyamment claquer le talon de ses bottes sur le sol de marbre. Il entra dans la pièce lambrissée et alla à une fenêtre, attendant impatiemment l'arrivée de sa femme.

- Vous souhaitiez me voir?

Il se retourna et vit qu'elle était en tenue de cheval, une cravache glissée sous le bras.

- Pour une diablement bonne raison, oui.

- Je ne vois pas les raisons qui vous font vous adresser à moi sur un ton de valet de ferme.

- Peut-être ne suis-je que cela; mais j'ai au moins le mérite d'être honnête. On ne peut pas en dire autant de vous, chère amie.

- De quoi parlez-vous? Et quelles sont les raisons d'une telle fureur?

- L'autre jour, j'ai passé plusieurs heures à vérifier l'état de mes comptes avec Monsieur Lowery, mon administrateur de Londres : il m'a appris que, peu de temps avant mon retour des Indes, vous aviez effectué un retrait de soixante-dix mille livres. Puis-je en connaître les raisons et ce que vous avez fait de cette énorme somme d'argent?

- Les rénovations de Pontefract House ont coûté une fortune. Au cas où vous l'ignoreriez, les prestations des plombiers et les menuisiers sont extrêmement onéreuses, répliqua-t-elle d'un ton qui se voulait plein d'assurance.

- Vous mentez! Monsieur Lowery m'a présenté toutes les factures pour ces dépenses : c'est lui-même qui s'est chargé de les régler. Je veux la vérité, damnation!

- Ne criez pas! Les domestiques pourraient vous entendre!

- Je me moque de ce qu'ils pourraient entendre! J'exige la vérité, Sybil.

- Je... J'avais quelques dettes.

- Quel genre de dettes? Soixante-dix mille livres représentent plus que ce que gagnent la plupart des gens durant toute leur vie.

- Cessez de me tourmentez, ordonna-t-elle en lui tournant le dos et en faisant mine de quitter la pièce.

En quelques rapides enjambées, il traversa la bibliothèque, l'empoigna par le bras et la força à se retourner.

- Quelle sorte de dettes? répéta-t-il en martelant chaque syllabe.

- Que vous importe? murmura-t-elle en éclatant en sanglots. Vous ne m'aimez pas. Vous ne vous intéressez qu'à cette femme, Lizzie... Pourquoi lésinez-vous pour quelques dettes?

- Qu'est-ce que Lizzie a donc à voir avec notre propos?

- Elle a tout à y voir, répliqua-t-elle rageusement en retirant brusquement son bras de la poigne d'Adam. Pourquoi pensez-vous que je me suis tournée vers Edgar après votre départ pour les Indes? Parce que vous m'aviez profondément humiliée; parce que je savais que vous ne m'aimiez pas.

- Edgar? souffla-t-il. Qui est Edgar?

- Edgar Musgrave. Je le connais depuis ma plus tendre enfance et j'ai toujours eu de affection pour lui... jusqu'au jour où j'ai découvert quel affreux brigand il est.

Adam en était tout confondu.

- Voulez-vous dire que lui et vous avez eu une aventure?

- J'ose espérer que vous n'allez pas me sermonner sur la fidélité dans le mariage?

- Mais quel rapport y a-t-il avec soixante-dix mille livres?

- Il m'a fait du chantage, souffla-t-elle. Il m'a menacé de révéler notre liaison au tout Londres. Bien qu'impécunieux, Edgar a de nombreuses relations dans la société anglaise et il aurait vite fait de ruiner notre vie... et plus important encore, celle d'Henry. Je n'ai eu d'autre choix que de payer.

- Soixante-dix mille livres?

- Soixante-dix mille livres. Je ne le voulais pas; mais il avait déjà cette horrible publicité lors du procès de Madame Cavanagh... Je l'ai payé pour qu'il se taise. Je ne prétends pas être irréprochable; je suis même loin de l'être. Cependant, avant de me traiter de je ne sais quoi, vous devez prendre en compte la raison qui m'a poussée à tomber dans les bras d'Edgar. Cette raison s'appelle Lizzie.

Le semaine dernière, - et je n'ai pas encore compris pourquoi un simple mot vous mit dans pareille colère - je vous ai dit que j'étais en train de vous haïr. Je ne souhaite pas une telle chose, Adam : je veux, au contraire, vous aimer. Mais, dans votre cœur, je sais que c'est avec Madame Cavanagh que vous êtes marié, n'essayez surtout pas de le nier. S'il est vrai que j'ai eu une aventure avec Edgar, lui, au moins, m'aura accordé un peu d'attention.

Adam fixa les grands yeux verts de Sybil durant un long moment.

- Au moins serons-nous parvenus à être honnêtes l'un envers l'autre, conclut-il.

- Oui, tout au moins. Aucun de nous deux ne semble en passe de devenir un modèle de vertu, n'est-ce pas?

- Loin de là, en effet. Mais d'une certaine façon, je suis heureux que tout cela soit arrivé. Je ne vous blâmerai pas, Sybil. Comme vous me l'avez fait remarquer tantôt, je me suis guère habilité à faire des sermons. Mais vous avez été honnête envers moi et je le serai envers vous : si nous voulons tous deux que ce mariage perdure, je me dois de vous révéler un secret de famille. Attendez, je reviens dans quelques instants.

Il quitta la bibliothèque, laissant Sybil dans la plus totale confusion. Quand il réapparut, il avait entre les mains le coffret que lui avait laissé son grand-père. Il l'ouvrit et lui tendit la miniature de Kamala Shah.

- Elle est belle, dit Sybil avec des yeux interrogateurs. Qui est-elle?

- Mon arrière-grand-mère.

Sybil en resta, quelques secondes, muette de stupeur.

- C'est la vérité, ajouta Adam. Le grand Lord Pontefract, le héros de Cawnpore, le vainqueur de Nana Sahib n'est qu'un sale métèque. Je ne suis qu'un *chichi*; c'est ainsi qu'on appelle les sang-mêlé aux Indes.

- Ainsi, voilà donc la raison pour laquelle vous étiez si furieux quand j'ai prononcé le mot de «nègre», murmura-t-elle.

- Oui.

- Cet état de chose vous incommode-t-il?

- Quand je l'ai appris, oui. Je commence maintenant à me rendre compte qu'en fait, cela n'a que très peu d'importance pour moi... Cependant, vous êtes ma femme et la mère de mon enfant; j'ai pensé qu'il était impérieux que vous ayez connaissance de la chose car, un jour, Henry devra, à son tour, apprendre qu'il a du sang hindou dans les veines. J'espère qu'il ne s'en trouvera pas trop incommodé. Mais vous? La chose vous embarrasse-t-elle?

Elle lui rendit la miniature, consciente qu'à présent, elle disposait d'une nouvelle arme.

- Qu'advient-il de Madame Cavanagh?

- Vous n'avez pas répondu à ma question.

- Vous n'avez pas répondu à la mienne... Excusez-moi, il me faut regagner mes appartements.

Elle lui adressa un sourire plein de sous-entendus et quitta aussitôt la pièce.

Une heure plus tard, Adam frappait à la porte de Sybil.

- Entrez.

Sybil avait aménagé la chambre avec un goût qui témoignait de son extrême féminité. La pièce, dont les murs et les tentures étaient agencés de lavande et de blanc, comportait un immense lit à la polonaise, avec un baldaquin constitué de drapés de soie lavande plissée. La jeune femme se tenait assise à sa coiffeuse et était en train de glisser quelques anneaux d'or fin dans ses doigts. Elle avait changé sa robe d'équitation de velours vert pour une tenue d'intérieur bleu pâle qui accentuait davantage sa grande beauté.

Elle se retourna pour regarder son mari.

- Pourrions-nous déclarer une trêve? demanda-t-il en refermant la porte derrière lui.

Il traversa la pièce et se tint auprès d'elle.

- Vous aviez raison : j'ai manqué de tact envers vous et j'ai détérioré notre mariage. Mais je me rends compte que vous m'avez rendu la pareille, et comme nous sommes entre gens de bien, je crois que nous pourrions tous trouver un compromis raisonnable.

- Nous TOUS! Au ton de votre voix, je sens que vous y incluez Madame Cavanagh; elle ne peut, en aucun cas, entrer en ligne de compte.

- Ma chère Sybil, Lizzie et Amanda partent pour l'Écosse. Elles seront ainsi loin de Londres et de tous les ragots que l'on y colporte à notre sujet. Je m'engage, d'autre part, à prodiguer tous mes efforts pour vous rendre heureuse et à être le meilleur des pères pour Henry, qui me rend heureux et fier, et plein de gratitude à votre égard. Tout ce que je demande, c'est de pouvoir passer, tous les mois, quelques jours auprès de Lizzie...

- Non!

- Je vous en prie, soyez raisonnable. Amanda est ma fille... Très bien, j'ai eu tort, j'ai eu tort sur tous les points; mais ce qui est fait est fait et on n'y peut rien changer. Ce n'est cependant pas une raison pour ne pas tenter de trouver un arrangement.

- En d'autres termes, vous souhaitez avoir deux familles?

- Oui, je le suppose...

Elle se tourna vers son miroir et regarda les larmes qui coulaient sur son visage. Il avait posé sa main sur la nuque frêle de sa femme et la caressait tendrement.

- Je vous en prie, murmura-t-il. Si vraiment vous m'aimez, je finirai par vous aimer aussi. Il ne peut en être autrement puisque vous m'avez donné Henry.

Elle se leva lentement et posa sa main sur son poignet.

- Oh, Adam, dit-elle d'une voix tendre. Si seulement cela pouvait se réaliser...

Il l'entoura doucement de ses bras vigoureux, la serra contre lui et l'embrassa passionnément.

- Et à propos de mon sang hindou? souffla-t-il.

Elle lui sourit malicieusement:

- J'ai toujours adoré le curry, répondit-elle.

Il la souleva de terre et la porta jusqu'au lit.

———————————

LA GUERRE

CHAPITRE SEIZE

Ee-yow! C'est la guerre! Ee-YOW!!

Le jeune Zack Carr, maintenant âgé de dix-huit ans, descendait, ventre à terre, l'allée principale de la plantation Fairview bordée d'une triple rangée d'arbres, en agitant son chapeau et en hurlant comme un cavalier de l'apocalypse. Charlotte Whitney, qui avait, la première, entendu les cris, se précipita sous la véranda.

- C'est la guerre, Charlotte! cria Zack. Le général Beauregard a fait ouvrir le feu à Fort Sumter. Nous allons battre ces maudits Yankees et les obliger à implorer grâce!

- Oui. Je suis au courant.

On était le vendredi 12 Avril 1861. Zack sauta de selle et vint la rejoindre sous le porche.

- Que se passe-t-il? Tu ne sembles pas très excitée, s'enquit-il.

- C'est à propos de Clayton : je me demande s'il va prendre part aux combats, maintenant que la guerre est déclarée.

- Clayton? mais bien sûr!

- Je n'en suis pas aussi sûre que toi. On voit bien que tu n'as pas lu ses lettres. Ses amis nordistes de Princeton lui ont mis toutes sortes d'idées dans la tête et il ne sait plus trop que penser. Il m'a même écrit qu'il n'est pas certain que notre cause soit juste. Peut-on imaginer qu'un Sudiste puisse tenir de tels propos? Évidemment, je me suis bien gardée d'en parler à mon père. S'il apprenait ses hésitations, il m'obligerait aussitôt à rompre mes fiançailles. Or, vois-tu, Zack, j'aime tant Clayton! Oh! comme tout cela est confus et difficile!

Zack prit la main de sa future belle-sœur.

- Charlotte chérie, ne tourmente donc pas ta jolie tête pour Clayton. Je connais mon frère. Dès que notre père l'aura rappelé ici, il oubliera toutes ces absurdités et se battra pour la Virginie. Notre famille réside dans le pays depuis 1691 et il ne peut ignorer cela. Tu verras : Clayton est loyal et courageux.

Charlotte eut un sourire furtif.

- Je souhaite de tout cœur que tu aies raison.

Au mois de novembre, on avait élu un nouveau président, et le choix des Américains pour cet homme pratiquement inconnu, nommé Abraham Lincoln, avait précipité les événements. En plus de profondément détester le concept de l'esclavage, il avait attaqué la «bizarre institution» avec tant de virulence qu'il s'était aliéné l'ensemble des états du Sud qui avaient décidé de faire sécession et pour lesquels il était devenu le symbole de l'anti-esclavagisme ainsi que de tout ce qu'ils haïssaient des états du Nord. Réalisant que le pouvoir était en train d'échapper aux Sudistes, la Caroline du Sud, la première, peu après les élections, émit un avis de sécession des états fédérés.

Du fait des grandes distances qui séparaient les états américains et de la lenteur des communications, il s'écoula cinq mois de flottement entre l'élection du président et la prise officielle de ses fonctions. Ainsi, pendant ces cinq précieux mois, l'opinion publique vacillante glissa vers le pro-sudiste Buchanan. Mais quand Lincoln prêta serment, le 4 mars 1861, les événements se précipitèrent.

Il existait des propriétés fédérales dans les états du Sud, et Fort Sumter, situé sur une île dans la rade de Charleston, était une de celles-là. Quand Washington décida d'y envoyer des fournitures militaires, le général Beauregard exigea la reddition immédiate du fort aux états du Sud. Le commandant de la place, le major Anderson, refusa tout net et Beauregard ordonna d'ouvrir le feu. Ainsi commença la plus sanglante guerre que devaient connaître les Américains et dont un combattant sur quatre ne devait jamais connaître l'issue.

- Le sénateur Whitney - le général Whitney, devrais-je dire - m'a offert un poste, annonçait Clayton à son père et à son frère, alors qu'ils étaient assis à la table de la salle à manger de la ferme Carr.

Trois jours auparavant, il avait quitté Princeton et avait voyagé par bateau jusqu'à Norfolk, puis en train jusqu'à Richmond où son père était allé le chercher en voiture pour le ramener jusqu'à la ferme. Aux premiers jours de la guerre, on pataugeait dans la confusion d'un côté comme de l'autre. Les États-Unis étaient dorénavant deux nations distinctes et c'est ce qui avait amené Clayton à suivre un itinéraire qui eût paru, un an plus tôt, des plus fantaisistes.

- Le général veut faire de moi son aide de camp avec le grade de capitaine.

- Vas-tu accepter? demanda Zack, guettant anxieusement les réactions de son frère aîné.

Il se souvenait en effet des réflexions de Charlotte, une semaine plus tôt, sur les hésitations de Clayton à propos de l'esclavage.

Clayton reposa la cuisse de poulet qu'il était en train de savourer, s'essuya la bouche et se mit à contempler le décor qu'il connaissait depuis toujours.

L'intérieur de la vieille demeure contenait encore quelques meubles de belle facture qui appartenaient aux Carr depuis des générations, et le portrait de sa mère était toujours accroché au-dessus de la cheminée.

Lors de son séjour à Princeton ses convictions ancestrales avaient été sérieusement ébranlées; mais maintenant qu'il était de retour au pays, avait-il vraiment le choix?

- Oui, répondit-il enfin avec un enthousiasme mitigé.

- Hourra! s'exclama Zack. Je le savais; j'avais bien dit à Charlotte que tu étais loyal!

- Aurait-on tenté de te persuader de ne pas combattre? demanda Brandon Carr en se servant du vin d'une carafe de cristal.

- Eh bien, au collège, nous avons eu de nombreuses discussions sur l'esclavage; mais je pense n'avoir eu jamais de doute réel quant à savoir où se trouve mon camp.

- J'avoue avoir moi-même quelques réticences pour certains de ses aspects. Je n'ai d'ailleurs pas manqué de dire à ton futur beau-père ce que je pense de la façon dont il traite ses esclaves. Il a même essayé de me convaincre d'aller en Angleterre pour inciter le témoin principal à se parjurer lors du procès de Madame Cavanagh. J'ai refusé de faire ce sale travail, et c'est Roger Ward qui y est allé à ma place.

Cependant, au bout du compte, nous devons reconnaître que le Sud, sans esclavage, serait livré au chaos. Aussi n'avons-nous d'autre choix que de nous battre. Quant à toi, Zackary, puisque ton frère part pour la guerre, tu resteras ici, à la ferme.

- Mais, père...

- Je ne tolérerai aucune discussion, fils; je deviens vieux et je ne peux m'occuper de la propriété tout seul. Clayton ira au combat pour l'honneur de la famille. En restant avec moi, tu n'en es pas moins un homme pour autant; nous savons tous que tu n'es pas un couard.

«Un couard, pensa Clayton. Voilà comment ils m'auraient appelé si j'avais décidé de ne pas me battre. Que le diable les emporte, même s'ils sont tous fous de faire cette guerre, je leur montrerai que je ne suis pas un pleutre.»

- Eh, Clayton, s'exclama Zack. Tu vas pouvoir te marier en grand uniforme. N'est-ce pas magnifique?

- Nous irons chez le tailleur de Fredericksburg dès demain matin, annonça Brandon. J'ai parcouru le livre sur les uniformes que l'armée confédérée a fait paraître. Ceux-ci devraient être de couleur gris cadet, mais certains sont d'un brun jaunâtre. Quoi qu'il en soit, je suis sûr que Charlotte sera fière de l'élu de son cœur, comme je suis fier de mon fils.

Des rumeurs couraient, selon lesquelles Lincoln tenterait d'établir un blocus de tous les ports des états du Sud et comme cela ne s'était pas encore produit, les riches familles sudistes vivaient toujours dans l'abondance.

Aussi le mariage de Clayton Carr et de Charlotte Whitney se déroula-t-il avec un faste inouï. En fait, ce fut un des derniers grands événements sociaux du Sud d'avant la guerre de Sécession. Dieu permit que le temps fût doux et le ciel sans nuages, et pendant que les carrosses déversaient leurs aristocratiques passagers qui rivalisaient d'élégance et de style, seul quelque sombre pessimiste eût pu imaginer que cet étalage outrancier d'opulence allait être balayé par l'impitoyable vent de l'Histoire.

Clayton était magnifique dans son uniforme gris avec des broderies de fil d'or sur les manches. Auprès de lui se tenait Charlotte, adorable dans sa robe de mariée largement décolletée, festonnée de bouquets de violettes avec une crinoline de plus de six pieds de diamètre à laquelle venait s'ajouter une traîne de huit pieds et un voile tombant en cascades de dentelle de son bonnet fleuri; robe qu'Ellie May avait scrupuleusement copiée d'un modèle créé pour la princesse royale d'Angleterre dans le *Godey's Ladies' Book*.

Quand la cérémonie nuptiale fut terminée et que les jeunes mariés s'embrassèrent, il n'y avait plus un seul regard féminin qui ne fût pas humide parmi l'assistance.

Un somptueux buffet fut ensuite servi - uniquement arrosé de champagne de France provenant des caves personnelles du sénateur - à la centaine d'invités qui devisaient, buvaient et dansaient dans la plus grande insouciance. La plupart des jeunes gens, y compris Zack, furent rapidement «spiffed», nouvel euphémisme à la mode signifiant «éméché».

Clayton, cependant, dans la perspective de sa nuit de noces à Frederickburg, resta d'une sobriété exemplaire. Charlotte et lui devaient passer leur lune de miel de dix jours à Hot Springs, en Virginie; après quoi il devait rejoindre son beau-père et son régiment.

- Clayton, dit Phineas en prenant le capitaine en aparté, lorsque vous serez de retour, j'aurai une mission à vous confier.

- De quoi s'agit-il, Monsieur?

- Vous rappelez-vous Madame Cavanagh de la plantation Elvira?

- Oui, Monsieur.

- Comme vous le savez, elle a demandé à Billie DeVries de procéder à l'émancipation de tous ses esclaves; ce qu'il a fait, malgré les protestations des autres propriétaires et sans que nous y puissions faire grand-chose. Mais maintenant, les choses sont différentes. J'ai débattu de son cas avec les autorités de Richmond, et nous avons décidé de procéder à la confiscation de la plantation Elvira et de transformer la demeure en hôpital pour nos hommes.

- Est-ce légal, Monsieur?

- Le nouveau gouvernement a décrété que Madame Cavanagh était une traîtresse à la Confédération pour avoir soutenu et financé le mouvement abolitionniste. C'est donc légal.

Bien sûr, nous n'aurons pas besoin de nombreux hôpitaux, mais je crains que ceux dont nous disposons soient insuffisants et la plantation Elvira nous sera d'une grande utilité. Mon administrateur se charge d'établir la liste de ses anciens esclaves afin d'en récupérer le plus possible pour les utiliser dans l'intérêt de la Confédération et les gens de maison serviront de personnel hospitalier.

Ainsi donc, dès votre retour, aurez-vous pour tâche de rassembler tous ces gens.

- Très bien, Monsieur.

- Je tiens également à vous exprimer ma joie de vous voir entrer dans notre famille et je vous souhaite une merveilleuse lune de miel. Toutefois...

Le ton de la voix du sénateur se fit plus intimiste.

...montrez-vous délicat envers Charlotte. Sa mère et moi-même avons essayé de lui expliquer le déroulement de sa nuit de noces, mais je pense avoir fait davantage preuve de maladresse que de clarté; et je crains qu'elle ne réalise pas tout à fait ce qui l'attend. Je... hum, suppose que vous avez connu d'autres femmes auparavant?

Le visage de Clayton s'empourpra.

- Oui, Monsieur.

- Eh bien, voilà qui est parfait. Quand j'étais jeune homme, il était de bon ton qu'un gentilhomme ait eu quelques expériences avant le mariage. Mais maintenant, avec cette satanée pudibonderie, on ne peut même pas appeler une jambe de piano une «jambe»; c'en est ridicule... Bien. Je ne vous retiendrai pas davantage. Amusez-vous bien et prenez soin de Charlotte.

- Vous pouvez compter sur moi, Monsieur. Et merci beaucoup.

Clayton s'en alla rejoindre les fêtards, impressionné par le féroce acharnement de son beau-père. Après avoir tenté de faire pendre Madame Cavanagh, le sénateur confisquait maintenant ses biens. Malgré son air digne et sentencieux, ce n'était qu'un molosse enragé; et Clayton en était pleinement conscient.

Miss Rose, l'imposante créature de trois cents livres, propriétaire du lupanar le plus en vue de Yorktown, vociférait devant un Clayton qui ne semblait pas disposé à s'en laisser compter.

- Je n'ai aucune de ces saletés noires dans mon établissement, criait-elle. Vous pensez peut-être que je suis une poubelle? Cet endroit est uniquement réservé aux gentilshommes blancs.

- Mais je me suis laissé dire que certains de ces gentilshommes ne détestaient pas la chair noire, répliqua-t-il.

La scène se passait par un chaud après-midi, trois jours après son retour de lune de miel.

- On m'a informé du fait que vous employiez une jeune noire du nom de Dulcey, anciennement esclave de Madame Cavanagh à la plantation Elvira. J'ai ici un avis ordonnant que tous les anciens esclaves de ce domaine soient placés sous juridiction militaire.

Joignant le geste à la parole, Clayton exhiba le document devant la femme qui fulminait de rage. Pendant qu'elle tentait d'en déchiffrer les termes, il promena son regard dans la maison close aux couleurs écarlates.

Un certain nombre de jolies filles se trouvaient là, dans des tenues vestimentaires les plus variées; deux d'entre elles prenaient des poses alanguies sur un canapé circulaire au centre de la pièce, en minaudant et en lui lançant des regards pleins de sous-entendus. Voyant qu'on les regardait, l'une d'elles lui envoya un baiser, tandis que l'autre relevait son jupon de manière suggestive. Pour toute réponse le jeune capitaine leur adressa un regard plein de colère et de réprobation.

- Très bien, grommela Miss Rose en rendant le document.

Le ton se fit soudain plus discret.

- Je vous demande, en tant qu'officier et gentilhomme, de ne pas ébruiter le fait que j'employais une noire ici. Je l'ai embauchée uniquement parce qu'elle cherchait désespérément du travail. C'est uniquement par charité chrétienne. Vous comprenez ça, Capitaine?

- Bien sûr. Mais comment donc!

Miss Rose, dont les aisselles de l'ample robe de soie verte était auréolée de sueur, perçut le regard baladeur de Clayton.

- Un peu d'action, Capitaine? murmura-t-elle avec un sourire entendu. C'est la maison qui régale. Ma contribution à la glorieuse cause.

- Je suis marié, répondit Clayton plein d'hésitation.

- Ne l'êtes-vous pas tous?

Clayton se souvint alors de sa triste nuit de noces où Charlotte s'était montrée d'une désespérante froideur; quoique son tempérament commençât à se réchauffer vers la fin de la lune de miel. Cependant, il n'allait certes pas commencer à la tromper. Il était officier, pas un mufle. De plus il était très amoureux de sa jeune épouse.

- Amenez-moi la femme Dulcey, dit-il pour toute réponse.

- Comme vous voudrez. Mais vous ratez la meilleure fille du Dixie… Lotte! va chercher Dulcey; dis-lui de faire ses paquets et annonce-lui qu'elle va travailler pour l'armée.

- Elle a déjà couché avec la moitié, répondit Lotte, une voluptueuse blonde, pendant que les autres filles éclataient de rire.

Quelques minutes plus tard, une des plus belles femmes noires que Clayton ait jamais vues, apparut au fond du hall. Quoique le terme de noire lui parût impropre, car la couleur de peau café-au-lait de la jeune courtisane témoignait de la grande part de sang blanc qui coulait dans ses veines. Elle paraissait avoir dix-huit ans; et la robe rouge qui moulait son corps et finissait en froufrous juste en dessous du genou la rendait extrêmement séduisante. Clayton sentit en lui un renflement des plus embarrassants alors que la mulâtre se dirigeait vers lui.

- C'est quoi cette histoire de me ramener comme esclave? Je ne suis plus une esclave. J'ai été légalement émancipée et j'ai des papiers pour le prouver!

- Désolée, poupée; mais tu viens juste d'être *désémancipée* par l'armée, dit Miss Rose. Voici l'ordre. Tout est légal : les règles ont simplement changé.

- Où vous m'amenez?

- À la plantation Elvira. Par ordre du général Whitney, cette demeure est maintenant un hôpital. Tu vas y travailler comme femme d'étage.

- Femme d'étage? Infirmière? Je n'ai pas envie de m'occuper de gens malades, non Monsieur! Dites au général Whitney d'aller au diable! Je suis libre maintenant!

278

- Comme vient de te l'expliquer Miss Rose, tu ne l'es plus, répliqua patiemment Clayton. Tu dois venir avec moi. Il y a une douzaine de soldats en bas; ne m'oblige pas à les appeler.

Dulcey avança d'un pas et se mis à dévisager le jeune officier.

- Un instant, dit-elle. Je vous connais; vous êtes Massa Clayton et vous étiez avec Miss Charlotte Whitney au bal de Miss Lizzie à la plantation Elvira!

- C'est vrai. Et elle est maintenant ma femme.

Les yeux de Dulcey se promenèrent de haut en bas sur la haute stature de Clayton et elle ne manqua pas, bien sûr, de remarquer le renflement de ses culottes.

- Allons, Dulcey, ramasse tes affaires.

Elle sourit malicieusement.

- Je suppose que je n'ai pas le choix?

Puis elle lui tourna le dos et se dirigea vers la porte en ondulant exagérément des hanches sous les yeux concupiscents du jeune marié dont le front s'était couvert de sueur.

Miss Rose, qui n'avait rien perdu de la scène, lui souffla à l'oreille:

- Elle a un petit quelque chose; ne trouvez-vous pas?

Lizzie Cavanagh était à genoux près de la baignoire, en train de laver le dos d'Amanda, maintenant âgée de quatre ans.

- Est-ce que père va venir aujourd'hui? s'enquit l'enfant.

- Pas avant samedi, lui répondit sa mère. Tu sais bien qu'il vient toujours le samedi.

- Oh, comme j'aimerais qu'il vienne plus tôt; il me manque tant!

- Il nous manque à tous, Amanda.

- Pourquoi ne reste-t-il pas avec nous tout le temps, comme un vrai papa?

- Tu le sais, Amanda; je te l'ai répété une centaine de fois, déjà : il doit s'occuper de ses affaires à Londres.

C'était l'excuse que Lizzie avait pris l'habitude d'avancer pour expliquer à sa fille pourquoi la présence d'Adam se limitait à une semaine par mois. Mais elle avait conscience de la faiblesse de l'argument : l'enfant posait de plus en plus de questions.

- Papa va-t-il me rapporter un cadeau de Londres?

- Bien sûr. Ne le fait-il pas chaque fois? D'ailleurs je crois qu'il te gâte trop.

- Oh, maman, je ne suis pas trop gâtée. Je suis la plus gentille petite fille du monde; c'est papa qui l'a dit.

Lizzie éclata de rire et posa un baiser sur les cheveux blonds de sa fille.

- C'est la raison pour laquelle tu es trop gâtée, ma chérie.

L'enfant éternua et Lizzie eut tout à coup l'air soucieux.

- C'est la cinquième fois que tu éternues; je crois que tu es en train d'attraper froid. Mademoiselle Parker, je crois que nous ferions mieux de la mettre au lit et de lui faire prendre quelque médication.

- Nous n'aurions jamais dû la laisser jouer sur la plage aujourd'hui, le temps était beaucoup trop humide, ajouta la nourrice aux cheveux gris dont le visage reflétait toute la douceur du monde. Elle sortit aussitôt l'enfant du bain.

- Oui, je crains que vous n'ayez raison. Je descends au salon. Bonne nuit, ma chérie.

Elle déposa un autre baiser sur la joue de sa fille et quitta la nursery et son décor de scènes féeriques illustrées sur les murs de la chambre.

Le cottage de huit chambres, que Lizzie avait baptisé, en pleine période de sentimentalisme victorien, le «Repos du Cœur», était lumineux et charmant. Des grandes baies vitrées du salon et de la salle à manger, on avait une vue magnifique sur les plages de sable du *Firth of Clyde*, le grand bras de la mer d'Irlande qui pénétrait la côte ouest de l'Écosse. À l'origine, l'endroit avait été plus petit et beaucoup plus rustique. C'était en fait une maison de pêcheur. Mais le grand-père d'Adam avait été séduit par la beauté sauvage des lieux et il l'avait transformée en résidence d'été. Depuis l'installation de Lizzie, quatre mois auparavant, le jeune Lord avait dépensé une petite fortune en aménagements de toutes sortes. La jeune femme avait même créé un petit potager qui n'était pas sans lui rappeler celui de son enfance à Wikeham Rise, ainsi que des parterres de fleurs qui parvenaient à survivre malgré le manque de soleil.

Lizzie en était venue à aimer l'endroit. Sa notoriété, ajoutée à celle d'Adam, avait inhibé toute velléité d'user de pseudonymes car elle n'avait pas fini de défaire ses bagages que les gens du pays les avaient déjà reconnus.

Les premiers temps, ils avaient fait l'objet de remarques désobligeantes et avaient même reçu des lettres anonymes. Mais, les jours passant, l'animosité locale s'était estompée puis elle avait tout à fait diparu. Finalement, ils furent acceptés par la majeure partie de la population. Lizzie fut perçue comme la jolie maman dont la romance était bénie des dieux et les plus jeunes se targuaient même de ce que leur village abritât de telles célébrités.

Cependant, Lizzie n'ignorait pas que le temps travaillait contre elle. Aussi heureuse qu'elle pût être, même en ne voyant Adam que partiellement, il y avait Amanda. Amanda qui posait de plus en plus de questions; Amanda qui demandait pourquoi elle n'avait pas de père à temps plein. Et comme pour ajouter à la précarité de sa position à l'égard de sa fille, il y eut cette nuit où Amanda, dans un banal accès de fièvre, réclama son père. Ce n'était rien qu'une petite grippe; mais que se passerait-il si elle était très sérieusement malade? Ou si elle était blessée lors d'un accident? Qu'adviendrait-il si elle mourait sans que son père fût présent?

En dépit de tout l'amour qu'elle pouvait éprouver pour Adam, Lizzie avait quelquefois caressé le projet de retourner en Virginie, de reprendre possession de ses biens et de recommencer une nouvelle vie. Mais la Guerre Civile rendait la chose impossible. Aussi se résigna-t-elle à sa situation présente, la conjoncture ne lui laissant guère d'alternative.

Mais un sentiment confus lui donnait à penser que les choses allaient bientôt changer.

Dans son lit, Amanda hurlait de plus belle en réclamant son père.

Le samedi suivant, Adam et Lizzie se promenaient sur la magnifique plage qui s'étendait devant le cottage.

- J'ai reçu une lettre de mon avocat, Billie DeVries, il m'écrit que le sénateur Whitney est maintenant général dans l'armée confédérée et qu'il a réquisitionné la plantation Elvira pour en faire un hôpital militaire.

- Est-ce légal? demanda Adam.

- Billie me précise que je ne peux absolument rien faire contre cet homme. C'est un proche de Jefferson Davis et l'un des hommes les plus influents des états du Sud; aussi, peut-il faire à peu près ce qu'il veut. Mais ce qui me met le plus en fureur, c'est qu'il a regroupé la plupart de mes anciens esclaves et qu'il les oblige à travailler pour l'armée rebelle sans leur payer le moindre sou.

- En d'autres termes il les a de nouveau réduits à l'esclavage.

- Précisément.

C'était une belle journée de juin et une brise légère venait de la mer. La plage, malgré ses mille attraits, était complètement déserte, car les Écossais considéraient les joies de la baignade comme une idée saugrenue, privilège de quelque étranger farfelu.

Lizzie hésitait à annoncer la suite des nouvelles dont lui avait fait part son avocat parce qu'elles avaient une incidence fondamentale sur leur relation; du moins le pensait-elle.

La Guerre Civile qui avait débuté deux mois plus tôt, commençait à affecter l'existence de milliers de gens; et Lizzie était de ceux-là.

- L'autre problème, finit-elle par ajouter, c'est qu'ils ont saisi tous mes avoirs bancaires.

- Comment cela?

- Encore Whitney. Billie me dit qu'il a fait remplacer tous les fonds que j'avais à la banque de Richmond, par des obligations émises par la Confédération qui ne rapporteront probablement aucun intérêt jusqu'à la victoire du Sud. Ainsi donc, me voilà sans revenus. C'est d'autant plus triste, que mon argent apporte un soutien aux esclavagistes, alors que j'aurais pu l'investir dans des obligations des états fédérés.

- Eux et leurs satanés manigances! Ne t'inquiète pas : je subviendrai à tous vos besoins et...

- Non! interrompit-elle. Nous avons vécu quatre ans de parfait bonheur, même si Sybil a accaparé le plus clair de ton temps. Mais une des raisons de mon bonheur réside dans le fait que, durant toutes ces années, j'ai été financièrement indépendante; je n'ai pas été entretenue comme une maîtresse. Je n'ignore pas qu'aux yeux du monde qui pense le contraire, c'est l'élément immoral de notre relation; mais c'est très important pour moi. Et je ne sais vraiment pas quoi faire. Oh, ce Whitney, quel monstre! Il me pourchasse sans cesse! et puis il y a Gabriel, qui travaille si bien l'école; comment vais-je faire pour payer l'institution?

- Vois-tu, Lizzie, durant ces quatre années, nous n'avons pas eu l'ombre d'une querelle, n'est-ce pas?

- C'est vrai; ce fut le paradis.

- Eh bien, je crois que nous allons avoir notre première dispute.

- Pas pour des questions pécuniaires.

- Si, justement. Tu es tout comme une épouse pour moi et, qui plus est, la mère de ma fille. Pourquoi n'acceptes-tu pas mon argent de bonne grâce?

- Parce que je ne le veux pas. Ce n'est pas par fierté; simplement... eh bien, j'apprécie le fait d'être indépendante, quand bien même je ne le serais pas tout à fait.

- Je comprends ton point de vue et je t'aime plus encore pour cela. Mais un fait demeure : il te faut de l'argent et si tu ne veux pas accepter le mien comme un don, accepte-le au moins comme un prêt. Cette guerre ne durera pas bien longtemps; et d'après ce que j'ai pu en lire dans les journaux, les Sudistes, hélas, risquent fort de gagner la bataille. Quand ce sera fait, tu pourras alors me rembourser. Y a-t-il quelque chose de déraisonnable dans ma proposition?

Elle soupira.

- Non. Je suppose que non. J'accepte ce prêt. Oh, Adam! quel merveilleux homme tu es! Comment pourrais-je ne pas t'aimer?

Il la prit dans ses bras et l'embrassa.

- Maintenant que nous en avons fini avec cette déplaisante question, nous pourrions peut-être aborder des sujets plus agréables. Allons nous baigner.

- Aurais-tu perdu l'esprit? L'eau est glaciale.

- Je saurai comment te réchauffer.

- Non. Il y a autre chose dont j'aimerais t'entretenir.

Il la relâcha.

- Quoi encore?

Ils reprirent leur promenade sur la plage.

- Il s'agit d'Amanda, poursuivit-elle. Nous ne nous comportons pas correctement envers elle. Elle a un père à temps partiel et malgré le fait que les gens du pays nous considèrent comme... peu importe la façon dont ils nous considèrent, ce n'est pas une manière convenable d'élever une enfant; tu ne l'ignores pas plus que moi.

— Mais j'aime Amanda! Je l'adore!

— Là n'est pas la question. Comment pourrais-je lui expliquer où tu passes la majeure partie de ton temps? Comment lui dire que tu as une autre famille et *deux* fils qui sont ses demi-frères? Et comment lui avouer ce que je suis, moi, aux yeux du monde? Il faudra bien pourtant, un jour, répondre à toutes ces questions!

— Tu me cherches noise, dit-il sourdement.

— Bien évidemment. Je dois penser à Amanda pendant que toi, tu penses à Henry et Arthur.

Il s'arrêta et la reprit dans ses bras. Le vent qui soufflait sur la plage déserte emmêlait leurs cheveux. Il la fixa un moment puis l'embrassa encore.

— Nous trouverons une solution. Mais je ne te laisserai jamais me quitter; toi et moi ne faisons qu'un, conclut-il dans un murmure.

Elle était si désespérément amoureuse de lui qu'elle ne trouva rien à répondre. Du moins, pour le moment.

Le 15 juillet 1861, par une nuit suffocante, un jeune homme vêtu d'un habit sombre et coiffé d'un chapeau noir, galopait le long de la rive virginienne du Potomac. Peu avant minuit, il vit une lueur clignoter par deux fois à travers un bouquet d'arbres au bord du fleuve. Ce jeune homme, le capitaine Clayton Carr de l'armée de Virginie, se dirigea aussitôt vers le signal. La nuit était noire, même si quelques éclairs de chaleur illuminaient sporadiquement le ciel dans le lointain. Apercevant un homme qui sautait en bas d'un arbre, un fusil à la main, Clayton arrêta son cheval.

— Palmetto, souffla-t-il.

— Rattlesnake, répondit l'homme en baissant son arme. Laissez votre cheval ici; le bateau est juste en bas.

L'officier mit rapidement pied à terre et tendit les rênes de son cheval au dénommé Rattlesnake. Il courut ensuite à travers les buissons, trébuchant presque en tentant d'embarquer dans le canot où un rameur était déjà assis.

- Dépêchez-vous! murmura le passeur. Mais poussez la barque d'abord.

Clayton s'exécuta et sauta promptement à bord.

- Asseyez-vous, bourrique, ou vous allez nous faire chavirer! ordonna l'homme. Clayton obéit sans répliquer et l'autre commença la traversée du fleuve à grands coups d'avirons.

Durant un moment Clayton imagina qu'il était en compagnie de Charon, qui faisait passer aux morts le Styx, fleuve de l'enfer, moyennant une obole. Mais la métaphore lui parut par trop sinistre, bien que la mort eût bien pu l'attendre sur la rive opposée, à Washington.

- Je peux attendre jusqu'à l'aube, mais pas davantage, disait l'homme en accostant. Si d'ici là vous n'êtes pas de retour, il vous faudra vous débrouiller par vos propres moyens.

- Je reviendrai à temps, répliqua nerveusement Clayton.

Il n'ignorait pas que s'il était pris, les Yankees le considéreraient comme un espion et le pendraient sans autre forme de procès. Il enfourcha la monture qui l'attendait et piqua des deux vers Washington.

Son beau-père, le général Whitney, avait manifesté son hostilité à ce que son gendre se portât volontaire pour cette périlleuse mission; mais le général Beauregard avait précisé que du succès de l'entreprise dépendait l'issue de la guerre. L'idée avait fait son chemin dans l'esprit de Clayton qui, bien que désormais convaincu de l'absurdité de l'esclavage, était fermement résolu à prouver son courage.

Tout en galopant dans la nuit, il repensait aux derniers événements. La guerre en était à son quatrième mois et des milliers d'hommes de troupes avaient afflué vers la capitale, avec pour seul résultat de rendre la ville, déjà malpropre et malodorante, encore plus malpropre et malodorante - certains régiments avaient même établi leurs campements dans l'enceinte du Capitole. Au même moment, Richmond avait été décrétée capitale de la Confédération et il paraissait de plus en plus impérieux aux Nordistes, que cette ville fût conquise et détruite dans les plus brefs délais. Une centaine de milles seulement séparaient les deux capitales et cette proximité ne faisait qu'exacerber les tensions entre les deux camps. De plus, cette urgence se faisait d'autant plus pressante que la milice de volontaires de Washington avait un contrat de trois mois seulement et que ce dernier arrivait bientôt à terme. Si les Fédéraux ne prenaient pas immédiatement l'offensive, la milice serait dissoute, laissant la capitale à la merci d'une attaque de l'armée confédérée. Celle-ci avait en effet établi son campement pas loin de là, au sud de Washington, dans deux villes nommées Centreville et Manassas, le long de la rivière aux eaux tranquilles appelée Bull Run.

De la capitale nordiste, parvenaient au général créole Beauregard une foule d'informations ayant pour principale source une élégante veuve, Madame Rose O'Neal Greenhow, dont la maison était «à portée de fusil» de la Maison Blanche, pour reprendre les propres termes du général en s'adressant à Clayton.

Cinq jours avant, le 10 juillet, un message de la jolie veuve était parvenu à l'état major par l'entremise d'une beauté ténébreuse, Miss Betty Duval, annonçant que le nouveau commandant en chef des forces fédérées, le général Irvin McDowell, avait élaboré un plan pour attaquer Beauregard à Manassas et qu'elle pourrait donner des renseignements sur l'état des forces nordistes et le plan d'attaque qui était prévu pour la nuit du 17 juillet.

Telle était la situation quand Clayton tenta de faire sa marque dans l'Histoire en se portant volontaire pour aller recueillir ces informations.

On aurait pu croire, compte tenu des risques qu'elle encourait, que la ville de Washington avait été transformée en forteresse inexpugnable. Bien au contraire. Les volontaires nordistes pour «mater les rebelles», pour la plupart des garçons de ferme, étaient, selon la tradition américaine, réfractaires à toute forme d'autorité et de discipline. Les quelques officiers de carrière étaient diplômés de l'académie militaire de West Point, institution que les Américains n'affectionnaient pas particulièrement à cause de ses traditions d'inspiration européenne. Qui plus est, une grande partie de ces officiers avaient choisi le camp sudiste, les deux commandants en chef venant tous deux de West Point.

Le manque d'organisation nordiste était tel, que les troupes fédérales, au lieu de s'entraîner, passaient leur temps à boire et à courir la ribaude dans les quartiers mal famés de la ville.

Le correspondant de guerre du *Times*, William Howard Russel, qui avait suivi les événements de la guerre de Crimée et la révolte hindoue et qui, par conséquent était à même de juger de l'état d'une armée, fut consterné par la bande de truands pouilleux que l'on nommait armée fédérale. Lors d'une visite à Fort Corcoran, au milieu de la capitale, il vit un soldat se promener aux abords d'un poudrière non gardée, en fumant négligemment une pipe de maïs!

En entrant dans la ville en sommeil, Clayton trouva les rues sans pavage désertes, les maisons étaient obscures et il ne se heurta à aucun obstacle durant sa progression. Il connaissait bien Washington pour avoir passé de nombreux jours dans la résidence, maintenant close, de son beau-père dans H Street. Aussi trouva-t-il sans difficulté la demeure de Madame Greenhow où la charmante hôtesse, malgré ses sympathies sudistes clairement affichées, entretenait les meilleures relations avec d'éminents politiciens comme le secrétaire d'État Seward; et ce, même après l'ouverture des hostilités.

Clayton mit pied à terre et s'empressa d'aller frapper à la porte, scrutant anxieusement les environs de crainte d'être vu. Au bout d'une interminable minute, la porte, bloquée par une chaîne de sûreté, s'entrouvrit enfin et il put entrevoir une belle femme entre deux âges à la chevelure brune.

- Madame Greenhow? souffla-t-il.

- Oui?

Par l'entrebâillement, Clayton lui glissa une feuille de papier pliée sur laquelle était écrit en code «Courrier Secret».
La femme s'empara du pli et referma la porte. Clayton vit, à travers l'oculus de verre opaque, qu'on allumait un chandelier. La porte se rouvrit enfin.

- Entrez vite! murmura la femme.

- Ma chère Sybil, aussi incroyable que cela puisse vous paraître, je n'ai plus le sou et nous devons faire quelque chose.

Installée dans le salon de Pontefract House, Sybil regardait son amant d'un jour, Edgar Musgrave.

- Mais je vous ai remis soixante-dix mille livres! s'exclama-t-elle.

- Oui, mais c'était il y a de nombreuses années.

Comme à l'accoutumée, Edgar était vêtu à la dernière mode. Cependant, elle constatait un certain affaissement dans sa tenue et ses cheveux blonds commençaient à être clairsemés.

- C'est étrange comme l'argent peut fondre comme neige au soleil! Des factures! Encore et toujours des factures! La vie, de nos jours, devient extrêmement coûteuse! Voyez-vous, je me demande comment font les pauvres pour survivre. Je veux dire les vrais pauvres - comme moi. C'est vraiment triste, mais l'argent me file entre les doigts.

Sybil étouffait de rage contenue.

- Si vous vous imaginez que je vais encore vous laisser me faire du chantage...

- Je vous en prie, épargnez-moi vos démonstrations emphatiques. Il s'avère que j'ai passé un très agréable après-midi, hier, dans le charmant parc de l'autre côté de la rue: j'y ai rencontré votre nourrice qui accompagnait votre héritier, Lord Castleford, et son jeune frère que vous eûtes l'an dernier. Lord Arthur est bien trop jeune pour que l'on puisse définir quelque ressemblance avec un membre de la famille; mais Lord Castleford, qui va bientôt avoir cinq ans, est toujours aussi blond, et je puis me flatter que sa ressemblance avec moi ne fait à présent aucun doute... Quelles délicieuses friandises! vous avez toujours eu les meilleurs chocolats. Je me demande comment vous réussissez à garder une telle silhouette.

Il avait ouvert une bonbonnière et il goba prestement un chocolat fourré.

- Adam aurait-il soupçonné quelque chose?

- Non. Si c'était le cas, il ne m'en a jamais parlé.

«Que tout cela est ennuyeux!» songeait-elle.

Elle avait évidemment vécu des moments angoissants à cause de la menace que représentaient les éventuelles révélations d'Edgar; mais ce qui la rendait encore plus vulnérable, c'était que la trêve qu'Adam avait proposée quelques années plus tôt, avait, jusqu'à présent, parfaitement fonctionné: elle avait un mari aimant et un bon père pour ses enfants. Elle en était même venue à penser qu'il l'aimait, bien qu'il ne brûlât pas pour elle d'une dévorante passion comme pour Lizzie. Mais elle s'en trouvait satisfaite. Il y avait, bien sûr, les départs mensuels de son mari pour l'Écosse qui continuaient de l'irriter. «Cependant, ç'aurait pu être pire», se disait-elle.

Et voilà que maintenant la menace réapparaissait. Si Adam apprenait la vérité au sujet d'Henry, son mariage risquait de se transformer à nouveau en champ de bataille; et cela, elle voulait l'éviter à tout prix. Il fallait absolument qu'Edgar se taise. Elle prit une profonde inspiration.

- Combien? demanda-t-elle entre ses dents.

- Mmm. Eh bien, je pense que dix mille suffiraient... pour le moment. Et peut-être dix autres mille l'an prochain. En fait, un pourrions établir un arrangement permanent: vous me versez dix mille livres par an, et je continue de me taire. Notez que vous faites là une excellente affaire; c'est bien moins onéreux que la fois précédente.

- Je prendrai mes dispositions auprès de Monsieur Lowery. Maintenant, laissez-moi.

Un sourire triomphant sur les lèvres, Edgar se leva.

- J'ai entendu dire qu'Adam se trouve à nouveau en Écosse, ironisa-t-il. Je sais que cette région est fréquentable en août, mais votre mari s'y rend même en février. Qu'est-ce qui peut bien l'amuser autant? Aurait-il acheté une cornemuse?

- Il pêche.

- Hmm. Excellent endroit. Très poissonneux. Eh bien, je dois vous quitter. J'attends donc des nouvelles de votre Monsieur Lowery; ce qui me permettra de passer un excellent automne en Toscane. Connaissez-vous la Toscane? C'est une région si colorée! Les Italiens sont des gens si sensuels! Et la vie y est si merveilleusement bon marché!

Il fit sa révérence et quitta les lieux.

Elle se dirigea vers la fenêtre dont la vue embrassait Pontefract Square et le vit allègrement sauter dans un fiacre. Elle n'avait aucune idée des raisons qu'elle allait invoquer pour expliquer ce nouveau retrait.

Elle se dit qu'il était grand temps de rendre visite à Lady Rockfern, à la maison de Knightbridge qu'elle partageait avec Lady Hillsdale.

- La politique, voilà qui ferait une excellente carrière, disait Sidonia avec la fermeté qui lui était coutumière.

C'était l'après-midi suivant la visite d'Edgar, et Sybil prenait le thé en compagnie de Lady Rockfern dans sa maison de Cadogan Square.

- Adam est resté oisif bien trop longtemps, reprit-elle. Et l'oisiveté est la mère de tous les vices. Il est temps pour lui d'avoir une activité. Il m'a dit qu'il travaillait pour parfaire sa grammaire.

- En cela, c'est vrai : il n'est pas resté inactif; son écriture s'est sensiblement améliorée.

- Parfait. S'il peut rédiger correctement une phrase en anglais, il peut en faire autant d'une loi anglaise. De plus, ma chère, si vous parvenez à l'intéresser à la politique, il devra écourter ses séjours en Écosse, si vous voyez ce que je veux dire.

Quand j'étais enfant, les membre du Parlement étaient considérés comme des gredins aux relations douteuses. Mais maintenant, les choses ont changé : aujourd'hui, les politiciens sont des gens respectables - ou, du moins, donnent-ils cette impression. En faisant de la politique, Adam n'aura d'autre choix que de faire preuve de la même respectabilité... Encore un peu de thé?

- Oui, merci. Bien sûr, il dispose d'un siège à la Chambre des Lords, mais il ne l'a même pas visitée. Comment pourrais-je faire pour qu'il s'y intéresse?

- Envoyez de l'argent. Envoyez-le à la direction d'un parti; le parti Conservateur me paraît le plus indiqué. Expédiez un chèque d'un millier de livres à Monsieur Disraeli et, infailliblement, vous propulserez aussitôt mon neveu vers une carrière politique.

Sybil venait de retrouver le sourire.

- Chère tante Sidonia, conclut-elle, je crois que vous avez là une merveilleuse idée.

CHAPITRE DIX-SEPT

Le capitaine Clayton Carr se tenait sur un promontoire qui dominait Manassas Junction et assistait à la première grande bataille de la Guerre Civile. Il ne pouvait se résigner au rôle de simple spectateur; mais étant l'aide de camp du général Phineas Thurlow Whitney, son devoir lui commandait de rester auprès de son beau-père qui, en compagnie du général Pierre G.T. Beauregard, se tenait à l'extérieur de la tente du poste de commandement et regardait à travers des jumelles les événements qui se déroulaient en contrebas. Le spectacle ne manquait pas d'action.

À un demi-mille au nord, les Confédérés et les Fédérés s'affrontaient dans le claquement des fusils, et le son du canon faisait chaque fois imperceptiblement tressaillir Clayton pendant qu'une multitude de panaches de fumée blanche, en provenance des boisés et des champs de maïs, s'élevaient dans le ciel d'été.

La mission de Clayton auprès de Madame Greenhow à Washington, avait été un brillant succès. Le général Beauregard avait été très favorablement impressionné et avait promis une médaille à Clayton, à la prochaine citation à l'ordre du jour du gouvernement confédéré (mais aussi dès que les premières médailles auraient été frappées). Au moins à présent la bravoure de Clayton était incontestable et personne ne pourrait plus dire que ses relations familiales lui avaient permis d'accéder à un poste de «planqué», un point qui restait, au demeurant, très sensible.

En ce qui concernait leurs officiers, les deux camps étaient logés à la même enseigne. L'un et l'autre ne disposaient que d'un petit nombre d'officiers de carrière, et Clayton était loin d'être l'unique Sudiste à qui l'on avait attribué un grade avant même d'avoir appris à effectuer un «demi-tour» réglementaire.

En ces premiers mois de guerre, la Confédération ne manquait pas seulement de médailles, mais aussi d'uniformes. Phineas et Clayton avaient puisé dans leurs propres bourses pour se faire tailler leurs uniformes par leur tailleur privé. Clayton avait fait faire son daguerréotype par un photographe qui en avait tiré une douzaine de *cartes de visite* qu'il avait distribuées à ses parents et amis. «Si je venais à mourir, pensait-il, Charlotte aurait toujours une photo en souvenir de moi». Cette pensée fut véhiculée par des milliers de combattants des deux camps et la *carte de visite* fut aussi populaire qu'allaient l'être les «snapshots» quelques générations plus tard.

Les informations passées par Madame Greenhow sur les mouvements des troupes fédérées s'étaient avérées exactes; mais malgré cet énorme avantage, l'engagement avait été rude dès le matin, les pertes étaient lourdes de part et d'autre. Cependant, cette bataille était providentielle pour les commerces d'alimentation et les locations de voitures.

Les cahotiques services de renseignements de l'armée avaient fait courir le bruit dans toute la ville que les troupes allaient faire mouvement vers le sud (pour être franc, il eût été difficile de le dissimuler aussitôt que les troupes se fussent mises en route) et que la bataille était prévue pour le dimanche 21 juillet. Aussi, vit-on des douzaines d'habitants de Washington, parmi lesquels des membres du Congrès et des sénateurs, leurs femmes et leurs amis, des belles de jour et des belles de nuit, tout ce joli monde enfin, faire lui aussi mouvement vers le sud avec jambon et champagne, pour aller assister, en ce beau dimanche, à la grande bataille qui verrait, nul n'en doutait, Johnny Reb repartir en courant dans son Sud natal et la rébellion définitivement matée.

Alfred Ely, de New York, membre du Congrès, qui tenait absolument à voir le Thirteenth New York Regiment qui faisait partie du district de Rochester - son district - quitta Centreville en joyeux équipage pour aller voir la bataille, à bord d'un superbe attelage dont la location lui avait coûté la modique somme de vingt-cinq dollars-or pour une seule journée.

- J'ai entendu dire, racontait Whitney, que ces fous de pique-niqueurs étaient restés dans les pattes de leurs soldats.

Beauregard opina distraitement du chef, sans quitter des yeux le déroulement des combats pour lesquels il ressentait quelque inquiétude. Il avait été nommé directeur de l'académie de West Point juste avant la guerre, et c'est à regret qu'il avait dû abandonner ses fonctions pour rejoindre l'armée confédérée; on lui avait attribué un commandement à Charleston et il portait la responsabilité de la salve de canon qui avait ouvert les hostilités. Il concevait le plus grand respect pour les capacités professionnelles de son homologue nordiste et ancien camarade de promotion, McDowell; mais il savait que celui-ci courait à l'échec. Le Nordiste pouvait bien disposer de trente mille recrues, la plupart n'avaient jamais été au feu. On aurait pu dire la même chose à son sujet. Mais il disposait d'un énorme avantage : il n'avait qu'à tenir ses positions en interdisant l'accès au chemin de fer vers Orange et Alexandrie à Manassas Junction, premier objectif de McDowell. La tâche de ce dernier était tout autre : il devait non seulement réussir cette première étape, mais aussi percer les lignes ennemies pour atteindre le cœur de la Confédération, en l'occurrence Richmond. Et Beauregard avait le sentiment que son adversaire était loin de pouvoir réaliser ses plans.

L'avenir allait lui donner raison.

Dans Washington désertée par la grande majorité de la population partie voir la bataille, un groupe de gens calmes resta toute la journée devant le Treasury, écoutant anxieusement les échos des combats qui se déroulaient à moins de trente milles, au sud-ouest. À sa sortie de la messe, le président Lincoln étudia les télégrammes non officiels qui lui étaient parvenus du front, puis il se fit conduire au Cruchet's Hotel dans D Street, pour rencontrer le commandant des forces armées des États-unis, le général Winfield Scott.

Alors très jeune, ce dernier avait vaincu les Anglais en 1814. En 1848, dans la force de l'âge, il avait écrasé les Mexicains. Mais en ce mois de juillet 1861, l'obèse, l'hydropique et rhumatisant général, ne pouvait même plus tenir en selle. Il restait cependant le héros du Nord, et la plupart des Américains considéraient qu'il était bien supérieur à n'importe quel officier sudiste.

Quand le président arriva chez Cruchet, (Cruchet, un traiteur français, était un des meilleurs cuisiniers de Washington. C'est la raison pour laquelle le vieux général avait établi ses quartiers dans la place : il avait aiguisé ses papilles gustatives dans les meilleurs restaurants parisiens et il pouvait passer des heures à discuter de la préparation de la soupe à la tortue) le général était endormi.

Et quand le président réveilla son commandant en chef, celui-ci lui annonça que la bataille suivait son cours.

Ceci fait, il retourna se coucher.

- Ils fuient, Monsieur!

Il était cinq heures de l'après-midi; le messager arrivait au galop vers le quartier général.

- Les Yanks rebroussent chemin! Ils s'enfuient vers Washington!

- Ee-Yow! cria Clayton.

Le visage des deux officiers généraux s'éclaira.

- Est-ce un repli? demanda Beauregard.

- Non, Monsieur. C'est une débandade!

- Nom de Dieu!

- Monsieur! demanda Clayton au garde-à-vous devant son beau-père. Suis-je autorisé à assister à la déroute de l'ennemi?

Le général Whitney hésitait. Si quelque malheur survenait à Clayton, Charlotte, ainsi que son épouse, d'ailleurs, ne le lui pardonneraient jamais.

- Eh bien...

- Je vous en prie, Monsieur, C'est probablement la dernière bataille de la guerre! Je dois voir ça!

- Très bien, jeune brigand; mais soyez prudent. Si vous attrapez une balle, Charlotte en sera très mécontente.

- Il n'existe pas de balle Yankee assez rapide pour rattraper Clayton Carr, ricana le jeune homme. Ee-YOW!

Le fusil Enfield, celui-là même qui avait servi à mater l'insurrection hindoue était l'arme favorite des Confédérés, au grand bonheur des manufacturiers anglais.

Attrapant le sien, Clayton sauta à cheval et dévala la colline qui menait aux champs bordant la rivière Bull Run.

Devant lui, s'offrait le triste spectacle de la plus lamentable débâcle que l'Histoire ait jamais connue. Des attelages de toutes sortes, civils et militaires, des notables et des gens du peuple, des fantassins et des cavaliers, des valides et des éclopés, des femmes et leurs enfants, tout un monde grouillant et affolé convergeait vers l'étroite route poussiéreuse qui menait à Washington, pour y retrouver la sécurité qu'ils n'auraient jamais dû quitter.

Mais Clayton n'était pas destiné à contempler ce désastre.

Ce qu'il vit, par contre, ce furent des corps. Des corps de Nordistes et des corps de Sudistes, des corps étalés sous le doux soleil de juillet dans les grotesques postures inventées par la mort. Des cadavres affalés sur des clôtures, certains les yeux grands ouverts vers le ciel, d'autres fixant la terre qui allait les engloutir. Des corps sans membres et des troncs sans tête. Tout ce monde, fauché par la mitraille, figé en un immobile et macabre ballet.

Ce que Clayton ne vit pas non plus, ce fut le tireur isolé agonisant, qui était caché dans un arbre juste devant lui et qui se disait qu'il voudrait bien être damné s'il ne parvenait à tuer un Johnny Reb de plus, avant de rendre son âme à Dieu.

Il épaula et fit feu.

La balle yankee, probablement plus rapide que les autres, rattrapa effectivement Clayton qui la reçut en plein dans la cuisse gauche. Hurlant de douleur, le jeune homme tomba de cheval près d'un champ de maïs. La souffrance était telle qu'il crut un instant qu'il allait mourir. Puis il réussit péniblement à s'asseoir et il regarda sa jambe,. Les culottes grises dont il était encore si fier le matin-même, s'auréolaient d'une large tache de sang. Clayton l'ignorait, mais la balle Minié avait brisé le fémur en six morceaux.

La douleur était intense et le soleil brûlant. Il en profita pour perdre connaissance.

Le plus brillant politicien d'Angleterre observait du coin de l'œil Sybil en train de servir le thé.

- Tous les grands propriétaires terriens devraient adhérer au parti Conservateur. Mais il peut s'avérer très difficile d'obtenir des contributions de millionnaires. Aussi votre chèque fut-il des plus inattendus et doublement bienvenu car il me permet également de faire la connaissance d'une des plus belles ladies d'Angleterre.

- Vous me flattez, Monsieur Disraeli, mais c'est le genre de compliment qu'une femme aime toujours entendre, répondit Sybil en levant les yeux vers l'homme aux épaules voûtées et à la barbiche noire, avec des boucles huileuses tombant sur son front de son crâne dégarni.

- La flatterie, même en l'absence de sincérité, est un outil très utile dans la vie et l'instrument indispensable du politicien. Mais en l'occurrence, le compliment est sincère, croyez-moi.

Il marqua une pause pour siroter un peu de thé, alors que ses yeux au regard intense semblaient vouloir décrypter les pensées de la jeune femme.

- Mais l'expérience m'a aussi appris, qu'en général, une belle marquise n'envoie pas un chèque de mille livres à un parti politique avec des intentions purement altruistes.

Sybil eut un sourire. Elle avait devant elle un homme de cinquante-sept ans qui avait la réputation d'être très rusé et même insaisissable, une personne dont il fallait se défier. On ne le considérait pas comme très anglais : euphémisme poli pour dire qu'il était juif.

À peine trois ans plus tôt, l'accès à la chambre des Communes était interdit aux non-chrétiens; ce qui n'avait gêné en rien Disraeli, baptisé depuis son plus jeune âge. Plus tard, au cours de sa carrière politique, il s'était, sans relâche, opposé à son propre parti, avec tous les risques que cela comportait, pour que soit enfin abolie cette loi. Ce qui permit au premier juif pratiquant, le baron Lionel de Rothchild, d'être admis aux Communes.

Ce qui aggravait encore sa réputation, c'est que Monsieur Disraeli était auteur : il écrivait des romans. Et quoi de plus «non anglais», dans la bonne société de l'époque, que d'écrire des romans?

- C'est vrai, cher Monsieur, j'ai des raisons bien précises. Comme je ne tiens pas à abuser de vos précieux instants, j'en viendrai immédiatement au fait. Je crois que c'est le cardinal de Retz qui a dit : *il n'y a rien dans le monde qui n'ait son moment décisif...*

- *...et le chef-d'œuvre de la bonne conduite est de connaître et prendre ce moment*, poursuivit Disraeli.

Ils se regardèrent quelques instants, satisfaits de leur mutuelle érudition.

- C'est le principe qui a guidé toute ma vie, expliqua le politicien.

- Je crois que mon mari et moi entrons dans une phase décisive de notre union, et je voudrais qu'il embrasse une carrière politique. Mais vous n'ignorez sûrement qu'il y a quelques lacunes dans son éducation. Étant issu de la branche déshéritée des de Vere, mon époux n'a jamais reçu l'instruction adéquate pour un homme de son rang. Cependant, durant ces dernières années, il a suivi des cours qui lui ont permis d'améliorer cet état de fait.

- L'éducation peut être quelquefois un handicap en politique. L'ignorance inspire davantage confiance aux électeurs.

- Oui, je suppose. Mais mon mari dispose de nombreux atouts : c'est un homme réputé, pour ne pas dire célèbre, et la population l'aime. Il est jeune et a bonne allure. De plus, c'est un très gros propriétaire terrien et il est immensément riche. Il me semble qu'il pourrait prendre part aux destinées de la nation, mais il a besoin d'un guide, un tuteur politique, si je puis m'exprimer ainsi. Oserais-je dire qu'il a besoin de quelqu'un comme vous, Monsieur Disraeli?

- C'est maintenant vous qui usez de flatterie, Lady Pontefract. Mais je dois vous rappeler que je conduis l'opposition officielle contre le gouvernement de Sa Majesté. Il serait bien plus avisé de votre part d'approcher Lord Palmerston, qui serait en mesure d'attribuer à votre mari un poste à la mesure de ses mérites.

- Mais c'est vous que mon époux admire, Monsieur Disraeli. Il ne parle de vous qu'en termes flatteurs car il admire votre conception de ce que vous appelez le «conservatisme romantique» : une Angleterre régie par la noblesse, mais une noblesse qui s'intéresse aux pauvres et aux déshérités, une noblesse dotée d'une âme noble.

Il reposa sa tasse de thé.

- Vous me fascinez, Lady Pontefract; je suis plus impatient que jamais de faire la connaissance de votre distingué mari. Mais je crains que ses fréquents voyages en Écosse ne l'empêchent d'envisager sérieusement une carrière politique.

- Ce sont justement ces trop fréquents voyages en Écosse que je voudrais faire cesser, répondit-elle sèchement.

Il la regarda un instant sans mot dire. Puis il eut un petit rire, aussitôt transformé en un énorme éclat de rire qui lui fit monter les larmes aux yeux. Il tira un mouchoir de sa poche et dit, le souffle court:

- Ma très chère Lady Pontefract, je sens que je vais vous aimer beaucoup! Beaucoup!

- Je vous en prie, Monsieur Disraeli, appelez-moi donc Sybil!

- Et vous, chère Sybil, appelez-moi donc Dizzy!

Clayton gisait sur un lit de camp de la tente-hôpital bondée, qu'on avait dressée près du champ de bataille de Manassas.

- J'ai de mauvaise nouvelles, disait le chirurgien, votre fémur a été réduit en miettes par une balle Minié et si nous ne vous amputons pas très vite la gangrène va s'y mettre.

La chaleur et la puanteur des lieux lui eût donné la nausée si sa jambe ne l'eut pas déjà fait atrocement souffrir. La sueur ruisselant sur son torse dénudé, il tenta de s'asseoir.

- Non, murmura-t-il, je vous en supplie, docteur, pas ma jambe.

- Je n'ai pas le choix, fils. Amenez-le au bloc opératoire, ordonna-t-il à son assistant. Donnez-lui assez de whisky pour qu'il soit ivre-mort. Nous l'amputerons dans une heure.

- Oui, Monsieur.

Le médecin militaire se dirigea vers le lit suivant pendant que son assistant faisait signe à deux brancardiers.

Clayton, en larmes, regardait sa cuisse qui avait doublé de volume et qui devenait violette tout autour de la plaie.

- Oh, Jésus, sanglotait-il, je vais devenir infirme... Oh, Jésus, que va dire Charlotte?

Il était allongé sur le dos. Sa chair au supplice le mettait à l'agonie. Deux brancardiers arrivèrent et le transférèrent sur un brancard, ce qui eut pour effet de lui arracher d'horribles cris de douleur. Il sentit qu'on le transportait, et soudain, un soleil d'une intensité inouïe lui éclaboussa le visage.

Il était en Virginie, à la chasse dans les bois, avec Treat, son chien. Son père et le sénateur Whitney l'accompagnaient. Il avait dix ans et c'était un jour d'automne frisquet. Les feuilles des arbres s'étaient enflammées de mille et une couleurs. Il vit un daim et leva son fusil. Les deux hommes, qui discutaient du prix des esclaves à quelques pas de lui, se turent. Il fit feu.

- Très beau coup! s'exclama son père.

Clayton, tout gonflé d'orgueil, courait vers la bête qui venait de tomber.

- Tenez-le, disait le docteur.

- Je vous en supplie... non! Je vous en supplie... Non, non!

Clayton hurlait comme un damné. Deux infirmiers le maintenait le dos rivé sur la table, et deux autres lui tenaient les hanches, pendant que sa jambe valide donnait de grands coups de talon dans le vide. Le docteur garda un moment sa scie en l'air.

- Je ne veux pas être infirme! Je vous en prie...Oh, Jésus!

- Nous n'avons pas le choix, fils. Je ne peux pas te laisser mourir. Je crains de devoir te faire mal.

- Jésus... Oh, Jésus...

Le médecin posa la lame de la scie sur la cuisse où l'on pouvait voir les premiers symptômes de nécrose. Les dents mordirent la peau violacée et il commença à scier.

Le sang giclait pendant que les cris de Clayton se transformaient peu à peu en une sourde plainte; la terrible douleur s'estompait lentement de son esprit embrumé par l'alcool.

- Charlotte, Charlotte.

Clayton était couché près de sa femme et il embrassait sa poitrine menue.

- Oh, Clayton, comme je t'aime, murmurait-elle. Trouves-tu que je m'améliore?

- Oui, vraiment.

Ce n'était qu'un demi-mensonge. Charlotte commençait à aimer les joies de la chair, mais le cœur n'y était pas. Il entra en elle et commença le perpétuel mouvement. Soudain, une douleur s'installa dans sa jambe gauche puis finit par irradier tout son corps. Il cria et regarda Charlotte.

Elle s'était transformée en cadavre putride.

Il rouvrit seulement les yeux pour voir la belle jeune fille à la peau café-au-lait qui était penchée au-dessus de lui. Il reconnut tout de suite Dulcey, la fille de chez Miss Rose.

- Dulcey, murmura-t-il.

- C'est moi.

- Où suis-je?

- Vous êtes à la plantation Elvira. Vous êtes dans la meilleure chambre de la maison, c'est votre beau-père qui l'a décidé. C'est la chambre de Miss Lizzie; c'est ici que je brossais ses cheveux.

Clayton promena son regard à travers la pièce richement décorée. Les fenêtres étaient ouvertes et une brise légère lui caressait le visage.

- Comment... suis-je arrivé ici? demanda-t-il afin de combler le grand trou noir de sa mémoire.

La seule chose dont il se souvenait c'est qu'il était allé à la chasse et qu'il avait couché avec un cadavre.

- On vous a amené ici après votre opération. Vous avez dormi pendant plusieurs jours.

- Mon opération...

En un éclair, tout lui revint à l'esprit. La douleur. Les hurlements. Il s'assit dans son lit et rejeta le drap qui le couvrait.

Il portait une chemise de nuit de coton blanc qui cachait ses genoux. Horrifié, il s'aperçut, qu'en fait, la chemise ne couvrait que le genou droit. Son genou gauche avait disparu.

- Oh, non...

Il commença à ôter sa chemise quand il se rendit compte que Dulcey, impassible, le regardait.

- Je vous en prie sortez. Je voudrais voir...

- J'ai vu des tas d'hommes nus dans ma vie, dit-elle avec à-propos. Je vous ai même vu, vous. Je suis votre infirmière, et j'ai déjà fait votre toilette deux fois, tout nu, comme un bébé. J'ai déjà vu votre moignon.

Il eut un profond tressaillement et souleva doucement sa chemise.

- Oh, Jésus...

La jambe avait été coupée à la hauteur du bassin et son moignon était entouré d'un bandage.

- Le docteur a dit que vous pourriez encore avoir des enfants, dit Dulcey. Vous ne pourrez plus courir, ni danser le quadrille, ni rien. Bon, je vais aller chercher votre déjeuner, maintenant, Cap'tain Clayton.

Elle lui fit son sourire enjôleur et sortit.

Clayton regarda à nouveau l'endroit où aurait dû se trouver sa jambe. Il baissa sa chemise de nuit puis, se laissant retomber sur ses oreillers, il se mit à pleurer.

- C'est papa! C'est papa! criait Amanda pleine d'excitation en regardant à travers une baie vitrée du «Repos du Cœur». Le carrosse de sa mère venait juste de s'arrêter devant la maison quand son père en descendit.

- Oui, c'est bien lui, ma chérie, dit Lizzie en se dirigeant vers la porte d'entrée avec une excitation tout à fait identique à celle de sa fille, comme chaque fois qu'Adam revenait.

Elle ouvrit la porte. C'était une journée particulièrement venteuse et Adam dut retenir son chapeau afin qu'il ne s'envolât point. Il entra dans la maison suivi d'Angus, le cocher de Lizzie, qui portait son bagage.

- Sois le bienvenu à la maison, chéri. Lizzie affichait un grand sourire qui témoignait de sa joie mais aussi de son attente.

Il s'approcha d'elle et la prit dans ses bras.

- Papa! Papa! Amanda poussait presque sa mère pour se frayer un chemin dans les bras de son père.

- Voilà ma petite fleur! Adam éclata de rire et la leva à sa hauteur pour lui administrer un gros baiser sur la joue.

- Que m'as-tu rapporté de Londres, cette fois?

- Eh bien, Miss Amanda, je crois que vous manifestez tous les signes d'une personne intéressée et cela me choque profondément.

- M'as-tu rapporté une poupée ou un chaton?

- Une poupée, petite sorcière. Elle se trouve dans la valise.

- Angus! cria Amanda en courant vers lui. Ouvrez la valise de papa! S'il vous plaît!

Adam secoua la tête.

- Tu la gâtes trop, dit-il à Lizzie qui lui fit des yeux ronds.

- Qu'est-ce qui ne va pas? demandait Lizzie allongée sur son lit, dans les bras d'Adam.

Le mauvais temps s'était changé en tempête et l'on entendait les hurlements du vent autour de la maison et le bruit des vagues qui déferlaient violemment sur la plage.

- Rien de particulier, répondit-il à mi-voix.

- Oh, mon chéri, sois franc. Je l'ai ressenti toute la soirée; je sais que tu es inquiet à propos de quelque chose que j'ignore. N'essaie surtout pas de me le dissimuler, à moi qui te connais comme personne. Qu'est-il arrivé?

Il resta silencieux pendant un long moment. Puis il soupira.

- Eh bien voici. On vient de m'offrir un poste au gouvernement. Évidemment, j'ai décliné la proposition, mais Sybil en a fait une telle tempête qu'en comparaison, celle que nous entendons en ce moment n'est qu'une averse de printemps.

Lizzie s'assit et rapprocha la lampe du lit. Elle n'était pas stupide et ce que lui racontait Adam, laissait présager de sombres perspectives.

- Quel genre de poste? demanda-t-elle.

- On me propose d'être conseiller de la Couronne auprès du secrétariat d'état aux affaires hindoues, qui a été créé il y a trois ans quand la Couronne prit en charge l'administration des Indes auparavant sous la tutelle de la vieille East India Company. Lord Palmerston s'est montré aimable et a usé d'arguments très flatteurs. Il prétend que ma connaissance des Indes serait d'un très grand secours à Lord Cranborne, le secrétaire d'État. Mais je sais pertinemment que tout cela n'est qu'un coup monté par Sybil.

- Que veux-tu dire?

- Elle est devenue très proche de Monsieur Disraeli par le simple fait d'avoir envoyé de l'argent au parti conservateur. Évidemment, ce monsieur a d'énormes relations et il est intervenu auprès du premier ministre, Lord Palmerston, pour qu'il m'invite à m'asseoir à la table du conseil. Tout cela fut très élégamment arrangé, mais je ne suis pas dupe et je ne souhaite rien connaître de tout cela.

- Est-ce parce que tu devrais renoncer à me voir?

Il ne répondit rien. Elle se leva, enfila un peignoir et alla au carreau regarder la mer démontée.

- Nous avons vécu une folle passion, dit-elle enfin. J'ai été merveilleusement heureuse auprès de toi, et je pense qu'il en a été de même pour toi. Mais j'ai toujours pensé que cela finirait un jour.

- Cela n'est pas fini! protesta-t-il.

- Oui, ça l'est. Car je sais que tu vas accepter ce qui t'est proposé.

- Lizzie, tu ne m'as pas écouté. J'ai d'ores et déjà refusé.

- De retour à Londres, tu leur annonceras que tu as changé d'idée.

- Non!

Il repoussa violemment les draps, sauta hors du lit et courut vers elle. L'étreignant dans ces bras, il l'embrassa avec fougue, pendant que la pluie, comme pour manifester son désaccord, fouettait furieusement la fenêtre.

- Tu es à moi, Lizzie. Corps et âme. Tu es une part de moi-même et je ne renoncerai jamais à toi.

Lizzie se sentit fondre dans les bras vigoureux de son amant.

- Oh, Adam, mon adorable amour! Tu sais bien que, toi aussi, tu fais partie de moi. Mais qu'avons-nous donc fait pour que tout aille si mal?

- Rien ne va mal!

- Je sais que nous avons raison envers et contre tous. Nous avons vécu quatre merveilleuses années; mais le rêve passe, ne le vois-tu pas? et nous devons faire face à la réalité pour l'avenir de nos enfants.

Elle sentit l'étreinte de ses bras se relâcher imperceptible-ment.

- Tu sais que j'ai raison, poursuivit-elle.

Elle s'éloigna.

…et que Sybil a raison, elle aussi. Elle pense à son fils, ton héritier.

- Il est peut-être mon héritier mais je ne suis pas sûr qu'il soit mon fils.

- Comment cela?

Il alla s'asseoir sur le bord du lit et enfouit son visage entre ses mains. Il passa ses doigts dans son épaisse chevelure et quand il releva la tête, elle vit des larmes couler de ses yeux noirs.

- Je suis pratiquement convaincu qu'Henry n'est pas mon fils, expliqua-t-il. J'ai appris de mon administrateur que Sybil a fait transférer une très forte somme d'argent sur le compte d'un jeune vaurien nommé Edgar Musgrave, avec qui elle aurait eu des relations. Sybil était encore pure lorsque je l'ai épousée, mais j'ai dû partir pour les Indes quelques jours après notre mariage. Il me paraît vraisemblable qu'Henry fut conçu après que j'eus quitté l'Angleterre. Cependant, je... crains de lui poser la question. Sybil et moi avons décidé de faire des compromis dans le cadre de notre mariage; si mes soupçons se vérifiaient, ma réaction risquerait de tout compromettre. De plus, j'aime Henry.

- Cela ferait-il pour toi une grande différence s'il n'était pas ton fils?

- Bien évidemment! Personne n'aimerait savoir que son fils et héritier est, en réalité, celui de quelqu'un d'autre! L'ironie de la chose est que j'ai épousé Sybil dans le seul but d'assurer ma descendance, et voilà que celle-ci n'est qu'une triste farce. Si Henry n'est pas mon fils, comment pourrait-il en toute légitimité être l'héritier de la fortune des de Vere et de mon titre? C'est Arthur, mon véritable fils qui doit assurer la succession. Mais si je déshéritais Henry, je ruinerais sa vie et provoquerais un énorme scandale. Oh, tout cela n'est en réalité qu'une immense faillite... Et toi qui me parles de séparation.

Lizzie en avait le cœur chaviré. Elle savait combien il aimait ses enfants.

- La politique ne t'intéresse-t-elle vraiment pas?

- En ce moment, si. J'aimerais me rendre utile. Dieu sait que j'ai eu une chance extraordinaire et je sens que j'ai une tâche à remplir auprès des gens infortunés. Mais je ne te quitterai pas, conclut-il résolument.

Elle vint s'asseoir sur le lit près de lui, lui prit la main et la pressa contre son cœur.

- Il faut te résoudre à me quitter, murmura-t-elle. Peu importe qu'Henry soit ton fils ou pas. Je sais que tu l'aimes comme ton propre fils et que tu t'inquiètes de son avenir. Tu dois regagner ton foyer, Adam.

- Mon foyer est ici.

- Non, il n'est pas ici. Tu n'es pas uniquement Adam Thorne : tu es le marquis de Pontefract, un héros national, et le père du futur marquis...

- Peu importe qui il est.

- Ton foyer se trouve à Pontefract Hall et Pontefract House. Crois-tu que cela ne me brise pas le cœur de tenir de tels propos, mon amour? Ne sais-tu donc pas que tu as toujours été la personne la plus importante de ma vie? Mais le temps est venu où il nous faut accepter l'évidence qu'il existe des choses qui nous dépassent nous-mêmes. Il nous faut faire face à l'avenir. Tu dois me quitter pour l'amour de tes fils.

Il regardait son visage ruisselant de larmes.

- Mais qu'adviendra-t-il de toi et d'Amanda? souffla-t-il.

- Je prendrai des dispositions pour que tu puisses la voir de temps en temps. Nos adieux me tueront, Adam; aussi ne les ferai-je qu'une fois.

- Veux-tu dire que nous ne nous reverrons plus jamais? Nous nous connaissons depuis notre prime enfance!

- Cela vaut mieux ainsi. Sinon, nous retomberions fatalement dans des bras l'un de l'autre, et cette double vie finirait par nous détruire.

- NON! cria Adam. Je divorcerai plutôt!

- Tu sais parfaitement qu'il ne peut être question de divorce pour toi. Même si tu pouvais l'obtenir, ce qui est pratiquement impossible, tu ruinerais la vie de tes enfants. Le scandale les poursuivrait toute leur vie.

Il resta un long moment les yeux fermés. Puis il la regarda, une immense détresse au fond des yeux.

- Quand? souffla-t-il.

- Ne disons rien à Amanda et à Mademoiselle Parker et faisons comme si de rien n'était. Passons cette semaine ensemble tel que prévu et puis...

Elle sentit sa gorge se nouer.

...et puis, mon bel amour, nous nous quitterons.

L'intense émotion qu'il ressentait lui faisait tourner la tête. Il prit la main de la jeune femme et la pressa passionnément contre ses lèvres.

- Nous ferons en sorte d'avoir le bonheur de toute une vie durant cette semaine, murmura-t-il. Toute une vie, je le jure.

La voiture découverte s'arrêta devant la plantation Fairview. Le sénateur Whitney sauta à terre pendant que son cocher descendait les bagages qui se trouvaient à l'arrière. Il grimpa les marches du porche de la demeure où Ellie May l'attendait.

305

- Soyez le bienvenu à la maison, cher ami, dit-elle en l'embrassant. Est-ce que les gens dansent dans les rues de Richmond?

- Eh bien, pas tout à fait. Notre triomphe a provoqué un grande allégresse; mais, si vous voulez mon avis, notre victoire fut gaspillée.

- Gaspillée? Comment cela?

- Lincoln jouit d'une réputation à peu près nulle et cette vieille baderne de général Scott, pire encore. Les journaux du Nord critiquent violemment la défaite des Fédérés à Bull Run; ils affirment même que McDowell était ivre pendant la bataille; à toutes fins utiles, il a été limogé. Lincoln a désigné un nouveau commandant, un jeune homme nommé McClellan.

Le fait est que lors de la débâcle, nous aurions dû poursui-vre l'ennemi jusqu'à Washington et pendre ce cher Abe à un réverbère. Malheureusement, nous ne l'avons pas fait. Nous n'avons RIEN fait. Et je crains fort que cela ne nous coûte la victoire finale.

- Père! intervint Charlotte qui s'empressait d'aller saluer son père. Avez-vous eu des nouvelles de Clayton?

- Il a repris connaissance, répondit Phineas. J'ai reçu un rapport de la plantation Elvira. Les docteurs disent qu'il se rétablit doucement. Il est évidemment infirme; mais il est vivant.

- Pourrai-je le voir? demanda-t-elle, anxieuse. Il me manque tant!

- Eh bien, nous devons lui laisser le temps de recouvrer ses forces. Voyez-vous, il a enduré de terribles souffrances. Dans une semaine vous pourrez probablement aller le voir. Votre visite lui fera le plus grand bien.

- Quelle bonne nouvelle! Je brûle d'impatience.

- Soyez assez aimable de nous laisser, maintenant. Il faut que je m'entretienne avec votre mère. Allons dans la bibliothèque, Ellie May.

Ils traversèrent le hall et allèrent dans la pièce où le sénateur prit le temps de soigneusement fermer la porte derrière lui.

- C'est la confusion totale à Richmond, commença-t-il. Jefferson Davis est un homme convenable, mais je crains qu'il ne soit pas à la hauteur de sa tâche. Il manque de flexibilité.

- Comment cela?

- Il est profondément convaincu que le temps travaille pour nous; que la seule chose à faire c'est de maintenir les Yankees hors de Virginie et d'attendre. Il pense que notre nouveau gouvernement doit être reconnu par la France et l'Angleterre et, comme vous le savez, il a dépêché, à cet effet, les sénateurs Mason et Slidell pour obtenir cette reconnaissance.

- Que leur est-il arrivé?

- Un navire fédéré a arraisonné le Trent, le vapeur qui les transportait, et a ramené à terre Mason et Slidell qui ont aussitôt été emprisonnés à Boston. Grâce à Dieu, Madame Slidell a réussi à dissimuler les documents qu'ils transportaient dans sa crinoline; mais malgré cela, nos deux sénateurs sont encore en prison et Lord Lyons, le ministre anglais, est furieux.

Voici donc quelle fut la décision de Davis : je fais une nouvelle tentative dimanche prochain. J'embarquerai à bord d'un voilier anglais à la Nouvelle Orléans...

- Mais il y a le blocus! s'insurgea-t-elle. Comment passerez-vous entre les mailles du filet?

- De la même manière que tous ceux qui tentent de le forcer : nous ruserons. Quoi qu'il en soit, j'ai de nombreuses relations en Angleterre, entre autre Horace Belladon, et je pense pouvoir réussir. Les manufactures de textiles anglaises ont désespérément besoin de coton et tout nous porte à croire que Lord Palmerston nous assure son soutien; d'ailleurs, nous avons la sympathie de la classe dirigeante.

Priez donc pour moi, Ellie May, vous prières me seront d'un grand secours.

Elle eut l'air surprise.

- Ainsi donc, je ne vous accompagne pas?

- Bien sûr que non. L'entreprise est bien trop dangereuse.

- Oh, cher ami, soupira-t-elle. Moi qui crus un instant que j'allais pouvoir faire quelques emplettes à Londres.

Son mari prit un air outragé.

- Des emplettes? Tonnerre, Madame, nous sommes en guerre! Vous disposerez de tout le temps que vous voudrez pour vos loisirs après la victoire. Car si nous ne vainquons...

- Quoi? Que voulez-vous dire, Phineas? demanda-t-elle, effrayée.

- Il n'y a aucune raison de s'alarmer.

- Finissez donc votre pensée.

- Si nous ne gagnons pas cette guerre, Ellie May, nous risquons de ne plus pouvoir faire d'emplettes pendant très très longtemps.

Il s'appelait Roscoe, c'était le surintendant de la plantation Elvira. Il mesurait six pieds deux pouces, avait le physique d'un taureau et était passionnément épris de Dulcey. Depuis qu'il l'avait prise dans le cottage qui se trouvait derrière la demeure transformée en hôpital, le géant noir ne pensait plus ni à la guerre, ni aux pauvres champs de tabac qu'il essayait de cultiver avec les sept hommes de la plantation, ni même à la plus que douteuse réputation de Dulcey. Non. Une seule chose occupait son esprit : le plaisir qu'elle lui donnait.

Quand ce fut fait, il poussa un cri.

- Vas-tu te taire, Roscoe? murmura Dulcey. Tante Lide est juste à côté et si elle nous entend, elle nous fouettera tous les deux.

- Épouse-moi, Dulcey, et tu n'auras plus besoin de te cacher.

- Je n'ai envie d'épouser personne pour le moment, dit-elle en quittant le lit en bataille pour aller se nettoyer dans une bassine.

C'était encore une nuit brûlante d'un brûlant été.

- Quand la guerre sera terminée, nous parlerons mariage. Peut-être. Si nous devenons libres.

- Mmm, je ne crois pas que beaucoup de gens par ici vont bientôt le devenir. Je ne m'attends pas à ce que les Yankees viennent ici et disent : «Hé, Roscoe, tu es libre! Eh, Dulcey, tu es libre!»

Il s'étira et jeta un coup d'œil par la fenêtre qui se trouvait au-dessus de sa tête et regarda la pleine lune, ignorant les mouches qui se posaient sur son poitrail en sueur.

- Mais j'étais déjà libre quand le sénateur Whitney m'a forcée à revenir travailler ici.

- Ouais, libre et chère. J'ai entendu parler de ce que tu faisais à Yorktown dans la maison de Miss Rose et je connais aussi tes tarifs.

- La ferme, Roscoe, ou je te fais payer comme les autres. Je suis trop gentille : je crois que je devrais aussi te faire payer.

- Je sais que tu aimes ça et tu le sais aussi, grimaça-t-il. - Mais d'autres le savent, aussi; comme le capitaine Carr, par exemple.

- Lui? Le blanc qui a eu la jambe coupée?

- Ouais, ouais. Et on ne lui a rien coupé d'autre. Quand je rentre dans sa chambre, on dirait qu'il veut me sauter dessus; et quand je lui donne son bain...

Elle se mit à pouffer.

- Qu'est-ce qui te fait rire?

- Il devient dur comme la pierre. Il a l'air si embarrassé! Il devient tout rouge et il commence à gonfler tellement que je crois qu'il va exploser. Mais je vais te dire une chose, Roscoe : je vais bientôt lui donner ce qu'il veut; ce sera ma vengeance.

- Vengeance de quoi?

- Tu sais que son beau-papa est le plus grand propriétaire d'esclaves du Sud. J'ai entendu dire qu'il faisait fouetter ses esclaves à mort. Et puis il y a eu Tucker qu'il a fait mettre dans une barrique hérissée de clous et lui a fait dégringoler la colline. Eh bien, il est temps que le puissant sénateur Whitney paie ses dettes. Il est temps que nous, gens de couleur, montrions que nous savons nous battre.

- Que vas-tu faire? demanda-t-il étonné.

- Tu le découvriras bientôt.

Lizzie pouvait difficilement croire qu'il pût faire aussi beau le jour de ses adieux à Adam. Il aurait fallu une tempête ou, tout au moins, un frimas à l'image de son état d'âme. Mais non. C'était une magnifique journée sans le moindre nuage et une mer d'huile miroitait au soleil.

- Il faut que tu partes, papa? demandait Amanda en étreignant son père de ses petits bras.

- Oui, ma chérie, il le faut.

- Oui, mais reviens le mois prochain et n'oublie pas de me rapporter une surprise.

- Non, ma chérie, je n'oublierai pas.

Il était devant la maison et Lizzie se tenait sur le pas de la porte en regardant la scène touchante. Angus s'occupa des bagages, puis il grimpa sur le carrosse prêt à conduire Adam à la gare de Ayr.

Tout semblait si banal, si quotidien, si banlieusard, même. Et cependant Lizzie ne cessait de se répéter : «Je ne le reverrai plus jamais. Lui, cet homme que j'adore. Plus jamais. Comment est-ce possible?»

- Sais-tu ce que j'aimerais vraiment? poursuivait Amanda.

- Quoi donc?

- Un chaton. M'apporteras-tu un chaton, papa? Un tout blanc, si possible. J'aime beaucoup les chatons blancs.

- Tu en auras un, ma chérie. Maintenant, donne-moi un baiser; ensuite tu iras rejoindre Mademoiselle Parker.

Adam prit sa fille dans ses bras et la serra très fort. L'enfant s'était accrochée au cou de son père.

- Oh, papa, tu es le meilleur papa du monde, s'exclamait-elle. Comme j'aimerais que tu restes avec nous tout le temps.

- J'aimerais cela moi aussi, ma chérie.

Il l'embrassa.

- Pourquoi pleures-tu? questionna Amanda.

Il s'efforça de sourire.

- C'est juste une poussière dans l'œil. Maintenant, sauve-toi; je voudrais dire quelques mots à maman.

- Très bien. Au revoir, papa!

- Au revoir.

Il la posa à terre et la guida quelques pas sur le chemin de brique bordé d'impatiens roses et blanches. Elle courut vers la maison où elle disparut.

Lizzie referma la porte derrière elle et vint rejoindre Adam sur le petit chemin.

Il prit ses mains.

- Comment devons-nous nous dire adieu?

- Je l'ignore.

- M'écriras-tu?

- Oui, bien sûr. Via Monsieur Lowery, à Londres.

- Où penses-tu aller?

- Je ne sais pas. Peut-être irai-je voir ma sœur et je m'installerai avec elle. Il m'est encore impossible de prendre une décision. Il faut d'abord que... je m'habitue...

Elle essayait, mais en vain, de ne pas pleurer. Elle alla tout à coup se blottir dans les bras d'Adam et se mit à sangloter.

- Oh, Adam, sommes-nous sûrs de faire là une bonne chose?

- Tu sais bien ce que je pense de tout cela. Tu n'ignores pas que tu m'envoies loin de ce que j'ai de plus cher au monde : toi.

- C'est faux. Il y a les enfants...

- Oh, oui, je sais. Les enfants. Ma soi-disant carrière politique. Ma position sociale. La marquise de Pontefract. Toute la pompe et le spectacle. Mais la réalité est que je t'aime. Et que sera tout cela sans toi? Que sera ma vie sans toi?

- Je t'en prie, mon chéri, ne dis pas de telles choses; tu rends tout encore plus difficile.

- Te souviens-tu de Newfield Abbey? Te souviens-tu des deux enfants dans les Moors?

- Tu disais que tu serais mon preux chevalier. Et tu le fus, mon amour. Le meilleur qui pût exister.

- Si tu avais le moindre problème...

- Je sais.

- Maintenant, embrasse-moi.

Elle pressa longuement ses lèvres sur les siennes.

- Tu es mon âme, murmura-t-elle. Maintenant, pars, mon amour.

Il prit ses mains.

- Je ne puis croire que c'est la fin, dit-il. Nous nous retrouverons sûrement dans une autre vie.

Il baisa ses mains en les pressant tendrement. Puis il lui tourna le dos et se dirigea vers la voiture. Alors que le carrosse s'ébranlait, il eut un dernier regard pour elle, puis elle ne le vit plus.

Lentement, elle chemina tristement vers la maison, se demandant s'il restait encore pour elle une place en ce bas-monde. Sur le perron, elle s'immobilisa, la main sur la poignée.

- Oh, mon Dieu, dit-elle. Qu'ai-je donc fait?

CHAPITRE DIX-HUIT

C'est Charles, l'ancien marjordome de Lizzie, que le poids d'années de servitude avait complètement voûté, qui accueillit Charlotte Whitney Carr sur le perron de la plantation Elvira.

- Je viens voir le capitaine Carr, dit-elle.
- Oui, Madame.
- Je suis sa femme.
- Oui, Madame, je sais. Nous vous attendions. Vous êtes la fille du général Whitney.
- Vous avez une excellente mémoire ; voilà des années que je n'étais pas venue ici.
- Je n'oublie jamais tout ce qui touche le général, Madame. Entrez, le capitaine est en haut, dans la chambre de Miss Lizzie.

Lizzie Cavanagh! Que de fois elle avait entendu ses parents dire les pires choses à son sujet! Elle se souvenait du fameux bal de Noël et tout cela lui paraissait si lointain maintenant!

Par contre, elle ne parvint pas à se rappeler les lieux car la plantation Elvira avait changé de façon radicale. À présent, le hall d'entrée, le salon et la salle à manger était remplis de lits de camp dont aucun n'était vide. Des douzaines de blessés occupaient la place dans un désordre indescriptible où la fumée se mêlait aux odeurs médicinales et à la puanteur des corps sans hygiène. Certains dormaient, d'autres grommelaient des propos inintelligibles, d'autres encore riaient et bavardaient. C'était une chaude journée et bien que les fenêtres fussent ouvertes, Charlotte dût se boucher le nez en se frayant un passage jusqu'aux escaliers pendant que des regards intrigués se posaient sur elle et que le silence se faisait dans la salle.

- Avez-vous un parent ici, Madame? demanda un soldat dont la moitié du visage était recouvert d'un bandage.

Charlotte s'arrêta au pied de l'escalier.

- Oui, mon mari, le capitaine Carr. Il a été blessé à Bull Run Et c'est la première fois que je viens le voir.

- Votre mari est un grand soldat, Madame.

- Eh bien, je vous remercie. Vous êtes tous de grands soldats et nous sommes tous fiers de vous, ajouta-t-elle.

- À Noël, la guerre sera finie! intervint un adolescent qui avait été amputé du bras droit.

- Pas à Noël! À l'Halloween! surenchérit un autre.

Et tout le monde rit.

- Tous nos vœux vous accompagnent, conclut Charlotte.

Précédée de Charles, elle poursuivit son ascension vers l'étage. Elle était tout de blanc vêtue et portait, outre son ombrelle, un cartable de cuir. Elle avait pris soin d'être le plus élégante possible; cependant, elle cachait mal son anxiété. Clayton lui avait, en effet, paru si déprimé dans ses lettres qu'elle était décidée à lui apporter le plus de réconfort possible; mais en même temps, la perspective de la vue de son infirmité la tenaillait terriblement. Elle avait commencé de découvrir les premières pulsions physiques envers son mari; et voilà qu'elle devait côtoyer un estropié. Une indéfinissable nausée l'envahit, mais elle était décidée à n'en rien laisser paraître.

- Dulcey, voici la femme du capitaine Carr, annonça Charles à mi-chemin. Je me fais trop vieux et mes jambes ne me portent plus. Conduis-la donc à la chambre.

La jeune créole se tenait en haut des marches et elle ne se privait pas de toiser Charlotte qui ressentit, malgré elle, une admiration envieuse pour l'esclave à l'indéniable beauté.

- Votre mari est au bout du corridor, je suis une de ses infirmières. Je m'appelle Dulcey.

- Eh bien, j'espère que vous avez bien pris soin de lui, Dulcey.

- Oh, j'ai très bien pris soin de lui, Madame. Vraiment très bien.

L'évidente ironie du ton intrigua Charlotte.

- Le capitaine Carr a eu droit à la meilleure chambre, poursuivait Dulcey. C'est une chambre privée. C'est votre père qui l'a décidé.

- Mon mari souffre-t-il?

- Non, plus maintenant. En fait, il est aussi fringant que quand vous l'avez connu, ajouta-t-elle en ouvrant la porte, un sourire narquois sur les lèvres. Votre femme est venue voir son grand héros, Capitaine.

Charlotte entra dans la chambre. Elle y vit son mari qui était assis sur le lit, le corps revêtu d'une chemise de nuit, le drap remonté jusqu'à la taille. Le jeune homme paraissait tendu.

- Quand nous avons appris votre visite, nous l'avons aussitôt rasé et lavé. Il est beau n'est-ce pas?

Excédée, Charlotte s'efforça de prendre un air mi-ennuyé, mi-méprisant.

- Laisse-nous, je te prie.

- Mais bien sûr.

Le sourire aux lèvres et sans quitter Clayton des yeux, Dulcey referma la porte pendant que Charlotte s'approchait de son mari.

- Mon très cher Clayton, dit-elle en lui prenant la main. Combien j'ai prié pour cet instant!

Elle se pencha vers lui et l'embrassa.

- Charlotte, je...

Il y eut un rire étouffé de l'autre côté de la porte ce qui, visiblement, eut le don de contrarier Charlotte.

- Quelle fille insolente! N'y a-t-il donc pas d'infirmière blanche ici?

- Oui, il y a Miss Wilson et les jumelles Pruitt à cet étage. Dulcey ne s'occupe que de l'entretien et du service des repas.

- Mais t'a-t-elle réellement baigné?

Un sentiment de culpabilité mit le feu aux joues de Clayton.

- Euh... oui.

- C'est inouï; j'en parlerai aux autorités concernées. Mais ne parlons plus de cette fille. Oh, mon cher et courageux mari, je ne peux te dire combien je suis fière de toi! Nous sommes tous si fiers! Au fait, j'allais oublier : je t'ai apporté quelques cadeaux. Voyons..

315

Elle entreprit de fouiller dans le cartable qu'elle avait déposé sur une table.

- Mère t'envoie un pot de la gelée de coings que tu aimes tant; et je t'ai apporté deux livres... Je me doute que tu dois t'ennuyer un peu ici...

Il y eut un nouveau rire. Elle reposa fermement les livres et se dirigea vers la porte qu'elle ouvrit brutalement. Dulcey était là, souriant innocemment.

- Vas-tu cesser d'écouter? s'exclama furieusement Charlotte.

- Oh, non, Miss; je n'écoutais pas!

- Va-t-en! C'est un ordre!

- Oui, Miss. Excusez-moi. À plus tard, Clayton!

Elle fit un signe de la main au jeune homme par-dessus l'épaule de sa femme et s'éloigna.

L'air furibond, Charlotte se tourna vers son mari.

- Si tu veux mon avis, ces nègres deviennent de plus en plus insupportables. Je suppose qu'ils pensent qu'ils vont bientôt être libérés par les Yankees; ils feraient bien mieux de s'ôter cette idée de la tête.

- Dulcey a déjà été émancipée par Madame Cavanagh. C'est ton père qui l'a contrainte à revenir travailler ici, et je suppose qu'elle en éprouve quelque rancœur.

- Peut-être. Cependant, tu devrais la semoncer pour la familiarité dont elle fait preuve à ton égard. Les domestiques doivent tenir leur place... Où en étais-je? Ah oui, les cadeaux. Il est difficile d'acquérir certains produits à cause du blocus; aussi t'ai-je tricoté une écharpe. Il est évident que tu n'en auras pas besoin avant quelques mois, mais c'est ma façon de te dire que tu as été dans mes pensées de chaque instant. Essaye-la.

Elle tirait de son cartable une écharpe rouge qu'elle s'empressa de nouer autour du cou de Clayton.

- Elle est très jolie, mais un peu chaude, dit-il en guise de remerciement.

- Bien sûr, ôte-la donc.

Il lui rendit l'écharpe qu'elle replaça aussitôt dans le cartable. Une ambiance à couper au couteau s'était installée entre eux.

- Aimerais-tu voir ce qu'il reste de ton époux? demanda-t-il posément.

Elle se mordit les lèvres car elle avait longtemps appréhendé cet instant qui, à présent, la mettait à l'agonie.

- Seulement si tu le veux, souffla-t-elle.

Clayton ferma les yeux. Il prit le bord du drap et le leva lentement, pendant que Charlotte gardait les mains crispées sur le poteau de lit pour ne pas défaillir.

- Joli, n'est-ce pas? dit-il. Ouvrant les yeux, il vit l'expression atterrée de son visage.

- C'est une marque d'honneur, dit-elle d'une voix enrouée. J'eusse aimé, bien sûr, que ce ne se fût pas produit, mais... Oh, très cher Clayton, tu devrais être fier. Pour le restant de tes jours, personne n'ignorera ce que tu as fait pour notre noble cause!

- Je me demande, répondit-il sourdement en se recouvrant, jusqu'à quel point cette cause peut être noble.

Devant tant d'amertume et de dérision, Charlotte se raidit; ses vieux sentiments provoqués par la lecture des lettres qu'il lui avait envoyées alors qu'il faisait encore ses études à Princeton refaisaient surface.

- Voilà que tu as des doutes à nouveau, dit-elle. Après ce que tu as enduré, après avoir été si merveilleusement courageux, il est impossible que ta foi en ce à quoi nous croyons tous et pour quoi ne nous battons, puisse faillir!

- Je n'ai jamais vraiment eu la foi en notre cause; et tu le sais bien.

- Mais, Clayton, cette maison est remplie de jeune gens courageux qui ont tant donné...

- La plupart d'entre eux ont rejoint les rangs de l'armée parce qu'ils avaient envie de se frotter aux Yankees. Ils ne connaissent pas les raisons profondes de notre combat; ils se battent, c'est tout.

- Je n'en crois pas mes oreilles! haleta-t-elle.

- Eh bien, crois-le Charlotte. Ce que toi et la majorité des gens du Sud refusez d'admettre, c'est que les noirs sont des êtres humains comme nous tous; et qu'il est diablement immoral qu'un être humain puisse posséder un de ses semblables. C'est aussi simple que ça. Voilà pourquoi nous luttons; et nous avons tort. J'ai perdu ma jambe au service d'une cause injuste et immorale. Aussi, cesse de m'agacer avec notre noble cause ou notre art de vivre du Sud, de notre légitimité à faire sécession, ou je ne sais quoi encore. Nous faisons cette guerre pour maintenir l'esclavage et, je le répète, nous avons tort. L'affaire est entendue.

Pendant que son mari parlait, Charlotte, dont le visage était levé vers le plafond, avait joint les mains devant sa poitrine et, les yeux clos, priait.

- Que fais-tu donc? demanda Clayton.

- Je prie le Seigneur Tout-Puissant de ramener la vérité et la sagesse au fond de ton cœur.

- Dans ce cas, tu gaspilles ton souffle et son temps. Si Dieu a pris parti dans cette sale guerre, c'est certainement pour les Yankees.

Elle ouvrit ses yeux et il put y voir une indicible fureur.

- J'étais venu apporter mon amour et mon soutien à mon mari que je considérais comme un héros, martela-t-elle d'un ton agressif. Même si quelque noir démon pervers a momentanément pris possession de ton esprit, je continuerai de croire en toi et de te respecter pour ce que tu fus jadis, et je prierai le ciel pour que tu le redeviennes. De plus, Clayton, il serait bien avisé de ta part de ne parler de cette... perfidie à personne. Et surtout pas à mon père.

- J'ai perdu ma jambe pour la Confédération et, damnation, je ne devrais pas dire ce qu'il me plaît? Charlotte, je pense qu'il vaudrait mieux que tu me laisses; je ne suis pas disposé à me quereller avec ma propre femme.

À ces mots, elle porta la main à la bouche et éclata en sanglots.

- Mon mari... qui parle comme ces maudits Yankees!

Empoignant son sac, elle courut vers la porte et quitta précipitamment la chambre.

Clayton soupira. Il se pencha sur le côté pour atteindre le tiroir de sa table de chevet et en tira une flasque de métal dont il avala une longue rasade. Il se laissa retomber sur le dos, laissait les effets bienfaisants du whisky envahir son corps. Puis il prit encore une nouvelle longue lampée.

Dulcey laissait nonchalamment courir ses doigts sur les fesses du jeune homme qu'elle pinçait çà et là, comme pour en apprécier la consistance.

- Miss Pruitt vient de m'annoncer que je ne te donnerai plus ton bain, disait-elle en pressant ses seins nus contre le dos de Clayton. Je crois que nous ne pourrons plus nous voir que pour faire l'amour.

Il était minuit. La fenêtre était ouverte et une brise bienfaitrice caressait les corps luisants de sueur de Dulcey et de Clayton. Ce dernier était étendu sur le ventre et elle était allongée sur lui.

- Et tu aimes faire l'amour avec Dulcey?
- Oui, murmura-t-il.

Aussi furieux qu'il pût être à l'égard de Charlotte après leur altercation de l'après-midi, il se sentait coupable de l'avoir ainsi malmenée. Mais cette dernière n'avait pas pu, alors qu'il était encore valide, faire épanouir en lui cette sensualité que Dulcey savait si bien éveiller dans son corps mutilé.

- Le docteur Mainwaring, il dit que vous allez beaucoup mieux, poursuivait-elle. Très bientôt, vous allez pouvoir retourner chez vous auprès de Miss Charlotte... Vous aimez Miss Dulcey?

Il haletait, prêt à exploser de désir.

- Oui, murmura-t-il.
- Miss Charlotte n'est pas aussi jolie que Dulcey, n'est-ce pas? Et je parie qu'elle n'est pas aussi bonne au lit non plus, hein?
- Non.
- C'est normal. J'ai appris un tas de choses chez Miss Rose. Vous aimez les choses que vous fait Dulcey, n'est-ce pas?
- Oui.
- Retourne-toi, chéri. Je vais te rendre heureux à nouveau et tu oublieras tous tes soucis.

Elle se laissa glisser sur le côté pour qu'il puisse se mettre sur le dos. Il était extrêmement excité et n'ignorait pas que ses «choses» étaient sales et dégradantes. Mais il les souhaitait autant qu'il les détestait.

Malgré son infirmité, elle se pencha sur lui et laissa courir sa langue sur son ventre, créant en lui un tel sentiment de volupté, qu'il en oublia sa disgrâce.

Puis sa bouche se déplaça lentement vers le bas.

- Regarde la belle famille à nouveau réunie! disait la belle esclave à Roscoe dix jours plus tard, alors qu'ils regardaient Zack et le docteur Mainville en train d'aider Clayton, appuyé sur ses béquilles, à monter dans le carrosse découvert.

Charlotte et sa mère, assises dans la voiture, l'ombrelle déployée pour se protéger du chaud soleil, assistaient impassibles à la scène, Brandon Carr, lui, avait pris place dans une autre calèche. De nombreux soldats confédérés contemplaient le spectacle, accoudés aux fenêtres de la plantation Elvira.

- Regarde la femme de Clayton avec son air de pimbêche. Attends qu'elle découvre le cadeau que j'ai fait à son mari!

- De quoi tu parles, Dulcey?

- Si jamais elle a un enfant de Clayton, il risquerait de naître avec deux têtes.

- Deux têtes? Tu es folle!

- C'est Miss Rose qui m'en a parlé. Les Blancs attrapent une maladie qu'ils appellent la syphilis. Elle les ronge de l'intérieur; ils en deviennent fous et en meurent. Miss Rose m'a affirmé que seuls les Blancs l'attrapent. Ça arrive en faisant l'amour et il n'existe aucun remède contre ça. Elle m'a dit aussi que toutes ses filles l'ont attrapée, et je suppose que moi, je l'ai donnée au grand héros de la Confédération, le capitaine Clayton Carr. C'était ça, la vengeance de Dulcey. Regarde : il ne me quitte pas des yeux. On dirait un petit chien éperdu d'amour, et sa femme n'aime pas ça du tout.

Dulcey jubilait. La voiture s'ébranla et Clayton ne put s'empêcher de jeter un coup d'œil par-dessus son épaule, mais hélas, Charlotte avait fait en sorte que son ombrelle lui cachât la vue.

Roscoe agrippa le poignet de Dulcey.

- Tu veux dire que tu as la vérole? murmura-t-il sans être vraiment sûr d'avoir très bien compris.

- Ah-ah.

- Mais ça veut dire que je l'ai aussi! conclut-il presqu'aussitôt.

- Ça ne nous fait rien à nous.

- Espèce de sale négresse...

- Ne m'appelle pas comme ça!

- Tu ne comprends pas? Miss Rose t'a dit ça pour que tu ne sois pas effrayée; mais si tu as la vérole, je l'ai aussi et Massa Clayton l'a aussi. Nous allons tous les trois devenir fous et avoir des enfants à deux têtes!

- Roscoe, tu n'as rien compris. Nous, nous sommes en bonne santé. Maintenant, lâche-moi!

Roscoe lâcha la main de la jeune fille et lui administra une telle gifle, qu'elle alla bouler dans un rosier.

Ce fut au tour de Dulcey d'avoir un air de petit chien battu.

À l'autre bout du monde, dans la salle de bal de Pontefract House, Monsieur Disraeli complimentait la maîtresse des lieux.

- Ma chère Sybil, disait-il, je dois vous féliciter : ce bal est presque aussi brillant que ceux que je décris dans mes romans. Si vous ne prenez garde, vous allez être l'hôtesse la plus célèbre de Londres.

- Votre propos pourrait sembler une menace, Dizzie, répliqua Sybil, radieuse dans la robe de soie aubergine dessinée spécialement pour elle par Lucien Delorme.

Ses cheveux châtains était couronnés du diadème des Pontefract, une débauche de diamants et d'émeraudes qui avait appartenu à la grand-mère d'Adam, et son cou élancé s'ornait d'une superbe rivière de diamants et d'émeraudes qu'elle avait fait monter exclusivement pour elle à Asprey et dont elle avait sans délai fait envoyer la facture de cinquante mille livres à l'administrateur d'Adam, Monsieur Lowery.

- Quel cruel destin que le vôtre, que vous ne puissiez croire tout ce qu'on peut vous dire, dit encore Dizzie qui se tenait auprès de Sybil et qui, le monocle solidement vissé à son œil gauche, surveillait les évolutions des valseurs dans la grande salle dorée, où l'on donnait le premier grand bal de la saison, en cet hiver de 1861-1862.

- Je ne crois jamais ce que l'on me dit, excepté venant de vous, très cher Dizzie, répondit Sybil avec un sourire entendu en posant la main sur l'épaule du petit homme.

Elle était littéralement sous le charme du tout-puissant chef du parti conservateur. Elle le trouvait fascinant, spirituel et terriblement habile à frayer son chemin dans la jungle de la fine fleur de la société londonienne et de la faune politique anglaise, jungle où l'une et l'autre s'entremêlaient inextricablement.

Bien que la classe moyenne en pleine ascension jouât opiniâtrement des coudes et fît lentement sa place, l'Angleterre était encore sous le contrôle politique d'une cinquantaine de familles dont les complexes alliances consanguines frôlaient l'inceste. En ces temps où les impôts étaient peu élevés, on n'avait guère de propension à cacher sa fortune et l'ivresse des bals et des dîners durant ce que l'on appelait la *London Season,* ne cessait que pour faire place aux interminables soirées qui se déroulaient le reste de l'année.

Sybil était bien décidée à donner le ton dans l'un et l'autre genre, mais son unique préoccupation restait Adam. Il avait accepté sans mot dire les dépenses faramineuses de son épouse dans sa course effrénée à la notoriété, l'accompagnant même, en époux modèle, aux soirées auxquelles ils étaient invités. À sa grande surprise, il avait pris goût à la politique, écoutant religieusement les conseils de Dizzie et semblait apprécier les nuances et les subtilités politiciennes. Mystérieusement, il avait commencé à faire quelques incursions dans différents quartiers de Londres, allant jusqu'à adopter d'étranges déguisements. Chaque fois que son épouse avait tenté d'obtenir une explication, il lui avait laconiquement répondu : «je fais de la politique», la laissant complètement désarçonnée.

Le problème, c'était, encore et toujours, Lizzie. Durant la période où Adam la voyait une semaine par mois, leurs relations s'étaient maintenues dans un état de tiédeur acceptable, presque chaleureuse. Mais depuis que Lizzie était sortie de sa vie, leur mariage ne se résumait qu'à entretenir de vieilles tensions dont Sybil n'ignorait pas la raison : Adam lui reprochait de l'avoir fait insidieusement s'écarter de son véritable amour. Elle s'était attelée à une très longue tâche, elle ne l'ignorait pas; néanmoins, elle aimait son mari et elle avait réussi à évincer sa rivale; elle se disait qu'au bout du compte, elle gagnerait définitivement la partie.

Cependant, elle avait compté sans ce nouveau trublion qui allait apparaître ce soir, en la personne d'Emily McNair, à la chevelure flamboyante et récemment arrivée des Indes.

Sybil n'avait pas très bien saisi les intentions d'Adam quand il avait inscrit le nom des McNair sur la liste des invités; il avait vaguement expliqué que c'étaient des amis dont il avait fait la connaissance à Calcutta et qui lui avaient aimablement accordé l'hospitalité. Mais quand elle aperçut Emily dans sa robe de bal blanche, elle comprit aussitôt.

- Cette Miss McNair est vraiment très belle, et votre mari semble captivé par sa personne, glissa Dizzie.

- Oui, n'est-ce pas? répondit évasivement Sybil qui tentait de rester indifférente à la vue du couple qui valsait et qui captait irrésistiblement les regards.

- La mère de Miss McNair a contracté une affection du foie aux Indes - terrible pays, vous ne l'ignorez sans doute pas - et elle est actuellement traitée dans une clinique près de Brighton. La famille séjournera en Angleterre durant probablement un an. Il serait regrettable que la parfaite réputation d'Adam, que nous avons parachevée au prix de mille efforts, soit à nouveau, comment dirais-je... entachée.

- Ce serait effectivement déplorable.

- Surtout depuis sa magnifique ascension politique. Désirez-vous savoir ce qu'il m'a dit ce matin sur le thème de son discours à la Chambre des Lords? Il affirme qu'il défendra l'idée que la Grande-Bretagne ne doit pas reconnaître les états confédérés; alors que le général Whitney, anciennement sénateur, vient justement d'arriver à Southampton pour défendre la cause de la Confédération. L'apparition de cet homme dans notre pays n'est pas sans me rappeler de pénibles souvenirs, si vous voyez ce que je veux dire.

- Oh, oui, je vois très bien.

«Lizzie, pensa-t-elle. Encore elle.»

- J'ose espérer que vous l'en avez dissuadé?

- Oui. Je lui ai expliqué que cela ferait du tort aux Tories, car nous, conservateurs, avons clairement exprimé notre soutien au mouvement sudiste. Il n'a pas aimé mon argumentation mais il a cédé.

- Vous m'en voyez ravie.

- Nous avons réussi à l'éloigner d'Écosse mais il semble, à présent, avoir des vues sur la jolie Miss McNair. Je crains qu'Adam n'ait les idées vagabondes. Cependant, il faut attendre; peut-être, après tout, a-t-il bien appris sa leçon et va-t-il bientôt apprécier les joies de la famille. J'ai récemment lu quelque part que quatre-vingt pour cent des époux sont heureux en ménage. Je pense toutefois que ce ne sont que des statistiques et que les statistiques mentent; elles sont d'ailleurs faites pour cela.

- Voilà qui n'est guère encourageant pour les pauvres épouses anglaises, mon cher Dizzie. Au demeurant, je crois que vous avez raison : il faut attendre.

Cependant, pour plus de sécurité, Sybil entreprit de repérer dans la salle de bal quelques jeunes gens susceptibles de présenter un certain intérêt pour Miss McNair; ceci, dans le but avoué de dissiper l'attirance évidente que cette dernière éprouvait pour le jeune marquis.

- Oui, l'Inde s'est assagie depuis la révolte et je persiste à l'aimer. Toutefois, C'est en Angleterre que j'aimerais vivre, expliquait Emily pendant qu'Adam lui faisait visiter la demeure.

- Et pourquoi donc?

- La révolte a quand même laissé des traces profondes dans les rapports entre Anglais et indigènes. Les Indes faisant maintenant partie intégrante de l'Empire et tous les habitants du pays étant sujets de sa très gracieuse Majesté, on pourrait croire que les tensions ont été en s'amenuisant. En fait, c'est le contraire qui s'est produit : En Inde, si vous avez la peau blanche, vous êtes le maître; si, par contre, vous avez la peau brune, on vous traite comme un chien. Il en a toujours été ainsi, me direz-vous; mais à présent, c'est bien pire. J'ai même vu des Anglais battre leurs domestiques... et j'ai détesté cela. Cela ne me semble pas convenable et, en tous cas, cela ne rejoint en rien les préceptes chrétiens sur lesquels l'Empire est supposé être bâti.

À ces propos, Adam sentit affluer en lui toutes les réminiscences de son séjour dans le sous-continent. Cela était probablement dû au sang hindou qui coulait dans ses veines, et il regretta aussitôt d'avoir donné son accord le matin même à Disraeli à propos de sa non-intervention à la chambre des Lords. L'esclavage sous toutes ses formes était un concept inhumain et il se devait de le crier haut et fort.

Ils se regardèrent. Adam se souvint de la dernière fois qu'ils s'étaient vus à la Government House, à Calcutta. Les sentiments qu'elle avait alors éprouvés pour lui s'étaient probablement dissipés, se dit-il.

- Ah, je vous trouve enfin! interrompit Sybil en entrant dans la bibliothèque en compagnie d'un jeune homme. Chère Miss McNair, j'ai ici un gentilhomme qui m'a suppliée de vous être présenté. Miss McNair, je vous présente l'honorable Richard Favesham, le fils de Lady Chalfont. On m'a dit que c'était le meilleur danseur de Londres; il faudra m'en faire rapport. Adam, vous manquez à nos invités.

Adam s'inclina.

- Voulez-vous m'excuser? dit-il pendant que sa femme glissait son bras sous le sien.

Emily les regarda s'éloigner. «Les choses ne semblent pas aller pour le mieux entre eux, se dit-elle. Que voilà une bonne nouvelle!»

- Dizzie, j'ai changé mes plans, annonçait Adam vingt minutes plus tard, après avoir achevé avec Sybil une *Sir Roger de Coverly*, danse populaire d'alors. J'ai l'intention d'exprimer clairement à la chambre des Lords mon opposition à la reconnaissance officielle des états confédérés.

- Mais pourquoi, mon cher Adam? Je vous ai pourtant expliqué que c'était contre les idées du parti et cela pourrait se retourner contre vous.

- Si les Conservateurs favorisent l'esclavage, ils ont tort.

- Il n'est pas question de se manifester en faveur de l'esclavage, mon garçon; d'importantes questions économiques sont en jeu. Nos filatures dépendent des récoltes de coton des états du Sud depuis des années et ce satané blocus des Fédéraux nous conduit à la ruine.

- Nos manufactures de textiles s'approvisionnent en Égypte et ailleurs. Le fait est, Dizzie, que nous avons une position morale à défendre à l'encontre de la Confédération et j'ai décidé que j'étais l'homme de la situation. De plus, je pense que quand l'Anglais moyen aura compris mes sentiments, il se prononcera pour le rejet de la Confédération.

Disraeli prit un air terriblement contrarié.

- Évidemment, vous pouvez faire ce que vous dicte votre conscience. Mais en tant que mentor politique, je dois vous avertir que vous allez faire là une grave erreur. Avant que vous n'adoptiez cette position des plus critiques, je tiens à vous faire très confidentiellement part de mes intentions de vous nommer à un poste de secrétaire d'État, probablement aux Indes, quand je serai aux affaires. Toutefois, si vous décidez de passer outre les directives politiques du parti...

Adam hésitait. Secrétaire d'État aux Indes. L'affaire était bien tentante et ce n'était pas la première fois que Disraeli y faisait allusion. Mais Adam était assez avisé pour comprendre que la chose était moins que certaine avec une personne aussi changeante que Dizzie. Toutefois, si ce qu'Emily venait de lui dire était vrai, ce poste lui permettrait d'améliorer le sort de ses frères de sang dans le sous-continent.

Adam saisit Dizzie par le bras et l'entraîna à l'abri des oreilles indiscrètes, vers la bibliothèque dont il prit soin de bien refermer la porte.

- Vous avez dit à ma femme que votre propriété de Buckinghamshire vous pose de sérieux problèmes depuis quelques années. Comme j'ai cru le comprendre, voilà douze ans, vous vous êtes porté acquéreur de Hughenden pour vous assurer une indépendance politique à la chambre des Communes.

- C'est bien cela.

- Votre financement fut assuré par un prêt que vous accorda le duc de Portland, pour une somme de vingt-cinq mille livres qui vous permit d'accéder à cette propriété foncière sans obligation. Étant sous-entendu que ce prêt n'était en réalité qu'un don pur et simple.

- Oui. Le duc était immensément riche et l'argent n'avait aucune espèce d'importance pour lui. Malheureusement, il mourut quelques années plus tard et son fils, Lord Titchfield lui succéda. Il faut dire que si les Bentick, dont font partie le duc et son fils, ont toujours été réputés pour leurs excentricités, ce dernier donne de très nets signes de folie furieuse. Il a fait construire toute une série de tunnels sous Welbeck Abbey où il y passe le plus clair de son temps, tel une taupe; et si un domestique s'avise de lui adresser la parole, il est renvoyé sur le champ. À présent, ce lunatique me réclame le remboursement de la dette que j'avais contractée auprès de son père, ce qui me met dans le plus grand embarras; je ne peux m'adresser qu'aux usuriers dont les taux d'intérêts sont, pour mes modestes ressources, tout à fait prohibitifs.

- Eh bien, laissez-moi donc racheter votre dette, mon cher Dizzie. Vous serez ainsi *mon* débiteur et je ne vous prendrai que deux pour cent d'intérêt.

Ébahi, Dizzie en laissa tomber son monocle.

- Mon cher Adam, êtes-vous sérieux?

- On ne peut plus. Disons que c'est un investissement pour ma carrière politique ainsi que pour l'avenir de l'Angleterre. Vous ferez un premier ministre de tout premier ordre et je souhaite faire partie de votre gouvernement. Tout ce que je vous demande en retour, c'est d'aplanir les choses auprès du parti après mon discours à la chambre des Lords contre la Confédération.

Le vieux politicien sourit malicieusement.

- Vous êtes un fin renard, dit-il. Je suis persuadé que vous irez loin en politique.

Lettre de la Reine Victoria à Lord Palmerston.

Château de Windsor

Le 1er décembre 1861

La Reine se trouve dans un tel état de détresse causé par la mystérieuse maladie de son bien-aimé époux, qu'elle ne peut qu'au prix d'un grand effort, suivre les affaires de l'État.

Oh, si quelque malheur venait à survenir à son cher... Mais la Reine ne peut se laisser aller à de si morbides spéculations. Le Très-Haut qui préside aux destinées de notre cher pays, veillera à ce qu'un tel désastre ne survienne pas.

Lord Palmerston ne doit pas ignorer le courroux éprouvé par la Reine en apprenant que les Américains avaient arraisonné le *Trent*, alors qu'il faisait cap sur l'Angleterre, et qu'ils avaient ramené par la force les sénateurs Mason et Slidell en route pour plaider la cause confédérée auprès de nos instances.

La Reine considère que le viol des lois maritimes perpétré par les Fédéraux constitue un véritable outrage et, durant un moment, elle soutint cette opposition qui a déclaré la guerre au Nord.

Cependant, le bien-aimé époux de la Reine finit par la convaincre de l'inopportunité de sa prise de position et qu'elle devait inéluctablement demeurer neutre dans ce conflit qui déchire l'Amérique.

Mais sa plus grande surprise ne fut-elle pas d'apprendre les intentions de Lord Pontefract de s'opposer à la cause des états du Sud à la chambre des Lords. À la réflexion, elle conclut que les conséquences morales de l'abolition de l'esclavage ne devaient pas être ignorées de son peuple, et que, peut-être, personne n'était plus habilité à défendre ces valeurs que celui qui a l'estime et l'affection de chaque Anglais et de chaque Anglaise : l'admirable Lord Pontefract.

V.R. (Victoria Regina)

Les flocons de neige tourbillonnaient lentement autour de la voiture de Phineas Thurlow Whitney alors qu'elle s'arrêtait devant le sévère manoir, semblable à une forteresse bâtie dans une forêt de pins, dans la banlieue de Manchester, en Angleterre.

La demeure d'Horace et Lettice Belladon dont les travaux avaient été achevés l'année précédente, était faite de pierre sombre et était dominée par une tour à horloge de quatre étages. La presse locale avait chanté les louanges de son caractère architectural florentin, mais en descendant de la voiture, le général se dit que c'était une véritable horreur. Il se dirigea vers la porte principale aux courbes massives et sonna la cloche. Un majordome l'introduisit dans les lieux et le débarrassa de son haut-de-forme et de son manteau.

Un feu brillait dans une cheminée de pierre au-dessus de laquelle était suspendu un immense tableau de Landseer, illustrant une paire de chiens aux yeux atones. Le domestique conduisit le visiteur à travers le hall jusqu'à une porte constituée de deux panneaux coulissants qu'il ouvrit.

- Le sénateur Whitney, annonça-t-il.

Phineas pénétra dans la bibliothèque lambrissée de bois sombre où il fut accueillit par le couple Belladon.

- Eh bien, Phineas, avez-vous quelque espoir à Londres? demanda Horace après lui avoir servi un whisky.

Le grand Virginien aux cheveux de neige et qui commençait à sentir le poids des ans, hocha tristement la tête.

- Bien que nous ayons la sympathie de la majorité des conservateurs, Lord Palmerston est absolument contre la reconnaissance de la Confédération; en conséquence, je n'ai rien obtenu. Et maintenant, qui plus est, nul autre que notre vieil ami, Lord Pontefract, va faire un discours à la chambre des Lords pour condamner l'esclavage et le Sud. S'il fait cela, mes amis, autant quitter l'Angleterre immédiatement. Je suppose, chère Madame Belladon, que vous ne disposez d'aucun moyen de pression, par l'entremise de votre sœur? On m'a dit à Londres qu'il était encore... Comment dire?

- Ne vous embarrassez donc pas de formes, l'interrompit Lettice. Tout le monde sait qu'elle est encore sa maîtresse. Je suis persuadée qu'elle me déteste, alors que je voulais seulement que justice soit faite. Mais aussi longtemps que je le pourrai, je m'efforcerai de lui nuire; car je reste convaincue qu'elle a effectivement assassiné mon pauvre père.

- Si nous parvenions à empêcher Lord Pontefract de prononcer son discours, demanda Horace, pensez-vous avoir une chance d'obtenir la reconnaissance de la Confédération?

- Mon grand espoir vient de vous et de tous les propriétaires de manufactures de textiles. Si vous parvenez à faire pression sur le gouvernement, il y a de grandes chances pour que le cabinet change d'optique. Ainsi que je vous l'ai écrit, si vous aidez le Sud durant les jours sombres de son histoire, il saura témoigner, en retour, la gratitude appropriée.

- En supposant que vous gagniez la guerre.

- Précisément.

Horace leva son verre et prit une gorgée de whisky. Dans sa lettre, le sénateur expliquait que, moyennant le soutien de Belladon Textiles, ceux-ci obtiendraient un abattement de dix pour cent sur la valeur du marché en cours du coton, à condition, bien sûr, que le Sud gagnât la guerre. Cela représentait une formidable aubaine pour Horace; en fait, cela eût fait de lui le plus important manufacturier d'Angleterre.

- Vous avez dit : «Si» nous parvenons à empêcher... Existe-t-il effectivement un moyen d'empêcher Lord Pontefract de prononcer son discours?

Horace prit le temps d'avaler une nouvelle gorgée.

- Mon cher sénateur, il existe toujours un moyen de faire les choses. Tout ce qu'il faut, c'est l'intelligence et la volonté. Dans le passé, j'ai eu de nombreux problèmes dans mes filatures, qui m'ont forcé à m'assurer les services de briseurs de grève. Sans faire la fine bouche, on peut dire qu'ils sont issus de milieux criminels. Pour un tel objectif et compte tenu du peu de temps dont nous disposons, je crois qu'il nous faudrait envisager l'emploi de tels spécialistes.

-À quoi pensez-vous exactement? demanda le sénateur qui commençait à porter au corpulent manufacturier un intérêt tout neuf.

Indifférente aux vagues qui déferlaient furieusement, Lizzie marchait le long de la plage de sable, enveloppée dans un manteau noir. Une boucle blonde s'était échappée de sa capuche et flottait au vent. Il soufflait un méchant vent d'hiver, mais Lizzie en était venue à aimer la mer et son humeur changeante. Elle aimait la tempête et les longues promenades dans le vent. L'océan était couvert d'écume et la bise transportait ses embruns. Quelques goélands planaient dans le ciel en criant de colère, comme s'ils voulaient à tout prix partager cette communion que la jeune femme avait su établir entre elle et les éléments.

C'étaient ces longues promenades qui avait réussi à la préserver, malgré la détérioration de sa santé physique, qui remontait déjà à de longs mois, de l'aliénation mentale. Elle parlait quelquefois aux pêcheurs, quoique son esprit fût constamment plein de pensées pour Adam et de leurs souvenirs communs. De temps à autre, elle voyait une silhouette au loin et son cœur se mettait alors à battre très fort, croyant que c'était lui qui lui revenait. Mais c'était toujours un étranger et elle se maudissait d'entretenir ainsi ce fol espoir au tréfonds d'elle-même. Elle se disait qu'elle était folle, qu'Adam et leurs étreintes étaient choses du passé et que la vie devait se poursuivre. Peut-être qu'un jour, il y aurait quelqu'un d'autre dans son existence, mais rien ni personne ne pourrait jamais remplacer Adam. Elle se disait aussi qu'elle devait s'estimer heureuse d'avoir vécu un amour si parfait; un amour que la plupart des femmes, hélas, ne connaîtraient jamais.

Vers dix heures du matin, alors que de sombres nuages s'amassaient à l'ouest, elle décida de faire demi-tour et de regagner le cottage. Les lieux étaient toujours aussi déserts qu'au jour de son arrivée, hormis quelques rares maisons de pêcheurs qui semblaient faire partie du décor depuis toujours. Des troupeaux de moutons paissaient dans les collines avoisinantes, gardés par des garçons aux joues roses et par leurs chiens colley.

Elle s'était souvent demandé si elle pourrait passer le restant de sa vie dans ce décor de paix et de sérénité. Ayant vécu, durant cette existence encore neuve, plus d'expériences que la grande majorité des gens durant toute leur vie, cette éventualité était loin de lui déplaire.

Elle passa devant Culzean Castle qui se dressait, tel un pieu menaçant, sur les hauteurs, orné de son magnifique escalier ovale dessiné par Robert Adams, et qui dominait la vue sur le Firth of Clyde et l'île proche d'Arran.

Oui, se dit-elle, elle pourrait finir sa vie ici.

Elle perçut instantanément quelque chose d'inhabituel quand elle vit la porte de la maison ouverte et qui battait sous l'effet du vent. Soudain extrêmement tendue, elle se précipita à l'intérieur et vit Madame Parker bâillonnée et ligotée sur une chaise près de la cheminée. Elle comprit immédiatement et poussa un hurlement de détresse.

- Madame Parker!

Elle courut vers elle pour lui ôter son bâillon.

- Amanda! cria la vieille dame. Ils ont enlevé la petite fille! Oh, mon Dieu!

- Qui?

- Deux hommes masqués! Ils l'ont emmenée!

- Qu'en pensez-vous Monsieur Ridley? Les sourcils ne sont-ils pas trop fournis?

L'homme assis à la table de maquillage dans le sous-sol de Pontefract House, était en train de coller de faux sourcils gris sur son visage qui s'ornait déjà d'une fausse barbe du même ton.

Monsieur Ridley, le majordome, se tenait debout à ses côtés, attentif à la transformation du jeune lord en vieux mendiant; l'acteur de ce théâtral déguisement se trouvant être, bien sûr, nul autre qu'Adam.

331

- Effectivement, peut-être un peu trop, Milord.

Depuis déjà plusieurs semaines, le majordome était pour le moins déconcerté par l'étrange passe-temps de son maître, passe-temps auquel ce dernier semblait prendre le plus grand plaisir. Derrière le domestique, on pouvait voir un support sur lequel étaient accrochés de nombreux costumes des plus surprenants, et la table à maquillage était encombrée de toutes sortes de pots et de pinceaux dont Adam usait avec grand enthousiasme.

- Suis-je autorisé à savoir où Milord compte se rendre cet après-midi?

- Je pense aller faire une promenade du côté de Whitechapel.

- Whitechapel? hoqueta le domestique, c'est l'un des quartiers les plus mal famés de Londres! Je prie Milord de reconsidérer la chose; même la police ne s'y hasarde pas à moins qu'il ne survienne un crime vraiment affreux. Aller à Whitechapel sans escorte est pure folie, sauf votre respect, Milord.

Adam leva les yeux et ricana.

- Auriez-vous l'intention de m'accompagner, Monsieur Ridley?

Le maître d'hôtel toussota.

- Voyez-vous, lorsque j'étais aux Indes, poursuivit-il plus sérieusement, je fus contraint de me déguiser en Hindou et ce fut une expérience des plus intéressantes; car porter un déguisement, Ridley, c'est comme devenir invisible. Vous pouvez aller là où vous-même ne pouvez aller, si vous voyez ce que je veux dire. Si j'allais à Whitechapel vêtu comme Lord Pontefract, je ne ressortirais probablement pas vivant de l'endroit, ou tout au moins en reviendrais-je complètement dépouillé. Mais en m'y rendant déguisé en mendiant, personne ne fera attention à moi : je serai invisible.

- Certes, mais pourquoi y aller?

- Parce que je désire voir de mes propres yeux. Je sais que vous pensez que je suis fou...

- Oh, non, Milord.

- ... mais ces dernières semaines, j'ai appris à connaître Londres mieux que mes pairs de la chambre des Lords, qui ne mettraient les pieds ni à Whitechapel, ni ailleurs, excepté le West End. Je veux savoir comment vivent les pauvres de ce pays; car

- J'ai froid et j'ai faim. Où est ma maman? sanglota Amanda assise sur le bord du lit et dont les yeux étaient rouges d'avoir longuement pleuré.

- Chaque chose en son temps, petite. Chaque chose en son temps. Si tu as froid, mets-toi sous les couvertures.

- Mais je n'ai pas de chemise de nuit.

- Ne joue pas les mijorées. Fais ce que je te dis ou tu n'auras pas de dîner. Et cesse de geindre.

Les pleurs d'Amanda reprirent de plus belle.

- Vous me faites peur et je vous déteste! sanglota-t-elle.

- Aussi longtemps que tu seras obéissante, tu n'as aucune raison d'avoir peur. Je reviendrai dans une heure pour t'apporter ton dîner... si tu restes tranquille. Au revoir, petite.

La femme quitta la pièce et referma la porte à double tour. Elle s'attarda un instant, l'oreille collée à l'huis; et elle entendit l'enfant qui pleurait dans le noir.

- Sale mioche, murmura-t-elle.

La chandelle à la main, elle descendit précautionneusement l'escalier branlant. On l'appelait Betsy.

«La fille de Madame Cavanagh enlevée par des ravisseurs!» «La police surveille les frontières!»

Le quotidien glissa des mains de Sybil. Quels qu'aient pu être les désagréments causés par sa rivale au fil des années et malgré tous ses ressentiments, la duchesse éprouva de la compassion pour Lizzie; car elle était mère, elle aussi, et l'éventualité que l'on puisse enlever un de ses enfants la terrifiait depuis toujours. Elle en constatait aujourd'hui les effets sur Adam : il était effondré.

Une tête blonde fit soudain irruption dans la pièce.

- Maman, s'exclama le garçon. Arthur m'a pris mes biscuits!

- Chut, Henry; cessez de faire tant de bruit; votre père essaie de prendre un peu de repos. Où est donc Mademoiselle Partridge?

- Dans la nursery avec Arthur.

- Eh bien, remontez là-haut et restez tranquille, je vous prie.

- Oui, maman.

- Donnez-moi d'abord un baiser.

Henry traversa le salon en courant pour aller se jeter dans les bras de sa mère qui l'embrassa tendrement.

- Vous ressemblez à un ange, mon chéri; et vous devez vous conduire comme un ange.

- Oui, maman; mais Arthur n'est pas un ange, lui; c'est un démon.

- Je vous interdis de dire de pareilles sottises; et cessez de vous battre.

- Bien, maman.

Elle le relâcha et il sortit de la pièce en trottinant. Le sourire de Sybil s'effaça aussitôt pour faire place à un expression de gravité et de tristesse. L'enlèvement de la petite Amanda réveillait en elle un sentiment de culpabilité qu'amplifiait le souvenir de sa triste aventure avec Edgar Musgrave.

Jusqu'à présent, Henry et Arthur ignoraient tout de leur demi-sœur. Cependant, ils apprendraient bien son existence un jour ou l'autre. Quelles seraient leurs réactions à ce moment-là?

Perdue dans ses réflexions, Sybil n'entendit pas Monsieur Ridley entrer dans la pièce.

- Pardonnez-moi, Milady, mais l'inspecteur Quaid est ici. Dois-je aller réveiller sa Seigneurie?

- Certainement. Et faites entrez l'inspecteur.

- Oui, Milady.

- Nous avons eu un peu de chance, annonçait le policier quelques minutes plus tard. Votre notoriété vous sert, Milord; même les pires criminels veulent vous venir en aide.

- Savez-vous où se trouve l'enfant?

- Nous avons de sérieuses présomptions. Un informateur nous affirme qu'elle est détenue ici, à Londres dans le quartier de Wapping. J'ai câblé la nouvelle à Madame Cavanagh et j'ai organisé une surveillance autour de la maison. Nous allons y faire une descente...

- Non, l'interrompit Adam. Amanda pourrait être blessée.

- Je crains, Milord, qu'une part de risques soit inévitable.

- Pas si je vous aide. J'ai un autre moyen, Inspecteur. Essayons-le d'abord.

Quaid comprit immédiatement qu'il était inutile de tenter de dissuader le jeune homme. On pouvait difficilement dire non au héros de Cawnpore.

- Très bien, dit-il.

Le jeune New Yorkais jetait des regards obliques vers la belle femme assise en face de lui dans le wagon. Il avait pris le London Express à Manchester et s'était dit qu'il avait épuisé sa réserve de chance pour le mois quand il s'était retrouvé tout seul dans le compartiment en compagnie de cette beauté angélique. Il faisait travailler ses méninges à toute allure pour trouver un moyen original de lier conversation. Mais, la mine grave, le regard vide, perdue dans la contemplation du paysage qui défilait sous ses yeux, elle semblait absente jusqu'à ignorer son existence et il se dit que l'affaire était loin d'être conclue. Cependant, malgré ses nombreux défauts, le découragement ne faisait pas partie de ses faiblesses. Quinze minutes avant l'entrée en gare de Manchester, il prit une longue inspiration et se pencha courtoisement en avant.

- Pardonnez-moi, Madame, mais n'étant qu'un vulgaire Américain, j'ignore tout des usages quand on voyage dans un train anglais. Est-ce déplacé de s'adresser à quelqu'un que l'on ne connaît pas?

Lizzie tourna lentement son visage et ce qu'elle vit ne lui déplut pas. Il était vêtu élégamment - peut-être un peu trop - et avait une silhouette et des yeux sombres qui n'étaient pas sans lui rappeler Adam.

- Je vous demande pardon?

- Je demandais si, en Angleterre, il était déplacé de s'adresser à une inconnue dans un train; car en Amérique, c'est une pratique courante. En fait, c'est même inévitable.

- Oui, c'est en effet très déplacé; particulièrement si la personne en question est une femme non accompagnée, répliqua-t-elle en retournant à sa contemplation.

Le jeune homme s'éclaircit la voix.

- Eh bien, il est vrai que de nombreuses personnes me reprochent souvent mon comportement. Je m'appelle Alex Sinclair et je viens de New York. Je suppose que pour vous l'Amérique c'est un peu comme la planète Mars.

341

- Bien au contraire. J'ai vécu en Amérique. Feu mon mari était Américain.

- C'est incroyable! Et d'où était-il?

- De Virginie. C'était un planteur de tabac.

- Oh, vous avez donc évité le fléau qu'est cette guerre. Il me semble qu'elle est en passe de durer plus longtemps que ce qu'on l'avait prévu. Si vous voulez mon avis, Abe Lincoln a déçu tout le monde . Quand je pense que j'ai voté pour lui...

- Comment cela?

- En juillet dernier, le Nord a été balayé à Bull Run; en août, ce fut la même chose dans le Missouri, en octobre, les troupes nordistes sont parties en débandade à Ball's Bluff en Virginie. On dirait que Lincoln est incapable de dénicher un commandant en chef qualifié. Tout ce qu'on entend de lui, ce sont des plaisanteries douteuses. C'est une honte pour le pays et un désastre pour les affaires.

- Êtes-vous un homme d'affaires, Monsieur...

- Sinclair. Alex Sinclair.

Il lui fit son plus beau sourire, dévoilant une dentition parfaite.

- Oui, je possède un grand magasin à New York, Sinclair & fils. Je suis le fils. Il fut fondé par mon père voilà trente ans, et c'est maintenant moi qui en assure la direction. Si jamais vous venez à New York, n'hésitez pas à me rendre visite; je vous accorderai des remises exceptionnelles.

- Je crois comprendre que vous ne tenez guère à aller vous battre, Monsieur Sinclair.

- Ma mère est très malade et je suis son seul soutien. Allez-vous jusqu'à Londres?

- Oui.

- Moi aussi. Voyez-vous j'ai constaté un trait de caractère particulier à vous, les Anglais. En général, vous êtes réservés, un peu indécis, légèrement prétentieux...

- Me trouvez-vous prétentieuse?

- Un peu. Cependant quand on parvient à vous connaître - dans la mesure où vous nous en laissez la possibilité, ce qui demande beaucoup d'efforts - vous vous révélez alors comme un peuple charmant. Mais, vous-même, avez-vous une théorie sur les Américains?

Elle fronça les sourcils.

- J'ai fait de nombreuses constatations chez les Américains du Sud et elles ne sont guère flatteuses. Par contre, j'ignore tout des Américains du Nord.

- Eh bien, ce ne sera bientôt plus le cas. Vous disposez de plusieurs heures pour établir votre constat. Mais laissez-moi deviner : vous allez conclure que je suis un peu fruste - ce qui est clairement admis - que je manque nettement de réserve, pas du tout timide et puis, voyons voir... Ah, oui! Que je m'habille de façon plutôt voyante. Mais quand vous me connaîtrez mieux, vous constaterez que je suis un bon garçon.

- Croyez-vous vraiment que je vais penser tout cela?

- C'est ce que j'espère en tout cas. Vous disposez d'un avantage : vous connaissez mon nom, mais je ne connais pas le vôtre.

- Madame Cavanagh, révéla-t-elle après quelques instants d'hésitation.

L'expression du regard d'Alex Sinclair changea tout à coup.

- Attendez... Pas la Madame Cavanagh dont on a parlé dans les journaux?

- Je crains que si.

- Eh bien, vous êtes célèbre... Oh, pardon, votre fille... J'espère que...

- J'ai toutes les raisons de croire qu'elle va bien.

- Tant mieux. Je croise les doigts pour vous. Et je comprendrais si vous... Je crois que je ferais mieux de me taire.

Elle lui sourit.

- En effet, j'apprécierais. Je me sens plutôt... tendue.

- Bien sûr. Ce fut un plaisir de vous connaître, Madame Cavanagh. Si vous venez à New York, passez donc me voir. Sinclair & fils à Union Square. Le meilleur grand magasin de la ville; nous commençons à les appeler : «magasins à rayons». Je vous accorderai des remises formidables.

En dépit de ses terribles inquiétudes pour Amanda, Lizzie se dit que cet impétueux jeune homme ne lui déplaisait, somme toute, pas du tout.

Un autre jeune homme à genoux dans la boue au bord de la Tamise était, lui, d'une saleté repoussante. Sous sa casquette, ses cheveux bruns bouclés étaient si crasseux qu'ils retombaient en mèches ternes et graisseuses. Malgré le froid intense et le brouillard humide, il ne portait ni veste, ni chaussures, sa seule protection contre les éléments étant une couverture qu'il avait dérobée sur le dos d'un cheval.

- Qu'est-ce que tu cherches, jeune homme, demanda un Hindou barbu de haute taille, dont les hardes étaient aussi pitoyables que celles du garçon.

Adam, déguisé en «pauvre marin hindou» s'adressait au garçon avec l'accent chantant des Hindous parlant anglais.

Ce dernier daigna à peine lever les yeux.

- Ce n'est pas tes oignons, sale métèque, rétorqua-t-il avec un accent cockney à peine compréhensible.

- Quel aimable garçon tu es, lui dit Adam en souriant et en lui tirant l'oreille.

Le garçon se mit soudain à hurler quand Adam, qui tenait toujours son oreille, lui colla le visage au sol.

- Et maintenant, tu vas répondre à ma question ou je te fais avaler tes dents pourries. Que cherches-tu dans la boue?

- Je cherche des pièces, voilà. Et arrête de me tirer l'oreille; tu me fais mal!

- Je m'en moque. Mais dis-moi, tu as une sœur aînée plutôt mignonne, je crois. Je l'ai vue entrer et sortir de chez elle. Elle est très très jolie! Elle prend combien?

Le garçon commença à marteler de coup de poing l'estomac d'Adam.

- Elle ne le fait plus! hurla-t-il. Elle ne le fait plus!

Adam plongea sa main libre dans sa poche et en tira un shilling qu'il mit sous les yeux du gamin. Celui-ci cessa aussitôt de gesticuler et se mit à fixer la pièce de monnaie.

- C'est pour toi, garçon, si tu réponds à mes questions.

Il lui lâcha l'oreille et le laissa s'emparer du shilling.

- Elle prend une demi-livre sterling, mais c'est plus cher pour les sales métèques.

- Je vois. Est-ce qu'elle se trouve chez elle en ce moment?

- Je ne sais pas. Probablement. Elle se repose pendant la journée.

- Pour un shilling de plus, est-ce que tu me conduirais jusqu'à sa maison, jeune homme?

Le garçon lui adressa un regard méfiant.

- Si tu sais où elle habite, pourquoi as-tu besoin de moi?

Adam lui sourit et lui tendit une autre pièce.

- Parce que ta compagnie m'est agréable et je veux que tu négocies avec ta sœur pour moi. Elle pourrait ne pas vouloir laisser entrer un sale métèque, si tu vois ce que je veux dire. Il y aura un troisième shilling pour toi.

Le gamin prit la seconde pièce.

- Très bien, mais je ne garantis rien; ma sœur est du genre difficile. Allons-y.

Le garçon sortit de la boue et Adam le suivit. Ils se trouvaient près du Black Lion Wharf dans le quartier mal famé de Wapping, qui s'étirait depuis les quais de Londres jusqu'au tunnel ferroviaire de Brunel, sous la Tamise, la merveille d'ingénierie de l'heure. Adam marcha le long du fleuve hérissé de mâts, bordé de nombreux cabarets et tavernes auprès desquels il lui arrivait d'enjamber quelques marins ivres allongés à même le sol.

Durant les mois qui avaient suivi sa séparation d'avec Lizzie, Adam avait appris à connaître Londres en profondeur. Il avait également saisi toutes les nuances, plus ou moins subtiles qui différenciaient les classes sociales et auxquelles les Londoniens étaient si attachés.

De fait, le rang social d'un Anglais se reconnaissait instantanément : il n'était pas seulement question d'accent - quoique cela fût extrêmement important - mais la classe supérieure, dont les gènes normandes devaient prédominer, se différenciait par ses pommettes hautes, son teint pâle et l'expression sardonique de ses yeux clairs. En termes d'accent et de morphologie, Adam devait reconnaître qu'il était différent; mais son allure pouvait rivaliser avec celle de n'importe lequel de ses pairs, aussi bien par l'élégance que par les manières.

La classe huppée portait le haut de forme aussi bien à l'extérieur qu'à l'intérieur. Le frac était taillé dans les meilleurs tissus et cousu par les tailleurs les plus réputés. Le pantalon devait frôler le sol au niveau du talon mais casser à peine sur le coup-de-pied. Pour le nettoyage, les habits devaient être décousus, lavés à la main, puis recousus. Seuls quelques tailleurs réputés effectuaient cette opération à prix d'or et seuls les nantis pouvaient toujours avoir une allure parfaite.

La classe moyenne se reconnaissait, elle, par le port du chapeau melon et des vêtements de confection tout fripés.

Il ne restait plus aux déshérités que les rebuts des classes supérieures; aussi pouvait-on voir le marchand de quatre-saisons vêtu d'un frac élimé comme une caricature de banquier et coiffé d'un haut de forme défoncé.

Mais quand Adam avait commencé à visiter les bas-quartiers de Londres, souvent appelés «the stews» (le ragoût), il avait été frappé par l'horreur du monde des pauvres. Usant de divers déguisements, il avait pu visiter les quartiers de Hounds-ditch, Bluegate Fields, Shoreditch et Seven Dials, et c'est là qu'il avait fait connaissance avec la partie occulte de l'Empire.

Et à présent, alors qu'il suivait le jeune mendiant à travers les taudis de Wapping, il était agressé par la puanteur de la pauvreté, la sueur et l'urine - humaine et animale - et les relents d'une populace qui ne se lavait jamais.

Mais que d'éclectisme dans cette population crasseuse! Ils passèrent devant des marchandes d'huîtres et de quatre-saisons, des vendeurs d'allumettes et de limonade, des bandes de garnements, des chanteurs noirs, des cireurs de chaussures, des vendeurs de glace et de bière au gingembre, des ramoneurs, des chasseurs de rats, des vendeurs de chiens, des marchandes de fleurs, de papier tue-mouches, des romanichels, des chiffonniers, des marchands de pommes et des voleurs d'oranges. Enfin, tout un monde bien vivant.

Au bout d'un moment, le garçon emprunta une ruelle où l'on pouvait voir, étendu sur des cordes du linge qui, bien que lavé, gardait toujours cette couleur grisâtre que lui donnait la fumée des poêles au charbon. Ils traversèrent des cours parsemées d'ordures et d'immondices dans lesquelles des enfants dépenaillés, au visage mâchuré de suie, cherchaient quelque maigre pitance. Pour une raison qu'Adam n'avait pas réussi à connaître, tous ces enfants, comme toute la population d'ailleurs, portaient tous une coiffure; comme si, de se couvrir le chef, ils obtenaient un semblant de respectabilité.

- Voilà ma maison, dit le garçon en s'arrêtant devant une maison de bois délabrée à trois étages. Qu'est-ce que je dois faire, maintenant?

- Rentre et va voir si ta sœur est disponible.

Toujours suivi d'Adam, le gamin monta les marches du perron, et frappa à la porte. Un homme barbu à l'énorme corpulence vint ouvrir. Il jeta immédiatement un regard soupçonneux au pseudo-Hindou.

- Est-ce que Betsy est ici? J'ai un client pour elle.

- Elle est ici. Eh, toi! Tu as de l'argent?

Adam sortit une bourse qu'il montra à l'homme avec un sourire niais.

- Le gentil monsieur doit savoir qu'elle est pleine de monnaie. Le gentil monsieur doit savoir que je travaille dans un pub de Shoreditch.

- Est-ce qu'on vous a suivis? demanda l'homme au garçon.

- Non.

- Très bien. Toi, entre.

- Vous êtes très gentil, Monsieur. Très, très gentil.

Adam suivit son jeune guide dans la maison qui sentait la bière et l'oignon frit.

- Va dans le boudoir, commanda l'homme en montrant la porte du doigt. Je vais chercher Betsy. Tu dois payer d'avance. En principe, c'est une demi-livre sterling, mais pour toi, c'est plus cher.

- Vous êtes vraiment gentil.

- Je lui dirai de fermer les yeux et de penser à l'Angleterre.

Quelle ne fut pas la surprise d'Adam en entrant dans la pièce! Le boudoir était décorée de meubles coûteux ainsi que d'un piano droit dont le dessus était recouvert de napperons de dentelle.

- Très bien, tu vas voir ma sœur, mais moi je n'ai pas vu la troisième guinée, dit le gamin derrière lui.

Adam lui donna sa pièce.

- Merci beaucoup. Maintenant, tu peux aller jouer.

- Aller jouer? Tu parles! Avec trois guinées je vais plutôt aller boire une pinte ou deux.

Le jeune mendiant sortit en claquant la porte. Adam attendit un moment. La maison était tranquille. Il tira un pistolet de sous son manteau en lambeaux et, quittant silencieusement la pièce, se

347

dirigea vers le hall d'entrée; mais l'homme avait disparu. L'informateur avait précisé que l'enfant était enfermée dans les combles. Se déplaçant rapidement, Adam grimpa lestement les étages jusqu'à la mansarde. Derrière une porte, il entendit un enfant pleurer. Il tourna la clé et vit Amanda assise sur le lit, les yeux rougis de pleurs.

- Ne fais pas de bruit, c'est papa. Viens avec moi!

Elle courut vers lui et prit sa main. Ils descendirent jusqu'au second étage où ils s'arrêtèrent pour prêter l'oreille. En bas, deux hommes étaient en train de parler.

- Il était ici il y a une minute. Où est passé ce métèque?

Adam reconnut la voix de l'homme qui l'avait fait entrer.

- Ça n'a aucun sens; qu'est-ce qu'un de ces sales Hindous viendrait faire ici? Ils vont tous au Lime House.

- Nom de Dieu! La gamine! Merde!

Aussitôt, Adam perçut des bruits de pas montant précipitamment les escaliers. Il lâcha la main de sa fille et alla à la rencontre de l'homme qui montait, une arme à la main. Celui-ci marqua un temps d'arrêt en voyant l'Hindou, puis leva très vite son pistolet. Mais Adam l'avait déjà mis en joue et le ravisseur, atteint en pleine poitrine, dégringola les marches, cul par-dessus tête, pendant que son coup de feu se perdait dans le plafond. La femme au pied des marches poussa un hurlement.

- Ne bougez pas ou je tire! Mettez vos mains sur la tête! ordonna Adam.

Terrorisée, Betsy obéit sans la moindre résistance.

- Amanda!

L'enfant se précipita dans les bras de son père qui dévala les marches quatre à quatre en sautant par-dessus le cadavre de l'homme.

- Je te déteste, Betsy! criait Amanda, pendant que le jeune lord allait ouvrir la porte pour livrer le passage à l'inspecteur Quaid accompagné de cinq *Bobbies*.

- Oh, papa, comme tu m'as manqué! disait l'enfant en étreignant son père de ses petits bras et en l'embrassant.

- Tu m'as aussi beaucoup manqué, ma chérie...

- J'ai eu si peur!

- Tout est fini, maintenant. Tout ira bien.

- Pourquoi es-tu déguisé ainsi?

Il éclata de rire et l'embrassa. Il ne faisait à présent aucun doute dans l'esprit d'Amanda qu'elle avait le meilleur papa au monde.

«Lord Pontefract sauve la fille de Madame Cavanagh!»
«La police fait une descente dans Wapping!»
«Le chef de la bande des ravisseurs est tué!»

Toute l'Angleterre frémissait à la lecture de ces manchettes.

Au château de Windsor, la Reine, malgré son inquiétude à cause de l'état désespéré du prince consort, dévorait les détails du raid à Wapping et allait aussitôt les rapporter à Albert qui était alité dans la fameuse Chambre Bleue, la Chambre des Rois qui avait vu mourir Georges IV et de Guillaume IV.

Albert qui, depuis plusieurs jours, avait sombré dans un délire hallucinatoire murmura:

- Ce Pontefract... Quel homme remarquable...

- Oh! C'est le plus noble des héros! Quel exemple pour nous tous! Si seulement...

La Reine poussa un soupir.

- Mais on dit qu'il a quitté Madame Cavanagh.

- À voir les photographies, on comprend pourquoi Pontefract délaissait son épouse, *Liebschen*... réussit à murmurer le prince.

- Albert! s'exclama la reine d'un air outragé.

Mais elle se ravisa, réalisant que son mari avait probablement encore une de ses crises. Les médecins avaient diagnostiqué un choléra dû, disait-on, aux émanations fétides des égouts du château de Windsor. Elle priait avec ferveur pour la guérison de son cher époux. Mais hélas, il ne restait plus à celui-ci que quelques jours à vivre.

- Nous savions par un informateur que la maison où Amanda était retenue prisonnière était gardée par trois frères, expliquait Adam l'après-midi qui suivit son intervention.

L'inspecteur Quaid avait ramené la petite fille à sa mère qui s'était installée au Westminster Palace Hotel, pendant qu'Adam était rentré chez lui pour se changer.

- Ils s'appelaient Brock, poursuivait Adam. L'aîné, Tom, était celui que j'ai abattu. Les deux autres ont été arrêtés alors qu'ils tentaient de s'enfuir par la porte de derrière. Comment va Amanda?

- Elle dort, répondit Lizzie en montrant la porte close. Elle est exténuée. Madame Parker lui a donné son bain et l'a mise dans son lit. Le docteur de l'hôtel l'a examinée et, grâce au ciel, elle va très bien.

- Je crois qu'il nous faut envisager que cela pourrait survenir à nouveau. Ce qui est le plus fâcheux, c'est que nous faisons les gros titres dans la presse. Maintenant qu'Amanda a été enlevée une première fois, cela pourrait très bien donner des idées à d'autres. Nous devons trouver un endroit sécuritaire et nous assurer les services de gardes du corps. Savais-tu que mon père est décédé?

- Non, je l'ignorais et j'en suis vraiment navrée.

- Ce n'était qu'une question de mois. Son foie était complètement détruit par l'alcool. Le fait est que maintenant, le manoir Thorne est inoccupé. Là-bas, tu es connue et tu pourrais y vivre avec Amanda. De plus, des gens du pays pourraient s'occuper de vous deux. J'ai cru comprendre que ta jeune sœur vivait encore à Wikeham Rise; elle pourrait venir s'installer avec toi.

- Minna, cette chère Minna. Ce serait très agréable.

Depuis qu'il était entré dans la magnifique suite dont la vue dominait le Parlement, Adam s'était efforcé de garder une distance respectable entre Lizzie et lui. À présent, il traversait la grande pièce pour s'approcher de sa bien-aimée qui était assise sur un sofa. Il lui prit la main et la porta à ses lèvres.

- Le plus important, murmura-t-il, c'est que nous puissions à nouveau être ensemble. Oh, mon amour, ma vie fut un enfer sans toi.

- Adam, ne...

- Pourquoi? Au diable la morale. Tu es aussi triste que moi et la vie est misérablement courte. Vous devons saisir notre bonheur et nous y accrocher. Et mon bonheur, c'est toi, Lizzie.

Il l'attira vers lui et l'embrassa. Au bout d'un moment, elle le repoussa doucement dans le froufroutement de ses jupons de soie.

- Il ne faut pas! Je ne pourrais supporter une nouvelle séparation et c'est ce qui nous guetterait à nouveau, Adam. Tu le sais bien!

- Faisons donc en sorte que cela n'arrive pas.

- Oui, mais comment? Si j'aménageais au manoir Thorne, Sybil le découvrirait très vite et où en serions nous? Toujours assujettis au même dilemme, et ses récriminations seraient, une fois de plus, justifiées. Tu dois prendre en compte le fait que tu as deux enfants et une fonction politique et publique à assumer.

- Lord Palmerston a eu plus de maîtresses que le sultan de Turquie; ce qui ne l'a pas empêché de faire une carrière politique plutôt brillante, ce me semble!

- Mais ne comprendras-tu donc jamais? Je ne veux pas être ta maîtresse!

Ce mouvement de colère déconcerta Adam.

- Tu ne veux donc pas être avec moi? souffla-t-il.

- Tu connais ma réponse, mon amour. Nous ne faisons qu'un. Il en a toujours été ainsi et il en sera toujours ainsi. Mais cette situation ne pourrait pas durer. Il faut que je pense à Amanda; et je ne vois qu'une seule solution à cela : il faut que je me remarie afin qu'elle ait un nouveau père.

Adam resta un moment pensif, cherchant visiblement à trouver une solution de compromis. Au bout de quelques instants, son visage s'éclaira.

- J'ai trouvé : le frère de Sybil, Lord Ashenden. Il est âgé de trente-trois ans et il est très bien de sa personne. Il n'a rien, ni dans la tête ni dans les poches, mais il est l'héritier et sera comte de Nettlefield. Il cherche une épouse et si je le sollicitais un peu... Bref, tu ferais une comtesse de Nettlefield parfaitement respectable et Amanda serait convenablement élevée. Qui plus est, nous serions voisins.

Lizzie éclata d'un rire affligé.

- Quel charmant tableau nous ferions! Et je suppose que pendant que Sybil et mon mari feraient une partie de whist, nous nous éclipserions pour aller batifoler dans le belvédère? Vraiment, Adam...

Adam la reprit dans ses bras.

- Je suis on ne peut plus sérieux; cela pourrait fonctionner. Neville est un charmant garçon. En te voyant, il s'éprendra de toi à coup sûr.

- Mon chéri, tout cela est parfaitement immoral. Plus immoral encore que la relation que nous avons eue en Écosse. Je n'épouserai jamais un homme sous un prétexte aussi fallacieux.

- Lizzie, tu rends les chose difficiles...

- Elles ne sont pas difficiles, elles sont impossibles. Ce fut une situation chimérique depuis le début.

Tandis qu'elle prononçait ces mots, elle sentit la poigne d'Adam se raffermir sur son bras pendant qu'une ombre passait dans ses yeux.

- Cela n'est pas impossible, murmura-t-il. Il existe une solution.

- Que veux-tu dire? demanda-t-elle soudainement alarmée.

- Oui... Il doit exister une réponse à tout cela.

- Adam, qu'est-ce que cela signifie? Quelle réponse?

- Lizzie, je n'ai pas l'intention de renoncer à toi. Je l'ai déjà fait une fois et je sais ce qu'il m'en a coûté. On peut bien me qualifier de romantique désespéré, tout ce que je sais, c'est que je t'aime, et ce, depuis toujours. Aussi, souhaite-moi bonne chance, je prononce demain mon premier discours à la chambre des Lords. Puisque le général Whitney a quitté l'Angleterre, je crois qu'Amanda ne court plus aucun risque désormais; aussi, ne différerai-je pas plus longtemps mon intervention.

Il prit son manteau et se dirigea vers la porte.

- Tu ne m'as pas répondu, Adam. Qu'entends-tu par «réponse»?

Il la fixa un moment. Avant qu'il ne sorte, elle put voir dans ses yeux une implacable lueur qu'elle ne lui avait jamais connue.

L'après-midi suivant, c'est un Adam d'une extrême élégance qui faisait son entrée dans la chambre des Lords.

La salle était étonnamment petite, quelque quatre-vingts pieds de long. Ses décorations exubérantes et ses vitraux d'un rouge grenat lui conféraient un caractère de chapelle intime. De chaque côté de l'allée centrale, on pouvait voir de très longs sofas de cuir rouge adossés à des stalles aux sombres boiseries. Au centre, une énorme pouf rouge surmonté d'un dossier dominait l'ensemble. C'était le «Woolsack». la place traditionnelle du Lord Chancelier, en face duquel il y avait un immense bureau où siégeaient trois hommes en perruques. À l'autre bout de la galerie, à mi-hauteur du plafond, s'étirait un immense auvent doré d'où pendaient deux formidables lustres de vingt pieds de haut, et sous lequel se trouvait le trône où le monarque s'installait pour ouvrir la séance.

«La chambre des Lords!» pensait nerveusement Adam qui n'avait jamais fait de discours de sa vie. Néanmoins, il prit place dans la stalle des Conservateurs avec un sentiment plus proche de la panique que de l'appréhension.

Sybil... l'obstacle à son bonheur... après tout, tuer était si facile... il était le héros qui avait occis Nana Sahib...

Il se sentait peu à peu gagné par la démence et le fait d'avoir revu Lizzie après tant de mois y était pour beaucoup.

La semaine précédente, lors d'une réunion politique sous l'égide de Disraeli, il avait eu l'heur d'être présenté à Edgar Musgrave et il avait pu alors constater de ses propres yeux qui était le vrai père de son héritier.

CHAPITRE VINGT

Sybil dormait d'un profond sommeil. Un bruit sourd la réveilla en sursaut la faisant se dresser brusquement sur son lit. La chambre était dans le noir, mais les lumières du square projetait suffisamment de lumière pour qu'elle pût voir l'homme debout dans la pénombre.

- Qui êtes-vous? demanda-t-elle d'une voie tremblante.

L'homme s'approcha du lit, une lueur sauvage au fond des yeux.

- Je l'ai rencontré, murmura-t-il.

- Et qui donc?

- Votre amant. Edgar Musgrave. Ainsi c'est vrai; il est bien le père d'Henri.

Elle le fixait sans mot dire, la frayeur tétanisait tout son corps. Soudain, il se pencha vers elle, et saisissant sa gorge à deux mains, il appuya sa tête sur l'oreiller et commença à serrer.

- Ainsi c'est vrai, n'est-ce pas? sanglotait-il. Traînée! C'était donc vrai!

- Adam... hoqueta-t-elle.

- Avouez! Mais avouez donc!

- Oui...

Sa respiration se faisait de plus en plus difficile et elle sentit qu'elle allait perdre connaissance.

«Il va me tuer» se dit-elle.

Et brusquement, il la relâcha. Alors qu'elle tentait péniblement de retrouver son souffle, il restait là, debout au pied du lit, tremblant de rage.

- Henry ne devra jamais savoir, souffla-t-il. Comprenez-vous? JAMAIS!

Sur ces mots, il tourna les talons et quitta la pièce.

- Madame, annonça le garçon d'étage à Lizzie. Le portier dit que la marquise de Pontefract attend dans le hall de reception que vous vouliez bien la recevoir.

Sybil! Lizzie fut un instant déroutée.

- Oui, bien sûr. Qu'elle monte.

Une fois que le garçon fut sorti, elle s'empressa d'aller dans la chambre à coucher où Madame Parker veillait sur le sommeil d'Amanda.

- Elle dort, chuchota la nurse en allant au devant de la jeune femme.

- Parfait. Lady Pontefract nous rend visite. Si Amanda s'éveille, ne la laissez pas venir au salon.

- N'ayez aucune inquiétude, elle ne se réveillera pas; la pauvre enfant est encore exténuée, la rassura la gardienne en refermant la porte.

Lizzie se dirigea vers le grand miroir pour y contempler son reflet. Pour quelque indéfinissable raison, elle voulait paraître à son avantage. Sybil! sa rivale de longue date.

On frappa à la porte et Lizzie alla ouvrir sans hâte. Sybil était là, resplendissante de beauté dans un manteau de couleur sable.

Le silence se dressait entre elles comme une paroi de granit.

Elle restèrent ainsi quelques secondes puis l'entregent naturel de Sybil reprit le dessus.

- Je puis enfin me rendre compte pourquoi mon mari est si épris de vous : vous êtes encore plus belle que je ne l'imaginais. Puis-je entrer?

- Je vous en prie.

Elle entra donc et promena un regard circulaire tout en se débarrassant de son manteau et de ses gants, pendant que Lizzie fermait la porte derrière elles. Elle portait une superbe robe bourgogne et une broche en camée cernée de diamants ornait son épaule.

- J'ai décidé qu'il était temps de nous rencontrer, décréta Sybil. Je n'ai nullement l'intention de *faire un esclandre* car j'ai horreur des scènes; Mais nous devons tenter de trouver un terrain d'entente. Voyez-vous, la nuit dernière, mon mari a failli me tuer.

Lizzie se souvint alors des propos d'Adam quelques jours plus tôt dans cette même pièce.

- Pourquoi? demanda-t-elle en l'invitant à s'asseoir d'un signe.

- Il en est très capable, savez-vous. Un air de folie a déjà soufflé sur cette famille. Jadis, une de ses grand-tantes s'est même prise pour un aigle, au point de se jeter du haut du toit du manoir Thorne et d'en périr. Et songez donc à ce qu'il a fait aux Indes. Bien sûr, le public adore le fait qu'il se soit déguisé en Hindou, mais est-ce bien là le comportement d'une personne saine d'esprit? Me croirez-vous si je vous dit que le sous-sol de notre maison est rempli de déguisements de toutes sortes?. Il lui arrive de se déguiser en mendiant ou en joueur d'orgue de barbarie et de sortir pour aller rôder dans les pires endroits de la ville. Je crains vraiment qu'il ne perde l'esprit. De plus, il y a eu la nuit dernière...

Elle s'interrompit, une lueur de panique au fond des prunelles.

- Vous parlez bien de meurtre? demanda Lizzie. Peut-être, perd-il un peu l'esprit, mais je sais qu'Adam est incapable ...

- Ne pensez-vous pas qu'il pourrait vouloir ma mort uniquement pour pouvoir vous revenir? Vous sous-estimez vos pouvoirs, ma chère. De vous revoir a ravivé la flamme qui le consume. Si seulement... il pouvait m'aimer autant qu'il vous aime.

- L'aimez-vous donc à ce point?

- Oh oui. J'ai tellement lutté pour me faire aimer de lui et j'étais près d'y parvenir encore ces derniers jours. Et puis...

Elle hésitait à nouveau, l'air pitoyable.

- ... il a découvert cette terrible erreur que je fis après son départ pour les Indes.

- Voulez-vous parler de votre fils?

Sybil en resta muette de stupéfaction.

- Vous... vous saviez?

Lizzie opina silencieusement du chef.

- Il m'en a parlé en Écosse. Il pressentait qu'il n'était pas le père d'Henry.

- C'est vrai. Maintenant qu'il a grandi, il n'y a aucun doute à ce sujet : c'est bien le fils d'Edgar. Oh, bien sûr, tout est de ma faute; mais je ne puis davantage vivre dans la crainte et je suis désarmée. Aussi, suis-je venue vous voir afin de vous demander de le raisonner tant soit peu.

- Très bien. Vous avez bien fait de venir me voir. Il faut nous assurer qu'il ne vous fera plus aucun mal. Je vais lui écrire une lettre que vous voudrez bien lui transmettre de ma part. Il apprendra qu'il n'y a aucun avenir pour lui et moi et, quitte à mentir, j'affirmerai que je ne veux plus de lui. Je tiens à vraiment m'assurer qu'il ne vous portera plus aucun tort, puis je partirai avec Amanda pour New York.

- New York? Et pourquoi ?

- J'y attendrai la fin de la guerre pour tenter de récupérer ma propriété en Virginie, ou du moins ce qu'il en reste. (Mais elle pensait aussi au jeune homme du train.) Auriez-vous l'amabilité d'attendre en bas? Je vais de ce pas prendre mes dispositions pour rédiger cette lettre.

Sybil se leva.

- Mais comment donc!

Elle enfila son manteau et ses gants. Sur le seuil, elle se retourna et vit le visage d'une mortelle pâleur.

- Durant des années, j'ai été jalouse de vous. Je crains même que pendant des moments de colère, j'ai pu exprimer des propos désagréables à votre sujet. Mais je m'aperçois, à présent, que je vous ai très mal jugée. Vous êtes une excellente personne, Lizzie. Il m'en coûte de vous le dire, mais il est probable que mon mari aurait été plus heureux avec vous.

- Mais vous faites, croyez-moi, une excellente épouse.

Sybil fit un pas vers Lizzie; elle posa des mains sur ses bras et posa sa joue contre la sienne.

- Merci infiniment, murmura-t-elle.

Et elle partit.

Lizzie alla s'asseoir au bureau et se mit à contempler le Parlement par la fenêtre tout en pensant à la carrière d'Adam. «Je lui souhaite tout le bonheur du monde» se dit-elle. Elle prit une feuille de papier et commença à écrire.

«Cher Adam,» inscrit-elle. Une larme tomba sur la page et macula l'écriture. Elle la chiffonna et en prit une autre.

Une heure plus tard, Sybil regagnait Pontefract Hall. Le majordome eut à peine le temps de lui ouvrir qu'elle demanda:

- Mon mari est-il là, Monsieur Ridley?

- Oui, Milady, il est dans son bureau.

- Et mes enfants?

- Lord Arthur est à la nursery avec Miss Partridge, et Lord Henry est dans la salle de classe en compagnie de son précepteur français.

Après avoir ôté son manteau, elle se dirigea résolument vers le bureau d'Adam et frappa.

- Entrez.

Elle entra. Assis à son bureau, Adam lisait un rapport du Parlement sur les conditions de travail dans les filatures du Nord. En voyant sa femme, il se leva.

- Je quitte à l'instant Madame Cavanagh, annonça-t-elle sans préambule. Elle m'a demandé de vous remettre cette lettre.

Pour le moins déconcerté, Adam prit l'enveloppe et la décacheta. Sans ajouter un mot, Sybil alla s'installer dans un fauteuil à oreilles, pendant que son mari regagnait son siège.

Il lut:

10 décembre 1861

Mon très cher Adam,

Je me suis enfin résolue à emmener Amanda en Amérique. Je ne chercherai pas à mentir en prétendant que je ne souhaiterais pas que tu nous accompagnes, tu ne me croirais pas. Je suis persuadée que jamais deux êtres ne furent aussi proches l'un de l'autre que nous le fûmes, toi et moi. Mais il nous faut songer par-delà nos propres vies.
Comme j'ai tenté de te le dire en Écosse, nous infligeons une pénible épreuve à Amanda. Il nous faut impérativement donner préséance aux intérêts de nos enfants, même au détriment des nôtres, peu importe l'étendue de l'amour que nous éprouvons l'un pour l'autre.
Comme Roméo et Juliette, notre amour porte peut-être en lui quelque malédiction. Mais le leur les conduisit au tombeau et quand l'amour devient destructeur, le plus beau et le plus doux des sentiments devient alors funeste.

359

Si la vie a un sens, c'est pour moi celui de mettre des enfants au monde et de leur donner la possibilité de s'épanouir; et toi, Adam, tu en as deux.

J'ai fait la connaissance de Sybil et je pense que tout pourrait recommencer entre vous. Elle t'aime et ne te veux que du bien. Aussi te demanderai-je de ne plus jamais, je dis bien : jamais, tenter de lui faire le moindre mal. Si mon amour pour toi signifie encore quelque chose, sache que tu le perdrais à jamais si tu commettais un acte ignoble ou criminel.

Souviens-toi que tu es mon preux chevalier et que tu dois te conduire comme tel, quand bien même je ne ferais plus partie de ta vie. Je réalise à présent la portée des sermons de mon père qui disait que le mal est aisé et que la vertu est chose bien difficile en ce triste bas-monde. Et toi, Adam, tu dois être un homme de vertu.

Je me rappelle t'avoir dit que de te quitter une première fois serait un enfer et qu'une seconde me serait fatale. Cette seconde fois, la voici, et je me meurs en écrivant ces mots; mais je le dois!

Je te demanderai de ne pas essayer de me revoir; je dois sortir de ta vie pour toujours. Une fois installées aux Amériques, je prendrai mes dispositions pour que tu puisses revoir Amanda.

Je ne t'oublierai jamais et ne cesserai jamais de t'aimer car tu es toute ma vie. Tu as prétendu, l'an dernier, que nous nous rencontrerions à nouveau dans une autre vie. Je pense, cher amour, que cela arrivera. Un amour comme le nôtre ne pouvait peut-être pas survivre à ce monde cruel, mais était destiné à s'épanouir dans un univers meilleur qui nous verrait réunis pour toujours.

En attendant ce jour, je t'aime.

Ta Lizzie.

Il posa la missive et quitta son bureau. Il se dirigea vers la fenêtre pour regarder au dehors. Il resta un long moment ainsi, tournant le dos à Sybil, sans prononcer le moindre mot. Elle remarqua qu'il portait souvent ses mains à ses yeux. Finalement, il se retourna.

- Je vous présente mes excuses pour la nuit dernière, dit-il d'une voix rauque. Je ne sais pas ce qui m'a pris... j'ai dû perdre l'esprit.

Il se dirigea vers elle et prit ses mains qu'il porta à ses lèvres.

- Quoi qu'il en soit, vous n'aurez plus jamais rien à craindre de moi, pourvuisit-il, les yeux pleins de larmes. Venez, montons voir les enfants.

Elle se leva sans répondre. Elle réalisait qu'elle venait enfin de gagner l'ultime bataille.

CHAPITRE VINGT ET UN

Zachary Carr se redressa subitement. C'était une de ces nuits suffocantes et humides de juin 1862 et comme sa fenêtre était grande ouverte, il pouvait percevoir les bruits de sabots qui se rapprochaient. Sautant hors du lit, il vit une douzaine de cavaliers, dont quelques-uns portaient des torches, qui se dirigeaient au grand galop vers la maison. L'apercevant, un des hommes fit feu sur lui.

- Des maraudeurs yankees! hurla-t-il en se baissant, pendant que la balle allait se perdre dans le plafond.

Il courut s'habiller alors que d'autres coups de feu éclataient. Parmi les vociférations, il entendait hurler:

- Brûlons les rebelles! Brûlons-les tous!

Il se précipita, torse nu, hors de la chambre et déboula les escaliers jusqu'au hall d'entrée. Dans la pénombre, il se rendit compte que son père l'avait précédé.

- Père! les Yankees!

- Va chercher ton fusil! ordonna Brandon.

Le Sudiste savait que le général McClellan avait engagé le combat contre le général Lee au nord-ouest de Richmond. Le commandant des forces nordistes avait fait descendre le cours du Potomac à son armée qui portait le même nom, vers Chesapeake Bay jusqu'à Fort Monroe qui se trouvait à la pointe de la péninsule séparant la York et la James River. Les troupes avaient ensuite fait mouvement vers Mechanicville où, trois jours auparavant, le vingt-cinq juillet, elles s'étaient heurtées à l'armée sudiste; et depuis, la bataille faisait rage. Zack avait entendu dire que des bandes de maraudeurs yankees contribuaient à faire prendre une tournure déterminante à la confrontation par des incursions destructrices au cœur de la Virginie complètement désorganisée.

Il courut dans le bureau pour aller prendre son fusil au râtelier et remplir ses poches de balles de plomb. Une odeur de fumée venait de la cuisine vers laquelle il se précipita, pendant que, dehors, les coups de feu crépitaient de plus belle. Mais le temps d'arriver, la pièce n'était plus qu'un brasier.

Quelque part devant la maison, il entendit pousser un hurlement.

- Père! cria-t-il, où êtes-vous? Père!

À travers les flammes, il vit que la porte de service était ouverte et il comprit que son père était sorti pour tirer sur les pillards. Mais il lui était impossible de traverser les flammes. Il alla donc faire le tour par l'entrée principale, non sans avoir d'abord jeté un coup d'œil par la fenêtre près de la porte d'entrée.

Rien. En quelques instants, la pétarade et les cris s'étaient dissipés et le seul bruit qu'il perçut fut le crépitement des flammes qui commençaient à se répandre dans toute la demeure et les craquements du bois centenaire qu'on venait de sacrifier. La lune était pleine et se reflétait paisiblement sur la Rappahannock.

Courant au coin de la maison, il put distinguer au loin les cavaliers dont les silhouettes se fondirent très vite dans la nuit, en direction du nord, et, dans la cour arrière, son père.

Ce dernier gisait face contre terre. Quelques esclaves qui avait quitté leur quartier faisaient cercle autour de lui, apparemment indifférents au brasier qui grandissait sous leurs yeux.

- Allez chercher de l'eau! cria Zack en courant vers le corps inerte de son père.

Il s'agenouilla auprès de lui et le retourna doucement. Une balle l'avait atteint en plein front, tandis qu'une autre lui avait transpercé le cou.

- Père!

Il lui ferma les yeux et se releva.

Salauds! cria-t-il le visage tourné vers le nord. Maudits salauds de yankees! Je vous ferai payer ça! SALAUDS!

Les flammes qui dévoraient maintenant toute la ferme des Carr s'élevaient haut dans le ciel sous une lune superbement indifférente.

- Monsieur Sinclair, Madame Cavanagh est ici et voudrait vous voir.

Le jeune propriétaire était accroupi près d'un client et épinglait un ourlet.

- Qui? demanda-t-il en levant les yeux.

- Madame Cavanagh, répéta le jeune vendeur. C'est une femme d'une beauté remarquable avec un accent anglais. Elle dit qu'elle vous a rencontré dans un train l'an dernier.

Un sourire enjoué sur les lèvres, il se leva.

- Madame Cavanagh! Voulez-vous bien m'excuser Monsieur Vanderbilt... Jerry, voulez-vous me remplacer quelques instants auprès de ce gentilhomme...

Alex quitta en toute hâte le rayon des vêtements masculins sur mesure, où il confectionnait personnellement les costumes des notables de New York, tels que William Henry Vanderbilt, le fils du «Commodore», August Belmont, les Astor, les van Rensalear et autres personnages importants. Bien qu'il fût le propriétaire de ce grand magasin, le jeune homme prenait un soin minutieux du moindre détail, aussi infime soit-il, y compris les ourlets de Monsieur Vanderbilt. Mais la beauté de Lizzie avait produit sur lui un tel effet qu'il prit le risque d'offusquer le fils de l'homme le plus riche d'Amérique, pour la revoir.

Il ne fut pas déçu. Lizzie était en train de contempler des boucles d'oreilles dans une vitrine à l'entrée du magasin, quand il alla vers elle.

- Madame Cavanagh! Quelle bonne surprise!

Elle se retourna et lui adressa un sourire éblouissant.

- Vous souvenez-vous de moi? demanda-t-elle.

- Bien sûr. L'express de Londres. Votre fille avait été enlevée, mais j'ai lu que tout s'était finalement bien terminé. Soyez la bienvenue à New York et chez Sinclair & fils.

- Merci. Vous avez là un merveilleux magasin et vous vendez de bien belles choses. J'aime beaucoup ces boucles d'oreilles mais le prix me semble un peu élevé.

Ses yeux prirent une expression ironique.

- Je me rappelle vous avoir entendu dire que vous m'accorderiez une remise. Eh bien me voici. À vous de tenir votre promesse.

- Je parle décidément beaucoup trop, dit-il en éclatant de rire. Mais vous avez raison : j'ai promis et je ne reviendrai pas sur ma parole. En fait, je vais vous accorder une réduction exceptionnelle.

Il se tourna vers le vendeur impeccablement vêtu.

- Bob, faites donc un paquet-cadeau de ces boucles d'oreilles; et inutile de faire de facture.

Lizzie prit son air le plus étonné.

- Monsieur Sinclair, je souhaitais seulement réaliser une bonne affaire.

- Il n'est de meilleure affaire qu'un cadeau. De plus, je serais flatté que vous les portiez ce soir au dîner dont vous me ferez l'honneur d'accepter l'invitation.

Ce fut au tour de Lizzie d'éclater de rire.

- Je me souviens que vous vous disiez excessif et je m'aperçois que vous aviez raison. Cependant, Monsieur Sinclair...

- Alex.

- Alex, je ne sais rien de vous. Existe-t-il une Madame Sinclair?

- Oui. C'est ma mère. Malheureusement, le suites d'une crise cardiaque l'ont laissée paralysée voilà quelques années et elle s'exprime difficilement; elle peut, toutefois, nous servir de chaperon. Qui plus est, j'ai à mon service un des meilleurs cuisiniers de New York. Où êtes-vous descendue?

- À l'Hôtel de la 5e Avenue.

- C'est l'hôtel le plus chic de la ville. J'éprouve une admiration infinie pour les femmes qui ont de la classe. Je viendrai vous y prendre à sept heures. Voulez-vous m'excuser, mais il me faut retourner auprès de Monsieur Vanderbilt.

Alors qu'il s'éloignait, Lizzie l'interpela :

- Alex?

- Oui?

- Je n'ai pas dit oui.

Une ombre de contrariété passa furtivement sur le visage du jeune homme, mais très vite il arbora son fameux sourire.

- Vous ne pouvez refuser, conclut-il.

Avant qu'elle ait eu le temps de répondre, il était reparti.

Ils étaient assis face à face dans la salle à manger de la maison de grès brun de Mme Sinclair dans la 14ᵉ Rue est, non loin de Union Square.

- Comment trouvez-vous New York? demandait Alex .

- Malpropre, répondit Lizzie en coupant la caille qu'on venait de lui servir.

- Malpropre? Abominable, devriez-vous dire. Je suis obligé de louer les services d'entreprises privées pour le ramassage des rebuts du magasin.

- On m'avait dit que Madison Square était le cœur de la ville, et pourtant j'ai aperçu un porc en train de manger un chou dans la rue en face de mon hôtel,

- Il y a des cochons sauvages dans les bas quartiers et quelquefois ils s'égayent jusque dans le centre-ville.

- J'ai également pu constater que la circulation était aussi épouvantable qu'à Londres.

- Quelqu'un, posté au coin d'une rue, a compté quinze mille véhicules en une seule journée. Mais malgré tout, Lizzie, n'est-ce pas une ville fascinante?

Alex possédait un enthousiasme communicatif.

- Tout à fait envoûtante.

- Allez-vous séjourner longtemps parmi nous? Quels sont vos projets?

Ses projets? Ils étaient on ne peut plus simples. Il lui fallait trouver un mari le plus tôt possible afin qu'Adam abandonne définitivement tout espoir de la revoir et qu'il resserre ses liens familiaux avec Sybil. Lizzie se demanda si ce bouillant jeune homme qui bavardait aimablement avec elle pouvait être le mari qu'elle recherchait.

Toutefois, la présence de la vieille dame en noir, assise sans dire un mot dans son fauteuil roulant, éveillait en elle un sentiment indescriptible. Noami Sinclair, âgée seulement de cinquante-deux ans, même si elle en paraissait beaucoup plus, le visage à demi dissimulé derrière une voilette, fixait silencieusement Lizzie. Alex avait expliqué que son attaque cardiaque l'avait considérablement vieillie; mais Lizzie trouvait extrêmement contrariant que cette femme au physique délabré - et qui, pourtant, avait dû être belle - à la bouche grimaçante, aux mains inertes et grotesquement difformes, mais dont les yeux d'un noir intense étaient d'une grande mobilité, la fixât avec tant d'insistance. Malgré son mutisme, l'hostilité de la dame était manifeste, presque palpable. Lizzie était navrée pour Mme Sinclair, mais elle priait le ciel pour que celle-ci cessât de la dévisager ainsi.

- Mes projets sont de récupérer ma propriété de Virginie après la guerre - si elle finit un jour, dit-elle en sirotant l'excellent Chablis que le maître d'hôtel venait de lui verser.

La maison de grès des Sinclair ne reflétait guère l'opulence dans laquelle semblait vivre la famille; d'ailleurs, la plupart des maisons de New York avaient sensiblement le même caractère et ne pouvaient en rien être comparées à des demeures comme Pontefract House, par exemple. Mais Lizzie avait remarqué que les objets qui l'entouraient étaient tous d'excellente facture et témoignaient d'un goût très sûr. Quelqu'un dans la maison avait un sens aigu de l'esthétique et elle en conclut que ce ne pouvait être qu'Alex. Au premier coup d'œil sur l'aménagement du magasin, elle avait deviné, en la personne du jeune homme, un être à l'acuité et au flair exceptionnels.

- Ah, la guerre! Je dois admettre que je m'étais fourvoyé en pensant qu'elle serait désastreuse pour les affaires. Bien au contraire, elles sont florissantes et l'entreprise n'a jamais été aussi rentable. Voyez-vous, dès le début du blocus, nous avons eu les pires difficultés à nous approvisionner en coton; c'est la raison de mon voyage de l'an dernier durant lequel j'ai pu acheter les marchandises qu'il m'était devenu impossible d'acquérir aux États-Unis.

- Y avez-vous rencontré mon beau-frère, Horace Belladon? demanda-t-elle, soudainement intéressée.

- Oui, bien sûr. En fait, j'ignorais que vous étiez parents.

- Il a épousé ma sœur aînée, Lettice - ou plutôt devrais-je dire : ma sœur l'a épousé. Je suis convaincue qu'il fut impliqué dans l'enlèvement de ma fille.

- Je vous crois sans peine. En effet, Horace ne m'a pas paru être homme à s'embarrasser de scrupules. Je crois me souvenir que les journaux prétendaient que cet enlèvement avait un lien avec la reconnaissance des états confédérés par l'Angleterre. D'après ce qu'on dit à Washington, il n'est plus question de cette reconnaissance, ce qui est une bonne chose pour le Nord.

- Allez-vous souvent dans la capitale?

- De plus en plus. Voyez-vous, cette guerre prend une tournure différente de ce qu'on envisageait à l'origine. Les guerres ne sont plus maintenant l'affrontement de deux armées de soldats professionnels, pendant que le reste du pays vaque à ses occupations. Cette guerre-ci met en cause chacun d'entre nous, et l'homme d'affaires devient un participant direct tout comme le militaire. Le gouvernement de Washington se trouve dans la plus grande confusion. De nombreux sénateurs courent dans tous les sens comme des poulets sans tête et le viel Abe est un vrai pantin. Ce conflit leur échappe car il est en train de prendre des proportions insoupçonnées. Ils ont besoin d'uniformes, de couvertures, de tentes, de tout ce qui se vend dans mon magasin. J'ai donc loué une suite au Willard's Hotel à Washington et je m'efforce, sur place, de procurer au gouvernement tout ce qui lui est nécessaire. En mai dernier, par exemple, l'Union a pris Memphis, au Tennessee. Or, il se trouve que j'y connais un marchand de coton. Je m'y suis donc rendu et j'ai réussi à passer les lignes avec lui. Voyez-vous, cette guerre est en train d'affamer les planteurs du Sud qui ont, au demeurant, dans leur entrepôts des tonnes de coton qu'ils veulent vendre à tout prix. J'ai obtenu un crédit et j'ai acheté pour deux millions de dollars du meilleur coton du Sud. Nous sommes parvenus à le rapporter à Memphis, et de là, je l'ai expédié en Nouvelle Angleterre où il a été transformé selon les besoins du gouvernement. Cette opération m'a permi de faire un bénéfice d'un million de dollars.

- Un million? s'exclama Lizzie. Mais c'est un revenu fabuleux!

- Cela rapporta un bénéfice de cinquante pour cent. Celui de mon magasin est de cent pour cent. J'ai pris un grand risque, pourquoi ne serais-je pas payé en retour? Si j'avais été pris, Johnny Reb m'aurait sûrement troué la peau. Je n'éprouve aucune honte d'avoir fait cette opération. En fait, j'en suis plutôt fier... Ah! Voici le dessert; j'espère que vous aimez le loaf pudding?

- Je n'en ai jamais entendu parler.

- Alors, vous êtes sur le point de vivre une expérience unique.

Le maître d'hôtel apporta le pudding fumant sur un plat d'argent. Pendant qu'on la servait, Lizzie se rendit compte que l'impétueux jeune homme n'était pas seulement un profiteur de guerre mais aussi une sorte de pirate; et son récit ne manquait pas de l'intriguer au plus haut point.

- Il est temps de regagner votre chambre, Madame Sinclair, annonça une infirmière accompagnée du maître d'hôtel. Alex se leva pour aller embrasser sa mère.

- Bonne nuit, maman, dit-il.

- Bonne nuit, Madame Sinclair, dit Lizzie.

Les yeux brûlants de haine de la femme vrillèrent Lizzie jusqu'au tréfonds de son âme.

- Votre mère ne semble pas apprécier ma présence, disait Lizzie une heure plus tard, dans le luxueux carrosse qui la ramenait à Madison Square.

- Pourquoi dites-vous cela?

- Elle ne m'a pas quittée des yeux durant tout le dîner et son regard était manifestement hostile.

Alex, assis près d'elle, soupira.

- Mère n'a jamais fait preuve d'une grande subtilité quant à ses sentiments. Je suppose que c'est à cause de votre accent anglais. Père était écossais et possédait un magasin à Belfast et mère est irlandaise et, bien entendu, elle déteste les Anglais. Après la grande famine qui l'avait pratiquement ruiné, mon père nous amena tous ici et rebâtit un commerce. Il nous a quittés voilà sept ans, et, depuis, c'est moi qui m'occupe de notre affaire.

- Vous n'avez pas du tout l'accent irlandais. Pour moi, vous êtes typiquement américain.

Il ricana et se mit à imiter l'accent de Belfast.

- Ah, eh bien, je mets un soupçon d'accent du terroir le jour de la Saint-Patrick, mais le reste du temps, je m'efforce de l'oublier. Les Irlandais sont méprisés à New York et nous, nous recherchons la clientèle huppée.

- J'espère ne pas vous déplaire du fait que je suis anglaise?

- Que pensez-vous que puisse être ma réponse?... Nous sommes arrivés.

- Ce fut aimable à vous de m'inviter à dîner, et les boucles d'oreilles sont ravissantes.

Il descendit de la voiture et s'empressa d'aller l'aider, pendant que le portier noir tenait le portillon.

- Bonsoir Alex, lui dit-elle en lui tendant la main.

- Puis-je vous offrir un cognac? demanda-t-il en lui baisant la main.

- Je crains que non.

- Puis-je vous faire visiter la ville demain?

- Vous êtes si occupé...

- Je viendrai vous chercher à dix heures. Amenez donc votre fille et nous ferons la tournée des grands-ducs. Nous pourrions ensuite déjeuner au Delmonico's.

- C'est très aimable à vous, mais...

- Vous ne pouvez pas refuser.

Il lui adressa à nouveau son irrésistible sourire et elle rit aussi.

- Vous êtes incorrigible mais vous avez raison : je ne puis refuser. À demain dix heures, donc.

Elle entra dans le hall de l'hôtel en se demandant si elle avait l'intention de le séduire ou pas. Mais indubitablement, le jeune homme était déjà sous le charme de la belle Anglaise.

Après l'intervention d'Adam, Phineas Thurlow Whitney avait jugé plus sain de quitter l'Angleterre, ayant conclu, à juste titre, que la reconnaissance des états confédérés n'était pas précisément pour le lendemain. Il traversa donc la Manche et prit la direction de Paris où il caressait quelque espoir d'une réception plus cordiale de la part du gouvernement de sa majesté, l'empereur Napoléon III.

Il ne lui fallut que deux mois d'attente avant d'obtenir une entrevue auprès du monarque, à l'issue de laquelle le sénateur dut constater que le gouvernement français étant déjà impliqué dans l'aventure mexicaine de l'archiduc Maximillien, appuyé par l'empereur en personne, il se montrait infiniment réticent à prendre position dans la Guerre de Sécession.

- Mais, Sire, insistait Phineas, assis près du bureau de Louis-Napoléon aux Tuileries, Lincoln aura les mains liées tant et aussi longtemps qu'il se battra contre la Confédération. Il est dans l'intérêt de la France de nous reconnaître et - si je puis me permettre cette requête - de nous aider financièrement et militaire- ment. La France cherche à créer un empire au Mexique; si elle reconnaissait officiellement les États confédérés, elle disposerait

371

alors, à la frontière nord du Mexique, d'un ami et d'un allié; l'empire du Mexique et les États confédérés devenant ainsi amis et partenaires commerciaux naturels.

- C'est vrai, reconnut l'empereur qui fumait un cigare, assis dans l'austère bureau qui avait pour tout ornement une immense carte de Paris et le buste de marbre de sa mère, la Reine Hortense. Mais que se passerait-il si le vent tournait en faveur de Lincoln?

- Il ne le faut pas et cela n'arrivera pas. Ses généraux sont incompétents.

- Ah! Mais il peut avoir la bonne fortune d'en trouver un qui soit plein de qualités. Voyez-vous, la guerre vous a d'étranges façons de surprendre les peuples. Si Lincoln gagnait celle-là, le Mexique aurait alors un ennemi à ses portes et c'est un risque que nous ne voulons pas courir. Et puis, il y a aussi l'Angleterre. Si celle-ci avait reconnu vos états souverains, nous l'aurions fait aussitôt sans la moindre hésitation. Mais notre ambassadeur à Londres nous rapporte que cela ne sera pas. Donc...

L'empereur eut un haussement d'épaules et souffla la fumée de son cigare au plafond, une façon comme une autre de signaler que l'entretien était terminé.

En quittant les Tuileries, Whitney comprit enfin qu'il avait échoué dans sa mission. Les Européens allaient rester neutres, en dépit de tout ce qu'il avait accompli, en dépit même de l'enlèvement d'Amanda dont l'échec l'avait rendu furieux. Il était fou de désespoir et, derrière son air froid et imperturbable, son cœur brûlait d'une haine féroce. Il haïssait ces damnés Abolitionnistes, il haïssait le Nord, il haïssait Lincoln et il haïssait aussi la vision qu'il avait du futur après la victoire des Fédérés : un Sud dont les esclaves libérés remettraient un jour en question la suprématie de l'homme blanc.

En attendant ce moment qu'il n'était pas du tout pressé de voir venir, il n'avait d'autre choix que de rentrer chez lui et de faire tout ce qui était en son pouvoir pour soutenir la cause sudiste, même s'il était conscient que, malgré ses multiples victoires, le Sud ne l'emporterait pas.

Phineas Thurlow Whitney devait aussi rentrer chez lui pour la simple raison qu'il n'avait plus un sou vaillant. Le Nord et le Sud faisaient tirer le plus vite qu'ils pouvaient des obligations pour financer leur guerre. Mais la monnaie d'Europe était encore basée sur l'or et la vie coûtait cher. Aussi, quand il voulut échanger une lettre de crédit d'une banque sudiste, les banquiers lui fermèrent leurs coffres. La dure réalité, c'était que Phineas manquait de liquidité tout comme le Sud qu'il était venu représenter. Aussi dût-il mettre au clou ses plus beaux vêtements, sa montre en or et ses boutons de manchettes en diamant pour payer son passage à bord d'un caboteur en partance de Cherbourg vers les Bermudes, base de la plupart des navires briseurs de blocus pour laquelle il s'embarqua.

C'est en plein milieu de la nuit qu'il débarqua à Mobile. Il fulminait de rage d'être ainsi obligé de se cacher comme un animal traqué, lui, un ancien sénateur des États-unis, un ambassadeur! Il était ulcéré. Il envoya un câble à la plantation Fairview et prit le train pour Richmond, où l'attendait Elton, son vieux cocher.

- Nous vous attendions hier, Général, dit Elton en prenant l'unique bagage de son maître. Nous ne savions pas que le train allait avoir une journée de retard. J'ai l'impression que les conducteurs de train ne savent plus ce qu'ils font.

- La machine est tombée en panne et ils n'avaient pas de pièces de rechange, répondit brutalement Whitney. Et je ne veux pas t'entendre dire que quelque chose ne va pas, Elton.

- Sûr, Général, tout va très bien.

Ils arrivèrent à Fairview en plein milieu de la nuit «toujours comme un criminel» pensa le sénateur, une nuit glaciale et neigeuse de surcroît. C'était le 7 novembre 1862, le jour où Lincoln attribuait les fonctions de commandant en chef des forces de l'Union au général Burnside.

- Je crois qu'il sont tous couchés, général, dit Elton en descendant de la voiture. C'est que la maison est pleine, mainte-nant que Massa Clayton et Miss Charlotte habitent ici.

- Que veux-tu dire?

Phineas regardait la vaste demeure. Une lune diaphane éclairait la demeure où il était né et où il avait grandi. La maison qu'il aimait depuis soixante ans.

- Eh bien, Miss Ellie May, elle m'a dit de garder bouche cousue parce qu'elle voulait vous annoncer elle-même la mauvaise nouvelle. Pendant que vous étiez en Europe, des maraudeurs yankees ont incendié la ferme des Carr et Massa Brandon a été tué. Massa Zack a rejoint l'armée confédérée et Massa Clayton et

373

Miss Charlotte ont dû venir s'installer ici. Les choses sont difficiles car Miss Charlotte attend un bébé et Massa Clayton est très déprimé à cause de son infirmité et il est ivre la moitié du temps.

- Clayton ivre? Je ne l'ai jamais vu seulement éméché de toute ma vie.

- Oui, mais c'est comme ça, maintenant, général. Ce garçon ne s'intéresse plus qu'à la bouteille.

- Donne-moi mon sac et va te coucher, sans oublier de dételer les chevaux.

- Oui, général. Soyez le bienvenu chez vous, général.

«Chez lui?», songea-t-il en empruntant le chemin qui menait à la véranda. Il allait perdre son domaine, son mode de vie, sa santé, ses voisins, son monde... Tout allait partir en fumée par la faute de ces damnés Abolitionnistes... ce maudit Lincoln. Il avait à l'esprit le visage dénué de charme du président...Il se voyait pointant un revolver sur le faciès haï et pressant sur la détente. Phineas n'avait rien d'un philanthrope; par contre, c'était un prédateur de toute première force.

Le bruit de ses bottes résonna bruyamment sous la véranda et il entra dans la maison apparemment endormie. Il posa son bagage sur le plancher et alluma une lampe à pétrole. Dans le vaste hall d'entrée, ses ancêtres étaient tous là dans leurs cadres, qui le regardaient.

- Damnation! cria-t-il d'une voix tonitruante. N'y a-t-il donc pas de comité d'accueil? Je suis de retour! Le général sénateur Phineas Thurlow Whitney est de retour de France et d'Angleterre! Et aucun de ces salauds ne veut nous soutenir!

Oh, I wish I was in the Land of Cotton...entonna-t-il d'un air dément. *Dixie. Look away, look away, look away, Dixie Land!*

- Phineas!

Ellie May était penchée à la balustrade du premier étage.

- Mon chéri, vous êtes de retour!

- *I wish I was in Dixie, Hooray, Hooray! In Dixie Land I'll take my stand to live and die for Dixie.*

- Pourquoi chantez-vous ainsi, Phineas? Que se passe-t-il? Charlotte... Clayton... il est devenu fou!

Ellie May, en chemise et bonnet de nuit, descendit rapidement l'escalier.

- *A way down south in Dixie...*
- Phineas, cher ami...

Elle traversa le hall en courant. Elle se blottit dans ses bras et il se mit à sangloter.

- Nous allons perdre Ellie May, souffla-t-il. Nous allons perdre. J'ai fait tout ce que j'ai pu pour les convaincre, en Europe, mais ils s'en moquent... Nous allons perdre.

Muette de stupeur, elle fixait son mari qui sanglotait.

Le sémillant sénateur avait l'air plutôt minable, un peu effrayé aussi. Elle réalisa soudain qu'il était devenu un vieillard.

Phineas pouvait bien avoir eu une crise de désespoir; après tout, c'était un être humain, lui aussi. Mais dès le lendemain, après un tour d'horloge d'un sommeil réparateur, sa volonté de fer reprit le dessus. Un bon bain le remit d'attaque, frais et dispos comme un jeune homme et il se dit que tout n'était pas encore perdu et qu'il restait un espoir, aussi infime fût-il. En tant que lecteur assidu de Schopenhauer, il croyait en ce vouloir-vivre commun à tous les vivants, et cette victoire, il fallait la *vouloir*. Il s'admonesta silencieusement pour son comportement de la veille, et après avoir fini de s'habiller, il retourna dans la chambre à coucher où Ellie May, toujours en tenue de nuit, lisait.

- Ellie May, je voudrais vous présenter mes excuses pour mon comportement d'hier soir, dit-il en s'asseyant au pied du lit à baldaquin. J'étais fatigué et déprimé... Bref, mon attitude fut stupide.

- Les choses vont-elles si mal? demanda-t-elle, en reposant le roman hors d'âge qu'elle relisait pour la troisième fois, les nouveautés littéraires ne lui parvenant plus à cause du blocus.

- Entre vous et moi, plutôt mal, oui. Et mon échec en Europe y est pour beaucoup. Quoi qu'il en soit, je dois me rendre à Richmond demain ou après-demain pour faire mon rapport à Jefferson Davis. En attendant, nous devons nous efforcer de garder bon moral, car mon égarement d'hier soir est impardonnable. Elton m'a annoncé que la ferme des Carr avait été incendiée et que Brandon avait été tué.

- C'est la triste vérité. Je voulais vous l'annoncer moi-même mais j'aurais dû me douter que ce vieux charretier était incapable de tenir sa langue. C'est arrivé l'été dernier, pendant que

375

les Yankees étaient en Virginie, avant que ce cher Lee ne les repousse. Ils effectuaient de brèves incursions, causant le plus de dégâts possible sur leur passage. Les damnés pourceaux! Ils ont attaqué la ferme Carr en plein milieu de la nuit. Quand Brandon est sorti pour défendre son bien, ils l'ont abattu et mis le feu à la demeure. Par miracle, ce soir-là, notre chère Charlotte et Brandon avaient décidé de passer la nuit ici. Oh, tout cela est vraiment horrible! Et la nourriture qui se fait de plus en plus rare...

- Elton m'a dit aussi que Charlotte allait avoir un enfant?

- D'un jour à l'autre. Quelle terrible période pour mettre un bébé au monde!

- Il semblerait aussi que Clayton s'adonne à la boisson?

Ellie May poussa un soupir de lassitude.

- Je suppose qu'il n'est pas tout à fait à blâmer. Pour un jeune homme actif comme lui, perdre une jambe est un choc abominable. Si l'on ajoute à cela la mort de son père, la perte de sa maison et le départ de son frère pour la guerre... Oh, Phineas, quels jours sombres nous vivons! Quand je pense à la vie que nous menions, je...

Elle porta un mouchoir de dentelle à ses yeux. Son mari la prit dans ses bras et lui donna quelques tapes réconfortantes.

- Allons, allons, dit-il. Bien sûr, les temps sont difficiles, mais nous en viendrons à bout. Je ne tiens pas à vous voir dans le même état que celui dans lequel je me trouvais hier soir. Nous devons garder un moral de fer, Ellie May, de fer. Et il ne faut pas que nos gens puissent soupçonner la moindre faiblesse de notre part.

- Nos gens? renifla-t-elle. Quels gens? Hormis Elton, Cordelia et quelques autres, ils sont tous partis.

- Partis? Comment cela?

L'ex-sénateur s'était brusquement dressé sur ses jambes.

- Mon cher Phineas, vous vous êtes absenté pendant plus d'un an et vous semblez n'avoir aucune idée des incroyables événements qui se sont déroulés ici, durant cette période. Ce sale bonhomme, Abraham Lincoln a officiellement affranchi tous les esclaves en septembre dernier.

- Oui, j'en ai entendu parler, bien sûr. Mais en quoi cela nous concerne-t-il?

- Cela nous concerne dans la mesure où il n'y avait personne pour contrecarrer cette décision. Depuis votre départ, nous avons eu trois intendants successifs et le dernier est parti s'enrôler. Il ne restait plus un seul homme blanc compétent pour retenir les noirs et ces derniers en ont conclu qu'ils étaient libres. Il sont partis comme ça, (elle fit claquer ses doigts) sans le moindre scrupule, ou le moindre sentiment de gratitude, après tout ce que nous avons fait pour eux. Les quelques rares qui sont restés ont aussitôt été réquisitionnés par l'armée. Les champs sont en friche, et nous avons dû, bien évidemment, fermer la manufacture de tabac. Oh, tout est... tout est perdu...

Elle éclata encore en sanglots.

- Je vois, dit placidement Phineas. Les choses sont pires que je ne pensais. J'espère qu'il me reste encore la possibilité de prendre un petit déjeuner?

Tout en se mouchant, elle hocha la tête.

- Il reste du bacon et Elton a réussi à sauver quelques poules, nous avons donc aussi des œufs. Mais le café! Oh! le boire c'est comme avaler de la boue. J'ignore de quoi il est fait!

Elle prit le temps s'étancher soigneusement ses pleurs avant de poursuivre d'un ton détaché.

- Quitte à vous paraître superficielle, cher ami, oserai-je vous demander si vous m'avez ramené quelque chose de Paris ou de Londres? Quelques vêtements me seraient d'un grand secours; ma garde-robe commence à être fanée au point de me sentir gênée de m'exhiber en société.

- Ellie May, il m'en coûte de vous parler ainsi, mais la seule chose que j'ai pu acheter à Paris, c'est mon billet de retour. Je n'avais plus un sou vaillant.

- Quoi? protesta-t-elle. C'est impossible! Une pareille chose ne peut arriver. C'est un horrible cauchemar! Vous Phineas Thurlow Whitney, sans un sou? C'est impossible!

Ses sanglots reprirent de plus belle, entrecoupés de cris qui frôlaient la névrose. Son mari lui tourna le dos et quitta la chambre en refermant calmement la porte derrière lui.

Au même instant, celle d'une autre chambre s'entrouvrait, laissant apparaître le visage sombre de Sarah. Elle était la seule domestique femme qui restait, avec Cordelia, la cuisinière, dans toute la maison, et elle assumait les fonctions de lavandière. Elle regarda son maître descendre les escaliers et se souvint du corps mutilé de son fils, Tucker, percé de toutes parts par les pointes de fer. Elle le regardait avec une lueur meurtrière au fond de ses sombres prunelles.

Dans un sens, se disait Whitney avec cette perversité qui lui était propre, il avait eu de la chance. La ferme des Carr ne se trouvait qu'à un quart de mille de là et les maraudeurs yankees auraient aussi bien pu brûler la plantation Fairview. Bien que moins rutilante qu'avant la guerre, la maison était restée intacte. Elle représentait encore le glorieux symbole de son aristocratique «way of life» à laquelle il tenait tant. Si un Yankee venait à franchir cette porte, il...

- Je vous ai entendu la nuit dernière.

Le son de la voix le tira de sa rêverie assassine. Il était au pied du grand escalier, quand il reconnut Clayton qui sortait de la salle à manger, accroché à ses béquilles. Sauf que ce n'était plus le bouillant officier de Bull Run, mais plutôt une triste épave. Son gilet tricoté à la main était taché, son pantalon déchiré tenait par une épingle et il ne s'était pas rasé depuis plusieurs jours. Ses yeux injectés de sang n'échappèrent pas davantage à l'attention du sénateur.

- Que voulez-vous dire? demanda le beau-père.

- Je vous ai entendu chanter «Dixie» quand vous êtes rentré dans la maison. Étiez-vous ivre?

- Je vous en prie, Monsieur. Je soupçonne que *vous*, par contre, vous adonnez à la boisson.

- Tout le jour et toute la nuit, grimaça-t-il. Quand les Yankees arriveront, ils tomberont à la renverse en sentant mon haleine. Tout est fini, n'est-ce pas? Nous allons perdre la guerre.

- Il est bien trop tôt pour en parler. Mais peut-être pourriez-vous me souhaiter la bienvenue?

- Oh oui, j'oubliais. Soyez le bienvenu, Monsieur. Soyez le bienvenu à la merveilleuse plantation Fairview. Vous a-t-on parlé de mon père?

- Oui. Je suis désolé, Clayton.

- Oh, nous sommes tous désolés. Je suppose que Jefferson Davis est désolé. Et le général Lee aussi. Vous a-t-on dit que j'avais eu droit à une médaille? Oui, une belle médaille toute brillante. «Pour son courage et sa bravoure à Bull Run» disait la lettre. Elle était signée par Davis en personne. N'est-ce pas impressionnant? Et savez-vous ce que j'ai fait de cette médaille? Non, vous ne pouvez pas le savoir, bien sûr; vous étiez en Europe. Eh bien, je l'ai jetée dans les toilettes. Et savez-vous ce que j'ai fait de la lettre? Je me suis torché avec.

Le moins qu'on puisse dire, c'est que Phineas était indigné.

- Mon CUL! hurla Clayton. J'ai déféqué sur la lettre de Jefferson Davis et j'aimerais le faire sur toute cette merde de Confédération. M'entendez-vous, *MONSIEUR*? M'entendez-vous, *GÉNÉRAL*? De la merde! La Confédération, ce n'est que de la MERDE!

- Si vous ne retirez pas immédiatement ces propos orduriers, par Dieu, je vous jette hors de cette maison.

- Je ne retirerai pas une seule damnée syllabe. J'ai perdu ma jambe, et pourquoi? Pour que vous puissiez continuer à fouetter et à assassiner vos nègres? Est-ce la raison pour laquelle mon père a été tué? Est-ce pour cela que mon jeune frère se bat? Je dis que c'est une histoire de fous. Je dis merde à la Confédération! Merde à la noble cause! Merde à tout!

Il se mit à sangloter. En quelques rapides enjambées, Phineas traversa le hall, et lui administra une gifle d'une telle violence que le jeune infirme perdit l'équilibre et tomba pitoyablement à terre.

- Par Dieu, Monsieur, vous allez quitter cette maison. *Immédiatement!*

Clayton riait et pleurait à la fois.

- Merde! J'emmerde la Confédération!

À nouveau, le sénateur le frappa vicieusement de la pointe de sa botte dans le creux de l'estomac. Pendant que le jeune homme hurlait de douleur, il l'enjamba et pénétra dignement dans la salle à manger. En haut de l'escalier, Sarah, qui n'avait rien perdu de la scène, souriait.

- *Oh, I wish I was in the land of cotton*, chantonnait Clayton, le visage inondé de larmes, en rampant sur le sol pour attraper ses béquilles. *Old times there are not forgotten...*

- Bien, bien, souffla-t-il entre ses dents. Ce vieux n'a-qu'une-jambe doit se trouver une nouvelle maison et il se demande bien où aller.

CHAPITRE VINGT-DEUX

Les doigts du garçon de douze ans se déplaçaient sur le clavier avec une rapidité peu commune alors qu'il interprétait une étude de Chopin. Assise dans l'austère salon de la Gloucester Academy, Lizzie n'en croyait pas ses oreilles.

Gabriel Cavanagh (car elle lui avait donné le nom de famille de Jack, ne connaissant pas celui de Moïse qui avait été répertorié sur les registres de la plantation sous les simples vocables de : «Moïse, mâle.») était un beau garçon dont la peau était légèrement plus claire que celle de son père.

Lizzie avait pris le train pour Boston, puis avait loué une voiture qui l'avait emmenée vers le nord, jusqu'au village de pêcheurs de Gloucester. Dans son rapport annuel, la directrice de l'académie, Madame Ogilvie, avait fait mention des talents du jeune garçon et l'avait fortement encouragée à lui faire prendre des leçons de piano. Mais quelle fut sa surprise quand elle se rendit compte de son talent! Lizzie était stupéfaite.

Par-dessus les tumultueux accords de la main gauche, s'élevait la mélodie, passionnée et majestueuse. Puis la *bravura* redescendit en tourbillons de notes qui moururent en un grondement de tonnerre. On eût pu imaginer Zeus brandissant la foudre et lançant des éclairs sur la planète. Puis ce fut le silence.

Le garçon quitta son tabouret de piano et posa un regard empreint de curiosité sur cette belle femme qu'il avait vue pour la première fois de sa vie, à peine une demi-heure plus tôt.

- Gabriel, les mots me manquent, dit-elle en se levant. Je ne sais que dire devant un si grand talent. Votre interprétation était brillante.

- Son professeur est un gentilhomme polonais qui habite Marblehead, expliquait Madame Ogilvie. Monsieur Karasowski prétend que Gabriel possède un don comme il n'en a jamais rencontré jusqu'à ce jour chez ses jeunes élèves. De plus, il dispose d'une mémoire prodigieuse : il peut lire une partition, puis l'interpréter sans plus jamais la relire.

- Je peux aussi improviser, ajouta fièrement le gamin. Écoutez.

Il retourna s'asseoir au piano. Il reprit l'étude de Chopin qu'il venait de jouer; mais cette fois, c'était «Yankee Doodle» que pianotait sa main droite.

Lizzie éclata de rire et applaudit chaleureusement.

- Il est merveilleux! s'exclama-t-elle.

- C'est un gentil garçon, ajouta la directrice aux cheveux gris. Quoiqu'un peu trop démonstratif. C'est un de nos plus brillants élèves, excepté en histoire. Cette matière ne l'intéresse pas beaucoup.

- J'aimerais l'emmener dîner avec moi à mon hôtel.

Le ton de la directrice se fit plus confidentiel.

- Il vous faudra le faire dans votre chambre. On ne l'acceptera pas dans la salle à manger.

Lizzie prit un air infiniment contrarié.

- Pourquoi payez-vous mes études? demandait Gabriel.

Ils étaient assis l'un en face de l'autre à une petite table ronde que deux serveurs avaient dressée dans la chambre de Lizzie, en jetant des regards soupçonneux au jeune noir à la mise parfaite.

- J'ai promis à votre père de m'occuper de vous, précisa-t-elle, amusée par l'ardeur avec laquelle le garçon attaquait son homard.

- Comment connaissiez-vous mon père?

- Il... travaillait dans ma plantation en Virginie.

- Vous voulez dire comme esclave.

- Eh bien, oui.

- Comment était-il?

- Ne vous le rappelez-vous pas?

- Pas vraiment. Je n'avais que quatre ans quand ma mère et moi avons été vendus.

- Eh bien, votre père était très fort et très fier. C'était un homme bon et je sais qu'il vous aimait profondément. Quand il voulut s'enfuir, il me dit qu'il partait vous retrouver afin de vous amener dans le nord, vers la liberté. Puis...

- Madame Ogilvie m'a dit qu'il avait été tué.

- Oui, hélas.

- Comment est-ce arrivé?

- Mon mari m'a battue et votre père... a tiré sur lui pour prendre ma défense; et il s'est, à son tour, fait abattre par l'intendant.

Gabriel posa sa fourchette et la fixa intensément.

- Pourquoi mon père a-t-il tué votre mari?

- C'est plutôt compliqué, dit-elle après un moment de silence. Je pense que... votre père me portait une certaine affection.

- Était-il amoureux de vous?

- Peut-être, je n'en sais rien.

- Pensez-vous qu'une personne de couleur puisse aimer une femme blanche?

- Je le suppose, répondit Lizzie, de plus en plus embarrassée. Et pourquoi pas? Othello aimait bien Desdémone...

- Oui, mais cela se passait à Venise; cela ne peut arriver en Amérique.

Il se remit à manger son homard en silence mais Lizzie pouvait presque entendre les rouages de son cerveau en ébullition.

- Je vous dois beaucoup, dit-il finalement. Vous m'avez donné une éducation; mais je me demande ce que je vais bien pouvoir en faire dans ce pays.

- Les choses changent, Gabriel; Monsieur Lincoln a libéré tous les esclaves et...

- Excusez-moi, Madame. Mais avez-vous remarqué la façon dont les deux serveurs m'ont regardé? Je me sentirai libre quand je pourrai, par exemple, dîner dans la salle à manger de cet hôtel; en attendant, je ne suis pas dupe, bien que Madame Ogilvie et les autres Quakers m'aient enseigné à ne pas en éprouver d'amertume. Je m'efforce de rester réaliste; car la réalité est que je suis un garçon de couleur dans un pays de Blancs. J'ai, cependant, beaucoup de chance : je vous ai, vous et la musique... J'aime beaucoup le homard. Pas vous?

- Oh, oui.

- Pourquoi ne mangez-vous pas le vôtre?

- Je m'intéresse davantage à vous. Aimeriez-vous faire une carrière de pianiste?

- Oui, Madame, c'est mon rêve le plus cher. Mon professeur, Monsieur Karasowski, connaît Frantz Liszt et il m'a promis qu'il me donnerait une lettre de recommandation si j'allais en Europe. Frantz Liszt est le plus grand pianiste au monde, affirmet-il; et s'il m'épaulait je pourrais faire une magnifique carrière. Même en étant noir. Mais en Europe.

Il la regardait de ses yeux intelligents et Lizzie ne put que lui sourire.

- J'ai dans l'idée que vous aimeriez y aller, dit-elle.

Il prit un air dépité.

- Je crains de n'avoir pas été très subtil. Mais, Madame Cavanagh, si vous me faisiez rencontrer le maestro, je ferais en sorte que vous soyez fière de moi!

- Je suis déjà fière de vous. Maintenant, renseignez-moi un peu au sujet de Monsieur Karasowski; quel âge a-t-il?

- Il a juste trente-quatre ans. Dans sa jeunesse, il était une sorte d'enfant prodige et il a suivi des cours auprès de Chopin à Paris. Il a émigré en Amérique à cause de certaines révolutions. Il est très aimable.

- Où habite-t-il?

- Dans un cottage à Marblehead. C'est au bord de l'océan et la vue est magnifique. De plus, Anna est très bonne cuisinière.

- Qui est Anna?

- C'est son épouse; elle est française. Ils n'arrêtent pas de bavarder en français.

- Je vois. Eh bien, je pense que, demain matin, j'irai rendre visite à Monsieur Karasowski.

Le matin suivant, soufflait un fort vent du nord-est qui fit claquer comme un drapeau le manteau de Lizzie, alors qu'elle se dirigeait vers le ravissant petit cottage de Marblehead dont la vision, conjuguée à celle des vagues déferlantes, n'était pas sans lui rappeler Ayr, et, inévitablement, les jours heureux passés auprès d'Adam. Néanmoins, elle se dit que tout cela faisait partie du passé; et sans s'attarder davantage, elle alla frapper à la porte.

Quelques instants plus tard, une jeune femme plutôt jolie vint lui ouvrir.

- Oui?

- Je m'appelle Lizzie Cavanagh, et j'aimerais m'entretenir avec Monsieur Karasowski au sujet de Gabriel.

Le visage de la femme s'éclaira d'un sourire.

- Oh, bien sûr. Entrez, je vous prie, dit-elle avec un accent français. Tadeuz - c'est mon mari - est en train de donner une leçon, mais je crois qu'il aura bientôt terminé, car c'est un de ses pires élèves et je pense qu'il a hâte d'en finir.

En effet, Lizzie pouvait percevoir les accords d'une sonate de Mozart que l'on assassinait en toute innocence.. Anna la conduisit dans un petit salon bas de plafond, puis alla prévenir son mari.

Elle vit bientôt entrer un homme grand, à la stature étroite, mais au visage engageant. Il avait des cheveux bruns bouclés et un regard de myope derrière des lunettes à monture dorée. Il s'approcha de Lizzie et lui baisa la main; celle-ci remarqua que ses vêtements étaient plutôt défraîchis et que les coudes de sa veste avait été reprisés.

- Ainsi vous êtes la fameuse et mystérieuse Madame Cavanagh, dit-il dans un anglais aux lourdes inflexions slaves. Madame Ogilvie m'a fait savoir que vous étiez venue voir mon élève prodige. J'ai hâte de connaître votre opinion.

- Je pense qu'il est étonnant; mais j'avoue ne pas connaître grand chose à la musique. Bien plus important est ce que *vous* en pensez.

À voir son enthousiasme, Lizzie se rendit compte que son idée était faite depuis longtemps.

- Je vais être très franc. J'ai étudié auprès de Chopin. Je l'ai plusieurs fois entendu jouer, et il joue divinement bien. J'ai entendu Liszt; j'ai aussi entendu Mendelsohn. Gabriel n'a pas encore le doigté de ces grands maîtres, bien sûr. Il n'a pas encore acquis la maturité émotionnelle, pas plus que la profondeur d'expression; mais je puis affirmer, Madame, que Gabriel possède un talent naturel aussi grand que le leur. Je l'ai entendu transformer «Chopsticks» en un tourbillon de beauté.

- «Chopsticks»?

L'allusion à la vieille berceuse russe dont le thème avait inspiré, quelques années plus tôt, Rimsky-Korsakov et César Cui, amusa Lizzie.

- Oui. Cet enfant est un génie. Mais que faire de lui? Je ne peux plus rien lui apprendre car son talent est bien plus grand que le mien. De plus, il est noir et j'ignore vers quelle voie l'orienter.

- Peut-être vers l'Europe et lui permettre de connaître le maestro Liszt?

- Oui, bien sûr, ce serait magnifique; mais cela requiert beaucoup d'argent.

- Monsieur Karasowski, je ne suis pas dépensière et je n'ai pas pour habitude de jeter mon argent par les fenêtres. Toutefois, je considère avoir déjà investi beaucoup d'argent dans l'éducation de Gabriel. Pensez-vous donc que ce serait une bonne chose que d'envoyer ce garçon étudier auprès de Liszt?

- On ne peut jamais rien garantir dans ce genre de projet, Madame; mais je puis vous jurer que le jeu en vaut la chandelle.

- Au demeurant, il existe d'autres problèmes. Cet enfant n'a jamais voyagé et ne connaît aucune langue étrangère... Monsieur Karasowski, si je vous dédommageais vous et votre femme, accompagneriez-vous Gabriel en Europe pour le présenter à Liszt?

Le polonais parut surpris.

- Ce serait un plaisir. Ma femme et moi n'y sommes pas allés depuis des années. Cependant, me permettrez-vous de vous demander pourquoi, après avoir déjà tant fait pour lui, vous vous intéressez tant à Gabriel?

Voyant que la conversation prenait un caractère confidentiel, Lizzie se leva et dit en substance:

- Il existe plusieurs raisons; la principale, et non la moindre, est la promesse que j'ai faite à son père. De plus, je suis très curieuse de savoir jusqu'où ira cet enfant en lui apportant toute l'aide nécessaire. Pour finir, il serait grandement utile, au milieu de cette affreuse guerre contre l'esclavage, qu'un enfant noir surprenne le monde entier.

Une folle exaltation pouvait se lire dans les yeux du professeur pendant qu'il prenait la main de Lizzie.

- *Stupor mundi!* dit-il pensivement. Oui, voilà ce que Gabriel sera : *stupor mundi!*

On aurait dit une scène de Currier-and-Ives. Amanda, adorable dans son manteau bordé de renard et son bonnet noué sous le menton, patinait sur la mare gelée en compagnie d'Alex Sinclair. La neige tombait en abondance, faisant ployer de son poids les branches des pins et des épicéas clairsemés çà et là dans la majestueuse Harlem Valley. Assise dans un traîneau, Lizzie regardait leurs circonvolutions, une couverture de fourrure remontée sur les genoux. Alex avait invité la mère et sa fille pour une excursion de fin de semaine, dans une auberge située à une centaine de milles au nord de la ville et n'avait rien fait de moins que de louer un wagon privé pour s'y rendre, démonstration d'excessive prodigalité à laquelle Lizzie commençait à être rompue. Le jeune «génie» de la vente au détail, comme on l'avait appelé dans un article du *Harper's Weekly*, s'était pris d'une grande affection pour Amanda qui le lui rendait bien; à la grande joie de Lizzie, qui, par ailleurs, savait combien Adam manquait à sa fille.

La jeune femme, qui lui avait expliqué que «papa» était resté en Angleterre pour des raisons politiques, lui avait également demandé de ne pas en faire mention devant Alex car, bien que cette exigence lui déplût, elle pensait que cela risquerait de contrecarrer ses projets.

Évidemment, Adam lui manquait beaucoup aussi et il ne serait jamais vraiment remplacé. Cependant, elle sentait qu'Alex avait envie de bâtir un foyer, et bien que n'étant pas du tout éprise de lui, elle appréciait sa compagnie. Jusqu'à ce jour, Alex s'était conduit en parfait gentilhomme, mais elle sentait que ce séjour, parmi les étendues champêtres du comté de Dutchess et dans cette auberge miraculeusement vacante, avait été soigneusement préparé. La familiarité d'Alex envers l'aubergiste et son personnel lui laissa clairement entendre que ce n'était pas la première fois que l'élégant jeune homme se rendait dans la région et qu'il n'y était assurément pas venu seul. S'il fallait en juger par les quelques remarques de plus ou moins bon aloi qu'il avait glissées, il ne détestait pas le beau sexe et n'avait pas l'air de s'en priver.

- Alex! cria Amanda en le voyant faire un salto qu'il rata, pour se retrouver, l'air faussement penaud, assis sur la glace, à la grande joie de la petite fille.

- Vous aviez dit que vous étiez un expert! Maman! Regarde comme Alex a l'air drôle!

Ce disant, elle tomba à son tour assise sur la glace, dans l'allégresse générale.

«Il ferait un excellent père» songeait Lizzie.

Monsieur Carpenter, le jovial mais adipeux aubergiste, leur avait préparé une dinde que tous mangèrent avec grand appétit. Après le dessert, Madame Parker et Amanda quittèrent la table pour regagner leur chambre.

- Bonne nuit, Alex, dit Amanda en entourant son cou de ses petits bras pour l'embrasser.

- Bonne nuit, maman. Tu sais, Alex est presqu'aussi gentil que papa.

Lizzie sourit tristement tandis que la nurse emmenait Amanda. Resté seul, le couple alla prendre un café près de la cheminée de pierre, pendant que l'aubergiste desservait la table. Dehors, il recommençait à neiger; mais dans la salle de séjour de cette auberge du dix-huitième siècle, ils se sentaient bien.

- Alors? Heureuse? demanda Alex debout devant la cheminée.

- Très heureuse, sourit-elle. Vous avez eu là une excellente idée, Alex. J'apprécie aussi la gentillesse dont vous faites preuve à l'égard d'Amanda. Je crains que vous ne l'ayez totalement subjuguée.

- Eh bien, je la trouve, moi aussi, très captivante; c'est un véritable enchantement.

Il marqua une pause, attendant manifestement que l'hôtelier eût quitté les lieux, puis il reprit.

- Vous m'aviez dit que Jack Cavanagh fut tué il y a cinq ans et Amanda n'en a que cinq et demi : comment peut-elle se souvenir de son père?

«Dans le mille!» pensa-t-elle.

- Jack n'était pas le père d'Amanda.

- Qui était-ce, alors?

Elle esquissa un sourire.

- Je me sens tout à coup mise à nu. Mais aussi bien vous raconter mon terrible passé. Le père d'Amanda est Adam Thorne, le marquis de Pontefract.

Alex émit un sifflement dont, en tant qu'Anglaise, elle ne saisit pas très bien le sens.

- Voilà donc la raison pour laquelle il était si soucieux de la sauver de ses ravisseurs.

- C'est cela même. Naturellement, nous avons gardé la chose confidentielle.

Subitement, il la regardait avec une étrange lueur dans le regard. «Voilà une chose de faite» se dit-elle. Elle se leva et posa affectueusement sa main sur le bras du jeune homme toujours songeur.

- Cher Alex, conclut-elle, je sais à quoi vous pensez. Ce fut merveilleux de passer ces dernières semaines avec vous. Pourtant demain, dès notre retour à New York, nous reprendrons nos routes respectives. Je n'éprouverai aucun ressentiment envers vous. Il se fait tard; je pense qu'il est temps - pour moi - de regagner ma chambre. Bonne nuit.

Comme elle se tournait pour s'en aller, il lui prit la main et, l'obligeant à faire volte-face, l'attira vers lui, la prit dans ses bras et l'embrassa passionnément.

- Lizzie, Lizzie, je suis fou d'amour pour vous. Je me moque de tout ce que vous venez de me dire...

Il embrassait son menton, son nez, ses joues, ses yeux.

- Peu m'importe qui est le père d'Amanda. Je veux que vous soyez à moi...

Il embrassait encore ses lèvres et elle sentait ses mains serrer douloureusement son dos. Elle le repoussa doucement.

- C'est à votre tour de me donner quelques détails de votre vie. Pourquoi ai-je le détestable sentiment que ce n'est pas la première fois que vous venez ici?

- Je ne le nie pas, dit-il en hochant la tête. J'espère que vous n'allez pas me faire un sermon?

- Dieu sait que je ne suis guère en position d'en faire. Mais une chose doit être claire entre nous : je suis loin d'être une madone, mais si vous vous imaginez que je vais de ce pas vous suivre dans votre chambre...

- Lizzie, les autres femmes étaient différentes. Ce n'étaient que des rencontres de passage... Mais vous, je veux vous épouser. Je veux que vous soyez ma femme!

Elle resta coite.

- Et votre mère? demanda-t-elle enfin.

Sur le moment, la question le surprit.

- Quitte à vous paraître cruel, je vous répondrai que je ne me soucie guère de ma mère. Elle a eu sa vie et j'ai la mienne. Dites oui, Lizzie, à moins que vous ne vouliez que je tombe à genoux et que je fasse ma demande dans les règles?

Elle le regardait, ne sachant trop que répondre.

- Très bien, poursuivit-il. Je me mets à genoux.

Joignant le geste à la parole, il posa un genou à terre et mit sa main sur son cœur.

- Tendre Lizzie, vous m'avez rendu fou d'amour et de désir. Puisque je ne puis vivre sans vous et que ni vous, ni moi, ne sommes des modèle de vertu... Que se passe-t-il?

Elle lui avait tourné le dos et avait couvert son visage de ses deux mains.

- Mais, Lizzie, pourquoi pleurez-vous?

Il alla poser ses deux mains sur ses épaules.

- Oh, Alex! Vous êtes si gentil, si tendre, si merveilleux. Je vous aime vraiment beaucoup; mais je dois être honnête avec vous : je ne suis pas amoureuse de vous. Si vous croyez au destin, le mien est de n'aimer qu'un seul homme et je crois qu'il en sera ainsi toute ma vie.

- Adam Thorne?

Elle acquiesça et fondit en larmes.

- Mais pourquoi donc suis-je si honnête? s'exclama-t-elle. Vous auriez fait un parfait mari et un excellent père pour Amanda. Pourquoi ne puis-je simplement dire oui et me taire? Car Alex, cher Alex, je ne peux vous mentir. Vous êtes trop bon pour moi et vous méritez une femme qui vous aime de tout son cœur. Quant à moi, il y aura toujours dans un coin de ma mémoire cet homme que je ne reverrai probablement jamais. Un homme que je me suis employée de toutes mes forces à oublier, mais sans succès. Un homme qui... je veux dire, que lui et moi sommes liés pour toujours, bien que le mot soit encore faible.

Voilà, vous savez toute la vérité à propos de la célèbre Madame Cavanagh. Je serais immensément flattée de devenir votre femme, mais vous méritez bien mieux.

- Je ne veux nulle autre que vous et, par Dieu, je parviendrai bien un jour à vous faire oublier Adam Thorne.

390

Il l'embrassa à nouveau avec tant de passion qu'elle se demanda s'il n'y parviendrait pas vraiment.

- Dites oui, Lizzie. Dites oui.

La vigueur de son étreinte commençait à la troubler.

- Même en sachant?..

- Même en sachant tout. Je m'en moque. Dites oui ou, par Dieu, je vous retiens ici toute la nuit!

Elle ferma les yeux. Adam... Les Moors... Son preux chevalier. Mais le preux chevalier avait épousé Sybil dont, ironie du sort, elle avait sauvé le mariage... Il lui fallait un mari... Adam, mon amour... Elle ouvrit ses grands yeux bleus.

- Oui!

La surprise lui fit battre des paupières.

- Mon Dieu! dit-il. Qui l'aurait cru? J'ai réussi!

CHAPITRE VINGT-TROIS

Miss Charlotte a mis au monde un enfant mort-né! clama Elton en entrant dans la cuisine de la plantation Fairview.

- Tant mieux, dit Sarah.

- Ça veut dire quoi «tant mieux»? protesta le vieil esclave, dont l'épouse, Cordelia, avait aidé à l'accouchement. Comment peux-tu dire ça à propos de Miss Charlotte?

- Tout ce que je souhaite pour cette maison, dit Sarah, c'est l'enfer. Rien que l'enfer. Massa a tué mon fils, Tucker, et il n'aura pas assez de sa vie pour expier.

- Ce n'est pas une attitude chrétienne, l'admonesta Elton. La vengeance appartient à Dieu; c'est ce qui est écrit dans la Bible.

- Je me moque bien de ce qui est écrit dans la Bible. Tout ce que je veux, c'est l'enfer pour cette maison!

Et de fait, à entendre les cris hystériques de Charlotte, on s'y serait bien cru.

- Clayton? Où est Clayton? Je veux mon Clayton! S'il te plaît, maman, dis-lui de venir!

Ellie May était debout au chevet de sa fille et lui tenait la main, le visage exsangue. Elle regardait furtivement son mari qui était resté, lui, au pied du grand lit. Un feu brûlait dans la cheminée et des lampes à pétrole éclairaient sinistrement la haute pièce qui résonnait des cris incessants de la malheureuse.

Le travail avait commencé le jour même, par une froide matinée de novembre, et le docteur Cooper était arrivé juste à temps pour délivrer la jeune femme. Depuis, cette dernière se trouvait dans un état d'incontrôlable hystérie.

- Papa! hurlait-elle. Pourquoi Clayton est-il parti? Où est-il? Je veux le voir! Mon bébé est mort! Je veux le voir!

Elle sanglotait de plus belle et son père ne répondait rien, reniflant de temps à autre d'un air embarrassé.

Ellie May lâcha la main de sa fille et s'approcha de lui.

- Sortons, murmura-t-elle. Cordelia, reste auprès de Charlotte.

- Oui, Madame, dit la grosse cuisinière, en s'inclinant au passage du couple.

- Vous devez faire revenir Clayton, souffla Ellie May après qu'ils eurent refermé la porte.

- Je ne veux pas de ce renégat dans ma maison. On voit bien que vous n'avez pas entendu ce qu'il a dit l'autre jour. Ce ne furent que des obscénités sur la Confédération...

- Peu importe ce qu'il a pu dire! Charlotte a besoin de lui! Elle a le cœur brisé!

- Mais vous savez bien chez qui Clayton est allé. Je vous l'ai déjà dit.

- Je me moque de l'endroit où il se trouve. Ramenez-le, pour le bien de notre fille. De plus, vous lui devez un minimum de considération; car, quoi qu'il puisse dire maintenant, n'oubliez pas qu'il a donné sa jambe à notre noble cause.

- Damnation! grinça Phineas. Très bien, j'irai le chercher dès demain matin.

Il descendit l'escalier vers le grand hall, pendant que les cris et les sanglots de sa fille retentissaient dans la demeure et dans sa tête.

Clayton était allongé auprès de la belle esclave et lui murmurait des mots doux.

- Dulcey, oh, Dulcey, tu me rends fichtrement heureux.

- Ah-ah. Ce n'est pas parce que je vous ai laissé rester ici ces derniers jours que vous devez vous imaginer pouvoir vous installer ici en permanence. À moins que vous n'apportiez un peu d'argent.

- De l'argent? Qui a de l'argent? Je n'ai pas d'argent et tu n'en as pas non plus. Personne n'en a, répondit-il évasivement en caressant la poitrine dénudée de la jeune esclave. Mais tu m'aimes bien, n'est-ce pas?

- Pour un Blanc, vous n'êtes pas trop mal. Mais que se passera-t-il quand vous aurez bu toutes les bouteilles que vous avez dérobées en quittant la maison du sénateur? Je sais que le manque d'alcool vous rend fou.

- Je ne bois plus.

- Peut-être. En tous cas, vous faites une bonne imitation du contraire.

- Oh, Dulcey, assez de querelles; faisons l'amour.

Pendant qu'il prenait place, elle sourit. Ils étaient nus sous une couverture en crin de cheval, sur la misérable couche de sa froide cabane, à la plantation Elvira.

- Une chose est sûre, c'est que votre chose vous démange drôlement.

La porte s'ouvrit brutalement et Phineas apparut. Sa haute taille se découpait dans l'ouverture, sans qu'il fît un pas à l'intérieur. Dulcey sursauta et repoussa brusquement l'infirme.

- Habillez-vous, Clayton. Charlotte vous réclame. Son enfant est mort-né.

- Mort-né? répéta Clayton.

- Oui. Pour autant que cela puisse vous intéresser, c'était un garçon. Habillez-vous, l'homme! Et sortez de la couche de cette sale négresse! Je vous ramène à la maison.

Clayton se laissa aller, une fois de plus, à son tempérament fougueux.

- Et pourquoi donc? Pour que vous puissiez à nouveau me jeter dehors? Non merci. Je préfère rester ici. Et si Dulcey me chasse aussi, j'irai vivre dans les bois.

- Ne vous sentez-vous donc plus concerné par le sort de votre femme, Monsieur? Charlotte se trouve dans un état de tension extrême! Et si cela vous est indifférent, peut-être cette autre nouvelle vous fera-t-elle changer d'attitude : une bataille déterminante se déroule actuellement à Fredericksburg, et nous avons besoin du plus d'hommes possible pour défendre la plantation Fairview. Vous pouvez bien haïr la Confédération, mais songez que Fairview vous appartiendra un jour, Clayton; à vous et à Charlotte. Il me semble que vos intérêts sont ailleurs que sur ce grabat. Je vous attends dehors pendant que vous vous donnez une allure décente - si ce mot veut encore dire quelque chose pour vous...

Après avoir lancé un regard meurtrier à la jeune noire, il tourna le dos et sortit.

Clayton n'hésita qu'un instant.

- Il a raison, dit-il. Je dois partir. Merci pour tout ce que tu as fait pour moi, Dulcey. Quand les choses iront mieux...

- Que ferez-vous? Vous reviendrez voir Dulcey? Oubliez ça, Massa. Je ne veux plus de vous. J'ai eu pitié de vous, l'autre jour, quand vous êtes venu comme un petit chien abandonné; mais puisque vous voulez retourner auprès de votre général...

- Je comprends tes sentiments, Dulcey. Je sais que tu n'aimes pas le général parce qu'il s'est comporté durement avec ses esclaves; mais nous verrons cela plus tard. Je tâcherai de t'envoyer un peu d'argent dès que mes moyens me le permettront.

- C'est bien triste pour votre bébé, dit perfidement Dulcey. Savez-vous pourquoi il n'a pas vécu? Avec des parents beaux et en pleine santé comme Charlotte et vous, je ne comprends pas pourquoi le bébé n'est pas né normalement.

- Oui, c'est bien triste. Mais nous essaierons encore.

Dulcey lui fit un sourire fielleux. Elle savait, elle, pourquoi l'enfant était mort-né.

La prise de conscience des affreuses conditions de vie dans les bas quartiers de Londres convainquit Adam que ses nombreuses interventions à la Chambre des Lords ne serviraient pas à grand chose. Une façon plus pragmatique de résoudre le problème, consisterait à racheter un secteur du quartier de Wapping, de raser les bâtisses infestées de rats et d'ériger des bâtiments à prix modique en y faisant installer les dernières découvertes technologiques, en l'occurrence la plomberie et le chauffage qui avaient déjà radicalement changé la vie des classes supérieures. Adam opta donc pour cette solution et engagea aussitôt un éminent architecte du nom de Sir Joseph Paxton pour en élaborer les plans. Sir Joseph, qui avait acquis une réputation mondiale grâce à son fameux Cristal Palace lors de l'exposition mondiale de 1851, fut autant conquis par le projet que par Adam lui-même, et une sympathie réciproque s'établit immédiatement entre les deux hommes.

Ils commentaient quelques plans préliminaires dans le bureau de Pontefract House, quand Monsieur Ridley frappa à la porte.

- Excusez-moi, Milord, mais un messager vient d'apporter cette note, dit le majordome en tendant un plateau d'argent.

«Monsieur, je suis en possession de quelque chose qui pourrait vous intéresser, disait la lettre. Si cela éveille votre curiosité, veuillez vous présenter au Claridge's Hôtel, suite 2-A, demain à une heure de l'après-midi.»

Le Claridge avait commencé sa carrière au début du siècle, abritant les hétéroclites amours du prince régent. Avec le temps, il avait été transformé en hôtel, tout en gardant quelques parfums de marivaudage, mais se conciliant en même temps que son siècle une respectabilité dont la direction s'enorgueillissait. Le jeune groom de dix-huit ans, Sean Griswold, n'ignorait cependant pas que certains nobles, moyennant finances, pouvaient encore venir y cacher d'illicites passions. Aussi, quelle ne fut pas sa surprise en voyant Lord Pontefract entrer dans l'hôtel. Il se demanda ce que le héros de Cawnpore pouvait bien venir faire dans cet endroit. Il l'avait immédiatement reconnu car, en plus d'avoir vu maintes fois son portrait dans les journaux, il avait pu aussi l'approcher, sa tante étant femme de chambre à Pontefract House.

Il grimaça un sourire quand Adam demanda à être conduit à la suite 2-A, car il savait pertinemment qui s'y trouvait.

Le Lord suivit le garçon jusqu'au deuxième étage, brûlant de curiosité de découvrir l'auteur de la missive. Il frappa à la porte et sa surprise fut totale quand il vit Emily McNair.

- Emily! Que diable faites-vous ici?

La jeune femme portait une magnifique robe de soie ivoire extrêmement décolletée et, remarqua Adam, tout à fait inappropriée pour cette heure de la journée.

- Je vous invite à déjeuner, dit-elle avec un sourire. Attendu que vous ne l'avez jamais fait vous-même, j'ai décidé de prendre les devants. Entrez.

Adam jetait des coups d'œil nerveux au garçon d'étage qui était profondément absorbé par la contemplation du plafond. Il donna à ce dernier une demi-couronne et entra dans la chambre.

Pour la circonstance, on avait dressé une petite table circulaire au milieu de la pièce et un domestique se tenait sur le côté, avec une bouteille de champagne qu'il déboucha sans bruit.

- Aimez-vous le Veuve Cliquot? À moins que vous ne préfériez une autre marque. J'ai, quant à moi, un penchant pour cette pauvre veuve.

Adam ne savait trop comment réagir.

- Non, C'est très bien merci.

- Fumez-vous? J'ai fait venir quelques cigares de La Havane.

- Je ne supporte pas la fumée de cigare.

- Évidemment, j'oubliais. J'aurais dû me rappeler cette fameuse nuit où nous nous sommes rencontrés; vous vous étiez réfugié sur la terrasse de mon père pour échapper aux odeurs de tabac. Prendrez-vous du caviar?

- Emily, que signifie?

- Apparemment, c'est un déjeuner. Voulez-vous du caviar? C'est du béluga de Perse.

- Vos parents sont-ils au courant de tout ceci?

- Quelle différence cela fait-il? demanda-t-elle en éclatant de rire. Vraiment, Milord, vous faites un piètre invité. Je vous convie à un déjeuner et vous me harcelez de questions comme si j'étais quelque mauvaise fille; sont-ce là des manières?

- C'est que je ne suis guère habitué aux invitations anonymes. Quel est donc cet objet susceptible de m'intéresser?

- Serait-il présomptueux de ma part si je m'avançais à dire que c'est moi?

Adam avait visiblement l'air contrarié. Se tournant vers le valet qui apportait le caviar, il commanda:

- Laissez-nous.

- Milord?

- Je vous demande de nous laisser. Poser ce plat et sortez.

- Je ne puis m'imaginer que vous ayez pu faire pareille sottise, dit-il quand il furent seuls.

- Sottise? Vous n'êtes qu'une méchante personne. J'ai dû prendre de nombreux risques et j'ai déboursé beaucoup d'argent pour vous revoir et vous vous comportez comme un malotru.

- Qu'est-ce qui a pu vous faire croire que j'allais aimé être reçu dans pareilles circonstances?

- Tous les héros des romans que j'achète chez Monsieur Mudie sont invités de cette façon.

- Monsieur Mudie? Vous parlez du libraire?

- Assurément. Papa est furieux à cause des factures que j'accumule chez lui.

Adam la regarda un moment dans les yeux puis éclata de rire. Emily, dont les boucles rousses tombaient en luxuriantes cascades, se raidit.

- Je me demande ce qu'il y a de drôle, demanda-t-elle, vexée.

- Eh bien, quitte à vous peiner, Emily, j'avoue que vous me faites rire. Je ne puis concevoir que vous vous inspiriez de ces ridicules romans que vous lisez pour...

- Ils ne sont pas ridicules du tout! Ils sont romantiques! Et à mon tour de ne pas comprendre votre attitude! Ne suis-je pas belle? Cette robe a coûté une fortune à papa. Pourquoi ne puis-je vous séduire? Pourquoi ne vous traînez-vous pas à mes pieds et ne me couvrez-vous pas de baisers? Savez-vous ce que m'a coûté ce déjeuner? J'ai dû gager mon collier de perles pour ça.

- Grands dieux... récupérez-le; je vous rembourserai.

- Que m'importe mon collier de perles? C'est vous que je veux! Allez-vous enfin comprendre? Dès le premier instant, j'ai été follement amoureuse de vous. Vous savez très bien que je ne suis pas une enfant sage, et ce n'est un secret pour personne. Mais je m'en moque. Adam, vous êtes dans chacun de mes rêves, dans chacune de mes pensées. Tout ce que je demande c'est que vous me preniez dans vos bras si vigoureux. Tout ce que je veux, c'est votre amour!

Adam en était pantois. Aussi insensée qu'Emily pût paraître, elle n'en demeurait pas moins très belle. Il lui tourna le dos et alla chercher sur la causeuse sa robe de soie qui avait atterri là.

- Habillez-vous. Je vous raccompagne.

- Non!

· Emily, vous jouez avec le feu. Ne réalisez-vous donc pas que vous nous compromettez, tous deux?

- Je m'en moque! Rien n'est plus important que l'amour!

- Vous avez tort, répondit-il posément. Il existe bien des choses plus importantes que l'amour.

- Citez-m'en donc une.

- Je vous en citerai plusieurs : honneur, dignité, respect de soi.

Elle se mit à rire mais le chagrin et la déception pouvaient déjà se lire au fond de ses yeux.

- Vraiment Adam, avec une réputation comme la vôtre, vous avez le front de me parler de dignité. J'ignorais que vous fussiez hypocrite.

- Très bien, je suppose que je suis hypocrite, en effet; mais si je n'ai pas tout appris durant ma vie, j'aime à croire que je ne suis pas tout à fait amoral.

- Qu'avez-vous donc appris? dit-elle d'un ton méprisant.

- Simplement ceci : si je vous séduisais, je me détesterais ensuite pour avoir ruiné votre vie. Vous êtes bien trop ravissante pour qu'il en soit ainsi.

- Je m'en moque.

- Vous ne devez pas. Je n'aurais plus jamais le courage de me présenter devant vos parents qui furent si aimables envers moi. Mais plus encore, cela ruinerait ma propre vie.

- Comment cela? Expliquez-vous donc!

- Ce que je vais vous dire, la Reine me l'a dit; ma tante Sidonia ainsi que ma femme me l'ont dit aussi. La passion et l'amour sont de merveilleuses choses. Cependant, pour avoir aimé une femme depuis l'âge de dix ans, je sais que cela n'apporte que soucis et désagréments. Vous me demandez ce qui est plus important que l'amour? Eh bien voici : mes deux enfants que j'adore, ma femme - et Dieu sait combien nous eûmes de querelles, alors qu'elle ne méritait que respect et amour, en dépit du fait que je ne l'aime pas autant que Lizzie. Si vous imaginez que je vais la trahir en vous séduisant, vous faites erreur. Il y a également autre chose : j'ai décidé d'aider les pauvres gens. Certes, direz-vous, je ne suis qu'un prétentieux hypocrite qui vit dans des châteaux et qui veut se donner bonne conscience; mais je veux vraiment lutter contre l'épouvantable pauvreté qui règne dans ce pays. Vous devez comprendre que si l'on apprenait que le Marquis de Pontefract se vautrait avec une jeune fille au Claridge, cela compromettrait tous mes projets ainsi que ma réputation. Remettez donc vos vêtements; je vous raccompagne à Berkeley Square et je retournerai ensuite auprès des miens.

Quelques instants plus tard, il posait le manteau sur les épaules d'Emily qui, effondrée sous l'humiliation, éclata en sanglots.

- C'est le plus horrible jour de ma vie! sanglotait-elle.

- Non pas. Un matin, vous repenserez à ce moment et me remercierez de m'être montré si ingrat.

Elle essuya ses yeux et le regarda, l'air furibond.

- Un jour, quand nous aurons tous deux les cheveux gris et que nous y repenserons, peut-être réaliserons-nous notre sottise de n'avoir pas su profiter de cet instant.

L'effet que produisirent ces propos, Adam lui-même ne sut le définir. Il préféra prendre à son tour un air furieux et il sortit brusquement en claquant la porte.

Dans la salle de musique de Pontefract House, Sybil prenait le thé en compagnie de Monsieur Disraeli.

- Oh, Dizzie, disait-elle amèrement, j'ai toutes les raisons de croire qu'Adam me trompe à nouveau.

- Que voulez-vous dire?

- Ma femme de chambre, Madame Griswold, dont le neveu est employé au Claridge, m'a rapporté qu'hier après-midi, ce dernier avait vu Adam dans une suite en compagnie de Miss McNair. Il n'est pas difficile d'imaginer ce qu'il a pu s'y passer.

- C'est pitié que la moralité du marquis ne semble inspirée que par le poète Chaucer; mais puisqu'il qu'il est mon protégé politique, il me faut prendre les choses en mains. Peut-être, Sybil, pourriez-vous donner un bal dont vous me laisseriez établir la liste des invités; il est grand temps de trouver un galant à cette Miss McNair. Je pense à un séduisant jeune homme que les scrupules n'embarrassent pas.

- Et qui donc?

- Edgar Musgrave. Cela ferait cesser ces - comment dirais-je? - regrettables ragots.

Ils échangèrent un regard entendu.

- Reverrai-je un jour mon papa? Je veux dire le vrai, pas Alex.

Lizzie était assise à sa coiffeuse et se préparait pour le dîner.

- Bien sûr, ma chérie, un jour prochain, répondit la jeune femme que le sujet mettait dans le plus grand embarras. Mais aimes-tu ton nouveau papa?

- Oh, Alex est merveilleux! Et si gentil! J'adore tous les cadeaux qu'il me fait. Est-il vraiment riche?

- Oui, je pense que oui.

Malgré elle, Lizzie ne parvenait à voir en son nouveau mari qu'un profiteur de guerre. Après la noce et une semaine de lune de miel, Alex était reparti pour Washington. À son retour, il lui avait annoncé qu'il avait réalisé un bénéfice d'un demi-million de dollars en vendant cent mille uniformes à l'armée de l'Union. Il lui semblait que les hommes d'affaires américains observaient cette guerre avec une certaine désinvolture, si ce n'était du cynisme.

À sa grande surprise, son cadeau de mariage avait été deux de ce qu'il appelait ces mornes maisons de grès, dans la 5e Avenue, à dix pâtés de maisons au sud de l'énorme réservoir de pierre en forme de pyramide tronquée qui se dressait au coin de la 42e Rue.

Ces deux maisons devaient être démolies pour faire place au «palais digne de sa belle épouse anglaise» comme il l'appelait. Lorsqu'il lui montra les plans, elle en resta muette de stupeur. La maison de cinq étages ressemblait plus à une cathédrale gothique miniature qu'à une résidence. Devant ses protestations, il argua qu'il appartenait à Sinclair & fils de montrer aux New Yorkais la façon d'investir les énormes avantages engendrés par la guerre. Tout cela lui parut léger et irréfléchi, et même, se dit-elle, ostentatoire et vulgaire. Mais l'enthousiasme d'Alex la galvanisait autant qu'elle l'exaspérait. Elle était consciente du fait qu'Alex Sinclair voulait rivaliser de richesse avec Adam; car la moindre allusion à ce dernier éveillait en lui une jalousie féroce.

Sa belle-mère était morte d'une attaque cardiaque et Alex avait vendu la maison maternelle et loué une demeure tout près de l'endroit où se construirait le fameux manoir gothique. Il entra dans la chambre et demanda:

- Comment va ma jolie Amanda?

- Alex! cria l'enfant en courant vers lui.

Il la prit dans ses bras et l'embrassa et la faisant tournoyer en l'air.

- Maintenant, va à la cuisine; Madame Parker a préparé ton dîner et Lila a fait des biscuits au chocolat.

- J'adore le chocolat!

402

Alex vint derrière Lizzie. Posant ses mains sur ses épaules nues, il se pencha et l'embrassa dans le cou.

- Et comment va la plus belle femme de New York?

Lizzie regarda son reflet dans le miroir. Il était, comme toujours, élégamment vêtu et sa prestance ne la laissait pas indifférente.

- En fait, je me sens un peu lasse et je crains d'avoir attrapé froid. Je suis heureuse que nous n'ayons pas d'invité ce soir, un dîner en tête à tête me fera le plus grand bien.

- N'avez-vous donc pas reçu mon message?

- Comment cela?

- Je vous ai envoyé cet après-midi un messager pour vous dire que nous avions un hôte ce soir. J'ai déjeuné avec lui à midi; c'est une de mes relations de Washington avec qui j'ai fait de nombreuses affaires.

- Oh, Alex, vraiment! Ce messager n'est jamais venu! Et nous n'avons qu'un simple poulet pour dîner.

- Damnation!

Il enfonça ses mains dans les poches de son pantalon parfaitement ajusté.

- On ne peut vraiment pas se fier à son personnel. Je crois qu'il faudrait demander à Lila d'en préparer un ou deux autres; Jim est gras comme un porc et il mange comme quatre. Mais il vous plaira Lizzie; il est très drôle et aussi brillant qu'un penny. Je vais probablement encore faire quelques affaires avec lui; il a de bonnes idées. Je cours avertir Lila.

C'est avec un soupir de soulagement que Lizzie vit son mari quitter la pièce. Depuis leur retour de leur lune de miel, un mois plus tôt, leurs obligations mondaines les avaient astreints à recevoir ou à sortir presque tous les soirs. Alex prétendait, évidemment, que les contacts sociaux étaient indispensables pour les affaires, mais il se plaisait également à exhiber sa nouvelle épouse avec une fierté qu'il ne cherchait pas à dissimuler. Ce rythme de vie épuisait Lizzie, et elle en venait souvent à regretter les jours tranquilles à Ayr et ses longues promenades solitaires sur la plage. Malgré elle, le souvenir d'Adam la tenaillait.

Comme Alex et lui étaient différents! Comme sa vie à New York était différente de celle qu'elle avait eue sur la paisible côte d'Écosse!

403

En mettant les boucles d'oreilles qu'Alex lui avait offertes, elle se demanda qui pouvait bien être ce fameux Jim.

- Alex, mon vieux, que je mange de la soupe à la grimace jusqu'à la fin de mes jours si ce n'est pas là la plus belle fille que j'ai jamais vue! s'exclamait une heure plus tard Jim Fisk junior, vêtu de manière si criarde qu'on l'aurait cru costumé pour un spectacle de cirque.

- Mon Dieu, mais c'est une reine! Une véritable reine! Madame Sinclair, même si je suis né un premier avril, je ne dis jamais de mensonges. Aussi, croyez-moi, Madame, quand je vous dis qu'en voyant votre visage j'entends les chœurs célestes chanter «Hosanna! Hosanna!» et que je vois des chérubins jouer de la harpe? Ce jour restera pour toujours gravé dans ma mémoire, car je viens de rencontrer la beauté en personne!

Lizzie ne put s'empêcher de sourire devant tant de grandilo-quence exprimée, de surcroît, avec l'accent nasillard du Vermont.

Jim Fisk avait vingt-sept ans, des yeux globuleux et une moustache à la gauloise. Ses doigts potelés s'ornaient de trois bagues en or et diamants. En diamant était aussi son épingle à cravate et une lourde et longue chaîne en or pendait sur sa généreuse bedaine.

- Eh bien, merci du compliment, Monsieur Fisk, dit Lizzie qui avait du mal à retenir son fou rire.

- Alex, je pensais que vous exagériez ce midi; mais je me rends compte que vous disiez la vérité : vous avez épousé la plus belle fille de New York.

J'aime aussi beaucoup votre maison, poursuivit-il en admirant le luxueux salon. C'est vraiment un très bel endroit, du meilleur goût, et dans la 5e Avenue, qui plus est. J'ai entendu dire que dans ce secteur, les prix flambaient.

- Oui, c'est un formidable marché pour l'immobilier, approuva Alex.

- Monsieur Fisk, prendriez-vous un sherry avant le dîner? intervint Lizzie.

- Un sherry? Damnation, Madame, ce n'est pas une boisson d'homme, ça! Auriez-vous du rhum, Alex? J'ai envie d'une lampée de bon vieux rhum.

- Je n'en ai pas, hélas; mais je possède un excellent bourbon d'avant-guerre.

- Du bourbon? Parfait. Dites-moi, Madame, vous qui êtes une étrangère, que pensez-vous de cette guerre de fous que nous avons sur les bras? Je dis «fous» car c'est folie que de voir des frères s'entre-tuer. Car moi, je considère que Johnny Reb est mon frère; même s'il ne rêve que de me faire sauter la cervelle. Mais il semble que les choses se soient vraiment envenimées à Fredericksburg, n'est-ce pas? Je me demande si Burnside va enfin gagner une bataille. D'après ce que je peux constater, le Nord est destiné à perdre. Qu'en pensez-vous Alex? Voulez-vous parier à trois contre un que Burnside va se faire botter le train par les rebelles?

- Mille dollars?

- Tenu.

Bien qu'outrée par autant de cynisme, Lizzie se garda bien de faire le moindre commentaire, et, bien malgré elle, resta bouche cousue.

Elle était déjà couchée, alors qu'Alex se préparait pour la nuit.

- Que pensez-vous de Jim Fisk? demanda-t-il en déboutonnant sa chemise.

- C'est un bouffon, mais pas dans le sens snob du terme; c'est vraiment un grossier personnage.

- Certes, il est vulgaire. Ce n'est qu'un garçon de ferme du Vermont qui se prend pour un lion.

- Avez-vous remarqué sa façon de tenir sa fourchette? On aurait dit qu'il brandissait une dague. Et la nappe? Elle était toute tachée de nourriture autour de son assiette.

Ces futilités firent rire Alex qui ne s'en priva pas tout en enfilant sa chemise de nuit de flanelle rouge.

- Auparavant, il travaillait dans un cirque; ce ne peut donc pas être quelqu'un de bien raffiné. Cependant, il gagne des millions à Washington en travaillant pour le magasin Jordan & Marsh de Boston.

- Est-ce là-bas que vous l'avez rencontré?

- Oui.

- Fait-il le même genre de transactions que vous faites vous-même?

- Tout à fait, dit-il en grimpant sur le grand lit. Je sais qu'il est âpre au gain, mais ils sont tous ainsi à Wall Street et il semblerait que cela ira en s'amplifiant. À voir les fortunes qui se bâtissent là-bas, cela vous fait tourner la tête.

- Ce qui me donne le vertige, à moi, c'est la fortune que vous faites à Washington. Oh, Alex, ne pourriez-vous pas interrompre vos activités avec le gouvernement? N'avez-vous donc pas assez d'argent?

- Qu'entendez-vous par «assez»? demanda-t-il d'un ton glacial.

- Vous m'avez dit que vous aviez gagné au-delà de deux millions cette année. Cela me semble suffisant.

- On dit que la fortune des Vanderbilt s'élève à plus de cinquante millions, ce qui n'empêche pas le Commodore d'en vouloir toujours plus. On n'a jamais assez d'argent; c'est l'état d'esprit qui règne dans ce pays : l'appât du gain. Et plus on gagne d'argent, meilleur on est.

- Voilà le raisonnement le plus absurde que j'ai jamais entendu. Voulez-vous dire que le Commodore Vanderbilt est meilleur que vous?

- Oui; en affaires en tous cas. Cependant, il est vieux et je suis jeune. Un jour, je ferai partie des gens de sa caste, et peut-être que Wall Street serait la meilleure façon d'y parvenir.

- Je commence à vous voir - à vous voir vraiment - pour la première fois sous votre jour véritable. L'argent est votre seul dieu, n'est-ce pas?

- En connaissez-vous de meilleur?

Elle se retourna pour éteindre la lampe, puis, lui tournant ostensiblement le dos, tira le duvet sur son épaule.

- Bonne nuit, Alex, conclut-elle.

- Un instant, je vous prie. Vous tentez de me faire croire que je ne suis qu'un monstre cupide sous prétexte que j'aime l'argent! Oseriez-vous dire que vous le détestez?

- Je refuse de poursuivre cette conversation.

- Eh bien, moi, je le désire. Aussi, je vous repose la question : détestez-vous l'argent?

Elle s'assit sur son lit et ralluma la lampe.

406

- Oui, j'aime l'argent, mais pas au point d'en être obsédée. Vous rendez-vous compte que depuis six semaines que nous sommes mariés, vous n'avez eu d'autre sujet de conversation? Il n'y a rien d'autre dans votre vie : pas de livres, ni de musique, ni d'art, ni d'amour...

- Mais je vous aime et j'aime Amanda!

- Il faudrait être un monstre pour ne pas l'aimer. Quant à moi, vous m'aimez dans le seul but de m'exhiber, comme si j'étais un modèle en vente dans votre magasin.

- Voilà des paroles tout à fait condamnables!

- C'est vrai, Alex. Vous possédez de merveilleuses qualités, je ne le nie pas. Mais tout ce que vous savez de l'amour tiendrait sur une de vos étiquettes.

- Comment donc! Et je suppose qu'Adam Thorne, par contre, n'en ignore absolument rien! protesta-t-il d'un ton persifleur.

- Adam Thorne *est* l'amour.

- Est-ce la raison pour laquelle vous vous montrez si peu enthousiaste pour ma manière de faire? Seriez-vous encore éprise de ce damné Anglais?

- Je ne suis guère enthousiaste car vos manières expéditives ressemblent à une braderie. L'amour d'Adam est une symphonie, le vôtre est une valse minute.

Il était pâle de fureur contenue.

- Allez au diable! murmura-t-il. Allez au diable!

Il repoussa le duvet et quitta le lit.

- Je suis désolée, Alex; mais la chose devait être dite.

- Valse minute! grommela-t-il en prenant une robe de chambre sur une chaise.

- Je couche en bas!... Valse minute de mes fesses!

Et il sortit en claquant la porte.

Lizzie soupira et éteignit flegmatiquement la lumière. Vingt minutes plus tard, alors qu'elle commençait à s'assoupir, elle entendit la porte s'ouvrir. Elle se dressa. Le halo de lumière des lampadaires à gaz de la 5e Avenue, lui permit de reconnaître Alex, toujours en chemise et bonnet de nuit, qui entrait dans la chambre à pas de loup. Il s'agenouilla près du lit, prit la main de sa femme et la porta à ses lèvres.

- Je voudrais m'excuser, dit-il humblement. Mais je vous aime tant, Lizzie, que la seule mention du nom d'Adam Thorne me rend fou. Apprenez-moi à vous aimer comme Adam; je voudrais tant que vous m'aimiez comme vous l'aimez.

Elle posa sa main libre sur ses cheveux qu'il avait, lui aussi, noirs et drus.

- Ma première recommandation sera de ne pas procéder comme si vous aviez un train à prendre.

- Suis-je aussi médiocre que cela?

«Doux euphémisme» songea-t-elle, mais elle se contenta d'opiner gravement du bonnet.

Il remonta sur le lit et, un instant plus tard, elle put se rendre compte de sa bonne volonté.

CHAPITRE VINGT-QUATRE

On était aux premiers jours de décembre, et c'est par une journée enneigée et froide que le carrosse noir de Phineas s'arrêta devant le portique de la plantation Elvira. Aussitôt, des visages curieux apparurent derrière les fenêtres pour voir le vieux Elton quitter son siège et aller aider Clayton à s'appuyer sur ses béquilles pour descendre de voiture. Le jeune infirme entreprit alors de se diriger vers ce qui avait été une des plus belles plantations du Sud, et dont il pouvait constater les ravages causés par la guerre. L'air glacial transformait son souffle en panaches intermittents de buée. Il arriva enfin sur le perron où Miss Pruitt, une de ses anciennes infirmières, vint lui ouvrir.

- Capitaine Carr! Comme c'est agréable de vous revoir. Vous paraissez en parfaite santé; vous m'en voyez ravie.

- Merci, Miss Pruitt. Je voudrais voir le docteur Mainwaring. Est-il là?

- Oui, il vient juste de finir sa tournée matinale et il a regagné son bureau.

Elle le conduisit à travers les lits de camp vers l'ancien bureau de Jack Cavanagh, à présent celui du directeur de l'établissement. En le voyant entrer, le médecin se leva pour aller lui serrer la main.

- Je suis heureux de vous revoir, Clayton. Comment allez-vous?

- Eh bien, pas très bien à vrai dire. Fairview se trouve très près du champ de bataille et nous sommes tous un peu anxieux. Le général Whitney est auprès du général Lee à Fredericksburg. De plus, nous manquons de personnel à la plantation. Aussi suis-je venu chercher Dulcey.

- Dulcey? Mais nous en avons grand besoin ici. Nous aussi, nous manquons de personnel!

- C'est pour ma femme, docteur. Elle a accouché d'un bébé mort-né il y a trois jours et elle ne se rétablit pas. Le général est très inquiet pour elle. C'est lui qui vous a procuré cet hôpital et tout le personnel et c'est une faveur qu'il vous demande personnellement.

- Dans ce cas, je ne puis ajouter grand-chose. Je crois qu'elle se trouve dans la cuisine auprès de tante Lide.

- Merci.

Dulcey se trouvait effectivement là, en train d'essuyer des assiettes en compagnie de sa grand-mère.

- Comment ça va, tante Lide? demanda le jeune homme en entrant dans la pièce.

- Capitaine Carr, s'exclama la vieille servante en posant sur lui un regard interrogateur, car elle n'ignorait rien des relations de sa petite-fille et du jeune homme. Je suis contente de vous voir rétabli et j'espère que vous ne revenez pas vous installer encore chez Dulcey. Je suis déjà assez triste de voir la plantation Elvira transformée en hôpital, j'espère que vous n'allez pas la changer en club de sport, si vous voyez ce que je veux dire.

- Oui, je vois. Non, je ne reviens pas m'installer chez elle. Pourrais-je te parler quelques instants en privé, Dulcey?

Sans un mot, cette dernière suivit Clayton à l'office. Le jeune homme tira une enveloppe de son manteau usé et la tendit à l'esclave.

- Voici cinquante dollars, dit-il.

Dulcey, qui n'avait jamais vu autant d'argent de sa vie, faisait des yeux ronds.

- Où avez-vous eu ça?

- Mon beau-père. Il avait de l'argent caché à la plantation Fairview; je l'ai découvert et j'ai pris ceci pour toi.

- Pourquoi?

- Je te dois beaucoup, Dulcey.

- Peut-être, mais pas cinquante dollars.

- Eh bien, j'ai pensé que tu pourrais t'acheter quelque chose qui te plaît. Quoi qu'il en soit, il est à toi. Maintenant, va faire tes paquets, je t'emmène à la plantation Fairview.

- Je n'ai peut-être pas envie de venir.

- Dulcey, je t'en prie, tu me manques trop. Mon beau-père est parti et il ne peut te faire de mal, tu n'as rien à craindre.

- Vous êtes un homme étrange, Clayton. Mais votre femme ne sera pas du tout contente de me voir dans les parages.

- Ma femme est très malade. Elle ne se rétablit pas et le docteur Cooper ignore de quoi elle souffre. Je t'en prie, Dulcey, viens donc; je te donnerai davantage d'argent.

- Je ne suis plus une prostituée.

- Ce n'est pas ce que je voulais dire.

- Demandez-le moi à genoux - je dis bien à genoux.

- Il faut que tu m'aides, pria-t-il.

- Inutile. Je voulais seulement savoir si vous accepteriez.

- J'accepterais n'importe quoi pour toi, Dulcey.

- Clayton, êtes-vous amoureux de moi?

- Et quand bien même?

- Vous allez au-devant de gros ennuis.

- Peu m'importe. Ma vie est un enfer sans toi. Avec toi, c'est... le paradis.

- Ah. Ça c'est gentil. Vous n'êtes pas seulement beau, Clayton, vous êtes aussi un poète. Allez m'attendre dans la voiture; je fais mes paquets et j'arrive.

Ils furent de retour à la plantation Fairview, juste avant le crépuscule.

- C'est ici que vous habitez, constata Dulcey en descendant de la voiture.

- Oui, dit Clayton. Aimes-tu l'endroit?

- C'est bien; mais moins joli que la plantation Elvira.

- Désolé de te décevoir. Elton, conduis Dulcey à la cuisine. Dis à Sarah qu'elle va séjourner dans la chambre voisine de celle de Miss Charlotte. Elle pourra ainsi lui être utile.

- Oui, Massa Clayton.

- Utile à Miss Charlotte, ou à vous? souffla sarcastiquement la jeune fille avant de suivre le vieux cocher.

- Zack! cria tout à coup Clayton en voyant son frère sortir de la maison dans un uniforme poussiéreux de simple soldat. Quand es-tu arrivé?

- Ce matin. J'ai obtenu trois jours de permission, dit le garçon en allant aider son frère.

411

- Tu as l'air superbe!

- Ce qui est sûr, c'est que je suis mort de fatigue. J'ai passé la semaine dernière à creuser des tranchées. Les Yankees ont pris Fredericksburg et n'ont rien fait d'autre que de s'installer et nous observer. On dit que Burnside est un couard.

Le garçon jeta un coup d'œil vers la demeure avant de poursuivre à mi-voix:

- Clayton, ton beau-père a-t-il apporté un coffre ici, la semaine dernière?

- Oui, je l'ai découvert dans la cave. Il y avait à l'intérieur des milliers de dollars. Comment es-tu au courant?

- Le général Whitney a la charge d'octroyer les licences de vente à tous les fournisseurs de l'armée; et ces derniers font des bénéfices scandaleux en vendant tous les produits, du bacon à la papeterie, à des prix prohibitifs. La rumeur court que ton beau-père touche des commissions de ces fournisseurs.

- Voilà qui ne me surprend pas. Phineas n'est qu'une vieille ordure hypocrite et fourbe, pour le grand bien de la noble cause. Quel gâchis que toute cette stupide guerre! Viens donc, Zack, c'est l'heure du dîner et j'ai très faim.

Sur ces mots, Clayton commença à se diriger vers la maison. Zack l'arrêta en posant sa main sur son avant bras.

- Clayton, tu ne penses pas vraiment ce que tu dis?

- Dis quoi?

- Que cette guerre était stupide.

- Oh que oui! Et j'en suis profondément convaincu.

- Mais nous nous battons pour notre patrie!

- Peut-être notre patrie ne vaut-elle pas que l'on se batte pour elle. Allez, viens; je suis affamé.

Mais Zack ne le suivit pas. Il fixait pensivement son frère aîné et ne pouvait croire ce qu'il venait d'entendre.

CHAPITRE VINGT-CINQ

Sybil était couchée dans son lit et lisait un roman, quand on frappa à la porte.

- Oui?

À l'occasion des fêtes de Noël, toute la petite famille avait migré vers le Nord, au domaine de Pontefract Hall. À présent Sybil voyait entrer dans sa chambre un inconnu loqueteux qui lui causa, hormis un dégoût profond, une indicible frayeur.

- Qui êtes-vous? Sortez immédiatement ou j'appelle!

Elle allait sonner ses gens, quand une voix qui lui parut familière lui dit:

- Ainsi, on ne reconnaît plus son propre mari?

- Adam? demanda-t-elle encore sceptique.

Il ôta sa casquette de prolétaire et se dirigea vers le lit en souriant.

- Pardonnez-moi de vous avoir ainsi effrayée, mais je voulais éprouver l'efficacité de mon nouveau déguisement. L'aimez-vous?

- L'aimer? demanda-t-elle en s'efforçant de ne pas trop exprimer sa répulsion. Le dois-je vraiment?

- Je suppose que non. Mais, selon vous, à quoi ressemblé-je?

La question parut la mettre dans le plus grand embarras.

- Un mendiant? Ou un travailleur, peut-être?

- Bravo. De toutes façons, vous avez raison : la différence n'est pas bien grande. En fait, je voulais ressembler à un chômeur. À vous voir ainsi vous boucher le nez, je me rends compte que j'embaume un peu, n'est-ce pas?. J'ai acheté ces vêtements au marché aux puces de York l'autre jour. Bien qu'ils ne transportent pas de ces charmantes bêtes - du moins je l'espère - il me paraît évident que leur ancien propriétaire n'a guère pris de bain durant sa vie, ne croyez-vous pas? Cela confère à ce vêtement un cachet d'authenticité du meilleur aloi.

- Mais que diable faites-vous déguisé ainsi?

- Excellente question, ma chère; si vous m'accordez quelques instants le temps de revêtir une tenue décente, je serai à même de vous éclairer.

Il revint quinze minutes plus tard, ses cheveux étaient mouillés et il était seulement vêtu d'un peignoir de bain.

- J'ai pris une douche rapide, expliqua-t-il. Et j'espère m'être débarrassé des mauvaises odeurs. Les choses sont en pleine mutation dans le pays; la classe laborieuse prend conscience de sa force. Elle exige le droit de vote et Dizzie est prêt à le lui accorder. Mais la classe moyenne ignore tout de ce que sont que les conditions de travail dans une filature, par exemple. Tous les magnats de la presse sont du côté des propriétaires et ne disent pas la vérité; de plus, les journaux à tendance socialiste ne sont lus que par les radicaux. Mais j'ai bien l'intention de changer tout cela.

- De quelle manière?

- En me rendant à Manchester déguisé en chômeur, sous le pseudonyme d'Adam Fielding. Je vais tenter de me faire embaucher à la Belladon Textiles. Si j'y parviens, je travaillerai là-bas quelques semaines afin de me rendre compte moi-même des conditions de vie des travailleurs. J'irai ensuite à la chambre des Lords faire mon rapport. Si mes présomptions sont exactes, je crois que Belladon illustrera bien le comportement général des employeurs; je pourrai alors tirer la noblesse de sa léthargie et peut-être créer suffisamment de remous aux Communes pour susciter l'adoption d'un décret. Dizzie prétend que c'est là une idée fondamentale qui pourrait nous faire gagner les prochaines élections.

- Adam, ceci est un brillant projet, reconnut Sybil, avec une admiration non feinte. Mais ne pensez-vous pas que cela puisse être dangereux? J'ai entendu dire qu'il existait des informateurs infiltrés parmi les ouvriers. Que se passerait-il si vous étiez découvert?

D'un geste, Adam balaya l'argument.

- Cela ne peut être plus dangereux que ce que j'ai vécu aux Indes.

- Je suppose... Quelque chose me dit que votre choix de la Belladon Textiles n'est pas fortuit.

- Certes non. C'est Horace Belladon qui a loué les services des frères Brock pour enlever Amanda. Ils ne l'ont jamais avoué, mais j'en suis intimement persuadé. Il est temps de régler mes compte avec lui.

Sybil secoua la tête d'un air résigné.

- Quel étrange mari vous faites. Vous passez votre temps à porter des vêtements sales et puants pour le bien d'autrui. Toutefois, laissez-moi vous exprimer mon enthousiasme et mon soutien. Avez-vous prévenu les enfants?

- Non. Ils me trouvent déjà bizarre sans déguisement; il est donc inutile qu'ils s'interrogent davantage. Je leur raconterai à mon retour.

- Quand allez-vous partir?

- Au matin. Il faut auparavant que j'aille à Londres y régler quelques affaires et, demain, je prendrai la route pour Manchester.

- Ainsi, c'est notre dernière soirée ensemble avant plusieurs semaines?

- Je le crains... Aussi, je me disais que je pourrais peut-être solliciter votre compagnie pour la nuit.

- Oh, oui! murmura-t-elle en ouvrant de grands yeux et en refermant son livre.

Il la prit aussitôt dans ses bras et l'embrassa. Mais un instant plus tard, ayant changé d'avis, elle le repoussa.

- Non, dit-elle. Je préfère que vous retourniez dans votre chambre.

- Quelque chose vous incommode?

- Je sais tout au sujet d'Emily McNair. Et aussi longtemps que vous vous intéresserez à elle, il sera inutile d'attendre la moindre délicatesse de ma part.

- De quoi parlez-vous donc?

- Oh, Adam, ne jouez pas les innocents. Je sais tout de votre escapade au Claridge. Vous semblez oublier que notre femme de chambre a un neveu qui y travaille. Vous auriez au moins pu choisir un endroit plus discret avant de vous commettre avec cette fille.

- Sybil, je jure que ne me suis en aucune manière compromis avec Emily McNair.

Et Adam commença de raconter par le menu la tentative de séduction avortée de la belle rousse. Il lui relata sa surprise à lui et sa fureur à elle. Il renouvela son serment qu'il ne s'était absolument rien passé et que leurs vertus réciproques étaient intactes; que ni elle ni une autre ne serait jamais sa maîtresse et qu'il avait décidé d'être d'une fidélité sans faille, car il s'avérait, tout à coup, qu'il aimait sa femme.

Elle le regardait, les larmes aux yeux, émue par tant d'éloquence et de grandeur d'âme, se demandant si une telle chose était enfin possible.

- Si seulement je pouvais vous croire, ce serait le plus beau jour de ma vie; je serais la femme la plus heureuse d'Angleterre.

- Je vous ai dit la vérité.

- Oh, mon chéri...

Elle se poussa pour lui faire une place et, d'un geste ample et généreux, repoussa les couvertures.

- Venez, commanda-t-elle. Pour rien au monde je ne vous laisserais aller.

- *Cet enfant est un prodige de la nature,* disait le plus grand pianiste du monde.

Dans le salon des Muses de l'hôtel Lambert, à Paris, Gabriel Cavanagh venait d'exécuter une sonate de Franz Liszt. Celui-ci était assis près du piano Erard en compagnie de sa maîtresse attitrée, la princesse polonaise Carolyne Sayn-Wittgenstein, une femme à l'allure imposante qui fumait un gros cigare. Liszt avait alors cinquante et un ans et perdait visiblement sa belle allure romantique qui, ajoutée à sa formidable maestria, avait contribué, un quart de siècle plus tôt, à faire de lui la coqueluche de l'Europe entière, lors des nombreux concerts qu'il avait donnés à travers le vieux continent.

Tadeuz s'empressa de traduire pour de Gabriel.

Dès son arrivée à Paris, ce dernier avait usé de toute son influence auprès de ses relations polonaises pour obtenir une entrevue auprès de la princesse qui s'était fait une joie d'organiser ce récital au prestigieux hôtel de l'Île de la Cité.

Comme son nom l'indiquait, la demeure avait été construite par Jean-Baptiste Lambert, secrétaire de Louis XIII. Au cours du dix-huitième siècle, Voltaire l'avait temporairement occupée et maintenant, elle appartenait à la princesse Czartoryska, l'épouse du richissime prince Adam Czartoryski, qui avait trouvé refuge à Paris après l'insurrection polonaise contre la Russie en 1831. L'hôtel Lambert était, à ce jour, le rendez-vous de toute la noblesse polonaise de Paris et s'était tout naturellement imposé à l'esprit de la princesse.

Toutefois, la splendeur de l'endroit, conjuguée à la célébrité du grand maître, avait plongé le jeune garçon dans un quasi mutisme et ses yeux reflétaient une crainte mêlée d'admiration et de respect. Malgré des nerfs solides, le jeune virtuose n'avait, jusqu'alors, jamais été soumis à pareille épreuve. La présence de Liszt, adulé par toutes les cours d'Europe, adoré des femmes et décoré par les rois et les princes, lui inspirait la plus grande déférence; tous ces regards qui convergeaient vers lui, tout cela faisait naître en lui un plus grand émoi.

Se forçant à regarder le génie, hongrois d'origine, mais qui ignorait tout de sa langue paternelle, Gabriel reconnut le modèle à suivre. Ce qu'il voulait, c'était cela : le succès et la gloire.

Franz Liszt quitta son siège et vint près du jeune garçon. Il lui prit les mains et les examina.

- *Les mains sont extraordinaires*, murmura-t-il pour lui-même.

- Quand j'avais votre âge, dit-il dans un anglais approximatif, j'ai joué devant Beethoven et il m'a embrassé en me souhaitant bonne chance. Ce que je fais à mon tour.

Il se pencha en avant et baisa le front de l'enfant.

- Dieu vous a donné un grand talent, poursuivit-il. Tout comme Mozart et moi, vous êtes un *wunderkind*, un enfant prodige, et il n'est rien de plus important au monde que l'art. Il vous faudra servir la musique comme l'homme d'église sert Dieu. Je ne puis rien vous enseigner, mais je peux vous aider à entreprendre une carrière. Je vais écrire à Monsieur Pleyel, qui organisera un concert dans sa salle. Si vous parvenez à conquérir Paris, le monde sera à vos pieds.

Il passa affectueusement sa main dans les cheveux crépus du garçon.

Il passa affectueusement sa main dans les cheveux crépus du garçon.

- Et souvenez-vous, dit-il en matière de conclusion : les Italiens sont le pire public car ils bavardent pendant le concert.

- Maestro, demanda Gabriel, la gorge serrée. Voudriez-vous jouer pour moi?

- Ah, non, s'objecta Liszt. Je n'éprouve aucunement le désir de me voir relégué à la seconde place par un débutant.

Il s'adressa ensuite à Tadeuz:

- *Je prévois une carrière époustouflante, en dépit de sa couleur. Ou peut-être à cause de sa couleur.*

- Qu'a dit le maestro? demandait Gabriel en sortant de l'hôtel particulier.

- Simplement qu'il prédisait pour vous une carrière extraordinaire.

- Mais n'a-t-il pas dit quelque chose à propos la couleur de ma peau?

- Il a dit : «en dépit de la couleur. Ou peut-être à cause d'elle.»

- En d'autres termes, je serai une espèce de monstre?

- Je ne pense pas que ce soit précisément ce que le maître a voulu dire.

- Je me moque d'être un monstre ou pas. Je sais que je vais, de toutes façons, devenir célèbre.

Alors que Tadeuz hélait une voiture, une jolie jeune fille passa et posa sur le jeune garçon un regard intéressé qui ne le laissa pas insensible. À vrai dire, il en fut même ravi; car peu lui importaient les raisons de ce regard : le fait était qu'on l'avait remarqué.

- Une lettre de Zack vient d'arriver. Votre frère est un si gentil garçon, si courageux et si loyal envers notre cause!

En entendant les paroles d'Ellie May lourdement chargées de sous-entendus, Clayton s'efforça de rester de glace. Les rigueurs de l'hiver, le rationnement, la mystérieuse maladie de Charlotte avaient rendu l'atmosphère de la maison terriblement tendue; aussi se garda-t-il de faire le moindre commentaire.

Pendant qu'Ellie, n'ayant rien à ajouter, quittait la pièce, il alla s'installer au coin du feu et commença sa lecture.

Le 12 décembre 1862.

Marye Heights, Fredericksburg, Va.

Cher Clayton, la papeterie devient de plus en plus coûteuse, et cela représente un sérieux investissement que de t'écrire, puisqu'une feuille de papier se vend 1$. Mais puisque tu es ma seule famille, je pense que c'est de l'argent bien dépensé. Les spéculateurs font la loi, ici, car on ne peut rien acheter qui ne soit vendu par eux. Ils font leurs prix en fonction de la demande et ils sont tous en passe de devenir millionnaires : tu te souviens sûrement de ce que je t'ai dit au sujet du général Whitney.

Ici, la vie continue, et nous attendons tous ce qui doit être la grande bataille. Les Yankees ont essayé de construire des pontons à travers la Rappahannock, mais nos tireurs d'élite, pour la plupart abrités dans les sous-sols des maisons canonnées, ont causé beaucoup de dégâts dans les rangs des régiments de génie yankees. Finalement, hier matin, probablement lassé d'attendre un pont qui ne venait pas , Burnside a ordonné de donner l'assaut en se servant d'embarcations. Notre commandant en chef, le général Longstreet, a fait procéder nos troupes à un repli stratégique vers les hauteurs; et ainsi, Fredericksburg, ou du moins ce qu'il en reste, est passé sans combattre entre les mains des Nordistes. Leurs canons ont réduit cette jolie ville à l'état de ruines fumantes.

Aujourd'hui, nous avons entendu dire qu'ils avaient mis la ville à sac, en pillant et saccageant tout sur leur passage. Ils ont même transformé des pianos en abreuvoir pour leurs chevaux. On a vu de ces malotrus danser dans les rues, grossièrement costumés avec les vêtements qu'ils avaient dérobés. Quel triste spectacle cela dut être! Mais tout cela prouve bien que ces envahisseurs du Nord ne sont que des vandales, tout comme les bêtes malfaisantes qui envahirent jadis l'empire romain.

Ces jours derniers, il a fait terriblement froid. Grâce à Dieu, la semaine dernière, nous avons pu achever notre petite cabane. Nous vivons à six dans notre «nid de busards» - c'est le nom que nous lui avons donné - et petite cabane. Nous vivons à six dans notre «nid de busards» - c'est le nom que nous lui avons donné - et même si ce n'est pas exactement un palais, au moins il y fait chaud. Cette construction mesure environ douze pieds et elle est faite de branches et de piquets recouverts de boue. Une toile de tente nous sert de toit et nous possédons même la meilleure cheminée de la compagnie. Tout le monde ici se groupe pour se construire un abri comme le nôtre, mais nous avons tout lieu de croire que le nôtre est le plus réussi. Nous disposons de quelques ustensiles de cuisine et nous cuisinons chacun notre tour, bien que tout le groupe s'accorde à dire que Tom Moore, de Georgie, est le meilleur cuisinier. Nous essayons de rester le plus propres possible, mais je ne doute pas que ne devons puer à cent lieux à la ronde, car le savon coûte très cher.

Je dois t'avouer que le moral des troupes est au plus bas. Les *Nymphs du monde* ont quitté leurs maisons closes de Richmond pour négocier leurs charmes, et elles n'ont aucune raison de se plaindre du déplacement : elles ne manquent pas d'admirateurs. Cependant, je dois te dire, cher frère, que, jusqu'à ce jour j'ai courageusement résisté à la tentation. Ne vois pas là une quelconque manifestation de ma vertu, mais plutôt de ma prudence. La gonococcie et la syphilis font des ravages dans les rangs de nos compatriotes, mais ordre a été donné que l'information soit tenue secrète. Fumer, chiquer et se soûler sont maintenant des activités banales. On pourrait se demander ce que sont devenus les grands préceptes chrétiens dont se prévalait la bonne société du Sud et prendre conscience de la fatuité de nos grands principes moraux. Ici, Satan règne en maître, et ses pompes et ses œuvres sont la chaude-pisse, la vérole et la mort.

Je n'ai malheureusement pas éprouvé la même répulsion envers le whisky. Les noms que nous lui avons donné illustre bien sa qualité et ses effets : «emporte-gueule», «brûle-crâne», «vieux mauvais œil» et «coupe-pattes» en sont quelques exemples. Je donnerais cher pour un verre de ce vieux bourbon que père appréciait tant.

Nous avons différentes manières de tuer le temps; les batailles de boules de neige sont les plus innocentes. Gary Laidlaw, un autre de notre groupe, joue du banjo ou quelque chose d'approchant. Nous passons des soirées arrosées de whisky à chanter «Annie Laurie», «The Girl I Left Behind Me», «All Quiet Along The Potomac Tonight», «The Bonnie Blue Flag», «My Maryland» et, bien sûr, ce bon vieux «Dixie» qui n'en finit jamais.

Néanmoins, je crois que le pire fléau qui sévit est le jeu; et tu ne peux imaginer à quel point. Il y a, pas loin d'ici, un véritable tripot que l'on a baptisé «le carré du Diable», où la moitié de la solde de l'armée confédérée change régulièrement de mains. Poker, vingt et un, euchre, keno, chuck-a-luck, raffles, shooting crap, j'en passe et des meilleures. Pour quelqu'un comme moi qui suis fier de me battre pour notre cause, il est difficile de voir la fine fleur de la jeunesse sudiste se vautrer ainsi dans le stupre et le vice.

Quelle a été ma détresse, mon cher frère, après ces quelques jours de permission, d'avoir constaté que tu as perdu la foi en notre grande cause et que tu parles avec dérision de cette guerre. Si tu avais raison, Clayton, cette guerre ne serait qu'une affreuse méprise, et les rivières du sang déjà versé ne seraient qu'une terrible et inutile tragédie. Aussi, je ne puis croire que tu aies toute ta lucidité. Même si je suis prêt à reconnaître que l'institution de l'esclavage sur nos rivages fut une erreur, et que les Africains furent amenés ici contre leur gré, toute l'économie du Sud fut bâtie, à tort ou à raison, sur ce concept, et en changer reviendrait à conduire notre pays à la ruine et au chaos. C'est pour cette seule raison que je me bats et je suis plein de tristesse en pensant que tu as épousé la cause de nos ennemis.

J'espère seulement que ma lettre t'apportera la clarté qui semble avoir disparu en toi.

Ton frère, Zack.

Clayton hocha tristement la tête, puis il jeta la lettre dans les flammes.

— Charlotte a une inflammation pelvienne, annonçait tristement le vieux docteur Cooper à Clayton en descendant d'un pas pesant l'escalier du grand hall.

Le docteur à la barbe blanche prit l'infirme par le coude et l'entraîna dans un coin à, l'abri des oreilles importunes.

- Puis-je vous poser une question indiscrète, Clayton?

- Oui, bien sûr.

- Avez-vous déjà trompé votre épouse?

- Oui, avoua-t-il, le visage écarlate.

- Qui était cette femme?

La gorge du jeune homme se noua et il fixa sans répondre le médecin qui l'avait mis au monde.

- Allons, mon garçon, le temps n'est pas à la galanterie! Il y va de la santé de Charlotte! Qui était cette femme?

- Son infirmière.

- Vous voulez dire la jeune négresse, là-haut? Quel est son nom... Dulcey?

- Oui, Dulcey.

- Tâchez de vous souvenir, Clayton, avez-vous eu des douleurs aux parties intimes?

- Oui, je crois me souvenir d'une sensation bizarre sur le pénis. C'est disparu au bout de quelques semaines.

- Cela est arrivé quand?

- Il y a environ dix mois.

- Venez ici et montrez-moi vos poignets.

Clayton s'approcha d'une console où se trouvait une lampe à pétrole. Le médecin se saisit de ses poignets et les tourna vers le haut après en avoir retroussé les manches.

- Depuis quand avez-vous ces rougeurs? demanda-t-il en montrant les marques avant-coureuses.

- Je l'ignore... Je ne les avais jamais remarquées jusqu'à présent. Qu'est-ce que c'est, docteur?

Le vieil homme soupira.

- Il me déplaît de vous dire cela, Clayton; vous avez eu assez de malheurs durant cette guerre. Mais vous avez la syphilis, et à un stade avancé. Ces rougeurs indiquent que vous êtes dans la seconde phase de la maladie. Les douleurs au pénis en étaient la première.

- La syphilis? répéta le jeune homme sans avoir l'air d'y croire.

- Oui, et je crains fort que vous ne l'ayez transmise à Charlotte. C'est la cause de son inflammation de l'utérus. Et c'est aussi probablement la cause de la mort du bébé. Vous devez être fort, car je crains que vous n'ayez plus la possibilité d'avoir d'autres enfants. Le Seigneur Tout-Puissant a de bien étranges façons de manifester son infinie sagesse : la syphilis détruit le système de procréation de la femme, et c'est somme toute une bonne chose car l'enfant serait également infecté.

- Mais... y a-t-il un remède?

Le praticien hocha tristement la tête.

- Pas à ma connaissance. Étant coupé de l'Europe, j'ignore si l'on y a fait quelque progrès en la matière.

- Mais qu'arrivera-t-il?

Le viel homme lui tapota paternellement le bras.

- Nous en reparlerons dans quelques jours. Inutile de vous inquiéter davantage.

- Non. Je veux tout de suite savoir la vérité. Dites-moi, que va-t-il arriver?

Le docteur Cooper leva vers le malheureux ses yeux délavés à l'expression triste et fatiguée.

- Rien pendant un moment. Peut-être pendant des années. Mais les spirochètes sont dans votre sang et un jour, ils monteront au cerveau.

- Mon cerveau?

- Oui.

- Voulez-vous dire que je deviendrai fou?

- Oui, et ensuite...

Il leva les épaules.

- Oh, mon Dieu...

Clayton commença à gémir. En dépit du fait qu'il faisait froid dans la maison mal chauffée, la sueur perlait sur son front. Il essuya sa bouche d'un revers de manche. La porte de la chambre de Charlotte s'ouvrit. Dulcey apparut et se dirigea vers eux. Clayton la regarda puis s'adressa à nouveau au docteur.

- Pensez-vous que j'ai été contaminé par elle? Elle a travaillé à Yorktown dans une maison close.

- Dans ce cas, c'est fortement probable. Cette maladie se transmet sexuellement.

Le viel homme tira sa montre de son gousset.

- Il faut que je parte, maintenant, Clayton. Madame Thornton m'attend. Je suis désolé, profondément désolé.

423

- Oui... Merci. Bonsoir, docteur.

Les yeux de Clayton étaient rivés sur la belle esclave dont il était tombé amoureux et qui se trouvait maintenant tout près de lui.

-Va dans ta chambre, ordonna-t-il.

Dulcey obéit sans protester et Clayton attendit que le docteur Cooper eût disparu avant de la rejoindre dans la chambre qui jouxtait celle de sa femme. D'un coup de béquille il referma la porte.

- Qu'est-ce qui ne va pas? demanda la jeune esclave.

- Tout, murmura-t-il. As-tu déjà entendu parler d'une maladie appelée syphilis?

- Oh, oui, bien sûr, vous voulez parler de la vérole.

- C'est bien cela. Dulcey, je ne voudrais pas t'effrayer mais je pense que c'est toi qui m'as contaminé.

Dulcey ne répondit rien. Elle se dirigea vers une des fenêtres et regarda au dehors la neige qui tombait. En bas, elle put voir le docteur qui montait dans son boghei.

- Ainsi donc, tu ne trouves rien à dire? Sais-tu ce que cela signifie? Que je vais devenir fou et que je vais mourir! Et le docteur me dit que j'ai transmis la maladie à ma femme et qu'elle va mourir aussi! Et nous n'aurons jamais d'enfants...

Il éclata en sanglots. Se traînant péniblement sur ses béquilles, il alla jusqu'au lit et s'y laissa tomber la face en avant, en cachant son visage de ses deux mains.

Dulcey resta un moment sans rien dire, posant sur lui un regard plein de commisération. Puis elle alla s'asseoir sur le lit près de lui et le prit dans ses bras.

- Oh, Clayton, j'ai fait une chose affreuse, murmura-t-elle, les larmes aux yeux. Oh, mon Dieu, pardonnez à Dulcey.

- Que veux-tu dire? demanda-t-il en ravalant ses pleurs.

- Voyez-vous, je vous ai haï, poursuivit-elle. Je vous ai haï parce que vous êtes blanc et que vous avez aidé le général Whitney à refaire de moi une esclave alors que j'avais été affranchie. Mais plus tard, vous avez été si gentil avec Dulcey que... eh bien, je crois que je vous aime aussi.

Il leva vers elle un visage inondé de larmes.

- Ah, oui? Tu as pris ton temps pour me l'avouer.

- Je sais. Je ne voulais pas... Oh, mon Dieu...

- Ah, oui? Tu as pris ton temps pour me l'avouer.

- Je sais. Je ne voulais pas... Oh, mon Dieu...

- Quoi? Mais quoi donc?

- Oh, Clayton, je vous ai donné la vérole volontairement! J'étais aveuglée par la haine! Je pensais que cette maladie ne touchait que les Blancs et j'espérais que vous l'attraperiez et qu'à votre tour vous la donneriez à votre femme. Doux Jésus, tout le mal que j'ai voulu vous faire est arrivé.

- Tu n'es qu'une putain, murmura-t-il. Une sale putain de négresse!

Il l'agrippa à la gorge et, la poussant le dos au lit, commença à serrer.

- Putain! rugissait-il, en appuyant de tout son poids. Satanée PUTAIN!!

- Clayton!

Charlotte était debout dans l'encadrement de la porte communicante. En la voyant, il relâcha son étreinte, délaissant Dulcey qui geignait. Pantelant, il attrapa ses béquilles et se dressa péniblement.

- Sais-tu ce que cette putain a fait? cria-t-il. Le sais-tu? Elle m'a donné la vérole, exprès! C'est pour cela que notre bébé est mort! Parce que cette PUTAIN de négresse m'a collé la vérole et que je te l'ai passée!

- Et qui me l'a donnée à MOI? cria hystériquement Dulcey qui avait retrouvé son souffle. Vous pouvez toujours me traiter de tous les noms et de putain noire si ça vous fait plaisir! Mais qui a donné cette maladie à Dulcey? Hein? Sûrement pas un noir; parce qu'il n'existe pas de noir assez riche pour aller chez Miss Rose et même s'il l'était, il n'y serait pas admis! Mes clients étaient tous des Blancs! Oui Massa, des BLANCS! Les Blancs me l'ont donnée et je vous l'ai rendue! Nous avons fait ça ensemble, Clayton! Blancs et Noirs! Ensemble!

Éclatant à son tour en sanglots, elle courut vers la porte et sortit. Charlotte, à la santé déjà vacillante, était d'une pâleur cadavérique. Elle s'appuya au chambranle pour ne pas défaillir.

- Tu me dégoûtes, dit-elle doucement.

CHAPITRE VINGT-SIX

En ce temps là, de nombreux endroits pouvaient se prétendre comme étant l'âme de l'empire britannique dans toute son outrecuidante vanité. Mais les clubs londoniens pouvaient vraiment de très loin, se prévaloir de ce titre et de tout ce qu'il sous-tendait. C'est là, dans ces somptueuses maisons, que les dirigeants de l'empire pouvaient se détourner de toutes les contingences bassement terre-à-terre, dans les senteurs suaves des cuirs précieux et des cigares coûteux, en sirotant des whiskies rares dans du cristal de Bohême. C'était un monde exclusivement masculin, où les problèmes conjugaux et extra-conjugaux se dissipaient pour faire place aux délices d'un savoureux pâté de gibier en croûte, une partie de backgammon ou plus prosaïquement un petit somme dans la Silence Room. Quelques-uns de ces clubs avaient une vocation essentiellement politique. Le Carlton Club à Pall Mall était le siège des conservateurs; et lorsqu'Adam, parrainé par Disraeli, demanda à en faire partie, il y fut, de toute évidence, admis sans la moindre objection.

Dans la salle à manger, Adam évoquait les jours glorieux aux Indes avec son vieil ami Bentley Brent.

- Ainsi, vous avez pris votre retraite? demandait le jeune lord en dégustant un *pâté maison*.

- Oui. Vingt années dans l'armée des Indes, c'est assez.

Bentley, colonel en retraite hautement décoré, avait pris du poids et ses cheveux avaient grisonné depuis la dernière fois qu'ils s'étaient vus.

- Qu'avez-vous l'intention de faire, maintenant?

- Ah, Adam, je pense que je vais me retirer dans mon cottage et y cultiver mes roses... La vie va me sembler bien monotone après Cawnpore...

- Seriez-vous intéressé à travailler pour moi à l'occasion? Il vous faudrait vous rendre en Amérique deux fois par année.

- En Amérique? demanda Bentley en se pinçant le nez.

- Je vous concède que ce pays n'a pas le même exotisme que les Indes; mais on m'a dit que le climat y était meilleur. J'ai une fille à New York. C'est ma fille... naturelle, si vous voyez ce que je veux dire.

- Hum. Je vois.

- Évidemment, nous éviterons d'ébruiter la chose. La mère m'est très chère également. Je vous paierai le voyage deux fois par an pour me rendre compte de leurs conditions de vie. Elle est remariée à un propriétaire de magasin à rayons, et apparemment tout le monde est heureux. Mais je tiens, malgré tout, à conserver un œil sur elles, et je voudrais que vous soyez cet œil.

- Avec grand plaisir, Adam.

- Excellent. Mon agent de Londres a pri sa retraite et j'ai placé mes capitaux chez Coutts and Company.

- La banque de la famille royale?

- Oui. J'ai pensé que je pouvais me fier à eux.

- Partez-vous pour Manchester?

- Demain matin. Je voulais aussi vous entretenir de cela.

Le pub Victoria and Albert, dans les faubourgs de Manchester était fréquenté par cette même classe ouvrière qui composait la population de cette banlieue. Et c'est par une journée froide et maussade qu'Adam y pénétra. Quelques hommes se tenaient là, assis à des tables de bois en buvant de la bière. Sale, dépenaillé et mal rasé, il se dirigea vers le comptoir et commanda la boisson locale.

- Tu es nouveau ici, dit le barman en tirant sa bière.

- Exact. Je cherche du travail dans une filature.

- Alors, bonne chance, ami. D'après ce que l'on dit, il n'y a pas d'embauche. Tout au moins, ici. On m'a dit qu'on cherchait un balayeur à Mandeville; mais de toutes manières, on ne te prendra pas.

- Et pourquoi?

- Tu es trop âgé. En plus, il faudrait être fou pour aller travailler là-bas.

- Ah, oui?

- C'est un sale endroit. Le vieux Belladon a bonne réputation ici; mais tout le sale travail, c'est là-bas qu'il se fait... C'est six pence.

Adam sortit sa monnaie de sa poche et compta soigneusement un à un, sous le regard attentif du barman, les six pence qu'il devait.

- Tu fais très attention à ton argent, hein?

- Je n'en ai pas assez pour m'en inquiéter.

- Tu as l'accent du Yorkshire, on dirait.

- C'est juste. Tu dis qu'il a bonne réputation ici; qu'est-ce que tu veux dire?

- Écoute : Horace Belladon est président de l'association des manufacturiers, d'accord? Quand un fouinard vient jeter un coup d'œil par ici, il lui fait visiter sa meilleure manufacture où tout est propre et où les tisserands ont les joues roses et une paie convenable. Quand le fouinard repart pour Londres, il dit partout qu'Horace Belladon est un petit saint. Le pauvre idiot s'est laissé berner, tu comprends?. Tu peux être sûr qu'ils n'ont jamais mis les pieds dans les autres usines, particulièrement celle de Mandeville.

- On dirait que Mandeville c'est l'enfer, pour toi. Adam usait à dessein de la même métaphore que le poète Williams Blake, sachant pertinemment que le tenancier ignorait la référence littéraire.

- Oui. C'est exactement ça, l'ami.

Il se pencha en avant et baissa le ton, son rude visage avait une expression sinistre.

- Cet endroit, c'est *vraiment* l'enfer.

- Mais tu veux dire quoi, exactement?

Un homme barbu entra dans la taverne; le barman se redressa et entreprit d'essuyer ses verres comme si de rien n'était.

- Je ne sais rien et même si je le savais, je ne dirais rien, poursuivit-il à haute voix.

Le barbu s'approcha du comptoir et regarda Adam d'un air intéressé.

- Bonjour, Monsieur Creevy, dit obséquieusement le serveur. Comme d'habitude?

L'homme dépassait largement les six pieds; avec une telle stature aurait pu assommer un bœuf d'un coup de poing. Il souffrait d'un strabisme divergent, si bien qu'on ne savait jamais trop où il regardait.

- Ce gars-là cherche du travail.

Puis, se tournant vers Adam:

- Monsieur Creevy travaille pour Monsieur Belladon. Il peut peut-être te renseigner.

- Qu'est-ce que tu sais faire?

- Tout et rien.

- Je lui ai dit que vous cherchiez un balayeur à Mandeville, intervint le barman.

Monsieur Creevy lui lança un regard qui, bien que divergent, ne laissait place à aucune équivoque pour lui dire de s'occuper de ses verres. Puis, l'un de ses yeux s'orienta à nouveau vers Adam.

- Ça t'intéresse, un travail de balayeur?

- Je peux pas faire le difficile, M'sieur. Je prends ce qui se présente.

Le colosse étudia pendant quelques instants le visage du jeune homme, comme s'il cherchait à y découvrir quelque mystère. Adam se contenta de prendre un air intimidé.

- Tu as l'air costaud, mon gars. Va voir Monsieur Hawkswood à la manufacture et dis-lui que tu viens de ma part; il s'occupera de toi.

- Ça c'est gentil, M'sieur. Merci beaucoup, M'sieur!

- Il y a une voiture qui part de St-Bartholomew à trois heures.

- Je peux pas me payer la diligence, M'sieur.

- Et tu comptes y aller comment, alors?

- Je crois bien que je vais y aller à pied, M'sieur.

Alors qu'Adam sortait du pub, Monsieur Creevy ne le quitta pas des yeux. Quand il fut sorti, il dit, plus pour lui-même que pour le barman.

- Je jurerais avoir déjà vu ce gars-là.

Alex Sinclair tenait délicatement entre ses doigts un magnifique écrin de velours noir frappé du sigle de «Tiffany & Co» et le tendit à son épouse.

- Joyeux anniversaire, chérie, dit-il en l'embrassant.

- Anniversaire? quel anniversaire?

- Voilà quatre mois que nous sommes mariés, ne vous rappelez-vous pas?

- Alex, vous êtes fou, dit-elle, le sourire aux lèvres, en ouvrant l'écrin.

Elle resta interloquée quand elle vit la magnifique rivière de diamants et d'émeraudes.

- Alex! C'est pour moi? s'exclama-t-elle.

- Non, bien sûr. C'est pour la cuisinière. Je conçois que vous détestiez l'argent, bien que celui-ci offre certains avantages.

Ce disant, il prit le joyau et le passa autour du cou de Lizzie.

Elle était assise devant la coiffeuse de la chambre des maîtres de leur maison de la 5e Avenue. Elle venait juste de prendre un bain et ne portait rien d'autre qu'un peignoir quand il l'avait surprise. Le contact des pierres était froid sur sa peau tiède.

- Seigneur, murmura-t-il en se penchant sur elle. La vision de cette rivière sur vos seins me rend fou. Déshabillez-vous, je veux vous aimer avec votre seul collier.

- Vous souvenez-vous? Il n'est plus question de «valse minute» et nous n'avons guère de temps : nous devons être prêts pour notre dîner dans une heure et vous devez vous changer.

- Au diable, le dîner!

Il glissa ses mains dans l'échancrure du peignoir et pressa la luxuriante poitrine entre ses mains.

- Savez-vous ce que m'a coûté ce joyau? Je mérite une petite compensation, il me semble!

Elle le repoussa doucement et se leva.

- Vous avez vraiment l'art de tout gâcher, dit-elle en arrachant le collier. Vous ne pouvez m'acheter, Alex; je ne suis pas à vendre!

Elle jeta le bijou sur le lit et mit le cap sur la salle de bain. Mais Alex l'intercepta.

- Vous l'aimez encore, n'est-ce pas? Vous aimez encore Adam.

Excédée, elle soupira.

- Oh, que vous importe?

- Je veux que vous m'aimiez, moi, sacrebleu!

- Je vais vous donner un enfant; n'est-ce pas une preuve d'amour?

Son visage courroucé s'illumina soudain.

- Un enfant? C'est vrai?

- Le docteur Logan est passé cet après-midi. Je suis enceinte.

- Pourquoi ne pas l'avoir dit plus tôt?

- Vous ne m'en avez pas laissé le temps, avec votre insistance...

- Oh, Lizzie, Lizzie... Je vais être père! Nom de nom! Je vous présente mes excuses pour mon indélicatesse... Je voulais juste vous rendre heureuse et voilà que c'est vous qui me rendez euphorique! Oh, Lizzie, je vous adore! Dites-moi que vous m'aimez!

Impitoyable, elle poussa encore un profond soupir.

- Très bien, je vous aime, et maintenant allez vous préparer. Vous mourriez d'envie d'être reçu chez les Astor et voilà que maintenant, vous allez nous mettre en retard.

- Oui, vous avez raison. Hum... Lizzie, accepterez-vous de mettre ce collier?

Elle lui lança un regard glacial.

- Oui, dit-elle, consciente de l'immense faveur qu'elle accordait à son mari. Elle était persuadée que celui-ci lui avait offert le joyau autant pour faire étalage de sa fortune que pour lui être agréable.

Puis, elle alla dans le dressing-room et s'y enferma.

Quinze minutes plus tard, elle réapparaissait, royale. Elle se dirigea distraitement vers le lit et, mine de rien, mit la magnifique rivière autour de son cou.

- Alex? appela-t-elle. Êtes-vous enfin prêt?

Silence. Elle regarda vers la salle de bains et vit que la porte était entrebâillée. Elle la poussa.

- Alex!

Son mari gisait nu, allongé face contre terre sur le carrelage de la pièce. Elle alla s'accroupir près de lui et lui prit le pouls. Il poussa un gémissement et elle le retourna délicatement sur le dos.

- Alex, qu'est-il arrivé?

Il battit des paupières

- Je ne sais pas... Lizzie... Je sortais du bain et j'ai eu un étourdissement, bredouilla-t-il.

- J'envoie immédiatement chercher le docteur Logan.

- Non, non, cela va passer. Nous devons nous rendre chez les Astor.

- Alex, vous devez absolument vous faire examiner par un médecin; cela peut être sérieux!

- Lizzie, j'ai trente et un ans et je n'ai jamais été malade de ma vie. Ce doit être à cause de l'excitation provoquée par votre grossesse. Je me suis évanoui, c'est tout. Tout va bien, maintenant.

- Me promettez-vous d'aller voir le docteur Logan dès demain?

- C'est promis. Ne vous tourmentez pas, je serai prêt dans quelques instants.

Elle quitta la salle de bains sans se sentir le moins du monde rassurée.

- Pour autant que je puisse en juger, Alex a eu une légère attaque la nuit dernière, expliquait le docteur Logan en retirant son lorgnon, alors qu'il venait juste de l'examiner dans la chambre à coucher attenante.

- Cela pourrait bien être autre chose, mais à cause de son hérédité, je peux m'avancer à dire qu'il s'agit d'une crise cardiaque.

- Hérédité?

Lizzie se souvint de sa belle-mère et de son fauteuil roulant.

- Certaines théories prétendent que ce genre de maladie est héréditaire. Son père étant, lui aussi, mort d'une de ces crises, Alex est doublement concerné par cette maladie.

Lizzie marchait nerveusement de long en large en se frottant nerveusement les mains.

- Il est si jeune, si plein de vitalité, dit-elle. Je lui avais bien dit qu'il devait se garder de dépenser autant d'énergie. De penser qu'il pourrait...

- Rien n'est sûr. Cependant, il faudra qu'il apporte quelques changements dans sa manière de vivre. Il faut qu'il ralentisse son rythme de travail et qu'il prenne soin de lui. Je lui ai prescrit de garder la chambre pendant plusieurs jours et...

La porte s'ouvrit et Alex apparut en tenue de ville.

- Je vais au magasin, dit-il en allant embrasser sa femme.

- Alex, le docteur vous a recommandé de vous reposer quelques jours.

- Aucun intérêt. Je ne me suis jamais senti aussi bien de ma vie. Merci, Docteur, j'ai apprécié vos conseils, mais je suis encore trop jeune pour mourir. Chérie, souvenez-vous que nous avons un dîner au Delmonico's ce soir. À ce soir, donc.

- Alex! s'objecta Lizzie. N'avez-vous donc pas compris? Il faut que vous ralentissiez!

- Ralentir? Diable! Dans cette ville, si l'on ralentit, on est mort!

Et il sortit. Lizzie s'adressa au docteur.

- Que pouvons-nous faire? soupira-t-elle.

- Peut-être n'y a-t-il rien d'autre à faire que de prier, chère madame!

L'usine de Mandeville était un long et sinistre bâtiment de briques sales avec de hautes cheminées où l'on pouvait lire : «Belladon Textiles Ltd. Mill #3». Adam, la casquette à la main, franchit une porte marquée «Embauche». Il suivit un long couloir étroit jusqu'à un minuscule guichet grillagé. De l'autre côté un homme d'une éléphantesque corpulence mangeait une cuisse de poulet.

- Excusez-moi, M'sieur, je cherche Monsieur Hawkswood.

- Il est devant toi.

- Monsieur Creevy m'envoie pour l'emploi de balayeur.

L'autre abandonna sa cuisse de poulet.

- Tu dis bien Monsieur Creevy? Alors, c'est différent. Balayeur, c'est un boulot très dur; mais si tu travailles bien tu pourrais bien devenir contremaître, un de ces jours. Je suis sûr que Creepy t'a à la bonne. Mais les balayeurs sont tout en bas de l'échelle, juste en dessous des éboueurs. Et les horaires sont très longs : de cinq heures trente le matin, à sept heures trente le soir.

«Mon Dieu, se dit Adam. Quatorze heures par jour!»

- Il y a deux façons d'être payé, poursuivait Monsieur Hawkswood. Un shilling par semaine, logé derrière l'usine au «bothy», ou bien deux shillings et six pence et tu te débrouilles tout seul.

- Excusez-moi, M'sieur, mais comment un gars peut vivre avec ça?

- C'est pour ça que les plus futés choisissent la première solution. On paie les perceurs deux et six par semaine et on les laisse aller au bothy, mais pour les balayeurs, c'est pas les mêmes conditions.

Adam était abasourdi. Nulle part dans les rapports des parlementaires, il n'avait été fait mention que les salaires minimums pouvaient être aussi bas. De plus, le Ten Hours Bill rendait les journées de quatorze heures totalement illégales.

- Je pense que je vais aussi choisir la première solution, dit-il.

- C'est quoi, ton nom?
- Fielding. Adam Fielding.
- Tu sais lire?
- Oui, M'sieur.
- Tu lis et tu signes.

Par la fente de la grille, il glissa une feuille de papier qu'Adam s'empressa de lire.

CONDITIONS D'EMPLOI

En tant qu'employé de Belladon Textiles, le soussigné s'engage par la présente à ne pas rejoindre quelque organisation que ce soit, dans le but de former un syndicat au sein de l'ensemble des travailleurs de l'entreprise.

Lu et approuvé:

- Alors, tu signes? Si tu ne le fais pas, inutile de venir demain matin. Monsieur Belladon ne veut pas avoir affaire avec ces organisations syndicales.

- Mais c'est tout à fait normal dit Adam qui pensait : «c'est de l'esclavage pur et simple!» Donnez-moi un crayon.

- Donnez-moi un crayon, *Monsieur*.

- Donnez-moi un crayon, Monsieur.

Pendant que Monsieur Hawkswood lui tendait une plume et tout en signant de son pseudonyme, Adam se dit qu'à raison d'un shilling par semaine, et compte tenu du fait que son revenu hebdomadaire était actuellement de mille livres, il lui faudrait un peu plus de deux cent vingt-huit ans pour gagner cette somme.

- Je peux jeter un œil à la manufacture, M'sieur Hawkswood?

- Pourquoi pas? tu es des nôtres, maintenant.

L'obèse se leva péniblement de son tabouret après avoir soigneusement rangé le document au fond d'un tiroir.

- Fais le tour jusqu'au portail 1, et je t'ouvrirai.

Courbé sous les rafales de vent glacé, Adam progressa jusqu'au dit portail. Il pouvait entendre le ronflement sourd des machines derrière les fenêtres crasseuses d'où s'échappait une lueur diffuse.

- Entre, Fielding. Pas mal, hein? ricana Monsieur Hawks-wood.

Ce qui frappa Adam de prime abord, ce fut le bruit, la chaleur et l'odeur nauséabonde. L'incessant mouvement des rouages des machines à vapeur qui dégageaient une chaleur de quelque vingt-cinq degrés, faisait un vacarme infernal.

Mais quelle fut sa surprise, quand il vit que, hormis lui-même, Monsieur Hawkswood et deux hommes à la mine patibulaire qui tenaient des lanières de cuir, il n'y avait aucun autre adulte dans l'usine. L'ensemble de la main-d'œuvre se composait strictement d'enfants dont les plus âgés ne semblaient pas avoir plus de quinze ans. Des garçons et des filles, sales et en haillons, certains de sept ou huit ans, voilà ce que cachaient les murs de la manufacture de Mandeville.

- Celui-là, la-haut, c'est Cliff Burton, le contremaître, cria Le gros homme pour couvrir le bruit des machines. Les gars et les filles le respectent, je peux te le dire. S'il y en a un qui s'endort ou qui fait une erreur, ça crée une faille et ça donne du mauvais fil. Burton les cravache ou leur donne quelques coups de barre.

- Comment ça?

- Oui, tu vois bien les lanières de cuir qu'ils tiennent tous les deux, et la barre c'est celle que tu vois là-haut.

Adam leva les yeux et vit une lourde barre de fer de neuf pieds suspendue un peu plus loin.

- Crois-moi qu'avec ça, ces petits bâtards se tiennent tranquilles, d'ailleurs la plupart d'entre eux sont vraiment des bâtards. On va les chercher, deux ou trois fois par an, dans les bas quartiers de Londres. Ils arrivent tellement sales, que, pour eux, le «bothy», c'est un vrai paradis.

Pendant que celui qu'Adam considérait comme un véritable monstre débitait cyniquement ses explications, il examina les pauvres gamins. C'est avec peine qu'il réussit à contenir l'immense fureur qui naissait en lui, en voyant que la plupart de ces enfants souffraient de malformations, d'infirmités diverses et même de dégénérescence.

- Est-ce qu'ils logent tous dans le «bothy»?

Croyant déceler dans la question quelque allusion scabreuse, l'obèse lui lança un regard complice.

- Eh, oui, l'ami.

- Garçons et filles ensemble? sans surveillants?

- Des surveillants? Monsieur Hawkswood s'esclaffa. Pas question! Quand certaines filles ne sont pas trop laides, on les envoie ailleurs... Sacré veinard! Tu vas pouvoir t'amuser!

Un voile meurtrier passa encore une fois devant les yeux d'Adam. Cependant, en vrai Britannique, il se garda bien d'envoyer son poing sur la face bouffie du gros homme. Après tout, ce dernier faisait, en quelque sorte, son éducation, et tout ce qu'il apprenait était éminemment instructif : Horace Belladon contrevenait au Ten Hours Bill, qui limitait les heures de travail à dix heures par jour. Il allait également à l'encontre de toutes les normes d'hygiène en vigueur, par l'absence de ventilation dans cet endroit qui était une véritable étuve, et faisait complètement abstraction du règlement de sécurité de 1844, concernant l'usage de machineries dangereuses.

Toutefois, Adam devait encore en apprendre beaucoup.

- Burnside donne l'assaut à Fredericksburg!

Alex laissa tomber le journal et bondit hors de table, sans avoir fini son petit déjeuner.

- Où allez-vous, Alex? dit Lizzie, assise à l'autre extrémité.

437

- Je vais à Wall Street. Jim Fisk prétend que chaque fois qu'il y a une bataille, la bourse s'affole. Je passe d'abord par son bureau et j'y cours. À ce soir, chérie.

Lui envoyant un baiser du bout des doigts, il quitta la pièce en trombe.

- Où court-il encore, dit Lila, la grosse cuisinière noire, qui arrivait de la cuisine en portant un plateau d'argent garni du petit déjeuner. Miss Lizzie, vous avez épousé un lièvre, pas un homme.

- Je crains que vous n'ayez raison, Lila, soupira-t-elle.

- On dirait que chaque fois que vous lui dites de ralentir, il accélère davantage. Bon, qu'est-ce que je vais bien pouvoir faire de ce petit déjeuner? Je peux pas le conserver les œufs se perdent; voulez-vous les saucisses?

- Je préfère éviter d'en manger; je deviens de plus en plus grosse.

- Miss Lizzie, vous allez avoir un bébé; vous devez manger un peu plus; prenez donc une autre saucisse!

- Non, vraiment. C'est assez. Je prendrais volontiers un peu plus de café, cependant.

- Monsieur Alex m'a dit ce matin qu'il avait loué un cottage au bord de la mer pour la saison d'été, poursuivait la domestique en servant le café. C'est une bonne nouvelle, car New York est invivable en cette saison, Madame. En juillet il fait si chaud que même les cafards en crèvent.

- Lila, je vous en prie.

- Oh, oh, j'oubliais que vous n'aimez pas les insectes. Enfin, vous, Miss Amanda et moi, nous allons nous retrouver au bord de l'océan, et ça, c'est une bonne nouvelle. Pendant ce temps Monsieur Alex va rester ici pour continuer à faire fortune. Ne sera-t-il jamais lassé de gagner de l'argent? L'argent, l'argent, il ne pense qu'à ça!

Lizzie sourit.

- Il n'est pas près de changer.

- Eh. Quoi qu'il en soit, nous , nous allons être au frais sur la plage de Jersey...

Sa phrase resta en suspens car Amanda entrait dans la salle à manger.

- Bonjour, Maman; Bonjour, Lila!

- Bonjour, ma chérie.

- Bien. Maintenant, vous allez avaler quelques œufs brouillés, ma chérie, ordonna Lila à la petite fille qui prenait place auprès de sa mère après l'avoir embrassée. Vous avez mangé comme un oiseau ces jours derniers et je veux que vous finissiez votre assiette. Voulez-vous du pain grillé?

-Oh, oui, Lila; et aussi des fraises en conserve. Elles sont si bonnes!

- Eh. Elles peuvent l'être; je les ai préparées moi-même. Mais... il me semble qu'on a sonné.

La cuisinière trottina vers le hall d'entrée pendant qu'Amanda retirait sa serviette de son anneau d'argent.

- Que comptes-tu faire aujourd'hui? demanda sa mère.

- Jimmy Brady va venir et nous allons jouer dans le jardin.

- Très bien. c'est une très belle journée pour jouer dehors. Tu l'aimes bien, je crois?

- Oui, il est gentil. Mais il me fait tout le temps enrager car il se moque de mon accent. Il dit que je suis drôle et que je suis une étrangère; ça me rend folle!

- Tu n'as qu'à lui répondre que c'est *son* accent qui est drôle.

- C'est ce que je lui ai dit, mais il a boudé pendant dix minutes.

- Excusez-moi, Miss Lizzie, intervint Lila. Mais il y a là un policier qui demande à vous parler.

- Un policier?

- Oui, Madame.

Intriguée, Lizzie se leva aussitôt, et se dirigea vers le grand hall où l'attendait, la casquette sous le bras, un grand policier barbu en uniforme.

- Bonjour, Monsieur l'officier de police. Je suis Madame Sinclair, vous désiriez me voir?

- Oui, Madame. C'est au sujet de votre mari.

- S'est-il-passé quelque chose?

- Je crains que oui, Madame. Monsieur Sinclair a perdu connaissance voici quelques minutes en montant dans sa voiture.

- Alex!

- Votre cocher l'a aussitôt emmené chez le docteur Logan. Nous avons pensé que c'était la meilleure solution, compte tenu des circonstances.

- Je suis persuadée que vous avez eu raison, dit-elle en essayant de garder son calme. Lila, mon chapeau... le gris.

- Oui, Madame. J'espère qu'il n'est rien arrivé de grave à Monsieur Alex.

Elle se hâta vers le vestibule. Lizzie se tourna alors vers le policier.

- Merci infiniment, dit-elle. Auriez-vous l'amabilité de héler une voiture?

- Avec plaisir, Madame.

Le docteur Logan habitait aussi dans la 5e Avenue, cinq pâtés de maisons plus bas, dans une maison similaire à celle des Sinclair. Dix minutes plus tard, Lizzie sonnait à la porte.

- Je suis Madame Sinclair, annonça-t-elle à l'infirmière qui vint lui ouvrir.

- Entrez, je vous prie.

- Mon mari est-il...?

- Le docteur est auprès de lui, en ce moment. Veuillez attendre quelques instants. Il sera à vous incessamment.

- Mais mon mari est-il...?

- Le docteur vous donnera toutes les explications.

Lizzie alla donc dans la salle d'attente. Elle se souvenait du malaise d'Alex dans la salle de bains et des avertissements du médecin. Comme l'avait dit Lila, en dépit de toutes les recommandations, il n'avait fait qu'accélérer son rythme de travail qui relevait déjà de la véritable folie.

«Cette infirmière me rend folle, se dit-elle. Pourquoi n'a-t-elle donc rien voulu me dire?»

- Madame Sinclair?

Elle se leva et vit le praticien qui était entré dans la salle et qui frottait son lorgnon d'un air embarrassé.

- Comment va-t-il docteur?

- Je vous en prie, asseyez-vous.

- Pour l'amour du Ciel! Allez-vous enfin me dire ce qui se passe? s'exclama-t-elle, exaspérée et anxieuse à la fois. Va-t-il bien?

- Je crains fort que non. Votre mari a eu une très sérieuse attaque. Je ne puis encore me prononcer sur la durée de son état, mais pour le moment, il est paralysé.

- Mon Dieu, Alex... Paralysé!

- Nous savions tous que cela pouvait arriver; il avait déjà eu un sérieux avertissement.

- Puis-je le voir?

- Oui, certainement. Cependant, je dois vous prévenir : il parle très difficilement et il est, de plus, en état de choc. Nous devons nous garder de le déranger davantage; donc pas de larmes ni de reproches.

Il conduisit la jeune femme dans son cabinet. Alex était étendu sur le dos, le col de chemise déboutonné, pendant que l'infirmière lui ôtait ses chaussures.

Lizzie se pencha sur lui et put voir au fond de ses yeux une terrible frayeur.

- Chéri...dit-elle en essayant de sourire.

Elle lui prit la main et la pressa doucement contre elle, ne réalisant pas encore l'état dramatique de son mari.

- Tout va s'arranger, dit-elle.

Il la fixait intensément et elle vit qu'il remuait les lèvres.

- Ne te fatigue pas, mon chéri.

- Je...

Elle s'agenouilla près du sofa et posa sa joue contre la sienne.

- t'ai...

- Chut, mon chéri, repose-toi.

- aime...

Elle détourna la tête pour cacher ses larmes.

CHAPITRE VINGT-SEPT

Zachary Clayton se disait que, si ce n'était pas l'enfer, cela devait bougrement lui ressembler. On était le 14 décembre 1862, aux environs de minuit, le temps était glacial et, à l'horizon, le ciel s'embrasait des tirs incessants des canons yankees. Il était accroupi derrière le mur de pierre qui, jusqu'à présent, lui avait sauvé la vie. Sur la pente qui s'étirait devant lui, il pouvait entrevoir bon nombre de corps nus entassés çà et là.

La journée qui venait de s'achever avait été son baptême du feu. Et quel baptême! Les rumeurs qui couraient parmi les rangs des Confédérés prétendaient que les pertes nordistes s'élevaient à quinze mille hommes, ce que le jeune homme croyait sans peine. En effet, toute la journée, vague après vague, les troupes fédérées avaient donné l'assaut des hauteurs nommées Marye's Heights, qui dominaient Fredericksburg et de la Rappahannock River. Le feu roulant des Sudistes les avait chaque fois repoussées. Le commandant en chef avait décidé de lancer toutes ses forces dans cette bataille qui tournait au carnage; et maintenant, Zack pouvait entendre les gémissements des blessés et des mourants. Il pouvait également entrevoir ses camarades détrousseurs de cadavres, en train de délester les corps de tout ce qui était récupérable : vêtements, chaussures, munitions, armes, etc. Le gel avait figé les corps en de grotesques positions, ce qui avait pour effet de rendre la scène encore plus apocalyptique.

Néanmoins, aussi horrible que cela pût être, Zack jubilait. Il ne faisait aucun doute que cette journée représentait indéniablement une grande victoire pour le Sud. L'impopularité d'Abraham Lincoln allait grandissant et cette nouvelle défaite pourrait bien lui faire baisser les bras. Dans son esprit, cette froide nuit de décembre pourrait bien voir la fin de la guerre.

- Charlotte m'a rapporté les incidents de la nuit dernière.

Ellie May s'adressait à son gendre, étendu sur un sofa du salon, en train de boire, à même le goulot, une bouteille de chambertin qu'il avait dérobée à la cave.

- Je ne puis y croire, Clayton! C'est impossible!

- Et pourtant, vous feriez mieux; car c'est la pure vérité.

- Vous... avez eu des relations avec cette négresse...

- Si vous croyez que c'est la première fois que cela arrive. Vous devriez vous renseigner sur ce qui s'est passé dans notre pays durant ces deux cents dernières années.

- Mais vous avez transmis à ma fille cette affreuse maladie. Vous n'êtes qu'un être vil, Clayton! Vous avez trahi tout ce pourquoi vous vous êtes battu : la noblesse et la générosité du Sud.

- Au diable la noblesse et la générosité! protesta-t-il en s'asseyant.

- Quand Phineas apprendra ces horreurs, il vous fouettera comme un chien!

- Comme il sait si bien le faire avec ses esclaves? Cela doit être moins drôle avec un Blanc, mais je pense qu'il y prendra quand même un plaisir certain. Laissez-moi vous expliquer une chose, chère mère : savez-vous d'où provient l'argent du coffre qui se trouve au sous-sol? Il provient des commissions que reçoit ce cher général Whitney des profiteurs de guerres! Les jeunes Sudistes se font tuer ou estropier, comme moi, pendant que votre mari se remplit les poches de l'or de ses concitoyens! Cet argent est rouge de sang, Ellie May; et ne dites plus le moindre satané mot sur la noblesse; le Sud est pourri jusqu'à la moelle, et cette pourriture est née de l'esclavage, l'institution la plus ignoble que l'on ait pu concevoir sur cette terre!

Il s'était levé et claudiqua péniblement sur ses béquilles vers la porte. Atterrée, Ellie May le fixait, désarmée par ces ahurissantes révélations.

- Je ne vous crois pas! souffla-t-elle.

- Bien sûr. Mais demandez donc à mon frère. Il dit ce que nul dans l'armée confédérée n'ignore. Maintenant, excusez-moi, Madame; je vais chercher une autre bouteille de vin; la seule façon de dissiper la puanteur de corruption qui empeste cette maison, c'est de s'enivrer.

Il ouvrit la porte et quitta la pièce. Restée seule, Ellie May se sentit dans un état d'angoisse et de nervosité intense.

«Je ne peux y croire», se disait-elle en se mordant l'index. «Je ne peux y croire.»

Cette nuit-là, il plut à la plantation Fairview. Il plut très fort. Dans son lit, Ellie May regardait fixement le plafond, écoutant la pluie marteler la toiture et se demandant quel serait l'avenir de sa famille. Ce qu'avait fait Clayton était atroce, et elle se demandait comment sortir les siens de ce très mauvais pas. Elle entendit alors que l'on chantait «Dixie».

«*Oh, I wish I was in the land of cotton, old times there are not forgotten, look away, look away, Dixie Land!*»

C'était Clayton, ivre comme à l'accoutumée, qui montait les escaliers pour aller se coucher. La chanson entraînante, écrite peu de temps avant la guerre pour le fameux Bryant's Minstral Show à New York, était ânonnée d'une voix de fausset et n'avait plus rien d'entraînant.

Ellie May avait reçu une éducation de grande dame, mais ses nerfs ayant été mis à rude épreuve ses temps derniers; elle se dressa sur son lit et s'apprêtait à hurler sa colère, quand les chants cessèrent soudainement. En un éclair, elle se souvint du lamentable retour d'Europe de Phineas chantant lui aussi «Dixie» et se lamentant que la guerre était perdue. Mais maintenant que les Sudistes allaient gagner la grande bataille de Fredericksburg, n'y avait-il pas de l'espoir? Oh Seigneur! Elle ne savait plus que penser, mais comme elle espérait que Phineas revienne! Il saurait, lui, comment traiter Clayton! Et il aurait vite fait de dissiper ses doutes quant à la mystérieuse origine de ce coffre!

L'écho d'un coup de feu se répercuta dans la maison. Elle trembla de tous ses membres, incapable sur l'instant de la moindre réaction. Puis elle se ressaisit et alluma la lampe. Il y eut un cri provenant de la chambre de Charlotte, puis un autre coup de feu. Puis, un troisième, et le bruit d'un corps qui s'affaisse.

- Oh, mon Dieu!

Ellie May courut vers la porte de la chambre de sa fille et tenta vainement de l'ouvrir. Elle se souvint que cette dernière avait pris l'habitude de s'enfermer afin d'éviter les brutalités de son mari. Elle vit que la chambre voisine, celle de Dulcey, était ouverte. Elle y entra.

S'approchant dans la pénombre, elle vit avec horreur que le visage de la jeune esclave avait été déchiqueté par une décharge de chevrotine. En hurlant, elle se dirigea vers l'autre pièce et faillit trébucher sur le corps de Clayton dont la tête reposait dans une mare de sang. Elle reconnut le fusil de chasse de son mari parmi les béquilles du malheureux.

- Charlotte! cria-t-elle.

Sa fille était bien dans son lit. Mais l'infirme lui avait réservé le même sort qu'à Dulcey : la moitié du visage avait été emporté.

- Tu avais raison, Elton, disait Sarah quinze minutes plus tard en lui préparant une tasse de café.

À l'étage, les hurlements d'Ellie May se mêlaient aux rafales de pluie qui redoublait de violence.

- La vengeance appartient à Dieu. Il nous a vengés de cette famille mieux que nous l'aurions fait nous-mêmes.

Le vieil homme secoua tristement la tête.

- Dieu sait tout. Mais j'ai de la peine pour Miss Charlotte et pour Miss Ellie qui est en train de devenir folle.

Mais la seule image que voyait Sarah, c'était celle du corps de son fils Tucker, martyr de la famille Whitney.

Chronique lue dans *la Presse*, numéro un des quotidien de Paris, du critique musical, connu sous le pseudonyme de Salieri, en date du 3 janvier 1863.

La nuit dernière, un événement d'un caractère exceptionnel est survenu à la salle Pleyel. Un récital de piano fut donné par un jeune Américain du nom de Gabriel Cavanagh. Cet événement fut exceptionnel à bien des égards. D'abord, le jeune virtuose n'est âgé que de douze ans et déjà le monde de la musique reconnaît en lui un *wunderkinder* prodigieusement doué qui interpréta la sonate «Hammerklavier» sans une seule fausse note. Il faut ensuite noter que Monsieur Cavanagh est le premier virtuose d'outre-Atlantique à se produire à Paris depuis l'étonnant Louis Moreau Gottschalk. Peut-être le vieux continent, qui ne voyait jusqu'à présent en l'Amérique qu'un pays d'Indiens, de tomahawks et d'esclaves, devrait-il reconsidérer ses valeurs culturelles.

Le troisième, et non le moins étonnant aspect de ce concert, est que Monsieur Cavanagh est un noir, fils d'esclave. Malgré le fait que le grand maître Liszt ait encouragé et soutenu le jeune homme, le Tout-Paris se perdit en spéculations de toutes sortes. On pouvait ainsi entendre, avant son entrée en scène, des réflexions de la plus navrante vulgarité comme : «A-t-il le nez percé d'un os?» ou bien : «Va-t-il nous danser un cake-walk?» ou encore : «Se nourrit-il de bananes?». Mais dès son apparition, les rumeurs cessèrent. Loin de ressembler à un Oubangui, Monsieur Cavanagh était vêtu avec la plus stricte élégance et empreint d'une grande dignité dignité. Sans attendre il prit place et commença d'interpréter le plus merveilleux Scherzo en si mineur de Chopin que l'on n'ait jamais entendu d'oreille de critique. Dès les premiers accords tumultueux du thème d'ouverture - si fréquemment mal joué par d'autres - le garçon fit montre d'une telle maîtrise du clavier que c'en fut étourdissant. L'*agitato*, loin de ressembler aux accords tapageurs auxquels nous étions habitués, fut une merveille de doigté et d'élégante sensibilité. Le somptueux *molto piu lento* en si majeur, fut tout simplement divin. Puis, il y eut le retour au thème principal, le furieux galop de la coda, avec ses trilles dissonantes qui assaillirent divinement nos tympans et la charge finale de l'échelle chromatique qui achevèrent de porter l'auditoire aux nues. Les longs applaudissements frénétiques ont prouvé qu'une nouvelle légende venait de naître.

Mais ceci n'était qu'un hors-d'œuvre de ce festin musical. Monsieur Cavanagh décida alors d'interpréter librement le Faust de Gounot. Malgré les énormes difficultés du thème, la formidable dextérité de l'artiste acheva de dissiper les derniers doutes quant à son génie. Après un bref entracte, nous eûmes droit à la sonate «Hammerklavier» de Beethoven. Et même s'il fit là la preuve de son inexpérience, il ne s'en tira pas moins avec les honneurs devant un morceau d'une telle difficulté.

En conclusion, décrire l'ambiance qui régna ce soir-là se résumerait à user des clichés les plus outranciers : la salle était ivre de joie; et comme il est pénible de rapporter ici le comportement de certaines de ces dames qui relevait de frénétiques bacchanales, criant et même s'évanouissant dans les bras de leurs compagnons. Ainsi, ne vit-on pas la princesse Belgiojoso, celle-là même qui, quelques années auparavant avait réuni, pour une de ses soirées, les six plus grands pianistes du monde, monter sur la scène et se jeter aux pieds de Monsieur Cavanagh en criant :«Sublime! Sublime! Votre art est divin!» Les plus promptes envahirent aussitôt l'estrade en tentant d'arracher les vêtements du jeune homme qui dut s'enfuir dans les coulisses, son habit en lambeaux.

Ainsi, Paris venait de découvrir une nouvelle idole dont les origines africaines ne sont certainement pas étrangères à la chose : la France est en effet fascinée par ses nouvelles colonies dont le jeune homme est devenu une sorte de symbole.

Mais que ce succès n'éclipse surtout pas un fait indéniable : la naissance d'un formidable talent, quelle que soit la couleur de la peau de celui qui le possède. Et c'est toujours un ineffable plaisir pour un critique que de le constater. Pour paraphraser Shumann lors d'une réception où il avait invité Chopin, alors débutant : «Chapeau bas, Messieurs. Un génie est parmi nous!»

Salieri.

Le jeune soldat confédéré était debout sous la pluie et urinait sur la tombe de son propre frère.

- Zack! cria Phineas Whitney en courant vers le jeune homme, un parapluie à la main. Que diable faites-vous?

- Que croyez-vous que je fais, Général? Je pisse sur la tombe de Clayton. Je pisse sur la tombe d'un traître et d'un assassin et peu m'importe qu'on le sache.

Zack reboutonna son pantalon d'uniforme et la pluie qui coulait sur son visage cachait ses pleurs. Phineas, en uniforme lui aussi, posa sa main sur l'épaule du jeune garçon

- Je comprends ce que tu ressens, dit-il en posant le regard sur la tombe voisine qui était celle de sa fille.

Les époux avaient quand même été enterrés côte à côte dans le caveau familial alors que le corps de Dulcey avait été envoyé au cimetière des noirs; car même dans la mort, les deux races devaient être séparées.

- Je l'aimais, Général, disait Zack les yeux rougis de désespoir. Il a été le meilleur des frères, et puis, il a changé... Les Yankees sont déjà assez mauvais et il a fallu que mon propre frère... Ce sont ces maudits Yankees qui ont semé le doute dans son esprit quand il était à Princeton. Ces satanés Abolitionnistes!

- Nous devons poursuivre la lutte, Zack. Nous devons la poursuivre quoi qu'il advienne.

- Croyez-moi, Monsieur, vous n'avez aucune inquiétude à avoir à mon sujet. Je détesterai ces protecteurs de nègres jusqu'à la fin de mes jours.

- C'est ça l'esprit du Sud, fils. Aussi longtemps que nous aurons des hommes comme toi, la noble cause ne mourra jamais. *Jamais*.

CHAPITRE VINGT-HUIT

Après seulement un jour de travail à la manufacture de Mandeville de la Belladon Textiles, Adam était sidéré par l'endurance des enfants qui travaillaient aux fuseaux de coton. Quatorze heures de travail l'avaient complètement anéanti et cela ne faisait que commencer. Que des enfants de sept ans puissent tenir quatorze heures avec, pour tout repos, une demi-heure durant laquelle ils avaient droit à un bol de gruau et un croûton de pain rassis sans s'effondrer, relevait, à son sens, du miracle. En effet, il avait découvert que les émouvantes enflures des chevilles de la plupart des enfants était dues aux longues heures debout, et tout cela pour le misérable salaire de deux shillings et six pence par semaine.

L'usine était régie par la terreur, et les contremaîtres, tout comme leurs confrères du sud des États-Unis, n'avaient d'autre règle que la force brutale. Dès le premier jour, Adam vit Tim, un frêle enfant de onze ans, sauvagement battu par Cliff Burton, sous prétexte qu'il somnolait pendant son travail. C'est avec une fureur qu'il contint à grand-peine, qu'il vit l'intendant fouetter le jeune enfant sur le dos et les épaules puis, comme punition finale, accrocher à son cou un poids de vingt livres pour le restant de la journée. Adam savait qu'une intervention de sa part équivaudrait à un licenciement immédiat. Il rongea donc son frein, se disant qu'il devait en apprendre davantage afin de mieux aider l'ensemble de ces enfants.

Des filles, appelées pillardes, passaient leur temps à plat ventre pour récupérer les flocons de coton qui s'échappaient continuellement des fileuses. Bien souvent, elles devaient ramper à plat ventre sous les rouages des machines constamment en mouvement et Adam trouva miraculeux qu'aucune n'ait encore eu la chevelure happée par les courroies de cuir. Ces pillardes, donc, apportaient ce coton à une extrémité du bâtiment et la tâche d'Adam consistait à le rassembler en d'énormes montagnes et à le transporter dehors dans de lourds conteneurs d'acier. Il comprit vite, aussi, pourquoi un adulte était assigné à cette tâche : le plus fort des enfants n'aurait pu porter ces conteneurs.

Le travail, dans cette moiteur étouffante, dans le grondement incessant des machines et sans eau potable pour réhydrater ces jeunes corps qui transpiraient abondamment, était physiquement exténuant et moralement tuant. Adam se rendait compte que ces pauvres enfants esclaves, en plus de perdre leur jeunesse et de ruiner leur santé, ne connaissaient d'autre école que celle des brimades et des châtiments corporels. C'était ça, l'avenir de l'Angleterre!

Mais, aussi affreuses qu'aient pu être les conditions de vie à la manufacture, la vie dans le «bothy» était bien pire. La triste maison de brique abritait plus de cinquante enfants des deux sexes, sans aucune hygiène disponible, sauf une pompe qui se trouvait à l'extérieur de la maison, et sans toilettes, hormis deux recoins privés sales et nauséabonds. En fait, ce n'était qu'une grande pièce vide meublée de sommaires lits de camps - un dortoir puant et insalubre.

- Il y a des puces à la pelle, le prévint un certain Larry. Et on s'amuse à dresser les rats.

La pudibonderie n'était pas le fort d'Adam. Il fut pourtant choqué par la façon dont les enfants exhibaient leur intimité. Mais les pauvres enfants étaient si épuisés, que la grande majorité tombaient littéralement de sommeil. Ils étaient réveillés le lendemain par la sirène de cinq heures, pour prendre la relève de l'équipe de nuit qui occupait immédiatement leurs places dans les mêmes lits crasseux.

Larry le rouquin, dont le lit était voisin de celui d'Adam, paraissait intelligent et, le lendemain soir, ce dernier entama une conversation avec le jeune garçon..

- Pourquoi travailles-tu dans cet endroit infect? demanda-t-il.

- Ce n'est pas si mal. D'où je viens, c'était bien pire.

- Et d'où tu viens?

452

- De Whitechapel à Londres. Les rats sont gros comme des éléphants.

- Qui sont tes parents?

- J'en sais rien, je ne les ai jamais connus. Au moins, ici, je gagne un peu d'argent et je ne suis pas à la rue. Et si je travaille bien, Madame Abernathy ne viendra pas me chercher. C'est la femme qui emporte les garçons et les filles qui ne travaillent pas bien.

- Où elle les emmène?

- J'en sais rien. Mais personne ne les revoit plus jamais. Elle est venue le mois dernier et elle a emmené Jennie, Nellie et trois autres filles. C'étaient les plus jolies. Des fois, elle emporte des garçons aussi.

- Fermez-la, dit un garçon à côté d'eux. Faut que je dorme.

- Excuse.

Larry se retourna et ne dit plus mot. Adam essayait de s'endormir, mais aussi exténué qu'il pût être, cette nouvelle information le tourmentait. Après quelques minutes, il quitta sa couche et se dirigea vers la porte pour sortir prendre l'air et réfléchir.

Cette étrange Madame Abernathy qui emportait les «beaux» enfants ne cessait de l'intriguer. Où pouvait-elle bien emmener ces enfants? Il se souvint de l'allusion de Monsieur Hawkswood qui disait que les plus beaux étaient «ailleurs». Les propriétaires de filatures se livreraient-ils à la prostitution?

Il emplit ses poumons d'air frais, puis retourna dans la puanteur du bâtiment pour tenter de trouver un peu de sommeil.

L'accident survint le lendemain matin, à dix heures trente. Adam était en train de balayer dans un coin du hangar où se trouvaient vingt énormes métiers à tisser du jacquard, quand il entendit Cliff Burton, le surintendant, qui commençait à vociférer. Il se retourna et vit que ce dernier battait le petit Larry, à l'aide de sa lanière de cuir. Adam lâcha son balai et courut entre les rangées de métier, à la plus grande surprise des enfants dont la plupart interrompirent leur travail. Adam fonça sur Burton et agrippa son poignet.

- Frappe donc quelqu'un de ta taille! cria-t-il en arrachant la sangle de cuir des mains de l'homme et en le frappant au visage.

Les enfants hurlaient de joie, tout excités de voir leur bourreau tant haï, enfin corrigé. Burton était grand, et bien qu'un peu éméché, il pouvait se battre. Il sauta sur Adam et, l'empoignant par la taille, le jeta durement sur le sol. Ils roulèrent à terre en échangeant des coups de poing. La brute assena un coup sur le nez d'Adam qui se mit à saigner. Mais ce dernier le toucha à l'estomac avec une telle violence, que l'autre en eut le souffle coupé. Profitant de son avantage, le jeune homme sauta sur ses pieds en essuyant d'un revers de manche le sang qui coulait de son nez.

Burton se remit péniblement debout. Les deux hommes tournaient lentement en s'observant, pendant que les métiers à tisser poursuivaient leur grondement infernal, les bobines allant et venant sur les chaînes. Tel un fauve, Burton se rua soudain sur Adam. Celui-ci esquiva l'assaut de l'homme qui tomba sur un métier dont une courroie verticale accrocha son bras. On eût dit soudain que Burton était tout à coup aspiré vers le plafond de métal. L'intendant, hurlant de terreur, tentait vainement de libérer son bras de la lanière de cuir qui entraînait un immense rouage près du plafond tournant à cent vingt tours minutes sur un axe d'acier qui traversait toute la longueur du bâtiment entraînant à son tour les vingt machines à tisser. L'homme fut donc violemment projeté contre le plafond, puis il retomba pesamment parmi les rouages, les poulies et les engrenages, où il fut déchiqueté.

Les enfants criaient de joie, entourant Adam et le boxant affectueusement de leurs petits poings.

Une fois de plus, il était le héros. Mais cette fois-ci, pour un bien pauvre auditoire.

- En référence à vos nombreuses donations passées, disait Lady Gwendolyn Despart en prenant le thé en compagnie d'Horace et de Lettice Belladon, nous espérons que vous saurez vous montrer généreux envers l'«association pour la préservation et la diffusion du chant des oiseaux» de Manchester.

Horace, dont le tour de taille s'arrondissait d'un pouce par an, paraissait perplexe.

- Veuillez pardonner mon ignorance, Miss Gwendolyn, mais j'éprouve quelques difficultés à comprendre. Comment peut-on préserver et faire connaître le chant des oiseaux?

- Un jeune homme très astucieux, Monsieur Whipple, a découvert une méthode permettant de transcrire le chant des différents oiseaux. Nous avons espoir, grâce à de généreuses donations, de pouvoir distribuer des manuels à travers toute l'Angleterre. Les générations passées ont été éduquées à ce propos, pour la grande majorité, dans les champs. Compte tenu de l'afflux sans cesse croissant vers les villes, nous estimons que les enfants se trouvent maintenant écartés de cette communion avec la nature et notre association a pour but de pallier cette lacune en enseignant le chant des oiseaux dans les écoles.

Monsieur Clyde, le maître d'hôtel des Belladon, entra dans la bibliothèque et se pencha à l'oreille de son employeur.

- Excusez mon intrusion, Monsieur, mais Monsieur Creevy est ici et aimerait avoir un entretien avec vous; cela semble urgent.

Horace prit un air contrarié.

- Je vous prie de bien vouloir m'excuser, Lady Gwendolyn, je dois m'absenter quelques instants.

Il alla dans le hall d'entrée où se trouvait toujours le grand tableau de Landseer avec les mêmes chiens aux yeux atones. Monsieur Creevy, le chapeau à la main, attendait près de la porte. Horace capta immédiatement la lueur de panique au fond de sa prunelle valide.

- Qu'y a-t-il, Creevy? demanda-t-il d'un ton autoritaire.

- Monsieur, il est arrivé un accident à Mandeville. Burton, le surintendant, est tombé dans un métier à tisser et il est mort broyé.

- Damnation, c'était un bon élément; trouvez-lui un remplaçant.

- Excusez, Monsieur, mais il y a autre chose. Apparemment, Burton se serait battu avec le nouveau balayeur, un dénommé Fielding. Et je viens juste de réaliser qui est en vérité ce Fielding.

- Êtes-vous conscient que vous me dérangez pendant l'heure du thé avec Lady Gwendolyn? pesta Horace. C'est peut-être une dame patronnesse, mais c'est aussi la femme du Lord Maire!

- Excusez, Monsieur, je ne vous aurai pas dérangé si ça n'avait pas été très important. Il y a quelques jours, un jeune homme était à l'auberge Victoria et Albert et cherchait du travail. J'ai pensé qu'il ferait un bon balayeur pour Mandeville. Sur le moment, son visage m'a rappelé quelqu'un sans savoir qui, jusqu'à aujourd'hui.

Le héros favori de mon fils c'est Lord Pontefract; il a même un portrait de lui dans sa chambre. Le gamin a la rougeole et je suis allé le voir ce matin et c'est là que j'ai aperçu le portrait. Je suis prêt à jurer que l'homme que j'ai envoyé à Mandeville n'est autre que Lord Pontefract.

- Êtes-vous fou? qu'est-ce qu'un riche noble...

Horace s'interrompit et son visage devint pourpre.

- Il s'est déguisé... il adore se déguiser... Et vous l'avez envoyé à Mandeville?

- Oui, Monsieur. Je n'avais pas idée...

- Vous n'êtes qu'un fou! Un pauvre fou imbécile!.

Il leva les poings et faillit battre Creevy, mais il se ravisa.

- Retournez là-bas et débarrassez-vous-en!

- Vous voulez dire...

- Je vous dis de vous en débarrasser! S'il raconte ce qu'il a vu, je suis ruiné! Ruiné!

- Mais jusqu'où dois-je aller? Cet homme est un héros...

- Tuez-le!

Horace lui tourna le dos et se dirigea vers la bibliothèque où Lady Gwendolyn poursuivait ses gazouillis. Mais en arrivant à la porte, il se ravisa et revint vers son employé.

- Amenez-le au vieux moulin à eau, d'abord; j'ai quelques questions à lui poser.

- À vos ordres, Monsieur.

- Il se pourrait que quelqu'un d'autre soit au courant de son initiative.

Durant la nuit suivante, Adam, selon son habitude, sortit du «bothy» pour prendre un peu l'air. Il faisait froid et c'était la pleine lune. Il entrevit Creevy et deux autres hommes près de la porte.

Il ressentit aussitôt une violente douleur à la base du crâne et sombra dans le noir.

CHAPITRE VINGT-NEUF

L izzie dînait en compagnie de Jim Fisk dans sa maison de la 5ᵉ Avenue et ce dernier était en train de dévorer une poitrine de canard.

- Chaque fois que mon regard se pose sur Alex, cela me tue, disait-elle. Lui qui était si plein de vitalité, si actif - bien trop, assurément - le voilà maintenant comme un enfant qui peut à peine parler. Cela me brise le cœur.

- Le docteur Logan ne vous aurait-il pas prédit une quelconque amélioration? demanda Fisk sans interrompre sa mastication.

- Il ne sait que dire. Il a la réputation d'être le meilleur médecin de New York, mais que savent les médecins? Il espère, évidemment une amélioration. Un masseur suédois vient chaque jour pour s'occuper d'Alex et, selon moi, il y a un léger progrès; toutefois, il n'existe aucune véritable médication pour le guérir... C'est la pire chose qui pouvait lui arriver. La pire! Il est encore si jeune; à peine trente-deux ans!

- Qu'avez-vous décidé au sujet du magasin? Je sais qu'Alex avait pris toute l'affaire en main, depuis les caisses jusqu'au nettoyage pratiquement. Qui va s'en occuper, maintenant?

- Je l'ignore. C'est pourquoi j'ai voulu vous voir, cher Monsieur Fisk. Vous connaissez tout des affaires; alors que moi elles me rebutent. Puis-je vous demander conseil?

- Certainement, Madame Sinclair. Alex est de mes amis et aussi un client de ma société de courtage; aussi je serai très heureux de vous prodiguer mes conseils quoique je ne puisse rien garantir. Laissez-moi vous dire une chose : un grand magasin est une affaire très complexe à gérer. C'est un travail quotidien qui demande constamment des décisions au coup par coup. Une présence et une surveillance permanente; faute de quoi, vous y laissez votre chemise. Vous pourriez embaucher un gérant, mais il vous faudrait le surveiller étroitement si vous ne voulez pas qu'il vous vole dès que vous aurez le dos tourné. Alex me tuerait s'il m'entendait, mais je pense que vous devriez envisager de vendre Sinclair & fils; à moins que vous ne décidiez de vous en occuper vous-même.

— C'est impossible. Non seulement je n'ai aucune aptitude pour les affaires, mais en plus, j'attends un enfant. Je ne suis vraiment pas en situation pour m'occuper d'un magasin.

— Dans ce cas, il vous faut vendre. Écoutez : j'ai justement un acheteur pour vous. J'ai travaillé longtemps pour Jordan & March à Boston et je sais qu'ils cherchent à pénétrer le marché de New York. Je pense pouvoir tirer un très bon prix de Sinclair & fils; oui, Madame, vraiment un très bon prix; et en témoignage de mon amitié envers Alex, je ne vous prendrai pas de commission; vous n'aurez à payer que mes dépenses.

— Monsieur Fisk, vous êtes un véritable ami. Pour parler franchement, j'en étais arrivée aux mêmes conclusions. Je n'ai guère le choix, il faut que je vende. Combien pensez-vous que je puisse en obtenir?

— Eh bien, sans avoir consulté les livres de comptes, on peut prévoir environ trois millions de dollars. Puis-je me permettre une suggestion?

— Je vous en prie.

— Si nous faisons cette opération, peut-être ne devrions-nous pas en parler à Alex. Vu son état, je pense que pareille nouvelle ne ferait que le perturber davantage.

— Vous avez bien raison.

Elle réfléchit quelques instants. Ce magasin faisait la fierté et la joie de son mari. En le vendant, elle savait qu'elle lui ferait du mal et que cela pourrait se retourner contre elle; c'était là la dernière chose au monde qu'elle souhaitait. Mais il était maintenant complètement dépendant, incapable de bouger et il fallait en permanence des tours de garde d'infirmiers pour prendre soin de lui dans la moindre de ses fonctions naturelles. Elle ne voyait pas d'alternative.

- Faisons donc comme cela : vendons, dit-elle d'un ton résolu.

- Voilà une sage résolution. Dites-moi, ce canard est savoureux; pourrais-je en avoir un autre morceau?

- Bien sûr, dit-elle en sonnant Lila. Monsieur Fisk, vous êtes le plus précieux des trésors : un ami sur qui l'on peut compter.

- Je vous en prie, Madame, mes amis m'appellent Jimmy, répliqua-t-il avec un sourire qui voulait dire bien des choses.

Après que Jim Fisk fut parti, Lizzie retourna dans la salle à manger où Lila était en train de souffler les chandelles.

- Ce fut un excellent dîner, Lila, dit-elle. Monsieur Fisk a adoré votre canard.

- Ha-ha. Si j'avais su, j'y aurai mis de la mort aux rats.

- Au nom du ciel, pourquoi dites-vous de pareilles horreurs?

- Miss Lizzie, vous êtes une bonne, une très gentille personne. Vous traitez vos domestiques noirs comme des êtres humains et non pas comme des nègres. J'ai entendu parler de ce que vous aviez fait en Virginie avant la guerre pour vos esclaves et de Gabriel à qui vous avez payé des études en Europe pour qu'il puisse devenir quelqu'un. Je vous respecte et je vous aime. Vous allez sûrement me dire de m'occuper de mes affaires; mais si j'étais vous, je ne me fierais pas à ce Jim Fisk. Voilà, je l'ai dit et je suis heureuse de l'avoir fait.

- Lila, Monsieur Fisk est un ami!

- Ouais.

- Il l'est vraiment. Pas plus tard que ce soir, il m'a fait une offre extrêmement généreuse...

- Oh, j'ai tout entendu pendant que je lui servais du canard pour la troisième fois - il mange comme un cochon, d'ailleurs - Et je vous dirais qu'il n'est qu'un de ces brigands de Wall Street prêts à vendre leur grand-mère pour une bouchée de pain. Vous pouvez me congédier, si vous le voulez, mais je peux vous assurer que si vous confiez un penny de votre argent à cet homme, vous le regretterez toute votre vie. J'ai terminé et je vais me coucher; bonne nuit, Miss Lizzie.

Sur ces mots, la grosse domestique se dirigea vers l'office, laissant Lizzie à ses pensées. Après un moment, elle hocha la tête en signe de compassion envers les élucubrations de la servante. Elle aimait beaucoup sa cuisinière qui avait un cœur d'or mais un caractère acariâtre. Lila avait-elle perçu quelque chose chez Fisk qui lui aurait échappé? Bien sûr, l'homme était vulgaire, mais ce n'était pas un crime, et la proposition qu'il lui avait faite ce soir, lui avait semblé des plus généreuses : il ne demandait même pas de commission!

En arrivant à l'étage, elle conclut que Lila avait pris le gros homme en aversion sans raison précise. Elle alla frapper à la porte de la chambre où reposait son mari. Joe, l'infirmier de nuit, apparut dans l'entrebâillement.

- Comment va-t-il? demanda-t-elle.

- Il passe une mauvaise nuit; il ne parvient pas à s'endormir.

Elle décida d'entrer. S'approchant du lit, elle posa un baiser sur le front du malade.

- Lizzie, murmura-t-il avec difficulté.

Son élocution s'était un peu améliorée, mais Lizzie ne doutait pas qu'il parlait au prix de mille efforts.

- Jim Fisk était ici pour le dîner, et je commence à apprécier sa compagnie.

- Comment... est la bour... se?

- Elle a gagné huit points, aujourd'hui. Ne vous inquiétez donc pas.

- C... omment... va le... maga... sin?

- Nous faisons de bonnes affaires, chéri. Il faut dormir, maintenant.

Elle l'embrassa à nouveau et quitta la chambre. D'une certaine manière, elle était aussi désarmée que son mari. Elle ne savait que faire à propos du manoir qui se bâtissait plus loin dans la 5e Avenue. Elle avait reçu des factures d'un montant faramineux, par contre les travaux étaient beaucoup trop avancés pour être interrompus; et vendre le manoir gothique avant qu'il ne soit achevé ne s'avérerait pas chose facile. D'autre part, ne serait-il pas ruineux de l'achever? La demeure avait été initialement conçue pour couronner le succès notoire d'Alex. Mais maintenant, elle faisait plutôt figure de mausolée.

Elle avait tant de décisions à prendre, que Jim fisk lui parut la personne la plus apte à lui prodiguer des conseils. Elle regagna sa chambre et se sentit tout à coup exténuée. Elle se laissa tomber sur son lit et resta un moment les yeux fermés, le revers de la main posé sur son front.

Aussi méprisable que cela pût paraître, c'est à Adam qu'elle pensait. Adam, son fidèle chevalier, qui savait toujours ce qu'il fallait faire. Mais Adam était à l'autre bout du monde.

- Il faut que je me tire d'affaire toute seule, dit-elle à haute voix. Je ne dois compter sur nul autre que moi.

Quand il revint à lui, Adam réalisa que ses mains étaient liées derrière son dos si solidement que ses membres étaient engourdis, et il avait très mal à la tête du coup qu'il avait reçu. On l'avait assis sur une chaise de bois, les poignets liés aux jambes, au milieu d'un local vide qui lui parut être un moulin abandonné. Un feu avait été allumé dans une ancienne cheminée de brique, dont les faibles reflets laissaient entrevoir les carcasses de machines démantelées. Presque tous les carreaux étaient brisés et une partie de la toiture avait été emportée. Il put voir les nuages qui couraient dans le ciel nocturne.

- Il se réveille, constata un des quatre hommes qui l'avaient agressé, parmi lesquels Creevy, qui le tenait en joue.

- Allez avertir Monsieur Belladon, commanda ce dernier.

Ils s'étaient approchés de la chaise.

- C'était comment Cawnpore? demanda Creevy. Quel effet ça vous a fait de tuer Nana Sahib?

- Je ne sais pas de quoi vous voulez parler.

- La plaisanterie est terminée, Milord. On sait qui vous êtes. Est-ce que Nana Sahib a vraiment violé des Anglaises pendant la révolte?

Avant qu'Adam ait eu le temps de répondre, Horace Belladon fit son entrée dans le moulin désaffecté. Il était élégamment vêtu d'un manteau noir à col de fourrure et portait un haut de forme de soie. Chaque pouce de sa personne reflétait l'opulence du riche fabricant qu'il était. Il vint vers Adam, un sourire narquois sur les lèvres.

- Voilà une situation des plus intéressantes, n'est-ce pas? Je ne me souviens pas que nous ayons été présentés, Milord. Mais ma femme, qui est, comme vous ne l'ignorez pas, la sœur de Madame Cavanagh, m'a beaucoup parlé de vous. Au cas où vous ne le sauriez pas je suis Horace Belladon, votre - comment dirais-je - employeur.

- Oh, je sais très bien qui vous êtes : un patron méprisable. N'allez surtout pas prétendre que vous ignorez ce qui se passe dans vos infectes usines.

Adam regarda Creevy et les trois hommes et poursuivit en s'adressant à eux.

- Dites donc, Messieurs, saviez-vous que votre cher Belladon se livre à la prostitution d'enfants?

- C'est moi qui pose les questions ici! hurla Horace. Qui d'autre est au courant?

- Ceci ne concerne que moi.

Le gros homme s'adressa à l'un de ses sbires en désignant la cheminée.

- Apportez-moi un de ces tisons, ordonna-t-il. Vous m'avez coûté beaucoup d'argent ces dernières années. Votre discours à la chambre des Lords a ruiné tous les projets que j'avais élaborés avec le général Whitney. Ça m'a coûté des millions, et je n'ai pas du tout apprécié la chose. Pas du tout.

- C'est donc bien vous et Whitney qui avez enlevé ma fille?

- Comme je vous l'ai déjà dit, c'est moi qui pose les questions. Ouvrez sa chemise.

Il prit le tison que lui tendait un des hommes et le promena devant la poitrine du jeune homme.

- Je répète ma question : qui d'autre est au courant? Je veux des noms.

- Eh bien, la reine Victoria travaille comme ouvrière et le prince de Galles est perceur.

- Quel sens de l'humour il a! N'est-ce pas les gars? Voyons si ceci vous fera autant rire.

Horace fit un pas en avant et appuya le bout incandescent sur l'estomac d'Adam. Ce dernier poussa un hurlement de douleur et l'odeur de chair brûlée se répandit dans le moulin. Quand il retira le tison, une brûlure noire de trois pouces auréolait les chairs du jeune homme.

- N'est-ce pas drôle? Nos bons vieux inquisiteurs n'avaient peut-être pas votre sens de l'humour, mais ils avaient compris, cependant, que la douleur physique pouvait briser la volonté la plus forte. Dois-je recommencer, Milord? Ou préférez-vous répondre à ma question?

- Je suis le seul, sale bâtard! hoqueta Adam dont la souffrance lui paraissait insoutenable. Croyez-vous que quelqu'un d'autre serait assez fou pour faire ce que j'ai fait?

- Vous marquez un point. Et quelles sont vos intentions? De me dénoncer au Parlement?

- Tout juste; et je le ferai avec grand plaisir! Vous n'êtes qu'une vermine, Belladon! Pire même que de la vermine! Prostituer des enfants est la pire bassesse que l'on puisse commettre! Combien Madame Abernathy vous paie-t-elle pour ces pauvres enfants?

- Tuez-le! commanda Horace en claquant des doigts. Creevy, brûlez-lui la cervelle, lestez-le et jetez-le dans la rivière. Vous autres, venez avec moi!

- Madame Abernathy? intervint un des sbires. Vous voulez dire la dame de Manchester?

- C'est tout à fait cela, cria Adam qui mentait mais qui n'avait plus rien à perdre. L'homme pour qui vous travaillez lui vend des enfants, pensez-y!

- Mince alors! murmura un des hommes. Vous saviez ça, vous autres?

- Mais bien sûr qu'on le savait, intervint Creevy. Ce n'est que de la racaille des bas-fonds de Londres. Sortez d'ici que j'en finisse avec lui!

Tout ce beau monde sortit précipitamment du moulin. Creevy vint se placer en face du prisonnier. Tenant son pistolet à deux mains, il le leva vers le visage et visa entre les deux yeux. Le jeune homme fixait le canon de l'arme qui se trouvait à moins de six pouces de lui.

La mort. Le bout de la route. La fin de l'aventure. Il espéra ne pas souffrir.

Des coups de feu retentirent dehors, détournant l'attention du gredin.

- Que diable...?

Il se tourna vers la porte pour voir Bentley Brent, accompagné de trois hommes, faire irruption à l'intérieur, l'arme au poing.

Ce dernier fit feu sans sommation sur Creevy qui s'écroula, touché en plein cœur.

- Seigneur, soupira Adam, je me demandais si vous arriveriez à temps!

- Désolé, vieil ami, dit Bentley en allant le défaire de ses liens. Mais nous avons été un peu retenus dehors. Je n'aurais permis que l'on vous tue pour rien au monde!

Adam, qui, pour la circonstance, s'était assuré une couverture auprès de Bentley Brent, se leva en gémissant de douleur.

- Seigneur, mon ventre!

En dépit de la fraîcheur de la nuit, il était couvert de sueur. Il se dressa péniblement, mais tomba aussitôt évanoui. La profonde brûlure qu'on venait de lui infliger, fumait encore.

- Il faut le conduire chez un médecin, constata l'officier.

Lettre de la reine Victoria à Lord Palmerston:

Château de Windsor

Le 23 janvier 1863

C'est avec indignation que la Reine a pris connaissance de révélations de Lord Pontefract concernant les conditions de vie dans les filatures Belladon. Une fois encore, ce noble gentilhomme a hautement servi l'Angleterre. Nous avons été rassurée quant à son état physique après son bref séjour à l'hôpital. Ce brillant jeune Lord gardera néanmoins les séquelles de son aventure pour le reste de ses jours. La pensée qu'un manufacturier anglais puisse ainsi user de la torture, est absolument infâmante! Grâce à Dieu, cette fois-ci, aucune contingence d'ordre moral ou domestique ne s'oppose à ce que ce gentilhomme soit décoré par la Reine de l'ordre de la Jarretière.

Au même titre que Lord Pontefract mérite d'être honoré, ce vil monstre qu'est Monsieur Belladon doit être châtié. Ainsi, la Reine en appelle à toute la nation pour que tous les produits issus de la Belladon Textiles soient proscrits afin que cet ignoble individu soit proprement ruiné. Il n'en demeure pas moins que la Reine a ordonné au

464

secrétaire d'état de procéder à une enquête permettant l'éventuelle mise en accusation de cet homme pour avoir enfreint le Ten Hours Bill, la loi de 1844 sur l'usage de machineries dangereuses, mais aussi pour l'ignoble trafic auquel il s'adonnait avec la femme Abernathy.

Malgré le fait que le récit des détails des tristes agissements de cet individu risque de rejaillir sur le pays tout entier, la Reine se doit de toujours garder en mémoire l'honorabilité et les grands préceptes moraux qui font la grandeur de l'Angleterre.

V.R. (Victoria Regina)

Lord Henry, maintenant âgé de sept ans, premier comte de Castleford et futur marquis de Pontefract, était assis sur les genoux de son père et glissait son petit doigt dans l'ouverture de sa chemise.

- Est-ce ici que l'on vous a brûlé, papa?

- Oui, dit Adam, la plaie se cicatrise mais elle est encore douloureuse.

- La personne devait être vraiment méchante pour vous faire une telle chose !

- Oui, elle l'était en effet.

Dans un élan d'amour, l'enfant serra très fort le cou de son père.

- Oh, papa! s'exclama-t-il. Je suis si fier d'avoir un vrai héros pour père!

- Qui est un héros? intervint le jeune Arthur qui âgé de quatre ans et qui jouait aux pieds de son père avec des soldats de plombs.

Le jeune lord qui passait quelques instants auprès de ses enfants dans la nursery, remarqua que, bien que les deux enfants ne se ressemblassent pas - Henry était résolument blond, alors qu'Arthur, lui, avait les cheveux bruns - étaient tous deux d'une étonnante beauté.

- Excellente question, dit Adam qui, l'esprit ailleurs, pensait au bal qu'on allait donner le soir même.

Sybil lui avait fait part de l'intention de Disraeli d'inviter Edgar Musgrave, dans l'espoir d'une ébauche de romance entre celui-ci et Emily McNair; mais il n'avait aucune idée de la tournure que prendraient les choses et il préféra se fier à l'instinct de Dizzie auquel il vouait le plus grand respect.

Si les choses se passaient comme prévu, ce serait, se disait-il un double soulagement pour lui. Il avait eu connaissance par Sybil de la réitération d'extorsion d'Edgar, et, quoique réticent, avait fini par accepter de lui verser une rente annuelle de dix mille livres pour son silence.

En regardant ses enfants qu'ils adoraient, il songeait à la menace qui pesait sur eux. Son héritier légal n'était pas son véritable héritier et le nouvel honneur que lui faisait la Reine en le décorant de l'ordre de la Jarretière ne les mettait en aucun cas à l'abri d'un abominable scandale.

- Je ne suis pas un héros, Arthur, finit-il par répondre. Je fais seulement ce que je crois être juste.

- Moi, je pense que vous êtes un vrai héros, s'objecta Lord Henry. Tout le monde le dit, et la Reine vous a décoré. Si vous ne l'êtes pas, qui l'est?

- Peut-être Larry est-il un vrai héros?

- Qui est Larry?

- C'est un jeune garçon que j'ai rencontré à Mandeville et qui ne possède rien des merveilleux privilèges dont vous disposez. Un enfant dont la vie ne fut que misère. Peut-être que le vrai héros, c'est lui.

- Je ne sais rien de ce Larry. Pour moi, le vrai héros c'est vous, papa!

- Et le mien aussi! fit Arthur en écho.

Sybil et Adam venaient de quitter leur chambre et se trouvaient en haut du grand escalier. La jeune femme était plus que jamais resplendissante. Elle portait une somptueuse robe du soir de soie jaune citron et les rubis et diamants qui paraient son cou gracile, ses oreilles et son diadème, étincelaient de tous leurs feux.

- Dizzie me rapportait que les libéraux sont furieux contre vous à cause de votre intervention dans les filatures de Belladon, disait-elle, un sourire de circonstance sur les lèvres.

- C'est qu'il apportait une très large contribution pécuniaire à leur parti, expliqua Adam.

Le marquis de Pontefract ne manquait pas d'allure, lui non plus. Son plastron blanc s'ornait du ruban bleu de l'ordre de la

Jarretière et l'étoile de diamant était épinglée au revers de sa jaquette.

Le prince de Galles, qui n'avait que vingt-deux ans, avait bien voulu honorer le bal de sa présence, et le mot «décorations» avait été frappé sur les cartes d'invitation, comme le voulait la coutume chaque fois qu'un membre de la famille royale était convié à une réjouissance. Le prince, qui avait officiellement annoncé ses fiançailles avec la belle princesse danoise, Alexandra, assurait toutes les fonctions sociales inhérentes aux monarques, depuis que sa mère s'était retirée du monde pour pleurer la mort de son bien-aimé époux, le prince Albert.

- Belladon devrait s'estimer heureux que je ne le poursuive pas pour tentative de meurtre; mais le mettre en faillite me paraît un châtiment suffisant. De plus, je voulais éviter que notre famille ne soit encore impliquée dans un procès.

- Voilà qui est aimable à vous, mon cher; soyez certain que j'apprécie la chose et que les enfants et moi-même sommes fiers de vous. Je trouve que votre nouvelle décoration vous sied très bien.

- Je vous remercie, répondit Adam en commençant de descendre les escaliers, accompagné de son épouse. Mais la présence d'Edgar, ce soir, n'est pas sans me causer quelque inquiétude. Je connais les intentions de Dizzie, mais, à mon avis, Edgar n'est qu'un misérable et toute cette démarche n'est que pure perte.

- Je le sais et je suis aussi nerveuse que vous. Néanmoins, Dizzie semble très sûr de lui et, au stade où en sont les choses, je pense que nous devons, pour le moment, laisser l'affaire entre ses mains. Savez-vous qu'il songe à vous pour un poste de vice-roi des Indes?

- Dizzie s'exprime souvent avec beaucoup de désinvolture.

- J'en suis consciente. Mais n'est-ce pas là une merveilleuse perspective? Vice-roi!

- Je dois admettre que cela sonne bien; mais nous verrons. Ah, je crois que nos premiers invités arrivent.

Le couple prit donc place pour recevoir ses hôtes.

Emily McNair n'avait jamais vu spectacle plus prestigieux. La liste des invités établie par Dizzie comprenait les plus grandes personnalités londoniennes, et vraisemblablement le quart des grands noms de la planète se pressaient dans les grand salons de Pontefract House.

Accompagnée de ses parents, elle suivait dans le brouhaha la longue file des personnes que Sybil et Adam recevaient une à une, quand le silence se fit tout à coup. Elle regarda par-dessus son épaule en direction du grand hall et aperçut le prince de Galles et sa superbe fiancée. Une haie se forma spontanément pour livrer le passage au couple royal, et chacun s'inclina respectueusement pendant qu'il montait les marches. Emily s'exécuta non sans avoir remarqué derrière elle la présence d'un séduisant homme blond.

Bien que toujours éprise d'Adam, elle ne manqua pas, en reprenant la file, de jeter de furtifs coups d'œil en arrière, afin de repérer la tête blonde qui avait captivé son regard.

- Je voudrais vous présenter quelqu'un, disait Dizzie quinze minutes plus tard à Edgar Musgrave. Il s'agit d'Emily McNair, la fille de Sir Carlton McNair, de Calcutta; probablement le plus riche planteur de thé de Indes. J'ai pensé qu'il serait tout à votre avantage de la rencontrer. Elle est ravissante.

Edgar avait les nerfs solides. Mais le fait que Disraeli, ce puissant politicien, pût se souvenir de son nom l'intriguait bien plus qu'il ne le flattait.

- C'est très aimable à vous, Monsieur Disraeli, répondit-il en le suivant dans la salle de bal qui se remplissait au fur et à mesure que les invités étaient introduits.

- Je suis une sorte de cupidon, ironisait Dizzie. D'aucuns disent que je suis cynique, mais en vérité, je suis un incorrigible romantique. Cette pauvre Miss McNair ne connaît pratiquement personne à Londres et j'ai pensé que vous pourriez lui faire connaître les sites londoniens. Ceci dit, je tiens à porter à votre connaissance que Sir Carlton est plusieurs fois millionnaire et qu'Emily est son unique enfant. On peut aisément imaginer la dot de la belle enfant, n'est-ce pas? La voici : c'est la jeune femme à la chevelure rousse et à la robe blanche festonnée de roses. N'est-elle pas merveilleuse?

- Elle l'est assurément, approuva Edgar avec un enthousiasme non feint.

- Bien des gens peu scrupuleux vont bientôt se jeter sur cette pauvre héritière comme le loup sur la brebis. La chambre des Communes est hélas pleine de ces tristes - quoique séduisants - individus sans foi ni loi. Aussi, je tiens à ce que vous la protégiez, cher Edgar. On m'a laissé entendre que vous étiez homme d'honneur et de principes.

- Puis-je savoir de qui vous tenez cette flatteuse information?

- De Lady Pontefract en personne, répliqua Dizzie; ce qui eut le don de faire rosir le coureur de dot.

- Sir Carlton! s'exclama-t-il soudain en faisant quelques pas vers le trio qui s'approchait d'eux. Lady McNair! Me permettrez-vous de vous présenter Monsieur Edgar Musgrave? Je suppose que cette charmante personne est Emily?

La jeune fille reconnut immédiatement l'élégant gentilhomme blond qui l'avait intriguée lors de son entrée.

- Miss McNair, dit celui-ci en portant la main gantée de la jeune fille à ses lèvres. Me ferez-vous l'honneur de m'accorder la prochaine valse?

Apparemment, cette invitation eut l'air d'enchanter tout le monde.

- Pourrais-je savoir où se trouve la chambre de Lord Henry? demandait Edgar, vingt minutes plus tard, à l'un des quarante valets de pied en livrée qui se trouvaient dans la salle de bal.

Il venait de danser deux valses avec Emily et il avait pu constater qu'il avait produit le meilleur effet auprès de la jeune personne. Il jeta un coup d'œil par-dessus son épaule. L'orchestre interprétait un galop entraînant, et les couples tournoyaient autour de la salle avec tant d'enthousiasme que les lustres de cristal en tremblaient.

- À l'étage supérieur, Monsieur, au fond de la maison. C'est la porte à gauche de la nursery.

Sans abandonner son verre de champagne, Edgar grimpa rapidement les marches.

L'initiative de Disraeli le troublait. Comme tout le monde, il savait que celui-ci était très proche de Sybil. Était-il possible que tous les deux - et peut-être même avec la complicité d'Adam -

essaient de pousser Emily dans ses bras afin de l'écarter définitivement de l'enfant qui était en réalité son propre héritier? Cette hypothèse ne lui parut pas improbable. En arrivant dans le hall de l'étage, il se dit qu'il était temps qu'il accomplisse la démarche à laquelle il songeait depuis tant d'années. Henry, son fils et non celui d'Adam, représentait une arme redoutable dont il était prêt à se servir.

Arrivé au bout du corridor, il frappa à la porte.

- Qui est là? demanda une voix d'enfant.

Il poussa le battant et entra. Lord Henry, en chemise de nuit, lisait dans son lit. La tête blonde vit alors une autre tête blonde d'adulte qui le regardait.

- Puis-je entrer?

Mais sans attendre la réponse de l'enfant, il franchit en quelques pas la distance qui le séparait de son fils et vint à son chevet.

- Qui êtes-vous? demanda l'enfant.

- Je m'appelle Edgar Musgrave. Je suis un ami de votre mère qui m'a longuement parlé de vous. J'ai donc voulu vous connaître. Que lisez-vous?

- Ma grammaire française.

- La grammaire française est affreusement ennuyeuse, ne trouvez-vous pas?

Pendant qu'Henry l'observait avec curiosité, il approcha un siège et vint s'asseoir près de lui.

- Connaissez-vous aussi mon père? demanda l'enfant.

- Oh, oui!

- Mon père est un héros, n'est-ce pas?

- Bien sûr. C'est aussi un homme très riche. Et vous aussi, vous serez, un jour, riche à votre tour.

Cette remarque troubla l'enfant.

- Oui... Je le suppose...

- Mon visage ne vous rappelle-t-il pas quelqu'un?

Durant quelques instants, Henry sembla réfléchir profondément.

- Oui. Peut-être.

Comme pour y puiser le courage de son ignominie, Edgar avala son champagne d'un trait. Ensuite, il se leva et alla chercher un miroir qu'il brandit devant le visage de l'enfant.

Les yeux de celui-ci allaient de son propre reflet à la physionomie de cet homme qu'il voyait pour la première fois et qui le regardait intensément.

- Sommes-nous... parents?

- Oui. Absolument.

- Comment cela? Je n'avais jamais entendu parler de vous avant aujourd'hui.

- C'est une longue histoire, Henry, répondit évasivement Edgar en allant reposer le miroir. Un jour, je vous expliquerai. Mais en attendant, je voulais faire votre connaissance, car nous avons bien des choses en commun. Bonne nuit, Henry.

- Bonne nuit, Monsieur Musgrave.

Edgar quitta la chambre en refermant doucement la porte derrière lui. Une fois seul, Henry alla de nouveau chercher le miroir et s'y regarda à nouveau longuement. Son visage exprimait la plus grande perplexité.

Pendant ce temps, Adam était resté dans un coin de la salle et regardait les gracieuses évolutions des danseurs.

- Quelle charmante soirée, Milord, dit Edgar en s'approchant d'Adam. Je dois vous complimenter pour votre champagne; il est de la meilleure qualité. Mais il faut dire que tout ici est du meilleur aloi.

Adam lui lança un regard glacial.

- Musgrave, dit-il à voix basse, il suffit que vous ayez fait du chantage à ma femme, sans que j'ai, de surcroît, à supporter votre présence. En l'occurrence, je ne souhaite pas échanger de mondanités avec vous et je vous prie d'aller vous abreuver de mon champagne en compagnie de quelqu'un d'autre que moi.

- Vraiment, cher ami, voilà qui ne me semble guère amical. Et pourtant, nous avons tant de chose à partager. Je viens juste d'avoir un entretien avec Lord Henry. Quel charmant enfant!

Les yeux d'Adam exprimèrent soudainement toute la fureur du monde.

- Tenez-vous loin de lui, Musgrave. Ou, par Dieu, je..

- Que ferez-vous donc? interrompit Edgar avec un sourire fielleux. C'est mon fils, après tout, et non le vôtre. Je ne vois pas

471

de raison de ne pas le rencontrer à ma convenance. Je pense qu'un tribunal partagerait mon point de vue.

La fureur d'Adam fit place à un désarroi qui n'échappa pas au maître-chanteur.

- Lui avez-vous dit la vérité?

- Non. Quoique j'aurais pu le faire.

Edgar trempa ses lèvres dans sa coupe, observant Adam, tel un pêcheur qui tient son poisson au bout de son hameçon.

- Il y a quelques instants, vous m'avez traité de maître-chanteur et c'est un mot que je déteste. Mais qu'y faire? Chaque rose à ses épines, et puisque maître-chanteur il y a, peut-être que durant toutes ces années, je me suis adressé à la mauvaise personne. C'est avec vous que j'aurais dû négocier.

Il but une nouvelle gorgée de champagne.

- Et peut-être le ferai-je dorénavant, cher camarade, conclut-il avant de disparaître.

Il était quatre heures du matin et les derniers invités, dont le prince de Galles, venaient juste de prendre congé. Le marquis et son épouse se retiraient dans leurs appartements, pendant que les domestiques commençaient leur travail de nettoyage.

- Nous voilà dans de beaux draps, dit Adam. Figurez-vous qu'Edgar est allé voir Henry dans sa chambre.

- Pardon? demanda Sybil interloquée.

- Je vous avais bien dit que ce n'était qu'un misérable. Il m'a laissé entendre qu'à présent, il serait préférable de me faire chanter, moi, plutôt que vous. Il m'a menacé de tout raconter à Henry.

- Mais c'est tout à fait inique. Après les milliers de livres qu'il nous a extorquées.

- Équité ou iniquité ne l'intéressent pas. Ce satané individu est une véritable sangsue! Je ne sais vraiment que faire! C'est un infernal dilemme. Quelle que soit ma prise de position, cela se répercutera sur Henry.

- Supprimez-le! murmura Sybil en pressant nerveusement le bras de son mari. Vous savez comment faire; c'est la seule façon de lui imposer silence. Oh, Adam, tout cela est de ma faute; cette triste aventure nous coûte très cher. Edgar ne fut qu'un amour de jeunesse.

472

- Tout comme Lizzie.

- Précisément. Cependant, vous fûtes plus chanceux avec elle que je ne le fus avec ce brigand d'Edgar. Mais nous devons protéger Henry. Ce serait si cruel qu'il se trouve lésé de son héritage...

- Tout comme il est injuste qu'Arthur soit évincé alors que c'est lui le véritable héritier. Néanmoins, je pense qu'il existe d'autres solutions pour museler Edgar que de lui trancher la gorge, bien que l'envie ne m'en manque pas. Je parlerai demain à Dizzie. Il est plus habile que moi pour régler ce genre de situation. Mais peut-être fut-ce une erreur de ma part de n'en avoir pas parlé à Henry.

- Adam, c'est impossible!

- C'est ce que j'ai toujours pensé. Cependant, j'ai moi-même passé mon enfance à me demander qui j'étais réellement; et je ne souhaite pas qu'il en soit de même pour notre fils - pardon, je voulais dire le fils d'Edgar. Non, je crois que finalement, Henry doit savoir la vérité. C'est la seule solution qui me paraisse convenable; et nous laisserons Dizzie s'occuper d'Edgar.

- Aimez-vous Henry comme votre propre fils?

- Oui.

- Je remercie Dieu pour cela. Mais, Adam, que se passera-t-il s'il se met à nous haïr, vous et moi?

- Ne croyez surtout pas que cette éventualité me laisse indifférent. Mais arrivera ce qui arrivera.

- Tout est de ma faute; me pardonnerez-vous jamais?

- Je vous ai pardonné depuis longtemps, murmura-t-il en la prenant dans ses bras. Je vous ai moi-même trompée avec Lizzie durant des années et je n'ai aucune morale à vous faire. Priez pour nous Sybil, je vais faire la chose la plus pénible de ma vie.

- Ne pensez-vous pas que nous devrions la faire ensemble?

- Oui, je le crois, finit-il par dire après un moment de réflexion. Nous lui parlerons ensemble, dès demain matin.

- Vous... vous n'êtes pas mon père?

- Non.

Adam et Sybil se trouvaient dans la chambre d'Henry et le couple, après une nuit blanche, se trouvait dans un état de trouble intense.

- Ainsi, l'homme, la nuit dernière... Monsieur Musgrave...?

- C'est votre père, souffla Sybil.

Les yeux de l'enfant se déplaçaient de sa mère à Adam et des larmes commencèrent à rouler sur ses joues.

- Vous étiez mon héros, murmura-t-il. Qu'êtes-vous maintenant?

- J'espère que vous accepterez que je continue à être votre père. Pour moi, vous êtes mon fils et le resterez toujours.

- Arthur est-il votre fils?

- Oui.

- Dans ce cas, c'est lui votre héritier, et non moi.

Adam et Sybil échangèrent un regard.

- Nous souhaitons que vous continuiez à l'être, sinon, un scandale surviendra.

L'enfant, assis dans son lit, était comme anéanti. Il resta un long moment sans rien dire.

- Il faudra que je sois très gentil avec Arthur, car je vais devoir lui mentir; et je n'aime pas mentir à mon frère. Oh! comment avez-vous pu faire une chose pareille? demanda-t-il, les yeux pleins de détresse.

Adam se pencha vers lui et le prit dans ses bras.

- Pourrez-vous nous pardonner? murmura-t-il.

L'enfant ne répondit pas. Il resta ainsi un moment dans les bras de celui qui n'était pas son père, puis demanda:

- Puis-je rester seul?

Le couple se leva et, après que Sybil eut déposé un baiser sur le front de son fils, quitta la chambre. Ils restèrent immobiles dans le corridor, l'oreille tendue. L'enfant sanglotait en silence. Ils descendirent sans se dire un mot, en prenant bien soin d'éviter leurs regards respectifs.

- Il fallait que ce fût dit, murmura Adam.

- Je le sais; mais je me sens si... sale.

La semaine suivante, dans le salon de Pontefract House, Emily McNair laissait éclater sa joie avec la spontanéité qui la caractérisait si bien.

- Edgar m'a demandée en mariage, s'exclamait-elle en trépignant sur son siège.

474

- Toutes mes félicitations; ce fut un véritable coup de foudre entre vous! dit Adam avec un sourire qui dissimulait bien mal son soulagement.

- N'est-ce pas? Oh, Adam, je suis si amoureuse! De plus, Monsieur Disraeli a pris des dispositions afin qu'Edgar soit anobli; ainsi, je vais pouvoir m'appeler «Lady Musgrave»; n'est-ce pas excitant?

- Oui, Dizzie m'a annoncé qu'il allait être nommé consul de Grande Bretagne à Florence.

- Edgar adore l'Italie et il m'assure que je vais l'aimer aussi. Tout cela n'est-il pas magnifique? Chère Lady Pontefract, je dois vous faire une confession : il fut un temps, j'ai été éprise de votre mari et je suis même allée jusqu'à me jeter sans vergogne dans ses bras au cours d'un tête à tête que j'avais, à son insu, organisé au Claridge. Mais Adam s'est conduit en parfait gentilhomme et m'a poliment éconduite. C'est d'ailleurs depuis ce jour que je n'éprouve plus pour lui qu'une grande sympathie; n'est-ce pas bizarre?

- Êtes-vous sûre, au moins, d'être éprise d'Edgar? demanda Sybil.

- Oh, oui! C'est un homme merveilleux. Bien sûr, je suis consciente qu'il est un peu fripon. Mais la friponnerie rend les hommes si séduisants. Votre mari le fut aussi un peu... une fois. Quoi qu'il en soit, Edgar m'a demandé de vous remettre ce pli dont j'ignore la teneur.

Adam s'empressa de lire.

«Pontefract.

J'ai accepté le marché de Disraeli. Je prends le titre et le poste et vous gardez mon fils. Veuillez dire à Sybil de ne plus m'envoyer d'argent, puisque la dot d'Emily fait de moi un homme riche. N'ayez plus aucune inquiétude, je garderai le silence et jouerai le jeu jusqu'au bout. Après tout, ne portons-nous pas la responsabilité de l'avenir de l'empire britannique?

Edgar Musgrave.»

C'était d'un cynisme grandiose et Adam ne put s'empêcher de sourire. Il se rappelait la remarque tout aussi outrecuidante que Disraeli lui avait glissée quelque temps auparavant :

CHAPITRE TRENTE

Ça barde à Gettysburg! Quelques-uns des nôtres sont allés ce matin en ville et sont tombés nez à nez avec la cavalerie yankee! Le général Lee a ordonné à toutes les compagnies de faire mouvement vers la ville. En avant, marche!

Le capitaine Zachary Carr s'adressait à ses hommes qui s'étaient regroupés autour de lui.

Par cette torride journée du 1er juillet 1863, on pouvait entendre, non loin de là, le son incessant du canon. La compagnie s'ébranla sous le commandement du jeune homme. C'était Phineas Whitney qui avait décrété cette rapide promotion au lendemain de la bataille de Fredericksburg; car depuis la mort de Charlotte et de Clayton, Zack était devenu son fils adoptif et son héritier - si tant est qu'il restait quelque chose dont il pût hériter.

Les deux antagonistes de cette longue et sanglante guerre sentaient, l'un comme l'autre, que les événements atteignaient en quelque sorte leur point culminant. Les victoires successives de Lee avaient coûté très cher en vies humaines et les régiments de Virginie étaient décimés. De plus, le commandement sudiste avait décidé de porter la guerre sur le territoire ennemi, et les rebelles avaient progressé vers la Pennsylvanie, à travers la Shenandoah Valley. Aussi, ces dernières semaines s'étaient déroulées comme une sorte de facétie. La Pennsylvanie était aussi riche que la Virginie l'avait été, et les fermiers avaient été forcé de vendre de la nourriture aux Sudistes, moyennant de l'argent confédéré. Ce fut comme une immense braderie où les rebelles purent se procurer les denrées qui leur faisaient le plus cruellement défaut. Les chaussures et les bottes étaient parmi les produits les plus recherchés, car le Sud manquait depuis déjà longtemps de cuir. Phineas avait envoyé cinq mille dollars en monnaie sudiste à son nouveau fils - argent provenant bien sûr du coffre qui se trouvait dans la cave de la plantation Fairview - et ce dernier avait pu s'acheter une jolie paire de bottes, quelques sous-vêtements, une douzaine de barres de savon et se payer un bon steak en compagnie de quelques-uns de ses amis officiers, dans une taverne de Chambersburg, dans Cumberland Valley, au sud-ouest de Harrisburg. Les cinq mille dollars furent engloutis dans ces quelques achats, ce qui laisse imaginer la valeur de l'argent sudiste à l'extérieur de ses frontières. Mais le garçon avait le ventre plein, il se sentait propre et bien chaussé, frais et dispos pour un acte de bravoure.

Le matin suivant, quand arrivèrent les nouvelles de Gettysburg, Zack pensa que l'opportunité de se couvrir de gloire allait peut-être se présenter. En revanche, alors qu'il avançait dans Chambersburg Pike à la tête de sa compagnie, il ressentait aussi une certaine appréhension. Il avait encore à l'esprit la vision de corps figés dans la mort et le froid, et se disait que dans quelques heures, peut-être moins, il pourrait devenir un cadavre à son tour. Cette pensée avait le don de le rendre un peu fébrile. Alors qu'ils approchaient de Gettysburg, la canicule se faisait plus oppressante et son visage ruisselait de sueur. Zack était un vaillant soldat qui avait peur.

Vers onze heures du matin, il distingua une large crête, située à l'est, où se déroulaient les combats. Zack l'ignorait, mais c'était McPherson Ridge, haut de quarante pieds, qui dominait la voie ferrée en contrebas. En longeant la crête opposée appelée Herr Ridge, lui et ses hommes purent voir les uniformes gris des soldats confédérés monter à l'assaut de McPherson Ridge par une passe sinueuse appelée Willoughby Run.

- C'est ici, les gars! cria Zack à ses hommes couverts de sueur et de poussière. L'ennemi est sur cette crête! Allons rejoindre les autres!

Poussant le célèbre cri des rebelles, la compagnie rompit les rangs et commença à courir, fusil chargé et baïonnette au canon.

Au cœur de la bataille, tout comme à Fredericksburg, la frayeur et la nervosité de Zack firent place à une brûlante excitation. Les cris, les hurlements des blessés, le bruit des armes et la féroce chaleur de juillet portèrent les hommes au sommet de leur exaltation. Les forces fédérées, sous le commandement du major général John F. Reynolds, avaient de bonnes raisons de vouloir tenir leur position. Aussi longtemps que les rebelles attaqueraient par l'Ouest, McPherson Ridge leur interdisait l'accès de Gettysburg. Les Yankees, à couvert dans le boisé au centre de la crête, pouvaient créer un tir en enfilade sur les colonnes ennemies en provenance de Chambersburg Pike ou, au sud, de Fairfield Road, ou les deux à la fois. La grande faiblesse de la position de Reynolds venait de son flanc droit qui était exposé à l'artillerie sudiste postée sur Oak Hill, au nord, et à l'infanterie qui pouvait progresser à l'abri des champs de blé voisins dont les épis étaient très hauts.

C'est vers cette dernière position que Zack conduisit ses hommes. Courant le dos plié, pendant que les balles sifflaient autour de lui, il se disait que c'était un grand moment de sa vie - à condition qu'il en prît soin. Une fois sorti du champ de blé, le panorama de la bataille s'étendait devant lui. Il vit les uniformes gris escalader McPherson Ridge et prit conscience de l'intensité de la bataille.

- À l'assaut! cria-t-il à ses hommes. L'ennemi est là-haut! À l'assaut!

Zack et ses hommes coururent jusqu'à se trouver à portée de tir de l'ennemi. Il donna alors l'ordre d'ouvrir le feu en faisant stopper la progression chaque fois qu'il fallait recharger les fusils Enfield qui leur permettaient, après un sévère entraînement, de tirer trois coups à la minute. La confusion était telle que le jeune officier n'avait aucune notion de ses probabilités de succès, ou tout au moins, sentait-il obscurément que ses chances étaient plutôt minces. Mais il n'était pas question de revenir en arrière. Il dirigeait cet assaut et courut si vite que, pendant un moment, il crut avoir perdu ses hommes qui, en l'occurrence, avaient progressé aussi vite que lui et s'étaient déployés pour se jeter dans la bataille.

Zack se posta derrière un arbre pour recharger son arme et reprendre son souffle, sans toutefois perdre de vue ce qui se passait autour de lui. À une centaine de pieds, il vit un officier yankee à cheval, entouré de quelques autres officiers. Bien qu'il ne le reconnût pas, il comprit immédiatement qu'il s'agissait d'un personnage important. Il le mit en joue et tira. Le cheval du

Nordiste se cabra et l'homme tomba sur le sol. Les autres mirent aussitôt pied à terre et se précipitèrent vers leur supérieur.

- Je crois que je l'ai eu, ricana Zack.

C'était vrai. Le Yankee était tombé raide mort. Pourtant, ce que le capitaine Zachary Whitney ignorait, c'est qu'il venait d'abattre le général John F. Reynolds en personne, le commandant des forces nordistes de McPherson Ridge. Par un coup du sort, il venait de provoquer le premier vrai répit dans cette bataille qui devait durer trois jours.

Au début de l'après-midi, l'armée de l'Union battit en retraite et se replia à l'est, sur Seminary Ridge, la colline avoisinante, pour regrouper ses forces. Au crépuscule, l'armée nordiste, notamment la fameuse Iron Brigade, amorça la dernière phase de ce repli et, pendant sept ou huit minutes, il s'ensuivit probablement le combat rapproché le plus désespéré qui fût, entre infanterie et artillerie, en terrain découvert. Les balles sifflaient de tous les côtés, les canons tonnaient. Ce n'étaient que cris, fumée, poussière, éclats, sang et carnage. La Iron Brigade fut décimée. Le Twenty-four Michigan perdit quatre-vingts pour cent de ses effectifs. La nuit tombée, Seminary Ridge était tombé entre les mains des Confédérés et les troupes fédérées avaient battu en retraite à Gettysburg, en attendant de reprendre position sur Cemetery Hill, près de Evergreen Cemetery, au sud de la ville.

Exténué mais aussi exalté par son succès, Zack tentait de trouver un peu de repos. Il pensait que la bataille était finie - peut-être même la guerre - et que sa chère cause avait triomphé.

Il se trompait.

Trois jours plus tard, Lizzie, assise auprès de son mari, sous la véranda de la maison sur la côte du Jersey qu'ils avaient louée pour l'été, faisait la lecture des nouvelles.

- Il semblerait que l'Union vienne de remporter une victoire dans cette petite ville de Pennsylvanie.

- Gutenburg? dit Alex assis dans une chaise roulante, les épaules emmitouflées dans un châle qui le protégeait de la brise marine.

- Non, chéri, Gettysburg. L'armée de Lee se replie en Virginie - se retire devrais-je dire - On parle de débâcle. Il semblerait que les pertes de part et d'autre sont considérables.

- Après ... tout... ce temps... enfin une... victoire, ânonna péniblement Alex qui, bien qu'à demi paralysé, se rétablissait lentement. Sa diction faisait des progrès encourageants.

- C'est... bon pour... nos affaires; Comment est... la bourse?

- Elle a encore gagné quelques points hier; mais aujourd'hui, avec la nouvelle de la victoire, elle a dû faire un bond. Notre monnaie va prendre de la valeur.

C'était une belle matinée; l'océan Atlantique étincelait sous le soleil, et Alex laissa son regard errer sur des enfants qui jouaient à la balle un peu plus loin.

- Quelles actions... avez-vous... achetées ces... temps-ci?

- Alex, vous savez que je n'entends rien aux affaires! Je me suis fiée à Jim Fisk. La dernière fois que je lui ai parlé, il m'a dit qu'il s'était porté acquéreur d'actions de chemin de fer. Les Erie, je crois.

- Ne faites... pas trop... confiance à ...Jimmy. C'est... un fin renard.

- Mais, vous lui avez fait confiance!

- Oui, mais... j'ai toujours... gardé un... œil sur lui.

- Chéri, il nous fait gagner beaucoup d'argent! Seulement le mois dernier, il m'a envoyé plus de vingt mille dollars.

Alex eut l'air surpris.

- Et... quelle... somme avez-vous... investie?

L'arrivée de Lila lui évita de répondre à la question embarrassante d'Alex. Lizzie posa le *Times* de New York et se fustigea mentalement de n'avoir pas encore avoué la vente du magasin à Alex.

- Miss Lizzie, le bébé est encore mouillé. Ma parole, cet enfant c'est l'Hudson River! dit la grosse domestique en dodelinant sous le porche.

- L'avez-vous changé? demanda la jeune femme qui avait accouché six semaines plus tôt d'un beau garçon qu'elle avait prénommé Somerset.

- Oui, Madame. Voulez-vous encore du café?

- Non, merci.

- Et vous Monsieur Alex?

Ce dernier secoua la tête.

- Miss Lizzie, allez-vous allaiter le bébé?

- Oui.

- Très bien. Dans ce cas, je monte faire les chambres. Je vais aller réveiller cette dormeuse d'Amanda qui devint aussi paresseuse qu'une couleuvre.

Une fois que la domestique fut partie, Alex regarda fixement sa femme et réitéra sa question.

- Combien... d'argent?

Embarrassée, Lizzie se leva et, lui tournant le dos, alla s'appuyer sur la rambarde.

- Oh... plusieurs milliers de dollars...

- On ne gagne... pas vingt mille dollars... en un mois avec «plusieurs... milliers de dollars».

Elle fit brusquement volte-face et, selon son habitude dans pareille situation, tenta de reprendre le dessus.

- Alex, je vous ai dit maintes et maintes fois de ne pas vous soucier de vos affaires. Le docteur est très satisfait de l'amélioration de votre état, mais vous devez éviter de parler d'argent.

- Le magasin... Avez-vous... hypothéqué le magasin?

- Non. Le magasin va très bien. Vous le savez.

Ces mensonges ne firent qu'amplifier ses inquiétudes. Il la regarda d'un air soupçonneux.

- Je veux... retourner... en ville.

- C'est impossible. Il y fait trop chaud pour vous et on annonce des émeutes, c'est écrit dans le journal.

Elle s'approcha de lui et, tentant de se donner une allure apaisante, l'embrassa sur le front.

- Maintenant, je vous en prie, reposez-vous. Vous allez mieux de jour en jour et le docteur dit qu'à Noël... eh bien, je ne voudrais pas vous donner de faux espoirs, mais...

- Lizzie, vous...n'auriez pas... vendu le magasin?

Elle se raidit.

- Qu'est-ce qui vous fait penser une chose pareille? Bien sûr que non!

- Mon commerce... me manque... beaucoup, capitula-t-il d'un ton empreint de nostalgie.

Lizzie n'ignorait pas qu'un jour ou l'autre, il lui faudrait avouer la vente du magasin. Néanmoins, se disait-elle, le moment n'était pas encore propice. Elle savait aussi combien Sinclair & fils tenait à cœur à son mari; mais elle n'avait eu d'autre choix. Jordan

482

& March, par l'entremise de Jim Fisk, lui avait fait une offre de deux millions et demi qu' elle n'avait pu refuser. Cependant, elle avait à présent un nouveau sujet d'inquiétude : la presque totalité de cette somme avait été réinvestie en actions boursières, toujours suivant les conseils de Fisk qui en avait la gestion. Nonobstant le fait que le courtier avait toute sa confiance, les fluctuations du marché boursier étaient telles qu'elle s'était souvent demandé : «que se passerait-il si...»

En effet, que se passerait-il si Jim Fisk commettait une erreur de jugement irréparable? S'il s'avérait être davantage un escroc qu'un homme d'affaires génial? Que se passerait-il, enfin, si les assertions de Lila étaient exactes?

Quoi qu'il en fût, elle se répétait sans cesse qu'elle n'avait d'autre choix que de lui faire confiance. Sinon, qui devait-elle croire?

- Joyeux anniversaire, Alex! s'exclamait Lizzie trois jours plus tard, alors que Lila faisait son entrée en apportant un énorme gâteau blanc dans la salle à manger du cottage.

- Joyeux anniversaire papa! dit en écho Amanda.

Alex, affaissé dans son fauteuil roulant, grimaça un sourire. Pour la circonstance, Lizzie et l'infirmier l'avait habillé d'un ample costume blanc pour lequel il avait manifesté un enthousiasme mitigé.

- Fais un vœu, mon chéri, dit Lizzie en plaçant le gâteau en face de son mari.

Celui-ci leva les yeux et posa sur elle un regard lourd de ressentiments muets.

- Je... fais le vœu... de retourner... dans mon magasin, dit-il sans avoir l'air de trop y croire.

Il se pencha et souffla. Des trente-deux bougies, seulement sept s'éteignirent.

- Madame Sinclair?

On frappait à la porte de la chambre à coucher. Elle se dressa en bâillant et jeta un coup d'œil à l'horloge de son chevet. Il était quatre heures du matin, une semaine après la soirée d'anniversaire. Elle alla ouvrir.

- Que se passe-t-il?

LA PAIX

CHAPITRE TRENTE ET UN

Par une nuit brumeuse de 1868, une voiture s'arrêta devant le Carlton Club du Carlton House Terrace, à Londres, et Bentley Brent en descendit. Le colosse barbu entra dans l'enceinte et, après avoir laissé son haut de forme et sa cape au vestiaire, il dit au portier que Lord Pontefract l'attendait.

Le préposé le conduisit à la bibliothèque. En voyant son vieil ami, Adam quitta son fauteuil de cuir pour venir chaleureusement lui serrer la main. Après avoir commandé un whisky, ils allèrent s'installer côte à côte dans un grand Chesterfield.

- Alors, commença Adam. Comment avez-vous trouvé l'Amérique?

- Explosive. Tout au moins le Nord. Maintenant que l'esclavage a été aboli, le pays semble dans un état d'effervescence extraordinaire.

- Et comment se porte ma Lizzie?

- Eh bien, cher ami, j'aimerais pouvoir en dire autant d'elle. Des événements des plus fâcheux sont survenus.

- Qu'est-il donc arrivé?

- Dès mon arrivée à New York, je me suis rendu à son adresse dans La 5e Avenue. Énorme, monstrueux. On aurait dit la cathédrale de Salisbury. Vous ne pouvez imaginer les notions de goût que peuvent avoir ces Américains! De vrais ignares!

- Bien sûr, bien sûr. Mais qu'est-il arrivé?

- J'y viens, Adam. J'ai donc sonné, et un maître d'hôtel différent de celui que j'avais vu six mois auparavant, m'a ouvert. Comme d'habitude, j'ai demandé à voir Madame Sinclair; et l'homme m'a répondu qu'elle n'habitait plus ici, la demeure ayant été vendue deux mois plus tôt à un certain Monsieur... bref, j'ai oublié son nom. J'ai aussitôt demandé sa nouvelle adresse, et il m'a répondu qu'elle avait emménagé avec ses enfants dans un certain hôtel Davenport.

- Où est-ce?

- À Broadway. J'ai le regret de vous dire que ce n'est pas un endroit très reluisant, nettement en-dessous de la moyenne, mais tout de même respectable. Ils vivent dans deux chambres au premier étage.

- Deux chambres? s'exclama Adam. Mais elle possédait des millions! Qu'est devenu tout cet argent?

- C'est Jim Fisk. Elle lui a laissé engloutir tout son argent dans la guerre d'Erie Railroad. Vous en avez sûrement entendu parler?

- En effet, il me semble avoir lu quelque chose à ce sujet... Je n'y ai pas prêté attention...

- Le pire naufrage de toute l'histoire de Wall Street. Elle a admis avoir commis une profonde erreur et en retire un terrible sentiment de culpabilité. Mais c'est ainsi : elle a tout perdu. Elle a même dû vendre le manoir de la 5e Avenue pour payer ses dettes.

- Et qu'est-il advenu de la plantation de Virginie?

- Partie en fumée. Les Yankees l'ont incendiée la dernière année de la guerre. Elle a vendu les terres à un marchand de tapis pour trois dollars l'acre. Le Sud est complètement dévasté. La défaite a mis les Sudistes dans une misère noire. Tout cela est bien navrant.

- Vous êtes en train de me dire qu'elle est complètement ruinée?

- Oui. Vous saviez bien qu'elle n'avait aucune disposition pour les affaires : ce n'est qu'une femme après tout. Ravissante, au demeurant. Mais peut-on demander à une femme de savoir faire des affaires? Voilà une question des plus hasardeuses.

- Et Amanda, comment va-t-elle?

- Très bien. Elle a maintenant onze ans et elle est jolie comme un cœur. Mais quel gâchis, Adam! Vous devez bien imaginer qu'elle est très malheureuse de se retrouver pauvre. De plus, il y a Somerset, le fils de Sinclair. C'est un beau garçon de cinq ans; mais ce n'est pas facile de s'occuper de deux enfants.

Par bonheur, il y a la femme de couleur, Lila, qui est restée à son service.

- Mais de quoi vivent-ils?

- Voilà un sujet intéressant : malgré sa faillite, elle aurait pu se tirer d'affaire. Vous souvenez-vous du fils de l'esclave dont elle a assuré l'éducation?

- Oui, évidemment. Gabriel Cavanagh, le pianiste.

- Elle m'a raconté qu'il était à New York, le printemps dernier pour donner un concert - qui n'eut jamais lieu, car personne ne voulut lui louer de salle - et qu'il lui avait proposé tout l'argent dont elle avait besoin. Ironie du sort, ne trouvez-vous pas? La roue du destin tourne quelquefois bien pour les uns et mal pour les autres. Mais elle a refusé tout net. Elle n'accepte pas qu'on lui fasse la charité, a-t-elle dit. Je lui en ai également offert, sachant très bien que vous me l'auriez demandé, et j'ai également essuyé un refus. C'est que c'est une personne très fière, cette Lizzie.

- La fierté est peut-être une qualité, mais cela ne paie pas le loyer. Encore une fois, de quoi vit-elle?

- Elle est devenue actrice.

Adam sembla tomber des nues.

- Actrice?

- Vous savez mieux que moi que c'est une très belle femme, cher ami.

- Mais les actrices sont des...

- J'ose espérer que vous n'allez pas dire «des femmes de petite vertu», vieux frère.

Adam se rendit compte que l'intervention de son ami lui avait évité une bévue. Un peu mal à l'aise, il s'enquit.

- Est-elle bonne comédienne, au moins?

- C'est un fantôme, dit-il avec un rire triste. Elle m'a donné un billet pour aller la voir dans *Virtue Regained*, je crois et, sur scène, elle est raide comme un piquet et joue de manière empruntée. Elle m'a affirmé que c'était sa deuxième représentation; mais pour être franc, je ne pense pas qu'elle soit un jour une Sarah Siddons. Cependant, détail amusant, le public l'aime car elle est diablement mignonne.

- Inutile de le préciser, je le sais assez... Ainsi, elle est devenue actrice! Quelle déchéance après la 5e Avenue!

- Oui. Toutefois, elle commence à être connue. Tout le monde parle d'elle et elle fait salle comble.

- Peut-être. Néanmoins, la pensée qu'elle vive avec Amanda dans un hôtel sinistre me révulse. Je n'aime pas cela du tout.

Après avoir commandé un deuxième whisky, Bentley se pencha en avant et prit un ton plus intimiste.

- Écoutez, Adam. Dizzie est maintenant premier ministre et vous êtes en bonne posture pour l'obtention d'un poste important. Ne commencez donc pas à tirer des plans sur la comète.

Adam lui adressa un regard glacial.

- Je ne pense pas que porter secours à des êtres chers soit «tirer des plans sur la comète.»

- Je n'avais nullement l'intention de vous offenser. Je veillais simplement à vos intérêts.

- Figurez-vous, mon cher Bentley, que j'ai passé toute ma vie à chercher à savoir où se trouvaient mes intérêts; et je l'ignore encore.

- Il me semble que le titre de vice-roi des Indes représente un intérêt majeur.

- Oui. Je suppose que vous avez raison. Mais Dizzie n'a toujours pas tenu ses promesses.

- N'est-ce pas là la définition même du politicien?

La boutade dérida Adam. Cependant, il s'inquiétait du revers de fortune de Lizzie et il devait impérativement agir.

Qu'importait son bonheur auprès de Sybil? N'était-il pas toujours le chevalier servant de Lizzie?

Un jeune homme au visage émacié et à l'épaisse moustache noire, assis au quatrième rang du Broadway Theatre, suivait la scène avec une intense attention. La pièce que l'on donnait, «On ne badine pas avec l'amour» de Musset, était, selon les critères de la bonne société de New York, une comédie osée. La vedette de la distribution était l'actrice française Edwige Mercier, mais le jeune homme ne parvenait pas à détacher ses yeux de la soubrette, interprétée par nulle autre que Lizzie. Ce garçon de dix-neuf ans, étudiant de Yale et de retour à New York à l'occasion des vacances de Noël, n'avait jamais vu de beauté aussi radieuse. Pour la première fois de sa vie, il était sauvagement, passionnément et définitivement tombé amoureux de Lizzie.

Après que le rideau fut tombé sur la fin du dernier acte, l'auditoire se contenta d'applaudir poliment lors du rappel des acteurs. Mais quand Lizzie vint saluer, dans son aguichante robe noire qui dévoilait plus que généreusement ses jambes, les spectateurs, en grande majorité des hommes - des étudiants surtout - se levèrent dans un tonnerre d'applaudissements. Lizzie, qui ignorait à peu près tout du métier d'actrice, avait toutefois appris comment se conduire à la fin d'une représentation. Aussi fit-elle son sourire le plus séduisant, envoya-t-elle des baisers des deux mains à la salle et sortit à reculons sous les ovations de la foule. Derrière le rideau, Mademoiselle Mercier l'attendait pour l'étrangler.

- Salope! persifla cette dernière. Une fois de plus, tu m'as éclipsée et je ne sais pas ce qui me retient de te mordre!

Puis elle disparut dans sa loge pendant que dans la salle, les spectateurs commençaient à regret à quitter les lieux.

Jeffrey Schoenberg, le nouvel amoureux transi de Lizzie, se fraya un chemin vers le vestiaire pour aller récupérer manteau et chapeau; puis il joua furieusement des coudes vers la sortie et la nuit glaciale de décembre. Il était anxieux mais résolu. Ce soir, il allait déclarer sa flamme à la femme de ses rêves, Elizabeth Sinclair. Il emprunta la ruelle qui conduisait à l'entrée des artistes, octroya un pourboire royal de cinq dollars au gardien, et put ainsi avoir accès aux loges. Même si on ne le lui avait pas précisé, l'attroupement de jeunes gens de son âge qui attendaient derrière une porte lui aurait immédiatement indiqué où se trouvait la beauté fatale qui était en passe d'avoir New York à ses pieds.

- Oh! Mais qui je vois là? dit un des étudiants. N'est-ce pas notre ami Jeffrey Schoenberg qui vient tenter sa chance auprès de Madame Sinclair? C'est assez drôle, n'est-ce pas les amis?

C'était l'habituel empêcheur de tourner en rond. Plus vieux que lui de quelques années, senior à Harvard et content de sa personne. Il apostrophait le jeune homme en imitant l'accent anglais, à l'hilarité générale.

- Et pourquoi pas moi? osa Jeffrey.
- Faut-il *encore* lui expliquer?
- Va au diable, van Brunt.

Theodore van Brunt tira alors un lorgnon et fit mine d'inspecter le visage de sa victime.

- Faut-il encore que nous, les chrétiens de Harvard, enseignions un minimum de respect à vous, les juifs de Yale? attaqua van Brunt en bousculant le jeune homme.

Jeffrey vacilla. Dans la foulée, van Brunt tenta de lui donner un coup de poing au visage. Mais le garçon, qui avait quelques notions de boxe, s'était déjà mis en garde et, vif comme l'éclair, envoya un direct du droit sur le nez de son agresseur en faisant voler ses binocles dans les airs. Aussitôt, tous les autres tombèrent sur le dos du pauvre juif en une mêlée générale. Quelques accessoiristes accouraient déjà pour séparer les antagonistes, quand la porte de la loge s'ouvrit.

Telle une déesse antique, Lizzie apparut drapée de toute sa dignité dans un peignoir de soie japonais jaune et la bagarre cessa instantanément, comme si un professeur était entré dans une salle de classe.

- Que se passe-t-il? demanda-t-elle d'une voix lasse.

- Quelques-uns de vos admirateurs dévoués ont simplement tenté de vous épargner la présence de cette immondice, dit van Brunt en époussetant ses manches. Nous sommes des étudiants de Harvard venus vous présenter leurs hommages et savoir si la divine Madame Sinclair leur ferait l'honneur de les accompagner à un souper au champagne au Delmonico's.

- Mais vous saignez! s'exclama Lizzie en voyant le sang qui coulait du nez de Jeffrey. Vraiment! Pour des étudiants vous vous comportez plutôt comme des gamins! Entrez, jeune homme; je vais vous donner une serviette.

Jeffrey, qui n'en croyait ni ses oreilles, ni ses yeux, traversa le groupe en adressant à van Brunt un sourire narquois : à l'évidence, l'agression qu'il avait subie lui rendait un fier service et lui permettait de tirer avantage de son état d'infériorité apparente.

- Asseyez-vous, commanda Lizzie en refermant la porte.

Elle alla tremper une serviette éponge dans une bassine et la lui apporta.

- Penchez la tête en arrière, dit-elle.

Il s'exécuta de bonne grâce, pendant que Lizzie appliquait le tampon sur son nez.

492

- Allez-vous maintenant m'expliquer ce qui se passe? Et qui est ce dandy d'Harvard?

- C'est Ted van Brunt, murmura Jeffrey derrière sa serviette. Son père possède une compagnie de frets. Il a passé un mois à Londres et il est revenu avec l'accent anglais.

- Ce n'est ni le premier, ni le dernier Américain à se comporter ainsi, ironisa Lizzie. Si je comprends bien, vous n'étudiez pas à Harvard?

- Non, à Yale.

- Et puis-je savoir pourquoi vous êtes ici?

- Pour vous dire que... je vous aime.

Lizzie retira la serviette maculée de sang, fit un pas en arrière puis, les poings sur les hanches annonça :

- L'écoulement a cessé, vous devez partir. Et je vous conseille de vous abstenir de vous éprendre des actrices. Vous ne vous attireriez que des désagréments et votre père vous semoncerait sévèrement.

Jeffrey quitta sa chaise.

- Voilà qui n'est pas juste, Madame Sinclair, s'objecta le jeune homme. J'ai dix-neuf ans et je suis pleinement conscient de mes actes. Je vous en prie, laissez-moi vous inviter à souper. Quand vous me connaîtrez mieux, vous réaliserez que mon sentiment n'a rien d'une passade de jeunesse. J'éprouve, à votre égard, un sentiment sincère et profond.

- Je n'en doute pas une seconde. Quel est votre nom?

- Jeffrey Schoenberg.

- Ce nom me semble familier.

- Mon père est Otto Schoenberg, le président de la Schoenberg Bank & Trust.

Le visage de Lizzie devint de glace.

- Wall Street, dit-elle laconiquement en pesant sur chaque syllabe. Merci, jeune homme, mais j'en sais assez sur Wall Street et je ne veux plus en entendre parler jusqu'à la fin de mes jours. Courez donc chez vous et allez demander à votre père s'il connaît un moyen de récupérer l'argent que ce gros escroc de Jim Fisk m'a extorqué. Voici votre chapeau.

Elle posa sèchement le chapeau entre les mains du jeune homme et, sans ajouter un mot, retourna à sa coiffeuse pour se démaquiller.

- Je crois comprendre que ce Fisk vous aurait fait perdre de l'argent? insista le jeune homme.

- De l'argent? Il m'a dépouillée. Pourquoi croyez-vous que je fais du théâtre? J'aurais donc dû écouter Lila.

- Qui est-ce?

- Ma servante. Elle m'avait prévenue que c'était un filou. Elle est bien plus perspicace que moi.

- Je veux bien croire que Fisk est un escroc; mais mon père, lui, est un honnête homme.

- Je n'en doute pas une seconde... Je suis très fatiguée; aussi vous prierais-je de ...

À travers le reflet du miroir, elle lui lança un regard éloquent.

- Madame Sinclair, je suppose qu'il est inutile que je vous invite à souper demain soir?

Elle poussa un soupir las.

- Jeffrey, j'ai dix ans de plus que vous et deux enfants. Ne nous laissons donc pas aller aux enfantillages. Vous gâchez votre temps et le mien.

Il eut l'air contrarié.

- La plupart des femmes me trouvent séduisant, lui fit-il habilement remarquer. Même celles qui sont plus âgées que moi.

- Vous êtes vraiment privilégié. Bonne nuit.

- Voyez-vous, je suis très entêté, menaça-t-il en quittant la pièce, au grand soulagement de Lizzie qui commença à se démaquiller.

Grâce à sa popularité croissante, la belle Anglaise avait pu obtenir de son employeur une augmentation qui lui avait permis de déménager sa petite famille des deux chambres exiguës vers les étages supérieurs, dans un appartement de dimensions respectables. Elle put ainsi jouir d'une salle de séjour dont les fenêtres donnaient sur Broadway, d'une cuisine réduite mais malgré tout pratique, de deux chambres à coucher et d'une salle de bains séparée. Bien que cet appartement ne correspondît qu'à une petite partie de son ex-demeure de la 5e Avenue, il n'en était pas moins infiniment plus vivable que ce qu'elle venait de quitter.

- Un paquet pour vous, Miss Lizzie, annonça Lila en entrant dans la chambre à coucher.

- Que contient-il? demanda-t-elle en s'asseyant sur son lit.

- Je n'en sais rien, mais il est gros.

La jeune femme commença par décacheter l'enveloppe qui l'accompagnait, en tira une épaisse carte de visite frappée au nom de «Jeffrey Lyman Schoenberg» et entama sa lecture.

«Je vous aime et je suis très tenace. Je vous attendrai au Delmonico's aujourd'hui à treize heures. Si vous ne venez pas, je ne répondrai plus de mes actes. Affectueusement, Jeffrey. Post Scriptum : Mon nez va mieux; merci pour vos soins.»

- Écoute ceci, dit-elle, d'un air sombre.

- Qui est donc ce Jeffrey? demanda Lila qui, après les explications de sa maîtresse ajouta:

- Hum. Il a l'air un peu fou. Qu'est-ce qu'il veut dire par ce «je ne réponds plus de mes actes»? Va-t-il tirer sur quelque chose ou sur quelqu'un?

- Bien sûr que non. Ce n'est qu'une bravade d'adolescent. Du moins, je le crois. Voyons ce que contient ce paquet.

- Je vais le défaire, Miss Lizzie. Je vous avais bien dit qu'en devenant actrice vous alliez vous attirer des tas d'ennuis. New York est pleine de détraqués, conclut la servante avant de quitter la pièce.

Lizzie relut le billet. Elle se souvint de l'intensité du regard sombre du garçon, et en même temps, elle se dit que c'était probablement là l'expression d'un jeune homme amoureux d'une femme plus âgée. Mais se pourrait-il que cela cache autre chose?

L'enlèvement de sa fille lui revint à l'esprit et elle réalisa que, dans une ville comme New York, où le crime et la violence étaient monnaie courante, elle n'était pas à l'abri de quelque esprit malfaisant. Ce qu'elle pouvait lire dans les quotidiens ne faisait que renforcer ces craintes. Que se passerait-il si...?

Elle mit fin à sa paranoïa en se persuadant que ce billet n'était que l'œuvre d'un jeune esprit passionné.

- Oh, maman, regarde ce qu'il y avait dans la boîte!

Lizzie se retourna et vit Amanda tenant un immense manteau de chinchilla derrière lequel elle disparaissait presque. Lila se tenait près de la petite fille.

- Ce Jeffrey est peut-être fou, mais il est certainement riche. Regardez donc ce qu'il vous a envoyé!

Amanda courut vers le lit de sa mère et la recouvrit de la fourrure. Grimpant près d'elle, elle se lova dans le manteau avec excitation.

- Il est si beau, maman, criait-elle. Tu veux bien m'en faire cadeau?

- Il n'est destiné à aucune de nous. Ah, Lila, je ne comprends pas ces Américains. Ils tentent tous de m'acheter.

- Oh, je vois très bien ce que vous voulez dire, Miss Lizzie; ils ont ça dans le sang. Ils ont acheté et vendu des esclaves pendant si longtemps que ça fait maintenant partie de leurs habitudes. Qu'allez-vous faire de ce Jeffrey?

- Je suppose que je n'ai guère le choix, n'est-ce pas? Je vais me rendre au Delmonico's et, crois-moi, je vais lui dire ma façon de penser.

La décision de Lizzie fit glousser Lila. La jeune femme quitta son lit et, posant le somptueux manteau sur ses épaules, déambula à travers la pièce, sous le regard admirateur de sa domestique et de sa fille.

- C'est sûr qu'il vous va bien, Miss Lizzie.

- Crois-tu qu'il serait surpris si je le gardais? demanda coquettement Lizzie qui semblait avoir son idée sur la question. Je suis prête à parier que c'est son père qui va payer la facture. De quel magasin vient-il?

- Qu'est-ce que vous croyez? De Sinclair & fils.

- Monsieur Schoenberg...

- Je vous en prie, appelez-moi Jeffrey.

- Très bien. Jeffrey, vous me contrariez beaucoup. Je déteste être menacée et subornée; et c'est ce qui survint ce matin.

La séductrice malgré elle et son amoureux transi étaient assis, comme il se doit, à la meilleure table du meilleur restaurant de New York qui se trouvait un peu au nord de Madison Square près de l'Hôtel de la 5e Avenue et de la façade de marbre de Hoffman House.

- Si vous pensez que ce chinchilla avait pour but de vous corrompre, vous vous fourvoyez totalement. Je l'ai acquis pour vous, en témoignage du respect que je vous porte. Puis-je prendre votre main?

- Non, vous ne pouvez pas.

- Puis-je vous offrir un peu de champagne?

- Oui, vous pouvez.

Jeffrey fit signe au serveur qui s'empressa de venir remplir les verres de Veuve Cliquot.

- Je suis éperdu d'amour pour vous, Madame Sinclair. Puis-je vous appeler Lizzie.

- Non, vous ne pouvez pas. Et maintenant, je voudrais avoir une explication quant à cette menace au cas où je ne serais pas venue à ce rendez-vous. Car vous n'allez pas me faire croire qu'il ne s'agissait pas d'une menace!

- Je me serais suicidé.

Elle préféra éclater de rire.

- Parfaitement! insista-t-il. Vous ne semblez pas comprendre que je suis déterminé à faire votre conquête à n'importe quel prix, incluant ma propre vie!

Le rire de Lizzie se fana très vite.

- Laissez-moi vous dire quelque chose, Jeffrey. La vie est un don bien trop précieux pour qu'on la gaspille ainsi sur un coup de tête. Vous me rappelez feu mon mari. Il était excessif comme vous; il était pressé comme vous; et il est décédé à l'âge de trente-deux ans. Si, pendant un instant, j'avais pu penser que vous fussiez tant soit peu sérieux en prétendant vous suicider pour une invitation à déjeuner, je vous aurais méprisé, car j'en aurais conclu que vous n'étiez qu'un pauvre idiot. Je vous saurai donc gré de me dispenser d'entretenir pareille appréciation et de passer commande, car j'ai faim.

Totalement subjugué, il la contemplait béatement.

- Je vous adore, murmura-t-il.

Lizzie lui roula des yeux pleins d'une sincère réprobation. Elle savait ce qui lui restait à faire.

Le manoir de style italien dans la 5e Avenue tenait la place d'un pâté de maisons et avait des allures de palais Médici de Florence, dont l'architecte s'était manifestement inspiré - avec plus ou moins de bonheur. La Guerre Civile avait occasionné un marché à la hausse à Wall Street comme on ne devait plus en voir durant les six années suivantes. Pendant que certains, comme Lizzie, se retrouvaient ruinés, la fortune bâtie par d'autres allait engendrer une nouvelle classe de multimillionnaires comme l'Amérique n'en avait jamais connus auparavant. La concrétisation la plus visible de ces incommensurables richesses était l'érection de grands manoirs qui mettaient les traditionnelles maisons de grès au rang de simples cabanes. Alex avait été précurseur en la matière avec son œuvre gothique dont il n'avait, hélas, jamais vu l'aboutissement. Otto Schoenberg avait été le second. Tant et si bien qu'à la reddition de Lee, en 1865, le Medici Palace, comme on l'avait très vite surnommé - on ne saurait dire si c'était par indulgence ou par ironie - dressait ses sinistres murs gris dans la 5ᵉ Avenue, sans qu'on sache vraiment si c'était un palais ou une prison.

Otto Schoenberg, âgé de cinquante ans, était un des plus brillants banquiers de New York. C'est par sa banque que transitaient les capitaux venus d'Europe pour être investis dans l'économie américaine. Toutefois, Otto ne s'était pas contenté de bâtir un palais; il avait souhaité, de surcroît, que celui-ci en recélât les trésors d'autrefois. Comme une grande majorité de nouveaux riches, après s'être assuré d'un avenir, il s'était mis en quête d'un passé respectable. Et quoi de mieux que l'Art pour acquérir rétroactivement cette respectabilité? Cette soudaine élévation d'esprit ne faisait que raffermir un peu plus leur position sociale et estompait les quelques ombres suspectes de leur portrait, celui de leurs ancêtres, ou les deux à la fois.

Ainsi, des chefs-d'œuvres de peinture italienne, des tapisseries rares et des meubles précieux migrèrent des traditionnelles demeures de vieilles et nobles - mais aussi impécunieuses - familles européennes, vers le palais de la 5ᵉ Avenue. Quand tout fut en place, que toiles et tapisseries furent accrochés sur les murs et qu'il ne manqua rien, Otto emménagea. Le nabab de la finance, fils d'un tailleur munichois, avait toutes les raisons d'être content de lui.

Jusqu'à ce samedi après-midi de décembre.

Après le déjeuner copieusement arrosé au Delmonico's, Jeffrey avait regagné sa chambre pour y faire un petit somme réparateur. Aux environs de cinq heures, des coups à sa porte le tirèrent de son sommeil.

- Oui?

- Maître Jeffrey, l'informa un valet, votre père souhaite vous voir dans la salle de jeux.

- Zut, marmonna le jeune homme. Très bien, je descends dans une minute.

Après s'être rafraîchi et gargarisé avec de l'eau de Cologne, il emprunta le grand escalier de pierre qui conduisait vers le grand hall à deux niveaux où se trouvait, entre autres chefs-d'œuvres, un inestimable Titien. Son pas résonnait sur les dalles de marbre de la loggia qui dominait le hall. Il longea un long couloir recouvert de tapis précieux et dont les murs s'ornaient de nombreuses peintures. Des consoles dix-huitième, et des commodes tombeaux étaient couvertes de bibelots de toutes sortes, témoignant de l'insatiable appétit de son père pour tout ce qui était exquis, rare, mais pas nécessairement du meilleur goût.

Il alla frapper à une porte de noyer massif.

- Entrez, dit une voix dont la gravité accentuait les gutturales inflexions germaniques.

Malgré le fait que l'immense demeure fût chauffée à l'aide d'énormes chaudières - dernier cri de la technologie - et malgré le feu qui brillait dans la cheminée de marbre de huit pieds de haut, Jeffrey ne put réprimer le même frisson qu'il aurait eu en plein mois de juillet. La seule vue de son père l'intimidait profondément. Otto Schoenberg avait, en effet, une formidable personnalité.

- Vous souhaitiez me voir, père? demanda-t-il à son père assis derrière une table de chrysocale, en train de faire une réussite.

Otto Schoenberg était un bel homme, grand, élancé et raide comme un piquet. Il arborait une avantageuse moustache à la Bismark qui compensait l'absence totale de pilosité sur son crâne où se reflétait la lueur d'un chandelier posé près de lui. La sévérité de la pièce, avec ses murs lambrissés de bois sombre et son mobilier austère, évoquait davantage un musée qu'une salle de jeu. Mais Otto l'aimait ainsi.

Il posa sur son fils un regard bleu acier qui le transperça comme une lame.

- Il y a quelques instants, j'ai reçu une note de la femme Sinclair. L'actrice, la veuve d'Alex Sinclair. Elle prétend que vous l'avez importunée. Est-ce vrai?

- Heu... oui, Monsieur. En fait, je l'ai invitée à déjeuner ce midi au Delmonico's, répondit le garçon d'un air embarrassé.

- Vous avez eu le front de vous exhiber en public avec cette femme? Perdez-vous donc l'esprit? Savez-vous qui elle est? Savez-vous *ce* qu'elle est?

- Tout ce que je sais, c'est qu'elle est la plus belle femme du monde! Et si je parvenais à la persuader de m'épouser, je jure que je le ferais! répondit d'une traite le garçon.

- *Épouser?* Voilà qui est plus grave que je ne l'imaginais. Vous allez revenir à la raison, Monsieur! Elle a de plus ajouté qu'elle allait renvoyer le manteau de fourrure que vous lui avez offert. Puis-je savoir *de quelle manière* vous en avez effectué le règlement?

- Je l'ai fait mettre sur votre compte chez Sinclair & fils.

- Damnation, Monsieur! DAMNATION! Ceci doit cesser immédiatement! Vous offrez une fourrure à une actrice! À une femme de sa réputation!

- Pourquoi l'attaquer ainsi, père? Que vous a-t-elle donc fait?

Otto se ressaisit.

- Il est probable que je me montre injuste envers vous. Peut-être ne savez-vous rien d'elle. Laissez-moi donc vous dire ce que j'ai appris d'amis de Londres à propos de cette Madame Sinclair. Saviez-vous qu'il est de notoriété publique en Angleterre qu'elle fut la maîtresse du marquis de Pontefract?

- Oh oui, bien sûr, répondit Jeffrey avec soulagement. C'est fascinant, n'est-ce pas? J'admire sincèrement cet homme.

La mine du banquier se renfrogna à nouveau.

- Voilà une bien curieuse manière d'exprimer votre sens moral. Peut-être que la coûteuse éducation que l'on vous donne à Yale comporte-t-elle quelques lacunes en ce qui concerne l'honneur et la dignité. Saviez-vous que la rumeur court que sa fille aînée, Amanda, est l'enfant naturel d'un certain noble?

- J'en ai, en effet, entendu parler.

- Vous n'ignorez pas non plus, qu'elle fut jugée à Londres pour le meurtre de son père?

- Non. Et elle fut acquittée. Ce ne fut qu'une machination ourdie contre elle par les esclavagistes de Virginie. Père, tout ce que vous dites ne change en rien le fait que c'est un ange et que je l'adore.

- Je remercie le ciel que votre mère ne soit pas parmi nous pour entendre vos propos insanes.

Otto se leva. Ajustant sèchement son frac, il alla vers la cheminée et tourna le dos à son fils. Après quelques instants de réflexion, il fit volte-face et énonça d'un ton formel.

- Je vous interdis de revoir cette femme.

- Vous ne pourrez m'en empêcher.

- Par Dieu, Monsieur! Je le puis! rugit le banquier. Je peux également vous jeter à la rue!

- Vous le pouvez, mais vous ne le ferez pas, rétorqua Jeffrey, étonné de sa propre audace. La dernière chose que vous souhaitez, c'est un scandale, père. Si seulement vous acceptiez les choses telles qu'elles sont, tout le monde s'en trouverait plus heureux. Je sais qu'avec de la patience et du temps, je parviendrai à faire la conquête de Lizzie; et je serai ainsi l'homme le plus heureux de la terre!

- Homme, dites-vous? Vous n'êtes qu'un enfant avec des caprices d'enfant. La seule raison qui inciterait cette femme à vous épouser serait votre fortune; et j'ai travaillé bien trop dur pour voir mes biens dilapidés par une... garce opportuniste!

Jeffrey éclata de rire.

- Père, vous êtes tellement dans l'erreur que c'en est drôle! La seule chose que l'on ne puisse faire c'est l'acheter. Pourquoi pensez-vous qu'elle renvoie le chinchilla? Ce cadeau est l'idée la plus stupide que j'ai pu avoir. Sans vouloir vous offenser, Monsieur, mais en ce qui concerne Lizzie, vous êtes dans l'erreur la plus totale; et je persiste à vouloir épouser cette femme. Au demeurant, le six rouge va sous le sept noir, conclut-il en montrant le jeu de cartes étalé devant lui.

Son fils parti, Otto, perplexe, sortit un mouchoir et s'épongea le front.

- Damnation! murmura-t-il entre ses dents. Il faut que cela cesse; mais comment?

Il retourna à la table et mit le six rouge sous le sept noir.

- Tu n'es qu'une salope! hurlait Edwige Mercier. Je t'ai déjà dit des milliers de fois de cesser de m'éclipser; et malgré ça, tu continues. Tu piétines mes plates-bandes avec tes minauderies! Je vais te tuer!

501

Lizzie enfilait flegmatiquement son costume de soubrette.

- Edwige, c'est un mensonge et vous le savez bien. Je ne fais aucune minauderie devant le public; et si je piétine vos plates-bandes, c'est bien involontairement.

- Ah! C'est ce que tu dis! Je vais aller me plaindre à Monsieur Montgomery et il te jettera dehors!

- Peut-être. Ou alors, attendu que c'est moi qui recueille tous les applaudissements, il me donnera votre rôle.

- Oh! Sale putain!

Edwige se jeta sur Lizzie et les deux femmes commencèrent à se crêper le chignon. L'empoignade battait son plein quand un homme élégamment vêtu apparut sur le seuil de la loge. Bien que choqué, ce qu'il vit ne lui déplut pas : Lizzie, le corsage déchiré dévoilant bien involontairement des charmes évidents, tentait de repousser les assauts de son agresseur.

- Qui diable êtes-vous? lança-t-elle.

- Je m'appelle Otto Schoenberg, répondit l'homme sans bouger les yeux.

- Dans trente secondes! cria dans le dos du banquier un préposé qui en avait vu d'autres.

- Tu me le paieras! promit Edwige qui sortit du vestiaire en bousculant Otto.

- Je suis désolée pour cette bataille de chiffonniers, dit Lizzie en se brossant les cheveux. Edwige joue le rôle d'une comtesse mais elle a été élevée dans une porcherie. Vous a-t-on fait parvenir le manteau de fourrure?

- Oui, et j'apprécie votre geste. Jeffrey a commis une lourde erreur.

- Au moins a-t-il bon goût. La fourrure était très belle, mais provenant de Sinclair & fils, elle ne pouvait être que de belle facture. J'étais payée pour le savoir, jusqu'à ce qu'un de vos collègues de Wall Street me dépouillât de tous mes biens.

- Je crois comprendre que vous fûtes une des nombreuses personnes lésées par la Erie War.

- Lésées, dites-vous. Dévalisées, plutôt. J'espère que vous avez convaincu votre fils de cesser de m'importuner. Il semble être un bon garçon, mais j'ai déjà assez de Roméo de pacotille qui m'importunent.

Otto, dont les yeux n'avaient toujours pas bougé d'un cil, la vit à regret épingler son corsage déchiré et poudrer sa poitrine à l'aide d'un énorme pompon talqué. Il sursauta quand elle se retourna vers lui.

- Y a-t-il autre chose que je puisse faire, Monsieur Schoenberg?

Il jugea bon de s'éclaircir la voix avant de répondre.

- Jeffrey est en visite à Long Island chez sa grand-mère pour plusieurs jours. Aussi, je me demandais si vous accepteriez de dîner avec moi après le spectacle. Pour parler de mon fils, bien entendu.

Lizzie fut hésitante mais pas très surprise.

- Oui, concéda-t-elle. Pourquoi pas?

- Nous pourrions le faire chez moi. J'habite à trois pâtés de maisons de votre ancienne demeure.

- J'ignorais que nous avions été voisins. Oui, ce serait agréable. Wall Street m'a fait quitter la 5e Avenue : cela vaut bien un dîner. Aimeriez-vous voir la pièce? Je peux vous obtenir une place réservée.

- Je vous remercie, mais j'ai déjà mon billet. En tout état de cause, j'ai... déjà vu la pièce. Deux fois.

- Tel père, tel fils, soupira-t-elle.

CHAPITRE TRENTE-DEUX

*D*er junge schwarzwe Mann ist eine wunder, s'exclama le prince de Prusse en s'adressant à son épouse.

Ils étaient assis sur les chaises dorées de la salle de musique du nouveau palais de Potsdam; et la moitié de la cour escortait le couple princier. Des applaudissements frénétiques crépitèrent. Gabriel Cavanagh, maintenant âgé de dix-huit ans, se tenait près de son piano Bechstein en habit de soirée blanc et faisait de profondes révérences à son distingué public. Il venait d'interpréter le solo de piano de «l'Empereur», et Franz Liszt avait joué la partie orchestrale du concerto sur un second piano.

- Il faudra que je dise à Mère de l'inviter à Windsor, disait à son mari la princesse Frédérique, fille aînée de la reine Victoria et future mère de l'empereur Guillaume.

- Bis! Bis! cria quelqu'un dans la salle.

Les murmures s'estompèrent quand Gabriel se rassit et, en hommage au maestro, se mit à jouer la «Valse de Méphisto».

- Pour combien de rois avez-vous joué? demandait trois heures plus tard Ilsa, la maîtresse berlinoise de Gabriel.

Ils s'étaient retirés dans sa suite à l'hôtel Adlon, au numéro un Unter den Linden, l'hôtel le plus réputé de Berlin et l'un des plus prestigieux d'Europe. Elle était allongée complètement nue auprès d'un Gabriel dans le même appareil.

- Celui-ci n'était pas roi, rectifia Gabriel en se limant les ongles. C'était un prince royal.

- Désolée. J'oubliais que vous étiez expert en royautés.

- Et pourquoi pas? J'ai déjà joué pour trois rois, une reine douairière, trois archiducs et le Pape. Qui plus est, je suis moi-même roi des pianistes.

- Et le roi des vaniteux.

- Précisément.

Ilsa était une blonde vertigineuse. Elle émit un bâillement et s'étira longuement, exhibant généreusement ses superbes seins. Comme elle se demandait si, par hasard, elle n'était pas enceinte de Gabriel, elle décida d'en savoir plus long sur ses origines.

- Dites-moi, Gabriel, de qui tenez-vous votre talent?

Il ne répondit pas. Ignorant l'embarras du jeune homme, elle réitéra sa question.

- Je n'en sais rien! finit-il par lâcher d'un ton exaspéré.

- Inutile de vous fâcher. Je ne faisais que me renseigner.

D'un geste furieux, il fit voler la lime à ongles à travers la pièce et alla se poster à une fenêtre.

- Le fait est... commença-t-il.

- Et quoi donc?

Il s'effondra sur une chaise en se voilant la face.

- Le fait est que j'ignore tout de mes origines - hormis que mes parents étaient des esclaves.

Il leva la tête et, à sa grande surprise, Ilsa vit qu'il pleurait.

- Madame Sinclair ne sait rien de plus que moi; elle pense que j'ai du sang blanc dans les veines. Tout cela est si confus! J'ai l'impression de venir de nulle part! Je donnerais n'importe quoi pour en savoir davantage.

- Pourquoi ne retourneriez-vous pas sur place? suggéra subtilement l'Allemande.

- Où donc?

- À la plantation où travaillait votre père.

- Elle a été incendiée pendant la guerre.

- Mais peut-être quelques esclaves y vivent-ils encore. Ils pourraient vous éclairer...

- Je hais l'Amérique, dit-il en se mouchant. Ils ne m'ont même pas permis de louer une salle de concert.

- Parce que vous êtes noir?

- Non, parce que je suis nègre. Ça fait une grosse différence.

- Ah, bon? Et quelle est-elle?

- Un noir a un avenir, alors qu'un nègre n'a qu'un passé, répondit-il de façon nébuleuse.

Préférant ignorer l'énigmatique aphorisme, elle poursuivit.

- Mais puisque vous n'avez pas de passé. Vous devriez retourner en Virginie pour en découvrir un.

Gabriel ne trouva rien à ajouter.

Deux jours plus tard, alors qu'ils se promenaient dans le Tiergarten couvert de neige, Gabriel s'arrêta et annonça d'un air résolu:

- Vous avez raison. Je retourne en Virginie pour découvrir qui je suis.

Lizzie eut un mal fou à reconnaître Gabriel quand il entra dans son salon de l'hôtel Davenport.

- Vous êtes si grand! s'exclama-t-elle en lui prenant les mains. Et si distingué! Je comprends maintenant pourquoi les femmes s'arrachent vos vêtements!

- Elles ont cessé, dit-il en souriant tristement. Un violoniste bulgare de vingt-deux ans a pris la relève. À Rome, une femme a même réussi à dérober ses sous-vêtements. Mais, vous-même vous devenez, tout comme moi, une vedette; on voit des affiches de vous dans toute la ville. Vous jouez le rôle de Kate Hardcastle dans une nouvelle production de *She stoops to Conquer*, je crois?

- Oui, et je suis très enthousiaste et très effrayée à la fois. Puis-je vous offrir quelque chose?

- J'aimerais boire une tasse de café. En Allemagne, je n'ai fait que ça, boire du café. Et quelques autres petites choses, ajouta-t-il d'un air mutin.

Ils prirent place sur le sofa, et Lizzie se tourna vers la porte de la cuisine où se trouvait sa domestique.

- Lila, voici Gabriel dont je vous ai souvent parlé.

- Il a l'air d'un bon garçon, décréta la fidèle servante. Monsieur Gabriel, allez-vous jouer quelque chose pour moi, avant de partir?

- J'en serais ravi, à condition d'avoir un piano.

- Le professeur de chant, en bas, en a un, mais il en joue très mal et il passe ses nuits à nous casser les oreilles. Je vais vous servir le café, conclut-elle en retournant dans sa cuisine.

- J'ai hâte que vous rencontriez mes enfants, dit Lizzie. D'ailleurs, ils ne devraient pas tarder. Comment va Tadeuz?

- Oh, Anna et lui vont très bien. Ils ont fait l'acquisition d'une maison à Fontainebleau où ils résident quand ils ne m'accompagnent pas en tournée.

- Et vous? Possédez-vous une maison?

- Pas encore. Je passe ma vie dans les hôtels. Mais je pense en acheter une très bientôt.

- Avez-vous une fiancée?

- Oui. C'est une Allemande ajouta-t-il en souriant.

- Vous êtes donc heureux?

- Oui... et non, dit-il en reprenant son sérieux. Je suis enchanté d'avoir pu embrasser une carrière grâce à vous.

- Oh, je n'ai fait que permettre l'éclosion du magnifique talent qui était en vous...

- Mais vient-il de mon sang blanc ou de mon sang noir?

- Qu'importe?

- Il importe beaucoup pour moi de le savoir. Voyez-vous, je suis un Américain résidant en Europe. Je suis noir, mais je vis et je parle à la manière des Blancs. Je suis un pianiste noir qui joue de la musique de Blancs pour les Blancs. Le maestro Liszt m'a dit une fois que j'étais une espèce de monstre de foire et je me demande s'il n'avait pas raison. C'est la raison pour laquelle je retourne en Virginie : je veux découvrir mes origines.

Lila, à qui on n'avait demandé que du café, arriva de la cuisine et apostropha le jeune homme.

- Qu'entends-je, Monsieur Gabriel? Vous n'allez pas retourner en Virginie?

- Eh oui, ma bonne dame.

- Excusez-moi, mais je crois que vous avez l'esprit dérangé.

Gabriel se rembrunit.

- Et pourquoi?

- Il y a le Ku-Klux-Klan là-bas!

- Elle a raison, approuva Lizzie. Vous avez tout intérêt à vous méfier.

- Et pourquoi le Ku-Klux-Klan s'intéresserait-il à moi? demanda Gabriel qui débarquait d'Europe.

- Mais parce que vous avez vaincu le système, expliqua Lila en servant finalement le café. Parce que vous avez accompli quelque chose et qu'ils n'aiment pas ça du tout, là-bas. Ils n'aiment pas ça davantage ici, d'ailleurs. Mais la différence, c'est que là-bas, ils peuvent faire un mauvais sort au riche noir que vous êtes devenu. Ça va les rendre fous de rage et ils vont se montrer impitoyables!

Insouciant du danger, Gabriel se contenta de sourire en sirotant son café.

- Je serai prudent, dit-il. Je crois me souvenir d'une certaine tante Lide. Vit-elle encore?

- Oh oui! affirma Lizzie. Elle demeure dans une cabane derrière ce qui fut la plantation Elvira. Elle pourra vous parler de vos origines; elle connaît toute l'histoire des esclaves.

- Hum, conclut Lila en retournant à ses casseroles. Seul un fou retournerait là-bas.

On était au milieu de février.

- Le riche negro est à Richmond! annonça Zack Whitney en sautant en bas de sa selle, à Phineas qui se trouvait sous la véranda.

- Lequel? demanda celui-ci. C'est qu'il commence à y en avoir beaucoup, maintenant.

L'ancien riche planteur était vêtu d'un costume vieux de neuf ans et qui les paraissait; et lui-même en avait soixante-dix et il les paraissait aussi. La plantation Fairview n'avait pas été repeinte depuis des années et il avait dû vendre la plupart de ses meubles pour payer ses dettes et obtenir un peu de liquidités. La guerre avait fait fondre son or comme du beurre au soleil, ne lui laissant que sa formidable haine coulée dans le bronze.

- Celui-là est particulièrement riche, précisa Zack, méprisant. C'est un des anciens de la plantation Elvira. Le protégé de cette baiseuse de nègres de Madame Cavanagh qui nous arrive d'Europe. Celui qui joue du piano.

- Ah, oui, je vois, répondit Phineas avec une lueur toute nouvelle au fond des yeux. J'ai lu quelque part qu'il avait du succès là-bas. Il est difficile d'imaginer les raisons qui pourraient pousser quelqu'un à écouter un nègre jouer du Mozart. En tout état de cause, c'est déjà difficile d'imaginer un noir en train d'en jouer. Allez, entrons, Zack.

Le vieux Sudiste mit affectueusement son bras autour de la taille de son fils adoptif et ils allèrent rejoindre Ellie May qui faisait du tricot dans le salon.

Cette dernière n'avait jamais été une beauté; mais maintenant qu'elle avait perdu presque toutes ses dents, et que l'achat d'un dentier n'était pas dans les moyens de son mari, son visage était devenu celui d'une sorcière toute rabougrie. Ce qui ne l'empêcha pas de sourire de toutes celles qui lui restaient à l'arrivée des deux hommes.

- Cher Zack, comme je suis heureuse de vous revoir, postillonna-t-elle. Comment cela se passe-t-il à Richmond?

- Que croyiez-vous? répondit Zack en posant stoïquement un baiser sur son front. Tout est au point mort et je n'ai réussi à trouver aucun emploi.

- Aucune importance, reprit la vieille femme. Nous nous tirons quand même d'affaire depuis la fin de la guerre et il en sera toujours ainsi.

- Zack a des nouvelles intéressantes, intervint Phineas qui se chauffait les mains devant la cheminée. Le beau nègre de Madame Cavanagh est à Richmond. Que cherche-t-il, Zack?

- Eh, bien, à l'hôtel...

- À l'hôtel? On l'a laissé s'installer à l'hôtel? s'exclama Ellie May, suffoquée.

- Oh, que oui. Quand on a de l'argent, on peut avoir ce qu'on veut, à Richmond comme ailleurs. Quoi qu'il en soit, on m'a affirmé qu'il cherchait à se rendre à la plantation Elvira.

- Pour quoi faire?

- Probablement pour aller visiter la tombe de son père, laissa tomber Phineas. Quelle qu'en soit la raison, j'ai idée que nous allons pouvoir régler de vieux comptes avec notre chère Madame Cavanagh.

- Terrible femme. Jack a fait la pire erreur de sa vie en l'épousant, ajouta Ellie May qui avait un sens très poussé de l'euphémisme.

- À quoi pensez-vous, père?

- Je crois que nous allons souhaiter dignement la bienvenue à ce beau nègre. Une bienvenue dont il se souviendra longtemps, lui et les autres.

Ellie May, qui connaissait bien son mari, posa son tricot et leva vers lui des yeux larmoyants empreints d'une infinie tendresse, en lui dédiant son sourire ensorceleur.

CHAPITRE TRENTE-TROIS

La neige tombait sur les ruines de la plantation Elvira, alors que Gabriel descendait de la voiture qu'il venait de louer. Ses souvenirs d'enfance étaient plutôt confus. Bien que très belle, la maison s'était toujours imposée à son esprit comme un lieu funeste. Et maintenant, ses murs sans toiture, ses briques branlantes, ses fenêtres vides et ses haies en broussailles évoquaient en noir et blanc, une époque et un art de vivre à jamais disparus.

Il remarqua qu'un enfant, caché derrière un arbre, l'observait.

- Eh, toi! Viens ici! J'ai besoin de ton aide!

Le gamin sortit timidement de sa cachette et s'approcha prudemment de l'inconnu.

- Comment t'appelles-tu? demanda Gabriel.

- Buford.

- Habites-tu ici, Buford?

Sans répondre, l'enfant montra un endroit dont Gabriel se souvint qu'il délimitait le quartier des esclaves. Il se revit en train de faire pipi dans le seau familial et le souvenir des exhalaisons ammoniacales ancestrales lui revint à l'esprit.

S'arrachant de sa rêverie, il demanda à l'enfant :

- Que fait ton père?

- Il est métayer pour Monsieur Boone.

- Qui est-il?

- Le propriétaire de la plantation.

- Je vois. Combien de métayers travaillent ici?

- À peu près vingt. Serais-tu un politicien?

- Pourquoi cette question?

- Parce que tu es élégant.

- Je suis désolé de te décevoir, mais je ne suis que pianiste, répondit en riant Gabriel. Pourrais-tu me conduire auprès de tante Lide? Tiens.

Ce disant, il sortit une pièce de cinq dollars-or et la tendit à Buford, qui en resta bouche bée.

- Merci beaucoup! dit le gamin en lui faisant signe de le suivre. Viens! Elle habite dans la cabane, juste derrière.

- Charles est-il encore en vie?

- Oh, non, ça fait deux ans qu'il est mort.

Ils contournèrent les ruines à moitié recouvertes de neige. Gabriel reconnut les petites maisons de brique qui avaient abrité les domestiques de la plantation. Il en désigna une à l'enfant.

- C'est là que je suis né, dit-il.

- Vous êtes né ici, à la plantation Elvira?

- Eh oui. Mon père était cocher.

Arrivé devant la cabane, Buford frappa; puis, sans attendre, entra dans la maison suivi de Gabriel. Une très vieille femme, dont les frêles épaules étaient entourées d'un châle qui cachait à peine une robe en lambeaux, était assise au coin du feu. Elle leva les yeux et regarda Gabriel avec curiosité. Il réalisa, avec effroi, que c'était toute l'histoire de sa race qui le regardait.

- Je m'appelle Gabriel Cavanagh. Mon père était Moïse, le cocher qui a été tué. Vous rappelez-vous Moïse?

- Oh, oui, dit la vieille. Et toi, tu dois être le garçon que Miss Lizzie a envoyé étudier dans le Nord.

- C'est cela même.

- J'ai entendu dire que tu avais réussi en faisant de la musique à l'étranger.

Gabriel sourit avec indulgence.

- J'ai joué pour des rois, dit simplement. J'ai même joué pour le Pape.

- Mon Dieu, mon Dieu. Dis donc, c'est très bien, ça, mon garçon! Très bien! Je parie que tu as vu des tas de choses que les gens de couleur ne verront jamais. Que reviens-tu faire ici?

Gabriel s'empara d'un tabouret et s'assit.

- Miss Lizzie m'a dit que j'avais peut-être du sang blanc dans les veines. De qui cela pourrait-il me venir?

514

- Du capitaine, répondit sans hésiter tante Lide. Le capitaine était le père de Moïse. On l'apercevait souvent dans le noir en train de rôder autour des femmes de couleur.

- Qui était le capitaine? demanda Gabriel qui n'avait pas encore compris.

- Le capitaine Cavanagh, bien sûr. Le père de Massa Jack. C'est pour ça que celui-ci détestait tant Moïse; parce que c'était son frère; et Dulcey, c'était sa sœur. Pas celle du capitaine, celle de ton père, et aussi celle de Jack puisqu'ils étaient frères, tu me suis? Par conséquent, le capitaine était ton grand-père et Dulcey était ta tante. De toute façon, tout ça c'est pas grave, ils sont tous morts.

- Mais alors, Maître Jack était mon oncle? s'exclama Gabriel qui n'en avait pas perdu pas une miette.

Après s'être accordé quelques instants de réflexion supplémentaires, son visage s'éclaira.

- Bon sang! Mais bien sûr! Je suis donc parent avec Madame Cavanagh et ses enfants sont mes cousins!

- Évidemment, puisque c'est ta tante, soupira la vieille, épuisée.

- Je veux bien être damné, conclut-il impitoyablement. Tante Lizzie avait donc vu juste : j'ai toutes les raisons de porter le nom de Cavanagh puisque Moïse était mon père et qu'il aurait dû s'appeler Cavanagh aussi, tout comme tante Dulcey, d'ailleurs. Mais dites-moi, tante Lide, le capitaine aimait-il la musique?

- Non. Je viens de t'expliquer que ce n'est pas ce qui l'intéressait le plus dans la vie, répondit la vieille avec une patience infinie.

- Mais alors, d'où me vient tout ce génie? demanda-t-il candidement.

- De ta grand-mère Ida. La mère de Moïse (mais pas celle de Jack). Elle avait une voix exquise et chantait des cantiques avec une telle ferveur qu'on en avait les larmes aux yeux. Il me semble l'entendre encore. Voilà d'où te vient tout ce talent. Et ta belle figure, tu la dois à ton père qui était le plus beau noir que j'ai jamais vu. J'espère que tu as tout bien compris car je ne répéterai pas.

- Ida, répéta rêveusement Gabriel en levant les yeux au ciel. Merci, Ida. Où que tu sois.

- Elle est dans le cimetière des esclaves avec les autres, dit tante Lide avec une pointe d'exaspération, histoire de le ramener les pieds sur terre. Et c'est là que je vais aller bientôt moi aussi.

- Où est-il?

- Près de l'église. Si tu veux je peux t'y emmener. Et puisque tu as joué du piano pour les rois et le Pape, tu peux tout aussi bien jouer pour nous. Nous aussi, nous avons un piano qu'on a tous payé avec nos sous.

- J'en serais fier.

- Buford! Va dire à tout le monde que Monsieur Cavanagh qui joue du piano pour les rois et pour le Pape, va jouer pour nous dans une heure. Va chercher le révérend Peale et dis-lui d'allumer toutes les chancelles! Allez, cours!... Aide-moi à me lever, Gabriel.

- Je ne vous remercierai jamais assez, dit le jeune homme en aidant la pauvre femme. Vous m'avez révélé l'existence d'Ida et je suis si fier que mon prodigieux talent me vienne de... mon peuple.

- Nous sommes tous fiers de toi, Gabriel. Très fiers. Mais maintenant, il faut que tu joues du piano pour nous comme tu l'as fait pour le Pape.

- Je me surpasserai, promit-il en la conduisant vers la voiture.

La nuit commençait à tomber quand ils arrivèrent devant la petite église cachée dans les bois. Gabriel aida tante Lide à quitter la voiture et ils se dirigèrent vers le petit cimetière qui se trouvait derrière la chapelle.

- C'est ici que repose mon Charles, dit tante Lide en montrant une pierre recouverte de neige. Salut Charles! Et ici, c'est cette pauvre Dulcey. Salut Dulcey! Et là, c'est ton père, Moïse. Salut Moïse!

Gabriel s'arrêta devant la tombe. Il trouvait étrange que la vieille s'adressât ainsi à des morts et ne put se résoudre à dire : «Salut papa!»

- Et là-bas, c'est Ida.

Il alla jusqu'à la pierre tombale.

- Salut Ida, dit-il et merci beaucoup.

Et il fondit en larmes.

516

Aux environs de six heures, les bancs de bois de la petite église illuminée de mille chandelles, étaient tous occupés par des anciens esclaves, leurs femmes et leurs enfants. Le révérend Peale, un grand homme aux cheveux gris, était debout à sa chaire et contemplait ses ouailles.

- Nous vivons un grand événement, ce soir, dit le prélat d'une voix forte. L'un des nôtres, qui a joué du piano devant le Pape, est devenu célèbre à travers le monde et se trouve ce soir à nouveau chez lui, parmi nous.

«Chez moi, se disait Gabriel, assis à la première rangée auprès de tante Lide. Ce n'est pas chez moi, ici. À moins que ce le soit. L'est-ce?»

- Le père de Gabriel Cavanagh était cocher ici, avant la guerre. Vous connaissez tous l'histoire de sa mort, et comment Miss Lizzie - que Dieu bénisse son nom - a élevé son fils ici présent. Amen!

- Amen!

- Et maintenant, notre frère Gabriel va nous jouer quelque chose au piano dont j'ignore s'il est accordé ou non!

Gabriel se leva et, d'une foulée légère, sauta sur l'estrade au centre de laquelle on avait installé le piano droit. Il s'installa face à son public figé dans un recueillement silencieux, et il se rendit compte que, pour la première fois de sa vie, il avait le trac.

- Je vais vous jouer le prélude #8 en mi bémol majeur de Frédéric Chopin.

Il prit place, au cœur de la froide petite chapelle, sur le banc qui craqua sous son poids. Tout en soufflant dans ses doigts pour les réchauffer, il tenta de déchiffrer l'inscription sur le piano. Celui-ci avait été fabriqué par quelque obscure manufacture de Philadelphie et Gabriel, qui avait toujours joué sur les meilleurs pianos du monde devant des rois et le Pape, décida qu'il allait faire résonner cet instrument comme personne ne l'avait fait avant lui.

Il entama le prélude dans un silence religieux et les notes de musique s'élevèrent dans la petite église, semblable à une envolée d'oiseaux multicolores. Il jouait avec une prestesse vertigineuse, faisant sonner le vieux piano comme un Steinway.

Quand il eut terminé, l'auditoire resta de marbre. Totalement désemparé, il regardait la foule sans comprendre, lui qui

517

avait déjà tant de fois interprété ce morceau devant des rois et même... Mais le révérend Peale se mit applaudir et ses ouailles applaudirent aussi. Gabriel salua profondément, sachant pertinemment que sa prestation n'avait pas été appréciée à sa juste valeur.

Les applaudissement moururent très tôt et le révérend Peale en profita pour se tourner vers Gabriel avec un sourire navré.

- Merci beaucoup, frère Gabriel, c'était très bien. Mais vous pourriez peut-être nous jouer un morceau bien de chez nous?

Ce dernier poussa intérieurement un soupir de soulagement. Il venait de comprendre : Chopin ne représentait rien pour ces anciens esclaves. Chopin, c'était de la musique de Blanc et eux ce qu'ils voulaient...

- Heu, comme quoi, par exemple?

- Vous pourriez peut-être nous jouer un spiritual, frère Gabriel?

- Je... je n'en connais pas.

Un murmure où se confondaient la surprise, la protestation, l'indignation et même la colère des spectateurs de s'être dérangés pour rien, courut dans la salle.

- Vous ne connaissez donc pas de spirituals? répétait le prêtre outré en roulant des yeux ronds. Oh, frère Gabriel, comme vous nous décevez! Le spiritual est la plus douce musique de ce côté-ci des cieux! Amen!

- Amen! répéta le chœur des fidèles.

- Nous allons vous enseigner un spiritual, et vous pourrez ensuite jouer pour nous. Qu'en pensez-vous?

- Amen! dit Gabriel.

Le révérend se retourna vers l'assistance et commença à frapper dans ses mains.

- Chantons «Oh Canaan, sweet Canaan!» dit-il en levant ses mains au-dessus de la tête.

Toute la chorale se leva, et tout en battant la mesure, entonna : «Oh Canaan, sweet Canaan, I bound for the Land of Canaan...»

Tout à coup, les portes de la chapelle s'ouvrirent violemment, livrant le passage à huit hommes armés vêtus de cagoules et de robes blanches. Les chants se transformèrent en cris de frayeur que le révérend tentait d'apaiser d'un geste de la main.

- Ceci est la maison du Seigneur! Comment oser-vous profaner ainsi ces lieux sacrés? énonça-t-il d'une voix tonitruante.

- Ta gueule, négro! l'interrompit un des hommes (c'était Zack) en remontant la grande allée en compagnie de deux autres cagoulards. On ne fera de mal à personne. Tout ce que nous voulons c'est ce beau nègre-là!

- C'est un blasphème! criait le révérend. Un vrai blasphème! Ici, c'est la maison de Dieu!

Zack alla vers lui et lui donna un coup de crosse en plein visage. Le vieux révérend s'effondra inanimé sur sa chaire.

- Je vous avais bien dit de la fermer! cria Zack.

Pendant ce temps, les deux autre hommes s'étaient emparés de Gabriel et, le soulevant sous les aisselles, l'entraînait vers la porte arrière de l'église.

- À l'aide! criait celui-ci. Au secours! Doux Jésus, aidez-moi!

Fou de rage, un ancien esclave quitta sa place et alla se porter au secours du malheureux pianiste. C'était Broward, le cocher qui avait succédé à Moïse et qui s'était reconverti dans les travaux des champs. Il courut derrière un des « Klansmen » et lui arracha sa cagoule. En découvrant le visage du scélérat, un frisson de terreur parcourut l'assistance.

- Général Whitney! s'exclama le révérend qui était revenu à lui entre temps, le visage ruisselant du sang qui coulait de son front. Je ne peux croire ce que je vois! Vous! Un ancien sénateur! Un ancien ambassadeur! Un ancien général! Vous avez osé porter cette cagoule pour profaner la maison du Seigneur? Honte à vous, Monsieur! Quand vous comparaîtrez devant votre Créateur, vous rendrez compte de cet abominable crime!

- Je lui dirai que j'en suis fier! répondit froidement le sénateur en remettant dignement sa cagoule.

Les deux hommes qui tenaient Gabriel étaient arrivés jusqu'à la porte pendant que ce dernier pédalait désespérément dans le vide. Broward se précipita d'abord, mais stoppa net quand il sentit siffler à ses oreilles la balle que Zack venait de tirer. Les agresseurs disparurent en claquant la porte, sous les hurlements d'impuissance de la congrégation.

- Honte à nous! vociférait le révérend. Honte à nous tous d'avoir laissé faire une telle chose!

- Il a raison! surenchérit Broward. Si nous ne combattons pas, nous resterons toujours des esclaves. On nous a dit que nous étions des hommes libres, mais en réalité, nous ne le serons jamais, aussi longtemps que le Klan pourra entrer dans nos maisons et nos églises pour assassiner les nôtres. Ils veulent tuer Gabriel Cavanagh et nous devons les en empêcher. Cet homme est le symbole de ce que nous deviendrons si nous nous battons! Nous ne devons pas laisser le Klan assassiner Gabriel Cavanagh!

Les cris d'approbation emplirent l'église.

- Mes frères! dit le révérend en réclamant le silence. C'est par la prière qu'il nous faut combattre et non par la violence!

- Révérend, s'objecta Broward. On peut prier jusqu'à demain, ce n'est pas ça qui va les empêcher de tuer Gabriel! Je dis que face à la violence, il faut user de violence! Allons-y les gars! Prenez vos armes! Le temps de combattre est arrivé!

Gabriel, terrorisé, était étendu sur le dos au fond d'un chariot couvert, ligoté et bâillonné. Le véhicule cahotant dans la nuit noire transportait aussi huit hommes en cagoule qui le regardaient. Deux des leurs ôtèrent leurs cagoules en souriant.

- J'ai entendu dire que tu avais joué pour le Pape, dit Phineas. C'est une excellente chose, car tu vas avoir besoin de ses prières, ajouta-t-il à l'hilarité générale.

- Regardez, il tremble, enchaîna Zack. Croyez-vous qu'il a peur? Oh, non. Je crois qu'il a seulement froid. C'est bien ça, tu as froid, hein, le nègre? Ne t'inquiète pas, tu vas pouvoir te réchauffer bientôt.

Cette surenchère d'ironie provoqua une inextinguible crise de fou rire parmi les hommes masqués. Mais Zack ne riait plus. Il sortit un couteau et, posant un genou sur la poitrine de Gabriel, il appuya la lame sur sa gorge.

- J'ai dû faire la guerre à cause de vous, sales nègres. Sais-tu ce que ça m'a coûté? Mon père, mon frère, ma maison. Sais-tu combien de membres de leur famille ont perdu les gens qui sont ici à cause de vous? À peu près quarante-cinq. Quarante-cinq morts, le nègre, à cause de vous. Par votre faute, nous voilà pauvres, alors que nous étions riches. Et maintenant, beau nègre, tu as le culot de venir étaler ton argent sous nos yeux! De nous jetez ton mépris à la figure! Tu as joué pour le Pape? Eh bien, envoie-lui ça, en souvenir!

Zack, toujours agenouillé sur la poitrine de Gabriel, se retourna et brandit sa lame au-dessus des parties génitales du pauvre noir qui n'en menait pas large. Le jeune homme en bégayait de terreur. Phineas, que l'âge avait diminué, se pencha et retint, juste à temps, le geste criminel.

- Laissez, Zack. Nous avons de meilleurs projets pour lui.

À contrecœur, le jeune Sudiste retourna s'asseoir, pendant que Gabriel tremblait de tous ses membres.

Le chariot roula dans la nuit vers sa sinistre destination pendant encore une vingtaine de minutes, puis s'arrêta. Les «Klansmen» descendirent. Zack et un autre homme empoignèrent le noir sous les bras et le posèrent sur ses jambes. Ils le poussèrent brutalement dehors et sautèrent sur le sol enneigé.

Le groupe se trouvait au milieu d'une clairière dans une forêt de pins. La neige accrochée aux branches des arbres donnait à l'endroit un aspect fantomatique. En voyant les préparatifs de son exécution, Gabriel se sentit défaillir.

En plein centre de la clairière, on avait dressé un immense bûcher de six pieds de haut, constitué d'énormes rondins de bois, tel un immense barbecue. Une douzaine de croix enflammées avaient été disposées en cercle autour du lieu de supplice.

- Devine qui vient dîner, souffla Zack qui aimait le théâtre à l'oreille de Gabriel, en lui enfonçant un doigt dans les côtes.

- Toi, poursuivit-il. On va préparer une grillade au feu de bois et tu vas faire la grillade.

Les hommes trouvaient que la boutade de Zack ne manquait pas de sel et ils éclatèrent à nouveau de rire. Gabriel en profita pour tenter de prendre la poudre d'escampette, mais Zack lui fit un croc-en-jambe et le jeune noir se retrouva le nez dans la neige.

- Bien! s'exclama le Sudiste. Qui sera le chef cuisinier?

- En tant qu'ancien ambassadeur, dit Phineas qui ne voulait pas être en reste, et ayant fréquenté les meilleurs restaurants d'Europe et d'Amérique, je pense que ma candidature serait acceptable.

- Oui! Oui! crièrent les hommes.

- Dites, Chef; si vous nous prépariez ce plat de résistance?

- Avec plaisir, fils. Mais j'ai besoin d'un aide.

Deux hommes s'agenouillèrent au pied du pauvre noir et commencèrent à lui ôter ses bottes. Celui-ci se débattait comme un beau diable, mais les autres eurent vite fait de le déshabiller. À l'aide de son couteau, Zack fendit dans le dos les vêtements du noir qui grelottait maintenant torse nu dans la neige, le visage couvert d'une abondante sueur.

- Apportez la croix, commanda Zack.

Deux hommes allèrent chercher les rondins assemblés en Y à l'aide de cordes et les posèrent dans la neige.

- Retirez-lui son caleçon et attachez-le, dit Phineas d'un ton froid et sentencieux.

Les hommes s'exécutèrent et, en un tournemain, Gabriel se retrouva ligoté sur la croix.

- Parfait. Installons-le sur le barbecue.

La croix fut soulevée par la base et fut traînée jusqu'au bûcher. Gabriel, le visage au ras du sol, regardait le décor renversé de son cauchemar; l'infinie terreur qui étreignait sa poitrine l'empêchait de prononcer le moindre son.

Une fois le supplicié installé, Phineas et Zack grimpèrent près de lui et se tournèrent vers les «Klansmen».

- Nous avons peut-être perdu cette guerre, proclama l'ex-sénateur.

Puis se tournant vers Gabriel, le visage grimaçant d'une haine féroce :

- Mais nous gagnerons la bataille finale parce que, tous compte fait, les Nordistes détestent les nègres autant que nous. M'entends-tu, négro? Tu as eu la chance de porter de beaux habits et d'aller t'exhiber en Europe, mais maintenant, tu es de retour chez toi, en Amérique. Et rien de bon ne t'attend ici, car tu es revenu parmi tes maîtres. Vous êtes tous bien trop poltrons pour vous révolter!

Histoire de le contredire, un coup de feu venant des bois éclata. Phineas Thurlow Whitney, une expression d'éternel étonnement au fond des prunelles, porta ses mains crispées à sa poitrine et bascula lentement de son perchoir sur la terre glacée. Une pétarade s'ensuivit. Les ravisseurs désemparés couraient de toutes parts à la recherche de leurs fusils en vociférant. Zack sauta prestement sur le sol, s'empara d'une torche et retourna en courant vers le bûcher, quand une nouvelle salve crépita. Le jeune homme fut touché dans le dos et s'effondra en hurlant près de l'ancien sénateur, alors que ses vêtements s'enflammaient. En quelques instants, les deux hommes ne furent plus que des torches humaines dont les flammes commençaient à lécher la base du bûcher, pendant que Gabriel roulait des yeux terrorisés.

Cinq autres «Klansmen» furent abattus, pendant que les survivants s'enfuyaient en criant dans la nuit. On n'entendait plus maintenant que le crépitement des flammes qui embrasaient le bûcher.

Broward, accompagné d'une douzaine d'hommes firent irruption dans la clairière.

- Éteignez le feu! commanda-t-il en se précipitant vers les corps en flammes pour les recouvrir de neige. Aidez-moi et descendez Gabriel!

En quelques minutes, les flammes furent maîtrisées et l'on jeta une couverture sur la nudité du garçon.

- Merci, murmura-t-il en claquant des dents. Merci à tous.

- Nous avons réussi à éliminer cette pourriture de «Klansmen», gloussa Broward.

- Ouais, dit un autre. Mais ils vont revenir. Nous avons intérêt à ne pas nous faire remarquer pendant un certain temps. Cette affaire va provoquer un certain remous.

- C'est vrai, approuva Broward. Mais maintenant, nous avons appris à nous défendre! Qu'est-ce que tu comptes faire, frère Gabriel? Je crois que tu ferais mieux de retourner à New York le plus vite possible.

- Oui, dit Gabriel, les larmes aux yeux. Inutile de rester plus longtemps, je connais maintenant mes origines. Et veux-tu savoir quelque chose, mon ami? De toute cette méchanceté, il rejaillit sur nous une certaine grandeur; car je constate qu'il aura fallu beaucoup de courage et d'abnégation pour surmonter les épreuves que notre race aura affrontées en Amérique.

- Amen, conclurent les autres.

- C'est incroyable! Ce Phineas Whitney était un monstre! Un vrai dément! Figurez-vous qu'il a tenté de brûler Gabriel tout vif! Grâce à Dieu, il est mort. Si quelqu'un méritait pareil châtiment, c'est bien lui!

Lizzie était assise à sa coiffeuse et racontait à Otto les sinistres événements qui s'étaient déroulés deux jours avant, alors qu'elle venait de donner une représentation de *She Stoops to Conquer* à l'Empire Theatre.

- Et Gabriel est actuellement à New York? demanda le banquier.

- Oui, il a déjeuné ce midi avec moi dans mon appartement. Il avait les larmes aux yeux en me rapportant toutes ses péripéties. Quoi qu'il en soit, il est très heureux d'être allé en Virginie - et encore plus d'en être revenu - car maintenant, il sait qui il est.

- Et qu'a-t-il l'intention de faire?

- Il dit qu'il va retourner en Europe, car ici, il ne pourrait jouer que dans des cabarets. Oh, ce ne serait pas trop tôt, Otto, qu'un noir aussi talentueux que Gabriel puisse enfin donner des spectacles. Après avoir vécu les horreurs de la guerre et enduré autant de souffrances, ne pensez-vous pas que la condition des gens de couleur devrait changer tant soit peu? Lila m'affirme qu'il existe à New York autant de préjugés que dans le Sud.

Otto ne répondit pas, sans pour autant quitter Lizzie des yeux.

- L'académie de musique a sollicité une donation de ma part, dans le but d'améliorer leur salle de concert. Étant déjà le mécène du New York Philharmonic, peut-être pourrais-je ménager un début de carrière à Gabriel dans notre ville.

Lizzie lâcha ses mouchoirs démaquillants et se tourna, radieuse, vers le généreux et désintéressé banquier.

- Otto! s'exclama-t-elle. Si c'était vrai, vous feriez de moi la femme la plus heureuse du monde! Voyez-vous, Gabriel est presque un fils pour moi! S'il pouvait jouer à New York...

Elle sauta sur ses pieds, courut vers lui et s'assit sur ses genoux en l'entourant de ses bras et en l'embrassant.

- Oh! quel amour vous êtes! Le ferez-vous vraiment?

Otto en était rouge de confusion.

- Vous m'avez mis du rouge à lèvres.

- Je vais vous essuyer, dit-elle en allant chercher un mouchoir. Combien cela coûtera-t-il?

- Ils s'attendent à une donation de six mille dollars.

- Ce sera un bon placement. S'il vous plaît, dites-moi que vous allez le faire!

- J'en parlerai demain au comité, concéda-t-il enfin pendant que Lizzie déposait des baisers sur son crâne reluisant.

Une semaine plus tard, un groupe de manifestants brandissaient des pancartes dont les inscriptions ne laissaient place à aucune équivoque quant à leurs revendications.

«Interdit aux nègres» scandaient-ils en formant un cercle devant le hall de la salle de représentation. «Les théâtres aux Blancs!»

On pouvait en effet voir de grandes affiches annonçant :

Le grand virtuose américain
GABRIEL CAVANAGH
donnera un récital
le 3 mars 1868
à 20 heures 30
accompagné par le NEW YORK PHILHARMONIC
dirigé par **Hans von Bülow**
Au programme :
le Concerto #1 en mi bémol majeur de Liszt
le concerto #1 en mi bémol majeur de Beethoven
Billets : 2 \$.

Installée dans le carrosse du banquier, Lizzie se rembrunit en voyant l'attroupement devant l'entrée.

- C'est pire que je ne le croyais, dit-elle sourdement.

- Nous savions à quoi nous attendre, répondit placidement Otto.

C'est sous les quolibets et les moqueries que Lizzie et Otto parvinrent à se frayer un passage parmi la foule jusqu'à l'intérieur du théâtre où un placier les conduisit à leurs sièges.

Le moins qu'on pût dire, c'est que le pianiste noir était loin de faire salle comble. Et pendant que les lumières baissaient, Lizzie nota avec optimisme qu'une centaine de places étaient, malgré tout, occupées. De plus, son œil exercé lui permit de reconnaître les critiques musicaux des trois principaux quotidiens de New York.

Les musiciens se trouvaient au fond de la scène, derrière l'énorme Steinway noir, en train d'accorder leurs instruments, pendant que, dans les coulisses, Gabriel, éperdu d'angoisse, s'épongeait le front. Hans von Bülow, le gendre de Liszt qui avait été remplacé auprès de sa femme par Wagner, s'était rendu aux Amériques, pour oublier ses déboires. Néanmoins plein de commisération pour le jeune noir, il tapota amicalement l'épaule de ce dernier.

- Détendez-vous; ce soir vous allez écrire une page d'histoire!

- Probablement, murmura timidement le jeune homme.

Von Bülow se rendit alors sur la scène sous les applaudissements polis des quelques spectateurs présents et, sans en attendre davantage, alla se placer à son pupitre.

Contrairement à l'accueil froid mais poli réservé au chef d'orchestre, c'est dans le plus grand silence que Gabriel se rendit à son piano. Il prit une profonde inspiration, s'inclina et s'assit. Il regarda von Bülow et hocha la tête. Le maître leva alors sa baguette et les premier accords de l'ouverture emplirent la salle.

Gabriel regardait son clavier en pensant à son père assassiné et aux générations d'esclaves qui l'avaient précédé. Silhouettes diffuses dans la triste histoire de ses ancêtres dont les noms resteraient à jamais inconnus. Il songeait au général Whitney et à Zack. Il pensait au Ku-Klux-Klan. Et soudain il brûla de colère.

La quatrième partie de l'ouverture terminée, il se pencha avec rage sur son clavier et commença son solo par des octaves électrisantes.

Anxieuse, Lizzie, pressait nerveusement la main d'Otto pendant que celles de Gabriel poursuivaient leur brillante prestation.

Quand le concerto fut terminé, ce fut de nouveau le silence. Gabriel, ruisselant de sueur et de fierté se leva : il savait qu'il avait été, selon son habitude, prodigieusement talentueux, aussi regarda-t-il les spectateurs droits dans les yeux.

Courageusement, Lizzie se leva et se mit à crier : «Bravo! Bravo!» en tapant frénétiquement des mains, ce qu'Otto s'empressa de faire à son tour.

Et puis, l'auditoire se décida enfin. Il y eut bien quelques huées, mais elles furent éclipsées par d'autres bravos.

Gabriel s'inclina, indécis quant à son succès. Mais il se méprenait : en dépit des apparences si souvent trompeuses, c'était un triomphe.

Cette nuit-là, il venait d'écrire une page de l'histoire de la musique. Mais, comme beaucoup d'autres, il l'ignorait encore.

CHAPITRE TRENTE-QUATRE

Critique théâtrale du Herald de New York en date du 5 mars 1868.

«La nuit dernière à l'Empire Theatre, nous avons pu voir la beauté anglaise notoirement connue, Madame Sinclair, dans une reprise de la pièce de Oliver Goldsmith : *She Stoops to Conquer* (Prête à tout pour une conquète). Et c'est avec grande tristesse que nous avons pu constater que Madame Sinclair était en effet prête à toutes les bassesses sans pour cela conquérir la critique. L'intérêt du spectateur se porte davantage vers ses attraits anatomiques et semble ignorer son jeu figé et à contretemps. Quoi qu'il en soit - ainsi vont les caprices du public - cette dernière recueillit une véritable ovation de spectateurs manifestement peu soucieux de ses qualités d'actrice. Il semblerait qu'une nouvelle étoile soit née dans le ciel de Broadway. La rumeur court qu'elle fut illuminée par un ange de Wall Street.»

Par un dimanche après-midi ensoleillé mais froid de mars, Amanda lisait dans la salle de séjour de l'hôtel Davenport, quand on sonna à la porte.

- J'y vais, dit Lila qui se trouvait dans la cuisine.

Saisie d'un pressentiment, Amanda se leva. Selon son habitude, sa mise témoignait de sa grande coquetterie. Elle était vêtue d'une robe blanche et un serre-tête de la même couleur retenait ses boucles blondes.

- Papa! Papa! s'exclama-t-elle.

Adam se tenait devant la porte, et Amanda se précipita dans les bras grands ouverts que lui tendait son père.

- Comme vous avez grandi! Et que vous êtes belle! s'extasia Adam. Oh, ma chérie, vous allez être un vrai bourreau des cœurs. Regardez ce que je vous ai apporté!

D'un panier d'osier, il sortit un petit cocker spaniel qui se mit aussitôt à uriner sur le tapis.

- Il est pour moi? s'enquit Amanda. Il est si joli! Comment s'appelle-t-il?

- À vous de décider.

- Oh! Comme il est mignon, ajouta-t-elle en prenant dans ses bras le chiot qui commença à lui lécher le visage.

- Merci, Merci, papa. Combien de temps restez-vous? Et pourquoi n'êtes-vous pas venu me voir plus tôt? Vous m'avez tant manqué!

- Vous m'avez aussi beaucoup manqué, ma chérie.

Tout en promenant un regard critique sur la pièce modestement meublée, Adam ôta son manteau et son chapeau.

- Lila! Viens donc que je te présente mon père! Toi aussi, Somerset!

Lila réapparut de sa cuisine.

- Comment allez-vous, Lila?

Plutôt impressionnée, la fidèle servante fit un semblant de révérence.

- Enchantée heu...

Elle se tourna vers Amanda et murmura:

- Comment est-ce que je dois l'appeler? Votre Grandeur, peut-être?

- Appelez-moi donc Monsieur Thorne, dit Adam en souriant. J'ai laissé mon titre à la consigne en arrivant. Et qui est ce beau garçon?

Somerset, qui avait maintenant six ans, était sorti de sa chambre et Adam put voir pour la première fois le bel enfant aux cheveux bruns dont lui avait parlé Bentley Brent.

- Voici Somerset, mon méchant frère, annonça Amanda.

- Je ne suis pas méchant, c'est toi qui es vilaine, répliqua Somerset.

Puis, se tournant vers Adam, lui tendit la main le plus sérieusement du monde.

530

- Comment allez-vous, Monsieur? Je suis très heureux de vous rencontrer.

- Je suis également heureux de vous voir, Somerset. Mais où est donc votre maman?

- Elle passe la journée avec monsieur Schoenberg.

- Qui est monsieur Schoenberg? demanda Adam confusément.

Après s'être éclairci la voix, Lila jugea bon d'intervenir.

- C'est un... heu, ami de Miss Lizzie dit-elle en lançant aux enfants des regards réprobateurs.

Le marquis de Pontefract en resta coi.

- Quelle bonne surprise! Grâce à vous, je gagne de l'argent, disait le banquier, une expression de sincère étonnement sur le visage. Monsieur Gray me dit que vous jouez tous les soirs à guichet fermé.

- Cher Otto, c'est en effet une surprise, après les affreuses critiques que j'ai pu lire à mon sujet, répondit Lizzie, en entamant sa sole meunière.

- Que peuvent savoir les critiques? S'ils en étaient capables, ils écriraient des pièces à succès et ils deviendraient riches à leur tour, dit le mécène pour couper court. Figurez-vous que j'ai reçu hier une lettre de Jeffrey.

- Cher ami, est-il enfin remis du trouble que provoqua notre toute nouvelle affection?

- Oui. Il semble avoir accepté le fait que son père était l'homme de la situation.

- Chéri, ne soyez donc pas présomptueux.

- Qui plus est, poursuivit Otto en négligeant la remarque, il a fait la connaissance d'une certaine Miss Lowell dont il semble très épris.

- Tant mieux, tant mieux. Plus vite il m'oubliera et mieux cela vaudra.

Ils restèrent un moment silencieux pendant qu'un domestique remplissait leurs verres.

- Vous m'avez rendu très heureux, Lizzie. Mais l'idée d'avoir à vous partager avec votre public me révulse, attaqua bille en tête le banquier.

- Estimez-vous donc heureux que j'aie un public, dit Lizzie qui commençait à avoir le sens des affaires.

- Accepteriez-vous de quitter le monde du théâtre?

- Si j'en crois les critiques répliqua Lizzie en éclatant de rire, c'est avec joie que le monde du théâtre me quitterait.

- Je parle sérieusement.

- Évidemment. Voyez-vous, je n'aime pas particulièrement ce métier. Tout ce qui m'intéresse c'est de gagner de l'argent.

L'arrivée inopportune du maître d'hôtel interrompit cette brillante conversation.

- Excusez mon intrusion, Monsieur, mais il y a dans le salon un certain Monsieur Adam Thorne qui voudrait voir Madame Sinclair.

- Adam… murmura Lizzie soudain angoissée.

- Qui est-ce? dit Otto.

- Lord Pontefract.

Elle se leva, le visage pâle, et se précipita tout à coup hors de la pièce avant qu'Otto ait pu intervenir.

Adam était en train d'examiner d'un œil intéressé un Rembrandt, quand Lizzie apparut sur le seuil du salon.

- Adam! s'exclama-t-elle avec chaleur, non sans avoir préalablement pris soin de fermer les panneaux coulissants.

Il se retourna et lui jeta un regard glacial.

- J'étais venu pour t'aider après que Bentley m'eût appris que tu avais perdu tout ton argent, mais je constate que tu te tires bien d'affaire.

- Otto finance ma pièce…

- Et que finance-t-il d'autre?

- Pourquoi cet air sombre, Adam?

- Pourquoi? Souviens-toi donc de ce que tu m'as écrit : «Adam, tu dois te comporter dignement…» Vois-tu, j'ai pris la chose à cœur et c'est ce que j'ai fait. Je suis resté fidèle à Sybil et à présent, notre mariage est heureux. Mais je me rends compte que le comportement de la mère de ma fille ne va pas dans le même sens. Elle est en fait devenue une courtisane de haute volée…

En quelques pas, Lizzie s'approcha de lui et lui donna la plus sévère gifle qu'Adam eût jamais reçue.

- Je ne vous ai pas autorisé à me parler sur ce ton!

- N'est-ce pourtant pas la vérité? insistait Adam. Ma chère Lizzie que je n'ai jamais cessé d'aimer est devenue la maîtresse de quelque parvenu de Wall Street.

Pâle de colère, Lizzie tentait de nier l'évidence.

- Ce n'est pas un parvenu! protesta-t-elle.

- Détail sans importance, lâcha Adam, méprisant.

- Très bien, concéda-t-elle. J'admets que c'est un nouveau riche, mais il est extrêmement cultivé et c'est uniquement pour cela que je l'apprécie tant!

- Cessez donc de tourner autour du pot! Vous rendez-vous compte du genre d'éducation que vous donnez à notre fille? Où est donc maman? Maman passe ses journées avec son bon ami, Monsieur Millionnaire! Bien que cette enfant soit encore innocente, elle aura vite fait d'apprécier le comportement de sa mère.

Les paroles d'Adam lui firent l'effet du soufflet qu'il n'avait pas osé lui rendre. Elle se détourna de lui, sentant des larmes coupables lui monter aux yeux.

- Vous devez m'accorder du temps, murmura-t-elle. Je sens qu'Otto a l'intention de m'épouser mais il ne me l'a pas encore proposé. J'ai besoin de temps. Et ne prenez donc pas cet air supérieur! Pourquoi vous montrez-vous si cruel envers quelqu'un qui vous aime tendrement!

Il se ressaisit.

- Je suis désolé. C'est vrai j'ai été cruel. Mais quelle ne fut pas ma surprise...

- Ici, le pays est très dur, l'interrompit-elle. Cette ville est très dure. C'est bien joli de parler de moralité, mais vient l'heure de payer le loyer, alors là, il faut trouver l'argent. Cet escroc de Jim Fisk m'a appris un tas de choses: j'étais le pigeon prêt à être plumé, et je me suis fait plumer. Mais cela ne se reproduira plus, croyez-moi. Je sais que mes paroles paraissent dures, mais il faut savoir être dur pour survivre.

- Très bien, prenez donc votre temps. Cependant, je souhaiterais emmener Amanda en Angleterre avec moi. Le temps que vous et Monsieur Schoenberg trouviez quelque arrangement. Je voudrais rester un peu auprès de ma fille et je crois que c'est réciproque.

Lizzie eut l'air de réfléchir profondément.

- Je pense que c'est probablement une bonne idée, soupira-t-elle au bout d'un court instant. Très bien, emmenez Amanda en Angleterre.

- Lizzie...

- Oui?

- Saviez-vous que je ne suis pas venu à New York uniquement pour voir Amanda?

- Ah, bon?

- Oui, j'avais terriblement envie de vous revoir. Vous m'avez affreusement manqué.

- Mais n'êtes vous donc pas heureux auprès de Sybil?

- Oui, mais... ce n'est pas la même chose. Oh, damnation, Lizzie, je t'aime encore!

Il la prit dans ses bras et l'embrassa goulûment; ce qu'elle eut l'air d'apprécier grandement.

C'est ce moment-là, bien sûr, qu'Otto choisit pour faire son apparition.

- Chère amie, dit-il vertement. Peut-être pourrais-je être présenté à Lord Pontefract qui me semble avoir pris ses aises dans nos murs.

- Je suis désolé Monsieur...?

- Schoenberg. Otto Schoenberg. Ma chère Lizzie, les critiques avaient tort : vous excellez dans la pantalonnade.

- Tout est de ma faute, intervint Adam.

- Oh, je vous entends bien, Milord; Lizzie est une ensorceleuse. Elle vous a manifestement ensorcelé comme elle le fit avec moi. Combien d'autres ont-ils subi le même sort, chère amie?

De tout évidence, Otto eut plus de chance qu'Adam.

- Je n'ai à accepter ce genre d'allusion, ni de l'un ni de l'autre, se contenta-t-elle de répliquer sèchement.

Elle leur tourna le dos et se dirigea vers la porte.

- Où allez-vous, ma chère?

- Chez moi.

- Mais vous n'avez pas fini votre dîner!

- Au diable votre dîner! Au diable vous deux!

Arrivée à la porte, elle se retourna, les yeux étincelants.

- Au diable tous les hommes!

Et elle sortit. Otto allait courir après elle, mais Adam le retint par le bras.

- Laissez-la donc aller, expliqua-t-il. J'ai commis l'erreur de la provoquer. Laissons donc les choses se calmer.

Furieux, Otto se retourna vers lui.

- Vous êtes ici chez moi, Monsieur. Comment osez-vous me donner des conseils sur mon comportement? Comment osez-vous l'embrasser sous mon toit?

- Prenez garde, Monsieur Schoenberg, vous devenez ennuyeux.

Le banquier devint cramoisi. Il était prêt à exploser, mais en y regardant à deux fois, il préféra se radoucir.

- Bien, dit Adam. Nous allons pouvoir parler entre gens civilisés. Attendu que Lizzie n'a pas de père, je me vois dans l'obligation d'intervenir *in loco parentis*. Ainsi donc, quelles sont vos intentions envers notre amie?

Otto avait vraiment l'air furieux; il faillit dire quelque chose mais il se ravisa.

- L'aimez-vous? poursuivit Adam, sans être le moins du monde gêné par l'état d'extrême nervosité du banquier.

- Je n'aurais jamais pensé vivre passion plus intense avoua Otto, vaincu. Oui, je l'aime.

- Je vous entends très bien. Allez-vous l'épouser?

- Je n'ose le lui demander; je crains trop qu'elle ne refuse. Après tout, je suis bien plus âgé qu'elle, se lamenta le millionnaire.

- Osez, osez, dit promptement Adam. Je vais emmener Amanda en Angleterre et vous aurez ainsi tous deux le champ libre pour mettre à exécution tous vos petits projets. Il faut penser aux enfants avant tout; ne sont-ils pas l'avenir?

Chez Otto, la fureur fit peu à peu place une admiration sans bornes.

- Milord, dit-il solennellement, avez-vous dîner?

- Non.

- Me ferez-vous l'honneur de vous joindre à moi? Nous pourrions faire ainsi connaissance.

- J'en serai ravi.

Satisfaits de la tournure des événements, les deux hommes s'acheminèrent vers la salle à manger.

- Au fait, demanda Otto. Qui est votre banquier à Londres?

- Coutts.

- Quelle coïncidence extraordinaire! Je suis leur représentant à New York. Eh bien, tout comme le bon vin, cette après-midi s'améliore, le temps passant. On sert du Château Margaux avec le roast-beef; aimez-vous le Château Margaux?

CHAPITRE TRENTE-CINQ

C'est par un chaud été de 1874 qu'Adam et Sybil furent conduits dans une des salles de réception du château de Windsor où la reine Victoria les avaient convoqués pour une audience. La souveraine, courtaude et empesée dans une sévère robe noire et un bonnet de dentelle blanche, trônait sur un siège à haut dossier.

- Nous sommes enchantée de vous recevoir tous deux, dit-elle après que le couple eut fait sa révérence. Au fil des ans, vos exploits ont suscité le plus vif intérêt, Lord Pontefract. En tant que monarque nous nous sommes évertuée à vous récompenser selon vos mérites pour les services rendus à l'Angleterre et à l'Empire; et ce soir, nous avons plaisir à vous honorer encore, quoique cette nouvelle nomination ne soit pas entièrement dépourvue de danger. Vous avez certainement ouï dire que Lord Mayo, lors d'une visite de la prison d'Andaman Islands, avait été attaqué et sauvagement tué par des mutins?

- Je suis en effet au courant, Votre Majesté.

- Depuis de nombreuses années, Monsieur Disraeli nous a régulièrement entretenue de la possibilité d'une promotion éventuelle au titre de vice-roi, malgré le fait que vous fussiez, à notre avis, bien trop jeune pour l'accession à un titre aussi prestigieux. Néanmoins, le temps aidant, nous en sommes venue à la conclusion que nul autre était mieux qualifié que vous. Acceptez-vous l'honneur qui vous est fait, Milord?

- Adam! murmura Sybil qui craignait quelque mauvaise surprise.

- Avant de vous donner ma réponse, Votre Majesté, je dois vous confesser une réalité dont peu de personnes ont eu connaissance et qui pourrait influer sur la décision de Votre Majesté.

- Et de quoi s'agit-il, s'il vous plaît?

- Je ne suis pas un Anglais pur-sang, Votre Majesté. Mon arrière-grand-mère était une Hindoue de Calcutta, avoua Adam avec une sorte de délivrance.

- Vraiment? Mon cher Lord Pontefract, nous ne voyons pas les raisons qui pourraient remettre en question votre nomination. Bien au contraire, ce nouvel élément ne fait qu'accroître notre conviction. Nous ne sommes pas très satisfaite des conditions de vie des Hindous et le racisme qui sévit aux Indes nous irrite au plus haut point. Nous sommes souveraine de cet Empire et de ses sujets, quelle que soit la couleur de leur peau. Nous sommes convaincue qu'un vice-roi au sang mêlé sera d'autant plus populaire auprès des autochtones. En conclusion, nous ne pourrions faire meilleur choix.

Adam repensa à ses années d'angoisse et de culpabilité et soudain, tout fut effacé comme par un coup de baguette magique. N'était-ce pas merveilleux?

- Dans ce cas, Votre Majesté, j'ai le plaisir d'accepter le grand honneur que vous daignez me faire.

- Parfait. Nous sommes certaine que vous vous acquitterez tous deux de cette tâche avec éclat. De plus, je dois ajouter (le ton se fit plus intimiste et une lueur malicieuse passa dans les yeux de la Reine) que de tous les vice-rois et les vice-reines, vous êtes bien les plus avenants... Si nous allions dîner, maintenant?

- Oh Adam, disait Sybil la même nuit dans une chambre du château de Windsor, en reprenant son souffle. Je suis la plus fière, la plus heureuse des femmes. Vice-roi des Indes! C'est la consécration suprême!

- Je suis persuadé que vous aimerez les Indes, Sybil.

- Je vous aime, vous, cher Adam. Je serai heureuse où que ce soit, dans la mesure où je serai près de vous.

- À propos d'amour, dit Adam. J'ai remarqué qu'Henry ne cesse de parler d'Amanda. Pensez-vous qu'il soit épris d'elle?

- C'est évident. Chaque fois qu'elle nous rend visite, il devient muet et taciturne. Elle est si jolie! Ne pensez-vous pas que ce serait merveilleux?

- Quoi donc?

- Ne voyez-vous donc pas que si Henry épousait Amanda, ce serait la solution idéale? Par un juste retour des choses, elle retrouverait son titre légitime et leur héritier serait marquis, troisième du nom.

- Oui, sourit Adam. Cela m'a, en effet, effleuré l'esprit. Lors de sa visite, la semaine prochaine, nous tâcherons de trouver un arrangement.

«Oui, ce serait convenable», pensait-il. Maintenant que Lizzie avait épousé son banquier, sa fille illégitime, fruit de leurs amours, deviendrait ainsi sa bru légitime.

- J'ai idée, conclut Sybil, qu'il n'y aura pas, de notre part, grand arrangement à faire.

- Amanda a maintenant dix-sept ans, disait en souriant Lizzie à son mari. Elle va bientôt repartir pour l'Angleterre. Elle m'a avoué éprouver les plus tendres sentiments pour Lord Henry. Ne serait-ce pas merveilleux si...

Elle laissa sa phrase en suspens car le banquier, levant le nez de son assiette, la regardait d'un air choqué.

- Mais ma chère, vous semblez oublier qu'Amanda est sa demi-sœur!

- Pas exactement, répondit Lizzie avec un sourire finaud.

- Que voulez-vous dire?

- Adam n'est pas le père de Lord Henry, mais très peu de personnes le savent. Je ne vois donc pas pourquoi Amanda ne serait pas la future marquise de Pontefract. Ne serait-ce pas merveilleux?

«Adam ne m'était pas destiné, pensait-elle. Mais notre fille illégitime, deviendrait ainsi sa bru légitime. Ce serait tout aussi bien.

Enfin, presque.»

Les deux jeunes gens galopaient à travers la lande et atteignirent les ruines d'une ancienne abbaye. Les fleurs sauvages avaient poussé là où, autrefois, des moines avaient prié Dieu. Lord Henry sauta en bas de sa selle et s'empressa d'aller aider Amanda à mettre pied à terre.

- Mon père avait coutume d'emmener ici votre mère quand ils étaient enfants, déclara-t-il alors qu'ils franchissaient l'arche en ruines.

- C'est un très bel endroit. Quel est son nom?

- Newfield Abbey. Mon père m'a raconté que c'était ici qu'il lui avait déclaré son amour et lui avait fait vœu d'allégeance.

- Oh! Comme j'aimerais que cela m'arrive, à moi aussi! C'est si romantique!

Sans attendre, Lord Henry posa un genou à terre et lui prit la main. Le soleil de juin faisait étinceler les cheveux blonds de la jeune fille.

- Belle Amanda, je fais le serment d'être votre preux chevalier; et où que vous soyez, j'accourrai toujours pour vous porter assistance.

Amanda eut l'air confus.

- Seriez-vous devenu fou, Henry?

- Fou? Je trouve le mot joli. Amanda, je viens de vous dire que je vous aime.

- Je le sais; et je vous aime bien aussi.

- Non! Je veux dire... pas de cette façon, mais plutôt de l'autre...

- Que voulez-vous dire?

- Je veux dire que je vous aime comme un chevalier doit aimer sa gente dame.

- Mais c'est impossible, Henry, nous avons le même père!

Le beau jeune homme, héritier du titre de marquis de Pontefract devint rouge de confusion.

- En tout état de cause, non.

Amanda ouvrit de grands yeux.

- Voulez-vous dire que nous ne sommes pas parents?

- Pas par le sang.

- Mais qui est donc votre père?

- Quelqu'un d'autre. C'est un secret qu'on n'ébruite pas, car les malveillants pourrait tenter de le claironner.

- Henry, souffla-t-elle. Je pense que, tous comptes faits, vous allez vraiment devenir mon preux chevalier.

Il se leva et la prit dans ses bras.

- Belle Amanda, murmura-t-il.

- Oh, Henry, ma douceur.

Leur premier baiser fut d'une longueur vraiment déraisonnable.

ARTH▲BASKA

Achevé   Sur les Presses
d'imprimer   Imprimerie d'Arthabaska
au Canada   Arthabaska